中国古代文学经典书

旧时风月

东京梦华录

[宋] 孟元老　著

韩　元　注译

春风文艺出版社
·沈阳·

图书在版编目（CIP）数据

东京梦华录 / (宋) 孟元老著；韩元注译. —沈阳：春风文艺出版社，2025.1
（中国古代文学经典书系. 旧时风月）
ISBN 978 - 7 - 5313 - 6638 - 6

Ⅰ. ①东… Ⅱ. ①孟… ②韩… Ⅲ. ①开封—地方史—史料—北宋 Ⅳ. ①K296.13

中国国家版本馆CIP数据核字（2023）第243963号

春风文艺出版社出版发行
沈阳市和平区十一纬路25号　邮编：110003
三河市刚利印务有限公司印刷

责任编辑：姚宏越　平青立		责任校对：赵丹彤　张华伟	
封面设计：黄　宇		幅面尺寸：145mm × 210mm	
字　　数：1058千字		印　　张：33.75	
版　　次：2025年1月第1版		印　　次：2025年1月第1次	
书　　号：ISBN 978-7-5313-6638-6			
定　　价：298.00元（全4册）			

前　言

　　宋代孟元老所著的《东京梦华录》，是了解宋代风俗民情、典章制度的重要文献，该书主要记载了宋徽宗崇宁（1102）至宣和（1125）年间北宋都城汴京的社会百态。主流观点认为该书在"宫禁""典礼""仪卫"等方面"不无谬误"（《百川书志》卷五），且与《宋史》所载"颇有异同"，只是具有"互相考证"（《四库全书总目》卷七十）的文献价值，但在记述"市井游观""岁时货物""祠宇楼观"等方面，颇能体现出宋代"烂漫"之"遗习"，体现出较高的文化和文学价值。

　　《东京梦华录》著录于史部"地理类"，但和普通"地理类"史籍不同，作者在该书中寄寓了深厚的故国之思，这与《武林旧事》《梦粱录》《都城纪胜》《西湖老人繁胜录》等颇为相似。据作者自序，本书的语言"鄙俚，不以文饰"，其目的在于"上下通晓"，而胡应麟也认为"其辞颇猥俚"。乍看之下，的确如此。比如，卷之十"贺谄郊坛行礼"条在介绍"宫架乐"时，曰："有土烧成如圆弹而开窍者，如笙而大者，如箫而增其管者。"作者大概是知道乐器的名称，只是为了"上下通晓"才用了这种表述方式。再比如，全书第一条"东都外城"曰："诸门名皆俗呼。其正名如西水门曰利泽，郑门本顺天门，固子门本金耀门。"这也是语言从俗的一个例证，但《东京梦华录》的语言绝非仅有"鄙俚"和"猥俚之言"，书中有很多辞藻华美的例子。比如：

　　　　大抵都城左近皆是园圃，百里之内，并无闲地。次第春容满野，暖律暄晴，万花争出。粉墙细柳，斜笼绮陌。香轮暖辗，芳草如茵。骏骑骄嘶，杏花如绣。莺啼芳树，燕舞晴空。红妆按乐于宝榭层楼，白面行歌近画桥流水。举目则秋千巧笑，触处则蹴鞠疏狂。寻芳选胜，花絮时坠金樽；折翠簪红，蜂蝶暗随归骑。于是相继清明节矣。（卷之六"收灯都人出城探春"）

行文由散笔铺叙逐渐向字句整齐过渡，直至工整典型的骈体文出现，最后回落到散文叙事中。再比如：

卖花者以马头竹篮铺排，歌叫之声，清奇可听。晴帘静院，晓幕高楼。宿酒未醒，好梦初觉。闻之莫不新愁易感，幽恨悬生，最一时之佳况。（卷之七"驾回仪卫"）

和上例相比，这一段虽然句式整齐，但线性的叙事流动性非常清晰，作者的"新愁""幽恨"在卖花声和宿酒初醒时才显得真切可感，这种"佳况"也必须有佳文才足以匹配。再比如：

盖六月中别无时节，往往风亭水榭，峻宇高楼。雪槛冰盘，浮瓜沉李。流杯曲沼，苞鲊新荷。远迩笙歌，通夕而罢。（卷之八"是月巷陌杂卖"）

所用文辞虽然也有堆金叠玉之嫌，但其词句之清新、态度之从容还是很容易感觉到的，与"轴装曲谱金书字，树记花名玉篆牌"（李庆孙《富贵曲》）的炫富心态截然不同。其他类似的辞采华美的例子尚有不少，作者所作《梦华录序》"灯宵月夕，雪际花时，乞巧登高，教池游苑……"云云，是极为工整的骈文，很好地表现出了北宋的繁华富庶。

《东京梦华录》因为铺排叙事的原因，颇类汉大赋罗列众物的功能，但不时安插的琐细闲笔也极为生动，具有一定的文学性。比如：

（其卖麦面）用太平车或驴马驮之，从城外守门入城货卖，至天明不绝。更有御街州桥至南内前，趁朝卖药及饮食者，吟叫百端。（卷之三"天晓诸人入市"）

此段所写为"天晓诸人入市"，即入市则车水马龙，人声嘈杂，但作者在嘈杂的声音中拣择了"吟叫百端"的叫卖声，使其具有了审美的意义。再比如：

冬月，盘兔、旋炙猪皮肉、野鸭肉、滴酥、水晶脍、煎夹子、猪脏之类，直至龙津桥须脑子肉止，谓之"杂嚼"，直至三更。（卷之二"州桥夜市"）

罗列多种食物的写法，是该书通见的现象，本无足奇，但"杂嚼"二字的总结瞬间使全文具有口齿生津的效果。曹植《与吴季重书》曰："过屠门而大嚼，虽不得肉，贵且快意。"孟元老笔下的食物，虽谈不上"快意"，但也可称得上"适意"，"杂嚼"之"杂"，自可风味百种。

问题是，作为一本旨在"上下通晓"的书，为何其文本却呈现出鄙俚与华丽相间的风格呢？其实这正是本书的内容与作者的情感基调所决定的。书名《东京梦华录》中"东京"与"梦华"是两个核心词汇，既在"辇毂之下"，则必须表现出昔日之盛世，于是物产、仪仗的罗列自然是题中应有之义，以此来表现出富庶、威严的国家形象。

全书对食物的介绍与品题使人印象深刻。比如卷二"州桥夜市""东角楼街巷""饮食果子"，卷三"马行街铺席"，卷四"食店""饼店"等，所列食物品种繁多，应接不暇。和清代袁枚的《随园食单》不同，本书所写之食物皆为市井饮食，有豪放气、烟火气、洒脱感，而袁枚所著食谱则略显小资，有些孤芳自赏，在与民同乐、以俗为雅方面似乎稍有不及。从作者心态来看，既是"梦华"，则其回忆记录之时必然带着一种怀念和自豪的心态，这其中有个人的情感，也有家国的寄托。我们不妨先从词汇上略作分析，作者在提及故都的繁盛，乃至奢侈之时，用了很多双重否定、否定、叠词等，所言虽异，其实则同。

双重否定者，比如：

> 莫非雕甍画栋，峻桷层榱。（卷之一"大内"）莫非玉羁金勒，宝镫花韀。（卷之七"驾登宝津楼诸军呈百戏"）莫非锦绣盈都，花光满日。（卷之七"驾回仪卫"）纯白而大者，曰"喜容菊"，无处无之。（卷之九"重阳"）

用否定词者，比如：

> 贵家看棚，华彩鳞砌，略无空闲去处。（卷之十"郊毕驾回"）夜市北州桥又盛百倍，车马阗拥，不可驻足，都人谓之"裹头"。（卷之三"马行街北诸医铺"）尹常卖，《五代史》；文八娘，叫果子。其余不可胜数。（卷之五"京瓦伎艺"）有月池、梅亭、牡丹之类，诸亭不可悉数。（卷之七"驾幸琼林苑"）

用叠词者，比如：

> 处处拥门，各有茶坊、酒店，勾肆、饮食。（卷之三"马行街铺席"）团团转走，谓之"打旋罗"，街巷处处有之。（卷之六"十六日"）动使各各足备，不尚少阙一件。（卷之四"会仙酒楼"）或绝冷、精浇、膘浇之类，人人索唤不同。（卷之四"食店"）

从这些记载不难发现，作者在记述时一定带着骄傲自豪的语气。因为非如此，不足以见当时之盛况，不足以动故国之思。再比如"自有假赁鞍马者，不过百钱"（卷之四"杂赁"）、"主人只出钱而已，不用费力"（卷之四"筵会假赁"）中"不过""而已"等词汇，都是作者自豪感的直接证明。

但即便是在国力强盛、经济繁荣的北宋，也存在外患的忧虑，作为生活在天子脚下的作者，如何处理这一现象也成为关注点。首先，作者如实地记载了宋与辽的外交往来，比如，开卷第一条"东都外城"释"陈桥门"曰："大辽人使驿路。"称"大辽"，也间接地反映出宋与辽的军事乃至综合国力的对比。而且在卷之九"宰执亲王宗室百官入内上寿"条又说："惟大辽加之猪羊鸡鹅兔连骨熟肉为看盘，皆以小绳束之。"可见宋朝对辽国的特殊恩荣，在卷之六"元旦朝会"条，更是记载对辽国使副的特殊待遇，比如"唯大辽、高丽就馆赐宴""选能射武臣伴射""中的，则赐闹装、银鞍马、衣着、金银器物有差"等，作者在维护宋朝外交尊严时，非常注意措辞，往往有春秋笔法在其中。比如在"大辽"之外，加上"高丽"，就使得辽国的特殊程度有所降低。"中的"之后"有差"的赏赐也意在表明政由上出，君臣有分。而此条末尾"翌日，人使朝辞。朝退，内前灯山已上彩，其速如神"一语，更是将辽国使臣置于盛会之外，表明中原的礼乐文化与外国自然不同，在作者生活的南渡时代，这大概是对故国情感最好的回忆和维护。

本书以元刻本的文字为底本，底本缺漏处，用通行本补录，并对标点和译文进行了部分调整。本书在译注过程中参考了中华书局邓之诚《东京梦华录注》、杨春俏《东京梦华录》（中华经典名著全本全注全译丛书）、伊永文《东京梦华录笺注》以及中州古籍出版社王永宽《东京梦华录》（国学经典丛书）等，在此一并致谢。由于译注者水平有限，书中难免会有讹误、不妥之处，还望读者、专家不吝指正。

韩　元

2022年1月

目　录

梦华录序

仆从先人宦游南北，崇宁癸未❶到京师，卜居❷于州❸西金梁桥西夹道之南。渐次长立❹，正当辇毂之下❺，太平日久，人物繁阜❻，垂髫❼之童，但习鼓舞，班白❽之老，不识干戈，时节相次，各有观赏。灯宵月夕，雪际花时，乞巧登高，教池❾游苑。举目则青楼画阁，绣户珠帘。雕车❿竞驻于天街，宝马争驰于御路。金翠耀目，罗绮飘香。新声巧笑于柳陌花衢，按管调弦于茶坊酒肆。八荒⓫争凑，万国咸通。集四海之珍奇，皆归市易⓬；会寰区之异味，悉在庖厨。花光满路，何限春游。箫鼓喧空，几家夜宴。伎巧则惊人耳目，侈奢则长人精神。瞻天表则元夕、教池、拜郊、孟享⓭。频观公主下降，皇子纳妃。修造则创建明堂⓮，冶铸则立成鼎鼐。观妓籍⓯则府曹衙罢，内省宴回；看变化⓰则举子唱名⓱，武人换授⓲。仆数十年烂赏叠游⓳，莫知餍足。一旦兵火，靖康丙午⓴之明年，出京南来，避地江左㉑，情绪牢落，渐入桑榆㉒。暗想当年，节物风流，人情和美，但成怅恨。近与亲戚会面，谈及曩昔，后生往往妄生不然㉓。仆恐浸久㉔，论其风俗者失于事实，诚为可惜。谨省记编次成集，庶几开卷得睹当时之盛。古人有梦游华胥㉕之国，其乐无涯者，仆今追念，回首怅然，岂非华胥之梦觉哉？目之曰《梦华录》。然以京师之浩穰㉖，及有未尝经从处，得之于人，不无遗阙。倘遇乡党㉗宿德㉘，补缀周备，不胜幸甚。此录语言鄙俚，不以文饰者，盖欲上下通晓尔，观者幸详焉。绍兴丁卯岁㉙除日，幽兰居士孟元老序。

注释

❶崇宁癸未：崇宁，宋徽宗年号。癸未，指崇宁二年（1103）。

❷卜居：选择居住。《楚辞》有《卜居》篇。又，《史记》卷四《周本纪》："成王使召公卜居，居九鼎焉。"

❸州：汴州，开封旧称。

❹渐次长立：渐次，逐渐、次第。长立，长大而成人。

❺辇毂之下：谓天子脚下。辇毂，指皇帝的车辇、车轮。

❻人物繁阜：人多曰繁，物多曰阜。《诗经·小雅·弁》："尔酒既旨，尔肴既阜。"

❼垂髫（tiáo）：指儿童垂下的还没有扎起来的头发。陶渊明《桃花源记》："黄发垂髫。"

❽班白：指头发黑白相间。班，通"斑"。《孟子》："颁白者不负戴于道路矣。"赵岐注："颁者，斑也，头半白斑斑者也。"

❾教池：教习水军的大池子，这里指汴京城内的金明池。

❿雕车：有雕镂文饰的车子。辛弃疾《青玉案·元夕》："宝马雕车香满路。"

⓫八荒：八方的荒远之地。《尚书》有"荒服"。贾谊《过秦论》："并吞八荒之心。"

⓬市易：贸易。

⓭天表：天生美好的仪容，这里特指天子的容貌。李纲《苏武令》："拥精兵十万，横行沙漠，奉迎天表。"

⓮拜郊、孟享：在郊祀时祭拜上天，在庙祭时祭拜先祖。孟享，亦作"孟飨"，因为在每年的孟时（孟春、孟夏、孟秋、孟冬）举行，故称为"孟享"。又，吴自牧《梦粱录》："七月孟秋，例于上旬内车驾诣景灵宫，行孟享之礼。"周密《武林旧事》："黎明，上御玉辂，从以四辂，导以驯象，千官百司，法驾仪仗，锦绣杂遝，盖十倍孟飨之数。"

⓯明堂：古代帝王理政、朝会、祭天、养老、教学的场所，最为隆重庄严。《孟子·梁惠王下》："夫明堂者，王者之堂也。"

⓰妓籍：载入乐籍的妓女。吴曾《能改斋漫录》："而妓籍中有小鬟妓，尚幼，公颇属意。"

⓱变化：这里特指身份地位的改变，如鱼化龙之类。《周易·乾》：

"乾道变化，各正性命。"贾谊《鹏鸟赋》："万物变化兮，固无休息。"

⑱唱名：大声念出中举者的姓名。宋代陈均《宋九朝编年备要·皇朝编年备要卷第三》："(雍熙二年) 三月，亲试举人，初唱名赐第。"

⑲换授：指武官调任、改派。《旧唐书》卷一百一十七《崔宁传》："蜀将必不敢动，然后换授他帅，以收其权。"

⑳烂赏叠游：恣意赏玩，多次重游。

㉑靖康丙午：指宋钦宗靖康元年（1126），即作者在汴京生活的第二十四年。

㉒江左：即江东，长江下游的东部地区。

㉓桑榆：晚年。曹植《赠白马王彪》："年在桑榆间，影响不能追。"

㉔妄生不然：随意地产生"不是这样"的想法。

㉕浸久：时间渐渐久了以后。浸，通"寖"。《管子·君臣上》："行公道而托其私焉，寖久而不知，奸心得无积乎？"

㉖华胥：梦境。《列子·黄帝》："黄帝梦游华胥国，华胥之人，其国无帅长，自然而已。"

㉗浩穰：指人口众多。穰，丰盛。

㉘乡党：家乡。《释名》："五百家为党。"《论语》有《乡党》篇。《孟子·万章上》："乡党自好者不为，而谓贤者为之乎？"

㉙宿德：年老而有德行者。《东观汉记·北海敬王睦传》："睦谦恭好士，名儒宿德，莫不造门。"

㉚绍兴丁卯岁：指绍兴十七年，即1147年。

译文

我跟随先父仕宦的足迹游历了南北各地，在宋徽宗崇宁二年来到京师，选择居住在汴州城城西金梁桥西边夹道的南侧。在天子脚下，我逐渐长大成人。太平的日子很久了，人物繁多，物产也丰富。头发尚未扎起来的孩子，只知道学习打鼓跳舞；双鬓斑白的老人，没有经历过干戈动乱。在岁时佳节相继时，各自有观赏的事物。在灯笼高挂、月光明亮的夜晚，在大雪飞舞、百花绽放的时刻，人们乞巧、登高，在金明池操练禁军，在琼林苑尽情游览，抬头望去，看到的就是青楼画阁，珠帘绣户。雕镂的车子竞相在天街停留，宝贵的马匹在御路上争相奔驰，金翠之色耀人眼目，罗绮丝绸飘着香气。在柳径花街，能听到新曲和巧笑之声；而茶铺和酒馆，则是演奏管弦的场所。四面八方的人争相聚集在这里，万国之民众无不与此会通。汇集四海的珍奇宝物，都归于市场交易；各区域的异味佳肴，都在这里的饭馆之中。花的色彩铺满道路，怎么会限制百姓春游呢？箫鼓之声喧天，不知多少家在此举行宴会！歌伎之巧，使人耳目为之惊讶；奢侈之风，则会使人精神倍增。在正月十五时，在金明池观看禁军操练时，在天坛举行郊祀时，在帝王举行庙祭时，能够看到皇帝的容颜。可以多次看到公主下嫁、皇子纳妃的场面。在工程修建方面，主要代表性成就是建造了明堂；在冶炼铸造方面，主要代表性成就是铸造了鼎鼐。在政府放衙下班和内省宴会结束后，可以观看名妓；在科举放榜之后，武将授衔之时，可以看到人事的变化。我几十年在此屡次、重复地游赏，不知道疲倦，也不感到足够。突然发生兵乱，在宋钦宗靖康元年的次年，我离开京城来到南方，在江左的杭州避难，情绪低落，逐渐进入暮年。暗自回想当年的情景，时节名物中的风流，人情交往中的和美，只促成了自己的惆怅和遗恨。最近与亲戚会面时，谈及了往事种种，后辈往往荒诞地表现出不以为然。我害怕时间久了，后人再讨论当时的风俗时，会失去事实，这样就太可惜了。于是谨慎地将这些事情编次成集，或许开卷之时可以目睹当时京城的盛况。古代有梦游到华胥国，感到快乐无边的人，我今天追念往昔，回首往事怅然若失，这难道不是梦游华胥国而觉醒了吗？所以将其题作《梦华录》。但是京城过于广大和繁杂，对自己没有到过的地方，我又从他人那里得到资料，所以本书没有遗缺不足的地方。如果能遇到家乡年老有道德的人，对此书进行增加补缀的话，那就不胜幸运了。这本《梦华录》语言有些鄙野俚俗，不加以修饰，是想让上下之人都能读懂，观看此书的人可以详细体味。宋高宗绍兴十七年除夕之日，幽兰居士孟元老序。

卷之一

从东水门外七里，
曰虹桥。
其桥无柱，
皆以巨木虚架，
饰以丹艧，
宛如飞虹，
其上下土桥亦如之。

东都外城

　　东都外城❶，方圆四十余里。城濠曰护龙河❷，阔十余丈。濠之内外，皆植杨柳，粉墙朱户，禁人往来。城门皆瓮城❸三层，屈曲开门❹，唯南薰门❺、新郑门、新宋门、封丘门，皆直门两重❻，盖此系四正门，皆留御路❼故也。新城南壁，其门有三：正南门曰南薰门；城南一边，东南则陈州门，傍有蔡河❽水门；西南则戴楼门，傍亦有蔡河水门。蔡河正名惠民河，为通蔡州故也。东城一边，其门有四：东南曰东水门，乃汴河❾下流水门也，其门跨河，有铁裹窗门，遇夜如闸垂下水面❿，两岸各有门，通人行路。出拐子城，夹岸百余丈。次则曰新宋门；次曰新曹门；又次曰东北水门，乃五丈河之水门也。西城一边，其门有四：从南曰新郑门；次曰西水门，汴河上水门也；次曰万胜门；又次曰固子门；又次曰西北水门，乃金水河水门也。北城一边，其门有四：从东曰陈桥门，乃大辽人使⓫驿路；次曰封丘门，北郊御路；次曰新酸枣门；次曰卫州门。诸门名皆俗呼。其正名如西水门曰利泽，郑门本顺天门，固子门本金耀门。新城每百步，设马面⓬、战棚⓭，密置女头⓮，且暮修整，望之耸然。城里牙道⓯，各植榆柳成阴。每二百步，置一防城库，贮守御之器。有广固兵士⓰二十指挥，每日修造泥饰，专有京城所⓱提总其事。

注释

❶东都外城：汴京的外城。

❷护龙河：范成大使金纪行组诗中有《护龙河》之题，小序曰："在新宋门外，中有纲船数十艘。"诗曰："新郭门外见客舟，清涟浅浅抱城楼。六龙行在东南国，河若能神合断流。"

❸瓮城：在城门之外修建的方形或半圆形的护城小门，是古代城防的重要组成部分。瓮城下部是圆的，上部逐渐收窄，其形如瓮，故名。

❹屈曲开门：瓮城的城门一般设置在城墙的侧面，与其所保护的城门不在同一条直线上，这样是为了防止敌人用攻城槌等武器直接攻入城内。

❺南薰门：取意于上古"南风之薰兮，可以解吾民之愠"之句，唐代有南薰殿。

❻皆直门两重：指瓮城的城门与南薰门、新郑门、新宋门、封丘门在同一条直线上，这是为了方便皇帝车驾的通行，其防守也更强。

❼御路：皇帝车驾所经过的道路。

❽蔡河：又称蔡水，即古沙水，其故道与汴水相通，在今开封市东。宋初，自开封市西南导闵水入城，合之于蔡，漕运大兴。开宝六年之后，蔡河又称为惠民河。

❾汴河：又称汴水，自开封市西北的菠荡渠，经开封、杞县、民权，流入商丘，又向东北折入山东曹县南部，流经安徽萧县北，注入江苏徐州的泗水，此河段又称获水。

❿如闸垂下水面：因为东水门的城门正好建在汴河之上，所以城门白天向上升起时便于通行，夜晚则像水闸一样落下防止盗贼潜入。

⓫大辽人使：即辽国使者。称"大辽"是因为去北宋未远，故沿用。

⓬马面：在古代城防时，城墙每隔一段距离就建一个突出来的矩形的墩台，以防止敌人从侧面偷袭。

⓭战棚：古代城墙上用来防御之用的可以活动的棚屋。沈括《梦溪笔谈·官政一》："边城守具中有战棚，以长木抗于女墙之上，大体类敌楼，可以离合。设之，顷刻可就，以备仓卒城楼摧坏，或无楼处受攻，则急张战棚以临之。"

⓮女头：城墙上类似于垛子一类的建筑。

⓯牙道：官府修筑的道路。

⓰广固兵士：专门从事城墙加宽加固工程的士兵。

⓱京城所：主管京城城墙及修缮事务的官署。《续资治通鉴长编》卷二百八十七："诏：提辖修京城所于广固军士内选及等者，给群牧司马教习武艺，俟有精熟，引见，填配管城武骑、白马宁朔指挥阙额。"

译文

汴京城的外城，方圆有四十余里。城濠叫作护龙河，宽十几丈，城濠的内外都种植了杨柳，墙是粉色的，门户是红色的，禁止人们往来。城门都有三重瓮城，城门是在城墙转弯处开设的。只有南薰门、新郑门、新宋门、封丘门是两重直着开设的门，大概这是四个正门，都预留了皇帝车辇通行的原因。新城的南城墙，有三座城门：正南的门叫作南薰门；城墙南面的一边，东南方向的是陈州门，旁边有蔡河的水门；西南方向的是戴楼门，旁边也有蔡河的水门。蔡河的正名是惠民河，称为蔡河是因为它通往蔡州。东面城墙的这一边，有四座城门：东南方向的叫作东水门，是汴河下流的水门，这座城门跨越汴河，有铁裹的门窗，到夜晚时像闸门一样垂下水面，两岸都各自有门，供行人来往。河水流出拐子城，两岸之间有一百多丈。其次是新宋门；其次是新曹门；再次是东北方向的水门，是五丈河上面的水门。城墙西面的这一边，有四座城门：从南边数是新郑门，其次是西水门，是汴河上面的水门；其次是万胜门；再次是固子门；再次是西北水门，是金水河上的水门。城墙北面的这一边，有四座城门：从东边数是陈桥门（是辽国使臣进城的驿路），其次是封丘门（是通往北方郊祀的御路）；其次是新酸枣门，其次是卫州门。这些城门都采用了通俗的称呼。它们的正名，比如说西水门叫利泽门，郑门本来叫顺天门，固子门本来叫金耀门。新城每一百步远，会设置一处马面战棚，密集地建筑箭垛，早晨和晚上都会进行修整，远远望去挺拔耸立。在城里的巷道，都会种植榆柳，绿树成荫。每隔两百步，设置一处防守城池的兵库，贮存着守御的兵器，有广固的兵士二十人作为指挥，每天用泥土修整建造城墙，专门设置京城所负责总揽该事务。

❧ 旧 京 城 ❧

　　旧京城❶，方圆约二十里许。南壁❷，其门有三：正南曰朱雀门，左曰保康门，右曰新门。东壁，其门有三：从南，汴河南岸角门子❸，河北岸曰旧宋门，次曰旧曹。西壁，其门有三：从南曰旧郑门，次汴河北岸角门子，次曰梁门。北壁，其门有三：从东曰旧封丘门，次曰景龙门，乃大内^❹城角，实箓宫^❺前也。次曰金水门。

注释

❶旧京城：指唐代的汴州城，本为后周都城，唐时在此基础上翻修，宋朝将其作为里城（阙城），文献记载见于《宋会要辑稿·方域一》。

❷南壁：南边的城墙。

❸角门子：即下条之"角门"，指建筑物角边的小门、旁门。

❹大内：皇宫。韩愈《论佛骨表》："今闻陛下令群臣迎佛骨于凤翔，御楼以观，舁入大内。"

❺实箓宫：即宝箓宫，见本书卷之二"东角楼街巷"条。"实"乃"宝"之误。

译文

旧京城，方圆大概有二十多里。在城墙的南边，有三座城门：正南边是朱雀门，左边是保康门，右边是新门。在城墙的东边有三座城门：从南边汴河南岸的角门子数起，河的北岸是原有的宋门，其次是原有的曹门。在城墙的西边有三座城门：从南边数是原有的郑门，其次是汴河北岸的角门子，其次是梁门。在城墙的北边，有三座城门：从东边数起是原有的封丘门，其次是景龙门，是在皇宫大内城角的宝箓宫的前面。其次是金水门。

河 道

穿城河道有四。南壁曰蔡河，自陈蔡由西南戴楼门入京城，辽绕^❶自东南陈州门出，河上有桥十一，自陈州门里，曰观桥，在五岳观后门。从北，次曰宣泰桥，次曰云骑桥，次曰横桥子，在彭婆婆宅前。次曰高桥，次曰西保康门桥，次曰龙津桥，正对内前❷。次曰新桥，次曰太平桥，高殿前宅❸前。次曰枭麦桥，次曰第一座桥，次曰宜男桥，出戴楼门外曰四里桥。中曰汴河，自西京洛口分水入京城，东去至泗州，入淮，运东南之粮。凡东南方物，自此入京城，公私仰给焉。自东水门外七里，至西水门外，河上有桥十三：从东水门外七里，曰虹桥。其桥无柱，皆以巨木虚架❹，饰以丹艧❺，宛如飞虹，其上下土桥亦如之。次曰顺成仓桥，入水门里曰便桥，次曰下土桥，次曰上土桥，投西角子门，曰相国寺桥。次曰州桥❻，正名天汉桥。正对于大内御街，其桥与相国寺桥皆低平不通舟船，唯西河平船可过。其柱皆青石为之，石梁、石笋楯栏❼，近桥两岸，皆石壁，雕镂海马、水兽、飞云之状，桥下密排石柱，盖车驾御路也。州桥之北岸御路，东西两阙❽，楼观对耸；桥之西有方浅船❾二只，头置巨干❿铁枪数条，岸上有铁索三条，遇夜绞上水面，盖防遗火舟船矣。西去，曰浚仪桥，次曰兴国寺桥，亦名马军衙桥。次曰太师府桥，蔡相宅⓫前。次曰金梁桥，次曰西浮桥，旧以船为之桥，今皆用木石造矣。次曰西水门便桥，门外曰横桥。东北曰五丈河，来自济、郓，般挽⓬京东路粮斛⓭入京城，自新曹门北入京，河上有桥五：东去曰小横桥，次曰广备桥，次曰蔡市桥，次曰青晖桥、染院桥。西北曰金水河⓮，自京城西南分京、索河水，筑堤，从汴河上用木槽架过，从西北水门入京城，夹墙遮拥⓯，入大内，灌后苑池浦矣。河上有桥三：曰白虎桥、横桥、五王宫桥之类。又曹门小河子桥，曰念佛桥，盖内诸司辇官⓰、亲事官⓱之类，军营皆在曹门，侵晨上直⓲，有瞽者⓳在桥上念经求化，得其名矣。

注释

❶辽绕：即缭绕。
❷内前：即大内之前，谓正对皇宫。
❸高殿前宅：北宋殿前都指挥使高俅的前宅。
❹虚架：在虚空中铺架。

❺丹雘（huò）：红色的涂料。雘，通“臒”。《续资治通鉴》卷一百四十七“淳熙七年”：“从至翠寒堂，栋宇不加丹雘。”

❻州桥：范成大使金纪行组诗中有一题即为《州桥》，前有小序：“南望朱雀门，北望宣德楼，皆旧御路也。”诗曰：“州桥南北是天街，父老年年等驾回。忍泪失声询使者，几时真有六军来？”

❼石笋楯（shǔn）栏：用石头制成的像笋一样的栏杆。楯，栏杆。

❽阙：古代建筑用语，指宫门前独立的两个台（观）。

❾方浅船：指船身方形且船舱较浅的船，是为了方便通过皇城中类似于相国寺桥之类的低平之桥。

❿巨干：巨大的枪杆。干，通“杆”。

⓫蔡相宅：权相蔡京的宅第。

⓬般挽：搬运，牵挽。般，通“搬”。

⓭粮斛：装粮食的斛，这里指粮食。岳飞《画守襄阳等郡札略》：“且以正兵六万为固守之计，就拨江西、湖南粮斛。”斛，一种容器，方形，小口。

⓮金水河：范成大使金纪行组诗中有《金水河》，小序曰：“在旧封丘门外河中，多大石，皆艮岳所赜。”诗曰：“菜市桥西一水环，宫墙依旧俯清湾。谁怜磊磊河中石，曾上君王万岁山。”

⓯夹墙遮拥：在河水的两岸砌墙，顺着水流的方向，将其与外界遮挡起来，围护起来。或是为了保证所引河水的清洁。

⓰辇官：掌管皇帝车辇器物的官员。《续资治通鉴长编》卷九十九，有“供御辇官六十二人”之记载。

⓱亲事官：供中央政府官署使用的官员，宋代吴曾《能改斋漫录·事始二》：“省寺所用使令者，名亲事官，自唐已有之。按，唐王守澄奏：‘宰相宋申锡、亲事官王师文等，同谋反逆。’”又，陆游《老学庵笔记》卷五：“亲事官闻之，白伯父曰：‘夫人请吏部。’”

⓲侵晨上直：黎明时分要去上班。侵晨，拂晓时分。宋代赵彦卫《云麓漫钞》卷十：“绍兴三十一年七月二十六日侵晨，日出如在水面，色淡而白。”上直，值班。《晋书·王济传》：“和峤性至俭，家有好李，

帝求之，不过数十。济候其上直，率少年诣园，共啖毕，伐树而去。"

⑲瞽（gǔ）者：盲人。《论语·子罕》："子见齐衰者、冕衣裳者与瞽者，见之，虽少必作，过之必趋。"

译文

穿过城门的河道有四条。穿过南边城墙的是蔡河，从陈蔡由西南的戴楼门进入京城，从东南的陈州门环绕而出。河上有桥十一座。从陈州门的里面算起是观桥在五岳观的后门。往北，其次是宣泰桥，其次是云骑桥，其次是横桥子，在彭婆婆的住宅前，其次是高桥，其次是西保康门桥，其次是龙津桥，正对着皇宫前面。其次是新桥，其次是太平桥，在殿前都指挥使高俅的宅第前，其次是粜麦桥，其次是第一座桥，其次是宜男桥，河道出戴楼门外是四里桥。贯穿城中的是汴河，从西京洛阳的洛河河口分出水流，进入京城，向东流到泗州，进入淮河，漕运东南的粮食。凡是东南的物产，都从这条河进入京城，公私所需都仰仗这条河的给养。从东水门之外的七里到西水门之外，河上有十三座桥。从东水门外七里开始，是虹桥，这座桥没有柱子，都是用巨大的木头从空中架构的，用红色的涂料装饰，好像飞动的彩虹一样，上土桥和下土桥也是依此建造的。其次是顺成仓桥，进入到水门里的是便桥，其次是下土桥，其次是上土桥，转入到西边角子门的是相国寺桥。其次是州桥，正名叫作天汉桥，正对着皇宫前的御街，这座桥与相国寺桥都是又低又平，不通行舟船的，只有西河的平船可以通过。州桥的桥柱都是用青色的石头做成的，用石梁和石笋做成桥的栏杆，靠近桥的河岸都是用石头做的墙壁，雕刻着海马、水兽、飞云的形状。桥下密集地排列着石柱，大概是皇帝车辇经过的御路。州桥北岸的御路，东西两座门阙，楼观相对耸立。州桥的西边有两只方形的浅船，船头放置着几条有巨大枪杆的铁枪，河岸上有三条铁索，到夜晚时将其拧在水面上，大概是为了防止舟船失火。往西有浚仪桥，其次是兴国寺桥，也叫马军衙桥，其次是太师府桥，在太师蔡京的府第前。其次是金梁桥。其次是西浮桥，以前用船做浮桥，现在都用木头和石头来造桥了。其次是西水门便桥，门外是横桥。东北方向是五丈河。来自济州、郓城的漕船，搬运京东路的粮食进入京城，是从新曹门的北边进入京城。五丈河上有五座桥：向东数去是小横桥，其次是广备桥，其次是蔡市桥，其次是青晖桥、染院桥。西北方向是金水河，从京城的西南将京河、索河的水分流过来并建筑堤岸，从汴河的上面用木槽将河水横架而过，从西北水门进入京城，用夹墙将河水遮挡围护起来，进入皇宫灌入后面苑囿的池塘里。金水河上面有三座桥，它们是白虎桥、横桥、五王官桥之类的。还有曹门小河子桥，叫作念佛桥，大概是内诸司的辇官、亲事官之类，以及军营都在曹门安居、驻扎的原因。在凌晨去皇宫上班时，有盲人在桥上念唱佛经以求超脱，故而因此得名。

❧ 大 内 ❧

　　大内正门，宣德楼。列五门，门皆金钉朱漆，壁皆砖石间甃❶，镌镂龙凤飞云之状，莫非雕甍画栋，峻桷层榱❷，覆以琉璃瓦，曲尺朵楼❸，朱栏彩槛，下列两阙亭相对，悉用朱红杈子❹。入宣德楼正门，乃大庆殿，庭设两楼，如寺院钟楼，上有太史局❺，保章正❻测验刻漏，逐时刻❼执牙牌奏。每遇大礼，车驾斋宿，及正朔朝会于此殿。殿外左右横门曰左右长庆门。内城南壁有门三座，系大朝会趋朝路❽。宣德楼左曰左掖门，右曰右掖门。左掖门里乃明堂，右掖门里西去乃天章、宝文等阁❾。宫城至北廊约百余丈。入门，东去，街北廊乃枢密院❿，次中书省，次都堂，宰相朝退，治事于此。次门下省，次大庆殿。外廊横门北去百余步，又一横门，每日宰执趋朝，此处下马；余侍从、台谏⓫于第一横门下马，行至文德殿，入第二横门。东廊，大庆殿东偏门。西廊，中书、门下后省。次修国史院，次南向小角门，正对文德殿。常朝殿⑫也。殿前东西大街，东出东华门，西出西华门。近里⑬又两门相对，左右嘉肃门也。南去，左右银台门。自东华门里皇太子宫入嘉肃门。街南，大庆殿后门、东西上阁门；街北，宣祐门。南北大街西廊，面东曰凝晖殿，乃通会通门，入禁中矣。殿相对东廊门楼，乃殿中省六尚局⑭、御厨。殿上常列禁卫两重，时刻提警，出入甚严。近里，皆近侍中贵⑮。殿之外皆知省、御药⑯、幕次⑰、快行⑱、亲从官、辇官、车子院、黄院子⑲、内诸司兵士，祗候⑳宣唤；及宫禁㉑买卖进贡，皆由此入。唯此浩穰，诸司人自卖饮食珍奇之物，市井之间未有也。每遇早晚进膳，自殿中省对凝晖殿，禁卫成列，约栏㉒不得过往。省门上有一人呼喝，谓之"拨食家"。次有紫衣、裹脚子向后曲折幞头㉓者，谓之"院子家"，托一合㉔，用黄绣龙合衣笼罩，左手携一红罗绣手巾，进入于此，约十余合，继托金瓜合二十余面进入，非时㉕取唤，谓之"泛索"。宣祐门外，西去，紫宸殿，正朔㉖受朝于此。次曰文德殿，常朝所御。次曰垂拱殿，次曰皇仪殿，次曰集英殿，御宴及试举人于此。后殿曰崇政殿、保和殿、内书阁曰睿思殿。后门曰拱宸门。东华门外，市井最盛，盖禁中买卖在此，凡饮食，时新㉗花果，鱼虾鳖蟹，鹑兔脯腊㉘，金玉珍玩、衣着，无非天下之奇。其品味㉙若㉚数十分，客要一二十味下酒，随索目下便有之㉛。其岁时果瓜蔬茹新上市，并茄瓠之类新出，每对㉜可直三五十千，诸阁分争以贵价取之。

注释

❶ 间甃（zhòu）：相互交错地垒砌。甃，用砖砌。

❷ 峻桷（jué）层榱（cuī）：此为互文词组，指高峻的、一层又一层的椽子。《说文解字》："秦名为屋椽，周谓之榱，齐鲁谓之桷。"

❸ 朵楼：主楼左右的小楼。

❹ 杈（chà）子：设置在官府之前用木条交叉制成的架子，用以阻挡人马通行的路障，也称"行马"。

❺ 太史局：宋代时隶属秘书省，主要负责测验天文，考定历法，每日向朝廷报告所观测的日月星辰、气候等，并为皇室举行的重大典

礼如祭祀、冠礼、婚礼等选定日期。

⑥保章正：观测、记录天文的官员。《唐六典》卷十"保章正一人，从八品上"。注曰："《周礼·春官》太史属有'保章氏'，掌天星，以志星辰日月之变动，辨其凶吉。"

⑦逐时刻：即逐时逐刻，在每一（正）时、每一刻。

⑧大朝会趋朝路：大朝会之时趋朝之路也。

⑨天章、宝文等阁：天章阁，宋代皇宫的藏书阁，始建于真宗天禧四年（1020），仁宗时于此设阁臣，有学士、直学士、待制、直阁侍从之职。宝文阁，北宋时收藏仁宗、英宗御书，以及御制文集的藏书阁，神宗时设有学士、直学士、待制等职。

⑩枢密院：中央官署名，五代至元代之时，最高的军事机构。

⑪台谏：唐、宋两朝的侍御史、殿中侍御史、监察御史掌纠弹，通称为"台官"，谏议大夫、拾遗、补阙、正言掌规谏，通称"谏官"，合称"台谏"。

⑫常朝殿：日常用作朝会的大殿。

⑬近里：附近，靠近。元代王伯成《天宝遗事诸宫调·禄山泣杨妃》："近里话也不合题，说着早森森地。"

⑭六尚局：掌管宫廷供奉之官的总称，各代所指不一。宋代指尚食、尚药、尚酝、尚衣、尚舍、尚辇。《唐六典》所载之"六尚"为尚宫、尚仪、尚服、尚食、尚寝、尚工。

⑮中贵：宫中有权势的太监。李白《古曲》："中贵多黄金，连云开甲宅。"

⑯御药：掌管禁中医药的官员，隶属于入内内侍省。

⑰幕次：临时搭建的帐篷。李复言《续玄怪录·辛公平上仙》："臻与公平止西廊幕次。肴馔馨香，味穷海陆。"

⑱快行：宋代宫廷中负责快速传递命令，或在皇帝出行时随从操持衣物器用的官员。叶梦得《石林燕语》卷五："宰执每岁有内侍省例赐新火、冰之类，将命者曰'快行家'。"吴自牧《梦粱录·士人赴殿试唱名》："其三魁听快行宣唤数次，方敢应名而出。"

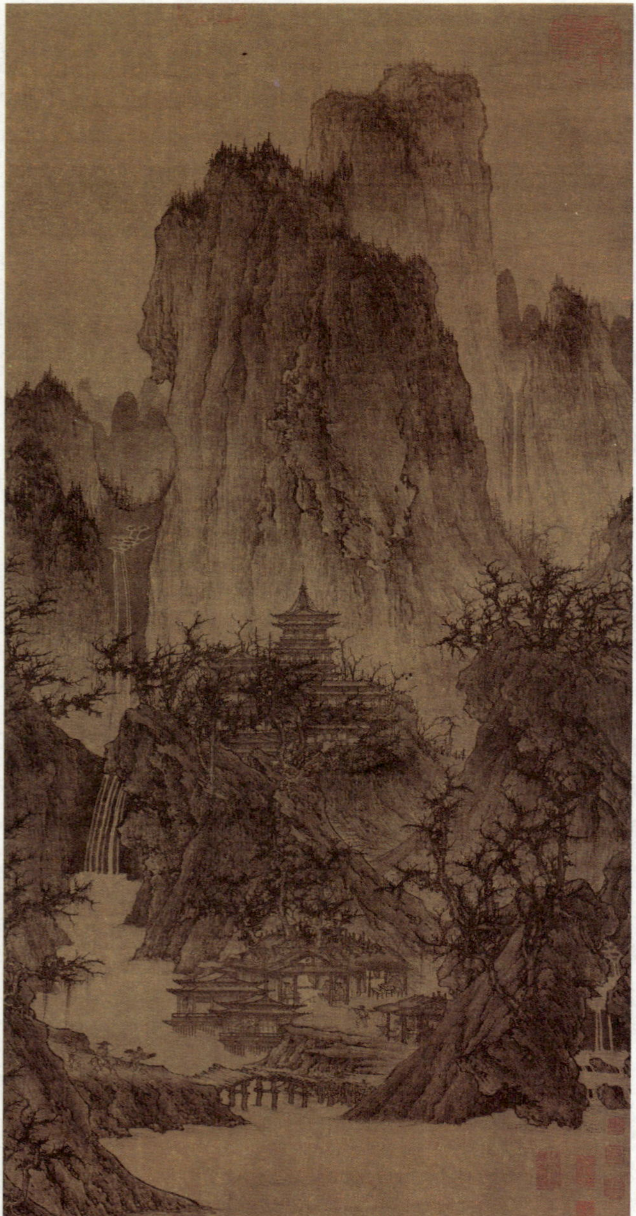

⓳黄院子：内廷杂役人员，因身穿黄衣，故名。本书卷之七《驾登宝津楼诸军呈百戏》曰："有黄衣老兵谓之'黄院子'。"宋时又有"皂院子"，盖身穿黑衣者。

⓴祗（zhī）候：宋代官名。分置于东、西上阁门，与阁门宣赞舍人并称阁职，供官府奔走、驱使之用。

㉑宫禁：名词，宫禁之中。

㉒约栏：设栏以阻挡。《宋史》卷九十三《河渠志》："为今之策，正宜因其所向，宽立堤防，约栏水势，使不至大段漫流。"

㉓幞（fú）头：用以包裹头部的纱罗软巾。金代韩道昭《五音集韵》卷十三："幞头，周武帝所制，戴幅巾出四脚以幞头，及名焉，亦曰'头巾'。"

㉔合：通"盒"，下文同此。

㉕非时：不按一定的时间规律。

㉖正朔：农历正月初一。

㉗时新：时令的，新鲜的。元稹《离思》（其三）："红罗着压逐时新，杏子花纱嫩曲尘。"

㉘脯腊：干肉。《周礼·天官·腊人》："掌干肉，凡田兽之脯腊、膴胖之事。"郑玄注："薄析曰脯。捶之而施姜、桂曰锻脩。腊，小物全干也。"

㉙品味：花样。

㉚若：大概。

㉛随索目下便有之：随时索取，眼下便可提供。

㉜每对：每一对（两个），盖当时采取成对的售卖方式。

译文

皇宫的正门是宣德楼。排列着五座大门，门上都用金钉和红漆装饰，墙壁都是用砖石相间砌成的，镌刻雕镂着龙、凤、飞云的形状，到处都是雕刻彩绘的梁栋，高峻的、一层又一层的椽子，用琉璃瓦覆盖其上，还有弯曲的朵楼、红色的栏杆和彩色的门槛，下面排列着两个相对的阙亭，全都用红色的杈子。进入宣德门的正楼，就到了大庆殿，庭院之内设有两座楼，就像寺院里的钟鼓一样，上面设有太史局，其中官职为保章正的官员需要检验刻漏的准确性，按照时刻手拿牙牌奏时。每当遇到大的礼仪，皇帝的车驾在此斋戒、住宿，以及每月正朔、朝会之时都在这个大殿里。殿外左右的横门称为左、右长庆门。内城南边的城墙有三座墙，是举行大的朝会时通往皇宫的路。宣德楼左边是左掖门，右边是右掖门。左掖门的里面就是明堂，从右掖门里向西就是天章阁、宝文阁等。宫城到北廊有一百多丈，进入右掖门朝东去，街北的长廊就是枢密院，其次是中书省，其次是都堂，宰相退朝之后在这里处理公务，其次是门下省，其次就是大庆殿。外廊横门向北一百多步，又有一个横门，每天宰相众官员上朝时，在此处下马；其余的侍从、台谏在第一个横门处下马，步行到达文德殿，进入第二个横门。东廊，就是大庆殿的东偏门。西廊，就是中书省、门下省的后面。其次是修国史院，其次朝南的小角门，正对着文德殿，是常用以朝会的大殿。殿的前面有东、西两条大街，向东直出东华门，向西直出西华门。将近一里左右，又有两座门相对而立，是左、右嘉肃门，再朝南去分别是左、右银台门。从东华门的皇太子宫进入嘉肃门，街的南边是大庆殿的后门，东上阁门、西上阁门，街的北边是宣祐门。宣祐门南北大街的西廊，面朝东的是凝晖殿，通往会通门，就到达禁中了。与凝晖殿相对的东廊门楼，是殿中省六尚局、御厨。殿上经常排列两重禁卫，时刻提神警卫，出入非常严格。靠近里边的都是亲近帝王的侍奉、朝中的权贵。殿门外面都是知省、御药、幕次、快行、亲从官、辇官、车子院、黄院子、内诸司的兵士、祗候等，听从传唤；宫禁之中进行买卖，用来进贡时，都由此进入。只有此处最为繁盛，诸司之人自行买卖饮食和珍奇的物品，是市井中所见不到的。每当遇到皇帝早晚进膳的时候，从殿中省到凝晖殿，禁军侍卫排成队列，拦住行人不得过往。省门上有一人喝呼，称为"拨食家"。然后有紫衣、裹脚子，他们向后将幞头曲折起来，称为"院子家"，手里托着一个食盒，用黄色的绣着龙的合衣笼罩着，左手拿着一个红罗绣手巾，于此间进入，大概有十几盒，然后托着装有二十几面金瓜食盒进入，不时地索取、叫唤，称为"泛索"。宣祐门外，向西是紫宸殿，每月正朔之时在这里接受朝拜，然后是文德殿，日常朝会所使用的宫殿。其次是垂拱殿，其次是皇仪殿，其次是集英殿，皇帝的御宴、礼部贡举，都在这里举行。后面的殿堂是崇政殿、保和殿，内书阁叫作睿思殿。后门叫作拱宸门。东华门的外面，市井最为繁盛，大概是因为宫禁中的买卖位于此地，但凡是饮食、时令新鲜的花果、鱼虾鳖蟹，用鹌鹑、兔子做成的干肉，金玉器皿、珍玩奇宝等，没有不是天下所稀奇的。其中的花样大致有几十种，买客选要其中的一二十种下酒，随时索取，眼下就可以提供。其中时令的瓜果、蔬菜这些新上市的，加上茄子、葫芦之类，新出的每一对，其价值可以达到三五千钱，皇宫的众多部门争相以高价购买。

内 诸 司

内诸司❶皆在禁中，如学士院❷、皇城司❸、四方馆❹、客省❺、东西上阁门❻、通进司❼、内弓剑枪甲军器等库，翰林司❽茶酒局也，内侍省❾、入内内侍省、内藏库❿、奉宸库⓫、景福殿库、延福宫、殿中省⓬、六尚局（尚药、尚食、尚辇、尚酝、尚舍、尚衣）、诸阁分⓭、内香药库、后苑作⓮、翰林书艺局、医官局、天章等阁，明堂颁朔布政府⓯。

注释

❶内诸司：皇宫之内的、为皇室提供各种服务的机构。
❷学士院：宋代时亦称"翰林院"，实际上类似皇帝的顾问。
❸皇城司：宋代特务机构，所隶官司有探事司、冰井务。为皇帝

刺探情报、监察舆情，类似于明代锦衣卫。《宋九朝编年备要·皇朝编年备要卷第三》："（太平兴国六年）十一月，置皇城司。"

❹四方馆：古代外交机构。隋炀帝时置，用以接待四夷及外国使臣，分设使者四人，各主一方贸易、往来诸事，隶属于鸿胪寺。唐代属中书省，以通事舍人掌其事。宋时为内诸司之一。《宋史》卷一百六十六《职官志第一百九十九》有"四方馆"之详细记载。

❺客省：唐代地方官员、使者进京朝觐，以及外国使节来京时的下榻之处。《资治通鉴》卷一百二十四《宋纪六》："其夜，呼晔置客省。"胡三省注："客省，凡四方之客入见者居之，属典客令。"

❻东西上阁门：即东上阁门使、西上阁门使的合称。宋朝置此官，掌管朝会、宴飨、供奉赞相礼仪等事。见《宋史》卷一百六十六《职官志第一百一十九》。

❼通进司：属门下省，主官为给事中。掌受三省、枢密院、尚书省六部与各寺、监的奏牍，将其进呈宫内，并将得到批示后文书颁布于外。见《宋史》卷一百六十一《职官志第一百一十四》。

❽翰林司：《南宋馆阁录》："翰林司三人，供应汤茶，系翰林司差到。"

❾内侍省：为皇帝近侍，掌管宫廷内部事务的机构。北齐置中侍中省、长秋寺，隋朝时改称内侍省，唐代时称内侍省、内侍监，专任

宦官。宋代在内侍省的基础上又增加了入内内侍省。见《宋史》卷一百六十六《职官志第一百一十九》。

❿ 内藏库：皇宫内贮存金帛的仓库，隶属太府寺。《宋九朝编年备要·皇朝编年备要卷第三》："（太平兴国四年）十月，置内藏库。"注曰："上幸左藏库，见金帛山积，乃命分左藏北库为内藏库。"

⓫ 奉宸库：宋代收藏金玉的仓库。康定元年（1040），将宜圣殿库、穆清殿库、崇圣殿库、受纳真珍库、乐器库合并，称为"奉宸库"，隶属太府寺。《宋九朝编年备要·皇朝编年备要卷第十一》："（康定元年九月）置奉宸库。"注曰："在景福宫内，旧名'宜圣殿'等五库，今合为一。"

⓬ 殿中省：掌管皇帝日常生活的官署。魏晋之后在门下省设置殿中监，隋时设殿内省，唐代改为殿中省，所属有尚食、尚药、尚衣、尚舍、尚乘、尚辇等六局。参看《通典》卷二十六《职官八》"殿中监"条。

⓭ 阁分：又称"合子""合分"，宋代对妃嫔的称呼。本书卷之七"驾幸临水殿观争标赐宴"条有"两边列十阁子"之语。宋代周密《武林旧事·宫中诞育仪例略》："宫中凡合分有娠，将及七月，本位医官申内东门司及本位提举官奏闻门司特奏。""诸阁分"或指为后宫嫔妃提供生活料理的机构。

⑭后苑作：指后苑造作所，为皇宫提供器玩、服饰之类的机构。《宋史》卷一百六十五《职官志第一百一十八》："凡进御器玩、后妃服饰，雕文错采工巧之事，分隶文思院后苑造作所。"

⑮明堂颁朔布政府：宋代举行明堂礼仪，颁朔、布政的府治，又见于《东京梦华录》卷二"宣德楼前省府宫宇"条。颁朔，周制，周天子在每年季冬时把来年的历日颁布于天下诸侯，称为"颁朔"。《周礼·春官·太史》："颁告朔于诸侯。"

译文

内诸司都在皇宫之中，比如学士院、皇城司、四方馆、客省、东上阁门、西上阁门、通进司、内弓剑枪甲军器等库，翰林司（茶、酒局），内侍省、入内内侍省、内藏库、奉宸库、景福殿库、延福宫、殿中省、六尚局（尚药、尚食、尚辇、尚酝、尚舍、尚衣）、诸阁分、内香药库、后苑作、翰林书艺局、医官局、天章等阁，明堂颁朔布政府。

✿❂ 外 诸 司 ❂✿

外诸司：左右金吾街仗司❶、法酒❷库、内酒坊、牛羊司、乳酪院、仪鸾司（帐设局也）、车辂院、供奉库、杂物库、杂卖务、东西作坊、万全（造军器所）、修内司❸、文思院上下界❹、绫锦院、文绣院、军器所、上下竹木务、箔场❺、车营致远务❻、骡务、驼坊、象院、作坊物料库❼、东西窑务❽、内外物库、油醋库、京城守具所、鞍辔库、养马曰左右骐骥院、天驷十监、河南北十炭场、四熟药局❾、内外柴炭库、军头引见司❿、架子营（楼店务、店宅务）、榷货务、都茶场⓫、大宗正司⓬、左藏、大观、元丰、宣和等库、编估局、打套所⑬。诸米麦等：自州东虹桥，元丰仓、顺成仓；东水门里广济、里河折中、外河折中、富国、广盈、万盈、永丰、济远等仓，陈州门里麦仓。子州北夷门山、五丈河诸仓，约共有五十余所。日有支纳下卸⑭，即有下卸指军兵士，支遣即有袋家⑮，每人肩两石布袋。遇有支遣，仓前成市。近新城，有草场二十余所。每遇冬月，诸乡纳粟秆草，牛羊阗塞道路，车尾相衔，数千万辆不绝，场内堆积如山。诸军打请⑯，营在州北，即往州南仓，不许雇人般担⑰，并要亲自肩来，祖宗之法也。

注释

❶金吾街仗司：掌管殿内宿卫，车驾巡幸时勘箭、喝探之事，以及送诸道节度使旌节。金吾分左金吾、右金吾，始见《汉书》，应劭注曰："吾者，御也，掌执金革以御非常。"颜师古注曰："金吾，乌名也，主辟不祥。天子出行，职主先导，以御非常，故执此乌之象，因以名官。"

❷法酒：指朝廷举行重大礼仪的酒宴时，因进酒需有礼，故称法酒。后泛指用于宫廷宴饮的酒。宋代陈师道《后山诗话》："子瞻谓孟浩然之诗，韵高而才短，如造内法酒手而无材料尔。"

❸修内司：宋代掌管宫殿、太庙修缮事务的机构，隶属于将作监。

❹文思院上下界：掌管皇宫金银器制造以及彩缯、装钿之类的机构。元代马端临《文献通考》卷五十七"少府监"条之"文思院"说："掌造金银、犀玉、工巧之物，金彩、绘素、装钿之饰，以供舆辇、册宝、法物及凡器服之用。"上下界，与下文"上下竹木务"类似，当是等级、分工不同所致。

❺箔场：《宋史》卷一百六十五《职官志第一百一十八》曰："箔场，掌抽算竹木蒲苇，以供帘箔内外之用。"苏辙《请户部复三司诸案札子》："近以箔场竹箔积久损烂，创令出卖，上下皆以为当。"

❻车营致远务：即车营务、致远务。《宋史》卷一百六十四《职官志第一百一十七》："车营致远务，掌分养杂畜以供负载、般运。"

❼作坊物料库：《宋史》卷一百六十五《职官志第一百一十八》："作坊物料库掌收铁锡、羽箭、油漆之属。"

❽东西窑务：清代周城《宋东京考》卷三："东西窑务，掌陶土为砖瓦以给营缮及瓶缶之用。"

❾四熟药局：《宋东京考》卷三："四熟药局、和剂局、惠民局，掌合药出卖以济民疾苦。"熟药，经过加工的药材。

❿军头引见司：宋代官署名，隶属入内内侍省。宋代孙逢吉《职官分纪》卷三十五"御前忠佐军头引见司"条曰："国朝初曰军头引见司，端拱元年改军头司为御前忠佐军头司，引见司为御前忠佐引见司……军头司掌崇政殿供奉官及诸州驻泊捕捉权管之事，引见司掌军头之名籍、诸军拣阅引见。"

⓫榷货务、都茶场：元代马端临《文献通考》卷六十《职官考十四》"榷货务都茶场"条曰："榷货务掌折博、斛米、金帛之属，以朝官诸司使副内侍二人监。太平兴国中，以先平岭南及交阯，诸国入贡通关市议，于京师置榷易院。大中祥符中，并入榷货务。建炎中兴，又创都茶场，给卖茶引，随行在所于榷货务置场，虽分两司，而提辖监官并通衔管干。"

⓬大宗正司：负责教育训导王室、亲族的机构。宗正为三公九卿制中的九卿之一。

⓭编估局、打套所：《宋史》卷一百六十五《职官志第一百一十八》："编估局、打套局，二局系拣选市舶、香药、杂物等，第会其直，以待贸易。"

⓮支纳下卸：支取、缴纳、向下卸载。

⓯袋家：扛米麦袋子的劳工。

⓰打请：宋元之时，军队领取粮草的称谓。《宋会要辑稿·食货五三》："行在诸仓遇打请日，令户部前一日据合支数，令本仓般量出廒于廊屋下安顿，遇天晴，于砖石上垛放支遣。"

⓱般担：搬运、担负。般，通"搬"。

皇官之外众多机构是：左右金吾街仗司、法酒库、内酒坊、牛羊司、乳酪院、仪鸾司（又叫帐设局）、车辂院、供奉库、杂物库、杂卖务、东西作坊、万全（制造军器的场所）、修内司、文思院上下界、绫锦院、文绣院、军器所、上下竹木务、箔场、车营致远务、骡务、驼坊、象院、作坊物料库、东西窑务、内外物库、油醋库、京城守具所、鞍辔库、左右骐骥院（即养马的地方）、天驷十监、河南河北十个炭场、四熟药局、内外柴炭库、军头引见司、架子营（包括楼店务、店宅务）、榷货务、都茶场、大宗正司，左藏、大观、元丰、宣和等仓库，编估局、打套所。众多米麦仓库：从汴州东边的虹桥数起，有元丰仓、顺成仓，东水门的里面有广济仓，里河折中仓、外河折中仓，富国仓、广盈仓、万盈仓、永丰仓、济远仓等。珠州门里有麦仓。加上汴州北边有夷门山、五丈河等仓库，大约共有五十多个仓库。每天都有支取、缴纳、卸载等事，于是就有指挥下卸的士兵，支取遣送之事就有袋家，每人肩上扛着容量为两石的布袋。每当遇到支遣的时候，仓库前就像集市一样。靠近新城的地方有二十多所草料场。每当遇到冬天的月份，众多乡县交纳粟秆草的牛车填满了整个道路，车尾相互衔接，有成千上万辆，络绎不绝。草料场内堆积如山。诸军营在州城之北的，领取粮草时要到州城之南的仓库，不许雇用人搬运担负，都要亲自来用肩挑走，这是祖宗传下来的规矩。

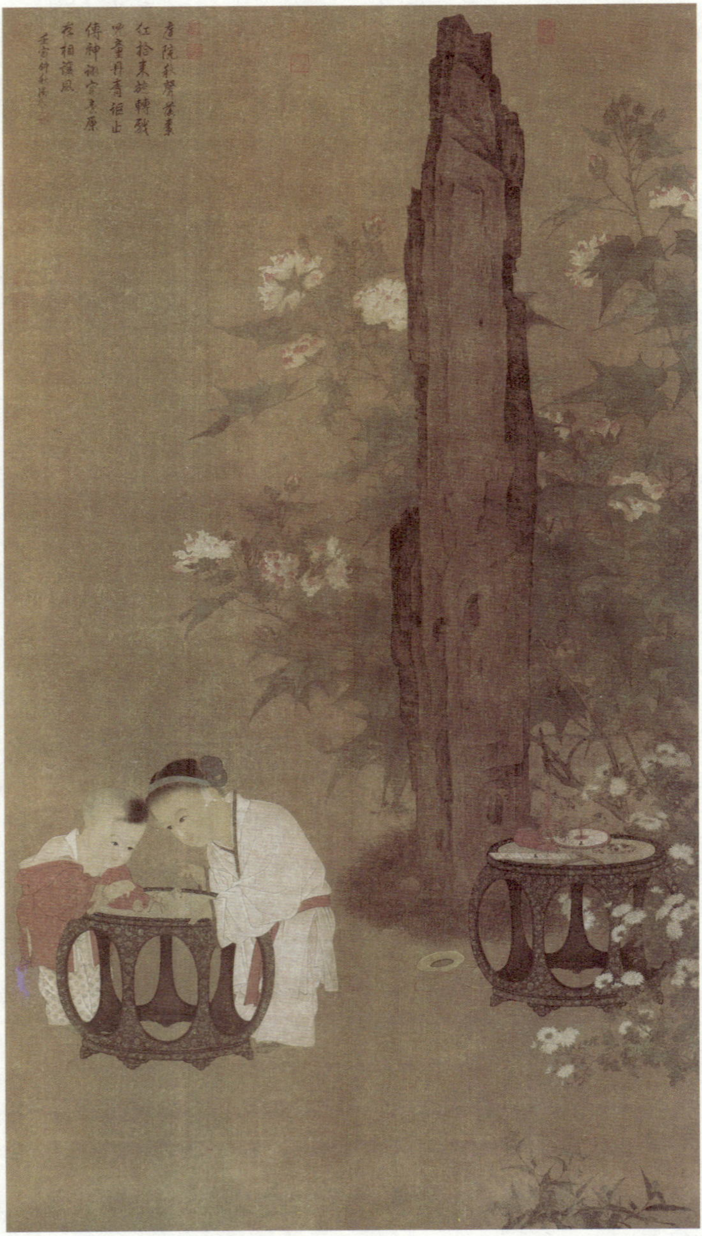

卷之二

坊巷御街，
自宣德楼一直南去，
约阔二百余步，
两边乃御廊，
旧许市人买卖于其间。

御　街

坊巷御街❶，自宣德楼一直南去，约阔二百余步，两边乃御廊，旧许市人买卖于其间。自政和间官司禁止，各安立黑漆杈子，路心❷又安朱漆杈子两行，中心御道，不得人马行往，行人皆在廊下朱杈子之外。杈子里有砖石甃砌御沟水两道，宣和间尽植莲荷，近岸植桃、李、梨、杏，杂花相间。春夏之间，望之如绣。

注释

❶御街：又称"天街"，指宣德楼至南薰门之间的宽阔街道，因皇驾经常于此经过，故名。

❷路心：道路中央。

译文

夹在街坊和巷子中的御街，从宣德楼一直向南，街道大约有两百多步宽，街的两边是御廊，以前允许市人在这里买卖。到宋徽宗政和年间时，官府禁止了买卖，两边各自安装了黑漆的杈子，路的中央又安装了两排红漆的杈子。在御道的中心，人马不得行走往来，行人都在御廊之下、朱杈子之外。杈子的内侧有用砖石砌成的两道御沟，宣和年间全都种上了莲叶荷花，御沟的近岸种植了桃树、李树、梨树、杏树，杂花相互交错，春夏之间，一眼望去就好像锦绣一样。

宣德楼前省府宫宇

宣德楼前，左南廊对左掖门，为明堂颁朔布政府、秘书省；右廊南对右掖门。近东则两府八位❶，西则尚书省。御街大内前南去，左则景灵东宫❷，右则西宫。近南大晟府❸，次曰太常❹寺。州桥曲转大街，面南曰左藏库。近东郑太宰宅❺、青鱼市内行、景灵东宫。南门大街以东，南则唐家金银铺、温州漆器什物铺、大相国寺，直至十三间楼❻、旧宋门。自大内西廊南去，即景灵西宫，南曲对即报慈寺街、都进奏院❼、百种圆药铺❽，至浚仪桥大街。西宫南皆御廊权子，至州桥投西大街，乃果子行。街北都亭驿，大辽人使驿也。相对梁家珠子铺。余皆卖时行❾纸画、花果铺席。至浚仪桥之西，即开封府。御街一直南去，过州桥，两边皆居民。街东，车家炭、张家酒店，次则王楼山洞梅花包子、李家香铺、曹婆婆肉饼、李四分茶❿。至朱雀门街西过桥，即投西大街，谓之"曲院街"，街南遇仙正店，前有楼子，后有台，都人谓之"台上"。此一店最是酒店上户，银瓶酒七十二文一角，羊羔酒⓫八十一文一角。街北薛家分茶、羊饭、熟羊肉铺。向西去皆妓馆舍，都人谓之"院街"。御廊西即鹿家包子。余皆羹店、分茶、酒店、香药铺、居民⓬。

注释

❶ 两府八位：两府，指东西府。宋代陈绎《新修东府记》："自熙宁三年秋七月，兴作东西府，凡八位，总千二百楹。"王安石《张侍郎示东府新居诗因而和酬二首》题下李壁注曰："又建东西府，以居执宰，与右掖门相对，每府四位，俗号八位。"叶梦得《石林诗话》卷中亦有记载。

❷景灵东宫：宋代李心传《建炎以来朝野杂记·景灵东西宫》甲集卷二"景灵东西宫"条："祖宗以来，帝后神御，皆寓道释之馆。神宗元丰中，始仿汉原庙之制，即景灵宫之东西为六殿，每殿皆有馆御，前殿以奉宣祖以下御容，而后殿以奉母后，各揭以美名。徽宗崇宁初，以景灵无隙地，乃于驰道之西立西宫，以神宗为馆御首，哲宗次之，号旧宫为景灵东宫。"

❸大晟（shèng）府：北宋时掌管宫廷音乐的机构，崇宁四年（1105）置。

❹太常：掌管宗庙礼仪的官员，汉代时位列九卿之首，地位崇高。

❺郑太宰：指郑居中，宰相王珪之婿，宋徽宗时期任太宰。

❻十三间楼：王辟之《渑水燕谈录》卷九"杂录"第二条："周显德中，许京城民居起楼阁，大将军周景威先于宋门内，临汴水建楼十三间，世宗嘉之，以手诏奖谕。景威虽奉诏，实所以规利也。今所谓'十三间楼子'者是也。"

❼都进奏院：都，总领。进奏院，唐代即有此署，指各个地方上的行政机构的驻京办事处。《宋史》卷一百六十一《职官志第一百一十四》曰："进奏院，隶给事中，掌受诏敕及三省枢密院宣札，六曹、寺、监、百司符牒，颁于诸路。凡章奏至，则具事目上门下省。若案牍及申禀文书，则分纳诸官司。"宋人苏舜钦曾担任监进奏院一职。

❽百种圆药铺：百种各式的丸药。圆药，即丸药。

❾时行：当下流行的。

❿分茶：宋代时的一种茶艺，将沸水注入装有茶末的茶杯后，使之呈现出不同的波纹形状。陆游《临安春雨初霁》有"晴窗细乳细分茶"之句。

⓫羊羔酒：北宋时一种名贵的酒。《本草纲目》载其酿法，需"用米一石""肥羊肉七斤"，故名。宋代陈元靓《岁时广记》卷四"饮羔酒"条，可略见其名贵之状。又，苏轼《二月三日点灯会客》

有"试开云梦羔儿酒，快泻钱塘药玉船"。赵次公注曰："即今之羊羔酒也。"

⑫居民：即民居。

译文

宣德楼的前面，左边的南廊正对着左掖门，是明堂颁朔布政府、秘书省的所在，右边的南边正对着右掖门。靠近东边的一侧，则是两府八位，靠西边的是尚书省。御街皇宫向南而去，左边则是景灵东宫，右边则是景灵西宫。靠近南边的则是大晟府，其次是太常寺。到州桥转弯处是东西两条大街，面向南边的是左藏库，靠近东边的是郑太宰的宅院、青鱼市的内部鱼行。景灵东宫南门大街的东面，靠南的是唐家金银铺、温州漆器什物、大相国寺，一直到十三间楼、旧宋门。从皇宫西廊向南，就是景灵西宫，南边转弯处所对的即是报慈寺街、都进奏院、百种圆药铺，一直到浚仪桥大街。景灵西宫的南面，都有御廊权子，至州桥时转向西大街，是果子行。街北的都亭驿，是辽国使者的驿站，对着梁家珠子铺，其余的都是卖时下流行的纸画、花果的铺子。到了浚仪桥的西边，就是开封府。沿着御街一直南去，走过州桥，两边都是民居。街的东边是车家炭、张家酒店，其次是王楼山洞梅花包子、李家香铺、曹婆婆肉饼、李四分茶。到朱雀门的西边街道，走过桥，就到了西大街，称为曲院街。曲院街的南边就会遇到仙正店，店的前面有楼子，后面有楼台，都城里的人称之为"台上"。这一家店面最能称得上是酒店中的上品，银瓶装的酒一角值七十二文，羊羔酒一角值八十一文。曲院街北边有薛家分茶、羊饭、熟羊肉铺。向西而去，都是妓馆屋舍，都城里的人称之为"院街"。御廊的西边就是鹿家包子，其余都是羹店、分茶、酒店、香药铺、民居。

❧ 朱雀门外街巷 ❧

出朱雀门东壁，亦人家。东去大街、麦秸巷、状元楼，余皆妓馆，至保康门街。其御街东，朱雀门外，西通新门瓦子❶，以南杀猪巷，亦妓馆。以南，东西两教坊❷，余皆居民或茶坊。街心市井，至夜尤盛。过龙津桥南去，路心又设朱漆杈子，如内前。东，刘廉访❸宅；以南，太学、国子监。过太学，又有横街，乃太学南门。街南熟药惠民南局。以南五里许，皆民居。又东去横大街，乃五岳观后门大街，约半里许，乃看街亭，寻常车驾行幸，登亭，观马骑于此。东至贡院什物库❹、礼部贡院❺、车营务、草场。街南葆真宫，直至蔡河云骑桥。御街至南薰门里街，西五岳观，最为雄壮。自西门东去观桥、宣泰桥，柳阴牙道，约五里许，内有中太一宫❻、佑神观❼。街南，明丽殿、奉灵园。九成宫，内安顿九鼎❽。近东即迎祥池❾，夹岸垂杨，菰蒲莲荷，凫雁游泳其间，桥亭台榭，棋布相峙，唯每岁清明日，放万姓烧香游观一日。龙津桥南，西壁，邓枢密❿宅，以南武学巷内，曲子张宅、武成王庙。以南，张家油饼、明节皇后宅。西去大街，曰大巷口。又西曰清风楼酒店，都人夏月多乘凉于此。以西老鸦巷口，军器所，直接第一座桥。自大巷口南去，延真观，延接四方道民于此。以南西去，小巷口，三学⓫院，西去，直抵宜男桥小巷，南去即南薰门。其门寻常士庶殡葬车舆，皆不得经由此门而出，谓正与大内相对。唯民间所宰猪，须从此入京，每日至晚，每群万数，止十数人驱逐，无有乱行⓬者。

注释

❶瓦子：又称瓦舍、瓦肆，是宋代出现的兼容商业和娱乐性质的

场所，一般以表演曲艺、杂技为主。

②教坊：古代舞乐机构，唐时置，隶属太常寺，掌管教习俳优杂剧。后来朝廷祭祀则用教坊雅乐，岁时宴乐则用教坊俗乐，宋金元明大体因之，至清废止。唐朝崔令钦撰有《教坊记》可参看。

③刘廉访：其名未详。廉访，宋代职官名，即廉访使者，主管监察诸事。

④贡院什物库：堆放与贡院有关的杂物的仓库。什物，泛指日用零碎之物。

⑤礼部贡院：贡院，古代科举考试的场所。唐代李肇《唐国史补》卷下："开元二十四年，考功郎中李昂，为士子所轻诋。天子以郎署权轻，移职礼部，始置贡院。"

⑥太一宫：祭祀太乙神的宫殿，汉代时长安有太一宫，亦称"太乙宫"。宋代王安石有《题太一宫壁》诗二首。

⑦佑神观：全称为"佑神观使"，宋代常见的祠禄官，是一种只享受俸禄而无须到岗的虚职。

⑧九成宫，内安顿九鼎：李濂《汴京遗迹志》："崇宁元年，方士魏汉津请备百物之象铸九鼎。四年三月，九鼎成。诏于中太一宫之南为殿以奉安，各周以垣，上施睥睨，墁以方色之土。外筑垣环之，名曰'九成宫'。中央曰帝鼎，其色黄，祭以土，王日为大祠，币用黄，

乐用宫架。北方曰宝鼎，其色白，祭以冬至，币用皂。东北曰牡鼎，其色白，祭以立春，币用皂。东方曰苍鼎，其色碧，祭以春分，币用青。东南曰冈鼎，其色绿，祭以立夏，币用绯。南方曰彤鼎，其色紫，祭以夏至，币用绯。西南曰阜鼎，其色黑，祭以立秋，币用白。西方曰晶鼎，其色赤，祭以秋分，币用白。西北曰魁鼎，其色白，祭以立冬，币用皂。八鼎皆为中祠，乐用登歌，享用素馔，复于帝鼎之宫立大角鼎星之祠。"

⑨迎祥池：即凝祥池。

⑩邓枢密：指邓洵武，政和六年（1116）知枢密院。

⑪三学：佛教用语，谓戒、定、慧。

⑫乱行：走乱行列，乱跑乱窜。

译文

出了朱雀门，东边也是居民。向东去的大街，有麦秸巷、状元楼，其余都是妓馆，一直到保康门街。在御街东边的朱雀门外，向西通往新门瓦子，南边是杀猪巷，也都有妓馆，再往南是东、西两座教坊，其余都是民居，或者是茶坊。朱雀街中心的市井，到了夜晚尤其繁盛。过龙津桥向南，道路的中心又设置了朱漆的杈子，如同皇宫前的御街。东面是刘廉访的宅院，往南是太学、国子监。过了太学之后又有横街，就到了太学的南门。横街的南边是熟药惠民南局。往南大约五里都是民居。再往东去就是横大街，就到了五岳观的后门。在横大街半里左右，就到了看街亭，平日里皇帝车驾临幸时，登上看街亭，在这里观看马车骑从。再向东就到了贡院什物库、礼部贡院、车营务、草场。街的南面是葆真官，一直到蔡河的云骑桥。御街至南薰门之内，街西的五岳观最为雄壮。自西门向东而去，观桥、宣泰桥，一路上绿柳成荫，都是官府砌的牙道，大约五里左右，内部有中太一官、佑神观。街的南边是明丽殿、奉灵园。九成官，内部安顿九鼎。靠近东边就是迎祥池，两岸种植着垂杨，水中有菰蒲、莲叶、荷花，凫雁在池中游泳，桥、亭、台、榭，像棋子一样排布对峙，只有在每年清明节这一天，允许百姓烧香游观一天。龙津桥南边靠西的一面是邓枢密的宅院，南面的武学巷内，有曲子张宅、武成王庙。再往南是张家油饼、明节皇后的宅院。向西所到的大街是大巷口，再往西是清风楼酒店，都城里的人在夏季的月份里大多在此乘凉。往西是老鸦巷口军器所，直接通往第一座桥。从大巷口往南，有延真观，在这里延接四方而来的道士。南边往西走，就到了小巷口三学院，向西直接到达宜男桥小巷，往南就到了南薰门。这个门，平时士人、百姓殡葬的车辆，都不能从此出去，因为此门与皇宫正好相对。只有民间宰杀的猪，必须从这座门进入都城。每天到了夜晚，每一群猪都有上万头，只有十几个人驱赶着，没有走乱行列的。

州桥夜市

出朱雀门，直至龙津桥。自州桥南去，当街水饭❶、熬肉❷、干脯❸。王楼前獾儿、野狐肉脯，鸡。梅家、鹿家鹅、鸭、鸡、兔、肚肺、鳝鱼、包子、鸡皮、腰肾、鸡碎❹，每个不过十五文。曹家从食⁵。至朱雀门，旋煎⁶羊白肠、鲊脯、爊冻鱼头、姜豉、劈子、抹脏⁷、红丝、批切⁸羊头、辣脚子、姜辣萝卜。夏月，麻腐鸡皮、麻饮细粉、素签、沙糖冰雪冷元子⁹、水晶皂儿、生淹水木瓜、药木瓜、鸡头穰⑩、沙糖绿豆甘草冰雪凉水、荔枝膏、广芥瓜儿、咸菜、杏片、梅子姜、莴苣笋、芥辣瓜儿、细料馉饳儿、香糖果子、间道糖荔枝、越梅、锯刀紫苏膏、金丝党梅、香枨⑪元，皆用梅红匣儿盛贮。冬月，盘兔、旋炙⑫猪皮肉、野鸭肉、滴酥、水晶脍、煎夹子、猪脏之类，直至龙津桥须脑子肉止，谓之"杂嚼"，直至三更。

注释

❶水饭：稀饭、粥，用水浸过的米饭。大概指粥用水煮开后再将其放入到凉水中降温后食用。

❷熬肉：一种用文火慢慢熬制的肉。

❸干脯：肉干。《韩诗外传》："御者进干脯、梁糗。"

❹鸡碎：鸡杂碎。

❺从食：非主食的，犹副食、小食、轻食。

❻旋煎：现场煎、烤的。旋，立刻、立即。

❼抹脏：切成薄片的猪、羊等动物的内脏。

❽批切：斜着用刀削，与上文之"抹"皆厨师用刀之术语。苏轼《和何长官六言五首》（其三）："贫家何以娱客，但知抹月批风。"赵次公注曰："馔食者有批有抹，'抹月批风'又戏言之。"

❾元子：即"丸子"，因"丸"与宋钦宗赵桓之"桓"音近，故改为"元"以避讳。

❿鸡头穰：鸡头，芡食。晋代崔豹《古今注》卷下："芡，鸡头也，一名雁头，一名芰叶，似荷而大，叶上蹙皱如沸，实有芒刺，其中如米，可以度饥。"穰，同"瓢"。

⓫枨：同"橙"。

⓬旋炙：现烤的。一说将食材放在烤架上旋转着烧烤。

译文

出了朱雀门，就一直到了龙津桥。从州桥入南，当街有卖水饭、熬肉、干脯的。王楼的前面有卖用獾儿、野狐的肉制成的肉干和鸡肉的，还有梅家、鹿家的鹅、鸭、鸡、兔、肚肺、鳝鱼、包子、鸡皮、腰肾、鸡碎，每一个不超过十五文钱，曹家的副食店也在这里。到了朱雀门，有现煎现烤白羊肠、鲊脯、㸆冻鱼头、姜豉、㸑子、抹脏、红丝、批切羊头、辣脚子、姜辣萝卜。夏天时，卖的有麻腐鸡皮、麻饮细粉、素签、沙糖冰雪冷元子、水晶皂儿、生淹水木瓜、药木瓜、鸡头穰、沙糖绿豆甘草冰雪凉水、荔枝膏、广芥瓜儿、咸菜、杏片、梅子姜、莴苣笋、芥辣瓜儿、细料馉饳儿、香糖果子、间道糖荔枝、越梅、刀紫苏膏、金丝党梅、香枨元，全都用梅红色的匣子盛装贮存。冬天时，卖的有盘兔、旋炙猪皮肉、野鸭肉、滴酥水晶脍、煎夹子、猪脏之类，一直到龙津桥的须脑子肉为止，称为"杂嚼"，买卖一直持续到三更天。

东角楼街巷

自宣德东去东角楼，乃皇城东南角也。十字街南去，姜行、高头街。北去，从纱行至东华门街、晨晖门、宝箓宫，直至旧酸枣门，最是铺席要闹❶。宣和间，展夹城牙道矣。东去乃潘楼街，街南曰"鹰店"，只下❷贩鹰鹘客，余皆真珠、匹帛、香药铺席。南通一巷，谓之"界身"，并是金银、彩帛交易之所，屋宇雄壮，门面广阔，望之森然。每一交易，动即❸千万，骇人闻见。以东，街北曰潘楼酒店，其下每日自五更市合❹，买卖衣物、书画、珍玩、犀玉。至平明，羊头、肚肺、赤白腰子、奶房、肚胘、鹑兔、鸠鸽野味，螃蟹、蛤蜊之类讫，方有诸手作人上市，买卖零碎作料。饭后，饮食上市，如酥蜜食、枣餬❺、瀡砂团子、香糖果子、蜜煎雕花之类。向晚卖何娄❻头面、冠梳❼、领抹❽、珍玩、动使❾之类。东去则徐家瓠羹店。街南桑家瓦子，近北则中瓦，次里瓦。其中大小勾栏❿五十余座。内中瓦子莲花棚、牡丹棚，里瓦子夜叉棚、象棚最大，可容数千人。自丁先现、王团子、张七圣辈，后来可有人于此作场⓫。瓦中多有货药、卖卦、喝故衣⓬、探搏⓭、饮食、剃剪纸画⓮、令曲之类。终日居此，不觉抵暮。

注释

❶要闹：紧要而热闹的。唐代张继《寄元员外》："门巷不教当要闹，诗篇转觉足工夫。"

❷下：动词，住下、下榻。

❸动即：动不动就。动，动辄。

❹市合：开市。

❺枣餬（hú）：一种镶嵌着枣子的饼状面食。餬，《玉篇》卷九"食部"："餬，户乌切，饼也。"

❻何娄：即何楼，泛指假货。宋代江少虞《新雕皇朝类苑》卷五十九"何楼"条："世人语虚伪者为'何楼'，似是污滥之称，其实不然。国初，京师有何家楼，其下卖物皆污滥者，故人以此目之，今楼已废，语犹相传。"

❼冠梳：发髻上安插的梳子，当时流行的一种冠饰。宋代陆游《入蜀记》卷六："未嫁者率为同心髻，高二尺，插银钗至六只，后插大象牙梳，如手大。"《宋史》卷一百五十三《舆服志》第一百六："先是宫中尚白角冠梳，人争仿之，谓之内样。其冠名曰'垂肩'等，至有长三尺者，梳长亦逾尺。议者以为服妖，遂禁止之。"

❽领抹：缝制、搭配在衣领边的装饰物。

❾动使：日常使用的器具。《朱子语类》卷八："因说索面，曰：'人于饮食、动使之物，日极其精巧，到得义理，却不理会，渐渐昏蔽了，都不知。'"

❿勾栏：大城市中固定的娱乐场所，宋元时期很多杂剧、戏曲在

勾栏上演，一般设有舞台、看台的功能区域，看台有层层台阶，以方便众人观看，类似于今天的剧院。元代杜仁杰有套曲《庄家人不识勾栏》，对勾栏及其演出有较为详细的描写。

⓫作场：民间艺人在某一场所开始演出。陆游《小舟游近村舍舟步归》："斜阳古柳赵家庄，负鼓盲翁正作场。"

⓬喝故衣：吆喝着售卖旧衣服。

⓭探搏：搏，通"博"。可能是用探摸（抓阄）方式来售卖的一种博戏。

⓮剃剪纸画：按照图样进行裁剪的纸画。

译文

从宣德楼向东，一直到东角楼，这是皇城的东南角。从十字街向南而去，是姜行、高头街。向北而去，从纱行可至东华门街、晨晖门、宝箓宫，一直到旧酸枣门，是商铺最重要热闹的场所，宣和年间拓展为皇城边的夹城和官道了。向东而去就是潘楼街，街的南边是鹰店，只让贩卖鹰鹘的客人住下，其余都是卖珍珠、布匹、绢帛、香药的店铺。向南通往一个巷子，叫作"界身"，全部都是金银彩帛交易的地方。房屋殿宇非常雄壮，店铺的门面广阔，看上去森严起敬。每一次交易额，动不动就达到千万，使人听后感到害怕。东边街道的北面是潘酒楼店。在这座酒楼的下面，每日五更天的时候集市就开始了，买卖衣物、书画，珍玩犀玉；到天亮时，卖有羊头肚肺、赤白腰子、奶房、肚胘、鹌鹑、兔子、斑鸠、鸽子等野味，还有螃蟹、蛤蜊之类海鲜。等这些食物摊卖完收摊之后，才有众多手工艺人上市，售卖零碎的手工原材料。早饭过后，饮食品上市，比如酥蜜食、枣圈、澄砂团子、香糖果子、蜜煎雕花之类。到傍晚时，卖的有粗糙假冒的头面、冠梳、领抹、珍玩、日常使用器具之类的。沿着道路往东走，是徐家瓠羹店。街的南面是桑家瓦舍，靠近北边则是中瓦子，其次是里瓦子。其中有大、中、小的勾栏五十多座。其中里边的中瓦子的莲花棚、牡丹棚，里瓦子的夜叉棚、象棚规模最大，可以容纳几千人。自从丁先现、王团子、张七圣这些人在此演出后，可有人也在此处占据场地演出。瓦舍中多有卖药、卖卦、吆喝售卖旧衣服、抓阄售卖货物、售卖饮食、修剪整理纸画、演唱曲子之类的。整天在这里居住，不知不觉就到了日暮时分。

潘楼东街巷

　　潘楼东去十字街，谓之"土市子"，又谓之"竹竿市"。又东十字大街，曰从行裹角❶茶坊。每五更点灯，博易❷买卖衣服、图画、花环、领抹之类，至晓即散，谓之"鬼市子"。以东，街北赵十万宅街。街南，中山正店、东榆林巷、西榆林巷。北，郑皇后宅。东曲首向北墙畔，单将军庙，乃单雄信❸墓也，上有枣树，世传乃枣猘❹发芽生长成树，又谓之"枣冢子巷"。又投东❺，则旧曹门。街北山子茶坊，内有仙洞、仙桥，仕女往往夜游吃茶于彼。又李生菜小儿药铺、仇防御药铺。出旧曹门，朱家桥瓦子。下桥，南斜街、北斜街，内有泰山庙，两街有妓馆。桥头人烟市井，不下州南。以东牛行街、下马刘家药铺、看牛楼酒店，亦有妓馆，一直抵新城。自土市子南去，铁屑楼酒店、皇建院街，得胜桥郑家油饼店，动二十余炉，直南，抵太庙街、高阳正店，夜市尤盛。土市北去，乃马行街也，人烟浩闹。先至十字街，曰鹩儿市，向东曰东鸡儿巷，西向曰西鸡儿巷，皆妓馆所居。近北街曰杨楼街，东曰庄楼，今改作和乐楼。楼下乃卖马市也。近北曰任店，今改作欣乐楼。对门马铛家羹店。

注释

　　❶裹角：犹拐角。元代郑廷玉《后庭花》第四折曰："我出的这衙门来，转过隅头，抹过裹角，来到李顺家里。"

❷博易：以博而易，即用赌博的方式交易。

❸单雄信：（？—621），今山东菏泽人，隋末农民起义军领袖，勇武过人，善使马槊，人称"飞将"。瓦岗起义后，跟随李密，参加偃师之战，兵败后归王世充，王世充兵败后随之向李世民投降，后被处死。

❹枣槊：用枣木做的槊柄。枣槊是单雄信使用的兵器。

❺投东：向东边走。刘长卿《至饶州寻陶十七不在寄赠》："谪宦投东道，逢君已北辕。"

译文

潘楼向东至十字街，称为"土市子"，又唤作"竹竿市"。再往东的十字大街，叫作从行裹角茶坊，每天五更的时候点灯，交易买卖衣服、图画、花环、领抹等，到天亮的时候散去，称之为"鬼市子"。再往东，街的北面是赵十万的宅第，街的南面是中山正店、东榆林

巷、西榆林巷，北边是郑皇后宅第。东边弯曲往北的墙边是单将军庙，就是单雄信的墓地。上面有枣树，世人相传是枣木柄的槊发芽长成的这棵树，又称为枣冢子巷。又向东则是旧曹门，街的北面是山子茶坊，里面有仙洞仙桥，仕女往往在夜晚于此游玩，在那里吃茶。又有李生菜小儿药铺、仇防御药铺。出了旧曹门，就到了朱家桥瓦子。下桥以后就是南斜街、北斜街，里面有泰山庙，两条街都有妓馆，桥头望去，人烟集市，与汴州城南不相上下。东面是牛行行、下马刘家药铺、看牛楼酒店，也有妓馆，一直抵达新城。从土市子往南而去，有铁屑楼酒店、皇建院街。得胜桥附近的郑家油饼店，动辄有二十几个炉子。一直向南抵达太庙街、高阳正店，夜市尤其繁盛。土市子向北而去则是马行街，人烟浩渺热闹。先到十字街，叫作鹌儿市，向东叫作东鸡儿巷，向西叫作西鸡儿巷，都是妓馆所在的地方。靠近北街的地方叫作杨楼街，东边是庄楼，现在改成了和乐楼。楼下是卖马的集市。靠近北边的叫作任店，现在改成了欣乐楼。对门是马铛家羹店。

酒 楼

　　凡京师酒店，门首皆缚彩楼欢门❶。唯任店，入其门，一直主廊，约百余步，南北天井，两廊皆小阁子❷。向晚，灯烛荧煌，上下相照，浓妆妓女数百，聚于主廊槏❸面上，以待酒客呼唤，望之宛若神仙。北去杨楼，以北穿马行街，东西两巷，谓之大小货行，皆工作伎巧❹所居。小货行通鸡儿巷妓馆，大货行通笺纸店。白矾楼❺，后改为丰乐楼，宣和间更修，三层相高，五楼相向，各有飞桥栏槛，明暗相通，珠帘绣额，灯烛晃耀。初开数日，每先到者赏金旗，过一两夜则已。元夜，则每一瓦陇❻中皆置莲灯一盏。内西楼后来禁人登眺，以第一层❼下视禁中。大抵诸酒肆瓦市，不以❽风雨寒暑，白昼通夜，骈阗❾如此。州东宋门外仁和店、姜店。州西，宜城楼、药张四店、班楼、金梁桥下，刘楼。曹门，蛮王家、乳酪张家。州北八仙楼，戴楼门张八家园宅正店。郑门河王家、李七家正店，景灵宫东墙，长庆楼。在京正店七十二户，此外不能遍数，其余皆谓之"脚店"❿。卖贵细下酒，迎接中贵饮食，则第一白厨。州西安州巷张秀，以次⓫保康门李庆家，东鸡儿巷郭厨，郑皇后宅后宋厨，曹门砖筒李家，寺东骰子李家，黄胖家。九桥门街市酒店，彩楼相对，绣旆相招，掩翳天日。政和后来，景灵宫东墙下长庆楼尤盛。

注释

❶ 欢门：宋代时酒店、食店门前常见的用五彩布帛绑缚成的装饰。

❷ 小阁子：单独用餐的小房间，类似于今天的包房。

❸ 槏（qiǎn）：窗户边的柱子。

❹工作伎巧：能工巧匠，善于创作的人。

❺白矾楼：宋代吴曾《能改斋漫录》卷九"地理"之"白矾楼"条："京师东华门外景明坊有酒楼，人谓之矾楼。或者以为楼主之姓，非也。本商贾鬻矾于此，后为酒楼，本名白矾楼。"

❻瓦陇：屋顶上用瓦铺成的类似于田垄的高低相间的行列。

❼第一层：从上往下数第一层，即最高的一层。

❽不以：不论，不管。《元史·刑法志一》："虽有牙符而无织成圣旨者，不以何人，并勿启，违者处死。"

❾骈阗（pián tián）：聚集填充，也称为"骈填""骈田"。

❿脚店：供客人临时歇脚的店铺。《清明上河图》绘有"十千脚店"，可参看。

⓫以次：接下来是。

译文

凡是京师的酒店，门首上都绑缚着五彩布帛装饰的门楼，只有任店，入其店门一直向前都是主廊，大约有一百多步，南北天井两边的走廊都是小阁子。到了晚上，灯烛辉煌，上下相照，在主廊窗户边的柱子旁聚集数百名画有浓妆的妓女，等待酒客的呼唤，远远望上去就好像神仙一样。往北去是杨楼，向北穿过马行街，有称为大、小货行的东、西两条巷子，都是手工艺人、能工巧匠所住的地方。小货行通往鸡儿巷妓馆，大货行通往笺纸店、白矾楼，此楼后来改为丰乐楼，宣和年间重新进行了修整，楼有三层，竞相争高，五座楼相对而立，每座楼有飞空的桥梁和栏槛，光线明暗相通，珠帘拂动，绣额争辉，灯烛之光晃动而耀眼。楼阁刚开放的前几天，每次先到达的顾客会获得一面金旗，过了一两夜就停止了。元夕之夜，每一处瓦舍中都放置一盏莲花灯。内西楼后来因为从最高的一层向下看可以看到皇宫中，所以就禁止人们登临眺望，大抵而言，这些酒店瓦舍，不管大风暴雨、严寒酷暑，从白天营业到黑夜，人们都是通宵达旦地聚集在这里。汴州城东边的宋门外有仁和店、姜店，汴州城西有宜城楼、药张四店、班楼，金梁桥下是刘楼，曹门旁边是蛮王家、乳酪张家。汴州城北是八仙楼，戴楼门旁边有张八家园宅的正店，郑门河王家、李七家正店，景灵官东边的城墙是长庆楼。在京城内的正店有七十二户，除此之外的店铺不能一一遍数，其余的都称为"脚店"。售卖精细而昂贵的下酒物，迎接朝中贵人饮食的，则是第一白厨。汴州城西是安州巷张秀，依次是保康门李庆家，东鸡儿巷的郭厨，郑皇后宅第后面的宋厨，曹门附近有砖筒李家，大相国寺东边的骰子李家，黄胖家。九桥门街市的酒店，彩楼相对而立，锦绣的旗帜迎风招展，掩盖遮蔽了天日。宋徽宗政和年间之后，景灵官东边城墙下的长庆楼的生意尤其红火繁盛。

◈ 饮食果子 ◈

　　凡店内卖下酒厨子，谓之"茶饭量酒❶博士"。至店中小儿子❷，皆通谓之"大伯"。更有街坊妇人，腰系青花布手巾，绾危髻❸，为酒客换汤、斟酒，俗谓之"焌糟"。更有百姓入酒肆，见子弟少年辈饮酒，近前小心供过❹，使令❺买物命妓，取送钱物之类，谓之"闲汉"。又有向前换汤❻、斟酒、歌唱，或献果子、香药之类，客散得钱，谓之"厮波"。又有下等妓女，不呼自来，筵前歌唱，临时以些小❼钱物赠之而去，谓之"札客"，亦谓之"打酒坐"。又有卖药或果实、萝卜之类，不问酒客买与不买，散与坐客，然后得钱，谓之"撒暂"。如此处处有之。唯州桥炭张家、乳酪张家，不放前项❽人入店，亦不卖下酒，唯以好淹藏❾菜蔬，卖一色❿好酒。所谓茶饭者，乃百味羹、头羹、新法鹌子羹、三脆羹、二色腰子⓫、虾蕈、鸡蕈、浑炮等羹、旋索粉、玉棋子、群仙羹、假河鲀⓬、白渫齑、货鳜鱼、假元鱼、决明兜子、决明汤齑、肉醋托胎衬肠、沙鱼两熟、紫苏鱼、假蛤蜊、白

肉、夹面子茸割肉、胡饼、汤骨头、乳炊羊、肫羊、闹厅羊、角炙腰
子、鹅鸭排蒸、荔枝腰子、还元腰子、烧臆子、入炉细项、莲花鸭
签、酒炙肚胘、虚汁垂丝羊头、入炉羊、羊头签、鹅鸭签、鸡签、盘
兔、炒兔、葱泼兔、假野狐、金丝肚羹、石肚羹、假炙獐、煎鹌子、
生炒肺、炒蛤蜊、炒蟹、渫蟹、洗手蟹⑬之类，逐时旋行⑭索唤，不许
一味有阙，或别呼索⑮变造⑯下酒，亦即时供应。又有外来托卖炙鸡、
爊鸭、羊脚子、点羊头、脆筋、巴子、姜虾、酒蟹、獐巴、鹿脯、从
食蒸作⑰、海鲜、时果、旋切莴苣、生菜、西京笋。又有小儿子，着
白虔布衫，青花手巾，挟白磁缸子，卖辣菜。又有托小盘卖干果子，
乃旋炒银杏、栗子、河北鹅梨、梨条、梨干、梨肉、胶枣、枣圈⑱、
梨圈、桃圈、核桃肉、牙枣⑲、海红⑳、嘉庆子㉑、林檎㉒旋、乌李、李
子旋、樱桃煎、西京雨梨、夫梨、甘棠梨、凤栖梨、镇府浊梨、河阴
石榴、河阳查子、查条、沙苑榲桲㉓、回马孛萄、西川乳糖、狮子糖、
霜蜂儿、橄榄、温柑、绵枨、金橘、龙眼、荔枝、召白藕、甘蔗、漉
梨、林檎干、枝头干、芭蕉干、人面子㉔、巴览子㉕、榛子、榧子㉖、
虾具之类。诸般蜜煎香药、果子罐子、党梅、柿膏儿、香药、小元
儿、小腊茶㉗、鹏沙元之类。更外卖软羊诸色㉘包子、猪羊荷包、烧肉
干脯、玉板鲊、犯鲊、片酱㉙之类。其余小酒店，亦卖下酒，如煎鱼、
鸭子、炒鸡兔、煎爊肉、梅汁、血羹、粉羹之类。每分不过十五钱。
诸酒店必有厅院，廊庑掩映，排列小阁子，吊窗㉚花竹，各垂帘幕，
命妓歌笑，各得稳便。

注释

❶量酒：酒保。《京本通俗小说·西山一窟鬼》："却不是别人，
是净慈寺对门酒店里量酒。"

❷小儿子：年轻的男子。

❸危髻：高高竖起的发髻。

❹供过：侍奉。明代陆楫《古今说海·江行杂录说纂七》引宋代
洪巽《旸谷漫录》曰："京都中下之户，不重生男。每生女则爱护如

捧璧擎珠，甫长成则随其资质，教以艺业，用备士大夫采拾娱侍，名目不一，有所谓身边人、本事人、供过人……"

❺使令：差遣、使唤。《孟子·梁惠王上》："便嬖不足使令于前与？"

❻换汤：更换烫酒的热水。

❼些小：微小的。苏轼《乞降度牒修北岳庙状》："缘近岁民间屡值灾歉，施利微薄，只了得递年逐旋些小修补。"

❽前项：前面提到的各类各项。

❾淹藏：犹"腌藏"，用盐腌渍以贮藏保存。

❿一色：清一色的。

⓫二色腰子：红、白两种颜色的腰子。

⓬河鲀：即河豚。

⓭洗手蟹：凉拌、生食的螃蟹。宋代傅肱《蟹谱》下篇"食品"条载："北人以蟹生析之，酤以盐梅，芼以椒橙，盥手毕即可食，目为洗手蟹。"

⓮旋行：立刻就要。

⓯呼索：呼唤、索要。

⓰变造：泛指烹饪。《续资治通鉴长编》卷四百八十六："俟刘麦讫，以所进麦约合用数，先以黄绢袋封贮，付所司，令变造礼食，于临幸次日献之。"

⓱从食蒸作：蒸成的面食点心。从食，副食、点心。宋代吴自牧《梦梁录》卷十六"荤素从食店"："更有专卖素点心从食店，如丰糖糕、乳糕、粟糕……七宝包儿等点心。"

⓲枣圈：宋代寇宗奭《本草衍义》"大枣"："青州枣去皮核，焙干为枣圈，在都下，为奇果。"

⓳牙枣：《本草衍义》卷十八"大枣"："又有牙枣，先众枣熟，亦甘美，但微酸，尖长。"

⓴海红：橘之一种。宋代韩彦直《橘录》卷上"海红柑"条："海红柑，颗极大，有及尺以上围者，皮厚而色红，藏之久而味愈甘。

木高二三尺，有生数十颗者，枝重委地，亦可爱。是柑可以致远，今都下堆积道旁者多此种。初因近海，故以'海红'得名。"

㉑嘉庆子：即李子。宋代程大昌《演繁露》卷十五"嘉庆李"条："韦述《两京记》：'东都嘉庆坊有李树，其实甘鲜，为京城之美，故称嘉庆李。'今人但言嘉庆子，岂称谓既熟，不加'李'亦可记也？"

㉒林檎：一种水果。左思《三都赋》："其园则有林檎、枇杷。"李善注："林檎，实似赤柰而小，味如梨。"

㉓沙苑榅桲：《本草衍义》卷十八"榅桲"："食之须净去上浮毛，不尔，损人肺。花亦香，白色，诸果中唯此多生虫，少有不虫者。"宋代梅尧臣有《得沙苑榅桲戏酬》诗。

㉔人面子：李时珍《本草纲目》卷三十三"人面子"：《草木状》云，出南海，树似含桃，子如桃，实无味，以蜜渍可食。其核正如人面可玩。祝穆《方舆胜览》云：'出广中，大如梅、李，春花、夏实，秋熟，蜜煎甘酸可食，其核两边似人面，口目鼻皆具。"

㉕巴览子：亦称"巴榄子"。朱弁《曲洧旧闻》卷四："巴榄子如杏核，色白，褊而尖长，来自西番。比年近畿人种之亦生，树似樱桃，枝小而极低。惟前马元忠家开花、结实。后移植禁御，予尝游其圃，有诗云'花到上林开'，即谓此也。"

㉖榧（fěi）子：常绿乔木，也称香榧。味甘、性平，可入药，亦可食用，有杀虫、消积之功效。

㉗腊茶：宋代茶品之一种。腊，取早春之意。因为茶水呈现乳色，与溶蜡相似，也称"蜡茶"。欧阳修《归田录》卷一："腊茶出于剑建，草茶盛于两浙。"

㉘诸色：各种各样。色，货色。

㉙片酱：《本草纲目》卷四十四"鳣鱼"条引《翰墨大全》云："江淮人以鲟鱼作鲊，名曰'片酱'，亦名'玉板鲊'也。"

㉚吊窗：可以从外面将其向上吊起来的窗子，有通风、采光、交流之用。

　　凡是酒店里售卖下酒物的厨子，则称为"茶饭量酒博士"。至于店中的年纪尚小的男孩，都通通称为"大伯"。还有街坊中的妇女，腰间系着青花布手巾，绾着高高的发髻，为喝酒的客人更换烫酒的热水并斟酒，通俗地将之称为"焌糟"。还有普通民众进入酒店，看到纨绔子弟、花花少年一类的人在饮酒，就凑向前，陪着小心在一旁听候差遣，或是让他们代买货物，或是让他们召唤妓女，或是让他们提取、运送钱物之类的，这些被称为"闲汉"。还有的向前换汤、斟酒、唱歌，或是呈献果子、香药之类的，客人散去后会得到一些钱，这些被称为"厮波"。还有一些下等妓女，不待人呼唤，自己来到这里，在筵席前唱歌，客人们就临时用一些数额小的钱物赠送，让她们离开，这些下等妓女被称为"札客"，也称为"打酒坐"。还有一些卖药或者是果实、萝卜之类的小商小贩，不去问喝酒的客人是否购买，直接分散给在坐的客人，（等客人吃了或者用了）他们再来收钱，这类小商贩称为"撒暂"。这几类在大酒店谋生活的人，一般大酒店都会有。只有州桥的炭张家、乳酪张家，不让前面的这几类人进入店内，也不售卖普通下酒的菜品，只提供上好的腌藏菜蔬，售卖的是清一色的好酒。酒店提供的所谓饮食叫作"茶饭"，就是百味羹、头羹、新法鹌子羹、三脆羹、红白腰子、虾蕈、鸡蕈、浑炮等羹、旋索粉、玉棋子、群仙羹、假河豚、白渫斋、货鳜鱼、假元鱼、决明兜子、决明汤斋、肉醋托胎衬肠、沙鱼两熟、紫苏鱼、假蛤蜊、白肉、夹面子茸割肉、胡饼、汤骨头、乳炊羊、肫羊、闹厅羊、角炙腰子、鹅鸭排蒸、荔枝腰子、还元腰子、烧臆子、入炉细项、莲花鸭签、酒炙肚胘、虚汁垂丝羊头、入炉羊、羊头签、鹅鸭签、鸡签、盘兔、炒兔、葱泼兔、假野狐、金丝肚羹、石肚羹、假炙獐、煎鹌子、生炒肺、炒蛤蜊、炒蟹、炸蟹、洗手蟹之类，按照时令随时索取呼唤，不允许任何一种品味有缺失，或者索要别样的菜肴，临时制作下酒菜，也要立即就能供应得上。还有外面的商人来酒店做依托来卖炙鸡、燠鸭、羊脚子、点羊头、脆筋、巴子、姜虾、酒蟹、獐巴、鹿脯、从食蒸作、海鲜、时果、旋切莴苣、生菜、西京笋。还有穿着白虔布衫，戴着青花手巾，拿着白瓷缸子的小孩儿售卖辣菜。还有托着小盘子卖干果的，包括旋炒银杏、栗子、河北鹅梨、梨条、梨干、梨肉、胶枣、枣圈、梨圈、桃圈、核桃肉、牙枣、海红柑、嘉庆子、林檎旋、乌李、李子旋、樱桃煎、西京雨梨、夫梨、甘棠梨、凤栖梨、镇府浊梨、河阴石榴、河阳查子、查条、沙苑榅桲、回马孛萄、西川乳糖、狮子糖、霜蜂儿、橄榄、温柑、绵橙、金橘、龙眼、荔枝、召白藕、甘蔗、漉梨、林檎干、枝头干、芭蕉干、人面子、巴览子、榛子、榧子、虾具之类，各种用蜂蜜煎炒的香药、果子罐子、党梅、柿膏儿、香药、小元儿、小腊茶、鹏沙丸子之类。还会向外售卖用柔软的羊肉制成的各种各样的包子、猪羊荷包、烧肉干脯、玉板鲊、犯鲊、片酱一类的食物。其余的小酒店，也售卖一些下酒的菜品，比如煎鱼、鸭子、炒鸡兔、煎燠肉、梅汁、血羹、粉羹之类，一份不超过十五文钱。大多数的酒店都有院子和大厅，走廊与庭庑相互掩映，沿着廊庑会设有包间排列在楼上，屋子里采用吊床，同时在台上摆放着花竹等盆景，当各自垂下帘幕，与妓女唱歌欢笑，周围互不打扰，各自安稳而方便。

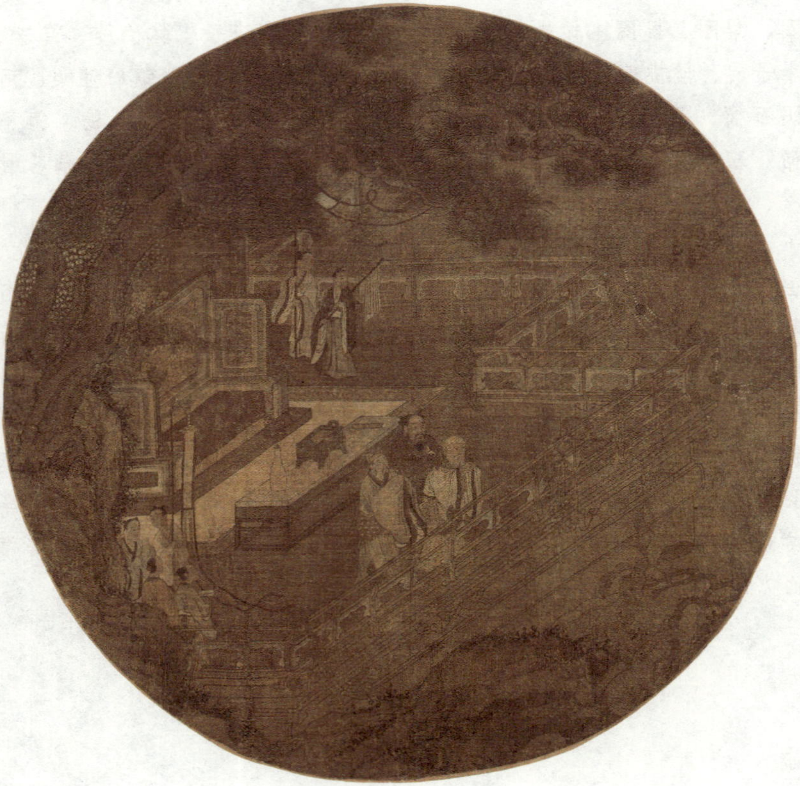

卷之三

东京般载车，

大者曰『太平』，

上有箱无盖，

箱如构栏而平，

板壁前出两木，

长二三尺许……

马行街北诸医铺

马行北去，乃小货行、时楼、大骨传药铺，直抵正系旧封丘门，两行❶金紫医官药铺，如杜金钩家、曹家独胜元❷；山水李家，口齿咽喉药；石鱼儿、班防御❸、银孩儿、柏郎中家，医小儿❹；大鞋任家，产科。其余香药铺席、官员宅舍，不欲遍记。夜市北州桥又盛百倍，车马阗拥，不可驻足，都人谓之"裹头"。

注释

❶两行：街道的两边。

❷独胜元：特效丸药。独胜，谓得其秘方，唯有此药奏效。

❸班防御：宋代刘昉《幼幼新书》有"班防御方"，注曰"京师医官"。盖为班防御之药方也。

❹医小儿：专门医治小儿门诊，犹今之小儿科。

译文

从马行沿路往北去，就到了小货行、时楼、大骨传药铺，一直向前走就到了正对着前封丘门，街道的两边是太医院金紫医官的药铺，比如杜金钩家、曹家的特效丸药，山水李家所制口齿咽喉的特效药；石鱼儿、班防御、银孩儿、柏郎中家，主治小儿科；大鞋任家，主治妇产科。还有其他的香药店铺、官员的宅院，这里就不一一地记载了。这里的夜市比北州桥又要繁盛百倍，车马填满了整个街道，行人几乎都没有下脚的地方，京城里的人称之为"裹头"。

大内西右掖门外街巷

　　大内西去，右掖门、祆庙❶，直南，浚仪桥。街西，尚书省。东门至省前横街，南即御史台，西即郊社❷。省南门正对开封府后墙，省西门谓之"西车子曲"，史家瓠羹、万家馒头，在京第一。次曰吴起庙❸。出巷，乃大内西角楼大街。西去，踊路街，南，太平兴国寺后门。北对启圣院，街以西，殿前司，相对清风楼、无比客店、张戴花洗面药、国太丞、张老儿、金龟儿、丑婆婆药铺、唐家酒店，直至梁门，正名阖闾。出梁门西去，街北建隆观，观内东廊，于道士卖齿药，都人用之。街南，蔡太师宅❹，西去，州西瓦子，南自汴河岸，北抵梁门大街，亚其里瓦❺，约一里有余。过街，北即旧宜城楼。近西去，金梁桥街、西大街、荆筐儿药铺、枣王家金银铺。近北巷口，熟药惠民西局。西去，瓮市子，乃开封府刑人❻之所也。西去，盖防御药铺，大佛寺，都亭西驿，相对京城守具所。自瓮市子北去大街，班楼❼酒店，以北，大三桥子，至白虎桥，直北，即卫州门。

注释

❶祆（xiān）庙：祆教祭祀火神的寺院。宋代张邦基《墨庄漫录》卷四："东京城北有祆庙。祆神本出西域，盖胡神也，与大秦穆护同入中国。俗以火神祠之。京师人畏其威灵，甚重之。"

❷郊社：古人在郊外祭祀天地的地方。周代冬至时祭天，称"郊"；夏至时祭地，称为"社"。

❸吴起庙：吴起（？—前381），战国时卫国左氏人，著名军事家、政治家，与孙武、孙膑齐名，著有兵书《吴子》，后因改革触动楚国贵族利益而遭杀害，后人在魏国大梁为其立墓。宋时，此墓或已

058

在城内也。《史记》有《孙子吴起列传》。

④蔡太师宅：蔡京的私宅。

⑤亚其里瓦：掩盖了其中的里瓦。里瓦，见上文注。亚，掩盖、掩映。其，其中的。

⑥刑人：对犯人用刑。刑，动词，行刑、动刑。

⑦班楼：《汴京遗迹志》卷八："宜城楼、班楼，俱在大梁门外街北。"

译文

从皇宫向西，是右掖门和祭祀火神的寺院，一直向南走就到了浚仪桥街，街的西边是尚书省的东门，到尚书省前的横街时，向南就是御史台，向西就是祭祀天地的地方。尚书省的南门正对着开封府的后墙，尚书省西门的巷子称为"西车子曲"，这里有史家的瓟羹、万家的馒头，在京城中名列第一位。紧挨着的就是吴起庙。出了巷子，就到了皇宫的西角楼。大街向西去是踊路街，向南是太平兴国寺的后门，向北和启圣院相对，大街以西是殿前司，与其相对的有清风楼、无比客店、张戴花洗面药、国太丞、张老儿、金龟儿、丑婆婆药铺、唐家酒店，一直延伸到梁门，其正式的名称是阊阖门。出梁门向西而去，街的北面是建隆观，观内东边的走廊，有一个姓于的道士售卖治牙齿的药，京城里的人都用这药。街的南边是蔡京太师的宅第，往西走就是汴州城的西瓦子。向南从汴河岸边，向北到达梁门大街，将其中的里瓦都掩盖了，大约有一里多路。过了街的北面，就到了以前所称呼的宜城楼。靠西边走去，就到了金梁桥街、西大街、荆筐儿药铺、枣王家金银铺。靠近北边的巷子口，是熟药惠民西局。向西到达瓮子市，是开封府对犯人动刑的地方。再往西走，是盖防御药铺、大佛寺、都亭西驿，并且对面是京城的守具所。瓮市子往北而去的大街上，有一所班楼酒店，再往北是大三桥子，到达白虎桥，一直往北就到了卫州门。

大内前州桥东街巷

　　大内前，州桥之东，临汴河大街，曰相国寺[1]。有桥，平正如州桥，与保康门相对。桥西贾家瓠羹、孙好手馒头。近南即保康门，潘家黄耆圆[2]、延宁宫（禁女[3]道士观，人罕得入）。街西，保康门瓦子；东去，沿城皆客店，南方官员、商贾、兵级[4]，皆于此安泊。近东，四圣[5]观、袜袎巷。以东，城角定力院[6]，内有朱梁高祖御容[7]。出保康门外，新建三尸庙[8]、德安公庙。南至横街，西去，通御街，曰麦稍巷[9]口，以南，太学东门，水柜街，余家染店。以南，街东法云寺。又西去横街、张驸马宅。寺南，佑神观后门。

注释

[1] 相国寺：范成大使金纪行杂诗有《相国寺》一题，小序曰："寺榜犹祐陵御书。寺中杂货，皆胡俗所需而已。"诗曰："倾檐缺吻护奎文，金碧浮图暗古尘。闻说今朝恰开寺，羊裘狼帽趁时新。"

[2] 潘家黄耆圆：即潘家售卖黄耆丸的地方。黄耆丸，大概是一种用黄耆制成的丸药。黄耆，多年生草本。夏季开花，黄色，根甚长，性温、味甘，可入药。《本草纲目》卷十二"黄耆"条有详细记载。今通俗作黄芪。

[3] 禁女：宫女。元代赵文《赠媒者》（其一）："青鸾解报仙郎信，红叶能传禁女情。"

[4] 兵级：北宋时对兵丁和级节的合称。级节，低级的军佐，也指地方狱吏。

[5] 四圣：紫微北极大帝手下的天蓬、天猷、翊圣、真武四名将领。宋代诗人林景熙、高似孙皆有《四圣观》诗，可参看。

⑥定力院：《汴京遗迹志》卷十一："定力院，在蔡河东水门之北，元末兵毁。"

⑦朱梁高祖御容：五代时后梁的皇帝朱温的画像。

⑧三尸庙：供奉三尸神的庙宇。三尸，道教术语，也称"三尸神""三虫""三彭""三毒"等。宋代张君房《云笈七签》卷八十一存二："上尸名彭倨，在人头中，伐人上分，令人眼暗、发落、口臭、面皱、齿落。中尸名彭质，在人腹中，伐人五藏，少气、多忘，令人好作恶事，啖食物命，或作梦寐倒乱。下尸名彭矫，在人足中，令人下关搔扰，五情勇动淫邪，不能自禁。"又，《宋东京考》卷十六曰："三尸庙，在保康门外，祀三尸神也。始建未详，后废。按修真家言，凡人身中有三尸神，常以庚申日，乘人寐时，将本人罪过奏闻上帝，

减其禄命。上尸名彭踞，中尸名彭踬，下尸名彭蹻，每遇庚申日守夜不寐，则三尸不得上奏。"

❾麦稍巷：当即卷二"朱雀门外街巷"条之"麦秸巷"。

译文

在皇宫前州桥的东面，靠近汴河大街的地方叫相国寺，有一座桥又平又正，像州桥一样，在保康门的对面。桥的西边是贾家瓠羹、孙好手馒头，靠近南面的就是保康门旁边的潘家黄耆圆、延宁宫（是禁女道士所居的道观，常人很少能够进入）。街的西边是保康门瓦子。向东而去，沿着城墙都是客店，南方的官员、商贾、兵丁、级节，都在这里安脚停留。靠近东边是四圣观、祙袄巷。东边的城角是定力院，院子里面收藏有五代时期后梁高祖朱温的画像。从保康门向外出，能看到新建成的三尸庙、德安公庙。有一个叫麦稍巷口，向南能到达横街，向西能到达通御街，它的南向是太学的东门、水柜街的余家染店。向南面街的东边是法云寺。再往西向去，就到了横街张驸马的住处。法云寺的南边是佑神观的后门。

❀ 相国寺内万姓交易 ❀

相国寺，每月五次开放，万姓交易。大三门❶上，皆是飞禽、猫犬之类，珍禽奇兽，无所不有。第二、三门，皆动用什物。庭中设彩幕、露屋❷、义铺❸，卖蒲合❹、簟席、屏帏❺、洗漱、鞍辔、弓剑、时果、脯腊之类。近佛殿，孟家道冠王道人蜜煎，赵文秀笔及潘谷墨❻占定❼，两廊皆诸寺师姑❽卖绣作、领抹、花朵、珠翠、头面❾、生色❿销金花样、幞头、帽子、特髻冠子⓫、绦线⓬之类。殿后资圣门前，皆书籍、玩好、图画，及诸路⓭罢任官员土物、香药之类。后廊皆日

062

者^⑭、货术^⑮、传神^⑯之类。寺三门阁上并资圣门，各有金铜铸罗汉五百尊^⑰、佛牙^⑱等，凡有斋供，皆取旨方开。三门左右，有两瓶琉璃塔^⑲，寺内有智海、惠林、宝梵、河沙、东西塔院，乃出角院舍，各有住持僧官，每遇斋会，凡饮食茶果，动使器皿，虽三五百分^⑳，莫不咄嗟而办^㉑。大殿两廊，皆国朝名公笔迹：左壁画炽盛光佛降九曜、鬼百戏，右壁佛降鬼子母揭盂^㉒。殿庭供献乐部、马队之类。大殿朵廊^㉓，皆壁隐楼殿人物^㉔，莫非精妙。

注释

❶ **大三门**：即相国寺之大门。王栐《燕翼诒谋录》（不分卷）："太宗皇帝二年，命重建三门，为楼其上，甚雄。宸墨亲填书金字，曰'大相国寺'，五月壬寅赐之。"

❷ **露屋**：殿庭之下临时束缚而成的小屋。周必大《文忠集》卷一百七十二："上曰：'只就节庙。'予曰：'庭下缚露屋亦可。'"

❸ **义铺**：售货的摊位、铺子。

❹ **蒲合**：用蒲草编的席子。宋代俞琰《席上腐谈》卷上："《郊特牲》云：'莞簟之安，而蒲越藁鞂之尚。'《左氏传》云：'大路越席。'越，户括反。今钱塘市肆所卖蒲合，即越也。以越为合，声之讹耳。"

❺ **屏帷**：屏风、帷幕，犹言室内。《资治通鉴·唐昭宗乾宁四年》："仆料猜防出于骨肉，嫌忌生于屏帷。"

❻ **潘谷墨**：潘谷所制之墨。潘谷，宋代歙州人，制墨大师，所制之墨被宋徽宗收藏，时称"八松烟"。苏轼有《赠潘谷》诗，施注曰："《志林》：'卖墨者潘谷，余不识其人，然闻其所为，非市井人也。墨既精妙，而价不二。士或不持钱求，不计多少与之。此岂徒然哉？余尝与之诗云：一朝入海寻李白，空看人间画墨仙。一是，忽取欠墨钱券焚之，饮酒三日，发狂浪走，遂赴井死。人下视之，盖趺坐井中，手尚持数珠也。'"又，《孙志祖寄墨》曰："徂徕无老松，易水无良工。珍材取乐浪，妙手惟潘翁。"

❼ **占定**：固定，牢牢地占据。《旧唐书》卷一百五十七《王彦威

传》："军用钱物，一切通用，悉随色额占定，终岁支给，无毫厘之差。"

❽师姑：尼姑，女僧人。宋代庄季裕《鸡肋编》卷上："京师僧讳和尚，称曰大师；尼讳师姑，呼为女和尚。"

❾头面：首饰。

❿生色：用单一颜色的介质产生多种颜色的效果。

⓫特髻冠子：先用铁丝等编成一个圆形框架，在上面编排假发，形成一个假髻戴在头上，充当冠的功能。今有实物，开封大学大观博物馆收藏。宋代高承《物氏纪源》卷三"特髻"条曰："燧人始为髻，至周王后首服为副编。郑云：'三辅谓之假髻。'今'特髻'，其遗事也"。《二仪实录》曰："燧人氏，妇人束发为髻。髻，继也，言女子必有继于人也，但以发相缠而无物系缚。"《朱子语类》卷九十一："古人戴冠，郭林宗时戴巾，温公幅巾是其类也。古人衣冠，大庇如今之道士。道以冠为礼，不戴巾。妇人环髻，今之特髻是其意也，不戴冠。"

⓬绦线：泛指杂色的丝带、丝线。宋代祝穆《事文类聚》别集卷二十"性行"部"辩铃铎"载："夫鹰隼击物，或入林中，而绊足绦线偶为木枝所绾，则振翼之际，铃声可寻而索也。"

⓭诸路：各路，犹各省市。路，宋代行政区划的单位，全国共分二十一路，如江南西路、福建路、淮南东路等。

⓮日者：古代专门从事占候卜筮的人。《史记》有《日者列传》。

⓯货术：兜售方术。货，动词，售卖。

⓰传神：亦占卜之类，通过某种符验以推测、传达天神之意。杜甫《戏作俳谐体遣闷二首》（其二）有"瓦卜传神语"之语，蔡梦弼注曰："楚巫击瓦，观其文理分析，以定凶吉，谓之'瓦卜'。"又，画师为他人作画像亦称"传神"，陆游有《题传神》《自题传神》《赠传神水鉴》等诗。

⓱罗汉五百尊：佛教常用语，指修成"阿罗汉果"的五百高僧。

⓲佛牙：指释迦牟尼死后留下来的牙齿。

⓳两瓶琉璃塔：两座用琉璃制成的瓶塔。瓶，量词。瓶塔，佛教用语，瓶指用以分配佛舍利之瓶，瓶塔即纳此瓶之塔。

㉑ 分：通"份"。

㉑ 咄嗟而办：很快就能办好。咄嗟，一呼一诺之间，形容时间之短暂。《世说新语·汰侈》："石崇为客作豆粥，咄嗟便办。"

㉒ 鬼子母揭盂：著名佛教故事图。鬼子母，又称母夜叉，专吃人间小孩。后佛祖以其人之道还治其人之身，将其子用琉璃钵罩住，鬼子母可以望见其子，然最终不能获得，于是鬼子母率领众鬼百十余人，打算奋力揭开钵（盂），但最终没能成功。后鬼子母幡然悔悟，成为了人间儿童的护法神。明代仇英有工笔画《揭钵图》，可参看。

㉓ 朵廊：大殿左右的走廊。朵，两旁的，"朵殿""朵楼"皆此意。

㉔ 壁隐楼殿人物：用壁隐的方式雕塑楼殿、人物。壁隐，类似于浮雕的一种雕塑方式，通常在墙壁、柱子上表现。《水经注》卷八"菏水"条："四壁隐起，雕刻为君臣、官属、龟龙麟凤之文，飞禽走兽之像。"

译文

相国寺每个月开放五次，目的是为了百姓万民进行交易。大山门上面全都是飞禽猫狗一类的动物，珍贵奇异的禽兽，无所不有。第二、第三门都是买卖平常生活需要使用的杂物。庭院中设置彩色的帐幕、露天的棚铺、买卖的摊位，售卖用蒲草编的席子、用竹篾编的席子、屏风帏幕、洗涮用品、鞍鞯辔头、刀弓剑戟、时令蔬果、脯干腊肉之类的。在靠近佛殿的地方，被售卖孟家道冠的摊位、王道人蜜煎食物的摊位、赵文秀的笔摊和潘谷的墨锭摊占据。在两边走廊占据的都是众寺庙法师尼姑售卖的刺绣作品、领抹、花朵、珠翠、头面、生色销金花样、幞头、帽子、特髻冠子、绦线之类的饰品。在庭殿的后面、资圣门的前面，售卖的都是书籍、珍玩、图画以及各路被罢免的官员贩卖的一些当地土特产、香料等东西。在后面的走廊上流动的都是算命占卜、兜售方术的人。相国寺大三门的楼阁里和资圣门的上面，各自都有用金、铜铸造的五百尊罗汉、佛牙等宝物，要是遇到想要献斋、供奉的人，都需要获得皇帝的批准才能打开。在三门的左右两侧各有两座琉璃塔，寺院内部有智海、惠林、宝梵、河沙四座小佛塔，东西的两座塔院是寺后的院舍，每个院舍都各自有住持和僧官。每次遇到斋戒盛会的时候，只要是需要提供饮食酒水、茶叶果品，提供使用的器皿等，即使多达三五百份，（对于相国寺的僧人们）也都是可以快速办理的。在寺中的大殿两边走廊上留存的都是当朝著名人物的手迹，左边的墙壁上画着《炽盛光佛降九曜鬼百戏》图，右边的墙壁上画着《佛降鬼子母揭盂》图，在大殿的殿庭上还供奉着献礼的乐队、马队（的塑像）。大殿左右的走廊上，都是用壁隐的手法塑造的楼殿、人物，无不精妙绝伦。

❧ 寺东门街巷 ❧

　　寺东门大街，皆是幞头、腰带、书籍、冠朵❶铺席❷，丁家素茶❸。寺南即录事巷、妓馆。绣巷皆师姑绣作居住。北即小甜水巷，巷内南食店甚盛，妓馆亦多。向北，李庆糟姜❹铺。直北，出景灵宫东门前。又向北曲，东税务街、高头街、姜行后巷，乃脂皮画曲妓馆。南、北讲堂巷、孙殿丞药铺、靴店。出界北巷，巷口宋家生药铺，本铺中两壁，皆李成❺所画山水。自景灵宫东门大街向东，街北旧乾明寺，沿火❻，改作五寺三监❼。以东，向南曰第三条甜水巷。以东，熙熙楼客店，都下着数❽。以东，街南高阳正店，向北入马行。向东，街北曰车辂院，南曰第二甜水巷。以东，审计院❾。以东，桐树子韩家❿，直抵太庙前门。南往观音院，乃第一条甜水巷也。太庙北入榆林巷，通曹门大街，不能遍数也。

注释

❶冠朵：冠笄一类的，插缀在冠上的装饰品。朵，朵子。司马光《书仪》："笄，如今朵子之类，所以缀冠者。"

❷铺席：商铺、地摊。宋代陈元靓《岁时广记》卷十"寺院灯"条："诸香药铺席、茶坊酒肆，灯烛各出新奇。"

❸素茶：素的茶食糕点。

❹糟姜：元代鲁明善《农桑衣食撮要》卷下"八月"之"糟姜"条："社前取姜，用布擦去皮，每一斤用盐二两，腊糟一升腌藏，用干净罐盛顿，忌生水湿器。"梅尧臣有《答刘原甫寄糟姜》诗，可参看。

❺李成（919—967）：五代宋初时著名画家，字咸熙，号营丘，京兆长安（今西安）人，喜画平林寒远之境。《渑水燕谈录》卷七、《图画见闻志》卷三、《挥麈录·前录》卷三、《宣和画谱》卷十一等皆有其生平记载。代表作有《读碑窠石图》《寒林平野图》《晴峦萧寺图》《茂林远岫图》等。

❻沿火：因为火灾。沿，缘、因。

❼五寺三监：据旧署西湖老人的《西湖繁盛录》所载，指太常寺、大府寺、司农寺、大理司、宗正寺、将作监、军器监、国子监。又，宋代洪迈《夷坚志》丁卷一"杨戬毁寺"条："崇宁以来既隆道教，故京城佛寺多废毁，先以崇夏寺地为殿中省。政和中，又以乾明寺为五寺三监。"

❽着数：数得着的，屈指可数的。

❾审计院：《梦粱录》卷九"六院四辖"条："审计院者，自宫禁朝廷百僚以下，至于内侍御士，及于诸军兵卒，凡赋禄者，以式法审其名数。而其辟召者，惟郊礼赐缗已。乃审禄有疑予，则诏以法。凡四方之计籍，上于大农，则逆其会。凡有司议调度会赋，出则诹焉。"

❿桐树子韩家：指北宋高官韩氏一家。韩亿在景祐四年（1037），授参知政事，自居宰辅，其三子韩绛（子华）、五子韩维（持国），先后官至宰相。因其家门前有梧桐树，故世人称为"桐树子韩家"。吴曾《能改斋漫录》卷十"桐木韩家"曰："韩子华兄弟皆为宰相，门有梧桐，京师人以'桐木韩家'呼之，以别魏公也。子华下世，陆农师为作挽章云：'棠棣行中排宰相，梧桐名上识韩家。'皆记其实也。"《苕溪渔隐丛话·后集》卷二十二亦有记载。

译文

在相国寺东门的大街上都是售卖幞头、腰带、书籍、冠朵等店铺，还有丁家素食茶点店。相国寺的南边就是录事巷、妓馆。绣巷里居住的是一些尼姑，她们以刺绣来谋生。相国寺的北面就是小甜水巷，巷子里面南方口味的饭馆非常繁盛，妓馆也很多。再往北面走，是李庆糟姜铺，要是一直向北走，就可以到达景灵宫东门的前面。又向北转弯，路过东税务街、高头街，在姜行后面的巷子是脂皮画曲妓馆。南、北讲堂巷里有孙殿丞药铺和靴子店。出了界身北巷，巷子口有一家宋家生药铺，在药铺中左右两边的墙壁上是李成亲笔描绘出的山水画。从景灵宫东门大街向东走，街的北面就是以前的乾明寺，因为火灾，这里后来改成了五寺三监办公地。往东走有一条向南方向的巷子，叫作第三条甜水巷，继续往东是熙熙攘攘的楼阁客店，这个客店在整个京城都是鼎鼎有名的。再往东向走，街的南面是高阳正店，往北就到了马行。再往东走，街的北边是车辂院，南边是第二条甜水巷。再往东走是审计院，继续往东是韩氏一家，他家门前有一棵梧桐树因此得名，一直走到头抵达太庙的前门。这里往南走是观音院，也就是第一条甜水巷了。太庙往北走就进入到榆林巷，这个巷子连接着曹门大街，曹家大街上的店铺屋舍众多，就无法一一数清了。

上清宫

上清宫[1]，在新宋门里街北。以西，茆山[2]下院。醴泉观，在东水门里。观音院，在旧宋门后，太庙南门。景德寺，在上清宫背。寺前有桃花洞，皆妓馆。开宝寺[3]，在旧封丘门外斜街子，内有二十四院，惟仁王院最盛。天清寺，在州北清晖桥。兴德院，在金水门外。长生宫，在鹿家巷。显宁寺，在炭场巷北。婆台寺，在陈州门里。兜率寺，在红门道。地踊佛寺，在州西草场巷街南。十方静因院❹，在州西油醋巷。浴室院，在第三条甜水巷。福田院，在旧曹门外。报恩寺，在卸盐巷。太和宫，女道士，在州西洪桥子大街。洞元观，女道士，在班楼北。瑶华宫，在金水门外。万寿观，在旧酸枣门外，十王宫前。

注释

❶上清宫：道教寺观。《云笈七签》卷三："其三清境者，玉清、上清、太清是也。"

❷茆山：即"茅山"，亦道教寺观。

❸开宝寺：北齐时所建，唐代时改为"封禅寺"，宋太祖开宝三年时，改为此额。宋代高随《物事纪原》卷七"开宝寺"条有详细记载，可参看。

❹十方静因院：佛教词汇。十方，佛教指上天、下地、东、西、南、北、生门、死位、过去、未来。静因院，即"净因院"。王安石有《欲往净因寄泾州韩持国》，苏轼有《净因院画记》。

译文

上清宫，在新宋门里面大街的北边。上清宫以西，是茆山下院。醴泉观，在东水门的里面。观音院，在旧宋门的后面，也就是太庙的南门。景德寺，在上清宫的背后，寺的前面有桃花洞，都是妓馆。开宝寺在以前封丘门外的斜街子，里面有二十四院，只有仁王院最为繁盛。天清寺在汴州城北的清晖桥旁。兴德院在金水门外边。长生宫在鹿家巷里。显宁寺在炭场巷的北边。婆台寺在陈州门的里边。兜率寺在红门道。地踊佛寺在汴州城西草场巷街道的南边。十方静因院在汴州城西的油醋巷。浴室院在第三条甜水巷。福田院在旧曹门的外面。报恩寺在卸盐巷。太和宫的女道士道观在汴州城西洪桥子大街。洞元观的女道士道观在班楼以北。瑶华宫在金水门外。万寿观在以前的酸枣门以外十王宫的前面。

马行街铺席

马行北去，旧封丘门外，袄庙斜街、州北瓦子。新封丘门大街，两边民户铺席，外余诸班直**❶**军营，相对至门，约十里余。其余坊巷院落，纵横万数，莫知纪极**❷**。处处拥门，各有茶坊、酒店、勾肆**❸**、饮食。市井经纪之家，往往只于市店旋买饮食，不置家蔬。北食则矾楼前李四家、段家熓物、石逢巴子**❹**，南食则寺桥金家、九曲子周家，最为屈指**❺**。夜市直至三更尽，才五更又复开张。如要闹去处，通晓不绝。寻常四梢**❻**远静去处，夜市亦有焦酸豏**❼**、猪胰胡饼、和菜饼、獾儿、野狐肉、果木翘羹**❽**、灌肠、香糖果子之类。冬月虽大风雪阴雨，亦有夜市：剌子、姜豉、抹脏、红丝、水晶脍、煎肝脏、蛤蜊、螃蟹、胡桃、泽州饧、奇豆、鹅梨、石榴、查子**❾**、榅桲、糍糕、团子、盐豉汤之类。至三更，方有提瓶卖茶者。盖都人公私荣干**❿**，夜深方归也。

注释

❶ 班直：宋代御前当值的禁卫军。宋代章如愚《山堂考索·后集》："宋朝兵制：凡禁军之亲近者，号诸班直。"一般分为行门班、殿前左班、殿前右班、内殿直班、金枪班、银枪班、弓箭班等二十四班，总称诸班直。

❷ 纪极：穷尽、尽头。《左传·文公十八年》："聚敛积实，不知纪极。"

❸ 勾肆：勾栏、瓦肆一类的供艺伎之人演出的场所。明代陶宗仪《辍耕录·射字法》："用拊掌法代击鼓，殊无勾肆市井俗态，此天下太平，优游无事，谩以取一时之笑乐耳。"

❹石逢巴子：石逢家的把子肉。巴，通"把"。清代潘永因《宋稗类钞》卷三十一引《枫窗小牍》曰："旧京工伎固多奇妙，即烹煮盘案，亦复擅名，如玉楼梅花包子……段家爐物、石逢巴子肉。"

❺最为屈指：尤可称道者，屈指可数者。

❻四梢：四肢末梢，这里指京城四周的边缘地区。

❼酸䭔（xiàn）：一种素食的面点。宋代郭彖《睽车志》卷四："素令日以僧食啖之。酸䭔至，顿食五十枚。"

❽果木翘羹：大概是一种用果木、草本做成的羹汤。翘，连翘，果实可入药，花为黄色，四瓣。先花后叶，花开时枝条金黄，又称"一串金"。

⑨查子：楂子，与楄梓相似而形体稍小。

⑩荣干：本指求荣干禄、冒荣干进、贪荣干运等行为，这里泛指请托办事。张九龄《敕处分十道朝集使》："不当冒荣干进，苟利其身。"

译文

马行街向北到以前的封丘门外面，有祆庙斜街、州北瓦子。现在的封丘门大街，两边都是民居和店铺，除此之外的，是各部值班的军营相对而立，一直排到新封丘门，大约有十多里。其余的街巷院落，纵横交错，不知道具体的数字。到处都是拥挤的门庭，各处都有茶坊酒店，勾栏、酒肆以提供酒食。街巷里做生意的人家，往往只在集市的饭店买现成的吃喝，自己家里不购买蔬菜。北方风味的食物，有矾楼前李四家、段家爊物、石逢巴子的店铺，南方风味的食物，则有寺桥的金家、九曲子周家最为有名。这里的夜市一直到三更天才结束，刚到五更时就又开张了。如果是热闹的地方，就不会停止直接通宵。即使在周围稍微远一点安静一点的地方，夜市也有卖爊酸𩜵、猪胰胡饼、和菜饼、獾儿、野狐肉、果木翘羹、灌肠、香糖果子之类的。在寒冷的冬月，即使有大风天、雨雪等天气，也还是会有夜市，卖的商品有剜子、姜豉、抹脏、红丝、水晶脍、煎肝脏、蛤蜊、螃蟹、胡桃、泽州饧、奇豆、鹅梨、石榴、查子、楄梓、糍糕、团子、盐豉汤之类。到三更天的时候，才有提着瓶子卖茶水的。大概是因为京城里的人办理公事或是私事，要到深夜才能回家。

般载杂卖

东京般载车①，大者曰"太平"，上有箱无盖，箱如构栏而平，板壁前出两木，长二三尺许，驾车人在中间，两手扶捉❷鞭（绥）❸驾之，前列骡或驴二十余，前后作两行；或牛五七头拽之。车两轮与箱齐，后有两斜木脚拖。夜中间悬一铁铃，行即有声，使远来者车相避。仍于车后系骡驴二头，遇下峻险桥路，以鞭唬之，使倒坐绖车❹，令缓行也。可载数十石。官中车惟用驴差小耳。其次有"平头车"，亦如"太平车"而小，两轮前出长木作辕木，梢横一木，以独牛在辕内，项负横木❺，人在一边，以手牵牛鼻绳驾之，酒正店多以此载酒梢桶❻矣。梢桶如长水桶，面安厴口，每梢三斗许，一贯五百文。又有宅眷坐车子❼，与"平头车"大抵相似，但棕作盖，及前后有构栏门，垂帘。又有独轮车，前后二人把驾，两旁两人扶拐❽，前有驴拽，谓之"串车"，以不用耳子❾、转轮也。般载竹木瓦石。但无前辕，止一人或两人推之。此车往往卖糕及糕糜之类人用，不中载物❿也。平盘⓫两轮，谓之"浪子车"，唯用人拽。又有载巨石大木，只有短梯盘而无轮，谓之"痴车"，皆省人力也。又有驼、骡、驴驮子⓬，或皮或竹为之，如方匾竹篓⓭，两搭背上，斛斗⓮则用布袋驼之。

注释

❶般载车：宋代的一种搬运装载货物的平头车。

❷扶捉：扶着车辕，拿着鞭子。

❸鞭绥："绥"字未详，疑当作"鞭绥"。宋代夏竦《文庄集》卷十三《慎爵录》："而鞭绥之御，导从之隶，竞乘轺车，争受服命。"

❹倒坐绖车：车后的骡驴在受到惊吓后只能倒退着下蹲，以此起到降低车速的作用。绖，通"绁"，下坠，拖拽。

❺项负横木：（牛）脖子上戴着一条横木。

❻酒梢桶：装酒的梢桶。《清明上河图》有记录，可参看。

❼宅眷坐车子：家中妇女所乘坐的车子。

❽扶拐：扶持着并注意转弯。

❾耳子：用于车辆转弯的零件。宋代李元弼《作邑自箴》卷十："江州车，仍带准备耳子，更须附绳、担三五副，以备般剥。"

❿不中载物：不适合载运沉重的货物（只适合运送体积大但质量轻的糕麋等货物）。中，适合。

⓫平盘：装载货物的区域只是一块平整的木板，没有板壁。

⓬驮子：搭在驴子、骡子等牲口背上用来驮运货物的袋子、筐
匾等。

⓭竹：用竹子编织成的一种盛装物品的筐篓。

⓮斛斗：即斛斗，本指计算粮食的量器单位，这里泛指颗粒状的
粮食。

译文

京城里的般载车，大的叫"太平车"，车上面有箱子但没盖子，车箱像勾栏，却是平的，板壁的前面向外伸出两个木柄，大概有二三尺那么长。驾车的人在两个木柄中间，两手扶捉着鞭子驾驶车子，前面排列着二十多个骡子或驴子，分作前后两行，或者用五七头牛拽着行动。车的两个轮子和车厢一样高，后面有两个斜木脚拖。在夜晚时，中间悬挂着一个铁铃，行走的时候就会发出声音，使远方来的车子能相互避让。还要在车的后面拴两头骡子或驴子，遇到险峻的下坡路或是桥梁，用鞭子吓唬它们，使它们向后倒退，坐下来坠着，让车子缓慢行走，（一辆车）可以装载数十石的重量。宫中的车子只有驴车，比这个小一些。其次还有"平头车"，也和太平车一样，但小一些，两个车轮前突出来的长木作成辕木，前头又固定着一根横木，把一头牛放在车辕内，让它的脖子负戴着横木，人站在旁边，用手牵着牛鼻子的绳驾驭这辆车，酒楼的正店大多用这种车装载酒桶。梢桶类似于长一点的水桶，桶面上安有匾口。每一梢桶酒大概有三斗左右，值一贯五百文钱。还有一种供女眷乘坐的车子，大致与平头车相似，但是有棕榈树叶做的顶盖，以及前后设有构栏门和垂帘。还有独轮车，前后有两个人把持住车架子，两旁还有两个人扶着注意拐弯，前面有驴拖拽的这种车叫作"串车"，这是因为它不使用耳子和转轮。如果需要搬载竹子、树木、瓦片、石料等，

车子的前面就没有车辕，只用一人或者两人推着。这栏车子往往是卖糕点以及糕糜之类的人使用，因为不能装载沉重的货物。只有一个平整的盘面和两个轮子的车，称为"浪子车"，只用人力拉拽。又有装载巨石、大木头的车子，只有短梯盘但没有车轮，称为"痴车"，都是用来节省人力的。又有供骆驼、骡子、驴子驮东西的驮子，在牲口的背上左右搭着用皮革、竹子编制的就像方圃或竹一样的筐篓，如果是粮食就用布袋驮着。

都市钱陌

都市钱陌[1]：官用七十七，街市通用七十五，鱼肉菜七十二陌，金银七十四，珠珍、雇婢妮、买虫蚁六十八，文字五十六陌。行市各有长短使用。

注释

[1] 钱陌：一百串钱为一陌，后来用作计算钱的量器，大多不到一百串钱。沈括《梦溪笔谈》卷四"辨证二"："今之数钱，百钱谓之陌者，借'陌'字用之，其实只是百字，如'什'与'伍'耳。"宋代高承《物事纪原》卷十"钱陌"条："自古用钱贯，皆以千百，皆以足。梁武帝时，自破岭以东，八十为陌，名'东钱'。江郢以上，七十，名'西钱'。京师九十，名'长钱'。大同元年，诏通用足，而人不从，钱陌益少，末年，遂以三十五为陌。钱以八十为陌，盖自梁始也，其事见《通典》。唐昭宗时，京师用钱八百五十为贯，河南府以八百为贯。《笔谈》曰：汉隐帝时，三司使王章每出官钱，以七十七为陌，谓之省陌。盖自五代汉始也。"

都城中实行的钱陌制度是：官府所用的，以七十七文为一陌；大街集市上通用的，以七十五文为一陌；鱼肉菜市所用的，以七十二文为一陌；金银店铺，以七十四文为一陌；买卖珍珠、雇用奴婢、买卖禽鸟昆虫的，以六十八文为一陌；买卖文字书画的，以五十六文为一陌。根据各行各市，采取多少不同的计算方法来使用。

雇觅人力

凡雇觅人力、干当人❶、酒食、作匠❷之类，各有行老❸供雇。觅女使❹即有引至❺牙人❻。

注释

❶干当人：犹"干人"，指富豪、官户人家的差役。

❷作匠：手工业的制作匠人。《续资治通鉴长编》卷三百三十四："避重役则走赴轻处，避远恶则自通近地，借支钱粮，因此失陷。州城作匠，渐致阙人。"

❸行老：某一行业的领头，兼有介绍职业的性质。宋代吴自牧《梦粱录》卷十九："凡顾倩人力及干当人，如解库掌事、贴窗铺席、主管酒肆……俱各有行老引领。"

❹女使：女佣、女仆。宋代周密《齐东野语》卷八："所有女使，候主人有词日根究，闻者无不快之。"

❺引至：引荐。

❻牙人：在买卖双方中间的介绍人，类似于今天的中介、经纪人。

凡是寻觅雇用奴仆、干当人、厨师、手工业者之类的，各自都有相应的行老介绍、提供雇佣。寻找女用人的，则有引荐牵线的中介人。

❀ 防 火 ❀

每坊巷三百步许，有军巡铺屋❶一所，铺兵五人，夜间巡警，及领公事。又于高处砖砌望火楼❷，楼上有人卓望❸。下有官屋数间，屯驻军兵百余人，及有救火家事❹，谓如大小桶、洒子、麻搭❺、斧锯、梯子、火权、大索、铁猫儿❻之类。每遇有遗火❼去处❽，则有马军奔报。军厢主，马步军❾，殿前三衙❿、开封府各领军汲水扑灭，不劳百姓。

注释

❶军巡铺屋：专供巡逻的士兵歇息的住处。

❷砖砌望火楼：用砖砌成的望火楼，因为砖不易燃烧，有利于防火。

❸卓望：远望，瞭望。

❹家事：即"家什"，指物品、工具。

❺麻搭：将浸湿的麻衣搭在燃烧物上，以之灭火的工具。

❻铁猫儿：铁制的形似猫爪的工具，用于钩取物品，多用来攻城、灭火、打捞等。宋代赵汝适《诸蕃志》卷下"珊瑚树"条记载了当地人用"铁猫儿"钩取珊瑚树的方法："土人以丝绳系五爪铁猫儿，用乌铅为坠，抛掷海中，发其根，以索系于舟上，绞车搭起，不能常

有，蓦得一枝，肌理数腻。"

7 遗火：着火，失火。

8 去处：场所，地方。

9 军厢主，马步军：指军主、厢主，马军、步军。军、厢，宋代禁军建制，十军为一厢。宋代毕仲游《西台集》卷一"乞置京城厢巡检札子"："今京城外巡检县尉与外州军略同，而京城内巡检之职寓于马军、步军帅臣与四厢主者，虽主徼巡于国中，而寻常盗贼旧不干预。"宋太宗端拱元年（988），置观步军龙卫、神卫四厢都指挥使。

10 殿前三衙：宋代掌管禁军的机构，一般指殿前司、侍卫亲军马军司、侍卫亲军步军司。

译文

在每条街坊小巷三百步左右，就设有一所用于军队巡逻的铺屋，每个铺子有士兵五人，在夜间巡逻预警以及领取公事。又在高处用砖块砌一座望火楼，楼上有人瞭望。下面有几间官屋，屯驻军兵一百多人，以及用来救火的东西，比如大大小小的桶子、洒子、麻搭、斧头锯子、梯子、火杈、大索、铁猫儿等物品。每当遇有发生火灾的地方，就有马军奔走报告消息。军厢主、骑兵步兵、殿前三衙、开封府，各自率领军队取水灭火，不会让普通百姓出力处理。

天晓诸人入市

每日交❶五更，诸寺院行者❷打铁牌子或木鱼，循门报晓，各分地分，日间求化。诸趋朝入市之人，闻此而起。诸门桥市井已开，如瓠羹店门首坐一小儿，叫"饶❸骨头"，间有灌肺❹及炒肺。酒店多点灯烛沽卖，每分❺不过二十文，并粥饭点心。亦间或❻有卖洗面水，煎点汤药者，直至天明。其杀猪羊作坊，每人担猪羊及车子上市，动即百数。如果木❼，亦集于朱雀门外及州桥之西，谓之"果子行"。纸画儿亦在彼处，行贩不绝。其卖麦面，每秤作一布袋，谓之"一宛"，或三五秤作一宛。用太平车❽或驴马驮之，从城外守门入城货卖，至天明不绝。更有御街州桥至南内前❾，趁朝❿卖药及饮食者，吟叫⓫百端。

注释

❶ 交：某一时期或时刻的到来。

❷ 行者：佛教术语，一般指行脚乞食的苦行僧。宋代释道诚《释氏要览》卷上"行者"条："《善见律》云：'有善男子欲求出家，未得衣钵，欲依寺中住者，名畔头波罗沙。'今详，若此方行者也。"宋

代邵伯温《闻见前录》卷十九：“院有行者，名宗颢。尝给事公左右。及公作相，颢已为僧。”

❸饶：免除费用、多给的。

❹灌肺：元代无名氏《居家必用事类全集·庚集》记载“灌肺”做法：“羊肺带心一具，洗干净，如玉叶，用生姜六两，取自然汁，如无，以干姜末二两半代之，麻泥、杏泥共一盏，白麦三两，豆粉二两，热油二两，一处拌匀，入盐肉汁，看肉大小用之，灌满煮熟。又法：用面半斤，香油四两，干姜末四两，共打成糊下锅煮熟，依法灌之，用慢火煮。”

❺每分：分，通“份”，即每一份。

❻间或：偶尔。

❼果木：即水果之类。旧题“唐郭橐驼著”《种树书》卷下：“凡果木未全熟时摘，若熟，则抽过筋脉，来岁必不盛。”

❽太平车：从远古沿袭下来的一种车辆，呈长方体，由车棚、车毂、车轴辘等主要物件构成，因行走平稳而得名。

❾南内前：南内，唐代时指兴庆宫，位于大明宫（东内）之南，故名。此处指宣德门的前面。

❿趁朝：上朝。白居易《还李十一马》：“传语李君劳寄马，病来唯著杖扶身。纵拟强骑无出处，却将牵与趁朝人。”又，《酬卢秘书二十韵》：“风霜趁朝去，泥雪拜陵回。”《自题》：“热月无堆案，寒天不趁朝。”这里指诸人趁官员上朝时入市。

⓫吟叫：宋代高承《事物纪原》卷九“吟叫”条：“市井初有叫果子之戏，其本盖自至和、嘉祐之间叫紫苏丸，洎乐工杜人经十叫子始也。京师凡卖一物，必有声韵，其吟哦俱不同，故市人采其声调，间以词章，以为戏乐也。今盛行于世，又谓之吟叫也。”

译文

每天在五更前后，各大寺院的行脚僧开始敲打铁牌子或者木鱼挨门挨户报晓，各自分别不同的区界，到天亮的时候求化缘。众多想要早起、进入集市的人，听到报晓声就立即起床。这时大多数的门桥集市已经开放，比如在瓠羹店的门前坐着一个小孩，叫喊"免费赠送骨头"，偶尔也有灌肺和炒肺。酒店往往点起灯烛营业（售卖早餐），每份（早餐）不超过二十文钱，包括粥饭和点心。其中有的酒店还偶尔也卖洗面水、煎点汤药，一直到天亮。那些杀猪宰羊的作坊，商人们每每都是担着猪羊和车子进入集市，动辄上百。其他比如水果之类，也集中在朱雀门外以及州桥的西边，称为果子行。纸画也在那里交易售卖，经商、贩卖络绎不绝。卖麦面的，每一秤装一个布袋，称为"一宛"，也有三五秤作为一宛的，用太平车或者驴马驮着，从城外守门进入城里贩卖，即使到天亮也不停止。还有在御街州桥到南内前，向上朝官员售卖药物和饮食的人，其叫卖的声音、声调有百样千种。

诸色杂卖

　　若养马，则有两人日供切草；养犬，则供饧糟❶；养猫，则供猫食并小鱼。其锢路❷、钉铰❸、箍桶、修整动使、掌鞋❹、刷腰带、修幞头帽子、补修角冠子❺，日供打香印❻者，则管定铺席人家牌额，时节即印施佛像等。其供人家打水者，各有地分❼坊巷。以有使漆、打钗环、荷大斧斫柴、换扇子柄、供香饼子、炭团，夏月则有洗毡、淘井❽者，举意皆在目前。或军营放停❾，乐人动鼓乐于空闲❿，就坊巷引小儿妇女观看，散糖果子之类，谓之"卖梅子"，又谓之"杷街"。每日如⓫宅舍宫院前，则有就门⓬卖羊肉、头肚、腰子、白肠、鹑兔、鱼虾、退毛鸡鸭、蛤蜊、螃蟹、辣燥⓭、香药果子，博卖⓮冠梳、领抹、头面⓯、衣着、动使、铜铁器皿、衣箱、磁器之类。亦有扑上件⓰物事⓱者，谓之"勘宅"。其后街或空闲处，团盖⓲房屋，向背⓳聚居，谓之"院子"，皆小民居止，每日卖蒸梨枣、黄糕麋、宿蒸饼、发牙豆㉑之类。每遇春时，官中差人夫监淘在城沟渠㉑，别开坑，盛淘出者泥，谓之"泥盆"，候官差人来捡视了方盖覆。夜间出入，月黑宜照管㉒也。

注释

❶饧（xíng）糟：制作麦芽糖时剩余的残渣。饧，麦芽糖。糟，做酒剩余的残渣。《楚辞·渔父》："众人皆醉，何不餔其糟而歠其醨？"

❷锢路：同"锢露"，用熔化的金属填补金属物件的漏洞，也称"锢漏"。

❸钉铰：从事洗镜、补锅、锢碗等杂活的。宋代钱易《南部新书》卷九："里有胡生，性落魄，家贫，少为洗镜、锼钉之业……远近号为'胡钉铰'。"

❹掌鞋：修补鞋底。宋代无名氏《古今类事》卷三"吴大换名"条："吴大者，卖鞋于虹飞桥，邻人王二叔以掌鞋为业，二人甚相得。"

❺鱿角冠子：即"鱿冠"，古时以鱼枕骨为装饰的帽子。

❻打香印：香印，给香料造型和印字的模具，唐时已有记载。白居易《酬梦得以予五月长斋延僧徒绝宾友见戏十韵》："香印朝烟细，纱灯夕焰明。"又，吴处厚《青箱杂记》卷二："太祖庙讳匡胤，故今世卖香印者，不敢斥呼，鸣锣而已。"鸣锣这个动作就是打香印。

❼地分：地界、区域。

❽淘井：清理井中淤泥，使井水清澈。宋代陈元靓《岁时广记》卷十七："（东坡）梦中问：'火故新矣，泉何故新。'答曰：'俗以清明日淘井。'"

❾放停：原指予以释放，停止服刑，此处指军队休假。苏轼《奏为法外刺配罪人待罪状》："巽先充书手，因受赃虚消税赋，刺配本州牢城，寻即用幸计构胥吏医人托患放停。又为诈将产业重叠当出官盐，刺配滁州牢城，依前托患放停归乡。"

⑩空闲：空闲之地。

⑪如：到，往，去。韩愈《祭田横墓文》："贞元十一年九月，愈如东京，道出田横墓下。"

⑫就门：紧靠门前。《续资治通鉴长编》卷八十九："就门庭设香烛。"

⑬辣爊（āo）：辣味的熟食。爊，放在微火上煨熟。

⑭博卖：也称"扑卖""卖扑"，以赌博的方式招揽生意。通常用掷钱的方法计算正反面的多少从而判断输赢。赢者获得物品，输者失掉钱财。

⑮头面：首饰。

⑯上件：上面提到的。

⑰物事：物品，东西。

⑱团盖：绕着在四周盖房子。

⑲向背：或相向，或相背。

⑳发牙豆：发芽的豆子，黄豆芽、绿豆芽之类。牙，通"芽"。

㉑监淘在城沟渠：监看疏浚城邑内的沟渠。

㉒照管：照顾、管理。

译文

如果要养马，就有商家派两个人每天切草供应；养狗就有商家提供做麦芽糖剩下的残渣；养猫就有商家提供猫粮和小鱼。还有负责用熔化的金属为金属物件补漏洞的，钉铰的，箍桶的，修理日常使用物品的，修补鞋底的，洗刷腰带的，修理幞头帽子的，补泺鱿角冠子的商家，平日供给香印的都有固定的店铺和营业牌额，一到时节就要（安排）印制并分发佛像等事宜。提供人家打水的人，也各自有其街坊巷子。另有漆工，打造钗环的匠人，背着大斧头劈柴的人，换扇子手柄的人，提供香饼子、炭团的人。夏天有清洗坐毡、清浚井底的人，一旦有需要，他们就会出现在眼前。有时军营休假时，乐人就在空闲的场地上打鼓奏乐，靠近街坊吸引小孩子、妇女前来观看，散发糖果和果子，称为"卖梅子"，也叫"杷街"。每天到达宅舍和官院之前，就有挨着门边售卖羊肉、头肚、腰子、白肠、鹌鹑、兔子、鱼虾、煺过毛的鸡鸭、蛤蜊、螃蟹、辣燌、用香药煎炒的果子，也有以赌博招揽生意进而售卖诸如饰冠、梳子、领系，首饰衣着，日常使用的铜铁器皿，衣箱、瓷器之类。也有以赌博来售卖上面所提到的东西的，称为"勘宅"。又在后街某些空闲的地方四面聚集地盖房屋，门户或者相向，或者相背地聚居在一起，称为"院子"，都是小百姓居住的场所，每天售卖蒸梨蒸枣、黄糕糜、宿蒸饼、发芽豆一类的。每到春天的时候，官府中差遣人丁监看疏浚城中沟渠的工作，另外挖坑盛装疏浚出的淤泥，这个坑被称为"泥盆"，等到官府差遣人来验视之后才把装泥的坑填平。这项工作在夜间进行，因为月黑之时更方便照顾管理。

卷之四

皇太子纳妃，
卤部仪仗，
宴乐、仪卫。
妃乘厌翟车，
车上设紫色团盖，
四柱维幕，
四垂大带，
四马驾之。

军头司

军头司每旬休❶，按阅❷内等子❸、相扑手❹、剑棒手格斗。诸军营：殿前指挥使直❺在禁中，有左右班。内殿直❻、散员❼、散都头、散直、散指挥。御龙左右直（系打御从物）❽。御龙骨朵子直❾、弓箭直、弩直、习驭直❿、骑御马、钩容直⓫、招箭班⓬、金枪班、银枪班、殿侍诸军东西五班，常入祗候⓭，每日教阅野战。每遇诸路解到⓮武艺人，对御格斗。天武、捧日、龙卫、神卫⓯，各二十指挥，谓之"上四军"，不出戍。骁骑、云骑、拱圣、龙猛、龙骑⓰，各十指挥。殿前司、步军司有虎翼，各二十指挥；虎翼水军、宣武，各十五指挥。神勇、广勇各十指挥。⓯飞山、床子弩⓲、雄武、广固等指挥。诸司则宣效、六军、武肃、武和、街道司诸司。诸军指挥，动以百数。诸宫观、宅院，各有清卫、厢军、禁军剩员十指挥。其余工匠、修内司、八作司⓳、广固作坊、后苑作坊、书艺局、绫锦院⓴、文绣院、内酒坊、法酒库、牛羊司、油醋库、仪鸾司、翰林司、喝探㉑、武严、辇官、车子院、皇城官、亲从官、亲事官、上下宫㉒、皇城黄皂院子㉓、涤除㉔，各有指挥，记省不尽。

注释

❶ 每旬休：每过十天休假一次。宋代高承《物事纪原》卷一"休沐"："《唐会要》：'永徽三年二月十日，以天下无虞，百司务简，每至旬假，许不视事，以宽百寮休沐。'然则休沐始于汉，其以旬休，则始于唐也。"

❷ 按阅：巡视、检阅。《资治通鉴》卷二百二十一'唐肃宗乾元二年'："九月……光弼按阅守备，部分士卒，无不严办。"

朝回中使傳宣命
父子同班侍宴榮
酒捧倪醽祈景福
樂闡漢殿動韶聲
紫栽梅擎千枝微
玉柳攀煙萬葉明
人道催詩須待雨
片雲閣雨果詩成

❸内等子：皇宫内的禁卫。宋代赵升《朝野类要》卷一"等子"条："军头引见司等子，旧是诸州解发强勇之人，经由递传至京师。今则只取殿前旧司捧日等指挥人兵拣为之。故今之等子年劳，授诸州排军受事人员之职。出职之日，旧皆诣都进奏院行谢。盖奏院辖递铺故也。等子之上，谓之忠佐军头，皆由百司人兵亲兵及随龙人年劳升为之，或幕士带之。"

❹相扑手：表演相扑的选手。相扑，《一切经音义》卷三十四"髆"："字书云：'相扑，手搏也。《说文》从手，寞、扑，击也。"

❺殿前指挥使直：殿前司属下的骑兵官员。直，班直，表示担任一定的职位，如下文中的"内殿直""弓箭直""弩直"等。

❻内殿直：五代时后周禁军的名称，招收军校及武臣子弟有才勇者充任，均为骑军。其职责是扈从皇帝，拱卫京师，隶属于殿前司。宋初沿置，开宝四年（971）废除。

❼散员：无固定职事的官员。《隋书》卷四十二《李德林传》："既是西省散员，非其所好，又以天保季世，乃谢病还乡，阖门守道。"

❽御龙左右直（系打御从物）：即御龙直，分左右班。宋太宗太平兴国二年（977）改称"族御龙直"，后改"御龙直"。据《宋史》卷一百四十四《仪卫志二》记载："御龙直百四十二人，御龙骨朵子直二百二十六，并全班祗应。御龙弓箭直百三十三人，御龙弩直百三十三人。"按，宋朝皇宫有五重禁卫，第一重为司亲从官，第二重为宽衣天武，第三重为御龙弓箭直、弩直，第四重为御龙骨朵子直，第五重则为御龙直。五层禁卫由内而外保护天子。打御从物，撑着皇帝出行所需要的各种仪卫。打，举着，犹"打伞"之"打"。

❾骨朵子直：宋代御前亲近卫士，因其手执骨朵子（一种兵器），得此称呼。

❿习驭直：掌管皇宫马厩中马匹的官。《旧唐书》卷四十四《职官三》："尚乘局奉御二人……掌内外闲厩之马，辨其粗良而率其习驭，直长为之贰。"

⑪钧容直：宋代禁军番号之一种，实为军乐。《宋史》卷一百四十二《乐志十七》："钧容直，亦军乐也。"

⑫招箭班：习射时站在箭靶旁查看、唱报的士兵。《宋史》卷一百一十四《礼志十七》："苑中皆有射棚，画晕的。射则用招箭班三十人，服紫绣衣、帕首，分立左右，以唱中否。"

⑬祗候：恭敬地等候。

⑭解到：押解到达。

⑮天武、捧日、龙卫、神卫：宋代禁军的番号。宋代王应麟《玉海》卷一百三十九《兵制》"宋朝四厢军"条："《职官志》：殿前司有捧日、天武左右四厢，马军司有龙卫左右厢，步军司有神卫左右厢，各有都指挥使、都虞候。"

⑯骁骑、云骑、拱圣、龙猛、龙骑：宋代禁军番号，详细建制见《宋史》卷一百八十八《兵志二》。

⑰虎翼、宣武、神勇、广勇：详见《宋史》卷一百四十六《仪卫志四》。

⑱床子弩：禁军番号，主要装备为床子弩。《续资治通鉴长编》卷十七："（魏丕）治兵器，无不精办。旧床子弩射止七百步，丕增造至千步。"

⑲八作司：宋代职官名，隶属将作监，分东、西二司，掌管京城内外修缮事务。

⑳绫锦院：宋代丝绸的官营机构，直属于少府监。

㉑喝探：喝止行人并探查盘问。《宋史》卷一百八十九《兵志三》有"御营喝探"。

㉒上下宫：即上宫、下宫，天子祖庙的一种称呼。《宋史》卷一百二十三《礼志二十六》："是夜漏未尽，三鼓，帝乘马，却舆辇、伞扇，至安陵，素服步入司马门，行奠献礼，诸陵亦然，又诣下宫。凡上宫用牲牢、祝册，有司奉事；下宫备膳羞，内臣执事，百官陪位。"

㉓黄皂院子：身穿黄色或黑色的杂役。院子，古时对奴仆的称号。

㉔涤除：负责皇宫清扫任务的杂役。

军头司每过十天休息一天，其职责是按照册子上的名字，检阅内等子、相扑手、剑棒手的演习格斗情况。众军营的殿前指挥使和班直，在官禁中的有左右班、内殿直、散员、散都头、散直、散指挥；御龙左右直（在皇帝出行时举着各种仪杖），包括御龙骨朵子直、弓箭直、弩直、习驭直、骑御马、钩容直、招箭班、金枪班、银枪班、殿前诸军东西五班，经常进入宫中听候差遣，每天训练、检阅其野战情况。每当遇到各路解送来的武艺人，就要在皇帝面前格斗一番。天武军、捧日军、龙卫军、神卫军，各有二十指挥，称为"上四军"，不外出戍守。骁骑军、云骑军、拱圣军、龙猛军、龙骑军，各有十指挥，殿前司、步军司有虎翼军，各有二十指挥，虎翼水军、宣武军各有十五指挥，神勇军、广勇军各有十指挥。还有飞山、床子弩、雄武、广固等指挥。众多军头司，则有宣效、六军、武肃、武和、街道司等等，诸军指挥的数量，动辄数以百计。众官观宅物，各自有清卫、厢军、剩余的禁军十指挥。其余的工匠、修内司、八作司、广固作坊、后苑作坊、书艺局、绫锦院、文绣院、内酒坊、法酒库、牛羊司、油醋库、仪鸾司、翰林司、喝探、武严、辇官、车子院、皇城官、亲从官、亲事官、上下官、皇城黄皂院子、涤除，各自都有指挥，就不能一一记省了。

皇太子纳妃

皇太子纳妃，卤部❶仪仗，宴乐❷、仪卫。妃乘厌翟车❸，车上设紫色团盖，四柱维幕❹，四垂大带❺，四马驾之。

❶卤部：即卤簿，本指天子出行的仪仗和警卫，后来也泛指一般官员的出行仪杖。汉代蔡邕《独断》卷下："天子出，车驾次第谓之卤簿，有大驾，有小驾，有法驾。大驾公卿奉引，大将军参乘，太仆御，属车八十一乘。"

❷宴乐：亦称"燕乐"，指吸收北方少数民族融合而成的音乐，供宫廷宴会时使用。

❸厌翟（dí）车：用野鸡羽毛遮挡着的车子。翟，长尾的野鸡。《周礼·春官·巾车》："王后之五路，重翟，锡面朱总。厌翟，勒面缋总。"郑玄注曰："厌翟，次其羽使相迫也。"

❹维幕：即"帷幕"。

❺四垂大带：向四边垂下大的带子。

译文

皇太子纳妃的时候，有卤簿仪仗，举行宴会时有仪卫。太子妃乘坐厌翟车，车子上面设置有紫色的圆形车盖，车子四面的柱子都有帷幕，还有四条垂下的大带子，用四匹马驾车。

公主出降

公主出降❶，亦设仪仗、行幕、步障❷、水路。凡亲王、公主出，则有之，皆系❸街道司❹兵级数十人，各执扫具、镀金银水桶，前导洒之，名曰"水路"。用檐床❺数百，铺设房卧，并紫衫卷脚幞头天武官抬舁❻。又有宫嫔数十，皆真珠钗插❼、吊朵、玲珑簇罗头面❽，红罗销金袍帔❾，乘马双控双搭，青盖前导，谓之"短镫"。前后用红罗销金掌扇遮簇。乘金铜檐子，覆以剪棕❿，朱红梁脊，上列渗金⓫铜铸云凤花朵檐子，约高五尺许，深八尺，阔四尺许，内容六人，四维垂绣额珠帘，白藤间花⓬。匡箱⓭之外，两壁出栏槛，皆缕金花⓮，装雕木人物、神仙。出队两竿十二人，竿前后皆设绿丝绦，金鱼勾子⓯勾定。

注释

❶ 出降：宫女、帝王之女出嫁。唐代杜佑《通典》卷五十九"礼十九·嘉四"有"公主出降"一条，记载颇详细，可参看。

❷ 步障：古代用来遮蔽风尘或视线的屏幕。《晋书》卷三十三《石崇传》："（崇）与贵戚王恺、羊琇之徒以奢靡相尚……恺作紫丝布

步障四十里，崇作锦步障五十里以敌之。"

❸系：有。

❹街道司：《宋会要辑稿·职官三一》："街道司掌治京城道路，以奉乘舆出入，勾当官二员，以大使臣或三班使臣领之。仁宗嘉祐二年十二月二十六日，管勾街道司公事寇利亨言，乞招置兵士五百人充街道指挥功役，更不立等杖。"

❺檐床：即下文之"檐子"，可以抬起来的供人乘坐的工具。

❻抬舁（yú）：共同用手抬起。《说文解字》卷三上："舁，共举也。从臼，从廾。"

❼真珠钗插：装饰有珍珠的发钗。钗插，插入发髻的钗子。宋代蔡襄《和王学士水车》："方春游女湖上行，举首唯愁钗插重。"

❽玲珑簇罗头面：即簇罗之头面，颇有玲珑之美。

❾红罗销金袍帔（pèi）：红罗，红色的轻软丝织品。《古诗为焦仲卿妻作》："红罗复斗帐，四角垂香囊。"销金，以特殊工艺在衣物上添加极薄黄金装饰。《岁时广记》卷四"饮羔酒"有"袍帔，衣袍和衣帔。帔，古代披在肩背上的一种服饰"。汉代刘熙《释名·释衣服》："帔，披也。披之肩背，不及下也。"白居易《霓裳羽衣歌》："虹裳霞帔步摇冠，钿璎累累珮珊珊。"

❿剪棕：修剪整齐的棕树的叶片。黄庭坚《王良翰行庵铭》："剪棕作庵，驾以人肩。利用行远，琴几后前。"所述亦为可供抬起行走的舆具。

⓫渗金：古代的一种高级制作工艺，使金箔或金粉渗透于所锻造的器具中。宋代周密《云烟过眼录》卷一"张受益谦号古斋所藏"条："此乃金水总管所造刀也，上用渗金镌错。"

⓬白藤间花：白色藤蔓上间杂着花朵。

⓭匡箱：车框车厢。

⓮缕金花：即缕金之花。缕金，以金丝为装饰。宋代陶谷《清异录·北苑妆》："江南晚季建阳进茶油花子，大小形制各别，极可爱，宫嫔缕金于面，皆以淡妆，以此花饼施于额上，时号'北苑妆'。"

⑮金鱼勾子：形状如钓鱼的钩子。

译文

公主嫁人的时候，也设有仪仗、行幕、步障、水路等。凡是亲王公主出嫁就会有这些仪仗，这些需要动用街道司几十个低级的士兵，每人拿着扫地的工具、镀上金银的水桶，走在前面做向导，同时洒水，这种动作叫作"水路"。使用几百个檐床，上面铺设着室内的卧具衣物等，并且由身上穿着紫衫、头上戴着卷脚幞头的天武军的官兵抬着。还有几十个宫女，头上全都穿戴着插着珍珠钗饰、吊朵，穿着绣簇罗襦或红色的罗襦、销金长袍和衣帔，乘坐着双绳控制的、双面搭载的马车，有青色的车盖作为前面的导引，称为"短镫"。前后用红色罗襦销金的掌扇簇拥遮拦而过，公主乘坐的是金铜檐子，车顶上覆盖着修剪过的棕榈叶，檐子的梁脊是大红色的，上面排列着渗金铜铸的云凤花朵。檐子高约五尺左右，深有八尺，宽有四尺左右，里面可以容纳六个人，四面下垂着有绣额装饰的珠帘，配合着夹杂了鲜花的白色藤蔓。檐子匡箱的外面，两壁高出栏槛的部分，都雕刻着金色的花朵，装饰着木雕的人物、神仙。有两队共十二人抬着檐子两端的木杆，杆子的前面都设置有绿色的丝绦，用金鱼状的钩子固定好。

皇后出乘舆

皇太后、皇后出乘者，谓之"舆"❶。比檐子稍增广，花样皆龙，前后檐皆剪棕，仪仗与驾出相似而少，仍❷无驾头❸、警跸❹耳。士庶家与贵家婚嫁，亦乘檐子，只无脊上铜凤花朵。左右两军❺，自有假赁❻所在。以至从人❼衫帽、衣服、从物❽俱可赁，不须借措❾。余命妇❿、王宫、士庶通乘坐车子，如檐子样制，亦可容六人。前后有小勾栏^⑪，底下轴贯两挟朱轮^⑫，前出^⑬长辕约七八尺，独牛^⑭驾之，亦可假赁。

注释

①舆：本指车上可以载人的部分，后泛指车。《论语·卫灵公》："立则见其参于前也，在舆则见其倚于衡也，夫然后行。"王安石《易泛论》："舆，有承载之材，而亦非车之全者也。"

②仍：又。宋代李纲《乞修边备添置参谋编修官札子》："欲望圣慈许臣辟置参谋官四员于职事官中，不拘官资，高下兼充；仍添置编修官二员，共措画条具，以时推行。"杨万里《和谢张功父》："老夫最爱嚼香雪，不但解酲仍涤热。"

③驾头：沈括《梦溪笔谈》卷一《故事一》："正衙法座，香木为之，加金饰，四足堕角，其前小偃，织藤冒之，每车驾出幸，则使老内臣马上抱之，曰驾头。"又，陆游《老学庵笔记》卷二："驾头，旧以一老官者抱绣裹兀子于马上，高庙时犹然，今乃代以阁门官，不知自何年始也。"

④警跸（bì）：古代帝王出入时，所经过的道途上有侍卫警戒。出称"警"，入称"跸"。《史记·淮南衡山列传》："厉王以此归国益骄恣，不用汉法，出入称警跸，称制，自为法令，拟于天子。"又，晋代崔豹《古今注》卷上《舆服第一》："警跸，所以戒行徒也。周礼跸而不警。秦制出警入跸，谓出军者皆警戒，入国者皆跸止也，故云出警入跸也。至汉朝梁孝王，王出称警，入称跸，降天子一等焉。一曰，跸，路也，谓行者皆警于涂路也。"

⑤左右两军：指左右两边的仪仗队。

⑥假赁：假借、租赁。

⑦从人：随从、仆人。

⑧从物：与之相关的附从之物。

⑨借措：借取置办。措，置。

⑩命妇：古时被赐予封号的妇女，一般为官员的母亲、妻子。

《国语·鲁语下》："命妇，成祭服。"韦昭注曰："命妇，大夫之妻也。"又，唐代陈鸿《长恨歌传》："每岁十月，驾幸华清宫，内外命妇，熠耀景从。"

⓫勾栏：车边的栏杆。

⓬底下轴贯两挟朱轮：车底之轴贯穿左右两侧，两侧各有朱漆的挟车之轮。

⓭前出：向前伸出的。

⓮独牛：一头牛。独，犹"独角兽"之"独"。

译文

皇太后、皇后出门乘坐的车子，称为"舆"。比檐子稍微宽广一些，图案的样式都是龙，前后檐覆盖的都是修剪过的棕榈叶，仪仗和皇帝车驾外出时相似，但数量要少一些，又没有驾头、警跸等物品。士人和普通百姓婚嫁时，也乘坐檐子，只是没有梁脊上的铜凤花朵。至于左右两边仪仗队的士兵，自然也有可供租赁的地方，以至于随从的衫帽、衣服和随身之物，都可以租赁，不需要借取就能置办。其余的命妇、王宫中的人、士人、百姓，全都乘坐车子，和檐子的制作样式差不多，也可以容纳六人。车子的前后都有小勾栏，车底下有横贯左右两边红色车轮的车轴。向前伸出的长辕大约有七八尺，用一头牛来驾着，也是可以租赁的。

杂赁

若凶事出殡，自上而下，凶肆各有体例。如方相❶、车舆、结络❷、彩帛，皆有定价❸，不须劳力。寻常出街市干事❹，稍似❺路远倦行，逐❻坊巷桥市，自有假赁鞍马者，不过百钱。

注释

❶方相：民间所信仰的驱疫避邪的神祇。《周礼·夏官·方相氏》："方相氏掌：蒙熊皮，黄金四目，玄衣朱裳，执戈扬盾，帅百隶而时难，以索室驱疫。大丧，先枢，及墓，入圹，以戈击四隅，殴方良。"

❷结络：本指中医术语，指筋的聚结与联络。《素问·皮部论》："脉有经纪，筋有结络。"这里指连接成的网状物。

❸定价：一定范围之内的价格。

❹干事：办事。《三国志》卷四十二《蜀书·邵正传》："及见受用，尽心干事，有治理之绩。"

❺稍似：即"似稍"，似乎稍微。《旧唐书》卷十五《宪宗本纪下》："上顾谓宰臣曰：'朕读《玄宗实录见闻》，开元初锐意求理，至十五六年以后，稍似懈倦，开元末又不及中年，何也？'"

❻逐：逐个，处处。

要是碰上丧葬出殡的凶事，从上到下各个方面，专营凶事的店铺都有一定的规程方法。比如方相、车舆、结络、彩帛，都是有固定的价格的，不需要当事人自己再出劳力。平常外出到街市去办事，如果觉得路程稍微遥远，疲于行走的话，各个街坊巷子、桥头、集市，自然有租借鞍马的，租借费用不超过一百个钱。

修整杂货及斋僧请道

倘欲修整屋宇，泥补❶墙壁，生辰、忌日，欲设斋僧尼道士，即早辰桥市街巷口，皆有木竹匠人，谓之杂货工匠，以至杂作❷人夫、道士、僧人，罗立❸会聚，候人请唤，谓之"罗斋"。竹木作料❹，亦有铺席。砖瓦泥匠❺，随手即就❻。

注释

❶泥补：用泥浆修补。杜甫《后苦寒二首》（其一）："安得春泥补地裂。"

❷杂作：杂乱地一起工作，《史记》卷一百十七《司马相如列传》："相如身自著犊鼻裈，与保庸杂作，涤器于市中。"这里指零杂工。

❸罗立：并排站立。杜甫《望岳》："西岳峻嶒竦处尊，诸峰罗立如儿孙。"

❹作料：原材料。

❺砖瓦泥匠：即砖匠、瓦匠、泥匠。因为这三个工种往往一人可兼备，故有此省略。

⑥随手即就：随时就可以办得到。就，成。

如果想要修整房屋，用泥巴修补墙壁，或是在生辰、忌日的时候，想要设斋请僧人、尼姑、道士做法事，那就要早晨到桥头、集市、街头巷口去，这里都有木匠、竹匠等手工业者（称为"杂货工匠"），还包括做杂活的人、道士、僧人等，罗列聚集在这里，等候雇主的差遣、呼唤，这种场面叫作"罗斋"。所需的竹子、木头等原材料，也有专门的店铺售卖。砖匠、瓦匠、泥匠，随手就可以找到。

❧ 筵会假赁 ❧

凡民间吉凶筵会，椅桌陈设、器皿合盘、酒檐①动使之类，自有茶酒司②管赁。吃食下酒③，自有厨司④。以至托盘⑤、下请书⑥、安排坐次、尊前执事⑦、歌说劝酒，谓之"白席⑧人"。总谓之"四司⑨人"。欲就园馆、亭榭、寺院游赏命客⑩之类，举意⑪便办，亦各有地分，承揽排备⑫，自有则例⑬，亦不敢过越⑭取钱。虽百十分，厅馆整肃，主人只出钱而已，不用费力。

❶酒檐：酒担。檐，通"擔（担）"。

❷茶酒司：宋代耐得翁《都城纪胜》（不分卷）"四司六局"条："茶酒司，专掌宾客茶汤、暖荡筛酒、请坐咨席、开盏歇坐、揭席迎送应干节次。"

❸吃食下酒：吃的食物、下酒菜。欧阳修《与陈比部》："又知吃食所伤，更须慎护。"

❹厨司：《云仙杂记》卷三"薛家士风"条："成都薛氏家士风甚美，厨司以半瓠为杓。"

❺托盘：托在手中的盘子。《梦粱录》卷十六"分茶酒店"条："又有托盘、担架，至酒肆中歌叫买卖者。"

❻请书：请帖。

❼尊前执事：在酒席前办理诸事的人。尊，通"樽"，即酒樽。

❽白席：在红白事的筵会上主持劝酒之人。陆游《老学庵笔记》卷八："北方民家，吉凶辄有相礼者，谓之'白席'，多鄙俚可笑。韩魏公自枢密归邺，赴一姻家礼席，偶取盘中一荔支，欲啖之，白席者遽唱曰：'资政吃荔支，请众客同吃荔支！'公憎其喋喋，因置不取，白席者又曰：'资政恶发也，却请众客放下荔支。'魏公为之一笑。恶发，犹云怒也。"

❾四司：耐得翁《都城纪胜》"四司六局"条："官府贵家置四司六局，各有所掌，故筵席排当，凡事整齐，都下街市亦有之。常时人户每遇礼席，以钱倩之，皆可办也。"据该书记载，"四司"指帐设司、茶酒司、台盘司、厨司。

❿命客：邀请、宴请客人。唐代徐坚《初学记》卷十四"礼部下"引晋代成公绥《延宾赋》："延宾命客，集我友生，高谈清宴，讲道研精。"

⓫举意：涉想，动起念头。杜甫《凤凰台》诗："坐看彩翮长，举意八极周。"又，苏轼《赠杜介》诗："举意欲从之，倏然已松杪。"这里指随时，表时间之短暂。

⓬排备：安排、准备。《续资治通鉴长编》卷三百一十四："诏夔州路转运司彭孙驻南平军，不日进兵，乃闻粮草未办，可速排备。"

⓭则例：成规、定例。沈括《梦溪笔谈》卷二"故事二"："曹郡王以元舅特除兼中书令，下度支给俸。有司言：'自来无有活中书令请受则例。'"

⓮过越：超越本分。曾巩《谢杜相公书》："至其既孤，无外事之夺其哀，而毫发之私，无有不如其欲，莫大之丧，得以卒致而南。其

为存全之恩，过越之义如此。"

译文

　　凡是民间喜事、丧事举办宴会时，所需的椅子、桌子等陈设，器皿、食盒、盘子、挑酒的担子、使用的其他物件之类，自然有茶酒司来管理租赁。吃饭、喝酒诸事，自然有厨司照管，甚至包括托盘、下请柬、安排座次之类的事。举樽喝酒前的司仪、唱歌说笑劝人喝酒的人，他们被叫作"白席人"，总称为"四司人"。如果想要安排到园子、馆舍、亭台、楼榭、寺院游赏、宴请客人之类的事，也是能随意便可办到的。也都有各自的服务地段，在该地段范围内承办安排经营，自有一定的规矩，也不敢过分地多收取钱财。即使需要几十上百份，厅馆仍然显得整齐严肃，主人只需要出钱就可以了，不用亲自费力。

会仙酒楼

　　如州东仁和店、新门里会仙楼正店，常有百十分厅馆，动使各各❶足备，不尚❷少阙一件。大抵都人风俗奢侈，度量稍宽，凡酒店中，不问何人，止❸两人对坐饮酒，亦须用注碗❹一副，盘盏两副，果菜碟各五片，水菜碗三五只，即银近百两矣。虽一人独饮，碗遂❺亦用银盂之类。其果子菜蔬，无非精洁。若别要下酒，即使人外买软羊、龟背、大小骨、诸色包子、玉板鲊、生削巴子、瓜姜之类。

注释

　　❶各各：个个，每一个。《后汉书》卷二十六《赵憙传》："二十六年，帝延集内戚宴会，欢甚，诸夫人各各前言'赵憙笃义多恩，往

遭赤眉出长安，皆为憙所济活'。帝甚嘉之。"

❷不尚：不会，不曾。

❸止：仅。

❹注碗：注子与温碗为一套盛酒、温酒的器具。

❺碗遂：只喝一碗酒，喝完即止的售卖方式。《都城纪胜》"酒肆"条："散酒店……并折卖外坊酒，门首亦不设油漆杈子，多是竹栅布幕，谓之'打碗遂'，言只一杯也。却不甚尊贵，非高人所住。"

译文

比如汴州的东仁和店、新门里的会仙楼正店，常预备着几十上百份的饮食供应餐厅馆阁使用，东西都是各自齐备的，不会缺少一件。大概是因为京城的民风奢侈，家用较为宽裕，凡是在酒店中，不问客人的身份是什么，哪怕只有两个人对坐饮酒，也必须摆放一副注碗，两副盘盏，果菜的碟子各五片，水菜碗三五个，这样的话就需要百两银子了。即使是一人独饮，碗也是要用银盂一类的器皿。其中的果子、菜蔬，没有不是精致干净的。如果还需要别的下酒菜，立即可以去外面买软羊、龟背、大小骨、各种包子、玉板鲊、生削巴子、瓜姜之类的食物。

食 店

大凡食店，大者谓之"分茶"，则有头羹、石髓羹❶、白肉❷、胡饼、软羊、大小骨、角炙犒腰子❸、石肚羹、入炉羊、罨生软羊面、桐皮面、姜泼刀、回刀、冷淘棋子❹、寄炉面饭之类。吃全茶❺，饶虀头羹。更有川饭店❻，则有：插肉面、大熬面、大小抹肉、淘煎熬肉、杂煎事件❼、生熟烧饭。更有南食店❽：鱼兜子、桐皮熟脍面、煎鱼饭。又有瓠羹店，门前以枋木❾及花样杏结缚如山棚❿，上挂成边猪羊⓫，相间三二十边。近里门面窗户，皆朱绿装饰，谓之"欢门"。每店各有厅院东西廊称呼坐次。客坐，则一人执箸纸，遍问坐客。都人侈纵，百端呼索，或热或冷，或温或整，或绝冷、精浇⓬、䐑浇⓭之类，人人索唤不同。行菜得之，近局⓮次立，从头唱念，报与局内。当局者谓之"铛头"⓯，又曰"着案"。讫，须臾，行菜者⓰左手杈三碗、右臂自手至肩驮叠约二十碗，散下，尽合⓱各人呼索，不容差错。一有差错，坐客白之主人，必加叱骂，或罚工价，甚者逐之。吾辈入店，则用一等琉璃浅棱碗，谓之"碧碗"，亦谓之"造羹"，菜蔬精细，谓之"造齑"，每碗十文。面与肉相停⓲，谓之"合羹"；又有"单羹"，乃半个也。旧只用匙，今皆用箸矣。更有插肉、拨刀、炒羊、细物料、棋子、馄饨店。及有素分茶⓳，如寺院斋食也。又有菜面、胡蝶齑胳膑⓴，及卖随饭、荷包白饭㉑、旋切细料馉饳儿㉒、瓜齑㉓、萝卜之类。

注释

❶石髓羹：未详，大概是一种加有石髓状调味粉末的羹汤。王维《奉和圣制幸玉真公主山庄因题石壁十韵之作应制》："御羹和石髓，香饭进胡麻。"

❷白肉：肥肉。《晋书》卷七十七《陆纳传》："(桓)温曰：'年大来，饮三升便醉，白肉不过十脔。"

❸角炙犒腰子：用角炙将腰子烤熟。角炙，一种食材佐料。一说为烹饪方式。犒，通"爊"，用微火将鱼、肉的汤汁变浓。

❹冷淘棋子：一种类似棋子状浇头的凉面。冷淘，李林甫《唐六典》卷十五"凡朝会燕飨，九品以上并供其膳食。……夏月，加冷淘、粉粥。"又，杜甫《槐叶冷淘》："青青高槐叶，采掇付中厨。新面来近市，汁滓宛相俱。"苏轼亦有《二月十九日携白酒鲈鱼过詹使君食槐叶冷淘》诗。棋子，朱弁《曲洧旧闻》卷三："范氏自文正公贵，以清苦俭约著于世，子孙皆守其家法也。忠宣正拜后，尝留晁美

叔同匕箸，美叔退谓人曰：'丞相变家风矣。'问之，对曰：'盐豉棋子，而上有肉两簇，岂非变家风乎？'人莫不大笑。"

⑤全茶：完整的宴席。

⑥川饭店：四川风味的饭店。

⑦事件：犹"物件"。

⑧南食店：南方风味的饭店。《都城纪胜》"食店"："南食店谓之南食、川饭、分茶，盖因京师开此店，以备南人不服北食者。"

⑨枋木：古代木质建筑常用的周转材料，经常与模板一起使用，用作木龙骨。

⑩山棚：为庆祝活动而搭建的彩棚，其状如高耸之山，故而得名。司马光《涑水记闻》卷五："莱公在藩镇，尝因生F构山棚大宴，又财用僭侈，为人所奏。"

⑪成边猪羊：一扇一扇的猪羊肉。边，把猪羊劈成两扇。

⑫精浇：用精肉做的浇头。

⑬膘（biāo）浇：在面条上用作浇头的肥肉。

⑭局：在一定的范围内。这里指内厨、后厨。

⑮铛头：执掌烹饪的厨师长。周密《武林旧事》卷六"酒楼"条："凡下酒羹汤，任意索唤，虽十客各欲一味，亦自不妨。过卖铛头，记忆数十百品，不劳再四传喝。"

⑯行菜者：端送菜肴的人，传菜员。

⑰尽合：完全符合。白居易《辨日旁瑞气状》："凡有举措，尽合天心。"

⑱相停：相当，各占一半。《元典章·兵部卷一》"军官"之"禁军官子弟扰军家属"条："又以出放钱债为名，令军使用，不出三四月，便要本利相停，一岁之间，获利数倍。"

⑲素分茶：只卖素食的饮食店。

⑳胳腺：疙瘩。

㉑白饭：精致的米饭。一说，没有菜肴的米饭。杜甫《入奏行》："为君酤酒满眼酤，与奴白饭马青刍。"

㉒馉饳儿：古代有馅儿料包裹的一种面食，类似馄饨。

㉓瓜齑（jī）：酱渍的瓜。宋代江少虞《皇朝新雕类苑》卷六十五"语嘲"（十二）："山东乡里食味好以酱渍瓜啗，谓之瓜齑。"又，元代无名氏《居家必用事类全集·巳集》载"造瓜齑法"："甜瓜十枚，带生者，竹签穿透，盐四两，拌入瓜内，沥去水，令干。用酱十两拌匀，烈日晒，番转，又晒，令干，入新磁器内收入。用盐、用酱，又看瓜大小，斟量用之得宜。"

译文

要是提到饭店，大饭店叫作"分茶"，店里会有头羹、石髓羹、白肉、胡饼、软羊、大小骨、角炙犒腰子、石肚羹、入炉羊、罨生软羊面、桐皮面、姜泼刀、回刀、冷淘棋子、寄炉面饭之类的。吃完整的宴席的，免费赠送一份齑头羹。还有提供川菜饮食的饭店，有插肉面、大爊面、大小抹肉、淘煎爊肉、杂煎之类、生熟两样烧饭。还有南方饮食特点的饭店，店内提供鱼兜子、桐皮熟脍面、煎鱼饭。又有瓠羹店，门前用枋木和花样的山矾捆绑成山棚的样子，上面挂着一扇一扇的猪羊肉，连续相隔有三二十扇。靠近里面门边的窗户，全都用红绿两种颜色装饰，称为"欢门"。每个饭店都有各自的厅院和东西长廊来安排座次。客人坐下后，则有一个服务员拿着筷子和纸，逐一询问坐客。京城里的人奢侈放纵，百般呼叫，或要热的或要冷的，或要温的或要完整的，或者要绝冷的、精浇的、膘浇的之类，每个人索要的都不相同。传菜员得到菜单后，挨着内厨站立，将菜单上的菜肴从头唱念，报给内厨的厨师。掌勺的大厨被称为"铛头"，又称为"着案"。在此之后，过了一会儿，传菜员左手交叉着端三端，右手从手到肩膀重叠大约二十碗，散下菜碟满足各人的呼索，不允许有差错。一旦有差错，坐客告诉主人，必然对其加以叱骂，有的时候还会罚工钱，更有甚者会被辞退。像我这样的人进入酒店，就会用上等的琉璃浅棱碗，叫作"碧碗"，也叫"造羹"，精细的菜蔬被称为"造齑"，每碗十文钱。面和肉相等，称为"合羹"；还有一种"单羹"，只有"合羹”的一半。以前只用汤匙，现在都用筷子了。还有一些店面售卖插肉、拨刀、炒羊、细碎的边角料、棋子、馄饨的。以及一些专卖素食的店面，就像寺院里的斋饭一样。又有菜面、胡蝶斋疙瘩，以及售卖随饭、荷饭、白饭、用切剩的边角料做的馉饳儿、瓜斋、萝卜之类的。

肉 行

坊巷桥市，皆有肉案，列三五人操刀。生熟肉从便[1]索唤，阔切、片批[2]、细抹、顿刀之类。至晚，即有燠爆[3]熟食上市。凡买物不上数钱[4]，得者是数[5]。

注释

[1] 从便：任从、随便。

❷片批：刀略倾斜，把肉切成片状。批、抹，皆屠家用语。苏轼《和何长官六言次韵》（其四）："贫家何以娱客，但知抹月批风。"以"批抹"戏其贫也。

❸煗爆：温热。煗，暖、热。

❹不上数钱：不预付一定数额的钱。

❺得者是数：按得到的（实际切下来的）肉算钱数。

译文

街坊、巷子、桥头、集市，都有卖肉的案子，案子前面有三五个人拿着刀干活，切生肉还是熟肉，就便听从顾客的吩咐。（切肉方式）有阔切、片批、细抹、顿刀之类。到了晚上就有温热的熟食售卖。买这些东西先不给钱，按实际得到的（肉）再计算给钱。

饼 店

凡饼店，有油饼店，有胡饼店。若油饼店，即卖蒸饼❶、糖饼、装合❷、引盘之类。胡饼店，即卖门油、菊花、宽焦❸、侧厚❹、油砣❺、髓饼❻、新样、满麻。每案用三五人，捍剂❼、卓花❽、入炉。自五更，卓案❾之声，远近相闻。唯武成王庙前海州张家、皇建院前郑家最盛，每家有五十余炉❿。

注释

❶蒸饼：炊饼。吴处厚《青箱杂记》卷二："仁宗庙讳贞（祯），语讹近蒸，今内廷上下皆呼蒸饼为炊饼。"《晋书·何曾传》："蒸饼上不坼十字不食。"类似于后来的馒头。

❷装合：盒装的饼。合，盒子。

❸宽焦：又薄又脆的面饼。《格致镜源》卷二十五"饼"，引明代胡侍《真珠船》："宽焦，即《武林旧事》所谓宽焦薄脆者，今京师但名薄脆。"

❹侧厚：与"宽焦"相对，边缘较厚的面饼。

❺油䃰：油炸的䃰状面饼。

❻髓饼：用骨髓做原料而制作的面饼。贾思勰《齐民要术》卷九"饼法第八十二"之"髓饼法"："以髓脂、蜜合和面，厚四五分，广六七寸，便著胡饼炉中，令熟。勿令反覆，饼肥美，可经久。"

❼捍剂：将面剂擀开。将做好的面团切成一个个小段，每段称为一剂，可擀成一块完整的面饼。

❽卓花：将花停留，此处指在面饼上点缀花纹。卓，停留。五代词人薛昭蕴《浣溪沙》："记得去年寒食日，延秋门外卓金轮。"

❾卓案：桌案。

❿炉：蒸饼的烤炉。

译文

一般的饼店有油饼店和胡饼店。如果是油饼店的话，卖的就有蒸饼、糖饼、装合、引盘这些。胡饼店会售卖门油、菊花、宽焦、侧厚、油䃰、髓饼、新样、满麻之类。每个桌案大约有三五个人，负责将面剂擀开，加上点缀的花纹并放入炉子中。从五更开始，桌案上的声音远近都可以听到。只有武成王庙前海州张家、皇建院前郑家的生意最隆盛，每家的烤炉有五十多个。

鱼　行

卖生鱼❶，则用浅抱桶❷，以柳叶间串❸，清水中浸，或循街❹出卖。每日早，惟新郑门、西水门、万胜门，如此生鱼有数千檐❺入门。冬月，即黄河诸远处客鱼❻来，谓之"车鱼"，每斤不上一百文。

❶生鱼：活鱼。

❷浅抱桶：一种浅底的木桶类制品。

❸间串：一个个相间地穿起来。

❹循街：沿街。宋代黄休复《茅亭客话》卷三"淘沙子"条："伪蜀大东市有养病院，凡乞丐、贫病者皆得居之，中有携畚锸日循街坊沟渠内淘泥沙，时获碎铜铁及诸物，以给口食，人呼为淘沙子。"

❺檐：担（擔）。

❻客鱼：非本地的鱼。

译文

售卖生鱼的一般用浅抱桶，用柳叶枝条将其挨个穿起来，放在清水中浸泡，或者沿着街道售卖，每天早上单只在新郑门、西水门、万胜门，像这样的生鱼有几千担进入城门。到了冬天就会有从黄河这些远地方贩来的鱼售卖，称为"车鱼"，每斤不超过一百文钱。

卷之五

至来岁生日，谓之『周晬』，

罗列盘盏于地，

盛果木、饮食、官诰、笔研、算秤等，

经卷、针线、应用之物，

观其所先拈者，

以为征兆，谓之『试晬』。

此小儿之盛礼也。

民 俗

　　凡百[1]所卖饮食之人，装鲜净盘合器皿，车檐[2]动使，奇巧可爱，食味和羹，不敢草略[3]。其卖药、卖卦，皆具冠带。至于乞丐者，亦有规格。稍似懈怠，众所不容。其士农工商[4]，诸行百户[5]，衣装[6]各有本色，不敢越外。谓如香铺裹香人，即顶帽披背；质库[7]掌事，即着皂衫角带、不顶帽之类。街市行人，便认得是何色目[8]。加之人情高谊[9]，若见外方之人为都人凌欺，众必救护之。或见军铺[10]收领[11]到斗争公事，横身劝救，有陪酒食檐官方救之者，亦无惮也。或有从外新来，邻左[12]居住，则相借动使、献遗汤茶、指引买卖[13]之类。更有提茶瓶之人，每日邻里互相支茶[14]，相问动静。凡百吉凶之家，人皆盈门。其正酒店户，见脚店三两次打酒，便敢借与二五百两银器。以至贫下人家，就店呼酒，亦用银器供送。有连夜饮者，次日取之。诸妓馆只就店呼酒而已，银器供送，亦复如是。其阔略[15]大量，天下无之也。以其人烟浩穰，添十数万众不加多，减之不觉少。所谓花阵酒池，香山药海。别有幽坊小巷，燕馆歌楼，举之万数，不欲繁碎。

注释

[1] 凡百：表总结、概括。《诗经·小雅·雨无正》："凡百君子，各敬尔身，胡不相畏，不畏于天。"郑玄笺曰："'凡百君子'，谓众在位者。"

[2] 车檐：车担。车运和担挑。

[3] 草略：草率，疏略。苏洵《嘉祐集》卷三《权书下·孙武》："吴起之言兵也，轻法制，草略无所统纪，不若武之书词约而意尽。"

[4] 士农工商：即"四民"。《管子·小匡》："士农工商四民者，国之石民也。"

113

⑤百户：犹"百家"。《淮南子·氾论训》："尧无百户之郭，舜无置锥之地，以有天下。"

⑥衣装：衣着、装束。《后汉书》卷七十二《董卓列传》："长安中士女卖其珠玉、衣装，市酒肉相庆者，填满街肆。"

⑦质库：当铺。《旧唐书》卷一百八十三《外戚列传》："籍其家，财货山积，珍奇宝物，侔于御府，马牧、羊牧，田园、质库，数年征敛不尽。"

⑧色目：种类、身份。元稹《弹奏剑南东川节度使状》："本判官及诸州刺史名衔，并所收色目，谨具如后。"又，蒋防《霍小玉传》："有一仙人，谪在下界，不邀财货，但慕风流，如此色目，共十郎相当矣。"

⑨高谊：深厚的情谊，多用于敬称别人的情谊。王安石《谢徐秘校启》："忽承高谊，特损谦辞，顾奖引之过中，非孤蒙之敢望。"

⑩军铺：军人巡逻、警戒时的驿站，兼具行政（治安）职能。元代张之翰《西岩集》卷十三"议盗"："城郭内外元有军铺，除已设外，更许增置，仍摘管其地，斟酌顿放南北军人相参巡警；及无军铺之处，从本管官司保结。"

⑪收领：拘禁。

⑫邻左：左右邻居。

⑬指引买卖：指导购物、交易诸事。

⑭支茶：送茶。

⑮阔略：宽容、宽简。《汉书》卷八十六《王嘉传》："人情不能不有过差，宜可阔略，令尽力者有所劝。"颜师古注："当宽恕其小罪也。"又，叶梦得《石林燕语》卷十："范文正用人多取气节，阔略细故，如孙威敏、滕达道之徒，皆深所厚者。"

译文

凡是各处售卖饮食的人，会将食物装在鲜丽干净的盘子食盒等器皿中，使用的车担，看上去奇巧又可爱。食物味道，调和的羹汤，不敢潦草简略。那些卖药卖卦的人，都戴着帽子和帽带，甚至乞丐，着

迎風呈巧媚
泡露逞紅妍

装都有一定的规格。如果稍微有一点懈怠，大家就不能容忍。对士、农、工、商而言，各行各业、千家百户来说，衣着服装都要展示自己的本色，不敢越过自己的本分之外。就是说，比如香铺里裹香的人，就要在头上戴着顶帽，穿着披背；典当铺中管事的人，就要穿着黑色的衣衫，束着角带，就不能戴着顶帽之类的。大街集市上的人，通过这就可以认出对方的职业了。再加人情、友谊的因素，如果看到外地的人被京城的人欺负了，众人必定前去救护。如果看到军铺巡逻的人抓捕了打架斗殴的人，就会横身前去劝解搭救，有人会赔上酒食，担到官府去营救的，也无所畏惧。或者有从外地新来，到邻居左边居住的，大伙都会借给他日常使用的器物，为他端汤递茶，指点他做些小买卖之类。还有一种提着茶瓶的人，每天到邻居中间替人送茶，以此相互询问动静的人。凡是遇到吉事凶事的时候，人们都会来到他的家门口参与其中。大的酒楼正店，看到小酒店来这里打过两三次酒，就敢借给他价值三五百两银子的酒器。至于贫穷的人家，当他们来店里喝酒的时候，也提供、传送银制的酒器。有喝酒通宵的客人，那就第二天取回酒器。众多妓馆里的客人只需要到店里要酒喝就行了，都是提供传送银制的酒器，规矩和上面一样。酒店的这种宽容大度，是天下所没有的。因为京城的人口繁多，增加个十几万人也不显多，减少这些数目也不觉得少。这就是所谓的繁花成阵、聚酒成池、堆香成山、积药如海了。别处还有幽静的街坊小巷，宴会的餐馆、歌舞的楼台，列举起来，有千万个，就不想烦碎地一一记载了。

京瓦伎艺

崇、观❶以来，在京瓦肆伎艺：张廷叟、孟子书主张❷。小唱❸：李师师❹、徐婆惜❺、封宜奴、孙三四等，诚其角者❻。嘌唱❼弟子：张七七、王京奴、左小四、安娘、毛团等。教坊减罢并温习❽：张翠盖、张成。弟子：薛子大、薛子小、俏枝儿、杨总惜、周寿奴、称心等。般杂剧：杖头傀儡❾任小三，每日五更头回小杂剧，差晚❿看不及矣。悬丝傀儡⓫，张金线、李外宁。药发傀儡⓬，张臻妙、温奴哥、真个强、没勃脐、小掉刀。筋骨、上索⓭、杂手伎⓮，浑身眼。李宗正、张哥，毬杖、踢弄⓯。孙宽、孙十五、曾无党、高恕、李孝详，讲史⓰。李慥、杨中立、张十一、徐明、赵世亨、贾九，小说⓱。王颜喜、盖中宝、刘名广，散乐⓲。张真奴，舞旋⓳。杨望京，小儿相扑、杂剧、掉刀蛮牌⓴。董十五、赵七、曹保义、朱婆儿、没困驼、风僧哥、俎六姐，影戏㉑。丁仪、瘦吉等，弄乔影戏㉒。刘百禽，弄虫蚁㉓。孔三传、耍秀才，诸宫调㉔。毛详、霍伯丑，商谜㉕。吴八儿，合生㉖。张山人，说诨话❷。刘乔、河北子、帛遂、胡牛儿、达眼五、重明乔、骆驼儿、李敦等，杂班❷。外入❸：孙三，神鬼；霍四究，说《三分》；尹常卖，《五代史》；文八娘，叫果子。其余不可胜数。不以风雨寒暑。诸棚看人，日日如是。教坊、钧容直，每遇旬休按乐❸，亦许人观看。每遇内宴前一月，教坊内勾集❸弟子小儿，习队舞作乐，杂剧节次❸。

注 释

❶ 崇、观：指宋徽宗年号崇宁（1102—1106）与大观（1107—1110）。

❷ 主张：主持、张罗。《庄子·天运》："天其运乎？地其处乎？日月其争于所乎？孰主张是？孰维纲是？"又，洪迈《容斋随笔·容斋三笔卷七》："孙宣公劾封禅等"："一时邪谀之臣唱为瑞应祺祥，以周明主，王钦若、陈彭年辈实主张之。"

❸ 小唱：南宋耐得翁《都城纪胜》："唱叫小唱，谓执板唱慢曲、曲破。大率重起轻杀，故曰'浅斟低唱'。与四十大曲舞旋为一体，今瓦市中绝无。"

❹ 李师师：北宋名伎。宋代张端义《贵耳集》卷下载有"道君幸李师师家，偶周邦彦先在焉，知道君至，遂匿于床下"逸事。又有宋人（佚名）所撰《李师师外传》，可参看。

❺ 婆惜：或起源于溺婴陋习。字面意思为，因为婆婆怜惜，所以保留一条小命。宋代有时也指男性。

❻ 角者：数一数二的。角，角伎。

❼ 嘌唱：一种音调曲折、柔曼的唱法，也指用这种方式演唱的小曲、小调。宋代程大昌《演繁露》卷九"嘌"："凡今世歌曲，比古郑卫，又为淫靡，近又即旧声而加泛滟者名曰嘌唱。"又，耐得翁《都城纪胜·瓦舍众伎》："嘌唱，谓上鼓面唱令曲小词，驱驾虚声，纵弄宫调，与叫果子、唱耍曲儿为一体，本只街市，今宅院往往有之。"

❽ 教坊减罢并温习：教坊中被裁减的人员以继续演出的方式温习旧学。

❾杖头傀儡：类似杖头木偶，是用木杖来操纵动作完成的傀儡戏。

❿差晚：稍晚。陆游《得季长书追怀南郑幕府慨然有作》："花经小雨开差晚，笙怯余寒涩未调。"

⓫悬丝傀儡：类似于提线木偶。

⓬药发傀儡：是以火药带动木偶表演的传统手工技艺。

⓭上索：在绳索上表演的节目。

⓮杂手伎：宋代江少虞《新雕皇朝类苑》卷七十一"丁晋公（四）"："一日宴官僚，于斋厅有杂手伎，俗谓'弄碗注'者。"

⓯踢弄：《都城纪胜·瓦舍众伎》："踢弄，每大礼后宣赦时，抢金鸡者用此等人，上竿、打筋斗叭、踏跷、打交……"

⓰讲史：宋元"说话四家"之一。《都城纪胜·瓦舍众伎》："说话有四家……讲史书，讲说前代书史文传兴废战争之事。"

⓱小说：该词起源于《庄子》"饰小说以干县令"，这里指宋元"说话四家"之一。《都城纪胜·瓦舍众伎》："说话有四家，一者小说，谓之'银字儿'，如烟粉、灵怪、传奇、说公案，皆是搏刀赶棒及发迹发泰之事……最畏小说家，盖小说者，能以一朝一代故事，顷刻间提破。"

⓲散乐：《周礼·春官·旄人》："掌教舞散乐、舞夷乐。"郑玄注："散乐，野人为乐之善者，若今黄门倡矣。"至隋唐之时，发展成为一种包括杂技、武术、幻术、滑稽表演、歌舞戏、参军戏等在内的民间表演艺术的形式。

⓳舞旋：一种流行的回旋的舞蹈。白居易《晚宴湘亭》："舞旋红裙急，歌垂碧袖长。"

⓴掉刀蛮牌：使用棹刀和蛮牌表演的攻守戏。掉刀，即"棹刀"，刀柄较长，两面有刃，刃首上端较阔下较窄，刀杆由树木制成，末端安有铁，是一种常见兵器。蛮牌，南方产的用粗藤做的盾牌。

㉑影戏：也称"皮影戏""影灯戏"，或起源于汉代，是用纸或皮剪作人物形状，将灯光投向后方帷布上进而操作表演的戏剧。宋代高

承《物事纪原》卷九《博弈嬉戏部第四十八》"影戏"条："少翁夜为方帷，张灯烛。帝坐他帐，自帷中望见之，仿佛夫人像也，盖不得就视之。由是世间有影戏。"又，《都城纪胜·瓦舍众伎》："凡影戏乃京师人初以素纸雕镞，后用彩色装皮为之。"

㉒乔影戏：装模作样的搞怪诙谐类的影戏。

㉓弄虫蚁：调教虫蚁禽鸟、驯养小动物。

㉔诸宫调：宋金元时期的一种大型说唱文学，它是在变文和教坊大曲、杂曲的基础上发展而来的，因为聚集了若干套不同宫调的曲子轮番歌唱而得名。宋代王灼《碧鸡漫志》卷二："泽州孔三传者，首创诸宫调古传，士大夫皆能诵之。"金代中叶有董解元《西厢记诸宫调》最为出名。

㉕商谜：猜谜。耐得翁《都城纪胜·瓦舍众伎》："商谜：旧用鼓板吹《贺新郎》，聚人猜诗谜、字谜、戾谜、社谜，本是隐语。"宋代庄季裕《鸡肋编》卷下："苏公尝会孙贲公素，孙畏内殊甚，有官妓善商谜，苏即云'蒯通劝韩信反，韩信不肯反'。其人思久之，曰：'未知中否？然不敢道。'孙迫之使言，乃曰：'此怕负汉也。'苏大喜，厚赏之。"又，明代陶宗仪《辍耕录·丘机山》："（丘机山）以滑稽闻于时，商谜无出其右。"

㉖合生：宋元"说话四家"之一，大概是一种指物赋诗类的表演，滑稽之中又含讽劝之意。耐得翁《都城纪胜·瓦舍众伎》："合生与起令、随令相似，各占一事。"

㉗说诨话：一种表演诙谐说唱的艺术形式。《续资治通鉴长编》卷三百五十六："府尹出榜，立赏告捉，竟不获，而此诗大播，有疑说诨话张山人为之。"

㉘杂班：供戏谐之用的小戏。宋代吴自牧《梦粱录》卷二十"妓乐"条："又有杂扮，或曰'杂班'，又名'纽元子'，又谓之'拔和'，即杂剧之散段也。顷在汴京时，村落野夫罕得入城，遂撰此端，多是借装为山东河北村叟，以资笑端。"

㉙外入：另外还有。

㉚按乐：奏乐。唐代韩偓《北齐》（其一）："后主猎回初按乐，胡姬酒醒更新妆。"

㉛勾集：召集。苏轼《乞增修弓箭社条约状》："逐社各置鼓一面，如有事故及盗贼，并须声鼓勾集。若寻常社内声鼓不到者，每次罚钱一百。"

㉜节次：逐一、按次序。

译文

宋徽宗崇宁、大观以来，在京城中的瓦肆杂技，由张廷叟、孟子书管理。表演小唱的有：李师师、徐婆惜、封宜奴、孙三四等，的确

是歌唱者中数一数二的角色。嘌唱的弟子中，有张七七、王京奴、左小四、安娘、毛团等。教坊中裁减下来，还在温习技艺的，有张翠盖、张成，以及他们的弟子薛子大、薛子小、俏枝儿、杨总惜、周寿奴、称心等。杂剧演出，表演杖头傀儡的是任小三，每天五更的时候演出头一回小杂剧，稍晚一些就看不到了。表演悬丝傀儡的有张金线、李外宁，表演药发傀儡的有张臻妙、温奴哥、真个强、没勃脐、小掉刀。筋骨、上索、杂手伎由浑身眼表演。李宗正、张哥表演毬杖、踢弄。孙宽、孙十五、曾无党、高恕、李孝祥表演讲史。李慥、杨中立、张十一、徐明、赵世亨、贾九表演小说。王颜喜、盖中宝、刘名广表演散乐。张真奴表演回旋舞。杨望京表演小儿相扑、杂剧、掉刀蛮牌。董十五、赵七、曹保义、朱婆儿、没困驼、风僧哥、俎六姐表演影戏。丁仪、瘦吉等表演弄乔影戏。刘百禽表演弄耍小鸟昆虫等。孔三传耍秀才诸宫调。毛详、霍伯丑表演商谜。吴八儿表演合生。张山人表演说诨话。刘乔、河北子、帛遂、吴牛儿、达眼五、重明乔、骆驼儿、李敦等人属于杂班。另外还包括：孙三表演的神鬼，霍四究演说三分天下，尹常卖讲五代史，文八娘表演"叫果子"。其余的就不可胜数了。不管是风雨天，还是寒暑天，彩棚中的看客，每天都是这样。教坊、钧容直里的艺人，每过十天休息的那一天，奏乐时也允许常人观看。每当遇到皇宫内举行宴会，在前一个月，教坊就选择聚集弟子小儿辈，会依次演习队列舞蹈，奏乐，按顺序逐一表演杂剧。

❧ 娶 妇 ❧

凡娶媳妇，先起草帖子❶。两家允许，然后起细帖子，序三代❷名讳，议亲人有服亲❸、田产、官职之类。次檐❹许口酒❺，以络❻盛酒瓶，装以大花八朵、罗绢❼生色或银胜❽八枚，又以花红缴❾檐上，谓之"缴檐红"，与女家。女家以淡水二瓶，活鱼三五个，箸一双，悉送在元❿酒瓶内，谓之"回鱼箸"。或下小定、大定⓫，或相媳妇与不相⓬。若相媳妇，即男家亲人或婆往女家，看中，即以钗子插冠中，谓之"插钗子"；或不入意，即留一两端⓭彩段，与之压惊，则此亲不谐矣。其媒人有数等：上等戴盖头⓮，着紫背子⓯，说官亲、宫院⓰恩泽⓱；中等戴冠子，黄包髻⓲、背子，或只系裙，手把青凉伞儿，皆两人同行。下定了，即旦望⓳媒人传语。遇节序，即以节物、头面、羊酒之类追女家，随家丰俭⓴。女家多回巧作㉑之类。次下财礼㉒，次报成结日子㉓。次过大礼㉔。先一日，或是日早，下㉕催妆冠帔㉖、花粉，女家回公裳㉗、花幞头之类。前一日女家先来挂帐，铺设房卧㉘，谓之"铺房"。女家亲人有茶酒、利市㉙之类。至迎娶日，儿家㉚以车子或花檐子㉛发，迎客引至女家门。女家管待迎客，与之彩段，作乐催妆，上车檐。从人未肯起，炒咬㉜利市，谓之"起檐子"。与了，然后行。迎客先回至儿家门，从人及儿家人乞觅利市、钱物、花红等，谓之"拦门"。新妇下车子，有阴阳人㉝执斗，内盛谷豆、钱果、草节等咒祝㉞，望门而撒，小儿辈争拾之，谓之"撒谷豆"，俗云厌青羊㉟等杀神也。新人下车檐，踏青布条或毡席，不得踏地，一人捧镜倒行，引新人跨鞍㊱、蓦草㊲及秤上过㊳，入门，于一室内，当中悬帐，谓之"坐虚帐"；或只径入房中，坐于床上，亦谓之"坐富贵"。其送女客㊴，急三盏而退，谓之"走送"。众客就筵三杯之后，婿具㊵公裳，花胜㊶簇面，于中堂升一榻㊷，上置椅子，谓之"高坐"，先媒氏请，次姨氏或妗氏请，各斟一杯饮之；次丈母请，方下坐。新人门额㊸，用彩一段，碎裂其下，横抹挂之，婿入房，即众争扯小片而去，谓之"利市缴门红"。婿于床前请新妇出，二家各出彩段，绾一同心，谓之"牵巾"，男挂于笏㊹，女搭于手，男倒行出，面皆相向，至家庙前参拜毕，女复倒行，扶入房讲拜㊺，男女各争先后对拜毕，就床，女向左，男向右坐，妇女以金钱、彩果散掷，谓之"撒帐"。男左女右，留少㊻头发，二家出匹段㊼、钗子、木梳、头须㊽之类，谓之"合髻"。然后用两盏，以彩结连之，互饮一盏，谓之"交杯酒"。饮讫掷盏㊾，并花冠子于床下，盏一仰一合，俗云"大吉"，则众喜贺，然后掩帐讫。宫院中即亲随人抱女婿去；已下人家，即行出房，参谢诸亲，复就坐饮酒。散后，次日五更，用一卓，盛镜台、镜子于其上，望堂展拜，谓之"新妇拜堂"。次拜尊长、亲戚，各有彩段、巧作、鞋袜等为献，谓之"赏贺"。尊长则复换一匹回之，谓之"答贺"。婿复参㉜妇家，谓之"拜门"。有力能趣㉝办，次日即往，谓之"复面㉞拜门"，不然，三日、七日皆可，赏贺亦如女家之礼。酒散，女家具鼓吹、从物，迎婿还家。三日，女家送彩段、油蜜蒸饼，谓之"蜜和油蒸饼"。其女家来作会㉟，谓之"暖女"㊱。七日，则取女归，或送彩段头面与之，谓之"洗头"。一月，则大会相庆，谓之"满月"。自此以后，礼数简㊲矣。

注释

❶草帖子：为提亲之事所拟的草稿，与下文"细帖子"相对。

❷三代：曾祖、祖父、父亲。

❸服亲：一般指五服之亲，即斩衰、齐衰、大功、小功、缌麻。详见《礼记·丧服小记》。

❹檐：通"担"，担着。

❺许口酒：即许亲之酒，今天部分地区还保留着"吃允口酒"的习俗。

❻络：将绳子按十字交叉后形成的网兜状编织物。汉乐府《陌上桑》："黄金络马头。"

❼罗绢：罗绮、绢布。

❽银胜：古时妇女所戴的头饰，是一种将银箔剪成人形的彩花。陆游《残腊》（其二）："乳糜但喜分香钵，银胜那思映彩鞭。"

❾缴（jiǎo）：缠。《汉书》卷六十二《司马迁传》："名家苛察缴绕。"如淳注曰："缴绕，犹缠绕也。"

❿元：同"原"，原来的。

⓫小定、大定：议婚时根据意向的大小所下的彩礼。

⑫相：观察情状、形貌。《诗经·鄘风·相鼠》："相鼠有皮，人而无仪。"

⑬端：量词。古代布帛的长度单位。或说为一丈六尺为端，或说两丈。《周礼·地官·媒氏》"入币纯帛无过五两"，郑玄注："五两，十端也。"

⑭不谐：不成。《后汉书》卷二十六《宋弘传》："帝顾谓主曰：'事不谐矣！'"

⑮盖头：旧时妇女外出时，用以遮蔽风尘的面巾披肩，与婚礼时所用盖头性质有别。宋代周煇《清波别志》卷中："士大夫于马上披凉衫，妇女步通衢，以方幅紫罗障蔽半身，俗谓之盖头。盖唐帷帽之制也。"

⑯背子：也称"褙子"。宋代高承《事物纪原》卷三《衣裘带服部第十五》"背子"条："秦二世诏衫子上朝服加背子，其制袖短于衫，身与衫齐而大袖。今又长与裙齐，而袖才宽于衫。盖自秦始也。"

⑰宫院：帝王、后妃居住的宫院，后世也用来指称王子的居处。赵彦卫《云麓漫钞》卷一："皇子之居谓之某王宫。王子则分院，世俗谓之宫院。"

⑱恩泽：官亲与宫院联姻，则是皇上之恩泽。

⑲黄包髻：即黄色之包髻。包髻，是一种长方形的头巾，穿戴时沿对角折叠，再从额头前面向后缠裹，最后将头巾的角绕到额前打结。范祖禹《保宁军节度观察留后东阳郡公妻仁寿郡夫人李氏墓志铭》："诏有司，命改服。自后以包髻入，当时荣之。"

⑳旦望：农历每月初一和十五。《宋史》卷一百九《礼志十二》："一遇旦望诸节序，下降香表，荐献行礼。"

㉑随家丰俭：礼物的丰盛和俭朴随男方家况而定。

㉒巧作：即《梦粱录》所谓"女工""帕环"。

㉓下财礼：吴自牧《梦粱录》卷二十"嫁娶"条："且论聘礼，富贵之家，当备三金送之，则金钏、金镯、金帔坠是也。若以铺席宅舍，或无金器，以银镀代之。否则贫富不同，亦从其便，此无定法

耳。更言士宦，亦送销金大袖、黄罗销金裙、段红长裙，或素罗大袖段亦得。珠翠特髻、珠翠团冠，四时冠花、珠翠排环等首饰，及上细杂色、彩段匹帛，加以花茶果物、团圆饼、羊酒等物。及送官会银铤，谓之'下财礼'。"

㉔成结日子：成亲结婚的日期。

㉕大礼：男方择定吉日，送聘礼去女家。相当于"六礼"中的"纳吉"，所有仪式中，此一项最为隆重，故称"大礼"。

㉖下：送，婚仪用语。《世说新语·假谲》："因下玉镜台一枚。"

㉗催妆：按古婚礼，需男方多次催促，女方才梳妆而行。

㉘冠帔：古时妇女穿戴的帽子和披肩。韩愈《华山女》："洗妆拭面著冠帔，白咽红颊长眉青。"

㉙公裳：公服，古代上朝、拜谒、会友所穿的正式服装。胡仔《苕溪渔隐丛话后集》卷三十六"本朝杂记下"：《吕氏童蒙训》：'仲车一日因具公裳见贵官，因思曰：见贵官尚具公裳，岂有朝夕见母而不具公裳者乎？遂晨夕具公裳揖母。事母至孝，山阳人化之。'"

㉚房卧：即卧房，也指铺盖衣饰，后引申为嫁妆。朱弁《曲洧旧闻》卷一："良久，降指挥：自某人以下三十人，尽放出宫，房卧所有，各随身不得隐落。"

㉛利市：喜庆节日里打赏的喜钱。今广东话口语中犹存。

㉜儿家：男方家。

㉝花檐子：装饰有花朵的肩舆。司马光《书仪》卷三"亲迎"条："今妇人幸有毡车可乘，而世俗重檐子，轻毡车。借使亲迎时，暂乘毡车，庸何伤哉？然人亦有性不能乘车，乘之即呕吐者。如此，则自乘檐子。其'御轮三周'之礼，更无所施。"

㉞炒咬：大声呼叫、吵嚷。

㉟阴阳人：从事占卜、相宅、相墓等活动的风水先生。

㊱咒祝：念着祷告祝福的咒语。

㊲厌青羊：厌，通"压（壓）"。青羊，树精，古人以之为杀（煞）神。唐代欧阳询《艺文类聚》卷八十八"木"部上："《玄中记》

曰：'百岁之树，其汁赤如血。千岁之树精为青羊，万岁之树精为青牛。"

㊳跨鞍：唐代《苏氏演义》卷上："婚姻之礼，坐女于马鞍之侧，或谓此北人尚乘鞍马之义。夫鞍者，安也，欲其安稳同载者也。《酉阳杂俎》云：'今士大夫家婚礼，新妇乘马鞍，悉北朝之余也。'今娶妇家，新人入门跨鞍马，此盖其始也。"《物事纪原》卷九"跨马鞍"与此略同。

㊴蓦草：跨过草垫。蓦，跨过、越过。李贺《马》（其十八）："只今捋白草，何日蓦青山。"

㊵秤上过：取"平安"中"平"字义。

㊶送女客：送新娘而来的客人，一般来自女方家。

㊷具：准备。这里指穿好。

㊸花胜：古代妇女的一种首饰。梁简文帝《眼明囊赋》："杂花胜而成疏，依步摇而相遍。"也可泛指头饰。汉代刘熙《释名》卷四《释首饰第十五》："华胜。华，象草木之华也。胜，言人物形容正等，一人著之则胜也。"

㊹升一榻：放置坐榻。《宋书》卷七十三《颜延之传》："时沙门释慧琳以才学为太祖所赏爱，每召见，常升独榻。延之甚疾焉。"

㊺门额：门楣的上方。额，犹人之额头。

㊻笏（hù）：臣子上朝时所执的手板，以备记事。《礼记》卷九《玉藻》："天子以球玉，诸侯以象，大夫以鱼须文竹，士竹本，象可也。见于天子与射，无说笏，入大庙说笏，非古也。小功不说笏，当事免则说之。既搢必盥，虽有执于朝，弗有盥矣。凡有指画于君前，用笏造，受命于君前，则书于笏，笏毕用也，因饰焉。笏度二尺有六寸，其中博三寸，其杀六分而去一。"

㊼讲拜：讲论、拜见。《朱子语类》卷一百二十八："进士入试之日，主文则设案焚香，垂帘讲拜。"

㊽少：少许的。

㊾匹段：泛指丝帛等纺织品。韩愈《论变盐法事宜状》："平叔请

令州府差人自粜官盐，收实估匹段。”

(50)头须：头发和胡须，这里指粘在发髻上的，类似于头发和胡须的穗子状装饰品。

(51)盏：酒杯。

(52)参：拜访、拜见。

(53)趣（cù）：急、快速。《史记》卷七《项羽本纪》：“若不趣降汉，汉今虏若，若非汉敌也。”

(54)复面：会面、见面。《文选》卷四十二曹植《与吴季重书》：“得所来讯，文采委曲，晔若春荣，浏若清风。申咏反覆，旷若复面。”吕延济注曰：“复面谓若相见。”

(55)作会：举行会盟或聚会。《礼记》卷三《檀弓下》：“殷人作誓而民始畔，周人作会而民始疑。”郑玄注：“会，谓盟也。”

(56)暖女：宋代赵令畤《侯鲭录》卷三：“世之嫁女，三日送食，俗谓之暖女。”又，吴自牧《梦粱录》卷二十“嫁娶”条：“或于九朝内移厨往婿家致酒，谓之暖女。”

(57)简：简略、简省。

译文

凡是要娶媳妇的，先要起草个帖子，男女两家允许后，然后再起草一个内容更详细的帖子，按顺序写上双方曾祖、祖父、父亲三代人的名讳，以及议婚人五服之内亲人的姓名、家中田产、官职之类的。然后男方担着许口酒送到女家，用络绳系好酒瓶，再装上八朵大花，八枚鲜艳的罗绢或是银胜，又用花红的丝绸缠绕在酒担上，称为“缴担红”，这样送给女家。女家用两瓶淡水、三五个活鱼、一双筷子都放在原来的酒瓶里，称为“回鱼箸”。然后，男方或是下小的定礼，或是下大的定礼，或者去女方家看媳妇，或者不去看。如果要看媳妇，就由男方家的亲人或是未来的婆婆去看，看中了的话，就把发钗插在帽子上，称为“插钗子”；或者没有看中，就留下一两匹彩帛，为女方压惊，那么这门亲事就不成了。媒人分为好几等。上等的媒人戴着盖头，穿着紫背子，说亲的对象都是官宦人家、官院中的权贵、和皇家沾亲带故的人。中等的媒人戴着冠子，用黄色的布帛包裹着发髻，穿着一般的背子，或者只系条裙子，手里面拿着青凉伞，都是两人同行的。下了定礼，就由媒人在初一或十五传话。遇到节气时序，男方就要用时令的物品、头面、羊酒等礼品追逐女方，礼品的多少根据男方家境而定。女家大多回复一些针线女红之类。之后是下彩礼，再之后是告知结亲的日期，再之后就是过大礼。提前一天或是当天早晨，男方要将催妆的冠帔、花粉送到女家，女方回送公服、花幞头之类。婚礼的前一天，女方先到男方家中挂上帐子，铺设好房间和卧室，称为"铺房"。女家的亲人会得到茶酒等喜钱或好处。到了迎娶的这一天，男方坐着迎亲的车子或是花檐子，浩浩荡荡去迎亲，一直引到女方的家门口。女家招待迎亲的客人，给他们彩帛，演奏音乐，催促新娘化妆上车。抬轿子的人不肯起身，吵着要喜钱，称为"起檐子"，给了喜钱然后才走。迎亲的客人先回到男方的家门。随行的人以及男方家的讨要人喜钱、彩头、花红等，称为"拦门"。新妇下车的时候，有风水先生手里拿着一个斗子，里面盛着谷子、豆类、铜钱、果子、草节等，口中念着咒语祝词，向门的方向撒去，小孩子争相去捡拾，称为"撒谷豆"，世俗称这样可以压住青羊这些杀神。新娘子下车或下檐子之后，要踩着青布条或者毡席，不能踩在地上。一个人捧着镜子倒着行走，引导新娘子从马鞍、草垫子和秤上跨过去，进入房门后，在一间房子里悬挂帐子，称为"坐虚帐"。或者直接进入到卧房之中，坐在床上，也称为"坐富贵"。那些送新娘的女客，匆匆地饮过三杯酒就退下了，称为"走送"。众客人在筵席上喝过三杯之后，新郎官穿上正式的礼服，头上满插花胜，在中堂上面放一张榻，上面放着一把椅子，称为"高坐"。先请媒人，再请姨氏或婶氏，各斟一杯酒请她们喝下，然后请丈母娘喝一杯，之后才坐下。新人的门额上，用一段彩帛包裹，将下面的彩帛剪碎，横着挂在门梁上，新郎官进入房间以后，众人就争相扯下一小片拿走，称为"利市缴门红"。新郎官到床前请新娘出来，男女两家各自拿出彩帛，绾出一个

同心的形状，称为"牵巾"。男方将其挂在笏上，女方则搭在手上，男子倒着走出去，两人面对面走到家庙前参拜。结束后，新娘倒着走，由人扶着进入婚房行拜见礼。男女双方各自争先对拜，结束之后，就到床边，女方向左边坐，男方向右边坐，妇女们用金钱、彩果，散开撒去，称为"撒帐"。然后男方在左，女方在右，各自留下少许的头发，两家拿出布匹帛段、钗子、木梳、头须之类的，称为"合髻"。然后拿出两个酒盏，用彩色的丝绸连接在一起，互相饮下对方的那一盏，称为"交杯酒"。饮过之后，把酒杯和花冠子扔到床下，如果酒盏一个口朝上，一个口朝下，风俗就认为是大吉之兆，众人就会上前贺喜。然后将帐子合上，结束这一段流程。如果举行婚礼是在官院中，男方的亲随就会将新郎抱出去，下面的人家就跟随着走出房间，参拜感谢各位亲人，再一次到座位上饮酒。酒席散去后，到第二天的五更时分，用一张桌子盛放着镜台、镜子在上面，向着中堂下拜，称为"新妇拜堂"。其次拜见尊长和亲戚，为每位长辈各自献上彩段、精巧的手工、鞋袜等作为献礼，称为"赏贺"。长辈们则更换一匹布帛作为回礼，称为"答贺"。新郎官要到女方家再拜访一次，称为"拜门"。家有财力的，能迅速办理此项的，第二天就要去女方家，称为"复面拜门"，如果不能够，三天七天之后也是可以的，赏贺之物也和女方进献的一样。酒席散去后，女方家准备鼓吹的乐队和礼物，送女婿回家。三天之后，女方家送彩段、油蜜蒸饼，称为"蜜和油蒸饼"。女方家来做客，称为"暖女"。七天之后，就要将女儿接回娘家，送给女儿丰盛的彩段、头面等，称为"洗头"。在婚礼一月之后就举行大的聚会相互庆祝，称为"满月"。在此之后，礼数就简略了。

育 子

　　凡孕妇入月[1]，于初一日父母家以银盆，或錂[2]或彩画盆，盛粟秆[3]一束，上以锦绣或生色帕复盖之，上插花朵及通草[4]，帖罗五男二女花样[5]，用盘合装送馒头，谓之"分痛"。并作眠羊、卧鹿、羊生[6]果实，取其"眠卧"之义。并牙儿[7]衣物、褓籍[8]等，谓之"催生"。就蓐[9]分娩讫，人争送粟、米、炭、醋之类。三日，落脐[10]、灸囟[11]。七日，谓之"一腊"。至满月，则生色及绷绣钱，贵富家金银、犀玉为之，并果子⑫，大展洗儿会⑬。亲宾盛集，煎香汤于盆中，下果子、彩、钱、葱、蒜等，用数丈彩绕之，名曰"围盆"。以钗子搅水，谓之"搅盆"。观者各撒钱于水中，谓之"添盆"。盆中枣子直立者，妇人争取食之，以为生男之征。浴儿毕，落⑭胎发，遍谢坐客，抱牙儿入他人房，谓之"移窠"。生子百日，置会，谓之"百晬"⑮。至来岁生日，谓之"周晬"⑯，罗列盘盏于地，盛果木、饮食、官诰⑰、笔研⑱、筹秤等，经卷⑲、针线、应用之物，观其所先拈者，以为征兆，谓之"试晬"。此小儿之盛礼⑳也。

注释

❶入月：孕期足月，到了临产之时。

❷镂（líng）：金。这里指金属盆。

❸粟秆：谷子的秸秆。粟，小米。

❹通草：中药。《本草纲目》卷九"乳汁不通"条："气少血衰，脉涩不行，故乳少也。炼成钟乳粉二钱，浓煎漏芦汤调下。或与通草等分为末，米饮服方寸匕，日三次。"

❺帖罗五男二女花样：由纱罗制成的五男二女的花样。

❻羊生：未详。《梦粱录》卷二十"育子"条有"并以彩画鸭蛋一百二十枚，膳食羊生素果及孩子绣绷绲衣送至婿家，名催生礼"一语。一说，"羊生"或为"象生"，是将食物制作成眠羊、卧鹿的形状。

❼牙儿：未满周岁的小婴儿。宋代刘昉《幼幼新书》卷二"叙十五岁以下皆小方治之第九"条："圣惠云：'襁褓至一岁曰牙儿，二岁曰婴儿，三岁曰奶童，四岁曰奶腥，五岁曰孩儿，六岁曰小儿。'"

❽棚籍（jiè）：包裹婴儿的衣被、尿垫。棚，通"绷"，用于包裹婴儿的绷带。籍，通"藉"，在下面起承托作用的物品。

❾就蓐：分娩。宋代陈师道《后山谈丛》卷二："既多为备使，候时以报，扶母就蓐，即生。"

❿落脐：脐带脱落。

⑪炙囟（xìn）：古时婴儿初生时，用酒火烧一下头顶未合缝的地方。囟，顶门。

⑫果子：宋时多指油炸的甜品，这里或指可以漂浮在水面的瓜果，如枣子之类。

⑬展洗儿会：操办洗儿聚会。洗儿，古时婴儿满月，亲友聚会给婴儿洗身。苏轼有《洗儿诗》。

⑭落：剃掉。

⑮晬（zuì）：古称婴儿百天或周岁。

⑯周晬：周岁。李商隐《骄儿》诗："文葆未周晬，固已知六七。"又，吴自牧《梦粱录》卷二十"育子"条："（生子）至来岁得周，名曰'周晬'。"

⑰官诰：帝王对臣子的封爵，或是下达的任命文字。唐代杜荀鹤《贺顾云卿侍御府主与子弟奏官》："《孝经》始向堂前彻，官诰当从幕下迎。"

⑱笔研：即笔砚。

⑲经卷：儒家的典籍，象征着日后学而优则仕。

⑳盛礼：隆盛的礼仪。

译文

凡是孕妇到了足月待产的时候，在初一的这一天，其父母家中就要用银盆，或者绫，或者彩盆，盛放一束粟秆，上面用锦绸或者鲜艳的手帕覆盖着。还要在上面插上花和通草，再贴上用纱罗制成的五男二女的花样，用盘子、食盒装着馒头送过去，称为"分痛"。并且制作眠羊、卧鹿、羊生等果实，取其睡眠、卧息之义，还要送上小婴儿的衣服、包被，这个称为"催生"。到了预产期分娩完成后，人们争相送来粟米、木炭、醋之类的。新生儿三天之后，要剪去脐带，用针灸的方法处理好未长严实的颅门。婴儿出生七天之后，称为"一腊"。到了满月的时候用彩帛、有花色的线、铜钱，富贵的人家则用金银、犀角、玉器等，还有果子，大办洗儿会。亲戚、宾客在此隆重聚集，在盆中煎煮香汤，撒下果子、彩线、铜钱、葱、蒜等，用几丈长的彩丝把盆绕起来，称为"围盆"。盆中如果有枣子直立起来，妇人们就争相取出吃掉，将其作为生男孩的征兆。洗儿会结束之后，要剃去胎发，挨个答谢在座的客人，把小婴儿抱到他人的房间里，称为"移窠"。孩子出生一百天之后，举办盛会，称为"百晬"。到第二年生日的时候，称为"周晬"，在地上罗列各种盘子、杯盏，在里面装上果木、饮食、官诰、笔砚、算秤等，还有经卷、针线这些日常用品，看小孩子先拈取哪一个，将其作为征兆，称为"试晬"。这是为小婴儿举行的盛大礼节。

雨郭烟村白水環迷
嶷紅葉間蒼山悅闊谷
口清猨疾良嶽秋光想
像間　御題

卷之六

立春前一日，开封府进春牛入禁中鞭春。

开封、祥符两县，置春牛于府前。

至日绝早，府僚打春，如方州仪。

府前左右，百姓卖小春牛，往往花装栏坐，上列百戏人物，春幡、雪柳，各相献遗。

正月

正月一日，年节。开封府放关扑❶三日。士庶自早互相庆贺，坊巷以食物、动使、果实、柴炭之类，歌叫关扑。如马行、潘楼街，州东宋门外，州西梁门外踊路❷，州北封丘门外，及州南一带，皆结彩棚，铺陈冠梳、珠翠、头面、衣着、花朵、领抹、靴鞋、玩好之类，间❸列舞场歌馆，车马交驰。向晚，贵家妇女纵赏关赌，入场观看，入市店饮宴，惯习成风，不相笑讶❹。至寒食❺、冬至❻三日，亦如此。小民❼虽贫者，亦须新洁衣服，把酒相酬尔。

注释

❶关扑：即下文之"关赌"，是以赌博的方式决定商品所用权的售卖方式。苏轼《乞不给散青苗钱斛状》："又官吏无状，于给散之际，必令酒务设鼓乐倡优，或关扑卖酒牌子，农民至有徒手而归者。"又，元代佚名《元典章·刑部卷十九·禁赌博》："若有赌博钱物并关扑诸物之人，许诸人捉拿到官，各各决杖七十七下。"

❷踊路：指院子中用砖石砌成的道路。

❸间：偶尔。

❹笑讶：嘲笑、惊讶。

❺寒食：在农历冬至之后的 105 天，也就是清明节的前一天或两天，这一天禁烟火，只吃冷食。唐代韩翃有《寒食》一诗。

❻冬至：一年中白昼最短的一天，为四时八节之一。《汉书》曰："冬至阳气起，君道长，故贺。"古人认为冬至为吉日，所以非常看重，有"冬至大如年"之说。

❼小民：小老百姓。

译文

正月初一，是年节。开封府开放关扑这种活动三天。士人和平民百姓一大早相互庆贺，街坊小巷里的人们用食物、日常用品、果实、木柴木炭等作为赌资，又唱又叫地进行关扑。比如在马行、潘楼街、汴州城东边的宋门外、汴州城西边梁门外的甬路上、汴州城北边封丘门之外以及汴州城南一带，都搭建彩棚，铺开陈列一些冠梳、珠翠、头面、衣着、花朵、领抹、靴鞋、玩具之类。偶尔也会有舞场歌馆，路上车马交叉，奔驰而过。到了晚上的时候，贵家的妇女们也来观赏关扑，进入到场地里观看，也到街市的饭店中喝酒吃饭，大家习惯了这种场景也就形成了风气，不会感到惊讶也不会去嘲笑。到寒食、冬至的这三天，也是如此。小老百姓即使很贫困，也必须穿上崭新洁净的衣服，拿着酒杯相互酬对。

元旦朝会

正旦❶大朝会，车驾坐大庆殿。有介胄长大人❷四人立于殿角，谓之"镇殿将军"。诸国使人入贺。殿庭列法驾仪仗，百官皆冠冕、朝服，诸路举人解首❸，亦士服立班，其服二量冠❹、白袍青缘。诸州进奏吏，各执方物入献。诸国使人：大辽大使顶❺金冠，后檐尖长，如大莲叶，服紫窄袍，金蹀躞❻；副使展裹❼、金带，如汉服。大使拜，则立左足，跪右足，以两手着右肩为一拜。副使❽拜如汉仪。夏国使、副，皆金冠、短小样制，服绯窄袍、金蹀躞、吊敦背❾，叉手展拜。高丽与南番交州❿使人，并如汉仪。回纥皆长髯高鼻，以匹帛缠头，散披其服。于阗⓫皆小金花毡笠、金丝战袍束带，并妻男⓬同来，乘骆驼、毡兜⓭、铜铎⓮入贡。三佛齐⓯皆瘦脊⓰，缠头，绯衣，上织成佛面。又有南蛮五姓番，皆椎髻⑰乌毡⑱，并如僧人礼拜入见，旋赐汉装锦袄之类。更有真腊⑲、大理⑳、大石㉑等国，有时来朝贡。其大辽使人，在都亭驿，夏国在都亭西驿，高丽在梁门外安州巷同文馆，回纥、于阗在礼宾院，诸番国在瞻云馆或怀远驿。唯大辽、高丽就馆赐宴㉒。大辽使人朝见讫，翌日，诣大相国寺烧香。次日诣南御苑射弓，朝廷旋选能射武臣伴射，就彼赐宴，三节人㉓皆与焉。先列招箭班十余于垛子前。使人多用弩子㉔射，一裹无脚小幞头子、锦袄子辽人，踏开弩子，舞旋㉕搭箭，过与㉖使人，彼窥得端正，止令使人发牙㉗。例本朝伴射用弓箭。中的㉘，则赐闹装㉙、银鞍马、衣着、金银器物有差㉚。伴射得捷，京师市井儿遮路争献口号㉛，观者如堵㉜。翌日，人使朝辞㉝。朝退，内前㉞灯山已上彩㉟，其速如神。

注释

❶ 正旦：农历正月初一。《列子·说符》："正旦放生，示有恩也。"

❷ 长大人：即长大之人，指体貌高大壮伟。《国语·晋语九》："瑶之贤于人者五，其不逮者一也。美鬓长大则贤。"

❸ 解首：即解元，指科举考试中乡试的第一名。唐代范摅《云溪友议》卷下"去山泰"条："及就府试，冯涯侍郎作掾而为试官，以解首送言也。"

❹ 二量冠：即二梁冠，起源于汉代博士至中二千石级别的官员所戴的一种顶上有两条横脊的帽子。唐代皮日休《箬笠》："纵带二梁冠，终身不忘尔。"又《宋史》卷一百五十二《舆服志四》："进贤冠，以漆布为之，上缕纸为额花，金涂银铜饰，后有纳言。以梁数为差，凡七等，以罗为缨结之：第一等，加貂蝉笼巾，貂鼠尾、立笔；第二等无貂蝉笼巾；第三等六梁，第四等五梁，第五等四梁，第六等三梁，第七等二梁。并如旧制，服同。"

❺ 顶：戴着。

❻ 蹀躞（dié xiè）：是一种多功能的腰带，至少在隋代时就已经

出现。司马光《涑水记闻》卷九："元昊遣使戴金冠，衣绯，佩蹀躞，奉表纳旌节告敕。"

❼展裹：辽国、金国的官服。《辽史》卷五十六《仪卫志二》："公服谓之'展裹'，著紫。"

❽副使：正使的属官。叶梦得《石林燕语》卷三："契丹历法与本朝素差一日，熙宁中，苏子容奉使贺生辰，适遇冬至，本朝先契丹一日，使副欲为庆，而契丹馆伴官不受。"

❾吊敦背：穿着吊敦的背带。吊敦，又称"钓墪"，形制似长筒袜，但较为宽松，背后有吊带加以固定，为北方游牧民族和驿使所穿戴。宋代时为保护传统服装，禁止民众穿戴此服装。《宋史》卷一百

五十三《舆服志五》："（政和七年）诏：敢为契丹服若毡笠、钓墪之类者，以违御笔论。钓敦，今亦谓之袜裤，妇人之服也。"

❿交州：古地名，在今天的越南北部红河流域。汉武帝派兵剿灭南越后，设立交趾刺史部。

⓫于阗（yú tián）：古代西域俯仰佛教的一个王国，是唐代设置安西都护府的四镇之一。《汉书》卷九十五《西域传》："其河有两源，一出葱岭山，一出于阗。于阗在南山下。"

⓬妻男：妻儿，泛指家室。

⓭毡兜：用毛毡制成的布兜。

⓮铜铎：铜制的摇奏体鸣乐器，常挂在牲口颈上，也挂在庙塔的檐角上，在牲口行走或风吹时发出响声。《说文解字》："铎，大铃也。"

⓯三佛齐：指室利佛逝王国，是7—14世纪巽他群岛上的一个信奉大乘佛教的强国，势力鼎盛时期，国土包括马来半岛和巽他群岛的大部分地区，唐宋时，三佛齐经常前来朝拜。

⓰瘦脊：即瘦瘠，指身体瘦小。

⓱椎髻：将头面扎成椎形的髻，指非正统士人（士女）的装束。《后汉书》卷八十三《梁鸿传》："椎髻着布衣，操作而前。"又，《大唐西域记·婆罗痆斯国》："或断发，或椎髻，露形无服，涂身以灰，精勤苦行，求出生死。"

⓲乌毡：黑色毡毛制成的靴子。白居易《喜老自嘲》："裘轻披白毳，靴暖蹋乌毡。"

⓳真腊：东南亚古国，在今柬埔寨境内。韩愈《送郑尚书序》："其海外杂国，若耽浮罗、流求、毛人、夷亶之州，林邑、扶南、真腊、於陀利之属，东南际天地以万数，或时候风潮朝贡，蛮胡贾人舶交海中。"

⓴大理：南方古国，治境在今天的云南省、四川西南部。

㉑大石：即大食，古代阿拉伯帝国。《新唐书》卷二二一《西域传下·大食传》："大食，本波斯地。男子鼻高，黑而髯。好白晳，出辄鄣面。"

㉒就馆赐宴：在其下榻的驿馆赐宴，以示殊宠。

㉓三节人：即"三节人从"，指宋代（含夏、辽、金）出国使节的随员。《金史》卷三十八《礼志十一》："新定夏使仪注：夏国使、副及参议各一，谓之使。都管三。上节、中节各五，下节二十四，谓之三节人从。"

㉔弩子：弩机。

㉕舞旋：即旋舞，跳着转圈的舞蹈，大概是开弓之前的一种仪式表演。

㉖过与：交给、递给。孟郊《自惜》："倾尽眼中力，抄诗过与人。"

㉗发牙：拨动弓弩上的扳机。

㉘中的：射中靶心。今有成语"一语中的"。

㉙闹装：用金银珠宝点缀而制成的腰带、鞍鞯、辔头等。白居易《渭村退居寄礼部崔侍郎翰林钱舍人诗一百韵》："贵主冠浮动，亲王辔闹装。"

㉚有差：按等级、有差别。

㉛口号：口头创作的赞颂之辞，也指文人创作的用于朝廷宴会的赞颂语。《宋史》卷一百四十二《乐志十七》："每春秋圣节三大宴……乐工致辞，继以诗一章，谓之'口号'。"李白有《口号呈征君鸿》，杜甫有《西阁口号呈元二十一》，苏轼有《集英殿春宴教坊词致语口号》等。

㉜观者如堵：围观的人形成了一堵墙。杜甫《莫相疑行》："集贤学士如堵墙，观我落笔中书堂。"

㉝朝辞：入朝告辞。

㉞内前：皇宫前。内，大内。

㉟上彩：挂上彩饰。

译文

正月初一这一天，举行盛大的朝会，皇帝在大庆殿就座。有四个穿着盔甲的高大武士，站立在宫殿的角落，称为"镇殿将军"。各个国家派使者来道贺，殿庭之中排列着法驾仪仗队，百官都穿戴好冠冕和朝服。各路的举人解元，也都穿着士服站立在班行中，其服装款式是二梁冠，以及边缘为青色的白袍。各州进奏的官吏，各自拿着本州的土产进入殿堂呈献。各国使者的穿戴是：辽国的大使头戴金冠，后面的帽檐又尖又长，就像大的莲叶样，穿着紫色的窄瘦的衣袍，腰带是金蹀躞；副使腰间缠裹着金带，如同汉人的服饰。大使在跪拜时左脚站立着，跪下右脚，将两只手搭在右肩，这一套动作称为一拜；副使在参拜时，礼仪和汉人一样。夏国的大使和副使，都戴着金冠，样式较为短小，穿着红色的窄瘦的衣袍，腰上着金蹀躞，穿着吊敦背，双手交叉着参拜。高丽和南方番国交州的使者，都和汉人礼仪一样。回纥人都是大胡子高鼻孔，用布帛缠在头上，将其衣服散开来披着。于阗国的人都戴着小金花毡笠，金丝战袍，束带。他们带着妻子儿子一块前来，坐着骆驼，带着毡兜、铜铎作为贡品前来。三佛齐这个国家的使者都有着瘦瘦的脊背，也是将头发缠起来，红色的衣服上织成佛像的面容。还有南蛮五姓的番国使者，都是将头发梳成椎状，穿着黑色的毡靴，入殿参拜的礼节和僧人一样，随即就会赐给他汉人的服装如锦祆之类。还有真腊、大理、大食等国家的，有时也来朝贡。其中辽国的使臣住在都亭驿，夏国使臣住在亭西驿，高丽使臣住在梁门外安州巷的同文馆，回纥、于阗国的使臣住在礼宾院，众番国的使臣住在瞻云馆或怀远驿。只有辽国、高丽国会在其使馆中被赐宴。辽国的使臣朝见之后，第二天会到大相国寺烧香，第三天会到南御苑挽弓射箭，朝廷随即选择会射箭的武臣陪伴其射箭。在南御苑赐宴时，随从的三类人员都会参与。先在箭垛子前面排列好十几个招箭班的士兵，使臣大多使用弓弩射箭。一名裹着无脚小幞头子、身穿锦祆子的辽国人，用脚踏开弓弩，回旋着跳一圈舞蹈之后再搭上箭，把它传递给使臣，那个搭箭的人瞄得准确端正之后，只是让使臣扣动发射的机关。按惯例，本朝陪伴射箭的人使用弓箭。如果射中，就赐给闹装、银鞍马、衣着、有差别等级的金银器物。如果是伴射的赢了，京城里的、街市中的少年会遮断道路，争先恐后地献上赞美的话语，观看的人围成了一堵墙。第二天，各国的使臣入朝告辞。罢朝的时候，皇宫前的灯山就已经装饰上了色彩，这种速度如有神助。

∾ 立 春 ∾

立春前一日，开封府进春牛入禁中鞭春❶。开封、祥符两县，置春牛于府前。至日绝早❷，府僚打春，如方州❸仪。府前左右，百姓卖小春牛，往往花装栏坐❹，上列百戏人物，春幡❺、雪柳❻，各相献遗❼。春日，宰执、亲王、百官，皆赐金银幡胜❽。入贺讫，戴归私第。

注释

❶鞭春：立春前一天，在府、县前立土牛，用红绿色的鞭子抽打，以示迎春劝农之意。宋代范成大有《鞭春微雨》诗。

❷绝早：非常早、极早。黄庭坚《与逢兴文判官》："来日绝早成行。"

❸方州：指大地，古人谓天圆地方，故称，后来亦指州郡。王维《责躬荐弟表》："顾臣谬官华省，而弟远守方州。"也指地方长官。《资治通鉴·宋顺帝升平元年》："诉以其私用人为方州。"胡三省注："古者八州八伯，谓之方伯，后世遂以州刺史为方州。"又，王安石《韩持国从富并州辟》诗："他年佐方州，说将尚不纳。"

❹花装栏坐：给小春牛穿上服饰，将其安置在有栏杆的底座上。

❺春幡：春旗。立春这天将其挂在树梢，或者将缯绢剪成小旗，戴在头上以表示迎春之意。宋代高承《事物纪原》卷八"岁时风俗部第四十二"之"春幡"条："《续汉书·礼仪志》曰：'立春之日，京都立春幡。'《后汉书》曰：'立春皆青幡帻。'今世或剪彩错缯为幡胜，虽朝廷之制，亦镂金银或缯绢为之，戴于首。亦因此相承设之，或于岁旦刻

青缯为小幡样，重累凡十余，相连缀以簪之。此亦汉之遗事也。"

⑥雪柳：宋代妇女在立春和元宵节所戴的一种绢或纸制成的头花。辛弃疾《青玉案·元夕》："蛾儿雪柳黄金缕，笑语盈盈暗香去。"

⑦遗：赠送。

⑧幡胜：即彩胜。用金银箔纸或是绢帛制成的，用作装饰或馈赠的物品，形似幡旗，故称幡胜。范成大《鞭春微雨》："幡胜丝丝雨，笙歌步步升。"

译文

立春的前一天，开封府要进献春牛到禁中，以便鞭春之用。开封和祥符这两个县，将春牛放置在府衙之前，在立春这一天很早的时候，府衙中的僚属开始打春，和州郡长官打春时的礼仪一样。在府衙前面左右的空地上，有百姓售卖小春牛，往往给春牛系上花，将其放在栏杆下的座位上，上面陈列着百戏中的人物、春幡、雪柳，各自以此相互赠送。立春这一天，宰相、亲王、百官，都会被赏赐金银幡胜。入朝贺岁完毕后，戴着这些首饰回到私家宅第。

元 宵

正月十五日，元宵。大内前，自岁前冬至后，开封府绞缚山棚❶，立木正对宣德楼，游人已集御街两廊下。奇术异能，歌舞百戏，鳞鳞相切❷，乐声嘈杂十余里，击丸、蹴踘、踏索❸、上竿。赵野人倒吃冷淘，张九哥吞铁剑，李外宁药法傀儡，小健儿吐五色水，旋烧泥丸子。大特落灰药，榾柮儿杂剧。温大头、小曹，嵇琴❹。党千，箫管。孙四，烧炼药方。王十二，作剧术❺。邹遇、田地广，杂扮。苏十、孟宣，筑毬❻。尹常卖，《五代史》。刘百禽，虫蚁。杨文秀，鼓笛。

更有猴呈百戏，鱼跳刀门，使唤蜂蝶，追呼蝼蚁。其余卖药、卖卦、沙书地谜❼，奇巧百端，日新耳目。至正月七日，人使朝辞，出门，灯山上彩，金碧相射，锦绣交辉。面北，悉以彩结山沓❽，上皆画神仙故事。或坊市卖药、卖卦之人，横列三门，各有彩结金书大牌，中曰"都门道"，左右曰"左右禁卫之门"，上有大牌，曰"宣和与民同乐"。彩山❾左右，以彩结文殊、普贤，跨狮子、白象，各于手指出水五道，其手摇动。用辘轳绞水上灯山尖高处，用木柜贮之，逐时放下❿，如瀑布状。又于左右门上，各以草把缚成戏龙之状，用青幕遮笼，草上密置灯烛数万盏，望之蜿蜒，如双龙飞走。自灯山至宣德门楼横大街，约百余丈，用棘刺围绕，谓之"棘盆"⓫，内设两长竿，高数十丈，以缯彩结束，纸糊百戏人物，悬于竿上，风动宛若飞仙。内设乐棚，差衙前乐人作乐、杂戏，并左右军百戏在其中，驾坐一时呈拽⓬。宣德楼上，皆垂黄缘帘，中一位乃御座。用黄罗设一彩棚，御龙直执黄盖、掌扇，列于帘外。两朵楼各挂灯球一枚，约方圆丈余，内燃椽烛，帘内亦作乐。宫嫔嬉笑之声，下闻于外。楼下用枋木垒成露台⓭一所，彩结栏槛，两边皆禁卫排立，锦袍、幞头簪赐花，执骨朵子，面此乐棚。教坊、钧容直、露台弟子，更互⓮杂剧。近门亦有内等子班直排立。万姓皆在露台下观看，乐人时引万姓山呼⓯。

注释

❶绞缚山棚：把两股及以上的绳子扭在一起，以此来绑缚固定山棚。

❷鳞鳞相切：鳞次栉比地贴靠在一起。鳞鳞，聚集貌。切，贴、靠。

❸踏索：类似于今天的走钢丝。

❹嵇琴：一种类似于二胡的弦乐。沈括《梦溪笔谈》卷一"乐律"："熙宁中宫宴，教坊伶人徐衍奏嵇琴。方进酒，而一弦绝，衍更不易琴，只用一弦终其曲。"

❺剧术：层次稍低的杂手艺的一种。耐得翁《都城纪胜》："杂手艺皆有巧名：踢瓶、弄碗……，小则剧术：射穿弩子、打弹……"

❻筑毬：古代没有毬门的蹴鞠活动。宋代江少虞《新雕皇朝类苑》卷五十二"蹴鞠"条："蹴之终无落地，以失蹴为耻，久不堕为乐，亦谓为筑毬鞠也。"

❼沙书地谜：在沙地写字、刻画，并使其改变形态的杂技。宋代陈葆光《三洞群仙录》卷三："杜升真人，莫测其年寿，绝粒饮水，如二十许人，能以沙书一'龙'字浮于水上，叱之，则变为小龙，飞起丈余，隐隐云霞，生呼之即下。"地谜，因"改字"而生发出来的一种语文游戏。

❽山沓（qǐ）：疑是"山沓"之误，谓堆沓如山也。

❾彩山：元宵节时宫内灯彩堆叠成山形，称为彩山。宋代范祖禹《和吕子进元夕》："九重金阙外，万寿彩山旁。"

❿逐时放下：每按一段时间（待水蓄足）就放下来。

⓫棘盆：为防止观众拥挤，用棘刺围起来的临时演出的场所。宋代金盈之《醉翁谈录》卷三："以棘为垣，所以节观者，谓之棘盆。"

⑫呈拽：安排、安置。《宋会要辑稿·礼六二》："（绍兴元年）诏令户部支钱三十贯，择日呈拽。"

⑬露台：露天的台榭。《史记》卷十《孝文本纪》："尝欲作露台，召匠计之，直百金。上曰：'百金，中民十家之产，吾奉先帝宫室，常恐羞之，何以台为！'"

⑭更互：交替、轮番。

⑮山呼：叩头而呼"万岁"者三次，"山"为"三"之音误。宋代高承《事物纪原》卷一"山呼"："后人以呼万岁为山呼者，其事盖起于汉武时。按《前汉·武帝本纪》：曰：'元封元年正月，登嵩高，御史乘属在庙旁，吏卒咸闻呼万岁者三。'迄今三呼以为式，而号'山呼'也。"

译文

正月十五，是元宵节。在皇宫前，从年前的冬至之后，开封府扎好山棚，正对着宣德楼立下一块木头，游人已经聚集在御街上，两边的走廊下罗列着奇术异能，歌舞，种种戏剧，鳞次栉比，相互紧挨着，奏乐之声非常嘈杂，能传到几十里开外。有击丸、蹴鞠、踏索、上竿等表演。赵野人表演倒立着吃冷淘，张九歌表演口吞铁剑，李外宁表演药法傀儡，小健儿表演口吐五种颜色的水、快速地烧制泥丸子。还有大特落的灰药，榾柮儿的杂剧，温大头、小曹表演的嵇琴，党千表演的箫管，孙四表演烧炼药方，王十二表演剧术，邹遇、田地广表演杂扮，苏十、孟宣表演筑毬。尹常卖讲演《五代史》。刘百禽表演虫蚁戏。杨文秀表演鼓笛。而且还有表演猴呈百戏，鱼跳刀门，使唤蜂蝶，追呼蝼蚁的。其余还有卖药卖卦，沙书地谜的，有百种的奇妙，令人耳目一新。到正月初七这一天，各国的使者朝见之后告辞出门，灯山上布置好了色彩，金碧辉煌，相互映射，一片锦绣交辉的景象。面朝北的山棚都是用彩色的丝帛搭建起来的，上面全都画着神仙的故事，或者是坊间卖药卖卦的人。横着排列三道山门，每扇门都有彩色丝帛缠绕的上面写有金色大字的门牌，中间的门写着"都门道”，左右的门写着“左右禁卫之门”，上面有一个大的牌匾，写着“宣和与民同乐”。在彩山的左右，用彩帛连接文殊、普贤菩萨，这两座菩萨像分别跨着狮子和白象，他们两个的手指中各自有五道水柱流出，手也是可以摇动的。用辘轳将水绞至灯山尖的高处，用木柜把水贮藏起来，按一定的时间放下来，就呈现出瀑布的形状。又在左右的门上，用草把扎束成龙在游戏的形状，用青色的幕布遮盖笼罩住，草上密集地放置着几万盏灯烛，远远望去就像两条龙在蜿蜒飞走一样。从灯山到宣德门楼的横大街，大约有一百多丈，用棘刺将这里围绕，称为“棘盆”，里面放置着两个长竿，高达几十丈，用彩帛扎束，把用纸糊的百戏人物悬挂在长竿上，风吹动的时候就像飞仙一样。棘盆之内设有乐棚，差遣衙门前的乐队奏乐并演奏杂戏，左右军的百戏也在其中。皇帝的辇驾有时会抬到宣德楼上，楼上都垂挂着边缘为黄色的帘幕，中间的座位是御座。用黄色的罗绮设置一个彩棚，御龙直手里执掌着黄盖、掌扇，排列在帘幕之外。两边的朵楼各自悬挂一枚灯球，直径大约有一丈多，里面燃烧着橡烛。帘子里面也奏乐，宫女嫔妃的嬉笑之声，楼下的人也能听到。楼下用枋木垒成一个露台，栏槛也用彩帛缠绕。两边都是禁军排列着站在那里，穿着锦袍，戴着幞头，簪着御赐的花，手里拿着骨朵子，面朝着这个乐棚。教坊、钧容直、露台弟子，相互轮流表演杂剧。靠近宣德楼楼门的地方，也有内等子值班，排列着站立在那里。万民百姓都在露台下观看，奏乐的人时不时引导民众呼喊“万岁”。

🌫 十四日车驾幸五岳观 🌫

　　正月十四日，车驾幸五岳观迎祥池，有对御❶，谓赐群臣宴也。至晚还内。围子❷、亲从官皆顶毬头大帽，簪花，红锦团答戏狮子衫，金镀天王腰带，数重骨朵。天武官，皆顶双卷脚幞头，紫上大搭天鹅结带宽衫。殿前班，顶两脚屈曲向后花装幞头，着绯、青、紫三色撚金线结带望仙花袍，跨弓剑，乘马，一扎鞍辔，缨绂❸前导。御龙直，一脚指天一脚圈曲幞头，着红方胜❹锦袄子，看带、束带，执御从物❺，如金交椅、唾盂、水罐、果垒、掌扇、缨绂之类。御椅子皆黄罗珠蹙背座，则亲从官执之。诸班直皆幞头、锦袄、束带。每常驾出，有红纱帖金烛笼二百对，元宵加以琉璃玉柱掌扇灯。快行家❻各执红纱珠络灯笼。驾将至，则围子数重，外有一人捧月样兀子❼，锦覆于马上。天武官十余人，簇拥扶策，喝曰："看驾头！"次有吏部小使臣百余，皆公裳，执珠络毬杖，乘马听唤。近侍余官皆服紫、绯、绿公服、三衙、太尉、知阁❽、玉带罗列前导，两边皆内等子。选诸军膂力者，着锦袄、顶帽，握拳顾望，有高声者，捶之流血。教坊、钧容直乐部前引，驾后诸班直马队作乐，驾后围子外，左则宰执、侍从，右则亲王、宗室、南班官❾。驾近，则列横门，十余人击鞭。驾后有曲柄小红绣伞，亦殿侍执之于马上。驾入灯山，御辇院人员辇前喝"随竿媚来"，御辇团转一遭，倒行观灯山，谓之"鹁鸽旋"，又谓之"踏五花儿"，则辇官有喝赐矣。驾登宣德楼，游人奔赴露台下。

注释

❶对御：皇帝赐宴，与群臣共饮。宋代蔡绦《铁围山丛谈》卷一："至凡大礼后恭谢，上元节游春，或幸金明池琼花，从臣皆扈跸而随车驾，有小燕，谓之对御。"

❷围子：帝王巡幸时的仪卫。宋代周密《武林旧事》卷一四孟驾出条："亲从方围子，两行各一百四十人。围子两边各四重：第一重，内殿直巳下两边各一百人；第二重，崇政殿围子两边各一百人。第三重，御龙直两边各一百人。第四重，崇政殿围子两边各一百人。"

❸缨绂（fú）：扎束起来的细丝带。

❹方胜：古代的一种首饰，由两个斜方形部分重叠相连而成。《续资治通鉴长编》："三班使臣、陪位京官，为第七等，皆二梁冠，

150

方胜练，鹊锦绶。高品以下服色衣。"

⑤御从物：皇帝出行所携带的物品。

⑥快行家：宫廷中快速奔走传达命令的差役。

⑦兀子：即杌子。

⑧知閤："知閤门事"的省称，主管官员，掌朝会、游幸、宴享赞相礼仪等事。《宋史》卷一百六十六《职官志六》："旧制有东、西上閤门，多以处外戚勋贵。建炎初元，并省为一……五年，诏右武大夫以上并称知閤门事兼客省、四方馆事。"

⑨南班官：授予宗室子弟的虚衔。

译文

在正月十四这一天，皇帝的车驾会临幸五岳观的迎祥池，会有对御（意思是赐群臣宴饮），到晚上时回到皇宫。围子、亲从官都戴着顶上有小球的大帽子，头上簪着花，身上穿着红锦团答戏狮子衫，腰上系着镀金的天王腰带，周围有好几重手持骨朵的仪仗队。天武官头上都戴着双卷脚的幞头，身上穿着紫色上面大搭天鹅结带的宽大衣衫。殿前班头上戴着两脚屈曲向后花装的幞头，穿着红、青、紫三种颜色捻金线结带望仙花袍，身挎弓箭，骑着马，马上有一扎鞍鞯辔头，手里拿着缨绋在前面做向导。御龙直戴着一脚指天、一脚卷曲的幞头，穿着红方胜锦袄子，腰上系着看带、束带，拿着皇帝用的东西，比如金交椅、唾盂、水罐、果垒、掌扇、缨绋之类的。皇帝龙椅的座位和背部都是用黄色的罗绮包裹，镶嵌着珍珠，由亲从官拿着。众多的班直都戴着幞头，穿着锦袄，束着腰带，每当平时皇驾出门的时候，有红纱贴金的灯笼两百对，元宵节的时候外加琉璃玉柱掌扇灯，快行家各自拿着红纱珠络灯笼。皇驾将要到来时，就会先有数重围子保护，外面则一个人捧着月牙形状的小杌子，将锦绸覆盖在马上。十几个天武官的军士，簇拥着扶持，口中喝道："看驾头。"其次有吏部的小使臣一百多人，都穿着官服，拿着珠络、毯仗，乘坐在马上，随时听从使唤。剩下的在近旁服侍的官员都穿着紫色、红色、绿

151

色的官服，三衙官长、太尉、诸阁的主管官员，腰系玉带排成一列作为前导，两边都是禁军士兵。在诸军中选拔有力气的人，穿着锦袄，戴着顶帽，握着拳头，向四周张望，如果有故意高声叫喊的人，会用拳头打他甚至将其打到流血。教坊、钧容直作为奏乐的部门在前面引导，皇驾后面众班直在马队上奏乐。皇驾之后的围子的外面，左边是宰相、侍从，右边是亲王、宗室、南班官。皇驾靠近时，就会排列出一道横门，有十几个人击鞭，皇驾的后面有手柄弯曲的小的红绣伞，也是由殿侍在马上拿着。皇驾进入灯山时，御辇院的人员在皇辇前喝道"随竿媚来"，皇辇在转了一圈之后，采用倒退着的路线观看灯山，称为"鹁鸽旋"，又称为"踏五花儿"，这时辇官就可以大声宣布皇帝的赏赐了。皇驾登上宣德楼时，游人就会奔赴到露台下。

❧ 十五日驾诣上清宫 ❧

十五日，诣上清宫❶，亦有对御❷。至晚回内❸。

注释

❶上清宫：道教寺观，为宋太宗所建。本书卷四"上清宫"条略有提及。
❷对御：与皇帝相对，这里指皇帝宴赏群臣。
❸内：皇宫，即卷一条目中的"大内"。

译文

正月十五这天，皇帝会到上清宫去，也会赏赐群臣共饮，到了晚上回到皇宫中。

十 六 日

十六日，车驾不出。自进早膳讫，登门，乐作，卷帘，御座临轩，宣万姓。先到门下者，犹得瞻见天表：小帽、红袍，独卓子。左右近侍，帘外伞、扇执事之人。须臾下帘，则乐作，纵万姓游赏。两朵楼相对：左楼相对郓王，以次彩棚幕次；右楼相对蔡太师，以次执政、戚里❶幕次。时复自楼上有金凤飞下诸幕次，宣赐不辍。诸幕次中，家妓竞奏新声，与山棚露台上下❷，乐声鼎沸。西朵楼下，开封尹弹压❸。幕次罗列罪人满前，时复决遣❹，以警愚民。楼上时传口敕❺，特令放罪。于是华灯宝炬，月色花光，霏雾融融，动烛远近。至三鼓，楼上以小红纱灯毬缘索而至半空，都人皆知车驾还内矣。须臾，闻楼外击鞭之声，则山楼上下，灯烛数十万盏，一时灭矣。于是贵家车马，自内前鳞切❻，悉南去游相国寺。寺之大殿前设乐棚，诸军作乐。两廊有诗牌❼灯云："天碧银河欲下来❽，月华如水照楼台。"并"火树银花合❾，星桥铁锁开"之诗。其灯以木牌为之，雕镂成字，以纱绢幂之，于内密燃其灯，相次排定，亦可爱赏。资圣阁前安顿佛牙，设以水灯，皆系宰执、戚里、贵近占设看位。最要闹：九子母殿及东西塔院、惠林、智海、宝梵，竞陈灯烛，光彩争华，直至达旦。其余宫观寺院，皆放万姓烧香。如开宝、景德、大佛寺等处。皆有乐棚，作乐燃灯。惟禁宫观寺院，不设灯烛矣。次则葆真宫，有玉柱玉帘窗隔灯。诸坊巷、马行，诸香药铺席、茶坊酒肆，灯烛各出新奇。就中莲华王家香铺灯火出群，而又命僧道场，打花钹❿、弄椎鼓，游人无不驻足。诸门皆有官中乐棚。万街千巷，尽皆繁盛浩闹。每一坊巷口，无乐棚去处，多设小影戏棚子，以防本坊游人小儿相失⓫，以引聚之。殿前班在禁中右掖门里，则相对右掖门设一乐棚，放本班家口登皇城观看。官中有宣赐茶酒、妆粉钱之类。诸营、班、院，于法不得夜游，各以竹竿出灯毬于半空，远近高低，若飞星然。阡陌纵横，城　不禁。别有深坊小巷，绣额珠帘，巧制新妆，竞夸华丽，春情荡飏，酒兴融怡，雅会幽欢，寸阴可惜，景色浩闹，不觉更阑。宝骑骎骎⑫，香轮辘辘。五陵年少，满路行歌。万户千门，笙簧未彻。市人卖玉梅、夜蛾、蜂儿、雪柳、菩提叶、科头圆子⑬、拍头焦䭔。唯焦䭔以竹架子出青伞上，装缀梅红缕金小灯笼子，架子前后亦设灯笼，敲鼓应拍，团团转走，谓之"打旋罗"，街巷处处有之。至十九日收灯，五夜城阃不禁，尝有旨展日⑭。宣和年间，自十二月于酸枣门二名景龙。门上，如宣德门元夜点照，门下亦置露台，南至宝箓宫，两边关扑、买卖，晨晖门外，设看位一所，前以荆棘围绕，周回约五七十步。都下卖鹌鹑骨䬸儿、圆子䭔、拍白肠、水晶鲙、科头细粉、旋炒栗子、银杏、盐豉汤、鸡段、金橘、橄榄、龙眼、荔枝。诸般市合，团团密摆，准备御前索唤。以至尊有时在看位内，门司、御药、知省、太尉，悉在帘前，用三五人弟子祗应⑮。糁盆⑯照耀，有同白日。仕女观者，中贵邀住，劝酒一金杯，令退。直至上元，谓之"预赏"。惟周待诏瓠羹，贡余者，一百二十文足一个，其精细果别如市店十文者⑰。

注释

❶戚里：帝王的亲戚、外戚。

❷上下：相配合。

❸弹压：控制、军事管制。

❹决遣：判决发落。陆机《晋平西将军周处碑》："处转广汉太守。郡多滞讼，有经三十年而不决。处详其枉直，一朝决遣。"

❺口敕：皇帝的口头诏令。《北史》卷三十五《王劭传》："劭在著作，将二十年，专典国史，撰《隋书》八十卷。多录口敕。"

❻鳞切：像鱼鳞一样密集地贴切而行。

❼诗牌：用来题诗的木板。王安石《董伯懿示裴晋公平淮右题名

相逢幸遇佳時節
月下花前且把盃

碑诗用其韵和酬》:"褒贤乐善自为美,当挂庙壁为诗牌。"

❽天碧银河欲下来:据《锦绣万花谷》所载,此为北宋诗人杨亿之句。

❾火树银花合:此为唐代诗人苏味道诗,题为《正月十五夜》。

❿钹(bó):打击乐器。铜制,圆形,中间隆起的部分大,中间有穿孔,两片相击以发声。

⓫相失:走散。

⓬骎骎(qīn):车马飞快而过的样子。

⓭科头圆子:用纸或丝织品制成的没有上盖的圆形花灯。

⓮展日:宽限、延长时日。

⓯祗应:恭敬地伺候、侍从。

⑯糁（shēn）盆：用芝麻榨油后剩下的渣子做燃料的火盆。

⑰果别如市店十文者：果然与市店十文者有别。

译文

正月十六这一天，皇帝的车驾不出门。从进早膳结束后，登上宣德楼的城门，音乐响起，卷起帘幕，皇帝的座椅靠近城楼的栏杆边，向百姓宣告与民同乐。先到楼下的人，还可以瞻仰皇上的容颜。皇上头上戴着小帽子，穿着红色的衣袍，单独倚靠在小桌子上，左右是近旁的侍从，帘幕之外是打伞拿扇子这些执事。过了一会儿，帘幕就会放下，音乐就会响起，让百姓尽情游赏。两边的朵楼相对而立：左边朵楼与郓王以下的各位亲王的彩棚幕次相对，右边朵楼与蔡太师以下的各位执政、外戚的彩棚幕次相对。时不时会有金凤凰从楼上飞到下面的众多幕次中，宣赏恩赐没有停歇。在众多的幕次中，家妓竞相演奏新出的乐曲，和山棚、露台上下的乐曲声，形成歌声鼎沸的场面。西边的朵楼下，由开封府的府尹带领衙役维护秩序，在幕次前罗列满满当当的罪人，不时要处决发落，以此来警示那些愚昧的百姓遵纪守法。楼上时不时会传下皇上的口谕，对其进行特赦，给予释放免罪。这个时候华灯宝炬，加之月色、花光，一片香雾霏霏，其乐融融，烛光摇动，远近接为一片。到三更天的时候，楼上用铁索将小红纱灯球升到半空中，京城里的人就都知道皇帝的车驾要回宫了。过了一会儿就会听到楼外有击鞭的声音，这时山棚楼台上下，数十万盏灯烛，一时就都熄灭了。之后权贵家的车马，从皇宫前鳞次栉比地紧贴着驶出，都到南边去游览相国寺了。寺院大殿的前面设置好乐棚，诸军演奏音乐，两边长廊上有悬挂诗牌的灯笼，写着"天碧银河欲下来，月华如水照楼台"，以及"火树银花合，星桥铁锁开"的诗句。这种灯笼先使用木板，在上面雕刻成字，然后用纱或绢布包裹，在里面密封处点燃灯烛，一个挨一个排好，也是可以值得观赏。在资圣阁的前面安顿好佛牙，设置水灯，都是宰相、外戚、权贵、近要占据这些观赏的位置。最重要热闹的地方要数：九子母殿、东西塔院、惠林院、智海院、宝梵院，它们竞相陈设灯烛，光彩相争相斗，直到第二天天亮。其余的官观寺院，都允许万民百姓烧香，比如开宝寺、景德寺、大佛寺这些地方，都设有乐棚，演奏音乐，燃起灯烛。只有皇宫内部的官观、寺院不再设有灯烛了。其次是葆真宫，有玉柱、玉帘、窗隔灯。众街坊小巷、马行、众香药铺、茶坊、酒肆，这里的灯烛各自展示出它们的新奇。这其中莲华王家的香铺，灯火最为出群，而后又命令僧道场击打花钹、玩弄椎鼓，游人没有不驻足观看的。各个城门都有官府设置的乐棚。万条街，千条巷，都是极尽浩繁热闹。在每一个街坊巷口，没有设置乐棚，而是多多地设置小影戏的棚子，为的是防止本街坊里游人和小孩子走散，以此引诱小孩子观看聚集，方便大人寻找。殿前班在皇宫中的右掖门里，就在相对右掖门的地方设置一处乐棚，让本班禁军的家人登上皇城观看。官中有赏赐茶酒钱、妆粉钱之类的。禁军中需要值班的各营房、各班直，依法规定是不允许在夜晚游玩的，他们各自用竹竿将灯球挑出到半空中，远近高低一片，就像天上飞过的流星一样。街道纵横交错，走在路上也没有禁令。另外还有深坊小巷，挂着锦绣的匾额，卷起珠饰的帘子。人们穿着制作精巧的衣服、崭新的服饰，竞相夸饰着华丽。到处是春情荡漾，处处是酒兴融洽。人们于此雅会，尽其幽欢，每一寸光阴都值得珍惜。景色浩大又热闹，不知不觉中夜色渐阑。宝马的影子一闪而过，香车的轮子滚滚而去。京城里的纨绔子弟，填满了道路，边走边唱。千门万户，笙歌不息。街市上的人卖的有玉梅、夜蛾、蜂儿、雪柳、菩提叶、科头圆子、拍头焦等。特别是卖焦的，用竹架子撑出一把青色的大伞，上面装饰着梅红缕金的小灯笼，架子的前面后面，也设有小灯笼，敲起鼓点，小灯笼会应着节拍，团团地旋转，称之为"打旋罗"，大街小巷到处都有这些。到正月十九日这天收灯，总共有五个夜晚，城里不禁止夜游，曾经有圣旨让把灯市延长的情况。宋徽宗宣和年间，从十二月份开始，在酸枣门（也叫景龙门）的城门上，依照宣德门之例，在元夜之时点灯相照，门下也设置了露台。向南到宝箓宫，两边都是关扑、买卖的。晨晖门的外面设置一处观看的位置，前面用荆棘围绕，周围回环大约有五七十步。都城中卖的有鹌鹑骨饳儿、圆子、拍白肠、水晶鲙、科头细粉、旋炒栗子、银杏、盐豉汤、鸡段、金橘、橄榄、龙眼、荔枝之类的食盒，一团团地密集地摆放着，准备被皇上随时索取呼唤。因为皇上有时就在看位里面，门司、御药、知省、太尉等，都在帘子前侍立，用三五个弟子叫唤呼应。用芝麻榨油后剩的渣子做燃料的火盆中火光闪耀，如同白日。如果有权贵家的仕女前来观赏，宦官会邀请她们停下来，劝她们喝下一金杯的酒，然后再令她们退下。一直延续到元宵节，称为"预赏"。只有周待诏卖的瓠羹，在进贡之后剩余的，足足要一百二十文钱才能卖一个，其口味的精细，果然与街市店面上卖的十文钱一个的有所区别。

收灯都人出城探春

收灯毕，都人争先出城探春。州南，则玉津园、外学方池亭榭、玉仙观，转龙湾西去，一丈佛园子、王太尉园，奉圣寺前孟景初园，四里桥望牛冈、剑客庙。自转龙弯东去，陈州门外，园馆尤多。州东宋门外，快活林、勃脐陂、独乐冈、砚台、蜘蛛楼、麦家园。虹桥，王家园。曹、宋门之间，东御苑，乾明、崇夏尼寺。州北，李驸马园。州西，新郑门大路，直过金明池西道者院，院前皆妓馆。以西，宴宾楼，有亭榭，曲折池塘，秋千、画舫。酒客税小舟，帐设游赏。相对祥祺观，直至板桥，有集贤楼、莲花楼，乃之官河东、陕西五路之别馆。寻常钱送，置酒于此。过板桥，有下松园、王太宰园、杏花冈。金明池角南去，水虎翼巷，水磨下，蔡太师园。南，洗马桥。西巷内，华严尼寺❶、王小姑酒店。北，金水河，两浙尼寺、巴娄寺、养种园，四时花木，繁盛可观。南去，药梁园、童太师园。南去，铁佛寺、鸿福寺、东西柏榆村。州北，模天坡、角桥，至仓王庙、十八寿圣尼寺、孟四翁酒店。州西北，元有[2]庶人园，有创台、流杯亭榭数处，放人春赏。大抵都城左近皆是园圃，百里之内，并无閴地[3]。次第春容满野，暖律暄晴，万花争出。粉墙细柳，斜笼绮陌。香轮暖辗，芳草如茵。骏骑骄嘶，杏花如绣。莺啼芳树，燕舞晴空。红妆按乐于宝榭层楼，白面[4]行歌近画桥流水。举目则秋千巧笑，触处[5]则蹴踘疏狂。寻芳选胜，花絮时坠金樽；折翠簪红，蜂蝶暗随归骑。于是相继清明节矣。

注释

❶华严尼寺：信奉华严宗的尼姑寺院。

❷元有：即"原有"。

❸閴地：即"阒（qù）地"，安静之地。

❹白面：即"白面郎"，指纨绔子弟。杜甫《少年行》："马上谁家白面郎，临堦下马坐人床。"又，白居易《采地黄者》："凌晨荷锄去，薄暮不盈筐。携来朱门家，卖与白面郎。"

❺触处：犹"触地"，到处。《南史》卷七十《循吏传·序》："凡百户之乡，有市之邑，歌谣舞蹈，触处成群，盖宋世之极盛也。"

译文

收灯之后，京城里的人争先到城外去探春。汴州城南面则有玉津园、外学的方池台榭、玉仙观、转龙湾。向西走一丈开外，则是佛园子、王太尉园。奉圣寺的前面有孟景初园。四里桥外则有望牛冈、剑客庙。从转龙湾向东到陈州门外，园亭馆舍尤其多。汴州城东的宋门外，则有快活林、勃脐陂、独乐冈、砚台、蜘蛛楼、麦家园、虹桥、王家园。在曹门和宋门之间，有东御苑、尼姑居住的乾明寺、崇夏寺。汴州城的北面，有李驸马园。汴州城的西边，是新郑门大路，一直穿过金明池西边的道者院，院子前面都是妓馆。西边是宴宾楼，有亭榭、曲折的池塘、秋千、画船，喝酒的客人租一条小船，设置饮宴的帐幕以供游赏之用。与此相对的是祥祺观，可以一直通到板桥，附近有集贤楼、莲花楼，然后就到了官河东、陕西五路的别馆，平常的送别，会在这里设置筵席。过了板桥，有下松园、王太宰园、杏花冈。金明池角向南去，水虎翼巷子的水磨下，就是蔡太师的园子。南边洗马桥西边的巷子内，是尼姑居住的华严寺、王小姑酒店。北边是金水河，两浙尼寺、巴娄寺、养种园，一年四季，花木繁盛，非常值得观赏。往南去是药梁园、童太师园。再往南去是铁佛寺、鸿福寺、东西柏榆村。汴州城北是模天坡、角桥，一直可以到达仓王庙、十八寿圣居寺、孟四翁酒店。汴州城的西北，以前有庶人园，内有创台、几处曲水流觞的亭榭，允许人们进入赏春。大抵而言，京城的附近都是花园药圃，百里以内，没有空闲的地方。依次望去，春天的容光铺满原野，节律向暖，令人眼睛感到温和。万紫千红争相探出粉色的墙壁，细而斜的柳丝笼罩着繁丽的街道。宝马香车，在暖日里辗过，绿草如茵，骏马嘶鸣，穿过如锦绣船的杏花。黄莺在树上啼叫，燕子在晴空飞舞。粉饰红妆的歌女在宝榭层楼上演奏音乐，白面郎君在靠近画桥流水的地方放声歌唱。举目望去，处处都是秋千上少女的巧笑盈盈；步履所及，处处都是蹴鞠的轻狂年少。寻找芳华，选出胜场，花絮纷飞中，金樽不时地坠落；折下鲜翠，簪贴红花，蜂蝶成群，暗随归骑而去。于是接下来就到清明节了。

卷之七

垛子前列招箭班二十余人，
皆长脚幞头、紫绣抹额、紫宽衫、
黄义襕，雁翅排立，
御箭去则齐声招舞，
合而复开，箭中的矣。

清明节

　　清明节，寻常京师以冬至后一百五日为大寒食。前一日谓之"炊熟"，用面造枣锢、飞燕，柳条串之，插于门楣，谓之"子推燕"❶。子女及笄❷者，多以是日上头❸。寒食第三日，即清明节矣。凡新坟，皆用此日拜扫。都城人出郊。禁中前半月，发宫人车马朝陵，宗室、南班、近亲，亦分遣诣诸陵坟享祀，从人皆紫衫、白绢三角子、青行缠，皆系官给。节日，亦禁中出车马，诣奉先寺、道者院，祀诸宫人坟。莫非金装绀幰❹，锦额珠帘，绣扇双遮，纱笼前导，士庶阗塞，诸门纸马铺，皆于当街用纸衮叠❺成楼阁之状。四野如市，往往就芳树之下，或园囿之间，罗列杯盘，互相劝酬。都城之歌儿舞女，遍满园亭，抵暮而归。各携枣锢、炊饼、黄胖❻、掉刀❼、名花、异果❽、山亭❾、戏具、鸭卵、鸡雏，谓之"门外土仪"❿。轿子即以杨柳、杂花装簇顶上，四垂遮映。自此三日，皆出城上坟，但一百五日最盛。节日，坊市卖稠饧⓫、麦糕、乳酪、乳饼之类。缓入都门，斜阳御柳；醉归院落，明月梨花。诸军禁卫，各成队伍，跨马作乐四出，谓之"摔脚"。其旗旌鲜明，军容雄壮，人马精锐，又别为一景也。

注释

❶子推燕：用以纪念介子推的一种用柳条穿起来的形如飞燕的面食。

❷及笄：女子满十五岁时把头发绾起来，插上簪子，表示到了可以结婚的年龄。

❸上头：又称"及笄"，旧指女子出嫁时将头发上挽结成发髻。南朝梁萧纲《和人渡水》："婉娩新上头，湔裾出乐游。"

❹绀幰（gàn xiǎn）：天青色的车幔。王安石《送郓州知府宋谏

163

议》："班春回绀幰，问俗卷彤襜。"

❺袠叠：卷起来，折叠。

❻黄胖：亦称"黄胖儿"，用黄色泥土捏成的胖小子，有祈子之意。

❼棹刀：当即"棹刀"，本书中屡有提及，如"棹刀蛮牌""各执木棹刀一口"等。这里指儿童玩耍的棹刀玩具。

❽异果：奇异的果子。

❾山亭：亦称"山亭儿"，指宋代用陶土制成的各种各样的玩具，如泥孩儿、泥塑模型。

❿土仪：土特产。

⓫稠饧：浓稠的饴糖。

译文

清明节的习俗是：京城里的人通常以冬至后的一百零五天为大寒食。大寒食的前一天，称为"炊熟"，用面粉制作出飞燕一样的枣𬞟，用柳条将它穿起来，插在门楣上面，称为"子推燕"。家中的女孩子到了及笄的年龄，都在这一天将头发束起来并插上簪子。寒食过后的第三天，就是清明节了。只要是这一年有立新坟的家里都要在这一天进行拜祭扫洒，京城中的人到郊外去扫墓。宫中在清明节的前半个月，派遣宫人乘着车马到先帝的陵墓洒扫。皇室中的南班官等近亲，也分别派人到诸陵园扫坟祭祀。随从的人员都穿着紫色的衣衫，戴着用白绢制成的三角子，裹着青色的绑腿布（这些都是官府供给的）。在清明节这一天，皇宫中也会车马外出，到奉先寺、道者院去，祭祀众位宫人的坟墓。全都用黄金装饰、垂下天青色的帘幕，车的门额用锦绣装饰，悬挂着珍珠车帘，用彩绣的扇子双双遮挡，用纱布制成的灯笼作为前导。士人和百姓填满了整个街道，各个门巷的纸马铺都在大街上售卖用纸糊成的楼阁形状的祭品，四个方向的田野就像集市一样，往往在靠近芳树的下面，或是在花园之间，将酒杯餐盘罗列开来，互相劝酒酬答。京城里的歌儿舞女，遍布于园亭之中，到了傍晚的时候才回去，各自带着枣𬞟、炊饼、泥孩儿、玩具棹刀、名花、异果、泥塑

白沙留月色
绿柳助秋声
子昂

玩具、观具、鸭蛋、小嫩鸡等，称为"门外土仪"。轿子就用杨树条、柳树条、各种杂花装饰在轿顶上，从轿子的四面垂下来遮映。从清明节开始的三天，都要出城上坟，但大寒食的那一天最为盛大。在清明节这天，街市上卖的有稠饧、麦糕、乳酪、乳饼之类。缓缓地进入城门，此时斜阳照着御路边的柳树；从歌舞院落醉归时，明月照映在梨花之上。各个军营禁军，各自排成队伍，跨上骏马向四个方向奏乐而出，称为"摔脚"。旗帜鲜明，军容雄壮，人马皆为精锐，这又是另一番景象了。

三月一日开金明池琼林苑

三月一日，州西顺天门外，开金明池、琼林苑，每日教习车驾上池仪范❶。虽禁从❷、士庶许纵赏，御史台有榜，不得弹劾。池在顺天门街北，周围约九里三十步，池西直径七里许。入池门内南岸，西去百余步，有西北临水殿，车驾临幸，观争标❸、锡宴❹于此。往日旋以彩緯❺，政和间用土木工造成矣。又西去数百步，乃仙桥，南北约数百步，桥面三虹，朱漆栏楯，下排雁柱，中央隆起，谓之"骆驼虹"，若飞虹之状。桥尽处，五殿正在池之中心，四岸石甃向背。大殿中坐，各设御幄，朱漆明金龙床，河间云水戏龙屏风，不禁游人。殿上下回廊，皆关扑钱物、饮食、伎艺人作场，勾肆罗列左右。桥上两边，用瓦盆，内掷头钱❻，关扑钱物、衣服、动使。游人还往，荷盖❼相望。桥之南，立棂星门，门里对立彩楼。每争标作乐，列妓女于其上。门相对街南，有砖石甃砌高台，上有楼观，广百丈许，曰宝津楼。前至池门，阔百余丈，下瞰仙桥、水殿，车驾临幸，观骑射、百戏于此。池之东岸，临水近墙皆垂杨，两边皆彩棚幕次，临水假赁，观看争标。街东皆酒食店舍，博易场户，艺人勾肆、质库，不以几日解下，只至闭池，便典没出卖。北去，直至池后门，乃汴河西水门也。其池之西岸，亦无屋宇，但垂杨蘸水，烟草铺堤，游人稀少，多垂钓之士。必于池苑所买牌子，方许捕鱼。游人得鱼，倍其价买之，临水砟脍，以荐芳樽，乃一时佳味也。习水教罢，系小龙船于此。池岸正北，对五殿，起大屋，盛大龙船，谓之"奥屋"，车驾临幸，往往取二十日。诸禁卫班直，簪花、披锦绣、捻金线衫袍，金带勒帛之类，结束竞逞鲜新。出内府金枪，宝装弓剑，龙凤绣旗，红缨锦辔，万骑争驰，铎声震地。

注释

❶仪范：礼仪、典范。《晋书》卷七十九《谢安传》："安虽处衡门，其名犹出万之右，自然有公辅之望，处家常以仪范训子弟。"

❷禁从：指翰林学士之类的文学侍从。胡仔《苕溪渔隐丛话前集卷四十·东坡三》："然东坡自此脱谪籍，登禁从，累帅方面。"

❸争标：争夺锦标。苏轼《次韵张安道读杜诗》："扫地收千轨，争标看两艘。"

❹锡宴：即"赐宴"。

❺彩幄：用彩绸做的帐篷。《宋史》卷一百一十三《礼志十六》："徙坊市邸肆，对列御道，百货骈布，竞以彩幄镂版为饰。"

❻头钱：用来赌博的一掷而定胜负的铜钱。

❼荷盖：荷叶形状的车盖。《楚辞·九歌·河伯》："乘水车兮荷盖，驾两龙兮骖螭。"

译文

三月一日，在汴州城西边的顺天门外，开放金明池、琼林苑，每天教训演习皇帝车驾临幸金明池的礼仪范式。即使是皇帝的文学侍从、士人、普通百姓也允许纵情观赏，御史台有榜文，不得弹劾此事。金明池在顺天门大街的北边，周围大约有九里外加三十步，池的西面直径大约有七里。进入金明池门内的南岸，再向西一百多步，有面朝北的临水殿，皇帝车驾临幸时，观看争标，并在此处赐宴。以前都是用彩幄临时搭建，到了政和年间就用土木工造成了此建筑。再往西去几百步，就到了仙桥，桥的南北大约有几百步，桥面有三处拱曲，像彩虹一样，栏杆扶手用的都是红漆，下面排着雁齿柱子，中央是隆起的，称为"骆驼红"，形状就像飞动的彩虹。在桥的尽处，可以发现五座殿堂正在金明池的中心，四面的岸边都是用石头砌成的，相背而立。大殿中心的座位，各自设有御用的帷幄，用红色的漆和明亮的黄金制成的龙床，在河间设有云水戏龙的屏风，不禁止游人来观赏。大殿上下的回廊边，都被从事关扑、钱物、饮食、伎艺的人作为营业的场所，罗列在左右两旁。桥面上的两边，用瓦盆在里面掷头钱，关扑钱物、衣服、日常用具的也是这里。游人来往回还，车盖伞盖远远相望。仙桥的南边建立了棂星门，门的里面有彩楼相对而立。每当争标作乐的时候，将妓女罗列于其上。与棂星门相对的街的南面，有用砖石砌成的高台，上面有楼观，大概有一百丈那么广，叫作宝津楼。向前到达池门，有一百多丈那么宽。向下可以俯瞰仙桥、水殿，皇帝的车驾临幸时，在这里观看骑射、百戏。金明池的东岸，靠近水边、靠近墙边的地方都种上了垂杨，两边都搭建了彩棚、幕次，靠近水边出租，观看争标赛。街的东边都是酒店、食店、博易的店家、艺人演出的勾肆、当铺。如果不在几天之内将所当之物赎回，到金明池关闭后，就会没收所典押的物品，拿出售卖了。向北而去直到金明池的后门，就是汴河的西水门了。金明池的西岸，也是没有屋舍的，只有垂杨蘸着水面，草色如烟，铺满了整个堤岸，游人稀少，有很多垂钓的人。必须到池苑买个牌子，才会被允许捕鱼。游人得到鱼后，会用加倍的钱将其买下，靠近水边做成鱼脍，以此佐酒，是一时的美味佳肴。演习了水上的战阵之后，将小龙船系在此处。金明池岸边的正北方对着五殿，建起了大屋子，装着大龙船，称为"奥屋"。皇帝车驾临幸的时候，往往选在三月二十日这天。众禁军侍卫、众诸直头上簪着花，身披锦绣，穿着捻金线的衫袍，系金带勒帛之类，在装扮上竞相夸耀。展出内库的金枪，宝装的弓剑、龙凤绣旗、红缨锦辔，万骑争相驰骋，铃铎之声响天震地。

❧ 驾幸临水殿观争标锡宴 ❧

驾先幸池之临水殿，锡宴群臣。殿前出水棚，排立仪卫。近殿水中横列四彩舟，上有诸军百戏，如大旗狮豹、掉刀蛮牌、神鬼杂剧之类。又列两船，皆乐部。又有一小船，上结小彩楼，下有三小门，如傀儡棚，正对水中乐船。上参军色❶，进致语。乐作，彩棚中门开，出小木偶人，小船子上有一白衣人垂钓，后有小童举棹划船，辽绕数回，作语。乐作，钓出活小鱼一枚。又作乐，小船入棚。继有木偶筑毬、舞旋之类，亦各念致语、唱和，乐作而已❷，谓之"水傀儡"。又有两画船，上立秋千，船尾百戏人上竿，左右军院虞候、监教，鼓笛相和。又一人上蹴秋千，将平架，筋斗掷身入水，谓之"水秋千"。水戏呈毕，百戏乐船，并各鸣锣鼓，动乐舞旗，与水傀儡船分两壁退去。有小龙船二十只，上有绯衣军士各五十余人，各设旗鼓铜锣。船头有一军校，舞旗招引，乃虎翼指挥兵级也。又有虎头船十只，上有一锦衣人，执小旗立船头上，余皆着青短衣，长顶头巾，齐舞棹，乃百姓卸在行人❸也。又有飞鱼船二只，彩画间金，最为精巧。上有杂彩戏衫五十余人，间列杂色小旗、绯伞，左右招舞，鸣小锣、鼓、铙、铎之类。又有鳅鱼船二只，止容一人撑划，乃独木为之也。皆进花石朱缅❹所进。诸小船竞诣奥屋❺，牵拽大龙船出诣水殿。其小龙船争先团转翔舞，迎导于前。其虎头船以绳索引龙舟。大龙船约长三四十丈，阔三四丈，头尾鳞鬣，皆雕镂金饰，榥板❻皆退光❼，两边列十阁子，充阁分歇泊❽，中设御座，龙水屏风。榥板到底深数尺，底上密排铁铸大银样如卓面大者压重，庶不欹侧也。上有层楼、台观、槛曲，安设御座。龙头上人舞旗，左右水棚，排列六桨，宛若飞腾。至水殿，舣❾之一边。水殿前至仙桥，预以红旗插于水中，标识地分❿远近。所谓小龙船，列于水殿前，东西相向。虎头、飞鱼等船，布在其后，如两阵之势。须臾，水殿前水棚上，一军校以红旗招之。龙船各鸣锣鼓出阵，划棹旋转，共为圆阵，谓之"旋罗"。水殿前又以旗招之，其船分而为二，各圆阵，谓之"海眼"。又以旗招之，两队船相交互，谓之"交头"。又以旗招之，则诸船皆列五殿之东，面对水殿，排成行列，则有小舟，一军校执一竿，上挂以锦彩银碗类，谓之"标竿"，插在近殿水中。又见旗招之，则两行舟鸣鼓并进。捷者得标，则山呼拜舞。并虎头船之类，各三次争标而止。其小船复引大龙船，入奥屋内矣。

注释

❶参军色：亦称"竹竿子"，宋代宫廷杂剧乐舞演出时，负责开场和引导的人员。

❷已：停止。

❸卸在行人：卸下之前从事的行业的人。在行，对某一行业熟悉、了解。

❹朱缅：苏州人。宋徽宗垂意奇花异石，朱缅刻意奉迎。至宋钦宗时削去朱缅父子官位，又将其在流放途中赐死。《宋史》卷四百七

十有列传。

❺奥屋：深而广的屋宅。曾巩《兜率院记》曰："言庐累百十，大抵穷墉奥屋，文衣精食，舆马之华，封君不如也。"这里指大龙船，本卷上条"三月一日开金明池琼林苑"曰："池岸正北，对五殿，起大屋，盛大龙船，谓之'奥屋'。"

❻艎板：船板。艎，通"艎"，一种木制的大船。

❼退光：退光漆。刚上漆时，光泽较暗，之后逐渐发亮，故名。

❽充阁分歇泊：代替阁子，分开供诸宫嫔歇息。歇泊，安扎、歇息。岳飞《奏收复邓州唐州信阳军防守措置事宜》："臣缘所统军马，道路日久，委是疲劳，除已统率起发，前去德安府歇泊，听候朝廷指挥。"

❾舣（yǐ）：使船靠岸。左思《蜀都赋》："试水客，舣轻舟。"

❿地分：区域、地段。

译文

皇帝的车驾首先临幸金明池的临水殿，在此宴赐群臣。在临水殿的前面搭建水棚，排列站立仪仗士兵。靠近临水殿的水面中，横着排列四条彩舟，上面演出诸军百戏，比如大旗狮豹、掉刀蛮牌、神鬼杂剧之类的。又排列了两条船，都是乐部奏乐用的。还有一条小船，上面扎着小彩楼，下面有三个小门，像傀儡棚一样，正对着水中的乐船。参军色上场时，口中说着献辞，然后音乐响起，彩棚中间的门打开，出现小木偶人。小船上面，有一个白衣人在垂钓，后面有个小童子举起船棹在划船，小船转了好几个圈，口中说着一些颂辞，音乐响起，钓起一个活着的小鱼。音乐再次响起，小船划入水棚中。然后会有木偶踢毽、跳旋转舞之类的，也各自念着赞颂之语、相互唱着应和并奏乐等，称为"水傀儡"。还有两条画船，上面立着秋千，在船尾表演百戏的人爬上桅杆，左右军院的虞候监管并教习此事，鼓声、笛声夹杂而和谐。又有一人表演荡秋千，在秋千与架子将要平齐时，翻个筋斗扎入水中，称为"水秋千"。水上的表演结束后，载有百戏的乐船，各自鸣锣敲鼓，在音乐的节奏中挥舞着旗帜，和水傀儡的船分作两队而退去。有二十只小龙船，上面各有五十多个穿着红色衣服的军士，各自设有旗鼓铜锣。船头有一位军校，挥舞着旗帜招引众人，其军衔级别是虎翼指挥。还有十只虎头船，上面有一位穿着锦衣的人，拿着小旗站在船头上，其余人都穿着青色的短衣，戴着长顶方巾，拿着齐舞棹，他们是卸下了之前行业的平民百姓。还有两只飞鱼船，彩色的图画中夹杂着金色，显得最是精巧绝伦，上面有穿着杂彩戏服的人五十多个，夹杂排列着杂色的小旗帜和红色的伞，左右晃动招舞，敲着小锣鼓、铙、铎之类的。还有两条鳅鱼船，船的大小仅能容下一人撑船，是用一根木头做成的，都是进送花石纲的朱缅进呈。众多小船都到奥屋去，将大龙船牵拽出来，让它到水殿去，其中的小龙船争先恐后地打转舞蹈，在前面做导引。其中的虎头船用绳子牵引龙舟。大龙船大约长三四十丈，宽三四丈，船头船尾都有鳞鬣，都雕刻着黄金的装饰。舱板上都涂着退光漆，船的两边排列着十个阁子，这些阁子供各个后宫的嫔妃歇息，中间设有皇帝的御座以及龙水屏风。舱板到船底有数尺之深，船底密集地排列着用铁铸成的像银钱样的大钱，就像桌面那么大，用它来压重，希望这样能使船不倾斜晃动。上面有层楼、台观、曲槛回廊，安放设置着皇帝的御座。船的龙头上有人挥舞着旗帜，左右的水棚排列着六条船桨，船就像在飞腾一样。到了水殿时，就依靠在一边。从水殿前面到水桥，预先用红旗插在水中，用来标示场地，划分远近。所谓的小龙船，排列在水殿的前面，东西相对。虎头船、飞鱼船等，排布在小龙船后面，就像两军对阵的态势一样。没过一会儿，水殿前的水棚上，一位军校用红旗招摇，龙船各自鸣锣击鼓出阵，划动船棹开始旋转，共同构成一个圆阵，称为"旋罗"。水殿前又用旗帜召唤，这些船只分为两阵，各自组成圆阵，称为"海眼"。又用旗帜召唤，两只船队相互交叉，称为"交头"。再用旗帜召唤，这些船只就排列在五殿的东边，面对着水殿，排成一行一列。这时就会出现一条小船，上面的一位军校，拿着一个竹竿，上面挂着锦帛彩丝、银碗之类的东西，称之为"标竿"，将其插在靠近五殿的水中。又看见旗帜召唤的时候，排成两行的船只就会击鼓并行。快捷的船只得到标竿，观众就会山呼而拜，随之起舞。加上虎头船之类，各自争标三次，然后停止。随后小船就再次引导大龙船进入奥屋之内了。

～❀ 驾幸琼林苑 ❀～

驾方幸琼林苑。在顺天门大街，面北，与金明池相对。大门牙道，皆古松怪柏。两傍有石榴园、樱桃园之类，各有亭榭，多是酒家所占。苑之东南隅，政和间创筑华觜[1]冈，高数丈，上有横观层楼，金碧相射；下有锦石缠道，宝砌池塘。柳锁虹桥，花萦凤舸。其花皆素馨[2]、末莉、山丹[3]、瑞香、含笑、射香等。闽、广、二浙所进南花，有月池、梅亭、牡丹之类，诸亭不可悉数。

注释

[1] 觜：即"嘴"。

[2] 素馨：木犀科，素馨属植物，花白色而芳香，花期8—10月。宋代方岳有《素馨》诗："雪骨冰肌合耐寒，怕寒却不离家山。老夫怀土与渠等，一移来得许顽。"

[3] 山丹：别名"红百合"。唐代孟诜《食疗本草》："百合，红花者名山丹。"

译文

皇帝车驾将要临幸的琼林苑，位于顺天门大街，面朝北，与金明池相对。琼琳苑的大门、牙道，都种着古松怪柏。牙道的两旁有石榴园、樱桃园之类的，园子中各有亭台楼榭，大多被酒家所占据。琼林苑的东南角，在政和年间新创建了华觜冈，高达数十丈。上面有横观层楼，金碧辉煌，自相照耀。下面有用锦石铺就的相互交织的道路，用宝石镶砌岸边的池塘，柳枝拂动，锁住了虹桥，飞花缠绕着凤船。其中的花朵都是素馨、茉莉、山丹、瑞香、含笑、射香等，由福建、两广、两浙所进献的南方品种。还有月池、梅亭、牡丹之类的亭台。这些亭台不能够一一地细数。

驾幸宝津楼宴殿

　　宝津楼之南，有宴殿，驾临幸，嫔御车马在此。寻常亦禁人出入，有官监之。殿之西有射殿，殿之南有横街，牙道柳径，乃都人击毬之所。西去，苑西门、水虎翼巷，横道之南，有古桐牙道，两傍亦有小园圃、台榭。南过画桥，水心有大撮焦亭子❶，方池柳步围绕，谓之虾蟆亭，亦是酒家占。寻常驾未幸，习旱教❷于苑大门。御马立于门上。门之两壁，皆高设彩棚，许士庶观赏，呈引百戏。御马上池，则张黄盖，击鞭如仪。每遇大龙船出，及御马上池，则游人增倍矣。

注释

❶撮焦亭子：未详，或说指四角向上翘起的亭子。

❷旱教：叶梦得《石林燕语》卷一："金明水战不复习，而诸军犹为鬼神戏，谓之'旱教'。"

译文

　　宝津楼的南边，有宴殿。皇驾临幸之时，随行的嫔妃及其车马也停留在这里。平日这里也禁止人们进入，有官员在此监管。宴殿的西边有射殿，宴殿的南边有横街，牙道旁边是柳荫长道，这是京城里人们击毬的场所。向西边，就到达了琼林苑的西门、水虎翼巷。横道的南边，有种植着古老梧桐的牙道，牙道的两旁也有小的花园药圃以及亭台楼榭。向南路过画桥，水面中心有大的撮焦亭子，在池塘的四周都有柳树围绕，称为"虾蟆亭"，也是酒店占据了。平时皇驾未临幸的时候，在琼林苑的大门口演习步兵战阵。皇驾临幸时，御马站立在门前，门的左右两边都设置有彩色的棚屋，允许士人百姓观赏，呈献百戏。御马要到金明池的时候，则要撑开黄盖，像朝仪一样击鞭。每当遇到大龙船出来，以及御马到金明池的时候，游人的数量就会成倍增长。

驾登宝津楼诸军呈百戏

驾登宝津楼，诸军百戏，呈于楼下。先列鼓子十数辈，一人摇双鼓子，近前进致语❶，多唱"青春三月蓦山溪"也。唱讫，鼓笛举，一红巾者弄大旗，次狮豹入场，坐作进退，奋迅举止，毕。次一红巾者，手执两白旗子，跳跃旋风而舞，谓之"扑旗子"。及上竿、打筋斗之类，讫，乐部举动，琴家弄令❷，有花妆轻健军士百余，前列旗帜，各执雉尾、蛮牌、木刀。初成行列，拜舞，互变开门、夺桥等阵，然后列成"偃月阵"。乐部复动"蛮牌令"。数内两人，出阵对舞，如击刺之状。一人作奋击之势，一人作僵仆出场，凡五七对，或以枪对牌、剑对牌之类。忽作一声如霹雳，谓之"爆仗"，则蛮牌者引退。烟火大起，有假面披发，口吐狼牙烟火，如鬼神状者上场。着青帖金花短后之衣，帖金皂裤，跣足❸，携大铜锣，随身步舞而进退，谓之"抱锣"。绕场数遭，或就地放烟火之类。又一声爆仗，乐部动"拜新月慢"曲，有面涂青碌，戴面具、金睛，饰以豹皮锦绣看带之类，谓之"硬鬼"。或执刀斧，或执杵棒之类，作脚步蘸立，为驱捉视听之状。又爆仗一声，有假面长髯、展裹绿袍、靴简如钟馗像者，傍一人以小锣相招和舞步，谓之"舞判"。继有二三瘦瘠、以粉涂身，金睛白面，如髑髅状，系锦绣围肚看带，手执软仗，各作魁谐，趋跄举止若排戏，谓之"哑杂剧"。又爆仗响，有烟火就涌出，人面不相睹。烟中有七人，皆披发文身，着青纱短后之衣、锦绣围肚看带，内一人，金花小帽、执白旗，余皆头巾，执真刀，互相格斗击刺，作破面剖心之势，谓之"七圣刀"❹。忽有爆仗响，又复烟火出，散处以青幕围绕，列数十辈，皆假面异服，如祠庙中神鬼塑像，谓之"歇帐"。又爆仗响，卷退。次有一击小铜锣，引百余人，或巾裹，或双髻，各着杂色半臂、围肚看带，以黄白粉涂其面，谓之"抹跄"。各执木棹刀一口，成行列。击锣者指呼，各拜舞起居，毕，喝喊变阵子数次，成一字阵，两两出阵格斗，作夺刀、击刺之态百端，讫，一人弃刀在地，就地掷身，背着地有声，谓之"扳落"。如是数十对，讫，复有一装田舍儿者入场，念诵言语，讫，有一装村妇者入场，与村夫相值❺，各持棒杖，互相击触，如相殴态。其村夫者以杖背村妇出场，毕，后部乐作，诸军缴队❻杂剧一段，继而露台弟子杂剧一段，是时弟子萧住儿、丁都赛、薛子大、薛子小、杨总惜、崔上寿之辈，后来者不足数。合曲舞旋讫，诸班直常入祇候子弟所呈马骑，先一人，空手出马，谓之"引马"。次一人磨旗❼出马，谓之"开道旗"。次有马上抱红绣之毬，击以红锦索，掷下于地上，数骑追逐射之，左曰"仰手射"，右曰"合手射"，谓之"拖绣球"。又以柳枝插于地，数骑以划子箭，或弓或弩射之，谓之"褫柳枝"。又有以十余小旗，遍装轮上而背之出马，谓之"旋风旗"。又有执旗挺立鞍上，谓之"立马"。或以身下马，以手攀鞍而复上，谓之"骗马"。或用手握定镫袴，以身从后鞦来往，谓之"跳马"。忽以身离鞍，屈右脚挂马鬃，左脚在镫，左手把鬃，谓之"献鞍"，又曰"弃鬃背坐"。或以两手握镫袴，以肩着鞍桥，双脚直上，谓之"倒立"。忽掷脚着地，倒拖顺马而走，复跳上马，谓之"拖马"。或留左脚着镫，右脚出镫，离鞍，横身，在鞍一边，右手捉鞍，左手把鬃存身，直一脚，顺马而走，谓之"飞仙膊马"。又存身，拳曲在鞍一边，谓之"镫里藏身"。或右臂挟鞍，

足着地顺马而走，谓之"赶马"。或出一镫，坠身着鞦，以手向下绰地，谓之"绰尘"。或放令马先走，以身追及，握马尾而上，谓之"豹子马"。或横身鞍上，或轮弄利刃，或重物、大刀、双刀百端，讫，有黄衣老兵谓之"黄院子"，数辈执小绣龙旗前导。宫监马骑百余，谓之"妙法院"。女童皆妙龄翘楚❽，结束如男子：短顶头巾，各着杂色锦绣，捻金丝番段窄袍、红绿吊敦、束带，莫非玉羁金勒，宝镫花鞦，艳色耀日，香风袭人。驰骤至楼前，团转数遭，轻帘鼓声，马上亦有呈骁艺者。中贵人许畋押队，招呼成列，鼓声一齐掷身下马，一手执弓箭，揽缰子就地，如男子仪，拜舞山呼，讫，复听鼓声，骗马而上。大抵禁庭如男子装者，便随男子礼起居。复驰骤团旋，分合阵子，讫，分两阵，两两出阵，左右使马，直背射弓，使番枪或草棒，交马野战。呈骁骑讫，引退。又作乐，先设彩结小毬门于殿前，有花装男子百余人，皆裹角子向后拳曲花幞头，半着红、半着青锦袄子，义襕、束带、丝鞋，各跨雕鞍花鞦驴子，分为两队，各有朋头❾一名，各执彩画毬杖，谓之"小打"。一朋头用杖击弄毬子如缀，球子方坠地，两朋争占，供与朋头，左朋击毬子过门入孟❿为胜，右朋向前争占，不令入孟，互相追逐，得筹谢恩而退。续有黄院子引出宫监百余，亦如小打者，但加之珠翠装饰，玉带红靴，各跨小马，谓之"大打"。人人乘骑精熟，驰骤如神，雅态轻盈，妖姿绰约，人间但见其图画矣。呈讫。

注释

❶致语：宫廷艺人演唱前进呈的颂辞。

❷弄令：弹奏令曲。弄，奏。令，杂曲的一种，如调笑令。

❸跣（xiǎn）足：光着脚，不穿鞋袜。《吴越春秋》："子胥之吴，乃被发佯狂，跣足涂面，行乞于市。"

❹七圣刀：一种类似于魔术的表演。《西湖繁胜录》（不分卷）："行七圣法，切人头下，卖符，少间依元接上。"

❺相值：相遇、相对。苏轼《芙蓉城》："此生流浪随沧溟，偶然相值两浮萍。"

❻缴队：队伍缠绕交错。

❼磨旗：挥动旗帜。关汉卿《窦娥冤》第三折："刽子做磨旗科。"

❽翘楚：本指高出杂树的荆条，这里指人才之杰出。《诗经·周南·汉广》："翘翘错薪，言刈其楚。"郑玄笺："楚，杂薪之中尤翘翘者。"又，孔颖达《〈春秋正义〉序》："刘炫于数君之内，实为翘楚。"

❾朋头：本指朋党的首领，这里指游戏、竞赛中的队长。唐代李肇《唐国史补》卷下："天宝中，则有刘长卿、袁成用分为朋头，是时常重东府西监。"

❿入孟：也称"孟入"。宋代熊克《宋中兴纪事本末》卷八下引朱胜非《闲居录》曰："元祐末，哲宗方择后。京师里巷作打毬戏，以一击入窠者为胜，谓之'孟入'。"又，吴处厚《清箱杂记》卷三："韩魏公应举时，梦打毬一棒孟入。时魏公年仅弱冠，一上登科，则一棒孟入之应也。"

译文

皇驾登上宝津楼时，诸军百戏在楼下演出呈现。首先排列十几个鼓手，其中一人手中摇着双鼓子，走向前去进呈颂辞，唱的大多是"青春三月暮山溪"。唱过之后，鼓和笛子一时齐奏。一位头戴红巾的人舞弄着大旗，其次是舞狮舞豹的进场，表演坐下、起立、前进、后退，动作迅速而有力。结束此项之后，然后是另一个头戴红巾的人，手里拿着两面白色的旗帜，跳着回旋生风的舞蹈，称为"扑旗子"。等到上竿、打筋斗之类的结束后，乐部一齐演奏，弹琴的音乐家表演其曲令，有一百多个身穿花妆、身体轻盈矫捷的军士，他们的前面排列着旗帜，各自用野鸡尾羽装饰的蛮牌木刀，刚开始成行成列地下拜而舞，之后互相变化，形成开门、夺桥等阵势，然后排列成偃月阵势。乐部再一次演奏《蛮牌令》，队列中有两人，走出阵势相对而舞，就好像击刺的样子：一人做出奋力出击的态势，一人做出僵卧的形状出场，演出的共有五七对人，或者是用枪对战盾牌，或者是用剑对战盾牌之类的。忽然有一声巨响，有如霹雳，称为"爆仗"，于是表演蛮牌的人开始退场。这时烟花、焰火大起，有人戴着假面具披头散发，口中吐着狼牙烟火、扮演着鬼神之状来到场上，穿着后面短小的青色的贴着金花的上衣、贴金的黑色裤子，光着脚，携带着大铜锣，随着身体前进的脚步而进退舞蹈，称为"抱锣"。围绕场地几圈之后，或者就地燃放烟火之类。又一声爆仗之后，乐部演奏《拜新月慢》的曲子，有人脸上涂着青绿色，戴着面具，眼睛是金色的，身上装饰着豹皮、锦绣之类的，称为"硬鬼"。有人手中拿着刀斧，有人拿着木杵、木棒之类的，将脚跟跷起来站着，做出因为驱赶、捉拿而进行视听的样子。又一声爆仗之后，有一个长着长长的胡须，戴着面具，身上裹着绿色衣袍，穿着靴子，拿着手板，仿佛钟馗画像一样的人，身旁有一个用小锣招呼，配合着钟馗舞步的人，称为"舞判"。接着有两三个脊背瘦小的人，用粉涂抹着身体，眼睛是金色的，脸是白色的，像骷髅的形状，腰上系着锦绣围肚、看带，手中拿着软杖，各自做出诙谐、前进跟跄的动作，行动举止就像滑稽的戏剧一样，称为"哑杂剧"。又是一声爆仗的响声，有烟火涌出，人们相互看不清对方的脸。烟雾中有七个人，全都是有着文身、披头散发的样子，后面穿着短小的青纱衣，系着锦绣围肚、看带。其中有一人头戴金花小帽，拿着白色的旗帜，其余都是戴着普通的头巾，拿着真刀，互相格斗、击刺，做出破面、剖心的姿势，称为"七圣刀"。忽然爆仗响起，烟火再一次出现，分散的地方用青色的幕布围绕起来，排列着几十人，都戴着假面具，穿着异样的服装，就好像祠堂庙宇中神鬼的塑像，称为"哥帐"。爆仗再一次响起，帷幕卷起退出。接着有一人击打着小铜锣，引出一百多人，有的裹着头巾，有的留着两个头髻，各自穿着杂色的半臂、围肚、看带，以黄、白的脂粉涂抹在脸上，称为"抹跄"。他们各自拿着一口木制的棹刀，排成行列，击锣者指呼众人，各自拜舞、起居完成后，呼喝叫喊着变化几次阵脚，排成"一"字阵，两两走出阵脚相互格斗，做出百种夺刀、击刺的状态之后，一人将刀丢弃在地上，就地将身子摔下来，能够听到背部着地的声音，称为"扳落"。像这样做出几十对动作之后，还有一个装扮为农民样子的人入场，念完颂语祝词之后，有一个装扮成村妇的人入场，与村夫相对，各自拿着棍棒手杖相互击打，就像互殴一样。村夫用手杖背着村妇出场之后，后面的部曲开始奏乐，众军士合作表演一段杂剧，然后是露台弟子表演一段杂剧。这时的演出弟子有萧住儿、丁都赛、薛子大、薛子小、杨总惜、崔上寿这些人，后来表演的就不足为数了。合曲旋舞结束之后，众班直经常进入祗候弟子所呈献的马术表演。先有一人空手骑着马走出来，称为"引马"。然后有一人摇动着旗帜将马骑出来，称为"开道旗"。接着有人在马上抱着红绣球，用红锦索系着，将其扔在地上，有数人各自骑着马追逐射取，左边的叫作"仰手射"，右边的叫作"合手射"，这种表演称为"拖绣球"。又用柳枝插在地上，数骑人马用划子箭，或者弓弩射之，谓之"褫柳枝"。还有的用十几面小旗，一一地装在可以转动的圆轮子上，背着它出马，称为"旋风旗"。还有的拿着旗帜挺立在马鞍上，称为"立马"。有的将身体置于马腹之下，以手攀着马鞍再转上来，称为"骗马"。有的用手牢牢地握住镫裤，将身体从马后面的鞦带边跳来跳去，称为"跳马"。忽然身体离开马鞍，弯曲其右脚挂在马鬃上，左脚在马镫上，左手攀着马鬃，称为"献鞍"，又叫作"弃鬃背坐"。有人用两手握着镫裤，用肩膀靠着鞍桥，双脚伸直向上，称为"倒立"。忽然松下脚着地，倒着拖动身体而前进，再一次跳上马，称之为"拖马"。或者留下左脚踩着马镫，右脚脱离马镫、离开马鞍，将身体横在马鞍的一边，右手扳着马鞍、左手攥着马鬃，将身体存放，伸直一只脚，顺着马匹前进，称为"飞仙膊马"。又有将身体存放蜷曲在马鞍的一边的，称为"镫里藏身"。或者用右臂夹着马鞍，用脚着地，顺着马匹行走，称为"赶马"。或者一只脚离开马镫，身体下坠，靠着鞦带，用手向下接触地面，称为"绰尘"。或者命令马匹先走，自己以身追之，手握马尾爬到马背上，称为"豹子马"。或者将身体横在马鞍上，或者转动摆弄着锋利的刀刃，或者是挥舞着沉重的器物、大刀、双刀等百种杂技，此项结束后，有身穿黄衣的老兵，称为"黄院子"的一群人拿着小的绣着龙的旗帜做前导，官中的监官骑着百余匹马跟着，称为"妙法院"。女童都是年轻美丽数一数二的，穿着打扮像男子一样，戴着短顶头巾，各自穿着杂色锦绣，捻金丝番段窄袍，腰系红绿吊敦束带，使用的全都是玉鞲金勒，宝镫花鞯，色彩鲜艳，光耀白日，香风袅袅，袭人口鼻。一路奔驰到宝津楼前，团团地转上几圈，此处有轻盈的帘幕和击鼓声，马背上也有进呈骁勇武艺的。朝中权贵宦官许畋押队，招呼众人排成队列，鼓声响起时，一齐从马背上跳下来，一只手拿着弓箭，揽着缰绳，就地像男子一样按照朝仪拜舞山呼，之后，再次听到鼓声，用"骗马"的方法再次上马。大概在宫禁之中，像男子一样装扮的，就跟随男子的礼仪起居样式。再次奔腾围成一团，表演阵势的分合。之后，分作两阵，两两出阵，从左右两个万向操纵马匹，挺直腰背弯弓骑射，使弄着番国的刀枪或是草棒，骑马相交，就像在野外战斗一样，呈现骁勇的马戏之后，就引退了。然后又演奏音乐，先在殿前设立彩结的小毬门，有一百多个穿着花装的男子，头上都裹着向后拳曲的花幞头，一半是红色、一半是青色的袄子，腰上系着义襕、束带，穿着丝鞋，各自跨上雕鞍花鞯的驴子，分作两队，每队各有朋头一名，各自拿着绘有彩画的毬杖，称为"小打"。一位朋头用毬杖击打像连缀在杖头一样的毬子，毬刚坠地时，两队的人争先抢占，将其供给朋头，左边的朋子击打毬子，将其穿过毬门，使其进入"孟"这个区域就算胜利，右边的队伍向前争取，不让其进

181

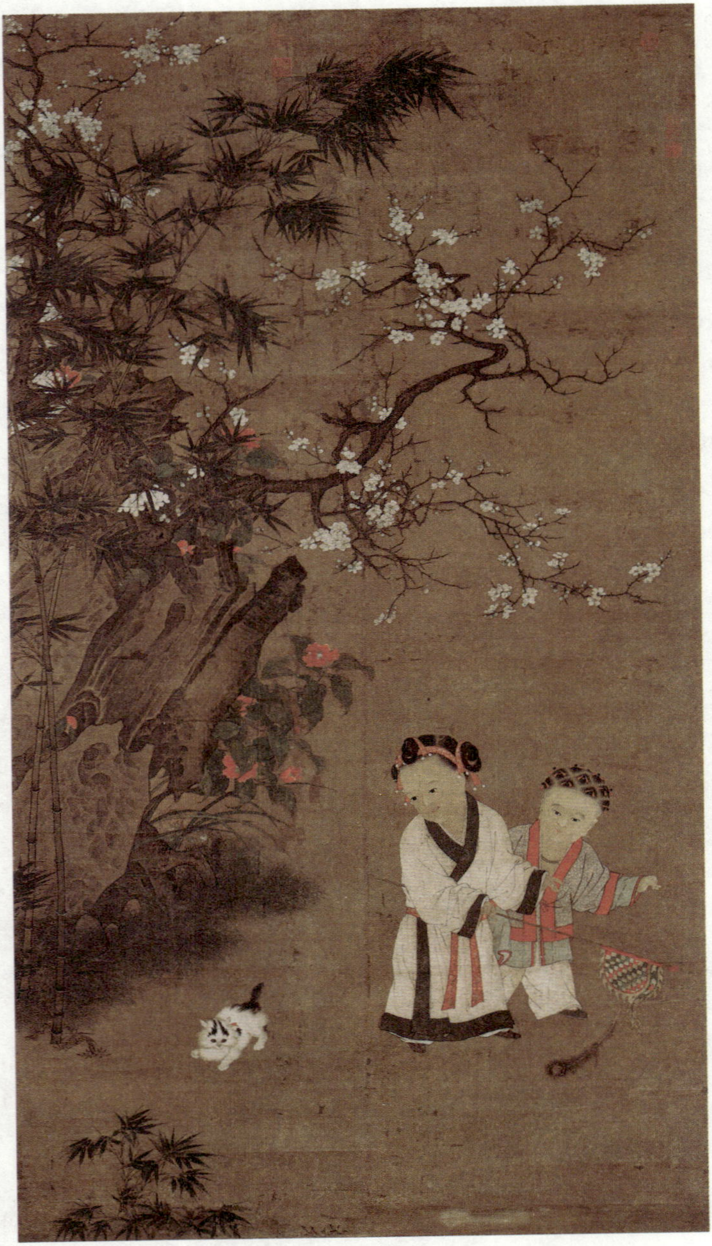

入"孟"这个区域。两队互相追逐，得到算筹后谢恩退去。接着有"黄院子"引出宦官百余人，也和"小打"相似，只是在毬杖上增加了珠翠等装饰，他们系着玉带，穿着红靴，各自骑着小马，称为"大打"。每人骑马的技术都很精熟，疾驰飞奔有如神助，姿态优雅轻盈，风姿绰约美好，而人间只能见到这样的图画而已。诸军百戏至此结束。

驾幸射殿射弓

驾诣射殿射弓。垛子前列招箭班二十余人，皆长脚幞头、紫绣抹额、紫宽衫、黄义襕❶，雁翅排立❷，御箭去则齐声招舞，合而复开，箭中的矣。又一人，口衔一银碗，两肩、两手共五只。箭来皆能承之。射毕，驾归宴殿。

注释

❶黄义襕：王得臣《麈史》卷上"礼仪"："衣冠之制，上下混一。尝闻杜歧公欲令人吏、技术等官少为差别。后韩康公又议改制，如人吏公袍俾加，俗所谓'黄义襕'者是也。"

❷雁翅排立：像大雁展翅飞行那样排成行站立。庾信《伏闻游猎》："石关鱼贯上，山梁雁翅行。"

译文

皇驾临幸射殿射箭，箭垛子前面排列着二十多个招箭班的军士，每人都戴着长脚幞头，穿着紫绣抹额、紫色的宽大衣衫，系着黄义襕，像大雁展翅那样排列两边。皇帝的箭射出去之后，众人齐声招呼舞蹈，众人围合后再次散开，就表明箭射中靶心了。又有一人口中衔着一个银碗，加上肩膀上的两个、两手中的两个，一共是五个碗，箭射过来的时候，就能用碗接下。射箭结束后，皇驾回到宴殿。

池苑内纵人关扑游戏

池苑内，除酒家艺人占外，多以彩幕缴络❶，铺设珍玉、奇玩、匹帛、动使、茶酒器物关扑。有以一笏扑三十笏❷者。以至车马、地宅、歌姬、舞女，皆约以价而扑之。出九和合❸，有名者，任大头、快活三之类，余亦不数。池苑所进奉鱼、藕、果实，宣赐有差。后苑作进小龙船，雕牙镂翠，极尽精巧。随驾艺人，池上作场者，宣、政间，张艺多、浑身眼、宋寿香、尹士安小乐器，李外宁水傀儡，其余莫知其数。池上饮食：水饭、凉水绿豆、螺蛳肉、饶梅花酒❹，查片❺、杏片、梅子、香药脆梅、旋切鱼脍、青鱼、盐鸭卵、杂和辣菜之类。池上水教罢，贵家以双缆黑漆平船，紫帷帐，设列家乐游池。宣、政间，亦有假赁大小船子，许士庶游赏，其价有差。

注释

❶缴络：缠绕连络以固定。

❷以一笏扑三十笏：即赔率为三十。

❸出九和合：赌博术语。宋代吴曾《能改斋漫录》卷七"出九入十"条："世俗博戏，有'出九入十'之说，谓之摊赌。故律云：'诸博戏赌财物，并停止出九。'和合者，各令众五日。豫章诗：'肉食倾人如出九。'"

❹饶梅花酒：额外赠送的梅花酒。梅花酒，宋代流行的用以消暑的酒。《梦粱录》卷十六"茶肆"条："暑天添卖雪泡梅花酒……向绍兴年间，卖梅花酒之肆，以鼓乐吹《梅花引》曲破卖之。"

❺查片：即"楂片"。

池苑之内，除了被酒家、艺人占据之外，大多用彩色的帷幕缠绕，上面铺设着珍贵的玉器、奇玩、布匹绢帛、日常用品、器物，用以关扑之用。有时赔率会高达三十倍，甚至是车马、地宅、歌姬、舞女，都可以约定价值进行关扑。在"出九和合"这一关扑项目中，有任大头、快活三等人，其余的也不胜其数了。池苑内进奉的有鱼、藕、果实之类，天子用之赏赐群臣，数量上也有多少的差别。后苑中制造用以进献的小龙舟，上面雕刻着象牙、刻镂着翡翠玉石，极为精巧。随从皇驾的艺人，在池苑上登台表演的，在宣和、政和年间有张艺多、浑身眼、宋寿香、尹士安等人表演小乐器，李外宁表演水傀儡，其余的就难以计算其数目了。池苑上的饮食有：水饭、凉水绿豆、螺蛳肉、饶梅花酒、楂片、杏片、梅子、香药脆梅、旋切鱼脍、青鱼、咸鸭蛋、杂和辣菜之类的。金明池上的水兵操练结束后，权贵人家用有两条缆绳的漆有黑漆的平船，在上面设置紫色帷帐，在金明池上设列自家的宴席乐会。宣和、政和年间，也有租赁大船、小船的，允许士人百姓游赏，租赁的价格有所差别。

驾回仪卫

驾回，则御裹小帽，簪花乘马，前后从驾臣寮❶、百司仪卫，悉赐花。大观初，乘骢马至太和宫前，忽宣"小乌"，其马至御前，拒而不进，左右曰："此愿封官。"敕赐龙骧将军，然后就辔，盖"小乌"，平日御爱之马也。莫非锦绣盈都，花光满日。御香拂路，广乐❷喧空。宝骑交驰，彩棚夹路。绮罗珠翠，户户神仙。画阁红楼，家家洞府。游人士庶，车马万数。妓女旧日多乘驴，宣、政间惟乘马，披凉衫❸，将盖头背系冠子上。少年狎客，往往随后，亦跨马，轻衫小帽。有三五文身恶少年控马，谓之"花褪马"。用短缰促马头，刺地而行，谓之"鞅缰"。呵喝驰骤，竞逞骏逸。游人往往以竹竿挑挂终日关扑所得之物而归。仍有贵家士女，小轿插花，不垂帘幕。自三月一日至四月八日闭池，虽风雨亦有游人，路无❶虚日矣。是月季春，万花烂漫，牡丹、芍药、棣棠、木香、种种上市。卖花者以马头竹篮铺排，歌叫之声，清奇可听。晴帘静院，晓幕高楼。宿酒未醒，好梦初觉。闻之莫不新愁易感，幽恨悬生❺，最一时之佳况。诸军出郊，合教阵队。

❶臣寮：同"臣僚"，大臣及其僚属。苏洵《议修礼书状》："后闻臣寮上言，以为祖宗所行，不能无过差不经之事，欲尽芟去，无使存录。"

❷广乐：盛大之乐。《列子·周穆王》："王实以为清都紫微，钧天广乐，帝之所居。"

❸凉衫：宋代士人（女）骑马时所穿的灰黑色的便服。宋代沈括《梦溪笔谈》卷二"故事二"："近岁京师士人朝服乘马，以黪衣蒙之，谓之'凉衫'。"

❹路无：当是"略无"之讹，谓丝毫亦无也。

❺悬生：同"旋生"，随之而生。

译文

皇驾回宫时，皇上头上戴着小的帽子，簪着花朵，乘马而回。前后随从皇驾的臣下僚属、各种司仪禁卫，全都有赏赐花朵。大观初年，皇上骑着一匹骢马走到太和宫前的时候，忽然传唤小乌马，小乌马到皇上的面前时，不肯再往前进，左右随驾的人说："这是想要封官。"皇上就赐其为龙骧将军，然后小乌马才肯靠近辔头驾车，大概是因为小乌马平日里就是皇上所喜爱的。到处是锦绣铺满都城，满眼望去都是花光，皇宫中的香气充满了道路，宽广的乐声使天空喧闹了起来，宝马车骑交互驰骋，路的两旁全都排列着彩棚。到处都是罗绮、珠翠，每一户都犹如神仙；到处都是画阁、红楼，每一家都犹如洞府。游赏的士人、百姓，车马动辄以万数。妓女在往日里大多乘驴，宣和、政和年间就只乘马了，披着清凉的衣衫，将披肩背在身后系在帽子上。少年狎客，往往跟在后面，也骑着马，穿着轻薄的衣衫，戴着小帽子。还有三五个文身的恶少骑着马，称为"花腿马"。用短的缰绳鞭打着马头，使马头贴着地面奔走，称为"鞁缰"。呼喊吆喝着骑马奔走，竞相展示其骏逸的一面。游人往往用竹竿挑挂着他们一整天关扑所获得的物品而归。还有权贵人家的士女，坐着小轿子，上面插着花，不垂下帘幕。从三月一日到四月八日关闭金明池，即使遇到风雨天，也会有游人，没有一天空闲的时间。这个月是季春，万种鲜花竞相烂漫，牡丹、芍药、棣棠、木香等各种上市。卖花的人用马头竹篮将鲜花铺排好，歌唱叫卖的声音，清新奇物，颇值得倾听。在晴天的帘幕下，在安静的院落中，在早晨的帷幄里，在高高的楼台上，当宿酒未醒，好梦初觉之时，听到这种声音的时候，没有不产生新愁而易于感动的，幽恨之情随之而起，是一时间内最美好的体验。众军营在此时都到郊外去，合并为一处，演习队列。

九月，重阳。都下赏菊。

有数种：其黄白色，蕊若莲房，

曰「万龄菊」；粉红色，

曰「桃花菊」；白而檀心，

曰「木香菊」；黄色而圆者，

曰「金铃菊」；纯白而大者，

曰「喜容菊」，无处无之。

四月八日

    四月八日，佛生日。十大禅院各有浴沸斋会，煎香药糖水相遗，名曰"浴佛水"。迤逦时光昼永，气序清和。榴花院落，时闻求友之莺；细柳亭轩，乍见引雏之燕。在京七十二户诸正店，初卖煮酒，市井一新。唯州南清风楼最宜夏饮，初尝青杏，乍荐❶樱桃，时得佳宾，觥酬交作。是月，茄瓠初出上市，东华门争先供进，一对可直三五十千者。时果则御桃❷、李子、金杏❸、林檎之类。

注释

    ❶荐：进献。周邦彦《齐天乐》（绿芜凋尽台城路）："正玉液新，蟹螯初荐。"

    ❷御桃：宋代袁文《瓮牖闲评》卷七："今之小金桃，名曰御桃。汉献帝自洛迁许，许州有小李，色黄，大如樱桃，帝爱而植之，亦曰御桃。"

    ❸金杏：唐代段成式《酉阳杂俎·前集卷十八》"木篇"之"汉帝杏"条："济南郡之京南，有分流山，山上多杏，大如梨，色黄如橘，土人谓之汉帝杏，亦曰金杏。"

译文

    四月八日的时候，是佛祖的生日，十大禅院都各自举行浴佛的斋会。煎制好香药糖水，彼此赠送，称为"浴佛水"。渐渐地时光变得昼长夜短，气候节序慢慢变得清爽温和。在石榴花落下的院子里，时不时会听到黄莺求友的声音；在细柳摇摆的亭台轩阁中，突然看到引领幼鸟的燕子。在京城里的七十二户正店，则开始卖煮酒，街市为之一新。只有汴州城南的清风楼最适宜夏天饮酒。一年中初次品尝青杏，也刚刚进献樱桃，偶尔碰到佳客，便举杯换盏，觥筹交错。这个月茄子、瓠瓜刚上市，东华门争相呈供，每一对的价值可达三五十千钱。时令的水果则有御桃、李子、金杏、林檎之类。

端 午

　　端午节物：百索❶、艾花❷、银样鼓儿、花花巧画扇、香糖果子、粽子、白团。紫苏、菖蒲、木瓜，并皆茸切，以香药相和，用梅红匣子盛裹。自五月一日及端午前一日，卖桃、柳、葵花、蒲叶、佛道艾，次日家家铺陈于门首，与粽子、五色水团、茶酒供养，又钉艾人于门上，士庶递相宴赏。

注释

❶百索：各种用五色线扎成的绳子，也称"长命缕"。
❷艾花：端午节时妇女所戴的头饰。

译文

　　端午节的时令物品有：百索、艾花、银样鼓儿、花花巧画扇、香糖果子、粽子、白团。紫苏、菖蒲、木瓜，这些全都要切成细碎的茸末之状，用香药来调和，用梅红色的匣子盛装、包裹起来。从五月初一直到端午节的前一天，售卖桃枝、柳枝、葵花、蒲叶、佛道艾等物品。第二天，家家户户都把这些物品铺在各自的门前，和粽子、五色水团、茶酒一起供养神灵、祖先。又将用艾草扎成的人形钉在门楣之上。士人百姓相互轮流宴请、观赏。

六月六日崔府君生日，
二十四日神保观神生日

六月六日，州北崔府君❶生日。多有献送，无盛如此。二十四日，州西灌口二郎❷生日，最为繁盛。庙在万胜门外一里许，敕赐神保观。二十三日，御前献送后苑作与书艺局等处制造戏玩，如毬杖、弹弓、弋射之具，鞍辔、衔勒、樊笼之类，悉皆精巧。作乐，迎引至庙。于殿前露台上设乐棚，教坊、钧容直作乐，更互❸杂剧舞旋。太官局供食，连夜二十四盏，各有节次。至二十四日，夜五更争烧头炉香，有在庙止宿，夜半起以争先者。天晓，诸司及诸行百姓献送甚多。其社火呈于露台之上，所献之物，动以万数。自早呈拽百戏，如上竿、趣❹弄、跳索、相扑、鼓板、小唱、斗鸡、说诨话、杂扮、商谜、合笙、乔筋骨❺、乔相扑、浪子杂剧、叫果子、学像生❻、倬刀、装鬼、砑鼓、牌棒、道术之类，色色有之。至暮呈拽不尽。殿前两幡竿，高数十丈，左则京城所，右则修内司，搭材分占，上竿呈艺解。或竿尖立横木，列于其上，装神鬼，吐烟火，甚危险骇人。至夕而罢。

注释

❶崔府君：姓崔名珏，字子玉，民间普遍信仰的神仙之一，负责审判来到冥府的幽魂。

❷灌口二郎：即"二郎神"。《事物纪原》卷七："元丰时，国城之西，民立灌口二郎神祠，云神永康导江县广济王子，王即秦李冰也，《会要》所谓'冰次子，郎君神'也。"

❸更互：交替、轮流。晋代干宝《搜神记》卷三："信都令家，妇女惊恐，更互疾病。"

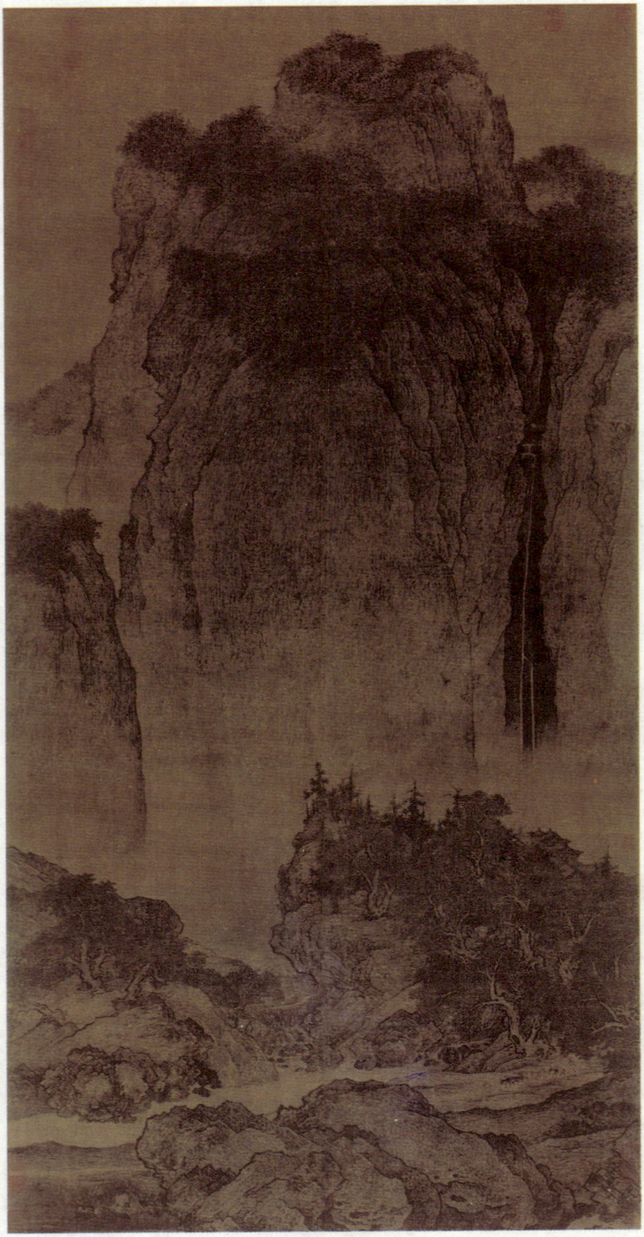

❹ 趯（yuè）：同"跃"。

❺ 乔筋骨：假扮的肢体表演。乔，假装的。筋骨，不详，大概是一种肢体表演。

❻ 学像生：模拟各种真实的动作。《梦粱录》有"像生花果"，非真实之花果，像生而已。

译文

六月初六这一天，是汴州城北所供奉的崔府君的生日，人们经常有所供奉呈献，没有比这更繁盛的了。六月二十四日，是汴州城西灌口二郎的生日，场面最为繁盛。庙宇在万胜门外大约一里的地方，皇帝亲赐为"神保观"。二十三日的时候，皇宫也会有所呈献奉送。后苑以及书艺局等各处，制作一些游戏赏玩的东西，比如毬杖、弹弓、弋射之类的器具，还有鞍辔、衔勒、樊笼之类的，样式都很精巧，在音乐的演奏中引导至庙宇前。在殿前的露台上设立乐棚，教坊、钩容直演奏音乐，还要相互表演杂剧和旋转的舞蹈。太官局提供食物，白天连及夜晚，提供二十四盏食物，各自有一定的次序。到二十四日夜晚五更的时候，大家争相去烧头炉香，有在庙宇住宿，半夜的时候起来争先去烧香的人。拂晓时分，各个官署以及各行各业的百姓来供奉献礼的人非常多。社日里演出的各种杂戏就在露台上呈现，所呈献的供品，动辄以万计算。自早上就开始呈献百戏，比如上竿、趯弄、跳索、相扑、鼓板、小唱、斗鸡、说浑话、杂扮、商谜、合笙、乔筋骨、乔相扑、浪子杂剧、叫果子、学像生、倬刀、装鬼、矼鼓、牌棒、道术之类的，各种各样的都有，至傍晚的时候，可供呈献的百戏还没有表演完。大殿的前面有两根幡竿，高达几十丈，左边的幡竿是由京城所提供材料建筑的，右边的幡竿则由修内司提供材料建筑，演出者爬到幡竿上呈献其伎艺。或者在幡竿的顶端立上一根横木，表演者站在横木上，装扮鬼神，口吐烟火，非常危险，令人惊骇。到傍晚的时候才停止。

是月巷陌杂卖

是月时物，巷陌路口，桥门市井，皆卖大小米水饭、炙肉、干脯、莴苣笋、芥辣瓜儿、义塘甜瓜❶、卫州白桃、南京金桃、水鹅梨、金杏、小瑶李子、红菱、沙角儿、药木瓜、水木瓜、冰雪凉水、荔枝膏，皆用青布伞，当街列床、凳堆垛。冰雪惟旧宋门外两家最盛，悉用银器。沙糖绿豆、水晶皂儿、黄冷团子、鸡头穰冰雪❷、细料馉饳儿、麻饮鸡皮、细索凉粉、素签成串、熟林檎、脂麻团子、江豆碢儿、羊肉小馒头、龟儿沙馅之类。都人最重三伏，盖六月中别无时节，往往风亭水榭，峻宇高楼。雪槛冰盘，浮瓜沉李❸。流杯曲沼，苞鲊新荷。远迩笙歌，通夕而罢。

注释

❶义塘甜瓜：宋代张邦基《墨庄漫录》卷二："襄邑义塘村出一种瓜，大者如拳，破之色如黛，味甘如蜜，余瓜莫及。"

❷鸡头穰冰雪：大概是一种冰镇的鸡头米。

❸浮瓜沉李：曹丕《与朝歌令吴质书》："浮甘瓜于清泉，沉朱李于寒冰。"

译文

这个月（六月）的时令物品，在街道路口、桥边、城门外都有集市，在售卖大小米水饭、烤肉、干脯、莴苣笋、芥辣瓜儿、义塘甜瓜、卫州白桃、南京金桃、水鹅梨、金杏、小瑶李子、红菱、沙角儿、药木瓜、水木瓜、冰雪凉水、荔枝膏等，都用青色的布搭一个伞棚，当街排列好床凳，将这些物品堆垛其上。卖冰雪凉水的，只有旧

196

宋门外面的两家最为繁盛，全都是用银器盛装，花样有：沙糖绿豆、水晶皂儿、黄冷团子、鸡头穰冰雪、细料馉饳儿、麻饮鸡皮、细索凉粉、素签成串、熟林檎、脂麻团子、江豆碨儿、羊肉小馒头、龟儿沙馅之类的。京城里的人最看重三伏天，大概是因为六月中再没有其他的节日，往往在风亭水榭中，在高峻的楼宇上，将冰雪围在瓜果之外，将冰块压在盘子中，将瓜果、杏子浸泡在冷水中任其浮沉，在池沼边曲水流觞，用新鲜的荷叶包裹腌制的肉制品，远近一片笙歌，响彻整个通宵之后才停下来。

❦ 七 夕 ❦

七月，七夕。潘楼街东、宋门外瓦子，州西梁门外瓦子，北门外、南朱雀门外街及马行街内，皆卖磨喝乐❶，乃小塑土偶耳。悉以雕木彩装栏座，或用红纱碧笼，或饰以金珠牙翠，有一对直数千者。禁中及贵家与士庶，为时物追陪。又以黄蜡❷铸为凫雁、鸳鸯、鸂鶒❸、龟鱼之类，彩画金缕，谓之"水上浮"。又以小板上傅土❹，旋种粟，令生苗，置小茅屋、花木，作田舍家小人物，皆村落之态，谓之"谷板"。又以瓜雕刻成花样，谓之"花瓜"。又以油面糖蜜造为笑魇儿，谓之"果实花样"，奇巧百端，如捺香❺、方胜之类。若买一斤，数内❻有一对被介胄者，如门神之像，盖自来风流，不知其从❼，谓之"果食将军"。又以绿豆、小豆、小麦，于磁器内，以水浸之，生芽数寸，以红篮彩缕束之，谓之"种生"。皆于街心彩幕帐设，出络货卖。七夕前三五日，车马盈市，罗绮满街，旋折未开荷花，都人善假做❽双头莲，取玩一时，提携而归，路人往往嗟爱。又小儿须买新荷叶执之，盖效颦磨喝乐。儿童辈特地新妆，竞夸鲜丽。至初六日、七日晚，贵家多结彩楼于庭，谓之"乞巧楼"。铺陈磨喝乐、花

瓜、酒炙、笔砚、针线，或儿童裁诗，女郎呈巧，焚香列拜，谓之
"乞巧"。妇女望月穿针。或以小蜘蛛安合子内，次日看之，若网圆
正，谓之"得巧"。里巷与妓馆，往往列之门首，争以侈靡相尚。
（"磨喝乐"本佛经"摩睺罗"，今通俗而书之。）

注释

❶磨喝乐：是佛祖释迦牟尼的儿子，经汉化之后，由蛇首人身变
为可爱的儿童的形象，一般做成泥偶之状，在七夕节作为供品。

❷蜡（là）：同"蜡"。黄蜡，即蜂蜡，中药名，由蜜蜂腹部四对
蜡腺分泌出来的蜡，其色为黄，故称黄蜡。

❸鸂鶒（xī lái）：即鸂鶒（chì），一种形似鸳鸯而体形较大的水
鸟，羽毛多为紫色，喜成双成对出游。杜甫《卜居》"无数蜻蜓齐上
下，一双对沉浮"即指此。

❹傅土：通"敷土"，轻轻抹上一层泥土。

❺捺香：或许是和方胜类似的一种头饰。句谓油面糖蜜制品软而
薄，有如头饰之轻巧。

❻数内：其中。

❼不知其从：不知其所从来。

❽假做：做假的、造伪。

译文

在七月的七夕节，在潘楼街东边和宋门外面有瓦子，汴州城西的
梁门外也有瓦子，北门外、南边的朱雀门的外街，以及马行街内，都
有售卖磨喝乐的，就是就泥土雕塑的小的玩偶罢了。全都用雕刻有彩
色花纹的木头做成有栏杆的底座，或者用红色的纱布或碧色的纱笼罩
着，或者用黄金珠宝象牙翡翠作装饰，有一对泥偶可值好几千金的。
皇宫中的人、权贵之家，以及士人百姓，都将此作为节下物品，相互
追陪。又用黄蜡铸造成凫雁、鸳鸯、鸂鶒、龟鱼之类的，上面涂上彩
画或是用金色装饰，称为"水上浮"。还有的在小木板上盖一层土，

随即种上粟，令其发芽长苗，在上面放置小茅屋和花木，再做一些农村中的小人物，全都体现村落的样貌，称之为"谷板"。又用瓜雕刻成花的样子，称为"花瓜"。又用油、面、糖、蜜做成一个人的笑脸，称为"果食"。花样真可谓是百端奇巧，比如做成捺香、方胜之类的。如果买一斤这样的果食，其中就会有一对被着盔甲，像门神一样的小人儿，大概本来就有这种风俗流行，不知道它的来源，称为"果食将军"。还有把绿豆、小豆、小麦放在瓷器内用水浸泡的，等其长出几寸的小芽，用红、蓝色的彩线将其捆扎起来，称为"种生"。全都在大街正中心彩色的幕帐里，缚上彩丝加以售卖。七夕节的前三五天，车马充满了集市，身穿罗绮的人们充满了街道。随即拆开尚未开放的荷花骨朵，京城里的人善于制作假的并蒂莲，以供一时的取乐玩笑，将其带回家时，路上的行人往往表现出嗟叹爱慕的神情。还有就是，小孩子必定要买新荷叶拿在手里，大概是模仿磨喝乐的样子。儿童们特意地穿上新衣服，竞相夸耀光鲜亮丽。到初六、初七的晚上，权贵之家大多在庭院中扎起彩楼，称为"乞巧楼"，将磨喝乐、花瓜、酒炙、笔砚、针线铺陈罗列，或者由儿童献上自己的诗作，女子呈献她们精巧的手工，焚香列队而拜，称为"乞巧"。妇女望着月亮穿针，或者将小蜘蛛安放在盒子里，到第二天去看，如果结的网圆而正，就称之为"得巧"。街里、巷子、妓馆，往往将在门前排列其物品，争相以奢靡相夸。（"磨喝乐"，来源于佛经的"摩睺罗"，这里是按照通俗的称谓而记录的。）

中元节

　　七月十五日，中元节。先数日，市井卖冥器：靴鞋、幞头、帽子、金犀假带、五彩衣服。以纸糊架子，盘游[1]出卖。潘楼并州东、西瓦子，亦如七夕。要闹处亦卖果食、种生❷、花果之类，及印卖《尊胜目连经》。又以竹竿斫成三脚，高三五尺，上织灯窝之状，谓之"盂兰盆"，挂搭衣服、冥钱在上焚之。构肆❸乐人，自过七夕，便般《目连经救母》杂剧，直至十五日止，观者增倍。中元前一日，即卖练叶❹，享祀时铺衬卓面。又卖麻谷窠儿❺，亦是系在卓子脚上，乃告祖先秋成之意。又卖鸡冠花，谓之"洗手花"。十五日，供养祖先素食，才明，即卖穄米饭❻，巡门叫卖，亦告成意也。又卖转明菜花、花油饼、馂豏❼、沙豏之类。城外有新坟者，即往拜扫。禁中亦出车马，诣道者院谒坟。本院官给祠部十道❽，设大会，焚钱山，祭军阵亡殁，设孤魂道场。

译文

七月十五日，是中元节。在此节之前的几天，集市上卖冥器：有靴鞋、幞头、帽子、像金犀样的假腰带、五彩的衣服，用纸糊成架子，到处游走转卖。潘楼以及汴州城东西也有瓦子，和七夕节时一

200

样。在重要热闹的地方，也有卖果食、种生、花果之类的，以及售卖印好的《尊胜》和《目连经》。又将竹竿劈出三只脚，竹竿有三五尺那么高，上端编织成灯窝的形状，称为"盂兰盆"，在上面挂着搭着衣服、冥钱等，然后焚烧掉。勾栏瓦肆中的乐人，自从过了七夕节之后，便搬演出《目连救母》的杂剧，一直到十五日才停止，观看的人在中元节时成倍地增加。中元节的前一天，就要售卖桑叶，在祭祀给天时将其铺垫在桌面之上。又有售卖麻谷窠儿的，也是将其系在桌子脚上，这是向祖先传达秋天收成的意思。又有卖鸡冠花的，称为"洗手花"。十五日这一天，用素食供养祖先，天才亮的时候就有卖穄米饭的，挨家挨户地售卖，也是为了向祖先报告收成的意思。还有卖转明菜花、花油饼、馂馅、沙馅之类的。城门外有新坟的，就在这一天前去祭拜扫墓。皇宫中也有车马外出，造访道院，拜谒祭坟，由各自部院的主管发给祠部十道文书，设立大会，焚烧冥钱堆成的小山丘，祭拜阵亡的将士，为孤魂野鬼设立超度的道场。

❧ 立 秋 ❧

立秋日，满街卖楸叶❶，妇女儿童辈，皆剪成花样戴之。是月，瓜果梨枣方盛，京师枣有数品：灵枣、牙枣、青州枣❷、亳州枣❸。鸡头上市，则梁门里李和家最盛。中贵戚里，取索供卖。内中泛索❹，金合络绎。士庶买之，一裹❺十文，用小新荷叶包，糁以麝香，红小索❻儿系之。卖者虽多，不及李和一色❼拣银皮子嫩者货之。

注释

❶楸叶：楸树叶，叶大且较早落下。

❷青州枣：贾思勰《齐民要术》卷四"种枣第三十三"："青州有乐氏枣，丰肌细核，多膏肥美，为天下第一。"

❸亳州枣：宋代梅尧臣《亳州李密学寄御枣一篚》："沛谯有巨枣，味甘蜜相差。其赤如君心，其大如王瓜。"

❹内中泛索：皇宫中不定时地索要。泛索，不定时地索取。

❺一裹：类似一袋、一包。

❻红小索：红色的小绳索。

❼一色：清一色。

译文

立秋的这一天，满大街都是卖楸叶的，妇女、儿童，都将其剪成各种花样戴在头上。这个月，瓜果梨枣刚刚进入旺季。京城中的枣子有好几个品种，比如灵枣、牙枣、青州枣、亳州枣等。鸡头也上市了，这其中梁门的李和家生意是最兴盛的，一边是宫中权贵、皇亲国戚向李和家索取，另一边李和家也要供应售卖。皇宫中不停地索要，金色的盒子则络绎不绝地送进去。士人百姓买的话，一个包裹就十文钱，用小的新鲜的荷叶包裹着，夹杂着麝香，用红色的小绳索系着。卖鸡头的虽多，但都不如李和家选用清一色的外皮为银色的嫩鸡头售卖得好。

❧ 秋 社 ❧

八月，秋社，各以社糕、社酒相赍送❶。贵戚、宫院以猪羊肉、腰子、奶房、肚肺、鸭饼、瓜姜之属，切作棋子片样，滋味调和，铺于饭上，谓之"社饭"，请客供养。人家妇女皆归外家，晚归。即外公、姨、舅皆以新葫芦儿、枣儿为遗，俗云"宜良❷外甥"。市学先生❸预敛❹诸生钱，作社会❺，以致雇倩❻、祇应、白席、歌唱之人。归时各携花篮、果实、食物、社糕而散。春社、重午❼、重九，亦是如此。

注释

❶赍（jī）送：赠送。《商君书·垦令》："农逸则良田不荒，商劳则去来赍送之礼，无通于百县。"

❷宜良：即"姨娘"之谐音也。

❸市学先生：私塾先生。

❹预敛：预收（学费）。

❺社会：秋社聚会。

❻雇倩：花钱请人为自己服务。唐代长孙无忌《唐律疏议》卷二十五："其受雇倩，为人伤残者，与同罪。"

203

译文

在八月时要举行秋社，大家各自用社糕、社酒相互赠送。权贵、国戚、官院中的人则用猪羊肉、腰子、奶房、肚肺、鸭饼、瓜姜之类的酬赠，将其切作棋子一样的薄片状，用各种滋味将其调和，铺在米饭上，称为"社饭"，用来请客和供养祖先。各家各户的妇女都在此时回娘家，到了傍晚时再回来，那么孩子的外公、姨妈、舅舅，就都用新葫芦儿、枣儿作为赠礼，俗谚称之为"宜良外甥"。集市上的私塾先生此时预收学生们的学费，以此来举办秋社的宴会，以至于雇用供呼唤的人、宴席上的杂役，或是请来歌唱的人。秋社结束回家时，各人都携带着花篮、果实、食物、社糕，然后散去。春社、重午、重九的时候，也和这个一样。

❧ 中 秋 ❧

中秋节前，诸店皆卖新酒，重新结络门面彩楼，花头画竿①，"醉仙"锦旆。市人争饮，至午、未间，家家无酒，拽下望子②。是时，螯蟹新出，石榴、榅勃、梨、枣、栗、孛萄、弄色③梬橘④，皆新上市。中秋夜，贵家结饰台榭，民间争占酒楼玩月，丝篁鼎沸。近内庭居民，夜深遥闻笙竽之声，宛若云外。闾里儿童，连宵嬉戏。夜市骈阗，至于通晓。

注释

❶花头画竿：顶端雕刻花纹的桅杆。

❷望子：表示经营行业的标志。《广韵》："帘，青帘，酒家

望子。"

❸弄色：给（水果）上色，以保持其鲜艳，或使其表面纹理更加好看。

❹枨（chéng）橘：即"橙橘"。宋代梅尧臣《述酿赋》："安得涤其具，更其术，时其物，清其室，然后渍以椒桂，侑以枨橘，吾将沾醉乎穷日。"

译文

在中秋节之前，众多店铺都会出售新酒，重新将门面、彩楼装饰一番，到处都是顶端雕刻着花纹的桅杆，悬挂着"醉仙"的锦旗。集市上的争相欢饮，到午时和未时交叉的这段时间，各个酒家都已经没酒卖了，将酒招子拽下。这个时候螃蟹刚刚上市，石榴、榅勃、梨枣、栗、李萄、弄色枨橘，都是新鲜上市的。中秋之夜，权贵的家里将歌台舞榭装饰一番，民间大多争相占据酒楼的好位置赏月，丝竹之声鼎沸喧天。都城里靠近皇宫的民居，在深夜时可以远远听到宫中的笙竽之声，就好像云外飘来一样。街坊里的儿童，整夜里玩耍，夜市异常拥挤热闹，一直持续到天亮。

重 阳

九月，重阳。都下赏菊。有数种：其黄白色，蕊若莲房，曰"万龄菊"；粉红色，曰"桃花菊"；白而檀心，曰"木香菊"；黄色而圆者，曰"金铃菊"；纯白而大者，曰"喜容菊"，无处无之。酒家皆以菊花缚成洞户❶。都人多出郊外登高（如仓王庙、四里桥、愁台、梁王城、砚台、毛驼冈、独乐冈等处）宴聚。前一二日，各以粉面蒸糕遗送，上插剪彩小旗，掺钉果实❷，如石榴子、栗黄、银杏、松子肉之类。又以粉作狮子、蛮王之状，置于糕上，谓之"狮蛮"。诸禅寺各有斋会，惟开宝寺、仁王寺有狮子会。诸僧皆坐狮子上，作法事讲说，游人最盛。下旬即卖冥衣、靴鞋、席帽、衣段❸，以十月朔日烧献❹故也。

注释

❶洞户：幽深的内室。《后汉书》卷三十四《梁冀传》："堂寝皆有阴阳奥室，连房洞户。"

❷掺钉果实：点缀着馉饤类的果实。掺，通"糁"，点缀。

❸衣段：衣物、绸缎。《旧唐书》卷一百七十《裴度传》："杨文端奏称衣段疏薄。"

❹烧献：向神祇等焚烧奉品。《清平山堂话本·刎颈鸳鸯会》："请医调治，倩巫烧献。"

译文

九月的重阳节，京城里人都会去赏菊。有如下几个品种：其中花蕊黄白相间，像莲房的称为"万龄菊"，粉红色的称为"桃花菊"，色白而花心浅红的称为"木香菊"，色黄而圆形的称为"金铃菊"，纯白色而花朵较大的称为"喜容菊"，到处都有这些品种。卖酒的店家都会将菊花扎在一起，做成一个个门洞窗户。京城里的人都会到郊外去登高（比如仓王庙、四里桥、愁台、梁王城、砚台、毛驼冈、独乐冈这些地方）举行饮宴聚会。在重阳节前一两天，各自用粉面蒸成的糕点作为节礼相互赠送，在上面插上用彩布剪成的小旗，还会点缀一些馉饤的果实，比如石榴子、栗子黄、银杏、松子肉之类的。又用面粉做成狮子蛮王的形状，将其放在糕点上，称为"狮蛮"。各个禅寺都有举办斋会，只有开宝寺、仁王寺有狮子会。众僧人都坐在狮子上，做法事、讲佛经，游人最为兴盛。九月下旬就有卖冥衣、靴鞋、席帽、衣缎的了，因为十月初一的时候就要烧纸钱、供奉先人了。

卷之九

是月立冬。

前五日，西御园进冬菜。

京师地寒，冬月无蔬菜，

上至宫禁，下及民间，

一时收藏，以充一冬食用。

于是车载马驼，充塞道路。

十月一日

十月一日，宰臣已下受衣着锦袄。三日（今五日），士庶皆出城飨坟❶。禁中车马，出❷道者院及西京朝陵。宗室车马，亦如寒食节。有司进暖炉❸炭。民间皆置酒作暖炉会也。

注释

❶ 飨（xiǎng）坟：扫墓。

❷ 出：到……地方去。

❸ 暖炉：白居易《新雪二首》（其一）："惟忆静恭杨阁老，小园新雪暖炉前。"

译文

十月初一这天，宰相以下的大臣接受皇上赏赐的锦绣棉袄。初三时（现在是在初五），士人百姓都要出城上坟祭飨先人。皇宫中的车马外出，去道者院以及西京的先帝陵庙祭拜，宗室的车马外出，情形和寒食节一样。相应的部门向皇宫进献暖炉炭。民间都置办酒席，以此代替暖炉会。

天宁节

初十日，天宁节。前一月，教坊集诸妓阅乐❶。初八日，枢密院

率修武郎❷以上，初十日，尚书省宰执率宣教郎❸以上，并诣相国寺罢
散❹祝圣斋筵，次赴尚书省都厅❺赐宴。

注释

❶阅乐：审阅音乐等技艺，这里指演习。

❷修武郎：宋徽宗政和二年，定武臣官阶为五十三阶，修武郎为
第四十四阶，正八品，以此替代之前的内殿崇班。

❸宣教郎：据《宋九朝编年备要》卷第二十载，宣教郎即前之宣
德郎，因其与宣德楼的称号相犯，故改为今名。

❹罢散：解散、结束。苏辙《罢散青词》："请女道士二七人，于
福宁殿罢散明堂礼毕道场，设醮一座，一百二十分位。"

❺都厅：尚书省的总办公厅。宋代赵与时《宾退录》卷一："祖
宗时，诸郡皆有都厅。至宣和三年，怀安军奏：'今尚书省公相厅改
作都厅，内外都厅，并行禁止。欲将本军都厅以金厅为名。'从之，
且命诸路依此。"

译文

十月初十这天，是天宁节。在此前一月，教坊聚集众多乐妓演习
乐曲。初八这天，枢密院率领修武郎以上的官员，初十这天，尚书省
的宰相率领宣教郎以上的官员，一齐到相国寺，在祝福圣上的斋宴结
束散去之后，再到尚书省都厅中参加皇上的赐宴。

宰执亲王宗室百官入内上寿

十二日，宰执、亲王、宗室、百官，入内上寿❶大起居❷（摺笏舞
蹈）。乐未作，集英殿山楼上教坊乐人效百禽鸣，内外肃然，止闻半

空和鸣，若鸾凤翔集。百官以下谢坐讫，宰执、禁从、亲王、宗室、观察使已上，并大辽、高丽、夏国使副，坐于殿上。诸卿少百官，诸国中节使人，坐两廊。军校以下，排在山楼之后。皆以红面青墩黑漆矮偏钉。每分列环饼、油饼、枣塔为看盘，次列果子。惟大辽加之猪羊鸡鹅兔连骨熟肉为看盘，皆以小绳束之。又生葱、韭、蒜、醋各一碟。三五人共列浆水一桶，立勺数枚。教坊色长二人，在殿上栏干边（皆诨裹宽紫袍，金带、义襕）看盏。斟御酒。看盏者举其袖，唱引曰"绥御酒"❸，声绝，拂双袖于栏干而止。宰臣酒，则曰"绥酒"，如前。教坊乐部，列于山楼下彩棚中，皆裹长脚幞头，随逐部服紫、绯、绿三色宽衫、黄义襕、镀金凹面腰带。前列柏板，十串一行，次一色画面琵琶五十面，次列箜篌两座，箜篌高三尺许，形如半边木梳，黑漆镂花金装画。下有台座，张二十五弦，一人跪而交手擘之。以次高架大鼓二面，彩画花地金龙，击鼓人背结宽袖，别套黄窄袖，垂结带，金裹鼓棒，两手高举互击，宛若流星。后有羯鼓两座，如寻常番鼓子，置之小卓子上，两手皆执杖击之，杖鼓应焉。次列铁石方响❹，明金彩画架子，双垂流苏。次列箫、笙、埙、篪、觱篥、龙笛之类，两旁对列杖鼓二百面，皆长脚幞头、紫绣抹额、背系紫宽衫、黄窄袖、结带、黄义襕。诸杂剧色皆诨裹，各服本色紫、绯、绿宽衫，义襕，镀金带。自殿陛对立，直至乐棚。每遇舞者入场，则排立者叉手，举左右肩，动足应拍，一齐群舞，谓之"掾曲子"。"掾"字，仍回反。

第一盏御酒，歌板色一名，唱中腔一遍讫，先笙与箫、笛各一管和，又一遍，众乐齐举，独闻歌者之声。宰臣酒，乐部起《倾杯》。百官酒，《三台》。舞旋，多是雷中庆❺。其余乐人舞者，诨裹、宽衫，唯中庆有官，故展裹。舞曲破、攧前一遍。舞者入场，至歇拍，续一人入场，对舞数拍。前舞者退，独后舞者终其曲，谓之"舞末"。

第二盏御酒，歌板色，唱如前。宰臣酒，慢曲子。百官酒，《三台》，舞如前。

第三盏，左右军百戏入场，一时呈拽。所谓左右军，乃京师坊市两厢也，非诸军之军。百戏，乃上竿、跳索、倒立、折腰、弄碗注、踢瓶、筋斗、擎戴之类，即不用狮豹、大旗、神鬼也。艺人或男或女，皆红巾彩服。殿前自有石镌柱窠，百戏入场，旋立其戏竿。凡御宴，至第三盏，方有下酒肉、咸豉、爆肉，双下驼峰角子。

第四盏，如上仪，舞毕，发谭子，参军色执竹竿、拂子，念致语、口号，诸杂剧色打和，再作语，勾合大曲舞。下酒槛：禽子骨头、索粉、白肉、胡饼。

第五盏御酒，独弹琵琶。宰臣酒，独打方响。凡独奏乐，并乐人谢恩讫，上殿奏之。百官酒，乐部起《三台》舞如前，毕，参军色执竹竿子，作语，勾❶小儿队舞。小儿各选年十二三者二百余人，列四行，每行队头一名，四人簇拥，并小隐士帽，着绯、绿、紫、青生色花衫，上领四契，义襕、束带，各执花枝排定。先有四人，裹卷脚幞头紫衫者，擎一彩殿子，内金贴字牌，播鼓而进，谓之"队名"，牌上有一联，谓如"九韶翔彩凤，八佾舞青鸾"之句。乐部举乐，小儿舞步进前，直叩殿陛。参军色作语问，小儿班首近前，进口号，杂剧人皆打和，毕，乐作，群舞合唱，且舞且唱，又唱破子❼，毕，小儿班首入进致语，勾杂剧入场，一场两段。是时教坊杂剧色：鳖膨，刘乔、侯伯朝、孟景初、王颜喜而下，皆使副也。内殿杂戏，为有使人预宴，不敢深作谐谑，惟用群队，装其似像，市语谓之"拽串"。杂戏毕，参军色作语，放小儿队。又群舞《应天长》曲子出场。下酒：群仙？、天花饼、太平毕罗，干饭、缕肉羹、莲花肉饼。驾兴，歇座。百官退出殿门幕次。须臾追班❽，起居再坐。

第六盏御酒，笙起慢曲子；宰臣酒，慢曲子；百官酒，《三台》舞。左右军筑毬，殿前旋立毬门，约高三丈许，杂彩结络，留门一尺许。左军毬头苏述，长脚幞头，红锦袄，余皆卷脚幞头，亦红锦袄，十余人。右军毬头孟宣，并十余人，皆青锦衣。乐部哨笛、杖鼓断送❾。左军先以毬团转众小筑数遭，有一对次毬头，小筑数下，待其端正，即供毬与毬头，打大殿❿过毬门。右军承得毬，复团转，众小筑数遭，次毬头亦依前供毬与毬头，以大殿打过，或有即便复过者胜。胜者赐以银碗、锦彩，拜舞谢恩，以赐锦共披而拜也。不胜者毬头吃鞭，仍加抹抢。下酒：假鼋鱼，密浮酥捺花。

第七盏御酒，慢曲子。宰臣酒，皆慢曲子，百官酒，《三台》舞讫，参军色作语，勾女童队入场。女童皆选两军妙龄容艳过人者四百余人，或戴花冠，或仙人髻，鸦霞之服，或卷曲花脚幞头，四契红、黄生色销金锦绣之衣，结束不常，莫不一时新妆，曲尽其妙。杖子头⓫四人，皆裹曲脚向后指天幞头，簪花，红黄宽袖衫，义襕，执银裹头杖子。皆都城角者，当时乃陈奴哥、俎姐哥、李伴奴、双奴，余不足数。亦每名四人簇拥，多作仙童丫髻仙裳，执花舞步，进前成列（或舞《采莲》，则殿前皆列莲花槛曲）。亦进队名。参军色作语问队，杖子头者进口号，且舞且唱。乐部断送《采莲》，讫，曲终复群舞。唱中腔，毕，女童进致语，勾杂戏入场，亦一场两段，讫，参军色作语，放女童队，又群唱曲子，舞步出场。比之小儿，节次增多矣。下酒：排炊羊、胡饼、炙金肠。

第八盏御酒，歌板色一名，唱踏歌。宰臣酒，慢曲子，百官酒，《三台》舞。合曲破舞旋。下酒：假沙鱼、独下馒头、肚羹。

第九盏御酒，慢曲子，宰臣酒，慢曲子，百官酒，《三台》舞。曲如前。左右军相扑。下酒：水饭、簇饤下饭。驾兴。

御筵酒盏，皆屈卮^⑫如菜碗样，而有手把子。殿上纯金，廊下纯银。食器，金、银、鋑、漆碗揲也。宴退，臣僚皆簪花归私第，呵引从人皆簪花，并破官钱^⑬。诸女童队出右掖门，少年豪俊，争以宝贝供送，饮食、酒果迎接。各乘骏骑而归，或花冠，或作男子结束，自御街驰骤，竞逞华丽，观者如堵。省宴亦如此。

注释

❶上寿：向尊者敬酒，祝其长寿。《史记》卷九十九《刘敬叔孙通列传》："至礼毕，复置法酒。诸侍坐殿上皆伏抑首，以尊卑次起上寿。"

❷大起居：《新雕皇朝内苑》卷第二十六："每五日，文武朝官，厘务、不厘务，并赴内朝，谓之百官大起居。"

❸绥御酒：叶梦得《石林燕语》卷五："公燕合乐，每酒行一终，伶人必唱'噀酒'，然后乐作，此唐人送酒之辞。本作'碎'音，今多为平声，文士亦或用之。王仁裕诗'淑景易从风雨去，芳樽须用管弦噀'。"

❹方响：南朝梁代时出现的一种打击乐器，后来成为隋唐燕乐中的常用乐器，通常由十六块铁板按音高顺序制成，用小铁锤或木棒敲击，用以固定音高。

❺雷中庆：北宋时著名舞人，据宋代蔡绦《铁围山丛谈》卷六所载："舞有雷中庆，世皆呼之为'雷大使'。"

❻勾：引导。

❼破子：王谠《唐语林》卷五《补遗》："天宝中，乐章多以边地为名，若《凉州》《甘州》《伊州》之类是焉。其曲启蒙繁声为破。"

❽追班：百官按位次排列拜见皇帝。宋代王得臣《麈史》卷上"朝制"条："凡朝会必集于此，以待追班，然后入。"

❾断送：宋元时的戏曲名词，犹饶头，是多增加的、赠送的。宋代周密《武林旧事·皇后归谒家庙》："勾杂剧色吴国宝等做《年年好》，断送《四时欢》。"

❿大胘：一种踢毯的方式。

⓫杖子头：头领。元代无名氏《云窗梦》第一折："两京诗酒客，烟花杖子头。"

⓬屈卮：一种弯柄的酒器。唐代于武陵《劝酒》："劝君金屈卮，满酌不须辞。"

⓭破官钱：破费了公家的钱。《旧唐书》卷八十九《狄仁杰传》："违额加给军士，破官钱数十万。"

译文

十月十二日，宰相、亲王、宗室、百官进入皇宫为圣上祝寿，举行盛大的朝拜典礼（需要手拿笏板并舞蹈）。乐曲尚未演奏之时，教坊的乐人在集英殿的山楼上仿效百鸟的鸣叫声，皇宫内外一片肃静，只听到半空中百鸟的和鸣声，就好像鸾鸟凤凰在此翱翔聚集。百官以下告谢皇帝的赐座之后，宰相、禁从、亲王、宗室、观察使以上的官员，连及辽国、高丽国、夏国的使节和副使，坐在大殿上；众多卿少百官，各国的使节随从，坐在两边的走廊；军校以下的官兵，排列在山楼的后面。宴会使用的都是红色面布、青色脚墩、漆有黑漆、旁边钉有斜钉的矮脚桌子。每一份宴席上都排列有环饼、油饼、枣塔作为看盘，其次摆列着果子。只有辽国使者的宴席上增加了猪、羊、鸡、鹅、兔的连骨熟肉作为看盘，都用小绳子扎束起来。还有生葱、韭、蒜、醋各一碟，每三五个人配列一桶浆水，在桶中排立着几枚木勺。两位教坊色长站在大殿的栏杆上面（都穿裹着宽大的紫色衣袍，腰上系着金带、义襕）观察着为皇上斟酒。负责斟酒的人高举起其衣袖，拖着长音唱到"绥御酒"，声音停止的时候，将双袖拂过栏杆而止。

为宰相看酒，则曰"绥酒"，其他礼仪和前文一样。教坊乐部设置在山楼下的彩棚中，乐人的头上都裹着长脚幞头，随着各自部曲，身穿紫、绯、绿三种颜色的宽大衣衫，腰上系着黄义襕、镀金的凹面腰带。前面排列着拍板，每十串一行。其次是清一色的绘有图案的琵琶，共五十面。其次排列着两座箜篌，箜篌大约三尺高，形状就像半边的梳子，漆有黑漆、雕镂着花纹、装饰有金色的画案，下面有台座，共安装了二十五根弦，一人跪着用双手交叉着擘画。其次是两面高架着的大鼓，上面画着彩色的花地、金龙，击鼓的人背后结束着宽大的衣袖，另外再套上一件黄色窄袖，将带子垂下来，鼓棒用金色的彩帛包裹起来，高举双手互相击打，速度之快就好像流星一样。后面还有两座羯鼓，就像平常的番鼓子一样，放置在小桌子上，两手都拿着鼓杖敲击，杖鼓之声与此相应和。其次排列着铁石制作的方响，涂饰着明亮如金的色彩，悬架上也有绘画，另有一对流苏。其次排列着箫、笙、埙、篪、觱篥、龙笛之类的，两旁相对陈列着两百面杖鼓，鼓手都戴着长脚幞头，穿着紫绣抹额，后背系着紫色的宽大衣衫，穿着黄色的狭窄衣袖，束着黄色的义襕。众多演出杂剧的演员都将头巾裹成各种滑稽的样子，各自穿着符合自己角色的紫、红、绿等颜色的宽大衣衫，腰系义襕、镀金的衣带。自大殿的台阶下相对而立，一直排到乐棚。每当遇到舞者入场时，在两排站立的演员就双手交叉，晃动着左右的肩膀，脚步也活动起来应着节拍，和众人一齐舞动，称为"挼曲子"。("挼"字，仍回反。)

进第一盏御酒时，一名歌板色，歌唱一遍中腔，结束后，先各自用一管笙和箫、笛子和着，再和一遍时，众多乐曲一齐演奏，此时众人听到的只有歌者的声音。到宰相饮酒的时候，乐部奏起《倾杯》曲。百官饮酒时，乐曲《三台》响起。跳回旋舞的，大多是雷中庆。其他跳舞的乐人，都裹着头巾，穿着宽大的衣衫，只有雷中庆有官爵，所以穿着展裹官服。在舞曲"破""撷"的前一遍，舞者开始入场，一直舞到节拍停止，接着有一人入场，相对而舞，持续数拍。然后，之前舞蹈的人退场，只有后来的舞者跳到乐曲终结，称为"舞末"。

进第二盏御酒的时候，歌板色的歌唱与之前的一样。宰相饮酒时，唱和舒缓的曲子。百官饮酒时，所跳的《三台》舞，一如之前。

进第三盏御酒时，左右军营的百戏开始入场，一时都呈现出来。所谓的左、右军，是指京城中两厢的坊市，并非是部队的军营。百戏指的是上竿、跳索、倒立、折腰、弄碗注、踢瓶、筋斗、擎戴之类的，也就是说，不动用舞狮、舞豹、大旗、表演鬼神之类。艺人有的是男性，有的是女性，都是头戴红巾，身穿彩服。殿前本来就有用石头凿成的坑臼，百戏入场时，很快就可以将戏竿立起来。但凡是御宴，都是在饮过第三盏后，才端上酒肉等下酒菜，有咸豉、爆肉、双下驼峰角子等。

进第四盏御酒时，礼仪和之前的一样。舞蹈结束后，开始表演一些滑稽诙谐的节目。参军色手里拿着竹竿、拂尘，口中念着颂辞、口号。其他杂剧的角色在一旁附和，然后再念一段颂辞，串联起大曲舞。下酒的盒子中装着炙子骨头、索粉、白肉、胡饼。

进第五盏御酒时，乐器中只弹奏琵琶。为宰相斟酒时，只击打方响。但凡是单独演奏乐器的，都要等到艺人谢恩之后，才上殿演奏。为百官斟酒时，乐部奏起《三台》舞，和之前的仪式一样。结束后，参军色手里拿着竹竿子，口中念着颂辞，串联起小儿队的舞蹈。小儿各自选取二百多个十二三岁的年纪的人，列成四行，每一行有一名队头，四人拥簇在其周围，全都戴着小隐士帽，穿着红、绿、紫、青等鲜艳的花布衣衫，上面的衣领向四面叉开，腰中束着义襕、束带，手中各自拿着花枝，在固定的位置排列好。先有四个人头上裹着卷脚幞头，身上穿着紫色衣衫的人，手中举着一个彩殿子，内里贴金的字牌，在擂鼓之声中向前进，称为"队名"，牌上面有一副对联，比如"九韶翔彩凤，八佾舞青鸾"这样的句子。乐部奏乐，小儿舞移动其脚步向前，直到大殿的台阶下。参军色向小儿队发问，小儿队的领队走向前致辞、口号。杂剧表演的人都在一旁附和，音乐此时响起，众人一起舞蹈、合唱，一边舞蹈一边唱歌，又唱《破子》曲，结束之后，小儿班的领队走到皇帝面前，进呈颂辞，引导杂剧表演入场，一场有两段。这个时候教坊中演杂剧角色的有：鳖膨、刘乔、侯伯朝、孟景初、王颜喜，在此之下的都是教坊使、教坊副使。内殿里的杂戏，因为有各国的使节参加宴会，所以不敢过于诙谐戏谑，只是用众人作一队，装扮出大致模样就行了，市井俗语称之为"拽串"。杂戏结束后，参军色致辞，放走小儿队。然后又是众人齐舞《应天长》的曲子出场。下酒菜有：群仙炙、天花饼、太平毕罗、干饭、缕肉羹、莲花肉饼。圣驾起座，稍作歇息，百官退出殿门，在幕次边等候。过一会儿之后，百官按照各自的位次排列拜见皇帝，重新坐下。

进第六盏御酒的时候，用笙先起一个缓慢的曲子。为宰相斟酒的时候，演奏的也是缓慢的曲子。为百官斟酒的时候，表演《三台》舞。左右军开始表演踢毬。殿前随即竖立起毬门，高度大约有三丈左右，用各种各样的色彩装饰，留出一尺宽左右的毬门。左军毬队的队长叫苏述，头戴长脚幞头，身穿红色的锦袄，其余的都是头戴卷脚幞头，也穿着红色的锦袄，共有十几人。右军毬队的队长叫孟宣，也是十几人，都穿着青色的锦衣。乐部吹响哨笛，擂起杖鼓，比赛就开始了。左军毬队先让毬在众人中来回旋转起来，众人小范围传过几次毬后，有两个副队长小踢几次后，等到毬的位置端正时，将其传给队长，队长通过"打大肷"的方式将毬踢过毬门。右军的毬队在得到毬之后，也让其在队员中来回旋转，众人在小范围内传过几次毬后，副队长也依照前例将毬传给队长，用"打大肷"的方式将毬踢过毬门。有时会用踢毬之时再多过一次对方毬门的方法分个胜负。胜利的一方被赏赐银碗、锦彩，领赏时要拜舞谢恩，众人把赏赐的锦彩共同披在身上来拜谢。没有取得胜利的一方，毬队的队长要挨鞭子，还要在身上涂抹作标记。下酒菜是：假鼋鱼、蜜浮酥捺花。

进第七盏御酒的时候，演奏缓慢的曲子。为宰相斟酒的时候，用的也都是缓慢的曲子。为百官斟酒的时候，表演《三台》舞，结束之后，参军色呈辞，引出女童队入场。女童全都是在左右两军中选择年轻貌美过人的，有四百多人。有的人头上戴着花冠，有的人梳着仙人髻，穿鸦霞色的服装，或是戴着卷曲花脚幞头，上领向四周散开，身穿红、黄色鲜艳的销金锦绣的衣裳。装扮不主故常，莫不是一时的时尚新妆，曲尽其妙。杖子头共有四人，头上都裹着曲脚向后指天幞头，簪着花，身穿红、黄色的宽大衫袖，腰系义襕，手里拿着顶端用银裹着的杖子，担任杖子头的，都可以称得上是京城里的名角，在当时有：陈奴哥、俎姐哥、李伴奴、双奴，其余的就不足道了。每位杖子头也是有四人拥簇，大多打扮成仙人童子、仙人丫鬟的样子，穿着仙人的衣裳，手中拿着花朵，移动舞步向前靠近排成队列（或者跳《采莲》舞，殿前就都要排列好莲花和围栏）。也要进呈舞队的名称。参军色向舞队发问，杖子头进呈口号，一边跳舞一边唱。乐队结束《采莲》舞的伴乐后，在曲终之时，也要来一个众人舞蹈，唱过中腔之后，女童进呈颂辞，引导杂戏入场，也是一场作两段演，结束之后，参军色进颂辞，放女童队下场。众人又在一起唱曲子，用舞步走出场地。和小儿队相比，节目次序都增多了。下酒菜有：排炊羊、胡饼、炙金肠。

进第八盏御酒的时候，有一名歌板色唱《踏歌》。给宰相斟酒的时候，演奏缓慢的曲子。给百官斟酒的时候，表演《三台》舞，和着曲破的节奏跳起回旋舞。下酒菜有：假沙鱼、独下馒头、肚羹。

进第九盏御酒的时候，乐队演奏缓慢的曲子。给宰相斟酒的时候，也是演奏缓慢的曲子。给百官斟酒的时候，表演《三台》舞，曲子和前面的一样。左、右两军表演相扑。下酒菜有：水饭、簇饤下饭。皇驾起程回宫。

御宴上用的酒盏，都是屈卮，就像菜碗的形状一样，但是有手柄。殿上用的屈卮是纯金的，殿下用的是纯银的。所用的食器，都是金银镀漆的碗碟。御宴退去后，群臣僚属都簪着花回到各自的府第，在前面呵斥开道的随从也都簪着花，其花费也是由官府承担。参加演出的各个女队从右掖门退出，少年豪俊争相用宝贵的器具赠送，用饮食、酒果来迎接她们。各自乘坐着骏马回去，有的戴着花冠，有的打扮成男子的装束，从御街上飞驰而过，竞相展示着华丽，观看的人形成了一堵人墙。省宴的场面也像这般热闹。

立 冬

是月立冬。前五日，西御园进冬菜。京师地寒，冬月无蔬菜，上至宫禁，下及民间，一时^❶收藏，以充一冬食用。于是车载马驼，充塞道路。时物：姜豉、子、红丝、末脏、鹅梨、榅桲、蛤蜊、螃蟹。

注释

❶一时：同时、一齐。刘义庆《世说新语·容止》："始入门，诸客望其神姿，一时退匿。"

译文

这个月进入立冬。在立冬前五天，西御园进贡冬天的菜蔬。京师所处之地较为寒冷，冬天的月份不生产蔬菜，上到皇宫，下到民间，一齐收集贮藏蔬菜，来供应一整个冬天的食用。于是就用车子载，就用马来驮，车马充塞于道路之中。时令的物品有：姜豉、子、红丝、末脏、鹅梨、榅桲、蛤蜊、螃蟹。

卷之十

至除日，禁中呈大傩仪。

并用皇城亲事官、

诸班直，戴假面，

绣画色衣，执金枪龙旗。

……是夜，

禁中爆竹山呼，声闻于外。

士庶之家，围炉团坐，

达旦不寐，谓之『守岁』。

冬 至

十一月，冬至。京师最重此节，虽至贫者，一年之间，积累假借，至此日，更易❶新衣，备办饮食，享祀先祖。官放关扑，庆贺往来，一如年节。

注释

❶更易：改变、改换。这里指更换。《吕氏春秋·召类》："舜却苗民，更易其俗。"高诱注："更，改。"

译文

十一月，就进入冬至了。京城里的人最看重这个时节，即使最贫穷的人，在一年之间，通过积蓄、借贷，到这一天的时候也要换上新衣服，准备好饮食，祭祀先祖。官府允许人们用赌博的方式进行交易，人们来往之间相互庆贺，和年节的时候一个样。

大礼预教车象

遇大礼❶年，预于两月前教车象。自宣德门至南薰门外，往来一遭❷。车五乘，以代五辂❸轻重。每车上置旗二口，鼓一面，驾以四马。挟车卫士，皆紫衫、帽子。车前数人击鞭。象七头。前列朱旗数十面，铜锣、鼙鼓十数面。先击锣二下，鼓急应三下。执旗人紫衫、帽子。每一象则一人（裹交脚幞头、紫衫），人跨其颈，手执短柄铜镢④，尖其刃，象有不驯，击之。象至宣德楼前，团转行步数遭，成列，使之面北而拜，亦能唱喏。诸戚里、宗室、贵族之家，勾呼⑤就私第观看，赠之银彩无虚日。御街游人嬉集，观者如织。卖扑⑥土、木、粉捏小象儿，并纸画，看人携归，以为献遗。

注释

❶ 大礼：指郊祀。《左传·成公十三年》："国之大事，在祀与戎。"

❷ 一遭：一个完整的来回。

❸ 五辂（lù）：亦称"五路"，指古代帝王所乘坐的五种车子，即玉辂、金辂、象辂、革辂、木辂。

❹ 镢（jué）：亦称为"镛"，一种起土的农具，有单刃、双刃之分。《尔雅·释器》："斫谓之。"

❺ 勾呼：传唤，使聚集。

❻ 卖扑：售卖，扑卖。

译文

在遇到大的礼仪的年份，预先两个月演练车驾和大象。从宣德门一直到南薰门外面，往返走上一遍。车驾有五乘，用来替代表明身份高低的五辂。每辆车子上放置两面旗帜，一面鼓，用四匹马拉着。跟随车辆的卫兵，都穿着紫色的衣衫，戴着帽子。车驾的前面有几个人击鞭。大象有七头，前面排列着几十面红色的旗帜，以及几十面铜锣、鼙鼓。先击打锣鼓两下，紧接着击鼓三下作为回应。拿旗帜的人穿着紫色的衣衫，戴着帽子。每一头大象的上面都有一个穿着紫色衣衫、头上裹着交脚幞头的人跨在其脖颈上，手里拿着短柄的铜，将其刀刃磨得尖锐锋利，大象如果有不驯服的表现，就用铜击打它。大象走到宣德楼的前面，转着圈儿走上几遍，然后排成行列，驯象人使其面朝北而朝拜，大象也能唱喏。众多的皇亲国戚、宗室、贵族的家庭，传唤驯象人，让象群靠近自己的私人宅第以便观看，连接着赠送金银彩帛，没有一天不是这样。御街上游人嬉戏不断，观看的人密密麻麻。做买卖的、从事关扑的人，售卖一些用泥塑的、用木雕的、用粉捏的小象，和一些纸画，观看的人将其带回家，用来作为献礼或赠品。

车驾宿大庆殿

　　冬至前三日，驾宿大庆殿。殿庭广阔，可容数万人。尽列法驾仪仗于庭，不能周遍❶。有两楼对峙，谓之"钟鼓楼"。上有太史局生，测验刻漏。每时、刻作鸡唱❷，鸣鼓一下，则一服绿者执牙牌而奏之，每刻曰"某时几棒鼓"，一时则曰"某时正"。宰执、百官，皆服法服，其头冠各有品从❸。宰执、亲王加貂蝉笼巾，九梁，从官七梁，余六梁至二梁有差。台谏增獬豸角❹也。所谓"梁"者，谓冠前额梁上排金铜叶也。皆绛袍皂缘，方心曲领，中单，环佩，云头履鞋，随官品执笏。余执事人，皆介帻❺、绯袍，亦有等差。惟阁门、御史台，加方心曲领尔。入殿祇应人给黄方号，余黄长号、绯方长号，各有所至去处。仪仗车辂，谓信幡❻、龙旗、相风鸟、指南车、木辂、象辂、革辂、金辂、玉辂之类（自有《三礼图》可见，更不缕缕），排列殿门内外及御街远近。禁卫全装，铁骑数万，围绕大内。是夜，内殿仪卫之外，又有裹锦缘小帽、锦络缝宽衫兵士，各执银裹头黑漆杖子，谓之"喝探兵士"，十余人作一队，聚首而立，凡数十队。各一名喝曰："是与不是？"众曰："是。"又曰："是甚人？"众曰："殿前都指挥使高俅。"更互喝叫不停，或如鸡叫。又置警场于宣德门外，谓之"武严兵士"。画鼓二百面，角称之❼。其角皆以彩帛如小旗脚装结其上。兵士皆小帽、黄绣抹额、黄绣宽衫、青窄衬衫。日晡时、三更

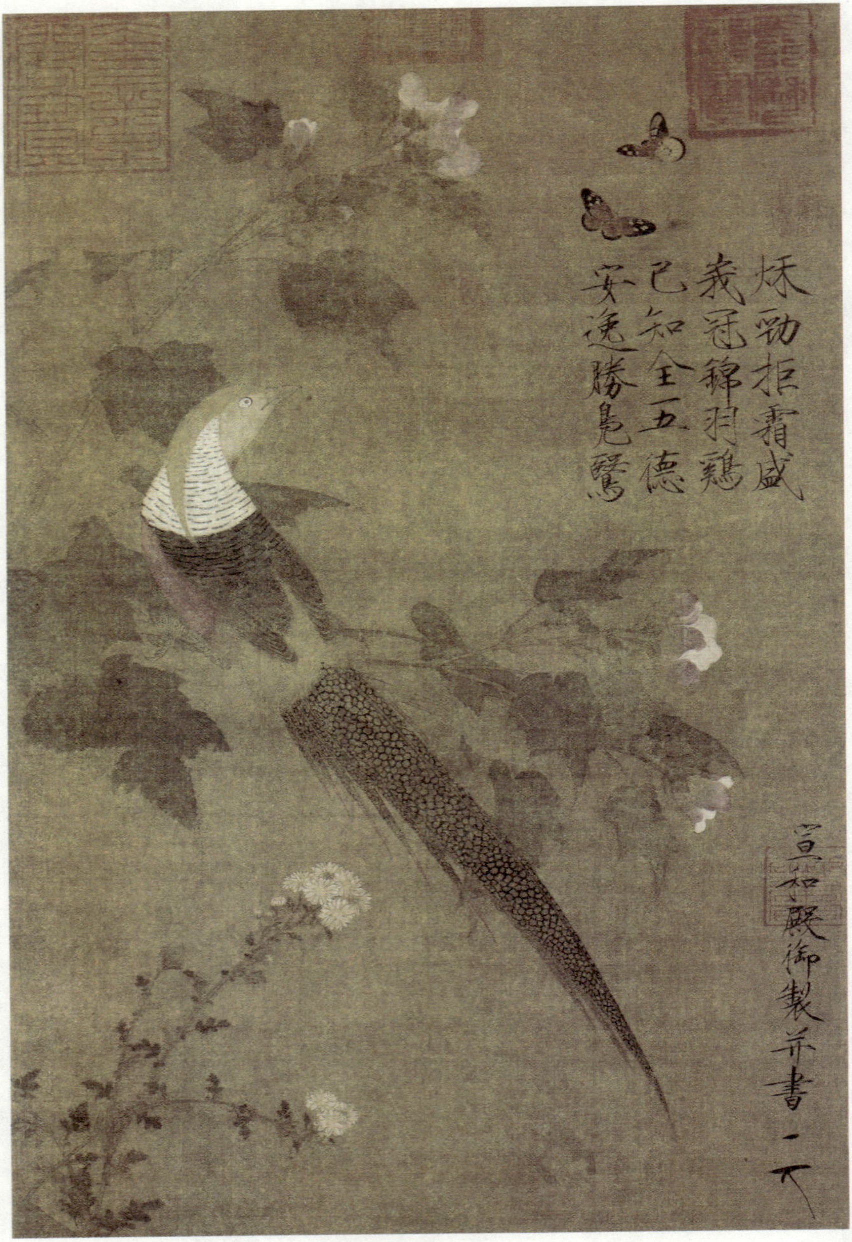

秋勁拒霜盛
峩冠錦羽雞
已知全五德
安逸勝鳧鷖
宣和殿御製并書

时，各奏严也。每奏，先鸣角。角罢，一军校执一长软藤条，上系朱拂子，擂鼓者观拂子❸，随其高低，以鼓声应其高下也。

注释

❶周遍：遍及、全面。《朱子语类》卷十九："圣人之言虽是平说，自然周遍，亭亭当当，都有许多四方八面不少了些子意思。"

❷鸡唱：鸡鸣，这里指鸡人唱筹。鸡人，见《周礼·春官》，后来专指报晓之人。（南朝梁）陆倕《新刻漏铭》："坐朝晏罢，每旦晨兴，属传漏之音，听鸡人之响。"又，李商隐《马嵬》（其一）："无复鸡人报晓筹。"

❸品从：正品和从品，后泛指官员的品级。《元典章·兵部三·给驿》："在先薛禅皇帝时，分台里、行台里、廉访司里之任去的官人，每二千里之外，验看他的品从与铺马来。"

❹廌（zhì）角：廌的角。廌，一种类似于山牛的独角异兽，相传能辨别曲直，法庭用其判别是非。《说文解字》："廌，解廌，兽也。似山牛，一角。古者决讼，令触不直。象形，从豸省。"

❺介帻（zé）：古代贵贱通用的一种长耳的裹发巾，演变为后来的进贤冠，用来朝见皇帝的礼帽。《隋书》卷一一《礼仪志六》："帻，尊卑贵贱皆服之。文者长耳，谓之介帻。"

❻信幡：也称"信旛"，是古代一种用不同图案和颜色制成的表示官号、用作符信的旗帜。《东观汉记·梁讽传》："匈奴畏感，奔驰来降，讽辄为信旛遣还营，前后万余人，相属于道。"

❼角称之：号角的数量与之相称。

❽拂子：拂尘，柄上扎束着兽毛、棉、麻等。

译文

冬至的前三天，皇驾住宿在大庆殿。大殿的庭院非常广阔，可以容纳数万人。庭院中全都排列着法驾、仪仗等，不能一一地全面记述。有两座楼相对而立，称为"钟鼓楼"。上面有太史局的诸生测量和验证漏刻，每到某一时的某一刻，鸡人就会报筹，鸣鼓一次，同时一位身穿绿衣、手拿牙牌的人要奏时，每过一刻钟，就说"某时几鼓棒"，正好到整点的某一时，就会说"某时正"。宰相百官都穿着规定的服饰，头上戴的帽子根据各自的官阶品级都有等差。宰相、亲王的冠饰会添加貂蝉、笼巾，有九梁，从官是七梁，其余的从六梁到二梁，各有差别。御史和谏官的头上增加有鹰的角。所谓的"梁"，指的是帽子的前额梁上所排定的金铜叶。百官都穿着红色的衣袍，搭配黑色的边缘，胸前有方形的图案，领口是圆形的，腰中间挂着单个的环佩，脚上穿着云头履鞋，根据各自的官品，拿着相应的笏板。其余的侍从，头上都裹着红色的头巾，穿着红色的衣袍，也是各自等级差别的。只有阁门、御史台的官员增加了胸口前的方形图案以及圆形的领口。进入大庆殿之后，听从差遣的值班人员，发给黄色的正方形的号牌，其余的是黄色长方形的号牌、红色长方形的号牌，各自代表他们所到达的地方。仪仗、车辂，指的是信幡、龙旗、相风鸟、指南车、木辂、象辂、革辂、金辂、玉辂之类的（这些在《三礼图》中自然可以看得到，就不再一一赘述了），排列在殿门的内外，御街的远近侍卫、禁军等，都是全副铁骑，有数万人围绕着皇宫。这天晚上，在内殿的仪仗、卫兵之外，还有一些头戴锦缘小帽、身穿锦络宽缝衣衫的士兵，手中各自拿着顶端裹着银的、漆有黑漆的手杖，称为"喝探兵士"。十几个人列作一队，聚集起来站在那里，一共有几十队。每队中各有一人喝道："是与不是？"众人回答道："是。"又喝道："是什么人？"众人回答道："殿前都指挥使高俅。"各队之间相互呼喝叫喊不停，或者发出鸡鸣一样的声音。又在宣德门外设置警戒场所，称为"武严兵士"。有两百面画鼓，号角也和这大致相当，号角上面全都用像小旗脚一样的彩帛装饰。士兵都戴着小帽，抹额是用黄色锦绣做成的，身穿黄色锦绣的宽大衣衫，配着青色的窄衬衫。在下午三五点和半夜时，都要用鼓角奏严。每次吹奏的时候，先吹响号角，号角吹过后，一个军校拿着一个又长又软的藤条，上面系着红色的拂子，擂鼓的人观察着红拂子，随着拂子的高低，相应地用鼓声的高低配合着。

驾行仪卫

次日五更，摄大宗伯执牌，奏中严外办❶，铁骑前导番衮❷。自三更时相续而行，象七头，各以文锦被其身，金莲花座安其背，金辔笼络其脑，锦衣人跨其颈，次第高旗大扇，画戟长矛，五色介胄。跨马之士，或小帽锦绣抹额者，或黑漆圆顶幞头者，或以皮如兜鍪❸者，或漆皮如戽斗❹而笼巾者，或衣红、黄罨画锦绣之服者，或衣纯青、纯皂以至鞋裤皆青、黑者，或裹交脚幞头者，或以锦为绳如蛇而绕系其身者，或数十人唱引持大旗而过者，或执大斧者、胯剑者、执锐牌者、持镫棒者、或持竿上悬豹尾者，或持短杵者。其矛、戟皆缀五色结带铜铎，其旗扇皆画以龙，或虎，或云彩，或山河。又有旗高五丈，谓之"次黄龙"。驾诣太庙、青城，并先到立斋宫前，又竿舍索旗坐❺约百余人。或有交脚幞头、胯剑、足靴如四直使者千百数，不可名状。余诸司祗应人，皆锦袄。诸班直、亲从、亲事官，皆帽子、结带、红锦，或红罗上紫团答❻戏狮子、短后打甲❼背子，执御从物。御龙直皆真珠结络、短顶头巾、紫上杂色小花绣衫、金束带、看带、丝鞋。天武官皆顶朱漆金装笠子、红上团花背子，三衙并带御器械官，皆小帽、背子或紫绣战袍，跨马前导。千乘万骑，出宣德门，由景灵宫、太庙。

注释

❶中严外办：警卫宫禁，也指负责警卫宫禁的官员。《晋书》卷二十一《礼志下》："漏未尽五刻，谒者、仆射、大鸿胪各各奏群臣就位定。漏尽，侍中奏外办。皇帝出，钟鼓作，百官皆拜伏。"又，《新唐书》卷六《肃宗纪》："有司行册礼，其仪有中严、外办，其服绛

纱。太子曰：'此天子礼也。'乃下公卿议。太师萧嵩、左丞相裴耀卿请改'外办'为'外备'。"

❷番衮：即"番滚"。番，番乐。衮，形容番乐的风格粗犷，滚滚而来。

❸兜鍪（dōu móu）：古代作战时所戴的头盔。《东观汉记·马武传》："（武）身被兜鍪铠甲，持戟奔击。"

❹戽（hù）斗：取水灌田的旧式农具，和斗相似，两端有绳，使用时两人对立，拉绳取水。陆游《喜雨》："水车罢踏戽斗藏，家家买酒歌时康。"

❺叉竿舍索旗坐：句未详。叉竿，或指可以原地插立的旗杆。舍索旗坐，或指自带的便于固定的绳索和有底座的旗帜，类似于今天野外搭帐篷的工具。舍，或是"含"之误。吴自牧《梦粱录》："更有含索旗座，约百余人立之。"

❻团答：即"团搭"。《梦粱录》卷五"驾诣景灵宫仪仗"所记此事为："红罗上紫团搭系狮子。"

❼打甲：缀有铁甲的。

译文

第二天的五更时分，供职大宗伯的官员手里拿着牙牌，禀奏道：中庭已戒严，外面已备办好。铁骑在前面引导，从三更时分，接连着向前行走。七头大象，各自用锦绣披在其身上，在象背上安放着金色的莲花底座，用黄金辔头笼络着其脑袋，身穿锦衣的驯象人跨在其脖颈上。接着是高高旗帜、大大的宫扇、画戟和长矛，以及身穿五颜六色的介胄之士。跨在马上的军士，或是头戴锦绣抹额的小帽子，或是头戴黑漆圆顶的幞头，或是戴着形如兜鍪的皮冠，或是戴着形如戽斗、漆有黑漆而加有笼巾的帽子，或是身穿红、黄杂色的锦绣服装，或是穿着纯青、纯黑甚至鞋和裤子都是青色、黑色的，或是头上裹着交脚幞头，或者用像蛇一样的用锦帛制成的长绳缠绕在其身上，或者是几十个人一边唱着曲子一边手拿大旗而经过，或者是手中拿着大斧，或是腰上挎着剑，或是手举尖尖的牙牌，或是手中拿着镫、棒，或是手中拿着上端悬有豹尾的竹竿，或是手中拿着短小的木棒。矛和戟上面都缀有五色的带子，绑着用铜做的铎，旗帜和宫扇上面都画着龙，或是虎，或是云彩，或是山河。又有高达五丈的旗帜，称为"次黄龙"。皇驾临幸太庙、青城，一并先到立斋宫前面，将竹竿插在地上，用自带的绳索和底座将"次黄龙"的旗帜固定好。还有千百个头戴交脚幞头，腰间挎着剑，脚上穿着靴子，装扮如同四直使的人，用言辞不足以记录其形状。其余的各个部司的侍从官，都穿着锦绣的衣袄。各个班直、亲从、亲事官，全都戴着帽子，系着腰带，披着红锦，或是红色罗裳上绣着紫团答戏狮子，后衣略短的打甲背子，拿着御用的物品。御龙直全都戴着真珠结络的短顶头巾，上衣穿着紫色的绣有杂色小花的衬衫，腰上系着金束带、看带，穿着丝鞋。天武官头上都戴着一顶漆有红漆、用金色装饰的笠子，上衣穿着红色的团花背子。三衙的官员，以及带有御用器械的官员，都戴着小帽子，穿着打甲背子，或是身披紫绣战袍，跨在马上作为前导。一路千骑万乘，走出宣德门，由景灵宫到达太庙。

驾宿太庙奉神主出室

驾乘玉辂，冠服如图画间星官之服，头冠皆北珠❶装结，顶通天冠❷（又谓之"卷云冠"），服绛袍，执元圭❸。其玉辂顶，皆镂金大莲叶攒簇❹，四柱、栏槛，镂玉盘花龙凤，驾以四马，后出旗、常❺，辂上御座，惟近侍二人，一从官傍立，谓之"执绥"，以备顾问。挟辂卫士，皆裹黑漆团顶无脚幞头，着黄生色宽衫、青窄衬衫、青裤，系以锦绳。辂后四人，擎行马❻。前有朝服二人，执笏面辂倒行。是夜，宿太庙。喝探、警严，如宿殿仪。至三更，车驾行事❼。执事皆宗室。

宫架❽乐作，主上在殿上东南隅西面立，有一朱漆金字牌曰"皇帝位"。然后奉神主出室，亦奏中严外办，逐室行礼毕，甲马、仪仗、车辂、番衮出南薰门。

注释

❶北珠：北方松花江流域所产珍珠，极为名贵。《宋九朝编年备要》卷二十七："（梁）子美将漕河北，倾漕计以市宠，至用三百万缗市北珠以进。北珠者，皆自虏中来。"

❷通天冠：形如高耸之山，冠梁用铁制成，为皇帝所戴。《后汉书》卷一百二十《舆服志第三十》："通天冠，高九寸，正竖，顶少邪却，乃直下为铁卷梁，前有山、展筒、为述，乘舆所常服。"

❸元圭：玄圭。黑色的玉器，上尖下方。

❹攒簇：簇集在一起。元代徐再思《小桃红·花篮髻鬈》："东风攒簇一筐春，吹在秋蝉鬈。"

❺常：帝王出行时所用的旗帜。《周礼·春官》："司常，中士二人，下士四人，府二人，史二人，胥四人，徒四十人。"郑玄注："司常，主王旌旗。"

❻行马：古代用木头制成的路障，即本书前文所言之"杈子"。

❼行事：办事、从事。《韩非子·外储说左上》："故人行事施予，以利之为心，则越人易和；以害之为心，则父子离且怨。"

❽宫架：宫廷中悬挂乐器的支架，也指宫廷音乐。《宋史》卷三百五十六《刘昺传》："（徽宗）令太学诸生习肄雅乐。阅试日，昺与大司成刘嗣明奏，有鹤翔宫架之上。"

译文

皇驾乘坐的是玉辂，其衣冠服饰和图画上星官的服饰差不多，头上的皇冠都是用北方的珍珠装饰穿结的，头上戴着通天冠（又称为"卷云冠"），身上穿着红色的衣袍，手中拿着玄圭。玉辂的顶上都用镂金的大莲叶簇拥在一起，四面的柱子栏杆都雕镂着玉盘花、龙凤。

用四匹马驾车，后面竖立旗帜，在玉辂上面的御座旁边，通常只有两个靠近的侍从，一个从官在旁边站立着，称为"执绥"，用以准备顾问的。在玉辂两旁的卫士，头上都裹着一顶圆形的漆有黑漆的无脚幞头，穿着黄色的鲜艳宽大的衣衫，配着青色窄衬衫，下身穿着青色的裤子，用锦绳系着。玉辂后面有四个人，手中举着行马。前面有两个穿着朝服的人，手中拿着笏板，面对着玉辂，倒着行走。这天晚上住宿在太庙，喝探、警戒的仪式，和住宿在皇宫时是一样的。到三更天的时候，皇上开始祭祀，在旁边侍奉的都是皇亲宗室。宫廷中的音乐响起，皇上在大殿上面东南角，面向西边而立，有一个漆有红漆用金字书写的牌子，写着"皇帝位"。然后奉拜先祖神灵，走出宫室，也要禀奏道"中严外办"，挨个到供奉着牌位的每位先祖的房间去行礼，结束之后，一路甲胄、马匹、仪仗、车辂、番衮，走出南薰门。

驾诣青城斋宫

驾御玉辂，诣青城斋宫。所谓"青城"，旧来止以青布幕为之，画砌甓之文，旋结城阙殿宇。宣、政间，悉用土木盖造矣。铁骑围斋宫外，诸军有紫巾绯衣素队约千余，罗布郊野。每队军乐一火[1]。行宫巡检部领[2]甲马，来往巡逻。至夜，严警、喝探如前。

注释

[1] 一火：唐代兵制，十人为一火，后泛指一群人，即"一伙"。《新唐书》卷五十《兵志第四十》："五十人为队，队有正。十人为火，火有长。"

[2] 部领：统辖率领。《后汉书》卷八十九《南匈奴传》："自呼韩邪后，诸子以次立，至比季父孝单于舆时，以比为右奥鞬日逐王，部领南边及乌桓。"

译文

皇上乘坐着玉辂，来到青城斋宫。所谓的"青城"，以前本来只是用青色的幕布搭起来的帐篷，上面画着类似于砖砌的条纹，之后就建成了城阙、殿宇。到宣和、政和年间，全都用土木建造了。禁军的铁骑围在青城斋宫的外面，各个军部共有一千多个戴着紫色头巾、穿着红色衣衫、不穿军装的士兵，分散布局在郊野之外，每队都有十人组成的军乐。行宫的巡检部率领着身披甲胄的骑兵来回巡逻，到了夜晚时，警戒、喝探一如之前。

驾诣郊坛行礼

　　三更，驾诣郊坛行礼。有三重墙墙❶。驾出青城，南行，曲尺西去，约一里许，乃坛也。入外墙东门，至第二墙里，面南设一大幕次，谓之"大次"，更换祭服，平天冠（二十四旒），青衮龙服，中单，朱舄，纯玉佩。二中贵扶侍，行至坛前，坛下又有一小幕殿，谓之"小次"，内有御座。坛高三层，七十二级。坛面方圆三丈许，有四踏道。正南曰午阶，东曰卯阶，西曰酉阶，北曰子阶。坛上设二黄褥，位北面南，曰"昊天上帝"；东南面曰"太祖皇帝"。惟两矮案，上设礼料❷。有登歌❸道士十余人，列钟磬二架，余歌色❹及琴瑟之类，三五执事人而已。坛前设宫架乐，前列编钟、玉磬。其架有如常乐方响，增其高大。编钟形稍编，上下两层挂之，架两角缀以流苏。玉磬状如曲尺，系其曲尖处，亦架之，上下两层挂之。次列数架大鼓，或三或五，用木穿贯，立于架座上。又有大钟，曰景钟❺，曰节鼓❻。有琴而长者，如筝而大者，截竹如箫管，两头存节而横吹者，有土烧成如圆弹而开窍者，如笙而大者，如箫而增其管者。有歌者，其声清亮，非郑、卫之比。宫架前立两竿，乐工皆裹介帻（如笼巾），绯宽衫，勒帛。二舞者，顶紫色冠，上有一横板，皂服，朱裙，履。乐作，初则文舞，皆手执一紫囊，盛一笛管，结带。武舞，一手执短稍❼，一手执小牌。比文舞加数人，击铜铙、响环，又击如铜灶突❽者。又两人共携一铜瓮，就地击者。舞者如击刺，如乘云，如分手，皆舞容矣。乐作，先击柷❾（以木为之，如方壶，画山水之状），每奏乐，击之内外，共九下，乐止则击敔❿（如伏虎，脊上如锯齿），一曲终，以破竹刮之。礼直官奏请驾登坛。前导官皆躬身侧引，至坛止，惟大礼使⓫登之，先正北一位拜，跪酒，殿中监东向一拜，进爵盏；再拜，兴；复诣正东一位，才登坛而宫架声止，则坛上乐作。降坛，则宫架乐复作。武舞上，复归小次。亚献[12]、终献，上亦如前仪。当时燕、越王为亚、终献也。第二次登坛，乐作如初，跪酒毕，中书舍人读册，左右两人举册而跪读。降坛，复归小次，亚、终献如前。再登坛，进玉爵盏，皇帝饮福[13]矣。亚、终献毕，降坛，驾小次前立，则坛上礼料、币帛、玉册，由西阶而下。南壝门外，去坛百余步，有燎炉，高丈许，诸物上台，一人点唱[14]，入炉焚之。坛三层回，踏道之间，有十二陛，祭十二宫神。内外祭百星。执事与陪祠官皆面北立班。宫架乐罢，鼓吹未作，外内数十万众肃然，惟闻轻风环佩之声。一赞者喝曰："赞一拜"皆拜，礼毕。

注释

❶壝（wéi）墙：祭坛周围矮小的土墙。

❷礼料：举行祭礼所用的物料。

❸登歌：又称"升歌"，古代举行祭典或大朝会时，乐师登堂而歌。《乐府诗集》卷三："登歌者，祭祀燕飨，堂上所奏之歌也。"

❹歌色：大乐名件的一种。《建炎以来朝野杂记·乙集》卷四"大乐局乐色名件"："太常寺大乐局，祀天神，祭地祇，享宗庙应用。大乐名件凡三十四种，有歌色，歌色一也，笛色二也，埙色三也……"

❺景钟：春秋时晋景公所铸之钟，以铭其功勋，后来指用以铭功的大钟。汉代杨修《答临淄侯笺》："若乃不忘经国之大美，流千载之英声，铭功景钟，书名竹帛。斯自雅量，素所畜也。"

❻节鼓：形状有如博局，中间开有圆孔。郭茂倩《乐府诗集》卷二十一《横吹曲辞》题解："三曰大横吹部，其乐器有角、节鼓、笛、箫、筚篥、笳、桃皮筚篥七种，凡二十九曲。"

❼稍（shuò）：长矛。

❽灶突：灶上的烟囱。成语有"曲突徙薪"。

❾柷（zhù）：古代木制乐器，形状类似于方形的斗。《说文解

236

字》："柷，乐木空也，所以止音为节"。

❿敔（yǔ）：形如木虎，宫廷雅乐结束时，以竹条刮奏，以示乐终。《说文解字》："敔，禁也。一曰乐器，椌楬也，形如木虎。"《释名》："敔，衙也。衙，止也。所以止乐也。"

⓫大礼使：五代、宋时，皇帝祭祀时临时设置的官名。五代时，后梁以河南尹为大礼使，宋代以宰相为大礼使。

⓬亚献：祭礼时第二次献酒，称为"亚献"。《后汉书》卷一百十四《百官志一》："（太尉）凡郊祀之事，掌亚献。"

⓭饮福：祭祀之后饮用供神的香酒。汉代焦赣《易林·萃之晋》："安坐玉堂，听乐行觞，饮福万岁，日受无疆。"

⓮点唱：清点、唱报。

译文

到三更天的时候，皇驾来到郊坛行祭天之礼。祭坛周围有三重的墙墙。皇驾走出青城宫，向南前进，在转弯之后再向西而去，大约一里左右，就到了祭坛。从外面墙墙的东门而入，到了第二重墙墙里，面朝南设立一个大幕帐，称为"大次"。在这里更换上祭祀的服装：头上戴的平天冠（前后共有二十四串珠子组成），身穿青色的衮龙服，里面穿着中单，脚上穿着红色的鞋子，腰间戴着纯色的玉佩。由两名太监扶着，行走到祭坛的前面。祭坛的下面又有一个小的用帷幕围成的殿堂，称为"小次"，内面有皇帝的御座。祭坛有三层高，共有七十二级台阶。祭坛的表面有方圆三丈左右，有四个踏道：正南方的叫午阶，东边的叫卯阶，西边的叫酉阶，北边的叫子阶。祭坛的上面设有两条黄色的褥子，在北边的位置而面朝南的，称为"昊天上帝"，朝向东南边的，称为"太祖皇帝"。只有两个矮的桌子，上面陈设着祭礼所用的物料。坛上有十几个登歌道士，排列着两架钟磬，其余是唱歌的角色，以及琴、瑟之类的，还有三五个侍奉的人而已。祭坛前面陈设着宫架的乐器，前面排列着编钟、玉磬。宫架和普通的乐器架一样，只是方响更加高大。编钟的形状稍为扁一些，分上下两层挂着。其次排列着几架大鼓，或是三个，或是五个，用木头将其贯穿起来，将其竖立在架座的上面。又有大钟，叫作景钟，又有一种叫作节鼓的乐器，有的乐器像琴一样但要更长一些，有的乐器像筝一样但更大，还有的乐器是用截下来的竹管制成，两端存有骨节，是横着吹的，有的乐器是用土烧制的，形状有如圆形的弹丸并且开有小孔，有的乐器像笙但更大，有的乐器像箫但增加了管子。有唱歌的人，其声音既清且亮，不是郑卫之音所能比拟的。宫架的前面竖着两个竿子，乐工的头上都裹着介帻（像头巾一样），穿着红色的宽大衣衫，腰上束着勒帛。有两个跳舞的人，头戴一顶紫色的帽子，帽子上有一个横板，穿着黑色的服装，下身穿着红色的裙子和红色的鞋子。音乐响起时，起初是文舞，舞者的手中都拿着一个紫囊，里面装着一个笛子，笛子上面束着带子。接着是武舞，每一位舞者手中拿着短稍，另一只手中拿着小盾牌，和文舞相比增加了几个人，跳舞时击打着铜铙和响环，又击打着像铜灶突的乐器，又有两个人共同拿着一个铜瓮就地击打。跳舞的人就像在击刺敌人，就像在乘云驾雾，就像在分手相别，这些都是跳舞时的形状。音乐响起时，先击打柷（它是用木头做成的，像方壶一样，上面画着山水的形状），每当奏乐的时候，就击打它，内外总共击打九次。音乐停止时就击打敔（敔的形状就像是趴着的老虎，脊背上有着像锯齿一样的装饰），一曲结束之后，用破竹刮一下这个锯齿的装饰。礼直官禀奏，请皇上登上祭坛，前导官全都弯着身子引导皇上走到祭坛而止，只有大礼使可以登上祭坛。先向正北的一位祭拜，跪下进酒，殿中监面向东方拜一次，进呈爵盏，拜了两次之后，起身站立。再到正东的一位祭拜。才登上祭坛时，宫架乐就停止了，这时祭坛上的音乐响起，从祭坛上下来时，宫架乐就再次响起。此时武舞登场，再一次回到"小次"。在亚献、终献的时候，皇上也要做到和之前的礼仪一样。当时燕越王主持亚献、终献之礼。第二次登上祭坛时，音乐像初时一样响起。跪酒之礼结束后，中书舍人宣读册子上的祭文，旁边的左右两人举着册子，要跪着宣读。从祭坛上下来，再次回到"小次"，亚献、终献和之前一样。再次登上祭坛，进呈玉爵盏，皇帝此时就要饮下福酒了。亚献、终献结束之后，从祭坛下来，皇驾在"小次"前面停下，则祭坛上的礼料、币、帛、玉器，从西阶降下。在南壝门外，离祭坛一百多步的地方，有个燎炉，高有一丈左右。众多祭物抬到炉台上，有一个人一边清点一边唱报，扔到燎炉中焚烧。祭坛有三层，在萦回的踏道之间，有十二座神龛，是用来祭祀十二宫神的，在内壝墙的外面祭祀着百星。主管者与陪同祭祀的官员会都面朝北面，按照班行站立。在宫架乐结束之后，而鼓吹还没有响起的时候，内外共数十万人严肃地站立着，只能听到轻风吹过环佩的声音。一位执掌礼仪的官员喝道："赞一拜。"众人皆礼拜，郊祀之礼至此而结束。

⌬ 郊毕驾回 ⌬

　　驾自"小次"，祭服还"大次"，惟近侍椽烛[1]二百余条，列成围子。至"大次"，更服衮冕[2]，登大安辇（辇如玉辂而大，无轮，四垂大带）。辇官服色，亦如挟路者。才升辇，教坊在外壝东西排列，钧容直先奏乐，一甲士舞一曲破讫，教坊进口号，乐作，诸军队伍鼓吹皆动，声震天地。回青城，天色未晓，百官常服入贺。赐茶酒毕，而法驾仪仗、铁骑鼓吹入南薰门。御路数十里之间，起居幕次，贵家看棚，华彩鳞砌，略无空闲去处。

注释

❶椽烛：像椽子一样的大烛。苏轼《武昌西山》："岂知白首同夜直，卧看椽烛高花摧。"
❷衮（gǔn）冕：衮衣和冕。古代帝王、上公所穿的礼服和礼冕。

皇上穿着祭服，车驾从"小次"回到"大次"，身边只有服侍的人拿着二百多条椽烛，排列成一个圆圈。到"大次"的时候，换上衮龙服，登上大安辇（辇和玉辂相似，但大一些，没有车轮，四角有垂下来的大带子）。辇官身穿的衣服颜色也和夹道的侍卫一样。才升上车辇时，教坊就已经在外面矮土墙的东西两边排列好了，钧容直先奏起音乐。一位甲胄之士先舞一出曲破，然后教坊进呈口号，乐曲响起时，诸军队伍的鼓吹齐鸣，声震天地。皇驾回到青城，天色还没有完全变亮。百官穿着平常的衣服进宫朝贺，在皇帝赏赐茶酒之后，法驾、仪仗、铁骑、鼓吹进入南薰门。在数十里的御路之间，皇上起居所用到的幕次，以及权贵之家搭建的看棚，华丽精彩，鳞次栉比地堆砌在一起，没有一点空闲的地方。

下　赦

车驾登宣德楼，楼前立大旗数口❶，内一口大者，与宣德楼齐，谓之"盖天旗"。旗立御路中心不动。次一口稍小，随驾立，谓之"次黄龙"。青城、太庙，随逐立之，俗亦呼为"盖天旗"。亦设宫架。乐作，须臾，击柝之声，旋立鸡竿，约高十数丈，竿尖有一大木盘，上有金鸡，口衔红幡子，书"皇帝万岁"字。盘底有彩索四条垂下，有四红巾者争先缘索而上，捷得金鸡红幡，则山呼谢恩讫。楼上以红绵索通门下一彩楼，上有金凤衔赦而下，至彩楼上，而通事舍人❷得赦宣读。开封府、大理寺❸排列罪人在楼前，罪人皆绯缝黄布衫，狱吏皆簪花鲜洁，闻鼓声，疏柳❹放去，各山呼谢恩讫，楼下钧容直乐作，杂剧、舞旋、御龙直装神鬼，斫真刀倬刀。楼上百官赐茶酒，诸班直呈拽马队，六军归营，至日晡时，礼毕。

注释

❶口：量词。唐代杜佑《通典》卷一百五十二《兵五》："置旗一口、鼓一面。"

❷通事舍人：官名。始于东晋，掌管诏命以及奏呈案章等。杜佑《通典》卷二十一《职官三》："初，魏置中书通事舍人官，其后历代皆有，然非今任。隋初罢为谒者官，置通事舍人十六员，承旨宣传。"

❸大理寺：官署名，掌刑狱案件的审理。秦汉时称为廷尉，北齐时改廷尉为大理卿，是最高的审判机构。

❹疏枷：打开枷锁。文天祥《文山集》卷十七："十一月二日，疏枷，惟系颈以索，得出户。"

译文

皇上登上宣德楼。楼的前面竖起几面大的旗帜，其中有一面大旗与宣德楼一样高，称为"盖天旗"。旗帜竖立在御路的中心，不会摇动。另一面旗帜稍微小一些，随着皇驾而竖立，称为"次黄龙"。在青城宫、太庙时，随着皇驾所在而竖立，世俗亦将其称为"盖天旗"。也设有宫架乐，音乐响起后，再过一小会儿，就会传来击柝之声，随即竖立起鸡竿，高度大约有几十丈，鸡竿的顶端有一个大的木盘，上面有一只金鸡，口中衔着红色的幡子，写着"皇帝万岁"的字样。木盘的底端有四条彩色的绳索垂下来，有四条红巾，众人争先沿着绳索往上爬，看谁最先得到金鸡和红幡，得到后就要山呼"万岁"以示谢恩。结束之后，宣德楼上会用红锦索直通门下的一座彩楼，上面有金凤衔着赦书飞下来，直到彩楼上，而通事舍人得到赦书就要宣读了。开封府和大理寺将罪人排列在宣德楼前面，罪人全都穿着红色面料上缝有黄布的衣衫，狱吏的头上都簪着花并且穿着鲜艳洁净的衣服，听到鼓声后，将罪人的枷锁打开将其放去。众人都山呼"万岁"以示谢恩。结束后，楼下的钩容直开始奏乐，杂剧表演回旋舞，御龙直装扮鬼神，用真刀倬刀表演。赏赐楼上百官茶和酒，诸班直整理组织好马队，六军各自归营。到日晡之时，赦礼结束。

驾还诣诸宫行谢

驾还内，择日诣景灵东、西宫，行恭谢❶之礼三日。第三日毕，即游幸别宫观或大臣私第。是月卖糍糕、鹑、兔方盛。

注释

❶恭谢：皇帝所行的与郊祀相关的大礼。《宋史》卷二十三《钦宗本纪》："（靖康元年三月）癸酉，诣景灵东宫行恭谢礼。"

译文

皇驾回到宫城中，选择日期到景灵东宫和景灵西宫，举行三日恭谢的礼仪。第三日礼仪结束，就到别的宫观游幸，或者到大臣的私人宅第。这个月是售卖糍糕、鹌鹑、野兔最兴盛的时候。

十 二 月

十二月，街市尽卖撒佛花、韭黄、生菜、兰芽、勃荷❶、胡桃、泽州饧。初八日，街巷中有僧尼三五人，作队念佛，以银铜沙罗或好盆器，坐一金铜或木佛像，浸以香水，杨枝洒浴，排门❷教化❸。诸大寺作浴佛会，并送七宝五味粥与门徒，谓之"腊八粥"。都人是日各家亦以果子、杂料煮粥而食也。腊日，寺院送面油❹与门徒，却入疏教化❺上元灯油钱。闾巷家家互相遗送。是月，景龙门预赏元夕于宝箓宫，一方灯火繁盛。二十四日交年❻，都人至夜请僧道看经，备酒果送神，烧合家替代钱纸，帖灶马❼于灶上。以酒糟涂抹灶门，谓之"醉司命"❽。夜于床底点灯，谓之"照虚耗"。此月虽无节序，而豪贵之家，遇雪即开筵，塑雪狮，装雪灯、雪□❾，以会亲旧。近岁节，市井皆印卖门神、钟馗、桃板⓫、桃符，及财门钝驴、回头鹿马、天行帖子。卖干茄瓠、马牙菜、胶牙饧之类，以备除夜之用。自入此月，即有贫者三数人为一火，装妇人、神鬼，敲锣击鼓，巡门乞钱，俗呼为"打夜胡"，亦驱祟之道也。

注释

❶勃荷：即薄荷。

❷排门：逐门挨户。

❸教化：宣讲佛道，又有乞讨之义。元代郑廷玉《看钱奴》第四折："大清早起，利市也不曾发，这两个老的就来教化酒喫，被我支他对门讨药去了。"

❹面油：润面的油脂。宋代庞元英《文昌杂录》卷一："礼部王员外言：今谓面油为玉龙膏，太宗皇帝始合此药，以白玉碾龙合子贮之，因以名焉。"

❺却入疏教化：然后再入疏以教化（乞讨）。入，进、呈。疏，讲清楚，说明缘由，或是类似化缘簿的册子。

❻交年：新旧岁交替，后又称小年。欧阳修《与颜直讲长道书》（其一）："交年积雪，极寒，体况想佳，计行李不久当东，会见何时，千万加爱。"

❼灶马：绘印的灶神像。《日下旧闻考·风俗》引《月令广义》："燕俗，图灶神镂于木，以纸印之，曰灶马，士民竞鬻，以腊月二十四日焚之，为送灶上天。"

❽司命：主宰命运的神。《楚辞·九歌》有"大司命""少司命"。

❾雪□："□"，原文缺此字。

❿桃板：桃木制作的木板，上有文字，与桃符功能相当。《抱朴子》卷十七"入山符"条："上五符，皆老君入山符也。以丹书桃板上，大书其文字。"

译文

十二月，大街集市上全都是卖撒佛花、韭黄、生菜、兰芽、薄荷、胡桃、泽州饧的。初八这一天，街巷中有三五位僧人尼姑，他们组成一队，口中念佛，用银铜沙罗或是好的盆器，在上面坐落一尊金的、铜的或是木的佛像，容器内浸泡着香水，用杨树枝挥洒，使众人沐浴，挨家挨户地进行宣扬教化。各个大的佛寺会举行浴佛会，并且为门徒赠送七宝五味粥，称为"腊八粥"。京城里的各家各户也都在这天用果子、杂料煮粥来吃。在腊日，寺院会给门徒送上面、油，然后再拿出化缘簿向百姓乞讨上元节的灯油钱。大街小巷里家家户户相互馈送。这个月会在景龙门外的宝箓官预先欣赏如同元宵节的风光，这一带的灯火尤其繁盛。二十四日是交年，京城里的人到夜间时请僧人、道士看经文，备办酒水果品以送神，烧一次合家替代烧纸钱，在厨灶上粘贴灶马。把酒糟涂抹在灶门上，称为"醉司命"。夜晚在床底点上一盏灯，称为"照虚耗"。这个月虽然没有节候时序，但是豪贵之家，在遇到雪天的时候就会开宴，堆雪狮子，并且装上雪灯、雪□，在此时会晤亲戚、故交。临近除夕岁节，大街集市上都在印刷售卖门神、钟馗像、桃板、桃符，以及财门钝驴、回头鹿马、天行帖子。还有卖干茄瓠、马牙菜、胶牙饧之类的，以备除夕之夜使用。自从到了这个月份的时候，就会有三几个穷人组成一伙，扮演妇人、神、鬼之类，敲着锣打着鼓，挨门挨户地乞讨，世俗称之为"打夜胡"，也是驱邪辟祟的一种方式。

除 夕

　　至除日，禁中呈大傩仪❶。并用皇城亲事官、诸班直，戴假面❷，绣画色衣，执金枪龙旗。教坊使孟景初身品魁伟，贯❸全副金镀铜甲，装将军。用镇殿将军二人，亦介胄，装门神。教坊"南河炭"❹丑恶魁肥，装判官。又装钟馗小妹❺、土地、灶神之类，共千余人，自禁中驱祟，出南薰门外转龙弯，谓之"埋祟"而罢。是夜，禁中爆竹山呼，声闻于外。士庶之家，围炉团坐，达旦不寐，谓之"守岁"❻。

　　凡大礼与禁中节次，但❼尝见习按❽，又不知果为如何，不无脱略，或改而正之，则幸甚。

注释

❶傩仪：古代在腊月时举行的驱疫驱鬼的仪式。《论语·乡党》："乡人傩，朝服立于阼阶。"

❷假面：面具。宋代陈元靓《岁时广记》卷四十"为面具"条引《岁时杂记》曰："除日作面具，或作鬼神，或作儿女形，或施于门楣。驱傩者以蔽其面，或小儿以为戏。"

❸贯：穿戴。

❹南河炭：在这里指人的绰号。

❺钟馗小妹：民间有"钟馗嫁妹"的传说。

❻守岁：此风俗之记载始于晋代周处《风土记》，今犹存之。苏轼有《守岁》诗，其诗题曰："至除夜，达旦不眠，为守岁。"

❼但：只是。

❽习按：演习、演练。

译文

　　到了除夕节的时候，皇宫中会呈现盛大的驱傩仪式。队伍中全是皇城里的亲事官、诸班直，他们戴着假面具，穿着绣有图画的彩色衣服，拿着金枪、龙旗。教坊使孟景初身材魁梧，全身上下穿着一整副镀金的铜甲，装扮将军。又选用两个镇殿将军，也穿戴着甲胄，装扮门神。教坊南河炭丑陋、凶恶、魁梧、肥大，装扮判官。又有装扮为钟馗小妹、土地神、灶神之类的，总共有一千多人，从皇宫开始驱除邪祟，然后走出南薰门外的转龙弯，称为"埋祟"，之后才结束。这一晚上皇宫中传出爆竹声、山呼声，声音传到皇城外。士人百姓之家，众人围着火户团团坐定，通宵达旦地不睡觉，称为"守岁"。

但凡是大的典礼和皇城中的节候，我只是曾经见过演习而已，并不知实际到底如何。难免会有所脱漏，如果有人能够修改进而使之正确，那就再好不过了。

附 录

《百川书志》卷五《东京梦华录》提要

《东京梦华录》十卷，宋幽兰居士孟元老追记胜国时事也，八十六则。赵师侠曰："其事关宫禁、典礼，得之传闻，不无谬误。若市井游观、岁时货物、民情风俗，尚见闻习熟，皆得其真。"

《少室山房集》卷一百四《读〈东京梦华录〉》

《东京梦华录》四卷，记汴中风俗、时序、景物，以及祠宇、楼观甚详，信宋人之好事也。其辞颇猥俚，而开卷见当时全盛风华，种种目睫。吾尝欲稍加剪饰，合南渡《武林旧事》刻之，便自觉两都遗习烂漫著人。宋虽弱运，犹远胜今之秣陵燕市也。

《四库全书总目》卷七十《东京梦华录》提要

宋孟元老撰。元老始末未详。盖北宋旧人，于南渡之后，追忆汴京繁盛，而作此书也。自都城、坊市、节序、风俗，及当时典礼、仪卫，靡不赅载。虽不过识小之流，而朝章国制，颇错出其间。核其所纪，与《宋志》颇有异同。如《宋志》南郊仪注，郊前三日，但云"斋于大庆殿、太庙及青城斋宫"，而是书载车驾宿大庆殿仪，驾宿太庙奉神主出室仪，驾诣青城斋宫仪，委曲详尽。又如郊毕解严，《宋志》但云"御宣德门肆赦"，而是书载下赦仪，亦极周至。又行礼仪注，《宋志》有"皇帝初登坛，上香奠玉币仪，既降盥洗，再登坛然后初献"，而是书奏请驾登坛即初献，无上香献玉帛仪。又太祝读册，《宋志》列在初献时，是书初献之后再登坛，始称读祝，亦小有参差。如此之类，皆可以互相考证，订史氏之讹舛。固不仅岁时宴赏，士女奢华，徒以惆怅旧游，流传佳话者矣。

中国古代文学经典书系

旧时风月

徐霞客游记

〔明〕徐霞客　著

谭　笑　注释

春风文艺出版社
·沈阳·

图书在版编目（CIP）数据

徐霞客游记/（明）徐霞客著；谭笑注释. —沈阳：
春风文艺出版社，2025.1
（中国古代文学经典书系. 旧时风月）
ISBN 978 – 7 – 5313 – 6638 – 6

Ⅰ. ①徐… Ⅱ. ①徐… ②谭… Ⅲ. ①《徐霞客游记
》Ⅳ. ①K928.9

中国国家版本馆CIP数据核字（2024）第019155号

导 言

徐霞客（1587—1641），名弘祖，字振之，号霞客。明末南直隶江阴（今江苏省江阴市）人。这是一个大家都不陌生的名字，在我们周围有许多徐霞客的"身影"：中华世纪坛树立有四十位中华历史文化名人，徐霞客是其中之一；2021年央视热播的文化类节目《典籍里的中国》，其中《徐霞客游记》一期演绎了徐霞客少小立志、探源长江的故事；大家如果读过畅销书《明朝那些事儿》，会注意到二百七十余年的明朝历史讲述是以徐霞客的故事收尾的；此外，很多旅游景点都树立有徐霞客像，《徐霞客游记》也多次入选中小学教材或阅读指导目录等。

一

对于我们今天的人来说，人生有很多选择，当今社会也提供了多种多样选择的机会。若将时光回溯到徐霞客所生活的晚明时期，普通人的选择是成为农民、手工业者、商贩等，读书人的选择也十有八九是参加科举，考中举人或进士，从此走上仕途。但那时，学而优则仕的道路非常艰难，读书人有的选择归隐，成为"山人"，比如为徐霞客取号"霞客"的友人陈继儒；有的选择从商，成为"儒商"……徐霞客则选择了一条尤为与众不同的道路，那就是"远游"——"欲问奇于名山大川"，而这也无形中成就了其"千古奇人"的美誉，更无意中成就了其在20世纪以来"地理学家""地质学家""文学家""探险家""旅行家"乃至"游圣"等称号。

我们要问，在"没得选"的时代，徐霞客为何能够做出这样的人生选择？他为此进行了哪些规划？同时代的人是如何看待他所走的道路的？

　　和我们今天很多人一样，兴趣爱好是徐霞客人生选择的第一动力，仅这一点在他的时代就非常特别。在友人陈函辉所撰《徐霞客墓志铭》里，记载了他少年时就已经展露出来的兴趣：

> 出就师塾，矢口即成诵，搦管即成章，而膝下孺慕依依，其天性也。又特好奇书，侈博览古今史籍，及舆地志、山海图经，以及一切冲举高蹈之迹，每私覆经书下潜玩，神栩栩动。特恐违两尊人意，俯就铅椠，应括帖藻芹之业，雅非其所好。尝读《陶水监传》，辄笑曰："为是松风可听耳。若睹青天而攀白日，夫何远之有？"及观严夫子"州有九，涉其八；岳有五，登其四"，又抚掌曰："丈夫当朝碧海而暮苍梧，乃以一隅自限耶？"人或怪其诞，夷然不屑。

　　从这里可以看到，徐霞客是那种天资聪颖的孩子，也和很多孩子一样，上学时偷偷地看自己喜欢的书籍，而且看得神飞色动。他喜欢看的书有"古今史籍""舆地志、山海图经"，就是历史、地理类书籍，当然还有其他奇人异事传说。这里"孺慕依依，其天性也"一句，又交代了他天性里对父母的孝心，这与他后来的人生选择密不可分。正是因为孝心，所以一开始他也像其他孩子一样，"特恐违两尊人意，俯就铅椠，应括帖藻芹之业，雅非其所好"，也就是学习八股文、参加科举应试。这是他出于孝心所做出的选择，但并没有因此冲淡自己的爱好，反而随着年龄的增长而更加强烈。他读到史书中《梁书·陶弘景传》时，有感于陶弘景少年时所说的话"仰青云，睹白日，不觉为远矣"，深受触动；又读到陶弘景"特爱松风，庭院皆植松"，每闻松风之响，便"欣然为乐"，不由得也发出了"为是松风可听耳。若睹青天而攀白日，夫何远之有？"的自我期许。等读到西汉严忌自述"经有五，涉其四；州有九，游其八"时，又发出豪言壮语："丈夫当朝碧海而暮苍梧，乃以一隅自限耶？"

尽管旅游在晚明已成为一种风尚，但对于徐霞客的这番志向，人们起初的反应是"或怪其诞"，认为这是一件很不合实际的事情。的确，晚明随着商品经济的繁荣，世俗化倾向非常明显，四处游玩也是世俗化的一种体现，但若将出游四方作为一种志向，总体来说还是显得格格不入的。人们从一个地方到另一个地方，或是求名，或是求利，或是求道，或是科考，或是做官，或是游幕，纯粹的出游行为，也即以"远游"作为目的，还很罕见。

真正促使徐霞客下定决心，以游历四方作为终生抱负的，有以下三个直接原因——

第一个是参加童子试不利。童子试是明清科举考试的第一关，通过童子试后成为生员，之后才有机会参加乡试、会试，通往仕途。童子试不利，无疑会勾起徐氏家族过往与科举有关的悲惨经历，比较有名的是徐霞客的高祖徐经，他与唐寅关系甚好，埋头举业，却因为涉嫌买题而被削去仕籍；还有其他好几代先祖，为了科举呕心沥血，都年纪轻轻就去世了。可以说，徐氏家族在科举的道路上从来都不顺利，即便是徐霞客的侄子徐亮工1640年考中了进士，却也没几年就遇到明清易代与"江南奴变"事件，其人也在奴变期间被杀死。所以科举考试的第一关失利，就成为徐霞客及时止损的一个契机。

第二个是父亲的去世。徐霞客父亲徐有勉是家中第三子，兄弟六人分家产时，他屡屡将良田美宅主动让给兄弟，自己则选择一处偏僻的旷地，与妻子重启家业。有人劝他出钱换个一官半职，他丝毫不为所动，生性厌恶冠盖征逐之交，这一性格影响到了徐霞客。徐霞客也自称"于中原地主，悉不欲一通姓名"。徐霞客父亲中年伤足，晚年遭到盗贼抢劫，几乎殒命，一病不起。等到父亲去世后，家中出现"外侮叠来"的情况，虽然我们不知道是什么外侮，但这让徐霞客更加厌弃世俗的种种纷扰，也做好了"视之如白云苍狗"的心理准备，而发展自己的爱好，"问奇于名山大川"，成为他逃避世俗纷扰最好的选择。

但古代儒家伦理讲求"父母在,不远游",而游历四方必然会与这一要求有所违背,更何况在旅途中可能会遭遇各样的危险。"身体发肤,受之父母",对于至孝的徐霞客来说,离家远游很难开口。徐霞客的顾虑是很自然的,作为家中次子,他出生时母亲已经42岁,当父亲去世时,母亲已60岁,在古时已经算是很大年纪了。很庆幸徐霞客有这样一位母亲,她从各个方面给予了徐霞客勉励,而这成为徐霞客做出人生选择的第三个也是最重要的一个原因。

　　徐母王孺人的鼓励表现在三个方面:一是精神上的勉励。徐母对徐霞客说:"志在四方,男子事也。即《语》称'游必有方',不过稽远近,计岁月,往返如期,岂令儿以藩中雉、辕下驹坐困为?"可以说母亲很珍视呵护徐霞客的爱好。不仅如此,母亲还为他制远游冠。远游冠是古代冠饰之一,一般为诸侯王所常戴,到元代时已经废除这种礼制。所以徐母应是借"远游"二字来激励他。

　　二是物质上的资助。在出游花费以及家事料理上,母亲给了很大的帮助,让徐霞客无后顾之忧。在江阴徐霞客故居有一个"晴山堂石刻"展厅,展示着徐霞客搜集的明代名公钜臣为历代先祖所作的题咏。其中为徐霞客母亲题咏的部分最突出,为"秋圃晨机图",展现了徐霞客母亲带领媳妇、婢女织布的情景。徐家所织的布在市场上很受欢迎,被称为"徐家布",由此积攒了不少家资,这在很大程度上支撑了徐霞客的出游。

　　三是行动上的榜样。《徐霞客墓志铭》里写到,徐霞客因为母亲年岁渐高,想要遵守"父母在,不远游"之诫。母亲对他说:"向固与若言,吾尚善饭。今以身先之。"就让徐霞客陪着她游荆溪、句曲(今宜兴、句曲)等地,每每走在徐霞客前面。

　　反过来徐霞客也没有辜负母亲的鼓励和期待,他将出游视为对母亲尽孝的方式。正如徐霞客友人陈仁锡在《王孺人墓志铭》里所说:"自古奉其亲者多矣,奉山水自徐仲子始。"徐霞客每次出游归来,总是会"携琪花瑶草、碧藕雪桃"为母寿,如游武当山时带回的榔梅(见《游太和山记》);或讲述"各方风土之异,灵怪窟宅之渺,崖壑梯磴之所见闻"，母亲听了总是很惬意。此时，他已成为人们口中的"胜具真有种也"，也就是夸赞他天生就一副登山涉水的好身体。

<h1 style="text-align:center">二</h1>

在做出了"问奇于名山大川"的人生选择后，徐霞客对自己的远游也有长期的规划。目前我们一般将徐霞客的出游分为两个阶段：一是1633年之前的名山游时期，二是1636年开始的西南万里遐征。此外，又可以母亲去世为界分为两个阶段：当母亲健在时，徐霞客进行的是"有方之游"，也就是对《论语》所说"父母在，不远游，游必有方"的遵循。1625年母亲去世之后，徐霞客曾说过一句话："昔人以母在，此身未可许人也；今不可许身山水乎？"由此开启了"不计程，不计年，旅泊岩栖，旅行无碍"的"无方之游"。

如果细读《徐霞客游记》文本会发现，所谓无方之游，其实一直都在徐霞客的出游规划当中。在1620年的《游九鲤湖日记》中，他写道：

> 余志在蜀之峨眉、粤之桂林，及太华、恒岳诸山；若罗浮、衡岳，次也；至越之五泄、闽之九漈，又次也。然蜀、广、关中，母老道远，未能卒游；衡湘可以假道，不必专游。

在1623年的《游嵩山日记》中，他再次写道：

> 余髫年蓄五岳志，而玄岳出五岳上，慕尤切。久拟历裹、郧，扪太华，由剑阁连云栈，为峨眉先导；而母老志移，不得不先事太和，犹属有方之游。第沿江溯流，旷日持久，不若陆行舟返，为时较速。乃陆行汝、邓间，路与陕、汴略相当，可以兼尽嵩、华，朝宗太岳。遂以癸亥仲春朔，决策从嵩岳道始。

可以看出，徐霞客一直都有西南远游的规划，只是考虑到母亲的年迈而未成行。1632年徐霞客在与友人陈函辉的小寒山夜话中，对自己平生游历做了一次小结。此时，他的足迹已经遍及了华北、华南、华中、华东、西北的名山大川，但峨眉、桂林之行却一直没有着落。当陈函辉问他："先生之游倦乎？"他回答道：

> 未也。吾于皇舆所及，且未悉其涯涘，粤西、滇南，尚有待焉。即峨眉一行，以奢酋发难，草草至秦陇而回，非我志也。自此当一问阆风、昆仑诸遐方矣！

可见峨眉、粤西、滇南乃至藏边（阆风、昆仑）等地，是他念念不忘的人生选择的下半场。此前他还曾尝试经秦岭去峨眉，因受到奢酋发难阻挡，不得不草草而回。

到了1636年9月，徐霞客终于开始他念念二十余年的西南游。此时他已经51岁，再也等不起了。他在万里遐征的开篇日记《浙游日记》中说："余久拟西游，迁延二载，老病将至，必难再迟。"这说明早在两年前他就做好了准备，因事耽搁。这次西行之前，他写到自己有太多的亲友想再见、想拜访，甚至去书商那里还了往年所欠的书钱，可见明显带着一种壮士赴死的决心。虽然这在游记中没有明确交代，但在他写给友人的信札以及墓志铭中，则弥漫着浓重的悲剧氛围。徐霞客在《致陈继儒书》中写道：

> 弘祖将决策西游，从牂柯夜郎以极碉门铁桥之外。其地皆豺嗥鼯啸、魑魅纵横之区，往返难以时计，死生不能自保。尝恨上无以穷天文之杳渺，下无以研性命之深微，中无以砥世俗之纷沓，惟此高深之间，可以目摭而足析。然无紫囊真岳之形，而效青牛出关之辙，漫以血肉，偿彼险巇。他日或老先生悯其毕命，招以楚声，绝域游魂，堪傲玉门生入者矣。

其中"尝恨上无以穷天文之杳渺，下无以研性命之深微，中无以砥世俗之纷沓，惟此高深之间，可以目摭而足析"等句，对自己为何做出这样的人生选择做了一次回望，给出了最明确的答案，既然上不能"问天"，下不能"问命"，中不愿"问名问利"，那唯有"问奇"于高山深谷之间。《徐霞客墓志铭》还记载西南遐征前，徐霞客借用过两汉之际隐士向长的话："譬如吾已死，幸无以家累相牵矣。"这是指他尽了做父亲的职责，为儿子完了婚事。结合他在信中所说"漫以血肉，偿彼险巇"，即以血肉之躯跋涉于高山深谷之中，可以想见这已经具有了超脱生死的境界。尽管如此，徐霞客也无法预料到他将面临的更加严峻的考验——三次遇盗、多次绝粮、与友人死别、负骨西行等。

关于徐霞客的西南遐征，有太多故事可以讲。这里只说说其中最重要的一条，即超越"问奇"的出游，晋升为一种"问源"的理性追求。这是在其此前长达二十余年的远游中慢慢生发出来的，并最终在万里遐征期间大放异彩。徐霞客的连襟吴国华所作《霞客圹志铭》写道：

> 霞客尝谓山川面目，多为图经志籍所蒙，故穷九州内外，探奇测幽。

《徐霞客墓志铭》中写得更清楚：

> 游踪既遍天下，于星辰经络，地气萦回，咸得其分合渊源所自。云昔人志星官舆地，多以承袭附会；即江、河二经，山脉三条，自纪载来，俱囿于中国一方，未测浩衍，遂欲为昆仑海外之游。

最终在西南之行期间，他写成《溯江纪源》《盘江考》等专文，对于辨明长江、盘江、南方山脉的源头等有着重要的贡献。西游归来，徐霞客就成了世人眼中的"千古奇人"。正因如此，才会有钱谦益在《徐霞客传》记载的徐霞客临终前所说的话：

> 张骞凿空，未睹昆仑；唐玄奘、元耶律楚材，衔人主之命，乃得西游。吾以老布衣，孤筇双屦，穷河沙，上昆仑，历西域，题名绝国，与三人而为四，死不恨矣。

有人认为这是徐霞客的自我夸饰，但从徐霞客为了"游"这样一个纯粹目标所付出的努力、所取得的成就，以及在今天的影响来看，这是值得肯定的。因为徐霞客身上所拥有的品质，我们今天大多数人都具备，所需要的可能是再多一分坚持。

三

接下来再来谈一谈《徐霞客游记》的写作。对此，可以借用苏轼游记《石钟山记》中的话来说明："事不目见耳闻，而臆断其有无，可乎？郦元之所见闻，殆与余同，而言之不详；士大夫终不肯以小舟夜泊绝壁之下，故莫能知；而渔工水师虽知而不能言。此世所以不传也。"这段话说明了"能言"的重要性，也正印证了《徐霞客游记》的重要性。

我们设想，假如徐霞客只是"问奇"，而没有记录意识、"不能言"，他是否还会有今天这么大的影响？可以毫不夸张地说没有。《徐霞客游记》在很早之前就被认定具有地理地质学上的价值，比如那段非常熟悉的评价：

> 他的游记读来并不像是17世纪的学者所写的东西，倒像是一位20世纪的野外勘测家所写的考察记录。……对于每一种东西，他都用步或里把它的大小尺寸详细地标记出来，而

不使用含糊的语句。（李约瑟《中国科学技术史》）

在现代旅游业大发展的今天，《徐霞客游记》更是成为各地方发掘本地特色旅游资源的"圣经"。早在2011年，国务院根据现存《徐霞客游记》开篇日期5月19日，将其确定为"中国旅游日"，这是在国家层面对《徐霞客游记》的认可。

我们今天能看到的《徐霞客游记》有六十余万字，这还是经历了明清易代时的兵燹、明末清初各种散佚之后保留下来的。钱谦益称游记原稿"高可隐几"，且高度推崇、多次称赞：在《徐霞客传》中说是"古今游记之最"，在《嘱徐仲昭刻游记书》中说是"世间真文字、大文字、奇文字"，在《嘱毛子晋刻游记书》中说是"千古奇书"。今天的研究者也称它为晚明社会的"百科全书"。在这里，我们简单讲一讲《徐霞客游记》是如何写作的。

一般认为，今存《徐霞客游记》的"名山游记"部分经过校勘誊写，而"西南游日记"基本上是完完全全的手稿状态，正如徐霞客临终前对友人陈梦良交代的那样："日必有记，但散乱无绪，子为我理而辑之。"但我们读着这样的文字，很难相信它们是每日记录的手稿。

关于《徐霞客游记》的写作，钱谦益《徐霞客传》说："行游约数百里，就破壁枯树，然松拾穗，走笔为记，如甲乙之簿，如丹青之画。"这是对徐霞客游记写作状态的最形象说明，我们甚至能看到据此所绘的图画。当然这个场景只是一种极端的情况，更多时候徐霞客会在相对安稳的环境里写作，写作时的心态也各有不同。如《粤西游日记四》中说"余作记寓中"，是在寓所写作；《黔游日记一》中说"是晚觅得安庄夫，市小鲫佐酒。时方过午，坐肆楼作记"，应当是在酒肆一边吃酒一边写作；《滇游日记二》中说因下雨，在投宿的吴氏家中"乃匡坐作记"；《滇游日记五》中说"铺西北上有关帝庙，就而作记"，是在关帝庙里借地写作；《滇游日记七》中说"余爱其幽险，为憩阁中作记者半日"，是在幽静的僧阁里写作；《滇游日记九》中说"余拟眺月于此，以扩未舒之观，因拭桌作记"，是在打算赏月的间隙借用亭子里的桌子写作；《滇游日记十二》中说"郁郁作记竟日"，是因为下雨不得成行，在郁闷中写作；等等。

虽然写作的环境、心态不一，但"行游约数百里"之后写作则是事实。徐霞客自己说"日必有记"，并非是每天都有写作这样一个行为，实际上他的写作更多是一种追记，如《粤西游日记一》中说"追录数日游记"、《滇游日记三》中说"憩其楼不出，作数日游纪"等。这很重要。以徐霞客在游记中所记载里程而言，若徒步，每日约行四十里到六十里，那么数百里很可能就是五七天写作一次。处于追记之中的徐霞客，如何记得住精确的里程、地点，例如对于一些洞穴是如何精确记忆探洞的过程，并对洞穴做出准确、细致的描写呢？这是一个很有意思的话题。《典籍里的中国》复原过一些场景，如徐霞客探洞时拿着纸笔在观察、记录。这当然是一个比较可靠的猜测。但探洞毕竟处于一个相对封闭的固定空间里，那么徐霞客在赶路的动态之中，也是左手拿纸、右手拿笔这样走吗？还是说每走几里到达一个地点之后，就停下来磨墨做简单记录？要知道，很多时候徐霞客登山探洞都是轻装上阵的状态。比如探湖南麻叶洞时，他们要穿越第一关洞穴，"低仅一尺，阔亦如之……乃先以炬入，后蛇伏以进，背磨腰贴，以身后耸"，此时似乎腾不出手来再拿纸笔；再比如在云南石房洞爬山时，随身携带三十文钱置于袖中，因爬山过程中"手足无主"，不知掉到哪里去了，最后只能卖掉身上的一件绸裙换取二百余文。从这些可以看到，探洞、登山过程中，携带笔墨纸砚是多么不可能的一件事。对于《徐霞客游记》的写作这样一个有意思的话题，我暂无法给出更为合理的答案，不过，这正看出了徐霞客的观察、记忆、写作等综合能力，也可见《徐霞客游记》当得起古往今来的盛赞。

四

《徐霞客游记》作为一部六十万字的皇皇巨著，无疑会令读者望而生畏，因此以选本的形式呈现其最精彩的内容无疑是必要的。然而

《徐霞客游记》中的精彩篇目不胜枚举，如何选篇是首先要考虑的。就这个选本来说，名山游记部分每个地点选一篇（《游黄山日记后》因与前一篇《游庐山日记》属于同一次出游的记录，故也选入）；西南游记则或选取闻名已久的日记（如游麻叶洞、游黄果树瀑布、游蛱蝶泉等），或选取具有重要标志意义的日记（如西南游开篇数日、结尾数日等），或选取西行途中重要事件的日记（如湘江遇盗、处理静闻后事、木增礼遇等）。要而言之，尽量选录此前选本不曾重视的（尤其是西南游日记），同时也保证所选内容的多样性。

该选本的注说，分"导读""注释"与"解说"三部分。"导读"主要是对选篇进行简明扼要的说明，内容以游踪为主；"注释"主要是对字词、典故进行说明，对于地名、动植物名一般不做注释，注释会参考相关工具书以及前人的工作；"解说"主要是针对选篇中的要点进行简要说明，注重围绕一个点勾连游记前后内容以弥补选篇之不足，注意对游记中"闲笔"的解说，同时呈现个人在阅读中的一些思考以及未来研究可展开的方向。

该选本依据底本为褚绍唐、吴应寿先生整理的《徐霞客游记》（上海古籍出版社），但在一些具体句读方面，也会参考朱惠荣先生的《徐霞客游记校注》与赵伯陶先生解说的《徐霞客游记》，或依据个人的理解进行解读。对于一些篇幅太长的日记，该选本略做分段，以方便阅读。

最后，感谢我的硕士导师曹立波教授的推荐，感谢辽宁大学胡胜教授的信任，感谢春风文艺出版社姚宏越先生的细心编辑，才让我有了第一本徐霞客相关著作。由于时间仓促、个人能力有限，该选本肯定会存在不少问题，期待方家的指正，以便在将来有可能进行修订。

（附：本文原发表于《徐霞客研究》第44辑，中国大地出版社2023年版。题目为《徐霞客的人生选择与〈徐霞客游记〉的写作》，本是为首都师范大学初等教育学院"致远论坛"讲座的底稿，此次用作导言，稍做调整，同时添加第四部分说明此次选注的情况。）

目　录

游天台山日记 浙江台州府

【导语】

天台山，位于浙江省天台县城北。徐霞客曾三游天台山，留下两篇游记。这是第一篇，为第一次游天台山的记录，始于万历四十一年（1613）三月末，至四月初八日，前后九天，是现存《徐霞客游记》的开篇之作。另一篇为第三次游历的记录，始于崇祯五年（1632）三月十四日，至十八日，前后五天。本次游览了华顶峰、石梁瀑布、断桥、珠帘瀑布、方广寺、明岩、寒岩、桃源等景点。

癸丑之三月晦❶　自宁海出西门。云散日朗，人意山光，俱有喜态。三十里，至梁隍山。闻此地於菟❷夹道，月伤数十人，遂止宿焉。

四月初一日　早雨。行十五里，路有岐，马首西向台山，天色渐霁。又十里，抵松门岭，山峻路滑，舍骑步行。自奉化来，虽越岭数重，皆循山麓；至此迂回临陟❸，俱在山脊。而雨后新霁，泉声山色，往复创变❹，翠丛中山鹃映发，令人攀历忘苦。又十五里，饭于筋竹庵。山顶随处种麦。从筋竹岭南行，则向国清大路。适有国清僧云峰同饭，言此抵石梁，山险路长，行李不便，不若以轻装往，而重担向国清相待。余然❺之，令担夫随云峰往国清，余与莲舟上人❻就石梁道。行五里，过筋竹岭。岭旁多短松，老干屈曲，根叶苍秀，俱吾阊门❼盆中物❽也。又三十余里，抵弥陀庵。上下高岭，深山荒寂，恐藏虎，故草木俱焚去。泉轰风动，路绝旅人。庵在万山坳❾中，路荒且长，适当其半，可饭可宿。

初二日　饭后，雨始止。遂越潦❿攀岭，溪石渐幽。二十里，暮抵天封寺。卧念晨上峰顶，以朗霁为缘，盖连日晚霁，并无晓晴。及

春社延賓

五更梦中，闻明星满天，喜不成寐。

　　初三日　晨起，果日光烨烨[11]，决策向顶。上数里，至华顶庵；又三里，将近顶，为太白堂，俱无可观。闻堂左下有黄经洞，乃从小径。二里，俯见一突石，颇觉秀蔚[12]。至则一发僧[13]结庵于前，恐风自洞来，以石甃[14]塞其门，大为叹惋。复上至太白，循路登绝顶。荒草靡靡，山高风冽，草上结霜高寸许，而四山回映，琪花玉树，玲珑弥望[15]。岭角山花盛开，顶上反不吐色，盖为高寒所勒[16]耳。

獻歲村農樂事
多草堂蹲姐衆
賓羅去年倉廩
已充實更祝今
年富泰禾

　　仍下华顶庵，过池边小桥，越三岭。溪回山合，木石森丽，一转一奇，殊慊⑰所望。二十里，过上方广，至石梁，礼佛昙花亭，不暇细观飞瀑。下至下方广，仰视石梁飞瀑，忽在天际。闻断桥、珠帘尤胜，僧言饭后行，犹及往返，遂由仙筏桥向山后。越一岭，沿涧八九里，水瀑从石门泻下，旋转三曲：上层为断桥，两石斜合，水碎迸石间，汇转入潭；中层两石对峙如门，水为门束，势甚怒；下层潭口颇阔，泻处如阈⑱，水从坳中斜下。三级俱高数丈，各极神奇，但循级而下，宛转处为曲所遮，不能一望尽收。又里许，为珠帘水，水倾下处甚平阔，其势散缓，滔滔汩汩。余赤足跳草莽中，揉木缘崖[19]，莲舟不能从。暝色四下，始返。停足仙筏桥，观石梁卧虹，飞瀑喷雪，几不欲卧。

初四日　天山一碧如黛。不暇晨餐，即循仙筏上昙花亭，石梁即在亭外。梁阔尺余，长三丈，架两山坳间。两飞瀑从亭左来，至桥乃合流下坠，雷轰河陨[20]，百丈不止。余从梁上行，下瞰深潭，毛骨俱悚。梁尽，即为大石所隔，不能达前山，乃还。过昙花，入上方广寺。循寺前溪，复至隔山大石上，坐观石梁。为下寺僧促饭，乃去。饭后，十五里，抵万年寺，登藏经阁。阁两重，有南北经两藏[21]。寺前后多古杉，悉三人围，鹤巢于上，传声嘹呖[22]，亦山中一清响也。是日，余欲向桐柏宫，觅琼台、双阙，路多迷津[23]，遂谋向国清。国清去万年四十里，中过龙王堂。每下一岭，余谓已在平地，及下数重，势犹未止，始悟华顶之高，去天非远！日暮，入国清[24]，与云峰相见，如遇故知，与商探奇次第。云峰言："名胜无如两岩，虽远，可以骑行。先两岩而后步至桃源，抵桐柏，则翠壁、赤城，可一览收矣。"

初五日　有雨色，不顾。取寒、明两岩道，由寺向西门觅骑。骑至，雨亦至。五十里，至步头，雨止，骑去。二里，入山，峰萦水映，木秀石奇，意甚乐之。一溪从东阳来，势甚急，大若曹娥。四顾无筏，负奴背而涉。深过于膝，移渡一涧，几一时。三里，至明岩。明岩为寒山、拾得[25]隐身地，两山回曲，《志》所谓八寸关也。入关，则四围峭壁如城。最后，洞深数丈，广容数百人。洞外，左右两岩，皆在半壁；右有石笋突耸，上齐石壁，相去一线，青松紫蕊，蓊苁[26]于上，恰与左岩相对，可称奇绝。出八寸关，复上一岩，亦左向。来时仰望如一隙，及登其上，明敞容数百人。岩中一井，曰仙人井，浅而不可竭。岩外一特石[27]，高数丈，上岐立如两人，僧指为寒山、拾得云。入寺。饭后云阴溃散，新月在天，人在回崖[28]顶上，对之清光溢壁。

初六日　凌晨出寺，六七里至寒岩。石壁直上如劈，仰视空中，洞穴甚多。岩半有一洞，阔八十步，深百余步，平展明朗。循岩右行，从石隙仰登。岩坳有两石对耸，下分上连，为鹊桥，亦可与方广石梁争奇，但少飞瀑直下耳。还饭僧舍，觅筏渡一溪。循溪行，山下一带峭壁巉崖㉙，草木盘垂其上，内多海棠、紫荆，映荫溪色，香风来处，玉兰芳草，处处不绝。已至一山嘴，石壁直竖涧底，涧深流驶，旁无余地。壁上凿孔以行，孔中仅容半趾，逼身㉚而过，神魄为动。自寒岩十五里，至步头，从小路向桃源㉛。桃源在护国寺㉜旁，寺已废，土人㉝茫无知者。随云峰莽行曲路中，日已堕，竟无宿处，乃复问至坪头潭。潭去步头仅二十里，今从小路，反迂回三十余里。宿。信桃源误人也。

初七日　自坪头潭行曲路中三十余里，渡溪入山。又四五里，山口渐夹㉞，有馆曰桃花坞。循深潭而行，潭水澄碧，飞泉自上来注，为鸣玉涧。涧随山转，人随涧行。两旁山皆石骨，攒㉟峦夹翠，涉目成赏，大抵胜在寒、明两岩间。涧穷路绝，一瀑从山坳泻下，势甚纵横。出饭馆中，循坞㊱东南行，越两岭，寻所谓琼台、双阙，竟无知者。去数里，访知在山顶。与云峰循路攀援，始达其巅。下视峭削㊲环转，一如桃源，而翠壁万丈过之。峰头中断，即为双阙；双阙所夹而环者，即为琼台；台三面绝壁，后转即连双阙。余在对阙，日暮不及登㊳，然胜㊴已一日尽矣。遂下山，从赤城后还国清，凡三十里。

初八日　离国清，从山后五里，登赤城。赤城山顶圆壁特起，望之如城，而石色微赤。岩穴为僧舍凌杂㊵，尽掩天趣。所谓玉京洞、金钱池、洗肠井，俱无甚奇。

注释

❶ 晦：农历每月的最后一天。该日为公元 1613 年 5 月 19 日，是"中国旅游日"确立的依据。

❷ 於菟（wū tú）：老虎的别称。《左传·宣公四年》云："楚人谓

乳谷，谓虎於菟。"

❸陟（zhì）：登高。

❹创变：变化。

❺然：同意。

❻莲舟上人：江阴迎福寺僧人，徐霞客晚年西南遐征时旅伴静闻的师父。上人：对有德行僧人的尊称。

❼阊门：原为苏州古城西北门，通往虎丘方向。此处代指苏州。

❽盆中物：即盆栽、盆景。

❾坳：低洼处。

❿潦（lǎo）：雨后积水。唐王勃《滕王阁序》云："潦水尽而寒潭清。"

⓫烨烨：日光明亮的样子。

⓬秀蔚：形容山陵秀美，草木繁茂。

⓭发僧：带发修行的僧人。

⓮石甃（zhòu）：石砌建筑物。

⓯弥望：满眼。

⓰勒：限制。

⓱慊（qiè）：满足。

⓲阈（yù）：门槛。

⓳揉木缘崖：指攀住树枝爬上高崖。揉，牵引。

⓴隤（tuí）：形容河水奔流迅猛。

㉑南北经两藏：明洪武年间在南京所刻《大藏经》（南藏）与永乐年间在北京所刻《大藏经》（北藏）的总称。藏，指佛教经典。

㉒嘹呖（liáo lì）：形容声音响亮凄清。

㉓迷津：使人迷惑的道路或方向。津，渡口。

㉔国清：即国清寺，天台山古刹之一，始建于隋开皇年间，今存建筑主体为清雍正年间重修。

㉕寒山、拾得：唐代天台山二僧，寒山隐居寒岩，拾得在国清寺修行。二人均能作诗，互为好友，后人尊称为"和合二仙"。

㉖蓊苁（wěng cōng）：形容草木茂盛。

㉗特石：造型奇特的石头。

㉘崖：一作"岩"。

㉙巉崖：陡峭危险的山崖。

㉚逼身：收缩身体，形容空隙狭小。

㉛桃源：天台八景之一"桃源遇春"所在地。

㉜护国寺：天台山四大古刹之首，始建于后周显德年间。

㉝土人：当地人。

㉞夹：狭窄。

㉟攒：簇拥。

㊱坞：四周高、中间凹的地方。

㊲峭削：陡峭如削，形容山势险峻。

㊳不及登：一作"不及复登"。

㊴胜：胜景。

㊵凌杂：杂乱无序的样子。

解说

这是现存《徐霞客游记》的开篇之作。按照农历纪年法计算，徐霞客是年已经28岁，距离其万历三十五年（1607）始泛舟太湖已过去六年。这期间游览过的泰山、孔林、孟庙、曹娥江等地，是否写有游记仍存在一些争议。钱谦益《徐霞客传》称其游必有记，或许只是就其西南游而言；《楚游日记》"湘江遇盗"一节中，徐霞客提到"自著日记诸游稿"幸得静闻护持未丢失，这里的日记游稿或许也只是西南游开始部分的记录。文震孟作于崇祯六年（1633）的《寄徐霞客书》写道："今岁杖履，游行何地？从前涉历，已大可观。今又汇成《纪述》，以导后游，以传千秋。"则有可能徐霞客已将此前的游记辑成《纪述》一书，并做了编辑删定，虽尚未刊行，却构成了今天所见到《徐霞客游记》中"名山游记"部分的基础；而《游天台山日记》作为首篇也成为大众的一般印象。《徐霞客游记》探轶工作可以继续展开，但这篇游记开篇的"云散日朗，人意山光，俱有喜态"，确实传达了徐霞客外出游览时的喜悦心境，这种喜悦也投射到了所见的山水景观之中。王国维《人间词话》提出"有有我之境，有无我之境"的说法，徐霞客的游记从一开始就是"有我之境"，并且贯穿了全部游记始终。在后面的选篇中，我们将时时感受到这一点。

《游天台山日记》开篇日在今天还被赋予了更重要的意义，那就是"癸丑之三月晦"所对应的5月19日，于2011年由国务院批复确立为"中国旅游日"。作为一个由民间团体呼吁，经人大代表议案，最终上升为国家意志的典型案例，从国家层面传达了对徐霞客及《徐霞客游记》的认可。稍显遗憾的是，"中国旅游日"确立之后，尽管每年这一天各地都有相应的活动，但在文化和旅游并举的时期，这一节日尚未得到大众的熟知与认可，还主要是一种象征。"中国旅游日"如何真正成为大众旅游文化的一部分，切实深入到国民旅游生活之中，仍任重而道远。

游雁宕山日记 浙江温州府

【导语】

雁宕山，今作雁荡山，位于浙江省乐清市。与天台山一样，徐霞客曾三游雁荡山，留下两篇日记，此为第一篇。此次徐霞客游览了素有"雁荡三绝"之称的灵峰、灵岩、大龙湫景观，对山水进行了细致的描摹，对山峰位置进行了详细的描述，已经开始超越单纯的闲适性游览。遗憾的是，徐霞客此次游历未能找到雁湖所在地，直到崇祯五年（1632）第三次游历时才得以弥补。这篇游记与《游天台山日记》前后相连，展现了其出游的连续性，可见徐霞客的出游有着清晰的路线规划。

自初九日别台山，初十日抵黄岩。日已西，出南门三十里，宿于八岙❶。

十一日　二十里，登盘山岭。望雁山诸峰，芙蓉❷插天，片片扑人眉宇。又二十里，饭大荆驿。南涉一溪，见西峰上缀圆石，奴辈指为两头陀，余疑即老僧岩，但不甚肖。五里，过章家楼，始见老僧真面目：裟衣秃顶，宛然兀立，高可百尺。侧又一小童，伛偻❸于后，向为老僧所掩耳。自章楼二里，山半得石梁洞。洞门东向，门口一梁，自顶斜插于地，如飞虹下垂。由梁侧隙中层级而上，高敞空豁。坐顷之，下山。由右麓逾谢公❹岭，渡一涧，循涧西行，即灵峰道也。一转山腋❺，两壁峭立亘天，危峰乱叠，如削如攒，如骈❻笋，如挺芝❼，如笔之卓❽，如幞❾之欹❿。洞有口如卷幕者，潭有碧如澄靛⓫者。双鸾、五老，接翼联肩。如此里许，抵灵峰寺。循寺侧登灵峰洞。峰中空，特立寺后，侧有隙可入。由隙历磴数十级，直至窝顶，则穹然⑫平台圆敞，中有罗汉诸像。坐玩至暝色，返寺。

　　十二日　饭后，从灵峰右趾觅碧霄洞。返旧路，抵谢公岭下。南过响岩，五里，至净名寺路口。入觅水帘谷，乃两崖相夹，水从崖顶飘下也。山谷五里，至灵岩寺。绝壁四合，摩天劈地，曲折而入，如另辟一寰界⑬。寺居其中，南向，背为屏霞嶂。嶂⑭顶齐而色紫，高数百丈，阔亦称⑮之。嶂之最南，左为展旗峰，右为天柱峰。嶂之右胁，介于天柱者，先为龙鼻水。龙鼻之穴，从石罅直上，似灵峰洞而小。穴内石色俱黄紫，独罅口石纹一缕，青绀⑯润泽，颇有鳞爪之状。自顶贯入洞底，垂下一端如鼻，鼻端孔可容指，水自内滴下注石盆。此嶂右第一奇也。西南为独秀峰，小于天柱，而高锐不相下。独秀之下为卓笔峰，高半独秀，锐亦如之。两峰南坳，轰然下泻者，小龙湫也。隔龙湫，与独秀相对者，玉女峰也。顶有春花，宛然插髻，自此过双鸾，即极于天柱。双鸾止两峰并起，峰际有"僧拜石"，袈裟伛偻，肖矣。

由嶂之左胁，介于展旗者，先为安禅谷，谷即屏霞之下岩。东南为石屏风，形如屏霞，高阔各得其半，正插屏霞尽处。屏风顶有"蟾蜍石"，与嶂侧"玉龟"相向。屏风南去，展旗侧褶中，有径直上，磴级尽处，石阈限之。俯阈而窥，下临无地⑰，上嵌岩峒⑱。外有二圆穴，侧有一长穴，光自穴中射入，别有一境，是为天聪洞，则嶂左第一奇也。锐峰叠嶂，左右环向，奇巧百出，真天下奇观！而小龙湫下流，经天柱、展旗，桥跨其上，山门临之。桥外含珠岩在天柱之麓，顶珠峰在展旗之上。此又灵岩之外观也。

十三日　出山门，循麓而右，一路崖壁参差，流霞映彩。高而展者，为板嶂岩。岩下危立而尖夹⑲者，为小剪刀峰。更前，重岩之上，一峰亭亭插天，为观音岩。岩侧则马鞍岭横亘于前。鸟道⑳盘折，逾坳右转，溪流汤汤，洞底石平如砥。沿涧深入，约去灵岩十余里，过常云峰，则大剪刀峰介立涧旁。剪刀之北，重岩陡起，是名连云峰。从此环绕回合，岩穷矣。龙湫之瀑，轰然下捣潭中，岩势开张峭削，水无所着，腾空飘荡，顿令心目眩怖。潭上有堂，相传为诺讵那㉑观泉之所。堂后层级直上，有亭翼然㉒。面瀑踞坐久之，下饭庵中。雨廉纤㉓不止，然余已神飞雁湖山顶，遂冒雨至常云峰。由峰半道松洞外，攀绝磴三里，趋白云庵。人空庵圮，一道人㉔在草莽中，见客至，望望去㉕。再入一里，有云静庵，乃投宿焉。道人清隐，卧床数十年，尚能与客谈笑。余见四山云雨凄凄，不能不为明晨忧也。

十四日　天忽晴朗，乃强清隐徒为导。清隐谓湖中草满，已成芜田，徒复有他行，但可❷送至峰顶。余意至顶，湖可坐得，于是人捉一杖，跻攀深草中，一步一喘。数里，始历高巅。四望白云，迷漫一色，平铺峰下。诸峰朵朵，仅露一顶，日光映之，如冰壶瑶界，不辨海陆。然海中玉环❷一抹，若可俯而拾也。北瞰山坳壁立，内石笋森森，参差不一。三面翠崖环绕，更胜灵岩。但谷幽境绝，惟闻水声潺潺，莫辨何地。望四面峰峦累累，下伏如丘垤❷，惟东峰昂然独上，最东之常云，犹堪比肩。

导者告退，指湖在西腋一峰，尚须越三尖❷。余从之，及越一尖，路已绝；再越一尖，而所登顶已在天半。自念《志》❸云："宕在山顶，龙湫之水，即自宕来。"今山势渐下，而上湫之涧，却自东高峰发脉❸，去此已隔二谷。遂返辙而东，望东峰之高者趋之，莲舟疲不能从。由旧路下，余与二奴东越二岭，人迹绝矣。已而山愈高，脊愈狭，两边夹立，如行刀背。又石片棱棱怒起，每过一脊，即一峭峰，皆从刀剑隙中攀援而上，如是者三。但见境不容足，安能容湖？既而高峰尽处，一石如劈，向惧石锋撩人❸，至是且无锋置足矣！踯躅崖上，不敢复向故道。俯瞰南面石壁下有一级，遂脱奴足布❸四条，悬崖垂空，先下一奴，余次从之，意可得攀援之路。及下，仅容足，无余地。望岩下斗❸深百丈，欲谋复上，而上岩亦嵌空三丈余，不能飞陟。持布上试，布为突石所勒，忽中断。复续悬之，竭力腾挽❸，得复登上岩。出险，还云静庵，日已渐西。主仆衣履俱敝，寻湖之兴衰矣。遂别而下，复至龙湫，则积雨之后，怒涛倾注，变幻极势，轰雷喷雪，大倍于昨。坐至暝❸始出，南行四里，宿能仁寺。

十五日　寺后觅方竹❸数握，细如枝；林中新条，大可径寸，柔不中杖❸；老柯❸斩伐殆尽矣！遂从岐度四十九盘，一路遵海而南，逾窑岙岭，往乐清。

注释

❶岙（ào）：浙江、福建一带对山间平地的称呼。

❷芙蓉：本意为莲花，此处指芙蓉剑，形容雁荡山诸峰如朝天挺立的宝剑。

❸伛偻（yǔ lǚ）：弯腰曲背。

❹谢公：即南朝宋永嘉太守谢灵运，喜游山水。曾来此游览，故此地名"谢公岭"。

❺山腋：山侧的凹处。

❻骈：并列，并生。

❼挺芝：直挺的灵芝。

❽卓：挺立。

❾幞（fú）：头巾。

❿欹（qī）：倾斜的意思。

⓫澄靛（diàn）：形容潭水清澈碧蓝。

⓬窅（yǎo）然：深远的样子。

⓭寰（huán）界：即世界。

⓮嶂（zhàng）：高险如屏障的山。

⓯称：相称，相当。

⓰青绀（gàn）：红青色，或微带红的黑色。

⓱无地：指看不见地面，形容位置高渺。唐王勃《滕王阁序》云："飞阁流丹，下临无地。"

⓲崆峒：原指传说中黄帝问道于广成子之所，也称空同、空桐。这里指山洞。

⓳尖夹：形容山峰尖锐狭窄。

⓴鸟道：形容道路险绝。

㉑诺讵那：亦译作"诺距罗"，十八罗汉之一。此指四川高僧罗尧运，相传在晋永和年间东来雁荡，见大龙湫瀑布，叹为观止，遂坐化于此。

㉒翼然：像翅膀一样展开。北宋欧阳修《醉翁亭记》云："有亭翼然临于泉上者，醉翁亭也。"

㉓廉纤：形容细雨蒙蒙。

㉔道人：此处指和尚。

㉕望望去：即"望望然去"，去而不顾的样子。《孟子·公孙丑上》云："推恶恶之心，思与乡人立，其冠不正，望望然去之，若将浼焉。"

㉖但可：只能够。

㉗玉环：今浙江玉环市玉环山岛，西北与雁荡山隔海相望。

㉘丘垤（dié）：小土堆。

㉙尖：指险峻的山。

㉚《志》：指《大明一统志》。

㉛发脉：堪舆学术语，指山脉始发之地。

㉜撩人：本意为诱人，此处指让人感到害怕。

㉝足布：此处指裹腿布。

㉞斗：同"陡"，陡峭。

㉟腾挽：跃起抓住。

㊱暝：日落。

㊲方竹：竹子的一种，古人多用以做手杖。元李衎《竹谱详录·竹品谱二》云："方竹，两浙江广处处有之。枝叶与苦竹相同，但节茎方正，如益母草状，深秋出笋，经岁成竹。"

㊳柔不中杖：太柔软而不适合做拐杖。

㊴老柯：已经成熟的方竹。柯，草木的枝茎。

解说

对山形水势的摹写是检验游记成功与否的重要标准之一。前一篇《游天台山日记》对于石梁瀑布、珠帘瀑布的描写，以白描为主；这篇日记对山石的描写，则有着更浓厚的文学色彩。如十一日摹写双鸾峰与五老峰："峭立巨天，危峰乱叠，如削如攒，如骈笋，如挺芝，如笔之卓，如幞之欹。洞有口如卷幕者，潭有碧如澄靛者。"此处综合运用比喻、排比、骈对等多种修辞手法，避免了古文常见的四字一句书写方式，同时每一对句字数呈现递增之趋势："如削""如攒"是二字，以后逐渐到三字、四字，最后通过变换描述对象再次改变句式（依旧是骈对），使行文如呼吸，从容不迫，而又有摇曳之感。这种方式在《徐霞客游记》中多次出现，需要读者多阅读体会。

除了为山石赋予文学色彩之外，徐霞客在这篇游记里还体现了良好的地理素养，如十二日以屏霞嶂为基准进行的介绍。先从最远处说起："嶂之最南，左为展旗峰，右为天柱峰。"两座山峰与屏霞嶂形成了三角关系。在确定屏霞嶂与天柱峰的关系后，介绍了二者之间的龙鼻水、嶂右矮于天柱的独秀峰，以及半高于独秀的卓笔峰，引出山峰中的小龙湫和玉女峰。读者可由此对嶂右的山峰及其位置有大致的了解。嶂左亦然：展旗峰与屏霞嶂之间的安禅谷、屏霞嶂东南尽头的石屏风；石屏风之南、展旗峰之侧的天聪洞。雁荡山的大体山势，于此清晰可见。

需要指出的是，成书于天顺五年（1461）的《大明一统志》是徐霞客游览山水时"按图索骥"的最重要参考之一。在游雁荡山过程中，徐霞客按照该志书"宕在山顶，龙湫之水，即自宕来"的说法寻湖，由于路线出错，结果"但见境不容足，安能容湖"，对《大明一统志》产生了疑惑。直到二十年后再次游雁荡山时才豁然，见到了心心念念的雁湖："昔历其西，今东出其上，无有憾矣。"由此，徐霞客对雁荡山的山脉走向也做了一次梳理："山自东北最高处迤逦西来，播为四支，皆易石而土。四支之脊，隐隐隆起，其夹处汇而成洼者三，每洼中复有脊，南北横贯，中分为两，总计之，不止六洼矣。洼中积水成芜，青青弥望，所称雁湖也。"延续了早年对山势的观察和记录。

游白岳山日记 徽州府

【导语】

白岳山，今作齐云山，位于安徽省休宁县。徐霞客曾两次游览白岳山，但只保留这第一次游览的日记。第二次游览仅在《游黄山日记后》开篇提及："出白岳榔梅庵，至桃源桥。"时为万历四十六年戊午（1618）九月初三日。首次游白岳山，始于万历四十四年丙辰（1616）正月二十六日，至二月初一日，前后六天。游览了齐云岩、舍身崖、紫霄岩、石桥岩等景观，冰雪天气则为这次旅游增添了不少意趣。

丙辰岁，余同浔阳叔翁，于正月二十六日，至徽之休宁。出西门。其溪自祁门县来，经白岳，循县而南，至梅口，会郡溪入浙。循溪而上，二十里，至南渡。过桥，依山麓十里，至岩下，已暮。登山五里，借庙中灯，冒雪蹑冰。二里，过天门，里许，入榔梅庵。路经天门、珠帘之胜，俱不暇辨，但闻树间冰响铮铮❶。入庵后，大霰❷作，浔阳与奴子俱后。余独卧山房，夜听水声屋溜❸，竟不能寐。

二十七日 起视满山冰花玉树，迷漫一色。坐楼中，适浔阳并奴至，乃登太素宫❹。宫北向，玄帝像乃百鸟衔泥所成，色黧黑。像成于宋，殿新于嘉靖三十七年，庭中碑文，世庙御制❺也。左右为王灵官、赵元帅殿，俱雄丽。背倚玉屏❻，前临香炉峰。峰突起数十丈，如覆钟，未游台、宕者或奇之。出庙左，至舍身崖，转而上为紫玉屏，再西为紫霄崖，俱危耸杰起❼。再西为三姑峰、五老峰，文昌阁据其前。五老比肩，不甚峭削，颇似笔架。返榔梅，循夜来路，下天梯。则石崖三面为围，上覆下嵌，绝似行廊。循崖而行，泉飞落其外，为珠帘水。嵌之深处，为罗汉洞，外开内伏，深且十五里，东南通南渡。崖尽处为天门。崖石中空，人出入其间，高爽飞突，正如阊阖[8]。门外乔楠中峙，蟠青丛翠[9]。门内石崖一带，珠帘飞洒，奇为第一。返宿庵中，访五井、桥崖之胜，羽士[10]汪伯化，约明晨同行。

二十八日　梦中闻人言大雪，促奴起视，弥山漫谷矣。余强卧。巳刻，同伯化蹑屐[11]二里，复抵文昌阁。览地天一色，虽阻游五井，更益奇观。

二十九日　奴子报："云开，日色浮林端矣。"急披衣起，青天一色，半月来所未睹，然寒威殊甚。方促伯化共饭。饭已，大雪复至，飞积盈尺。偶步楼侧[12]，则香炉峰正峙其前。楼后出一羽士，曰程振华者，为余谈九井、桥岩、傅岩诸胜。

三十日　雪甚，兼雾浓，咫尺不辨。伯化携酒至舍身崖，饮睇元阁。阁在崖侧，冰柱垂垂，大者竟丈。峰峦灭影，近若香炉峰，亦不能见。

二月初一日　东方一缕云开，已而大朗。浔阳以足裂留庵中。余急同伯化蹑西天门而下。十里，过双溪街，山势已开。五里，山复渐合，溪环石映，倍有佳趣。三里，由溪口循小路入，越一山。二里，至石桥岩。桥侧外岩，高亘如白岳之紫霄。岩下俱因岩为殿。山石皆紫，独有一青石龙蜿蜒于内，头垂空尺余，水下滴曰龙涎泉，颇如雁宕龙鼻水。岩之右，一山横跨而中空，即石桥也。飞虹垂蛛[13]，下空恰如半月。坐其下，隔山一岫[14]特起，拱对其上，众峰环侍，较胜齐云天门。即天台石梁，止一石架两山间；此以一山高架，而中空其半，更灵幻矣！穿桥而入，里许，为内岩。上有飞泉飘洒，中有僧斋，颇胜。还饭于外岩。

觅导循崖左下，灌莽[15]中两山夹涧，路棘雪迷，行甚艰。导者劝余趋傅岩，不必向观音岩。余恐不能兼棋盘、龙井之胜，不许。行二里，得涧一泓，深碧无底，亦"龙井"也。又三里，崖绝涧穷，悬瀑忽自山坳挂下数丈，亦此中奇境。转而上跻[16]，行山脊二里，则棋盘石高峙山巅，形如擎菌，大且数围。登之，积雪如玉。回望傅岩，屼

嵊⑫云际。由彼抵棋盘亦近，悔不从导者。石旁有文殊庵，竹石清映。转东而南，二里，越岭二重，山半得观音岩。禅院清整，然无奇景，尤悔觌面⑬失傅岩也。仍越岭东下深坑，石涧四合，时有深潭，大为渊，小如臼，皆云"龙井"，不能别其孰为"五"，孰为"九"。凡三里，石岩中石脉⑭隐隐，导者指其一为青龙，一为白龙，余笑颔之。又乱崖间望见一石嵌空，有水下注，外有横石跨之，颇似天台石梁。

伯化以天且晚，请速循涧觅大龙井。忽遇僧自黄山来，云："出此即大溪，行将何观？"遂返。里余，从别径向漆树园。行巉石乱流间，返照映深木，一往幽丽。三里，跻其巅，余以为高坞齐云，及望之，则文昌阁犹巍然也。五老峰正对阁而起，五老之东为独耸寨，循其坳而出，曰西天门；五老之西为展旗峰，由其下而渡，曰芙蓉桥。余向出西天门，今自芙蓉桥入也。余望三姑之旁，犹殢❸日色，遂先登，则落照正在五老间。归庵，已晚餐矣。相与追述所历，始知大龙井正在大溪口，足趾已及，而为僧所阻，亦数❹也！

注释

❶ 铮铮：指冰发出的响声有如金石撞击声。

❷ 霰（xiàn）：雪珠。

❸ 屋溜：指屋檐滴水的声音。

❹ 太素宫：全称玄天太素宫，原名佑圣真武祠，始建于南宋宝庆二年（1226），明嘉靖十一年（1532）敕修原祠，并改为玄天太素宫，为道教正一派宫观。

❺ 世庙御制：指明嘉靖皇帝撰写的碑文。世庙，嘉靖皇帝庙号。

❻ 玉屏：即齐云岩。

❼ 杰起：原指人卓异突出，此处指紫霄崖拔地而起，山势陡峭。

❽ 阊阖（chāng hé）：传说中的天门。

❾ 蟠青丛翠：此句形容树木挺拔苍翠繁茂的样子。

❿ 羽士：即道士。

⓫ 屐（jī）：木头鞋。

⓬ 侧：一作"前"。

⓭ 蛛（dōng）：虹。代指石桥。

⓮ 岫（xiù）：山洞。

⓯ 灌莽：指丛生深茂的草木。南朝宋鲍照《芜城赋》云："灌莽

杳而无际，丛薄纷其相依。"

⑯跻（jī）：向上登。

⑰屼嵲（wù niè）：高耸的意思。

⑱觌（dí）面：当面，对面。

⑲石脉：山石的纹理。

⑳殢（tì）：滞留。

㉑数：气数，命运。这里指不由己的事情。

解说

　　徐霞客此次出游的时间在正月，游览白岳山、黄山时遇到大雪，在游记中呈现了一幅幅与冰雪有关的画面：有日暮时"借庙中灯，冒雪踯冰"以登山的场景；有夜闻大雪弥山漫谷，按捺不住欣喜的"强卧"姿态；有"览地天一色，虽阻游五井，更益奇观"的自得其乐；而大雪之后"奴子报：'云开，日色浮林端矣'"的雪霁时刻，尤让其感叹"青天一色，半月来所未睹"，又充满了李清照《如梦令》词中"试问卷帘人，却道海棠依旧"的文人意趣。在《游黄山日记》中登冰山的方法，也展现了这趟出游的不易："级愈峻，雪愈深，其阴处冻雪成冰，坚滑不容着趾。余独前，持杖凿冰，得一孔，置前趾，再凿一孔，以移后趾。"但徐霞客往往能够苦中作乐，刚到达白岳山时，"余独卧山房，夜听水声屋溜，竟不能寐"；类似场景在游黄山时也有，竟然"兀坐听雪溜竟日"。一个听水声，一个听雪声，都反映出徐霞客善于发现生活中乐趣的心态。

　　在这篇游记中，徐霞客有意识地将眼前之景与此前游览之地进行比较。如二月初一日写石桥岩"山石皆紫，独有一青石龙蜿蜒于内，头垂空尺余，水下滴曰龙涎泉，颇如雁宕龙鼻水"；又写石桥"众峰环侍，较胜齐云天门。即天台石梁，止一石架两山间；此以一山高架，而中空其半，更灵幻矣"，所重点比较的对象分别见于《游雁宕山日记》与《游天台山日记》之中。这种比较虽简单，远未到达后来游记中的综合繁复而视野宏阔，但仍然在西南游记中保留下来。

游黄山日记 徽州府

【导语】

　　黄山，位于安徽省黄山市。徐霞客曾两游黄山，均留下游记，这是第一次游览的记载。万历四十四年（1616），在结束了白岳山之游后，徐霞客于二月初三日到汤口，至十一日由此而出，前后九天。和在白岳山一样，徐霞客在积雪之中游览了祥符寺、慈光寺、平天矼、接引崖等景观，留下了对"黄山四绝"的生动记载。

　　初二日　自白岳下山，十里，循麓而西，抵南溪桥。渡大溪，循别溪，依山北行。十里，两山峭逼❶如门，溪为之束。越而下，平畴颇广。二十里，为猪坑。由小路登虎岭，路甚峻。十里，至岭。五里，越其麓。北望黄山诸峰，片片可掇❷。又三里，为古楼坳。溪甚阔，水涨无梁，木片弥布❸一溪，涉之甚难。二里，宿高桥。

　　初三日　随樵者行，久之，越岭二重，下而复上。又越一重，两岭俱峻，曰双岭。共十五里，过江村。二十里，抵汤口，香溪、温泉诸水所由出者。折而入山，沿溪渐上，雪且没趾。五里，抵祥符寺。汤泉❹在隔溪，遂俱解衣赴汤池。池前临溪，后倚壁，三面石甃，上环石如桥。汤深三尺，时凝寒未解，而汤气郁然，水泡池底汨汨起，气本香冽。黄贞父谓其不及盘山，以汤口、焦村孔道❺，浴者太杂遝❻也。浴毕，返寺。僧挥印引登莲花庵，蹑雪循涧以上。涧水三转，下注而深泓者，曰白龙潭；再上而停涵❼石间者，曰丹井。井旁有石突起，曰药臼，曰药铫❽。宛转随溪，群峰环耸，木石掩映。如此一里，得一庵，僧印我他出，不能登其堂。堂中香炉及钟鼓架，俱天然古木根所为。遂返寺宿。

初四日　兀坐[9]听雪溜竟日。

初五日　云气甚恶，余强卧至午起。挥印言慈光寺[10]颇近，令其徒引。过汤地，仰见一崖，中悬鸟道，两旁泉泻如练[11]。余即从此攀跻上，泉光云气，撩绕[12]衣裾。已转而右，则茅庵上下，磬韵[13]香烟，穿石而出，即慈光寺也。寺旧名珠砂庵。比丘[14]为余言："山顶诸静室[15]，径为雪封者两月。今早遣人送粮，山半，雪没腰而返。"余兴大阻，由大路二里下山，遂引被卧。

初六日　天色甚朗。觅导者各携筇[16]上山，过慈光寺。从左上，石峰环夹，其中石级为积雪所平，一望如玉。疏木茸茸中，仰见群峰盘结，天都独巍然上挺。数里，级愈峻，雪愈深，其阴处冻雪成冰，坚滑不容着趾。余独前，持杖凿冰，得一孔，置前趾，再凿一孔，以移后趾。从行者俱循此法得度。上至平冈，则莲花、云门诸峰，争奇竞秀，若为天都拥卫者。由此而入，绝巘[17]危崖，尽皆怪松悬结，高者不盈丈，低仅数寸，平顶短鬣[18]，盘根虬干，愈短愈老，愈小愈奇，不意奇山中又有此奇品也！松石交映间，冉冉[19]僧一群从天而下，俱合掌言："阻雪山中已三月，今以觅粮勉[20]到此。公等何由得上也？"且言："我等前海诸庵，俱已下山，后海山路尚未通，惟莲花洞可行耳。"已而从天都峰侧攀而上，透峰罅而下，东转即莲花洞路也。余急于光明顶、石笋矼[21]之胜，遂循莲花峰而北。上下数次，至天门。两壁夹立，中阔摩肩，高数十丈，仰面而度，阴森悚骨。其内积雪更深，凿冰上跻，过此，得平顶，即所谓前海也。由此更上一峰，至平天矼。矼之兀突独耸者，为光明顶。由矼而下，即所谓后海也。盖平天矼阳为前海，阴为后海，乃极高处，四面皆峻坞，此独若平地。前海之前，天都、莲花二峰最峻，其阳属徽之歙，其阴属宁之太平。

余至平天矼，欲望光明顶而上。路已三十里，腹甚枵[22]，遂入矼后一庵。庵僧俱踞石向阳。主僧曰智空，见客色饥，先以粥饷。且曰："新日太皎，恐非老晴[23]。"因指一僧谓余曰："公有余力，可先登光明顶而后中食[24]，则今日犹可抵石笋矼，宿是师处矣。"余如言登顶，则天都、莲花并肩其前，翠微、三海门环绕于后，下瞰绝壁峭

022

岫^㉕，罗列坞中，即丞相原^㉖也。顶前一石，伏而复起，势若中断，独悬坞中，上有怪松盘盖。余侧身攀踞其上，而浔阳踞大顶相对，各夸胜绝。下入庵，黄粱已熟。饭后，北向过一岭，踯躅菁莽中，入一庵，曰狮子林，即智空所指宿处。主僧霞光，已待我庵前矣。遂指庵北二峰曰："公可先了此胜。"从之。俯窥其阴，则乱峰列岫，争奇并起。循之西，崖忽中断，架木连之，上有松一株，可攀引而度，所谓接引崖也。度崖，穿石罅而上，乱石危缀间，构木为室^㉗，其中亦可置足，然不如踞石下窥更雄胜耳。下崖，循而东，里许，为石笋矼。矼脊斜亘，两夹悬坞中，乱峰森罗，其西一面，即接引崖所窥者。矼侧一峰突起，多奇石怪松。登之，俯瞰壑中，正与接引崖对瞰，峰回岫转，顿改前观。下峰，则落照拥树，谓明晴可卜，踊跃归庵。霞光设茶，引登前楼。西望碧痕一缕，余疑山影。僧谓："山影夜望甚近，此当是云气。"余默然，知为雨兆也。

初七日　四山雾合。少顷，庵之东北已开，西南腻甚^㉘，若以庵为界者，即狮子峰亦在时出时没间。晨餐后，由接引崖践雪下。坞半一峰突起，上有一松，裂石而出，巨干高不及二尺，而斜拖曲结，蟠翠^㉙三丈余，其根穿石上下，几与峰等，所谓"扰龙松"^㉚是也。攀玩移时，望狮子峰已出，遂杖而西。是峰在庵西南，为案山。二里，踞其巅，则三面拔立坞中，其下森峰列岫，自石笋、接引两坞，迤逦至此，环结又成一胜。登眺间，沉雾渐爽^㉛，急由石笋矼北转而下，正昨日峰头所望森阴径也。群峰或上或下，或巨或纤，或直或欹，与身穿绕而过。俯窥辗顾^㉜，步步生奇，但壑深雪厚，一步一悚。

行五里，左峰腋一窦透明，曰"天窗"。又前，峰旁一石突起，作面壁状，则"僧坐石"也。下五里，径稍夷^㉝，循涧而行。忽前涧乱石纵横，路为之塞。越石久之，一阙新崩，片片欲堕，始得路。仰视峰顶，黄痕一方，中间绿字，宛然可辨，是谓"天牌"，亦谓"仙人榜"。又前，鲤鱼石；又前，白龙池。共十五里，一茅出涧边，为松谷庵旧基。再五里，循溪东西行，又过五水，则松谷庵矣。再循溪下，溪边香气袭人，则一梅亭亭正发，山寒稽雪^㉞，至是始芳。抵青

土膏萌動試
耕畲農事方
與東作初雞
犬閒，人靜
適仙源至樂
世塵除

青畲
新綠

龙潭，一泓深碧，更会两溪，比白龙潭势既雄壮，而大石磊落，奔流乱注，远近群峰环拱，亦佳境也。还餐松谷，往宿旧庵。余初至松谷，疑已平地，及是询之，须下岭二重，二十里方得平地，至太平县共三十五里云。

初八日　拟寻石笋奥境⑮，竟为天夺，浓雾迷漫。抵狮子林，风愈大，雾亦愈厚。余急欲趋炼丹台，遂转西南。三里，为雾所迷，偶

得一庵，入焉。雨大至，遂宿此。

初九日　逾午少霁❶。庵僧慈明，甚夸西南一带峰岫，不减石笋矼，有"秃颅朝天""达摩面壁"诸名。余拉浔阳蹈乱流至壑中，北向即翠微诸峦，南向即丹台诸坞，大抵可与狮峰竞驾，未得比肩石笋也。雨踵至，急返庵。

初十日　晨雨如注，午少停。策杖二里，过飞来峰，此平天矼之西北岭也。其阳坞中，峰壁森峭，正与丹台环绕。二里，抵台。一峰西垂，顶颇平伏。三面壁翠合沓⑰，前一小峰起坞中，其外则翠微峰、三海门，蹄股拱峙⑱。登眺久之。东南一里，绕出平天矼下，雨复大至，急下天门。两崖隘肩，崖额飞泉，俱从人顶泼下。出天门，危崖悬叠，路缘崖半，比后海一带森峰峭壁，又转一境。"海螺石"即在崖旁，宛转酷肖，来时忽不及察，今行雨中，颇觉⑲其异，询之始知。已趋大悲庵，由其旁复趋一庵，宿悟空上人处。

十一日　上百步云梯。梯磴插天，足趾及腮，而磴石倾侧岈岈⑳，兀兀㉑欲动。前下时以雪掩其险，至此骨意俱悚。上云梯，即登莲花峰道。又下转，由峰侧而入，即文殊院、莲花洞道也。以雨不止，乃下山，入汤院，复浴。由汤口出，二十里，抵芳村。十五里，抵东潭，溪涨不能渡而止。黄山之流，如松谷、焦村，俱北出太平；即南流如汤口，亦北转太平入江；惟汤口西有流，至芳村而巨，南趋岩镇，至府西北与绩溪会。

注释

❶峭逼：陡峭狭窄。

❷掇（duō）：拾取。

❸弥布：布满，充满。

❹汤泉：即黄山温泉，又名朱砂泉。

❺孔道：即大道，必经之道。

❻杂遝（tà）：一作"杂沓"，众多杂乱的意思。《史记·淮阴侯列传》云："天下之士，云合雾集，鱼鳞杂遝，熛至风起。"

❼停涵：停留沉浸。

❽铫（diào）：小铁锅。

❾兀坐：枯坐。

❿慈光寺：位于黄山朱砂峰下，旧名朱砂庵，始建于明嘉靖年间，万历年间改名法海禅院，敕封护国慈光寺。今更名为慈光阁。

⓫练：白绢。南朝齐谢朓《晚登三山还望京邑》云："澄江静

如练。”

⑫撩绕：回环盘旋。

⑬磬（qìng）韵：敲击玉磬发出的清响，形容环境幽静。

⑭比丘：原为男子出家受具足戒者的通称，后指代和尚。

⑮静室：佛家专供禅定的屋舍，借指寺院住房。

⑯笻（qióng）：手杖。

⑰嵃（yǎn）：裂成两截的山。

⑱鬣（liè）：本为狮子等动物颈上浓密的长毛，此处指松针。

⑲冉冉：慢慢地。

⑳勉：努力，勉强。

㉑矼（gāng）：石桥。

㉒枵（xiāo）：空虚，指肚子很饿。

㉓老晴：指长时间的晴朗。

㉔中食：佛教徒于中午进斋，此处指午饭。

㉕峭岫：陡峭的山峰。

㉖丞相原：一称作“丞相源”。本为禅院，因南宋时右丞相兼枢密使程元凤于此地少年读书、晚年隐居，故名。

㉗室：一作“石”。

㉘腻甚：指雾气凝滞厚重。

㉙蟠翠：弯曲而叶茂的松干。

㉚扰龙松：黄山九大名松之首，又称帝松。因与笔峰合称梦笔生花，故又称为笔花松。20世纪80年代因条件恶劣、树龄过高而枯死，主干保存在黄山市博物馆。

㉛爽：舒朗。

㉜辗顾：即回顾，回头看。

㉝夷：平坦。

㉞稽雪：即积雪。

㉟奥境：幽深的地方。

㊱霁：天晴。

㊲合沓：重叠。

㊳蹄股拱峙：蹄股，即大腿与脚掌。拱峙，本意形容建筑的高耸雄伟，此处指两座山峰十分接近，形成三角形结构。

㊴稔（rěn）：熟悉，熟识。

㊵崡岈（hán yá）：中间空而深阔。

㊶兀兀：高耸矗立的样子。

解说

　　徐霞客曾两游黄山，前后相隔仅两年，但因游览的季节不同，其笔下的黄山也各有一番风味。黄山有"四绝"，分别为云海、奇松、怪石、温泉。徐霞客初次游览，虽也记叙了在汤泉（温泉）沐浴，但着重描写的则是黄山种种奇松。在登到天都峰平冈后，其眼中见到的是"怪松悬结，高者不盈丈，低仅数寸，平顶短鬣，盘根虬干，愈短愈老，愈小愈奇"，慨叹"不意奇山中又有此奇品也"，只有奇松配得上黄山。行到接引崖时，"崖忽中断，架木连之，上有松一株，可攀引而度"，此处记载的是接引松；同样是在接引崖山半，则"一峰突起，上有一松，裂石而出，巨干高不及二尺，而斜拖曲结，蟠翠三丈余，其根穿石上下，几与峰等"，是为扰龙松。这篇游记中对于奇松的三次描写，运用的都是白描手法，但有详有略，有总写有具体，各有特色。

　　在这篇游记末尾，徐霞客简单辨析了黄山水系的走向："黄山之流，如松谷、焦村，俱北出太平；即南流如汤口，亦北转太平入江；惟汤口西有流，至芳村而巨，南趋岩镇，至府西北与绩溪会。"实际上，前一篇游记开篇也交代了白岳山（齐云山）附近的水系情况："出西门。其溪自祁门县来，经白岳，循县而南，至梅口，会郡溪入浙。"两次介绍虽整体来说比较简单，但显露了徐霞客对水系的关注与有意识记录。

游武彝山日记 福建建宁府崇安县

【导语】

武彝山，今作武夷山，位于福建省崇安县南。徐霞客曾三次游览武夷山，留下两篇日记，这是第一次游览的记录。万历四十四年（1616）徐霞客结束黄山之游后，历时十天，于二月二十一日到达武夷山，至二十三日离开，前后三天。时间虽不长，徐霞客却得以乘舟纵览九曲风光，并在六曲、四曲等登陆，探游大隐屏、架壑舟、一线天、杜辖岩等景观，留下了对众多古迹的记录。

二月二十一日　出崇安南门，觅舟。西北一溪自分水关，东北一溪自温岭关，合注于县南，通郡、省而入海。顺流三十里，见溪边一峰横骞，一峰独耸。余咤而瞩目❶，则骞者幔亭峰，耸者大王峰也。峰南一溪，东向而入大溪者，即武彝溪也。冲祐宫傍峰临溪。余欲先抵九曲❷，然后顺流探历，遂舍宫不登，逆流而进。流甚驶，舟子跣行❸溪间以挽舟。

第一曲，右为幔亭峰、大王峰，左为狮子峰、观音岩，而溪右之濒水者曰水光石，上题刻殆❹遍。二曲之右为铁板嶂、翰墨岩，左为兜鍪峰、玉女峰。而板嶂之旁，崖壁峭立，间有三孔，作"品"字状。三曲右为会仙岩，左为小藏峰、大藏峰。大藏壁立千仞，崖端穴数孔，乱插木板如机杼❺。一小舟斜架穴口木末，号曰"架壑舟"❻。四曲右为钓鱼台、希真岩，左为鸡栖岩、晏仙岩。鸡栖岩半有洞，外隘❼中宏，横插木板，宛然堪橼❽。下一潭深碧，为卧龙潭。其右大隐屏、接笋峰，左更衣台、天柱峰者，五曲也。文公书院正在大隐屏下。抵六曲，右为仙掌岩、天游峰，左为晚对峰、响声岩。回望隐屏、天游之间，危梯飞阁悬其上，不胜神往。而舟亦以溜急⁹不得进，还泊曹家石。

登陆，入云窝，排云穿石，俱从乱崖中宛转得路。窝后即接笋峰，峰骈附于大隐屏，其腰横两截痕，故曰"接笋"。循其侧石隙，跻磴数层，四山环翠，中留隙地如掌者，为茶洞。洞口由西入，口南为接笋峰，口北为仙掌岩。仙掌之东为天游，天游之南为大隐屏。诸峰上皆峭绝，而下复攒凑，外无磴道，独西通一罅，比天台之明岩更为奇矫⑩也。从其中攀跻登隐屏，至绝壁处，悬大木为梯，贴壁直竖云间。梯凡三接，级共八十一。级尽，有铁索横系山腰，下凿坎受足。攀索转峰而西，夹壁中有冈介其间，若垂尾，凿磴以登，即隐屏顶也。有亭有竹，四面悬崖，凭空下眺，真仙凡复隔⑪。仍悬梯下，至茶洞。仰视所登之处，峥然在云汉。隙口北崖即仙掌岩。岩壁屹立雄展，中有斑痕如人掌，长盈丈者数十行。循崖⑫北上，至岭，落照侵松，山光水曲，交加入览。南转，行夹谷中。谷尽，忽透出峰头，三面壁立，有亭踞其首，即天游峰矣。

是峰处九曲之中，不临溪，而九曲之溪三面环之。东望为大王峰，而一曲至三曲之溪环之。南望为更衣台，南之近者，则大隐屏诸峰也，四曲至六曲之溪环之。西望为三教峰，西之近者，则天壶诸峰也，七曲至九曲之溪环之。惟北向无溪，而山从水帘诸山层叠而来，至此中悬。其前之俯而瞰者，即茶洞也。自茶洞仰眺，但见绝壁干霄，泉从侧间泻下，初不知其上有峰可憩⑬。其不临溪而能尽九溪之胜，此峰固应第一也。立台上，望落日半规，远近峰峦，青紫万状。台后为天游观。亟辞去，抵舟已入暝矣。

二十二日　登涯，辞仙掌而西。余所循者，乃溪之右涯，其隔溪则左涯也。第七曲右为三仰峰、天壶峰，左为城高岩。三仰之下为小桃源，崩崖堆错⑭，外成石门。由门伛偻而入，有地一区，四山环绕，中有平畴曲涧，围以苍松翠竹，鸡声人语，俱在翠微中。出门而西，即为北廊岩，岩顶即为天壶峰。其对岸之城高岩矗然独上，四旁峭削如城。岩顶有庵，亦悬梯可登，以隔溪不及也。第八曲右为鼓楼岩、鼓子岩，左为大厝石、海蚱石。余过鼓楼岩之西，折而北行坞中，攀援上峰顶，两石兀立如鼓，鼓子岩也。岩高亘亦如城，岩下深坳，一带如廊，架屋横栏其内，曰鼓子庵。仰望岩上，乱穴中多木板横插。转岩之后，壁间一洞更深敞，曰吴公洞。洞下梯已毁，不能登。望三教峰而趋，缘山越磴，深木蓊苁其上。抵峰，有亭缀其旁，可东眺鼓楼、鼓子诸胜。山头三峰，石骨挺然并矗。从石罅间蹑磴而升，傍崖得一亭。穿亭入石门，两崖夹峙，壁立参天，中通一线，上下尺余，人行其间，毛骨阴悚。盖三峰攒立，此其两峰之罅；其侧尚有两罅，无此整削。已下山，转至山后，一峰与猫儿石相对峙，盘亘亦如鼓子，为灵峰之白云洞。至峰头，从石罅中累级而上，两壁夹立，颇似黄山之天门。级穷，迤逦⑮至岩下，因岩⑯架屋，亦如鼓子。登楼南望，九曲上游，一洲中峙，溪自西来，分而环之，至曲复合为一。洲外两山渐开，九曲已尽。是岩在九曲尽处，重岩回叠，地甚幽爽。

岩北尽处，更有一岩尤奇：上下皆绝壁，壁间横坳仅一线，须伏身蛇行，盘壁⑰而度，乃可入。余即从壁坳行；已而坳渐低，壁渐危，则就而伛偻；愈低愈狭，则膝行蛇伏，至坳转处，上下仅悬七寸，阔止尺五。坳外壁深万切。余匍匐以进，胸背相摩，盘旋久之，得度其险。岩果轩敞层叠，有斧凿置于中，欲开道而未就也。半晌，返前岩。更至后岩，方构新室，亦幽敞可爱。出向九曲溪，则狮子岩在焉。循溪而返，隔溪观八曲之"人面石"、七曲之城高岩，种种神飞。复泊舟，由云窝入茶洞，穿窿窈窕⑱，再至矣，再不能去！已由云窝左转，入伏羲洞，洞颇阴森。左出大隐屏之阳，即紫阳书院⑲，谒⑳先生庙像。顺流鼓棹，两崖苍翠纷飞，翻㉑恨舟行之速。已过天柱峰、更衣台，泊舟四曲之南涯。

自御茶园登岸，欲绕出金鸡岩之上，迷荆丛棘，不得路。乃从岩后大道东行，冀有旁路可登大藏、小藏诸峰，复不得。透出溪旁，已在玉女峰下。欲从此寻一线天，徬徨无可问，而舟泊金鸡洞下，迥不相闻。乃沿溪觅路，迤逦大藏、小藏之麓。一带峭壁高骞㉒，砂碛崩壅㉓，土人多植茶其上。从茗柯㉔中行，下瞰深溪，上仰危崖，所谓

"仙学堂""藏仙窟"，俱不暇辨。已至架壑舟，仰见虚舟宛然，较前溪中所见更悉㉕。大藏之西，其路渐穷。向荆棘中扪壁而上，还瞰大藏西岩，亦架一舟，但两崖对峙，不能至其地也。忽一舟自二曲逆流而至，急下山招之。其人以舟来受，亦游客初至者，约余返更衣台，同览一线天、虎啸岩诸胜。过余泊舟处，并棹顺流而下，欲上幔亭，问大王峰。抵一曲之水光石，约舟待溪口，余复登涯，少入，至止止庵。望庵后有路可上，遂趋之，得一岩，僧诵经其中，乃禅岩也。登峰之路，尚在止止庵西。仍下庵前西转，登山二里许，抵峰下，从乱箐㉖中寻登仙石。石旁峰突起，作仰企㉗状，鹤模石在峰壁罅间，霜翎朱顶，裂纹如绘。旁路穷，有梯悬绝壁间，蹑而上，摇摇欲堕。梯穷得一岩，则张仙遗蜕㉘也。岩在峰半，觅徐仙岩，皆石壁不可通；下梯寻别道，又不可得；蹑石则峭壁无阶，投莽则深密莫辨。佣夫在前，得断磴，大呼得路。余裂衣不顾，趋就之，复不能前。日已西薄，遂以手悬棘，乱坠而下，得道已在万年宫右。趋入宫，宫甚森敞。羽士迎言："大王峰顶久不能到，惟张岩梯在。峰顶六梯及徐岩梯俱已朽坏。徐仙蜕已移入会真庙矣。"出宫右转，过会真庙。庙前大枫扶疏㉙，荫㉚数亩，围数十抱。别羽士，归舟。

二十三日　登陆，觅换骨岩、水帘洞诸胜。命移舟十里，候于赤石街。余乃入会真观，谒武彝君及徐仙遗蜕。出庙，循幔亭东麓北行二里，见幔亭峰后三峰骈立，异而问之，三姑峰也。换骨岩即在其旁，望之趋。登山里许，飞流泪然㉛下泻。俯瞰其下，亦有危壁，泉从壁半突出，疏竹掩映，殊有佳致。然业已上登，不及返顾，遂从三姑又上半里，抵换骨岩，岩即幔亭峰后崖也。岩前有庵。从岩后悬梯两层，更登一岩。岩不甚深，而环绕山巅如叠嶂。土人新以木板循岩为室，曲直高下，随岩宛转。循岩隙攀跻而上，几至幔亭之顶，以路塞而止。返至三姑峰麓，绕出其后，复从旧路下，至前所瞰突泉处。

从此越岭，即水帘洞路；从此而下，即突泉壁也。余前从上瞰，未尽其妙，至是复造其下。仰望突泉，又在半壁之上，旁引水为碓㉜，有梯架之，凿壁为沟以引泉。余循梯攀壁，至突泉下。其坳仅二丈，

上下俱危壁，泉从上壁堕坳中，复从坳中溢而下堕。坳之上下四旁，无处非水，而中有一石突起可坐。坐久之，下壁循竹间路，越岭三重，从山腰约行七里，乃下坞。穿石门而上，半里，即水帘洞。危崖千仞，上突下嵌，泉从岩顶堕下。岩既雄扩[33]，泉亦高散[34]，千条万缕，悬空倾泻，亦大观也！其岩高矗上突，故岩下构室[35]数重，而飞泉犹落槛外。

先在途闻瞘阁寨颇奇，道流指余仍旧路，越山可至。余出石门，爱坞溪之胜，误走赤石街道。途人指从此度小桥而南，亦可往。从之，登山入一隘，两山夹之，内有岩有室，题额乃"杜辖岩"，土人讹为瞘阁耳。再入，又得一岩，有曲槛悬楼，望赤石街甚近。遂从旧道，三里，渡一溪；又一里，则赤石街大溪也。下舟，挂帆二十里，返崇安。

注释

❶咤而瞩目：因吃惊而注目凝望。

❷九曲：指武夷山九曲溪。南宋李纲《题栖真馆三十二韵》云："武夷古洞天，奇峰三十六。一溪贯群山，清浅萦九曲。"

❸跣（xiǎn）行：光着脚走路。

❹殆（dài）：几乎，大概。

❺机杼：织布机。唐李白《赠范金乡二首》其二云："百里鸡犬静，千庐机杼鸣。"

❻架壑舟：即悬棺。古时武夷山一带古越人用于船棺葬的葬具，是一种独木舟形的棺椁。又称"架壑船"，南宋朱熹《九曲棹歌》云："三曲君看架壑船，不知停棹几何年。"

❼隘：狭窄。

❽坿榤（shí jié）：鸡巢中用于鸡栖息的小木桩。

❾溜急：水流湍急。

❿奇矫：奇特出众。

⓫敻（xiòng）隔：远隔。

⑫崖：一作"岩"。

⑬憩（qì）：休息。

⑭堆错：交错着堆叠。

⑮迤逦：指曲折延绵。

⑯岩：一作"崖"。

⑰盘壁：贴紧崖壁。

⑱窈窕：指洞穴幽深。

⑲紫阳书院：位于武夷山五曲隐屏峰下，是南宋理学家朱熹（1130—1200，号紫阳）讲学处。初名武夷精舍，后称紫阳书院，明正统年间改称朱文公祠。

⑳谒（yè）：拜见。

㉑翻：即"反"。

㉒高骞：高举，形容峭壁很高。

㉓崩壅：塌陷堵塞。

㉔茗柯：一称"茗芋"，此处指茶树。

㉕悉：清楚细致。

㉖菁（qìng）：指树木丛生的山谷。

㉗仰企：仰慕企望。

㉘张仙遗蜕：相传汉晋时张垓在此修炼成仙，留下尸身不朽。蜕，原指蝉、蛇等脱下的皮，此处指尸身。

㉙扶疏：枝叶繁茂。汉枚乘《七发》云："中郁结之轮菌，根扶疏以分离。"

㉚荫：遮盖。

㉛汩（gǔ）然：形容水源源不绝。

㉜引水为碓（duì）：利用水力制作的舂米器械。

㉝雄扩：宏伟广阔。

㉞高散：瀑布从高处四散落下。

㉟构室：建造房子。构，建筑、建造之意。《淮南子·本经》云："大构驾，兴宫室。"

解说

对出游里程的详细记录是《徐霞客游记》的一大特色，看似琐碎，却为今天考察晚明时期的交通状况提供了重要的材料。有时又会采取另外一种书写方式，即通过行程时间来交代路程，比如这篇游记开篇写到"二月二十一日 出崇安南门"，而徐霞客离开黄山的时间是十一日，这样我们就知道那时从黄山到武夷山的大概里程了。

这是徐霞客首次游闽，目的地是福建西北边界的武夷山，更深度的游历还要在此后几次游闽中展开。这次游览，徐霞客采取的是乘船逆流而上至九曲，再顺流而下的路线。从后文"忽一舟自二曲逆流而至"的记载来看，这似乎是当时较为常见的游法，只不过游客一般只行到四曲、五曲，很少有像徐霞客这样逆流直至九曲的。由于徐霞客是乘舟上行，因此对于各曲附近的景致只能随舟简单介绍；直到六曲时因流水湍急而暂时停泊，才登陆遍览景致，使得此后数曲的书写截然不同，更为详细。山行至九曲后，循溪而返，"顺流鼓棹，两崖苍翠纷飞，翻恨舟行之速"，到四曲再次登岸，沿溪陆行游览架壑舟、更衣台、一线天等。如此一来，九曲风光大体无遗漏。

徐霞客对于游览的书写固然重要，而二十二日游记中提到的"游客初至者"也同样值得注意。徐霞客搭乘他们的船只，还一同"并棹顺流而下"，六字传递了当时欢快的情景，然而徐霞客并未记下他们的名字，这在整部游记中是比较少见的。但换个思路，这可能恰恰反映了晚明游风之炽烈，许多出游者可能就是普通人。不过，对于出游途中遇到的一些有奇特探游经历的人，徐霞客还是格外在意记录。《浙游日记》中提到在全张村白玉庵托宿时，庵中僧意"闻余好游，深夜篝灯瀹茗，为余谈其游日本事甚详"。这不经意的一笔，带出了晚明游历海外的风气，其目的或有宗教原因，或是经商，后者诚如《滇游日记十》所载："潘生一桂，虽青衿而走缅甸，家多缅货。"这与晚明小说集《初刻拍案惊奇》首篇《转运汉遇巧洞庭红》对南洋经商活动的书写可以形成呼应，也再次凸显了《徐霞客游记》的价值。

游庐山日记 江西九江府

【导语】

庐山，位于江西省九江市。万历四十六年戊午（1618）八月徐霞客再次出门远游，庐山是第一站。他于八月十八日到达九江，至二十三日从南麓开先寺离开，前后六天。游览了石门岩、升仙台、汉阳峰、五老峰、绿水潭等景观，也留下了对庐山僧人慧灯修行的记载，令人难忘。

戊午，余同兄雷门、白夫，以八月十八日至九江。易小舟，沿江南入龙开河，二十里，泊李裁缝堰。登陆，五里，过西林寺，至东林寺。寺当庐山之阴，南面庐山，北倚东林山。山不甚高，为庐之外廓。中有大溪，自东而西，驿路界❶其间，为九江之建昌孔道。寺前临溪，入门为虎溪桥，规模甚大，正殿夷毁，右为三笑堂。

十九日　出寺，循山麓西南行。五里，越广济桥，始舍官道，沿溪东向行。又二里，溪回山合，雾色霏霏❷如雨。一人立溪口，问之，由此东上为天池大道，南转登石门，为天池寺之侧径。余稔知石门之奇，路险莫能上，遂倩❸其人为导，约二兄径至天池相待。

遂南渡小溪二重，过报国寺，从碧条香蔼❹中攀陟五里，仰见浓雾中双石屼立，即石门也。一路由石隙而入，复有二石峰对峙。路宛转峰罅，下瞰绝涧诸峰，在铁船峰旁，俱从涧底矗耸直上，离立咫尺，争雄竞秀，而层烟叠翠，澄映四外。其下喷雪奔雷，腾空震荡，耳目为之狂喜。门内对峰倚壁，都结层楼危阙。徽人邹昌明、毕贯之新建精庐❺，僧容成焚修其间。从庵后小径，复出石门一重，俱从石崖上，上攀下蹑，磴穷则挽藤，藤绝置木梯以上。如是二里，至狮子岩。岩下有静室。越岭，路颇平。再上里许，得大道，即自郡城南来者。

历级而登，殿已当前，以雾故不辨。逼❻之，而朱楹彩栋，则天池寺也，盖毁而新建者。由右庑❼侧登聚仙亭，亭前一崖突出，下临无地，曰文殊台。出寺，由大道左登披霞亭，亭侧岐路东上山脊，行三里。由此再东二里，为大林寺；由此北折而西，曰白鹿❽升仙台；北折而东，曰佛手岩。升仙台三面壁立，四旁多乔松，高帝御制周颠仙庙碑❾在其顶，石亭覆之，制❿甚古。佛手岩穹然轩峙⓫，深可五六丈，岩端石岐横出，故称"佛手"。循岩侧庵右行，崖石两层，突出深坞，上平下仄，访仙台遗址也。台后石上书"竹林寺"三字。竹林为匡庐⓬幻境，可望不可即；台前风雨中，时时闻钟梵声⓭，故以此当之。时方云雾迷漫，即坞中景亦如海上三山⓮，何论竹林？还出佛手岩，由大路东抵大林寺。寺四面峰环，前抱一溪。溪上树大三人围，非桧非杉，枝头着子累累，传为宝树，来自西域。向⓯有二株，为风雨拔去其一矣。

二十日　晨雾尽收。出天池，趋文殊台。四壁万仞，俯视铁船峰，正可飞舄⓰。山北诸山，伏如聚蚁。匡湖洋洋⓱山麓，长江带之，远及天际。因再为石门游。三里，度昨所过险处，至则容成方持贝叶⓲出迎，喜甚，导余历览诸峰。上至神龙宫右，折而下，入神龙宫。奔涧鸣雷，松竹荫映，山峡中奥寂境也。循旧路抵天池下，从岐径东南行十里，升降于层峰幽涧；无径不竹，无阴不松，则金竹坪也。诸峰隐护，幽倍天池，旷则逊之。复南三里，登莲花峰侧，雾复大作。是峰为天池案山，在金竹坪则左翼也。峰顶丛石嶙峋⓳，雾隙中时作窥人态，以雾不及登。

越岭东向二里，至仰天坪，因谋尽汉阳之胜。汉阳为庐山最高顶，此坪则为僧庐之最高者。坪之阴⓴，水俱北流从九江；其阳，水俱南下属南康。余疑坪去汉阳当不远，僧言中隔桃花峰，尚有十里遥。出寺，雾渐解。从山坞西南行，循桃花峰东转，过晒谷石，越岭南下，复上，则汉阳峰也。先是遇一僧，谓峰顶无可托宿，宜投慧灯僧舍，因指以路。未至峰顶二里，落照盈山，遂如僧言，东向越岭，转而西南，即汉阳峰之阳也。一径循山，重嶂幽寂，非复人世。里许，翁然❷竹丛中得一龛，有僧短发覆额，破衲❷赤足者，即慧灯也，方挑水磨腐。竹内僧三四人，衣履揖客，皆慕灯远来者。复有赤脚短发僧从崖间下，问之，乃云南鸡足山僧。灯有徒，结茅于内，其僧历悬崖访之，方返耳。余即拉一僧为导，攀援半里，至其所。石壁峭削，悬梯以度，一茅如慧灯龛。僧本山下民家，亦以慕灯居此。至是而上仰汉阳，下俯绝壁，与世复隔矣。暝色已合，归宿灯龛。灯煮腐相饷，前指路僧亦至。灯半月一腐，必自己出，必遍及其徒。徒亦自至，来僧其一也。

二十一日　别灯，从龛后小径直跻汉阳峰。攀茅拉棘，二里，至峰顶。南瞰鄱湖，水天浩荡。东瞻湖口，西盼建昌，诸山历历❷，无不俯首失恃❷。惟北面之桃花峰，铮铮比肩，然昂霄逼汉❷，此其最矣。下山二里，循旧路，向五老峰。汉阳、五老，俱匡庐南面之山，如两角相向；而犁头尖界于中，退于后，故两峰相望甚近。而路必仍至金竹坪，绕犁头尖后，出其左胁，北转始达五老峰，自汉阳计之，且三十里。

余始至岭角，望峰顶坦夷，莫详五老面目。及至峰顶，风高水绝，寂无居者。因遍历五老峰，始知是山之阴，一冈连属；阳则山从绝顶平剖，列为五枝，凭空下坠者万仞，外无重冈叠嶂之蔽，际目❷甚宽。然彼此相望，则五峰排列自掩，一览不能兼收；惟登一峰，则两旁无底。峰峰各奇不少❷让，真雄旷之极观也！仍下二里，至岭角。北行山坞中，里许，入方广寺，为五老新刹。僧知觉甚稔三叠之胜，言道路极艰，促余速行。

北行一里，路穷，渡涧。随涧东西行，鸣流下注乱石，两山夹之，丛竹修枝，郁葱❷上下。时时仰见飞石，突缀其间，转入转佳。既而涧旁路亦穷，从涧中乱石行，圆者滑足，尖者刺履。如是三里，得绿水潭。一泓深碧，怒流倾泻于上，流者喷雪，停者毓黛❷。又里许，为大绿水潭。水势至此将堕，大倍之，怒亦益甚。潭前峭壁乱耸，回互逼立，下瞰无底，但闻轰雷倒峡之声，心怖目眩，泉不知从何坠去也。于是洞中路亦穷，乃西向登峰。峰前石台鹊起，四瞰层壁，阴森逼侧。泉为所蔽，不得见，必至对面峭壁间，方能全收其胜。乃循山冈，从北东转。二里，出对崖下瞰，则一级、二级、三级之泉，始依次悉见。其坞中一壁，有洞如门者二，僧辄指为竹林寺门云。顷之，北风自湖口吹上，寒生粟³⁰起，急返旧路，至绿水潭。详观之，上有洞翕然³¹下坠。僧引入其中曰："此亦竹林寺三门之一。"然洞本石罅夹起，内横通如"十"字，南北通明，西入似无底止。

竹外一枝花更麗映
来東閣月昏黄瑤池
仙侶聯雙艷朱萼銀
葩炫夜光

　出，溯溪而行，抵方广，已昏黑。

　　二十二日　出寺，南渡溪，抵犁头尖之阳。东转下山，十里，至楞伽院侧。遥望山左胁，一瀑从空飞坠，环映青紫，夭矫滉漾㉜，亦一雄观。五里，过栖贤寺，山势至此始就平。以急于三峡涧，未之入。里许，至三峡涧。涧石夹立成峡，怒流冲激而来，为峡所束，回奔倒涌，轰振山谷。桥悬两崖石上，俯瞰深峡中，进珠戛玉㉝。过桥，从岐路东向，越岭趋白鹿洞。路皆出五老峰之阳，山田高下，点错民居。横历坡陀㉞，仰望排嶂者三里，直入峰下，为白鹤观。又东北行三里，抵白鹿洞㉟，亦五老峰前一山坞也。环山带溪，乔松错落。

出洞，由大道行，为开先道。盖庐山形势，犁头尖居中而少逊，栖贤寺实中处焉。五老左突，下即白鹿洞；右峙者，则鹤鸣峰也，开先寺当其前。于是西向循山，横过白鹿、栖贤之大道，十五里，经万松寺，陟一岭而下，山寺巍然南向者，则开先寺也。从殿后登楼眺瀑，一缕垂垂，尚在五里外，半为山树所翳㊱，倾泻之势，不及楞伽道中所见。惟双剑崭崭㊲众峰间，有芙蓉插天之态；香炉一峰，直山头圆阜㊳耳。从楼侧西下壑，涧流铿然，泻出峡石，即瀑布下流也。瀑布至此，反隐不复见，而峡水汇为龙潭，澄映心目。坐石久之，四山暝色，返宿于殿西之鹤峰堂。

二十三日　由寺后侧径登山。越涧盘岭，宛转山半。隔峰复见一瀑，并挂瀑布之东，即马尾泉也。五里，攀一尖峰，绝顶为文殊台。孤峰拔起，四望无倚，顶有文殊塔。对崖削立万仞，瀑布轰轰下坠，与台仅隔一涧，自巅至底，一目殆无不尽。不登此台，不悉此瀑之胜。下台，循山冈西北溯溪，即瀑布上流也。一径忽入，山回谷抱，则黄岩寺据双剑峰下。越涧再上，得黄石岩。岩石飞突，平覆如砥；岩侧茅阁方丈㊴，幽雅出尘。阁外修竹数竿，拂群峰而上，与山花霜叶，映配峰际。鄱湖一点，正当窗牖㊵。纵步溪石间，观断崖夹壁之胜。仍饭开先，遂别去。

🔴注释

❶界：划分，隔开。东晋孙绰《游天台山赋》云："瀑布飞流以界道。"

❷霏霏：指雨雪盛貌。

❸倩：请求。

❹碧条香蔼：绿树香雾。碧条，碧绿的柳条。唐元稹《西归绝句十二首》其十二云："寒花带雪满山腰，着柳冰珠满碧条。"香蔼，即香烟，指云气或焚香的烟气。后蜀毛熙震《浣溪沙七首》其四云：

"困迷无语思犹浓，小屏香霭碧山重。"

❺精庐：读书讲学之所。此处指僧舍。

❻逼：接近，靠近。

❼庑（wǔ）：殿阁周围的廊屋。

❽麓：一作"鹿"。

❾高帝御制周颠仙庙碑：朱元璋曾御制《周颠仙人传》庙碑，立于庐山。碑亭于嘉靖十二年（1533）重建。高帝，即明太祖朱元璋。

❿制：样式，规模。一指帝王的命令，此处指朱元璋御制的庙碑已经很久远。

⓫轩峙：高高屹立。

⓬匡庐：即庐山。

⓭钟梵声：佛寺敲钟和诵经之音。

⓮海上三山：传说中蓬莱、方丈、瀛洲三座海外神山。

⓯向：原来。

⓰飞舄（xì）：原指可乘坐飞行的仙鞋，此处指飞翔。

⓱洋洋：水势盛大、广阔无际的样子。此处指鄱阳湖在庐山下一片汪洋。

⓲贝叶：佛经。

⓳嶙峋（lín xún）：形容山峰、岩石突兀耸立。

⓴阴：山的北面。下文的"阳"，即山的南面。

㉑蓊然：草木茂盛的样子。

㉒衲：僧衣。

㉓历历：清楚明白。

㉔失恃：本意为丧母。此处指山峰都比汉阳峰低，无法与之抗衡。

㉕逼汉：迫近云天，形容很高。

㉖际目：视野。

㉗少：稍。

㉘郁葱：指树林茂盛。

㉙毓黛：毓，同"育"，生出之意。此句意为积水显现出深青色。

㉚粟：皮肤因寒冷而起的鸡皮疙瘩。

㉛翕然：突然的意思。

㉜夭矫滉（huàng）漾：屈伸而有气势的样子。夭矫，屈伸。滉漾，荡漾。

㉝迸珠戛玉：形如珠溅，声如玉击。

㉞坡陀：不平的山坡。

㉟白鹿洞：唐代江州刺史李渤曾在此读书，因随身养一白鹿，故名。

㊱翳（yì）：遮掩。

㊲崭崭：形容山势高峻突出。

㊳圆阜：圆形的土山。

㊴方丈：指一丈见方的僧所。

㊵窗牖（yǒu）：即窗户。

解说

庐山以瀑布闻名于世，李白《望庐山瀑布》中"疑是银河落九天"的诗句千古传诵；而徐霞客在这篇游记中对庐山瀑布也有精彩的书写。二十二日先从楞伽院侧，"遥望山左胁，一瀑从空飞坠，环映青紫，夭矫滉漾，亦一雄观"；至开先寺，"从殿后登楼眺瀑，一缕垂垂，尚在五里外，半为山树所翳，倾泻之势，不及楞伽道中所见"；随后"从楼侧西下壑，涧流铿然，泻出峡石，即瀑布下流也"——这里所写应当是香炉峰瀑布，分三次描写，延长了读者的阅读期待。不唯瀑布，徐霞客对庐山水的书写也不拘一格：写水系，"（仰天）坪之阴，水俱北流从九江；其阳，水俱南下属南康"；写湖泊，"匡湖洋洋山麓，长江带之，远及天际"；写泉水，绿水潭"一泓深碧，怒流倾泻于上，流者喷雪，停者毓黛"、大绿水潭"水势至此将堕，大倍之，怒亦益甚"，此后"但闻轰雷倒峡之声，心怖目眩，泉不知从何坠去也"，虚实相生，令人对泉水生发好奇之心，急切地随着徐霞客的行踪与文字，想见三级泉的全貌。

这篇游记还值得注意的是对奇僧的记载。僧人是《徐霞客游记》

中记载最多的一个群体，徐霞客不但几乎全部记下了他们的法名，而且提供了他们日常生活的细节，因此成为陈垣先生《明季滇黔佛教考》所采用的最重要文献之一。这些僧人中有一些以其奇特的修行给读者留下深刻的印象。在《游庐山日记》中提到了汉阳峰顶的慧灯僧："蓊然竹丛中得一龛，有僧短发覆额，破衲赤足者，即慧灯也，方挑水磨腐。竹内僧三四人，衣履揖客，皆慕灯远来者。复有赤脚短发僧从崖间下，问之，乃云南鸡足山僧。……灯煮腐相饷，前指路僧亦至。灯半月一腐，必自己出，必遍及其徒。徒亦自至，来僧其一也。"寥寥数笔交代了慧灯僧的外貌、半月磨一次豆腐的日常；还从侧面写出了慧灯远近闻名，有许多慕名而来的伴居者。崇祯五年（1632）徐霞客在与陈函辉小寒山夜话中就将慧灯归入自己所遇之"异人"（陈函辉《徐霞客墓志铭》）。在慕名而来者当中还有鸡足山僧人，他应当是引起了徐霞客的注意，因此才会加以询问。徐霞客与鸡足山之间的缘分，可以追溯至此时，至其游鸡足山，相隔有二十年矣。

游黄山日记后

【导语】

　　这是徐霞客第二次游历黄山的游记，因与前一篇游记同属于此次的游踪之列，故予以选入。徐霞客于九月初三日离开白岳山，在江村投宿，初四日再次从汤口进入黄山，至初六日，前后四天，重点游历了天都峰、莲花峰，并对二者的高低做出准确判断，明确指出后者为黄山最高峰。此外，对于黄山的云海也有精到的描写，可谓文采飞扬。

　　戊午九月初三日　出白岳榔梅庵，至桃源桥。从小桥右下，陡甚，即旧向黄山路也。七十里，宿江村。

　　初四日　十五里，至汤口。五里，至汤寺❶，浴于汤池。扶杖望硃砂庵而登。十里，上黄泥冈。向时云里诸峰，渐渐透出，亦渐渐落吾杖底。转入石门，越天都之胁而下，则天都、莲花二顶，俱秀出天半。

　　路旁一岐东上，乃昔所未至者，遂前趋直上，几达天都侧。复北上，行石罅中。石峰片片夹起，路宛转石间，塞者凿之，陡者级之，断者架木通之，悬者植❷梯接之。下瞰峭壑阴森，枫松相间，五色纷披，灿若图绣。因念黄山当生平奇览，而有奇若此，前未一探，兹游快且愧矣！时夫仆俱阻险行后，余亦停弗上；乃一路奇景，不觉引余独往。既登峰头，一庵翼然，为文殊院，亦余昔年欲登未登者。左天都，右莲花，背倚玉屏风，两峰秀色，俱可手揽。四顾奇峰错列，众壑纵横，真黄山绝胜处！非再至，焉知其奇若此？遇游僧澄源至，兴甚勇。

　　时已过午，奴辈适至。立庵前，指点两峰。庵僧谓："天都虽近而无路，莲花可登而路遥。只宜近盼天都，明日登莲顶。”余不从，决意游天都。挟澄源、奴子仍下峡路。至天都侧，从流石蛇行而上。攀草牵棘，石块丛起则历块，石崖侧削则援崖。每至手足无可着处，澄源必先登垂接。每念上既如此，下何以堪？终亦不顾。历险数次，遂达峰顶。惟一石顶壁起犹数十丈，澄源寻视其侧，得级，挟予以登。万峰无不下伏，独莲花与抗耳。时浓雾半作半止，每一阵至，则对面不见。眺莲花诸峰，多在雾中。独上天都，予至其前，则雾徙于后；予越其右，则雾出于左。其松犹有曲挺纵横者；柏虽大干如臂，无不平贴石上，如苔藓然。山高风钜，雾气去来无定。下盼诸峰，时出为碧峤❸，时没为银海。再眺山下，则日光晶晶，别一区宇❹也。

日渐暮，遂前其足，手向后据地，坐而下脱。至险绝处，澄源并肩手相接。度险，下至山坳，暝色已合。复从峡度栈以上，止文殊院。

初五日　平明，从天都峰坳中北下二里，石壁岈然❺。其下莲花洞正与前坑石笋对峙，一坞幽然。别澄源，下山至前岐路侧，向莲花峰而趋。一路沿危壁西行，凡再降升，将下百步云梯，有路可直跻莲花峰。既陟而磴绝，疑而复下。隔峰一僧高呼曰：“此正莲花道也！”乃从石坡侧度石隙。径小而峻，峰顶皆巨石鼎峙，中空如室。从其中叠级直上，级穷洞转，屈曲奇诡，如下上楼阁中，忘其峻出天表也。一里，得茅庐，倚石罅中。方徘徊欲升，则前呼道之僧至矣。僧号凌虚，结茅于此者，遂与把臂陟顶。顶上一石，悬隔二丈，僧取梯以度。其巅廓然❻，四望空碧，即天都亦俯首矣。盖是峰居黄山之中，独出诸峰上，四面岩壁环耸，遇朝阳雾色，鲜映层发，令人狂叫欲舞。久之，返茅庵，凌虚出粥相饷，啜一盂，乃下。

至岐路侧，过大悲顶，上天门。三里，至炼丹台。循台嘴而下，观玉屏风、三海门诸峰，悉从深坞中壁立起。其丹台一冈中垂，颇无奇峻，惟瞰翠微之背，坞中峰峦错耸❼，上下周映❽，非此不尽瞻眺❾之奇耳。还过平天矼，下后海，入智空庵，别焉。三里，下狮子林，趋石笋矼，至向年所登尖峰上。倚松而坐，瞰坞中峰石回攒，藻缋❿

满眼，始觉匡庐、石门，或具一体，或缺一面，不若此之闳博❶富丽也！久之，上接引崖，下眺坞中，阴阴觉有异。复至冈上尖峰侧，践流石，援棘草，随坑而下，愈下愈深，诸峰自相掩蔽，不能一目尽也。日暮，返狮子林。

初六日　别霞光，从山坑向丞相原。下七里，至白沙岭，霞光复至。因余欲观牌楼石，恐白沙庵无指者，追来为导。遂同上岭，指岭右隔坡，有石丛立，下分上并，即牌楼石也。余欲逾坑溯涧，直造其下。僧谓："棘迷路绝，必不能行。若从坑直下丞相原，不必复上此岭；若欲从仙灯而往，不若即由此岭东向。"余从之，循岭脊行。岭横亘天都、莲花之北，狭甚，旁不容足，南北皆崇峰夹映。岭尽北下，仰瞻右峰罗汉石，圆头秃顶，俨然二僧也。下至坑中，逾涧以上，共四里，登仙灯洞。洞南向，正对天都之阴。僧架阁连板于外，而内犹穹然❷，天趣未尽刊❸也。复南下三里，过丞相原，山间一夹地耳。其庵颇整，四顾无奇，竟不入。复南向循山腰行，五里，渐下。涧中泉声沸然，从石间九级下泻，每级一下有潭渊碧，所谓九龙潭也。黄山无悬流飞瀑，惟此耳。又下五里，过苦竹滩，转循太平县路，向东北行。

注释

❶ 汤寺：即祥符寺。

❷ 植：树立，架设。

❸ 峤（qiáo）：尖而高的山。

❹ 区宇：境域，世界。

❺ 岈然：山势隆起的样子。唐柳宗元《始得西山宴游记》云："其高下之势，岈然洼然。"

❻ 廓然：开阔舒朗。

❼ 错牟：错落牟立。

❽ 周映：景致相互映照。

❾ 瞻眺：远望。

⑩藻缋（huì）：形容景色如画。

⑪闳博：宏大而丰富。

⑫穹然：阔大深邃的样子。

⑬刊：削除。

第二次游黄山，徐霞客对"黄山四绝"之云海（云雾）与怪石的书写，格外富有意趣。黄山之云海是由低层的云和山间的雾混合而成，前一篇《游黄山日记》只是简单提及了雾，至这篇则以比较有趣的笔触写出来："时浓雾半作半止，每一阵至，则对面不见。眺莲花诸峰，多在雾中。独上天都，予至其前，则雾徙于后；予越其右，则雾出于左。"（初四日）写出了黄山云雾之大与调皮之色。其实不仅黄山云雾迷人，前文《游庐山日记》中的"雾"也基本上贯穿了整篇游记：先是"雾色霏霏如雨"，又"浓雾中双石屼立""以雾不及辨"，又"时方云雾迷漫，即坞中景亦如海上三山，何论竹林"；后一日"雾复大作"时，则"峰顶丛石嶙峋，雾隙中时作窥人态"，也是拟人化的描写，都很巧妙。

对黄山之怪石的书写在前记中已有所呈现，至此则更为突出："行石罅中。石峰片片夹起，路宛转石间，塞者凿之，陡者级之，断者架木通之，悬者植梯接之。"（初四日）徐霞客未直接着笔，而是采取侧面衬托的方式，通过登山过程中不同情势下采取的不同措施，来凸显黄山之石的不同形态。这种以排比之势写山石，《游雁宕山日记》中早有运用："危峰乱叠，如削如攒，如骈笋，如挺芝，如笔之卓，如蟆之赣。"所不同的是，一正写，一反写，各得奇妙，可见徐霞客游记笔法的多样性。

游九鲤湖日记福建兴化府仙游县

【导语】

　　九鲤湖，位于福建省仙游县东北，是徐霞客第二次福建游的目的地。泰昌元年庚申（1620）五月初六日，徐霞客从枫亭出发，二十三日到江郎山；六月初七日到达兴化府，至初九日结束九鲤湖的游历；初十日至十一日游石竹山。此次出游，可以说是连游三地。这篇日记结尾，徐霞客对此处游踪进行了总结，该体例在名山游记中仅见，在西南游日记中则多有变体。

　　浙、闽之游旧矣。余志在蜀之峨眉、粤之桂林，及太华、恒岳诸山；若罗浮❶、衡岳，次也；至越❷之五泄、闽之九漈❸，又次也。然蜀、广、关中，母老道远，未能卒游；衡湘可以假道，不必专游。计其近者，莫若由江郎、三石抵九漈。遂以庚申午节❹后一日，期❺芳若叔父启行，正枫亭荔枝新熟时也。

　　二十三日　始过江山之青湖。山渐合，东支多危峰峭嶂，西伏不起。悬望东支尽处，其南一峰特耸，摩云插天，势欲飞动。问之，即江郎山❻也。望而趋，二十里，过石门街。渐趋渐近，忽裂而为二，转而为三；已复半岐其首，根直剖下；迫之，则又上锐下敛，若断而复连者，移步换形，与云同幻矣！夫雁宕灵峰、黄山石笋，森立峭拔，已为瑰观❼；然俱在深谷中，诸峰互相掩映，反失其奇。即缙云鼎湖❽，穿然独起，势更伟峻，但步虚山即峙于旁，各不相降，远望若与为一；不若此峰特出众山之上，自为变幻，而各尽其奇也。

　　六月初七日　抵兴化府。

　　初八日　出莆郡西门，西北行五里，登岭，四十里，至莒溪，降陟不啻数岭矣。莒溪即九漈下流。过莒溪公馆，二里，由石步过溪。又二里，一侧径西向山坳，北复有一磴，可转上山。时山深日酷，路绝人行，迷不知所往。余意鲤湖之水，历九漈而下，上跻必有奇境，遂趋石磴道。芳叔与奴辈惮❾高陟，皆以为误；顷之，境渐塞，彼益以为误，而余行益励。既而愈上愈高，杳无所极，烈日铄铄❿，余亦自苦倦矣。数里，跻岭头，以为绝顶也；转而西，山之上高峰复有倍此者。循山屈曲行，三里，平畴荡荡，正似武陵误入⓫，不复知在万峰顶上也。

中道有亭，西来为仙游道，东即余所行。南过通仙桥，越小岭而下，为公馆，为钟鼓楼之蓬莱石，则雷轰漈在焉。洞出蓬莱石旁，其底石平如砥⓬，水漫流石面，匀如铺縠⓭。少下，而平者多洼，其间圆穴，为灶、为臼、为樽、为井，皆以丹名，九仙之遗也。平流至此，忽下堕湖中，如万马初发，诚有雷霆之势，则第一漈之奇也。九仙祠即峙其西，前临鲤湖。湖不甚浩荡，而澄碧一泓，于万山之上，围青漾翠，造物之酝灵⓮亦异矣！祠右有石鼓、元珠、古梅洞诸胜。梅洞在祠侧，驾大石而成者，有罅成门。透而上，旧有九仙阁，祠前旧有水晶宫，今俱圮⓯。当祠而隔湖下坠，则二漈至九漈之水也。余循湖右行，已至第三漈，急与芳叔返。曰："今夕当淡神休力，静晤九仙。劳心目以奇胜，且俟明日也。"返祠，往蓬莱石，跣足步涧中。石濑⓰平旷，清流轻浅，十洲三岛⓱，竟褰衣⓲而涉也。晚坐祠前，新月正悬峰顶，俯挹平湖，神情俱朗，静中飒飒⓳，时触雷漈声。是夜祈梦祠中。

初九日　辞九仙，下穷九漈。九漈去鲤湖且数里，三漈而下，久已道绝。数月前，莆田祭酒尧俞，令陆善开复鸟道，直通九漈，出莒溪。悔昨不由侧径溯漈而上，乃纡从大道，坐失此奇。遂束装改途，竟出九漈。瀑布为第二漈，在湖之南，正与九仙祠相对。湖穷而水由此飞堕深峡，峡石如劈，两崖壁立万仞。水初出湖，为石所扼⓴，势不得出，怒从空坠，飞喷冲激，水石各极雄观。

再下为第三漈之珠帘泉，景与瀑布同。右崖有亭，曰观澜。一石曰天然坐，亦有亭覆之。从此上下岭涧，盘折峡中。峡壁上覆下宽，珠帘之水，从正面坠下；玉箸之水，从旁霭沸溢。两泉并悬，峡壁下削，铁障四围❷，上与天并，玉龙双舞，下极潭际。潭水深泓澄碧，虽小于鲤湖，而峻壁环锁，瀑流交映，集奇撮胜，惟此为最！所谓第四漈也。初至涧底，芳叔急于出峡，坐待峡口，不复入。余独缘涧石而进，踞潭边石上，仰视双瀑从空夭矫，崖石上覆如瓮口；旭日正在崖端，与颓波突浪，掩晕流辉。俯仰应接，不能舍去。循涧复下，忽两峡削起，一水斜回，涧右之路已穷。左望有木板飞架危矶❷断磴间，乱流而渡，可以攀跻。遂涉涧从左，则五漈之石门矣。两崖至是，壁凑仅容一线，欲合不合，欲开不开，下涌奔泉，上碍云影。人缘陟其间，如猱猿然，阴风吹之，凛凛欲堕。

　　盖自四漈来，山深路绝，幽峭已极，惟闻泉声鸟语耳。出五漈，山势渐开。涧右危嶂屏列，左则飞凤峰回翔对之，乱流绕其下，或为澄潭，或为倒峡。若六漈之五星、七漈之飞凤、八漈之棋盘石、九漈之将军岩，皆次第得名矣。然一带云蒸霞蔚，得趣故在山水中，岂必刻迹而求乎？盖水乘峡展，既得自恣，其旁崩崖颓石，斜插为岩，横架为室，层叠成楼，屈曲成洞；悬则瀑，环则流，潴则泉；皆可坐可卧，可倚可濯，荫竹木而弄云烟。数里之间，目不能移，足不能前者竟日。每下一处，见有别穴，必穿岩通隙而入，曲达旁疏，不可一境穷也！若水之或悬或渟❸，或翼飞叠注，即匡庐三叠、雁宕龙湫，各以一长擅胜，未若此山微体皆具也。出九漈，沿涧依山转，东向五里，始有耕云樵石之家，然见人至，未有不惊讶者。又五里，至莒溪之石步，出向道。

　　初十日　过蒜岭驿，至榆溪。闻横路驿西十里，有石竹山❷，岩石最胜，亦为九仙祈梦所。闽有"春游石竹，秋游鲤湖"语，虽未合其时，然不可失之交臂也。乘兴遂行。以横路去此尚十五里，乃宿榆溪。

　　十一日　至波黎铺，即从小路为石竹游。西向山五里，越一小岭。又五里，渡溪，即石竹南麓。循麓西转，仰见峰顶丛崖，如攒如

春林
生翠

劈。西北行久之，有楼傍山西向，乃登山道也。石磴颇峻，遂短衣历
级而上。磴路曲折，木石阴翳，虬枝老藤，盘结危石欹崖之上，啼猿
上下，应答不绝。忽有亭突踞危石，拔迥[25]凌虚，无与为对。亭当山
之半。再折，石级巍然直上，级穷，则飞岩檐覆垂半空。再上两折，
入石洞侧门，出即九仙阁，轩敞雅洁。左为僧庐，俱倚山凌空，可徙
倚凭眺。阁后五六峭峰离立，高皆数十丈，每峰各去二三尺。峰罅石
壁如削成，路屈曲罅中，可透漏各峰之顶。松偃藤延，纵目成胜。僧

崖迴溪平曲径
藏坡陀掩映遍
脩篁幽人策杖
携珠柱欲坐草
亭引鳳凰

供茗芳逸，山所产也。侧径下，至垂岩，路左更有一径。余曰："此必有异。"从之，果一石洞嵌空立。穿洞而下，即至半山亭。下山，出横路而返。是游也，为日三十有六[20]，历省二，经县十九，府十一，游名山者三。

注释

❶罗浮：广东东樵山。

❷越：越中，此处泛指浙江省。

❸漈（jì）：闽方言，瀑布。

❹午节：端午节。

❺期：约定。

❻江郎山：又称玉郎山，位于浙江省江山市境内，以三爿石景点最为著名。

❼瑰观：瑰丽的景观。

❽缙云鼎湖：即浙江省缙云县仙都风景区内鼎湖峰，步虚山为其后山。

❾惮（dàn）：害怕。

❿铄铄（shuò）：光亮闪耀的样子。

⓫武陵误入：意即好似进入了桃花源。

⓬砺：磨平。

⓭縠（hú）：一种有皱纹的纱，以轻薄著称。

⓮酝灵：孕育灵秀。

⓯圮（pǐ）：倒塌。

⓰石濑（lài）：指石潭。

⓱十洲三岛：传说中神仙居住的地方。西汉东方朔《海内十洲记》称：巨海之中有祖、瀛、玄、炎、长、元、流、生、凤麟、聚窟十洲，又有蓬丘、方丈、昆仑三岛，合称"十洲三岛"。三岛，一说指蓬莱、方丈、瀛洲。

⓲褰（qiān）衣：撩起衣服。

⓳渢渢（fēng）：宏大的声音。此处指水声。宋石介《庆历圣德颂》云："大声渢渢，震摇六合。"

⓴扼：辖制。

㉑铁障四围：四周围得像铁障一样，形容围得严实。

㉒危矶（jī）：水边高出的山石。唐唐彦谦《望夫石》云："江上见危矶，人形立翠微。"

㉓渟（tíng）：水积聚而不流通。

㉔石竹山：一作石所山。

㉕拔迥：挺拔高远。

㉖原作"六十有三"，若从端午后一日算起，当系三十六日。

解说

在这篇游记里，徐霞客首次自述游志："浙、闽之游旧矣。余志在蜀之峨眉、粤之桂林，及太华、恒岳诸山；若罗浮、衡岳，次也；至越之五泄、闽之九漈，又次也。然蜀、广、关中，母老道远，未能卒游；衡湘可以假道，不必专游。计其近者，莫若由江郎、三石抵九漈。"徐霞客这年33岁，可以看到西南之游是很早就定下的宏远目标，可称为万里遐征之"雏形"，与太华山、五岳同属于第一梯队；与之相较，浙、闽之游在其游志中则次之又次。尽管如此，徐霞客多次游历浙、闽两省，前后有天台山、雁荡山、武夷山之游并留下日记；与游武夷山同年（1616），"秋还五泄、兰亭，一观禹陵窆石"（据《徐霞客墓志铭》），可惜未见到游记。此后，在《游嵩山日记》（1623）开篇，徐霞客对游志做了补充："余髫年蓄五岳志，而玄岳出五岳上，慕尤切。久拟历襄、郧，扪太华，由剑阁连云栈，为峨眉先导；而母老志移，不得不先事太和，犹属有方之游。"峨眉、西南之游都因母亲年老而推迟。至崇祯五年（1632）在与友人陈函辉小寒山夜话中，当被问及出游是否倦怠时，徐霞客回答："未也。吾于皇舆所及，且未悉其涯涘，粤西、滇南，尚有待焉。即峨嵋一行，以奢酋发难，草草至秦陇而回，非我志也。自此当一问阆风、昆仑诸退方矣！"此后经过数年准备，徐霞客开始了西南万里遐征。此外，《滇游日记十三》（1639）接近尾声时，徐霞客提到"搜访此脉几四十年"，上推正是在髫年，即《徐霞客墓志铭》记载的酷爱舆地志时期。徐霞客真的是少年立志！

徐霞客的很多游踪都未留下日记，只能借助诗人诗文、墓志以及徐霞客其他游记的记载予以补充，如上文提到的"五泄、兰亭"之游。又如，这篇日记在比较江郎山与雁荡山、黄山之峰峦时，突然插入缙云鼎湖的内容："即缙云鼎湖，穹然独起，势更伟峻，但步虚山即峙于旁，各不相降，远望若与为一。"该景观在今丽水市缙云县，游记中仅这里提及，根据《徐霞客墓志铭》记载，"东看大、小龙湫，以及石门仙都，是在癸丑"，则应当与徐霞客初游天台山、雁荡山同一年。虽然只此一处，而缙云鼎湖的山峰特点经徐霞客的描写，如在目前。

回到游记对九鲤湖的书写。漈，即福建方言中对瀑布的叫法，可以说这是徐霞客书写瀑布最为集中的一篇游记，然对九漈的描写又各有不同。前五漈，雷轰漈奔流下坠，瀑布漈之飞喷冲激，珠帘泉、玉箸漈之玉龙双舞，石门漈之从空夭矫等，各显奇态；自此而下，"若六漈之五星、七漈之飞凤、八漈之棋盘石、九漈之将军岩，皆次第得名矣。然一带云蒸霞蔚，得趣故在山水中，岂必刻迹而求乎？"虽未具体而微地描写，却也总体上给予了适当着墨，是徐霞客文笔"犯而不犯"的玄妙所在。同样是写水，同样在福建，徐霞客笔下的九鲤湖九漈与武夷山九曲，也可两相比较阅读。

游嵩山日记 河南河南府登封县

【导语】

嵩山，位于今河南省登封市，为五岳之一。徐霞客于天启三年癸亥（1623）二月初一日离家，十九日到达登封境内开始游览，至二十四日由少林寺离开，前后五天，游览了嵩阳宫、启母石、少林寺、初祖洞等景观；二十五日至洛阳，参观龙门石窟。这是徐霞客流传下来的首篇北方游记，其中呈现出了与南方大相径庭的景观。

余髫年❶蓄五岳志，而玄岳出五岳上，慕尤切。久拟历襄、郧，扪太华，由剑阁连云栈，为峨眉先导；而母老志移，不得不先事太和❷，犹属有方之游。第沿江溯流，旷日持久，不若陆行舟返，为时较速。乃陆行汝、邓间，路与陕、汴略相当，可以兼尽嵩、华，朝宗太岳。遂以癸亥仲春朔❸，决策从嵩岳道始。

凡十九日，抵河南郑州之黄宗店。由店右登石坡，看圣僧池。清泉一涵❹，停碧山半。山下深涧交叠，涸无滴水。下坡行涧底，随香炉山曲折南行。山形三尖如覆鼎，众山环之，秀色娟娟媚人。涧底乱石一壑，作紫玉色。两崖石壁宛转，色较缜润❺；想清流汪注时，喷珠泄黛，当更何如也！十里，登石佛岭。又五里，入密县界，望嵩山尚在六十里外。从岐路东南二十五里，过密县，抵天仙院。院祀天仙，黄帝之三女也。白松在祠后中庭，相传三女蜕骨其下。松大四人抱，一本三干，鼎耸❻霄汉，肤如凝脂，洁逾傅粉❼，蟠枝虬曲，绿鬣❽舞风，昂然玉立半空，洵❾奇观也！周以石栏。一轩临北，轩中题咏绝盛。徘徊久之，下观滴水。涧至此忽下跌，一崖上覆，水滴历历❿其下。还密，仍抵西门。三十五里，入登封界，曰耿店。南向为石淙道，遂税驾⓫焉。

059

二十日　从小径南行二十五里，皆土冈乱垄。久之，得一溪。渡溪，南行冈脊中，下瞰，则石淙⑫在望矣。余入自大梁⑬，平衍⑭广漠，古称"陆海"⑮，地以得泉为难，泉以得石尤难。近嵩始睹蜿蜒众峰，于是北流有景、须诸溪，南流有颍水，然皆盘伏土碛中。独登封东南三十里为石淙，乃嵩山东谷之流，将下入于颍。一路陂陀屈曲，水皆行地中，至此忽逢怒石。石立崇冈山峡间，有当关扼险之势。水沁入胁下，从此水石融和，绮变万端。绕水之两崖，则为鹄立，为雁行；踞中央者，则为饮兕⑯，为卧虎。低则屿，高则台，愈高，则石之去水也愈远；乃又空其中而为窟，为洞。揆⑰崖之隔，以寻⑱尺计；竟水之过，以数丈计。水行其中，石峙于上，为态为色，为肤为骨，备极妍丽。不意黄茅白苇中，顿令人一洗尘目也！

登陇，西行十里，为告成镇，古告成县地。测景台⑲在其北。西北行二十五里，为岳庙。入东华门时，日已下舂⑳，余心艳㉑卢岩，即从庙东北循山行。越陂陀数重，十里，转而入山，得卢岩寺。寺外数武㉒，即有流铿然，下坠石峡中。两旁峡色，氤氲成霞。溯流造寺后，峡底蠢崖，环如半规㉓，上覆下削。飞泉堕空而下，舞绡曳练，霏微散满一谷，可当武彝之水帘。盖此中以得水为奇，而水复得石，石复能助水，不尼㉔水，又能令水飞行，则比武彝为尤胜也。徘徊其下，僧梵音以茶点饷。急返岳庙，已昏黑。

二十一日　晨，谒岳帝。出殿，东向太室绝顶。按，嵩当天地之中，祀秩㉕为五岳首，故称嵩高；与少室并峙，下多洞窟，故又名太室。两室相望如双眉，然少室嶙峋，而太室雄厉称尊，俨若负扆㉖。自翠微以上，连崖横亘，列者如屏，展者如旗，故更觉岩岩㉗。崇封始自上古，汉武以嵩呼之异㉘，特加祀邑㉙；宋时逼近京畿㉚，典礼大备。至今绝顶犹传"铁梁桥""避暑寨"之名。当盛之时，固可想见矣。

太室东南一支，曰黄盖峰。峰下即岳庙，规制㉛宏壮。庭中碑石蠢立，皆宋、辽以来者。登岳正道，乃在万岁峰下，当太室正南。余昨趋卢岩时，先过东峰，道中见峰峦秀出，中裂如门，或指为金峰玉女沟，从此亦有路登顶，乃觅樵预期为导，今遂从此上。近秀出处，路渐折，避之，险绝不能径越也。北就土山，一缕仅容攀跻，约二十里，遂越东峰，已转出裂门之上。西度狭脊，望绝顶行。是日浓云如泼墨，余不为止。至是岚气^㉛愈沉，稍开，则下瞰绝壁重崖，如列绡^㉜削玉，合则如行大海中。五里，抵天门。上下皆石崖重叠，路多积雪。导者指峻绝处为大铁梁桥。折而西，又三里，绕峰南下，得登高岩。凡岩幽者多不畅，畅者又少回藏^㉝映带之致。此岩上倚层崖，下临绝壑，洞门重峦拥护，左右环倚台嶂。初入，有洞岈然，洞壁斜透；穿行数武，崖忽中断五尺，莫可着趾。导者故老樵，猗捷^㉞如猿猴，侧身跃过对崖，取木二枝，横架为阁道^㉟。既度，则岩穿然上覆，中有乳泉、丹灶、石榻诸胜。从岩侧跻而上，更得一台，三面悬绝壑中。导者曰："下可瞰登封，远及箕、颍。"时浓雾四塞，都无所见。出岩，转北二里，得白鹤观址。址在山坪，去险就夷，孤松挺立有旷致。又北上三里，始跻绝顶，有真武庙三楹。侧一井，甚莹，曰御井，宋真宗避暑所浚^㊱也。

饭真武庙中。问下山道，导者曰："正道从万岁峰抵麓二十里。若从西沟悬溜而下，可省其半，然路极险峻。"余色喜，谓嵩无奇，以无险耳。亟从之，遂策杖前。始犹依岩凌石，披丛条以降。既而从两石峡溜中直下，仰望夹崖逼天。先是峰顶雾滴如雨，至此渐开，景亦渐奇。然皆垂沟脱磴，无论不能行，且不能止。愈下，崖势愈壮，一峡穷，复转一峡。吾目不使旁瞬^㊲，吾足不容求息也。如是十里，始出峡，抵平地，得正道。过无极洞。西越岭，趋草莽中，五里，得法皇寺。寺有金莲花，为特产，他处所无。山雨忽来，遂借榻僧寮^㊳。其东石峰夹峙，每月初生，正从峡中出，所称"嵩门待月"也。计余所下之峡，即在其上，今坐对之，只觉云气出没，安知身自此中来也？

二十二日　出山，东行五里，抵嵩阳宫^㊴废址。惟三将军柏郁然如山^㊵，汉所封也；大者围七人，中者五，小者三。柏之北，有室三楹，祠二程先生^㊶。柏之西，有旧殿石柱一，大半没于土，上多宋人题名，可辨者为范阳祖无择、上谷寇武仲及苏才翁数人^㊷而已。柏之西南，雄碑杰然，四面刻蛟螭^㊸甚精。右则为唐碑^㊹，裴迥撰文，徐浩八分书也。又东二里，过崇福宫故址，又名万寿宫，为宋宰相提点处。又东为启母石，大如数间屋，侧有一平石如砥。又东八里，还饭岳庙，看宋、元碑。西八里，入登封县。西五里，从小径西北行。又五里，入会善寺，"茶榜"㊻在其西小轩内，元刻也。后有一石碑仆墙下，为唐贞元《戒坛记》㊼，汝州刺史陆长源撰文，河南陆郢书。又西为戒坛废址，石上刻镂极精工，俱断委草砾。西南行五里，出大路；又十里，至郭店。折而西南，为少林道。五里，入寺，宿瑞光上人房。

二十三日　云气俱尽。入正殿，礼佛毕，登南寨。南寨者，少室绝顶，高与太室等，而峰峦峭拔，负"九鼎莲花"之名。俯环其后者为九乳峰，蜿蜒东接太室，其阴则少林寺在焉。寺甚整丽，庭中新旧碑森列成行，俱完善。夹墀㊽二松，高伟而整，如有尺度㊾。少室横峙于前，仰不能见顶，游者如面墙而立，辄谓少室以远胜。余昨暮入寺，即问少室道，俱谓雪深道绝，必无往。凡登山以晴朗为佳，余登太室，云气弥漫，或以为仙灵见拒，不知此山魁梧，正须止露半面。若少室工于掩映，虽微云岂宜点涬㊿？今则霁甚，适逢其会，乌可阻也！乃从寺南渡涧登山，六七里，得二祖庵。山至此忽截然土尽而石，石崖下坠成坑。坑半有泉，突石飞下，亦以"珠帘"名之。

余策杖独前，愈下愈不得路，久之乃达，其岩雄拓不如卢岩，而深峭过之。岩下深潭泓碧，僵雪[51]四积。再上，至炼丹台。三面孤悬，斜倚翠壁，有亭曰小有天，探幽之屐[52]，从未有抵此者。过此皆从石脊仰攀直跻，两旁危崖万仞，石脊悬其间，殆无寸土，手与足代匮[53]而后得升。凡七里，始跻大峰。峰势宽衍，向之危石，又截然忽尽为土。从草棘中莽莽南上，约五里，遂凌南寨顶，屏翳[54]之土始尽。南寨实少室北顶，自少林言之为南寨云。盖其顶中裂，横界南北，北顶若展屏，南顶列戟峙其前，相去仅寻丈，中为深崖，直下如剖。两崖夹中，坑底特起一峰，高出诸峰上，所谓摘星台也，为少室中央。绝顶与北崖离倚，彼此斩绝不可度。俯瞩其下，一丝相属。余解衣从之，登其上，则南顶之九峰森立于前，北顶之半壁横障于后，东西皆深坑，俯不见底。罡风[55]乍至，几假翰[56]飞去。

从南寨东北转，下土山，忽见虎迹大如升。草莽中行五六里，得茅庵。击石炊所携米为粥，啜三四碗，饥渴霍然去。倩庵僧为引龙潭道。下一峰，峰脊渐窄，土石间出，棘蔓翳之，悬枝以行，忽石削万丈，势不可度；转而上跻，望峰势蜿蜒处趋下，而石削复如前。往复不啻®数里，乃迂过一坳，又五里而道出，则龙潭沟也。仰望前迷路处，危崖欹石俱在万仞峭壁上。流泉喷薄其中，崖石之阴森崭巀®者，俱散成霞绮。峡夹洞转，两崖静室，如蜂房燕垒。凡五里，一龙潭沉涵®凝碧，深不可规®以丈。又经二龙潭，遂出峡，宿少林寺。

二十四日　从寺西北行，过甘露台，又过初祖庵。北四里，上五乳峰，探初祖洞。洞深二丈，阔杀之®，达摩九年面壁处也。洞门下临寺，面对少室。地无泉，故无栖者。下至初祖庵，庵中供达摩影石®。石高不及三尺，白质黑章，俨然胡僧立像。中殿六祖手植柏，大已三人围，碑言自广东钵中携至者。夹墀二松亚少林。少林松柏俱修伟，不似岳庙偃仆盘曲，此松亦然。下至甘露台，土阜®蠢起，上有藏经殿。下台历殿三重，碑碣散布，目不暇接。后为千佛殿，雄丽罕匹。出饭瑞光上人舍。策骑趋登封道，过轩辕岭，宿大屯。

二十五日　西南行五十里，山冈忽断，即伊阙®也，伊水南来经其下，深可浮数石舟。伊阙连冈，东西横亘，水上编木桥之。渡而西，崖更危耸。一山皆劈为崖，满崖镌佛其上。大洞数十，高皆数十丈。大洞外峭崖直入山顶，顶俱刊小洞，洞俱刊佛其内。虽尺寸之肤，无不满者，望之不可数计。洞左，泉自山流下，汇为方池，余泻入伊川。山高不及百丈，而清流淙淙不绝，为此地所难®。伊阙摩肩接毂®，为楚、豫大道，西北历关、陕。余由此取西岳道去。

注释

❶髫（tiáo）年：幼年。

❷太和：即太和山，也即下文"太岳"，今武当山。

❸朔：农历每月第一天。

❹涵：潭。

❺缜润：细致而润泽。

❻鼎峙：像鼎一样耸立。

❼肤如凝脂，洁逾傅粉：形容松树表皮洁白。傅粉，即敷粉、抹粉。前半句引用《诗经·卫风·硕人》中"手如柔荑，肤如凝脂"诗句，后半句化用《世说新语·容止》所载何晏傅粉的典故。

❽绿鬣：指绿色的松针。

❾洵（xún）：实在是。

❿历：通"沥"。历历，指水滴不断滴落。

⓫税（tuō）驾：停宿。税，通"脱"。

⓬石淙：嵩山脚下的石淙河，又名勺水，颍河在登封市境内最长的支流。

⓭大梁：开封的古称。

⓮平衍：平坦宽广的地方。

⓯陆海：物产富饶的地方。《汉书·地理志下》颜师古注云："言其地高陆而饶物产，如海之无所不出，故云陆海。"

⓰兕（sì）：古书上记载的一种雌犀牛。

⓱揆：估计。

⓲寻：古代长度单位，八尺为寻。

⓳测景台：即周公测景台，因在此建台观测日影而得名。唐以后，历代有改进、修建。

⓴下舂：日落时分。

㉑艳：羡慕，向往。

㉒武：古代长度单位，一步为一武。

㉓半规：即半圆。

㉔尼（nì）：阻止。《墨子·号令》云："淫嚣不静，当路尼众。"

㉕祀秩：排列次序。

㉖负扆（yǐ）：背靠屏风。原比喻面南称帝或摄政，此处指太室山气势上超过了少室山。

㉗岩岩：高峻的样子。

㉘嵩呼之异：《汉书·武帝纪》载，元封元年（前110），汉武帝登嵩山时听到山间传来山呼"万岁"的声音，认为是嵩山之神所发，觉得灵异。

㉙祀邑：指邑内所有田租收入专供祭祀嵩山之神使用。

㉚京畿：国都及附近的地方。

㉛规制：指建筑物的规模形制。元刘祁《游林虑西山记》云："旁有浮屠，号孝亲院，石刻魏公所建。院规制宏敞，柱皆文石，佛像如新。"

㉜岚气：山中的雾气。南朝宋谢灵运《晚出西射堂》云："晓霜枫叶丹，夕曛岚气阴。"

㉝列绡：撕裂的丝绸。列，同"裂"。

㉞回藏：迂回隐藏，非一览无余。

㉟狷（juàn）捷：敏捷。

㊱阁道：栈道，凿石架空所成的高架桥。

㊲浚：挖掘疏导。

㊳旁瞬：目不斜视。

㊴僧寮（liáo）：僧人居住的小屋。

㊵嵩阳宫：始建于北魏太和八年（484），初为寺，唐改为观，五代周始作书院。元至元年间更名为嵩阳宫。宫内有古柏三株，相传汉武帝登临嵩山时封其为三将军，故称"三将军柏"。今仅存大将军柏与二将军柏。

㊶郁然如山：指柏树郁郁葱葱、干巨枝繁，有如山矗立。

㊷二程先生：指北宋理学家程颢（1032—1085）、程颐（1033—1107）兄弟。

㊸祖无择（1011—1084），字择之，蔡州人，祖籍范阳。尝由秘书少监分司西京，迁光禄卿提举嵩山崇福宫。寇武仲，生平不详。苏才翁，即苏舜元（1006—1054），字才翁，北宋著名诗人苏舜钦之兄。

㊹蛟螭：即蛟龙。此处指蛟螭形图像。

㊺唐碑：即唐天宝三载（774）《大唐嵩阳观纪圣德感应之颂碑》，

实则为李林甫撰文，裴迥篆额，徐浩书八分隶书。

㊻茶榜：即元雪庵溥光禅师撰文并书写的《拣公茶榜》，位于嵩山戒坛寺（后称会善寺）。

㊼《戒坛记》：即陆长源于贞元十一年（795）所撰《嵩山会善寺戒坛记》，收录于《全唐文》卷五一〇。

㊽墀（chí）：台阶之上的空地。

㊾尺度：用尺子测量，形容建筑符合法度。

㊿点滓：玷污的意思。

(51)僵雪：经久不化的积雪。

(52)屐：指足迹。

(53)匮：此处指登山装备缺乏。

(54)屏翳：遮蔽。

(55)罡（gāng）风：亦作“刚风”，高空的强风。

(56)翰：长而坚硬的羽毛。

(57)不啻：不止，何止。

(58)崭嶻（jié）：形容山势陡峭。

(59)沉涵：沉浸涵泳。

(60)规：测量。

(61)阔杀之：即宽度不及深度。

(62)达摩影石：又称“面壁影石”。相传达摩祖师在少林寺后山面壁九年，精诚所至，坐像映入石中，形成隐约可见的达摩影像。

(63)土阜：土丘。

(64)伊阙：即龙门。下文所叙即为著名的龙门石窟。

(65)难：难得，少见。

(66)摩肩接毂：肩挨着肩、车轮挨着车轮。形容人车接连不断，非常繁盛。

解说

嵩山是徐霞客笔下的第一座北方名山，这篇游记也第一次出现了北方景观。初入读者眼帘的就是干涸的山洞:"山下深涧交叠,涧无滴水。……两崖石壁宛转,色较缜润;想清流汪注时,喷珠泄黛,当更何如也!"徐霞客想象了洞水丰满时的情景。当真切地见到北方之水石淙时,那一番明亮之色令徐霞客欣喜惊奇:"水沁入胁下,从此水石融和,绮变万端。绕水之两崖,则为鹄立,为雁行;踞中央者,则为饮兕,为卧虎。低则屿,高则台,愈高,则石之去水也愈远;乃又空其中而为窟,为洞。……水行其中,石峙于上,为态为色,为肤为骨,备极妍丽。不意黄茅白苇中,顿令人一洗尘目也!"这北方二月的水姿,打破了徐霞客对北方物象的想象。

在这篇游记中,徐霞客提出了一个关于探游追求的命题——"余色喜,谓嵩无奇,以无险耳!"该命题可缩减为"无奇,以无险",正与连襟吴国华在《圹志铭》中提到的徐霞客出游"不惮以身命殉"相呼应。这无疑会让读者想起宋代王安石《游褒禅山记》中的观点:"世之奇伟瑰怪非常之观,常在于险远,而人之所罕至焉。"面对险远景观,徐霞客不但这样说,也是这样践行的。正如这篇游记中稍后的探险:"垂沟脱磴,无论不能行,且不能止。愈下,崖势愈壮,一峡穷,复转一峡。吾目不使旁瞬,吾足不容求息也。"又云:"计余所下之峡,即在其上,今坐对之,只觉云气出没,安知身自此中来也?"有一种历尽波折之后的喜悦。这种"问奇而涉险"的追求,在徐霞客西南万里遐征的途中所在皆是。

这篇游记是在对洛阳龙门的描叙中收尾的。对于闻名遐迩的龙门石窟,徐霞客如是书写:"一山皆劈为崖,满崖镌佛其上。大洞数十,高皆数十丈。大洞外峭崖直入山顶,顶俱刊小洞,洞俱刊佛其内。虽尺寸之肤,无不满者,望之不可数计。"寥寥几十字,读之仿佛看到了龙门石窟的盛况,从大洞,到小洞,再到尺寸之地的洞,层层嵌套,令人目不暇接。顺带地,徐霞客写到了龙门地处楚、豫、陕要道的繁荣景况,在明代经济中心已经彻底转向南方的时候,仍然是"摩肩接毂"。

游太华山日记 陕西西安府华阴县

【导语】

太华山，即华山，位于陕西省华阴市南，以险绝著称。天启三年（1623）徐霞客游历嵩山、龙门石窟之后，于二月最后一天进入潼关，至三月初三日下华山，前后四天，游览了玉泉院、青柯坪、千尺幢等景观，登上了华山顶上五峰。与《游九鲤湖日记》一样，游记内容与题目并不完全对应，还记录了从陕西到湖北的沿途情况，已经不再局限于名山之游。

二月晦　入潼关，三十五里，乃税驾西岳庙。黄河从朔漠❶南下，至潼关，折而东。关正当河、山隘口，北瞰河流，南连华岳，惟此一线为东西大道，以百雉❷锁之。舍此而北，必渡黄河，南必趋武关，而华岳以南，峭壁层崖，无可度者。未入关，百里外即见太华岋出云表；及入关，反为冈陇所蔽。行二十里，忽仰见芙蓉片片，已直造其下，不特三峰秀绝，而东西拥攒诸峰，俱片削层悬。惟北面时有土冈，至此尽脱山骨，竟发为极胜处。

三月初一日　入谒西岳神，登万寿阁。向岳南趋十五里，入云台观。觅导于十方庵。由峪❸口入，两崖壁立，一溪中出，玉泉院当其左。循溪随峪行，十里，为莎萝宫，路始峻。又十里，为青柯坪，路少坦。五里，过寥阳桥，路遂绝。攀锁❹上千尺幢，再上百尺峡。从崖左转，上老君犁沟，过猢狲岭。去青柯五里，有峰北悬深崖中，三面绝壁，则白云峰也。舍之南，上苍龙岭，过日月岩。去犁沟，又五里，始上三峰足。望东峰侧而上，谒玉女祠，入迎阳洞。道士李姓者，留余宿。乃以余暑❺上东峰，昏返洞。

初二日　从南峰北麓上峰顶，悬南崖而下，观避静处。复上，直跻峰绝顶。上有小孔，道士指为仰天池；旁有黑龙潭。从西下，复上西峰。峰上石耸起，有石片覆其上，如荷叶。旁有玉井甚深，以阁掩其上，不知何故。还饭于迎阳。上东峰，悬南崖而下，一小台峙绝壑中，是为棋盘台。既上，别道士，从旧径下，观白云峰，圣母殿在焉。下到莎萝坪，暮色逼人，急出谷，黑行三里，宿十方庵。出青柯坪左上，有杯渡庵、毛女洞；出莎萝坪右上，有上方峰；皆华之支峰也。路俱峭削，以日暮不及登。

初三日　行十五里，入岳庙。西五里，出华阴西门，从小径西南二十里，入❻泓峪，即华山之西第三峪也。两崖参天而起，夹立甚隘，水奔流其间。循涧南行，倏而东折，倏而西转。盖山壁片削，俱犬牙错入，行从牙罅中，宛转如江行调舵❼然。二十里，宿于木柸。自岳庙来，四十五里矣。

初四日　行十里，山峪既穷，遂上泓岭。十里，蹑其巅。北望太华，兀立天表。东瞻一峰，嵯峨特异，土人云赛华山。始悟西南三十里有少华，即此山矣。南下十里，有溪从东南注西北，是为华阳川。溯川东行十里，南登秦岭，为华阴、洛南界。上下共五里。又十里，为黄螺铺。循溪东南下，三十里，抵杨氏城。

初五日　行二十里，出石门，山始开。又七里，折而东南，入隔

粉针攒簇紫
罗囊春满南
枝蕴暗香琼
树曼陀舒皓
质离奇璀燦
寶華揚

凡峪。西南二十里，即洛南县。峪东南三里，越岭，行峪中。十里，出山，则洛水自西而东，即河南所渡之上流也。渡洛复上岭，曰田家原。五里，下峪中，有水自南来入洛。溯之入，十五里，为景村。山复开，始见稻畦。过此仍溯流入南峪，南行五里，至草树沟。山空日暮，借宿山家。自岳庙至木杯，俱西南行，过华阳川则东南矣。华阳而南，溪渐大，山渐开，然对面之峰峥峥❸也。下秦岭，至杨氏城。两崖忽开忽合，一时互见，又不比木杯峪中，两崖壁立，有回曲无开合也。

初六日　越岭两重，凡二十五里，饭坞底岔。其西行道，即向洛南者。又东南十里，入商州界，去洛南七十余里矣。又二十五里，上仓龙岭。蜿蜒行岭上，两溪屈曲夹之。五里，下岭，两溪适合。随溪行老君峪中，十里，暮雨忽至，投宿于峪口。

初七日　行五里，出峪。大溪自西注于东，循之行十里，龙驹寨。寨东去武关九十里，西向商州，即陕省间道❾，马骡商货，不让潼关道中❿。溪下板船，可胜五石舟。水自商州西至此，经武关之南，历胡村，至小江口入汉⓫者也。遂趋觅舟。甫定，雨大注，终日不休，舟不行。

初八日　舟子以贩盐故，久乃行。雨后，怒溪如奔马，两山夹之，曲折萦回，轰雷入地之险，与建溪无异。已而雨复至。午抵影石滩，雨大作，遂泊于小影石滩。

初九日　行四十里，过龙关。五十里，北一溪来注，则武关之流也。其地北去武关四十里，盖商州南境矣。时浮云已尽，丽日乘空，山岚重叠竞秀。怒流送舟，两岸浓桃艳李，泛光欲舞，出坐船头，不觉欲仙也。又八十里，日才下午，榜人⓬以所带盐化迁⓭柴竹⓮，屡止不进。夜宿于山涯之下。

初十日　五十里，下莲滩。大浪扑入舟中，倾囊倒箧，无不沾濡。二十里，过百姓滩，有峰突立溪右，崖为水所摧，岌岌欲堕。出蜀西楼，山峡少开，已入南阳淅川境，为秦、豫界。三十里，过胡村。四十里，抵石庙湾，登涯投店。东南去均州，上太和，盖一百三十里云。

注释

❶朔漠：北方大漠。

❷百雉：长达三百丈的城墙。

❸峪（yù）：山谷。

❹锁：铁链。

❺余晷（guǐ）：日影，此即剩余时间。

❻入：一作"出"。

❼调舱：即掉抢，指帆船遇到逆风时调整帆的位置，以借风力前进。

❽峥峥：高峻挺拔。

❾间道：捷径，偏僻的小路。

❿不让潼关道中：意即不比潼关道中少。不让，不亚于，不次于。

⓫汉：汉水。

⓬榜人：船夫，舟子。三国魏曹植《朔风诗五章》其五云："谁忘泛舟？愧无榜人。"

⓭化迁：造化迁转。此处指以物易物，互通有无。

⓮柴竹：竹子的一种，又称木竹。元李衎《竹谱详录·竹品二·木竹》云："木竹，闽浙山中处处有之。……福建生者，心实，笋硬不可食，土人呼为柴竹。"

解说

钱谦益在《徐霞客传》中形容其所写游记"如甲乙之簿，如丹青之画"。后一种形容几乎是徐霞客每一篇游记都会有的特色，前者则有两种理解：其一，徐霞客会在每日游记中详细记录里程，每一段都十分清晰；其二，徐霞客逐日记载的游踪，抽离出来像甲乙之簿（账簿）。就后一种理解而言，《游太华山日记》的形式几乎是最贴切的，不但篇幅短小，而且对于景致以勾勒为主，缺少细节；更突出的是，关于华山的游历前后只有五天，而游记的另外六天则是逐日记载从华山到均州的路程。因此，有不少研究者认为此篇相较于其他篇游记显得逊色。为何会出现这种情况？陈函辉在《徐霞客墓志铭》中的记载可能有助于理解："正游华下青柯坪，忽心动，亟绊草履驰归，而母已示疾。"钱谦益在《徐霞客传》中也有类似说法。结合这一点重读这篇游记，会发现第一天的记载是最具有细节的，如写黄河的走势及其重要性，如写华山"仰见芙蓉片片"，如"东西拥攒诸峰，俱片削层悬"，如"至此尽脱山骨，竟发为极胜处"等。到了第二天日记开篇不久，"又十里，为青柯坪"，几乎可以说是徐霞客刚开始游华山就感应到母亲生病，因此根本无心观察，最后只好借用六天的路程书写来弥补游记之不足。

但这样的游记并非无意义。实际上，《徐霞客游记》之所以具有价值，就在于其内容的丰富多样性，也才有了"晚明百科全书"这一称誉。即如这篇游记，徐霞客记录的从关中到均州的穿越秦岭路线，提供了考察晚明交通、经济很重要的材料。如初七日载："龙驹寨。寨东去武关九十里，西向商州，即陕省间道，马骡商货，不让潼关道中。溪下板船，可胜五石舟。水自商州西至此，经武关之南，历胡村。至小江口入汉者也。"原来秦岭之间的这条捷径，其水陆贸易往来之繁荣，竟然可以和积累千年的潼关大道相比。这看似无意的书写方式，成为后来西南远征游记的重要形式之一。

游太和山日记 湖广襄阳府均州

【导语】

太和山，今称作武当山，位于湖北省丹江口市西南。太和山是徐霞客天启三年（1623）出游的目的地，他于三月十二日到达均州，次日登山，十五日下山，前后四天，游览了紫霄岩、太和宫、榔梅庙、金顶、滴水岩、仙侣岩等景观。此后徐霞客历时二十四天，于四月初九日抵家。这篇游记详细记叙了他索求榔梅实的经过，颇为生动有趣，展现了徐霞客出色的叙事能力。

十一日　登仙猿岭。十余里，有枯溪小桥，为郧县境，乃河南、湖广❶界。东五里，有池一泓，曰青泉，上源不见所自来，而下流淙淙，地又属淅川。盖二县界址相错，依山溪曲折，路经其间故也。五里，越一小岭，仍为郧县境。岭下有玉皇观、龙潭寺。一溪滔滔自西南走东北，盖自郧中来者。渡溪，南上九里冈，经其脊而下，为蟠桃岭。溯溪行坞中十里，为葛九沟。又十里，登土地岭，岭南则均州境。自此连逾山岭，桃李缤纷，山花夹道，幽艳异常。山坞之中，居庐相望，沿流稻畦，高下鳞次❷，不似山、陕间矣。但途中蹊径狭，行人稀，且闻虎暴❸，日方下春，竟止坞中曹家店。

十二日　行五里，上火龙岭。下岭，随流出峡，四十里，下行头冈。十五里，抵红粉渡，汉水汪然西来，涯下苍壁悬空，清流绕面。循汉东行，抵均州。静乐宫当州之中，踞城之半，规制宏整。停行李于南城外，定计明晨登山。

十三日　骑而南趋，石道平敞。三十里，越一石梁，有溪自西东注，即太和下流入汉者。越桥为迎恩宫，西向。前有碑大书"第一

074

山"三字，乃米襄阳❹笔，书法飞动，当亦第一。又十里，过草店，襄阳来道，亦至此合。路渐西向，过遇真宫，越两隘下，入坞中。从此西行数里，为趋玉虚道；南跻上岭，则走紫霄间道也。登岭。自草店至此，共十里，为回龙观。望岳顶青紫插天，然相去尚五十里。满山乔木夹道，密布上下，如行绿幕中。

从此沿山行，下而复上，共二十里，过太子坡。又下入坞中，有石梁跨溪，是为九渡涧下流。上为平台十八盘，即走紫霄、登太和大道；左入溪，即溯九渡涧，向琼台观及八仙罗公院诸路也。峻登十里，则紫霄宫❺在焉。紫霄前临禹迹池，背倚展旗峰，层台杰殿，高敞特异。入殿瞻谒❻。由殿右上跻，直造展旗峰之西。峰畔有太子洞、七星岩，俱不暇问。共五里，过南岩之南天门。舍之西，度岭，谒榔仙祠。祠与南岩对峙，前有榔树特大，无寸肤，赤干耸立，纤芽未发。傍多榔梅树，亦高耸，花色深浅如桃杏，蒂垂丝作海棠状。梅与榔本山中两种，相传玄帝插梅寄榔❼，成此异种云。共五里，过虎头岩。又三里，抵斜桥。突峰悬崖，屡屡而是，径多循峰隙上。五里，至三天门，过朝天宫，皆石级曲折上跻，两傍以铁柱悬索。由三天门而二天门、一天门，率取径峰坳间，悬级直上。路虽陡峻，而石级既整，栏索钩连，不似华山悬空飞度也。太和宫在三天门内。

日将晡❽，竭力造金顶❾，所谓天柱峰也。山顶众峰，皆如覆钟峙鼎，离离❿攒立；天柱中悬，独出众峰之表，四旁崭绝⓫。峰顶平处，纵横止及寻丈。金殿峙其上，中奉玄帝及四将，炉案俱具，悉以金为之。督以一千户一提点⓬，需索香金，不啻御夺。余入叩匆匆，而门已阖，遂下宿太和宫。

十四日　更衣上金顶。瞻叩毕，天宇澄朗，下瞰诸峰，近者鹄峙⓭，远者罗列，诚天真奥区⓮也！遂从三天门之右小径下峡中。此径无级无索，乱峰离立，路穿其间，迥觉幽胜。三里余，抵蜡烛峰右，泉涓涓溢出路旁，下为蜡烛涧。循涧右行三里余，峰随山转，下见平丘中开，为上琼台观。其旁榔梅数株，大皆合抱，花色浮空映山，绚烂岩际。地既幽绝，景复殊异。

余求榔梅实，观中道士嗫⑮不敢答。既而曰："此系禁物⑯。前有人携出三四枚，道流⑰株连破家者数人。"余不信，求之益力，出数枚界⑱余，皆已黝烂⑲，且订⑳无令人知。及趋中琼台，余复求之，主观仍辞谢弗有。因念由下琼台而出，可往玉虚岩，便失南岩、紫霄，奈何得一失二，不若仍由旧径上。至路旁泉溢处，左越蜡烛峰，去南岩应较近。忽后有追呼者，则中琼台小黄冠㉑以师命促余返。观主握手曰："公渴求珍植，幸得两枚，少慰公怀㉒。但一泄于人，罪立至矣。"出而视之，形侔㉓金橘，漉㉔以蜂液，金相玉质，非凡品也。珍谢别去。

复上三里余，直造蜡烛峰坳中。峰参差廉利㉕，人影中度，兀兀欲动。既度，循崖宛转，连越数重。峰头土石，往往随地异色。既而闻梵颂㉖声，则仰见峰顶，遥遥上悬，已出朝天宫右矣。仍上八里，造南岩之南天门，趋谒正殿。右转入殿后，崇崖嵌空，如悬廊复道，蜿蜒山半，下临无际，是名南岩，亦名紫霄岩，为三十六岩之最；天柱峰正当其面。自岩还至殿左，历级坞中，数抱松杉，连阴挺秀。层台孤悬，高峰四眺，是名飞升台。暮返宫，贿其小徒，复得榔梅六枚。明日再索之，不可得矣。

十五日 从南天门宫左趋雷公洞，洞在悬崖间。余欲返紫霄，由太子岩历不二庵，抵五龙。舆者㉗谓迂曲不便，不若由南岩下竹笆桥，可览滴水岩、仙侣岩诸胜。乃从北天门下，一径阴森，滴水、仙侣二岩，俱在路左，飞崖上突，泉滴沥于中，中可容室，皆祠真武。至竹笆桥，始有流泉声，然不随涧行。乃依山越岭，一路多突石危岩，间错于乱蒨㉘丛翠中，时时放榔梅花，映耀远近。过白云、仙龟诸岩，共二十余里，循级直下涧底，则青羊桥也。洞即竹笆桥下流，两崖翁葱㉙蔽日，清流延回，桥跨其上，不知流之所去。仰视碧落㉚，宛若瓮口。度桥，直上攒天岭。五里，抵五龙宫，规制与紫霄、南岩相伯仲。殿后登山里许，转入坞中，得自然庵。已还至殿右，折下坞中，二里，得凌虚岩。岩倚重峦，临绝壑，面对桃源洞诸山。嘉木尤深密，紫翠之色互映如图画，为希夷㉛习静㉜处。前有传经台，孤瞰壑中，可与飞升作匹。还过殿左，登榔梅台，即下山至草店。

华山四面皆石壁，故峰麓无乔枝异干；直至峰顶，则松柏多合三人围者；松悉五鬣[48]，实大如莲，间有未堕者，采食之，鲜香殊绝。太和则四山环抱，百里内密树森罗，蔽日参天；至近山数十里内，则异杉老柏合三人抱者，连络山坞，盖国禁[49]也。嵩、少之间，平麓上至绝顶，樵伐无遗，独三将军树巍然杰出耳。山谷川原，候同气异。余出嵩、少，始见麦畦青；至陕州，杏始花，柳色依依向人；入潼关，则驿路既平，垂杨夹道，梨李参差矣；及转入泓峪，而层冰积雪，犹满涧谷，真春风所不度[45]也。过坞底岔，复见杏花；出龙驹寨，桃雨柳烟，所在都有。忽忆日已清明，不胜景物悴[20]情。遂自草店，越二十四日，浴佛[57]后一日抵家。以太和榔梅为老母寿。

注释

❶湖广：指明代湖广承宣布政使司，简称"湖广省"，辖今湖北、湖南和河南小部分。

❷鳞次：像鱼鳞一样紧密排列。

❸虎暴：即虎患、虎灾，老虎的行凶行为。

❹米襄阳：即宋代著名书画家米芾（1051—1107）。中国很多地方都有号称米芾"第一山"的石刻，如山东泰山、盱眙南山、河南嵩

山、杭州吴山等，而徐霞客认为应当以武当山的"第一山"最名副其实。

❺紫霄宫：位于武当山展旗峰下。始建于北宋宣和三年（1121），明永乐年间题额"太玄紫霄宫"，并立御制碑，此后历有翻修。今保存比较完整。

❻瞻谒：观览、祭拜。

❼插梅寄榔：将梅树嫁接到榔树上。

❽晡（bū）：黄昏。

❾金顶：武当山最高峰，峰顶有金顶宫，为明代建筑。

❿离离：排列有序的样子。

⓫崭绝：形容山势峭拔。

⓬一千户一提点：明代曾设置太和山提点，管理道士。按照这里的说法，应当是一千户人家设置一名提点。

⓭鹄峙（hú zhì）：像天鹅一样直立。

⓮天真奥区：未受人世礼俗影响的腹地。

⓯噤（jìn）：闭口，不说话。

⓰禁物：禁止制作或使用的器物装饰等。武当山因是皇家庙观，榔梅又比较罕见，所以就成了禁物。

⓱道流：即道士。

⓲畀（bì）：给予。

⓳黦烂：发黑腐烂。

⓴订：约定。

㉑黄冠：即道士。

㉒慰公怀：安慰满足您。

㉓侔（móu）：相同。

㉔漉（lù）：液体慢慢渗透。

㉕廉利：棱角锋利。

㉖梵颂：即梵诵，指佛家诵经。

㉗舆者：轿夫。

㉘蒨（qiàn）：形容草长得茂盛。

㉙蓊葱：草木茂盛或浓密的样子。

㉚碧落：道家认为东方最高的天有碧霞遍布，故称为"碧落"。后指天空。

㉛希夷：即唐末隐士陈抟（约871—989），宋太宗赐号希夷先生。

㉜习静：让心境沉静，如坐禅、修行。王维《积雨辋川庄作》诗云："山中习静观朝槿，松下清斋折露葵。"

㉝五鬣：即五鬣松，一般称作五粒松，因一丛五叶如钗形而得名。唐段成式《酉阳杂俎》前集卷十八《广动植之三·木篇》云："松，今言两粒、五粒，粒当言鬣。"南宋姜夔《洞仙歌·黄木香赠辛稼轩》词云："自种古松根，待看黄龙，乱飞上、苍鬣五鬣。"一说一丛有五粒子，《太平御览》卷九五三引周景式《庐山记》云："又叶五粒者，名五粒松。"

㉞国禁：国家颁布的禁令。此处指因为朝廷明令禁止砍伐，武当山丛林茂密，且有许多合抱之木。

㉟春风所不度：指春风尚未到来。语出唐王之涣《凉州词》诗："羌笛何须怨杨柳，春风不度玉门关。"

㊱悴：忧伤。

㊲浴佛：相传农历四月八日为释迦牟尼生日，每逢该日，佛教徒用拌有香料的水灌洗佛像，谓之"浴佛"，亦称"灌佛"。

解说

徐霞客在《游嵩山日记》开篇即称："余髫年蓄五岳志，而玄岳出五岳上，慕尤切。"可见太和山（即玄岳、武当山）是其心心念念的这次出游的最终目的地，因此相较于西岳太华山，徐霞客在武当山的游历显得从容而丰富。（当然，也可能是经过一番赶路，徐霞客的焦急心情平复了许多。）武当山在明代的特殊地位，无疑增添了其神秘色彩，而武当山的禁物榔梅实，更是在徐霞客出游为母亲称寿所寻求的奇花异草之列，当然值得徐霞客大书特书。实际上，这篇游记中有相当大的篇幅是围绕榔梅展开的。首先是对榔梅树的记载，十三日写谒榔仙祠前："有榔树特大，无寸肤，赤干耸立，纤芽未发。傍多榔梅树，亦高耸，花色深浅如桃杏，蒂垂丝作海棠状。梅与榔本山中两种，相传玄帝插梅寄榔，成此异种云。"尚未发芽的榔树与已开花的榔梅形成对比，加之玄帝插梅寄榔的传说，已经先声夺人，给人以期待。其次是对索求榔梅实的记叙，几乎是十四日游记的主体：先是上琼台观榔梅树"大皆合抱，花色浮空映山，绚烂岩际"的烘托，再是初求榔梅实的不得，再是观主有感于徐霞客的真诚而赠送两枚，再是徐霞客贿赂小徒又得六枚，终是不可再得。行文一波三折，颇为生动有趣，既可见道观对禁物的诚惶诚恐，也可看出徐霞客的真诚与变通。后一日又带笔写"乱蒨丛翠中，时时放榔梅花，映耀远近"，构成了对榔梅树的三次书写，最后以榔梅的用途结束本篇游记："以太和榔梅为老母寿。"

这篇游记中对秦岭南北气候的比较也值得一提："山谷川原，候同气异。余出嵩、少，始见麦畦青；至陕州，杏始花，柳色依依向人；入潼关，则驿路既平，垂杨夹道，梨李参差矣；及转入泓峪，而层冰积雪，犹满涧谷，真春风所不度也。过坞底峪，复见杏花；出龙驹寨，桃雨柳烟，所在都有。"徐霞客在此指出了气候因地形不同而出现的差异，同样是中原一代，有的地方小麦青青，有的地方杏花盛开，有的地方桃李缤纷，有的地方仍然积雪满谷——这是同地区同时间，因山谷、平原地形的不同而造成的。过了秦岭，则杏花、桃花、柳色漫山遍野——这是因为秦岭隔开的缘故，恰恰可以印证秦岭是南北方气候分界线。徐霞客虽然没有直接说明，但通过具体的文字展示了出来。这种观察是非常难得的，尽管所得属于常识性结论，但这也凸显出徐霞客的游记并非单纯摹写山水，而是有着多方面的追求，尤其是这种具有比较视野的考察精神。

闽游日记 前

【导语】
　　闽，福建省的简称。徐霞客曾先后五次游历福建，留下四篇游记，前两次分别为武夷山、九鲤湖之游，此为第三次，两年后再游为第四次，第五次未留下日记。本次福建之游，徐霞客于崇祯元年戊辰（1628）二月二十日离家，三月十二日由丹枫岭进入福建界，至四月初五日到达南靖，历时二十三天。以水路为主，记录了福建的水道情况。与此前游记不同，徐霞客在这篇游记中首次出现不连续的记载，如三月二十二日、二十三日、二十九日均无日记。更加重要的是，前后《闽游日记》是名山游时期仅有的以省份命名的游记。徐霞客此次闽、广之游，曾到达广东罗浮山，携山中梅树归，遗憾的是没有日记留下，只能通过陈函辉的《徐霞客墓志铭》知晓大概。

　　崇祯改元❶戊辰之仲春，发兴为闽、广游。二十日始成行。
　　三月十一日　抵江山之青湖，为入闽登陆道。十五里，出石门街，与江郎为面，如故人再晤。十五里，至峡口，已暮。又行十五里，宿于山坑。
　　十二日　二十里，登仙霞岭。三十五里，登丹枫岭，岭南即福建界。又七里，西有路越岭而来，乃江西永丰道，去永丰尚八十里。循溪折而东，八里至梨岭麓，四里登其巅，前六里，宿于九牧。
　　十三日　三十五里，过岭，饭于仙阳。仙阳岭不甚高，而山鹃丽日，颇可爱。饭后得舆，三十里抵浦城，日未晡也。时道路俱传泉、兴海盗为梗❷，宜由延平上永安。余亦久蓄玉华❸之兴，遂觅延平舟。
　　十四日　舟发四十里，至观前。舟子省家❹早泊，余遂过浮桥，循溪左登金斗山。石磴修整，乔松艳草，幽袭人裾。过三亭，入玄帝宫。由殿后登岭，兀兀中悬，四山环拱，重流带之，风烟欲暝，步步惜别！

十五日　辨色❺即行。悬流鼓楫❻，一百二十里，泊水矶。风雨彻旦，溪喧如雷。

十六日　六十里，至双溪口，与崇安水合。又五十五里，抵建宁郡。雨不止。

十七日　水涨数丈，同舟俱阁❼不行。上午得三板舟❽，附❾之行。四十里，太平驿。四十里，大横驿，过如飞鸟。三十里，黯淡滩，水势奔涌。余昔游鲤湖过此，但见穹石嵲峙❿，舟穿其间，初不谓险；今则白波山立，石悉没形，险倍昔时。十里，至延平。

十八日　余以轻装出西门，为玉华洞游。南渡溪，令奴携行囊，由沙县上水，至永安相待。余陆行四十里，渡沙溪而西。将乐之水从西来，沙县之水从南来，至此合流，亦如延平之合建溪也。南折入山，六十里，宿三连铺，乃瓯宁、南平、顺昌三县之界。

十九日　五里，越白沙岭，是为顺昌境。又二十五里，抵县。县临水际，邵武之水从西来，通光泽；归化之水从南来，俱会城之东南隅。隔水望城，如溪堤带流也。循水南行三十里，至杜源，忽雪片如掌。十五里，至将乐境，乃杨龟山⓫故里也。又十五里，为高滩铺。阴霾尽舒，碧空如濯，旭日耀芒，群峰积雪，有如环玉。闽中以雪为奇，得之春末为尤奇。村氓市媪⓬，俱曝日提炉；而余赤足飞腾，良大快也！二十五里，宿于山涧渡之村家。

二十日　渡山涧，溯大溪南行。两山成门曰莒峡。溪崖不受趾，循山腰行。十里，出莒峡铺，山始开。又十里，入将乐。出南关，渡溪而南，东折入山，登滕岭。南三里，为玉华洞道。先是过滕岭，即望东南两峰耸立，翠壁嶙峋，迥与诸峰分形异色。抵其麓，一尾横曳，回护洞门。门在山坳间，不甚轩豁⓭，而森碧上交，清流出其下，不觉神骨俱冷。山半有明台庵，洞后门所经。余时未饭，复出道左登岭。石磴萦松，透石三里，青芙蓉顿开，庵当其中。饭于庵，仍下至洞前门，觅善导者。乃碎斫松节置竹篓中，导者肩负之，手提铁络，

置松燃火，烬辄益之。初入，历级而下者数尺，即流所从出也。溯流屈曲，度木板者数四，倏隘倏穹，倏上倏下；石色或白或黄，石骨或悬或竖；惟"荔枝柱""风泪烛""幔天帐""达摩渡江""仙人田""葡萄伞""仙钟""仙鼓"最肖。

沿流既穷，悬级而上，是称九重楼。遥望空濛，忽曙色欲来，所谓"五更天"也。至此最奇，恰与张公洞由暗而明者一致。盖洞门斜启，玄朗●映彻，犹未睹天碧也。从侧岭仰瞩，得洞门一隙，直受圆明。其洞口由高而坠，弘含●奇瑰，亦与张公同。第张公森悬诡丽者，俱罗于受明之处；此洞炫●巧争奇，遍布幽奥，而辟户更拓。两洞同异，正在伯仲间也。拾级●上达洞顶，则穿崖削天，左右若青玉赪●肤，实出张公所未备。下山即为田塍。四山环锁，水出无路，汩然中坠，盖即洞间之流，此所从入也。复登山半，过明台庵。庵僧曰："是山石骨棱厉●，透露处层层有削玉裁云态，苦为草树所翳，故游者知洞而不知峰。"遂导余上拾鸟道，下披蒙茸●，得星窟焉。三面削壁丛悬，下坠数丈。窟旁有野橘三株，垂实累累。从山腰右转一二里，忽

083

两山交脊处，棘翳四塞，中有石磴齿齿㉑，萦回于悬崖夹石间。仰望峰顶，一笋森森独秀。遂由洞后穹崖之上，再历石门，下浴庵中，宿焉。

二十一日　仍至将乐南门，取永安道。

二十四日　始至永安，舟奴犹未至。

二十五日　坐待奴于永安旅舍。乃市顺昌酒，浮白㉒楼下。忽呼声不绝，则延平奴也。遂定明日早行计。

二十六日　循城溯溪，东南二十里，转而南二十五里，登大泄岭，岩峣㉓行云雾中。如是十五里，得平阪，曰林田。时方下午，雨大，竟止。林田有两溪自南来，东浑赤如血，西则一川含绿，至此合流。

二十七日　溯赤溪行。久之，舍赤溪，溯澄溪。共二十里，渡坑源上下桥，登马山岭。转上转高，雾亦转重，正如昨登大泄岭时也。五里，透㉔其巅，为宁洋界。下五里，饭于岭头。时旭日将中，万峰若引镜照面。回望上岭，已不可睹，而下方众岫骈列，无不献形履下。盖马山绝顶，峰峦自相亏蔽，至此始廓然为南标。询之土人，宁洋未设县时，此犹属永安；今则岭北水俱北者属延平，岭南水俱南者属漳州。随山奠川㉕，固当如此建置也。其地南去宁洋三十里，西为本郡之龙岩，东为延平之大田云。下山十里，始从坑行。渡溪桥而南，大溪遂东去。逾岭，复随西来小溪南行，二十里，抵宁洋东郭。绕城北而西，则前之大溪经城南来，恰与小溪会，始胜舟。

二十八日　将南下，传盗警，舟不发者两日。

四月初一日　平明，舟始前，溪从山峡中悬流南下。十余里，一峰突而西，横绝溪间，水避而西，复从东折，势如建瓴㉖，曰石嘴滩。乱石丛立，中开一门，仅容舟。舟从门坠，高下丈余，余势屈曲，复高下数丈，较之黯淡诸滩，大小虽殊悬，险更倍之也。众舟至此，俱鳞次以下。每下一舟，舟中人登岸，共以缆前后倒曳之，须时乃放。过此，山峡危逼，复巉嶂插天，曲折破壁而下，真如劈翠穿云也。三十里，过馆头，为漳平界。一峰又东突，流复环东西折，曰溜水滩。峰连嶂合，飞涛一缕，直舟从云汉，身挟龙漱矣。已而山势少开，二十余里，为石壁滩。其石自南而突，与流相扼；流不为却，捣击之势，险与石嘴、溜水而三也。下此，有溪自东北来合；再下，夹溪复自东北来合，溪流遂大，势亦平。又东二十里，则漳平县也。宁洋之溪，悬溜迅急，十倍建溪。盖浦城至闽安入海，八百余里，宁洋至海澄入海，止三百余里，程愈迫则流愈急。况梨岭下至延平，不及五百里，而延平上至马岭，不及四百而峻，是二岭之高伯仲也。其高既均，而入海则减，雷轰入地之险，宜咏❺于此。

初二日　下华封舟。行数里，山势复合，重滩叠溜，若建溪之太平、黯淡者，不胜数也。六十里，抵华封，北溪至此，皆从石脊悬泻，舟楫不能过，遂舍舟逾岭。凡水惟滥觞❷之始，不能浮槎❷；若既通，而下流反阻者，止黄河之三门集津，舟不能上下。然汉、唐挽漕❸，缆迹犹存；未若华封，自古及今，竟无问津之时。拟沿流穷其险处，而居人惟知逾岭，无能为导。

初三日　登岭。十里，至岭巅，则溪水复自西来；下循山麓，俯瞰只一衣带水❹耳。又五里，则陨❷然直下，又二里，抵溪。舟行八十里，至西溪。西南陆行三十里，即漳郡。顺流东南二十里，为江东渡，乃兴泉东来驿道也；又顺流六十里，则出海澄入海焉。

初四日　舆行二十里，入漳之北门。访叔司理，则署印南靖，去郡三十里。遂雨中出南门，下夜船往南靖。

初五日　晓达南靖，以溯流迂曲也。溪自南平来，至南靖六十里，势于西溪同其浩荡，经漳郡南门，亦至海澄入海。不知漳之得名，两溪谁执牛耳❽也？

注释

❶改元：古代皇帝登基当年或次年，启用新的年号，称为改元。是年朱由检即位，更改年号为"崇祯"。

❷梗：阻塞，妨碍。

❸玉华：即玉华洞。

❹省家：返家探望。

❺辨色：天微微亮。

❻悬流鼓栧：奔流的江水驱动船只。

❼阁：同"搁"，搁浅。

❽三板舟：亦称"三板船"，一种用于家庭捕鱼的小船。

❾附：搭乘。

❿崿峙：山崖对峙。

⓫杨龟山：即北宋理学家杨时（1053—1135），字中立，号龟山，学者称龟山先生。龟山故里是杨时少年读书的地方。

⓬媪：古时对老年妇女的通称。市媪，即市井里的老妇。

⓭轩豁：高大开阔。

⓮玄朗：高明旷达。

⓯弘含：宽阔包含。

⓰炫：一作"眩"。

⓱拾（shè）级：由台阶逐步向上走。

⓲赪（chēng）：红色。

⓳棱厉：棱角锋利。

⓴蒙茸：蓬松杂乱的样子。

㉑齿齿：像牙齿一样排列。唐韩愈《柳州罗池庙碑》云："桂树团团兮白石齿齿。"

㉒浮白：饮酒。

㉓岧峣（tiáo yáo）：形容山势高峻。

㉔透：穿过。

㉕随山奠川：此处指延平、漳州是顺着山川走向而建置的。

㉖建瓴：形容速度极快，难以阻挡。语出《史记·高祖本纪》"譬犹居高屋之上建瓴水也"，本意为倾倒瓶中之水。

㉗咏：本意为曼声长吟，此处指雷声轰鸣。

㉘滥觞：发源。

㉙槎：竹筏。

㉚挽漕：指漕运，即利用水道转运粮食。

㉛一衣带水：像一条衣带那样宽的水，形容距离很近。

32 陨：下坠，坠落。

33 执牛耳：古代诸侯订立盟约时，由主盟国持盘盛牛耳朵，故称盟主为执牛耳。后泛指某一方面最具权威的地位。此处是说不知道漳州的得名，跟哪一条溪的关系更密切。

解说

在徐霞客现存名山游记中，以游福建的日记留存最多，共计四篇，内容既有武夷山、九鲤湖这样目的地明确的游历，也有两篇《闽游日记》这种长时间段的观光游览。从形式上看，这篇游记与《游太华山日记》多有相似之处，都像甲乙之簿，实际上却有很大的差异。这次出游前后二十天的行程几乎都是在坐船、等船、行船中度过的，其间还因为海盗之故而临时更改行程或停船两天。因此这篇游记每日所载详略悬殊，越来越像西南遐征时的游记——最终目的地是确定的，每天的行程则不同，有时一日行船一百二十里，有时"舟不发者两日"，有时看到奇景便登陆游览（游览过程的记载还会十分详尽，并不受时间的限制）。考虑到徐霞客母亲三年前去世，这应是他服阕之后的第一次出游，多少有些像《徐霞客墓志铭》中所载徐霞客的自述："昔人以母在，此身未可许人也；今不可许之山水乎？"此后徐霞客的行程就是"不计程，亦不计年，旅泊岩栖，游行无碍"，与母亲在时的"稽远近，计岁月，往返如期"，可谓大为不同。《闽游日记前》记录的正是一种新的出游方式，即无方之游的尝试，其特点是随遇而安，遇奇观则止，止则尽力游览殆尽，不留遗憾。因此这样的《闽游日记前》较《游太华山日记》而言是充满细节的，这是两篇游记的重要区别。

举例来说，这篇游记中记录了一场闽中大雪，令人神往："至杜源，忽雪片如掌。……为高滩铺。阴霾尽舒，碧空如濯，旭日耀芒，群峰积雪，有如环玉。闽中以雪为奇，得之春末为尤奇。村氓市媪，俱曝日提炉；而余赤足飞腾，良大快也！"在徐霞客看来这是一番奇景，因此不但用细腻笔触描写了积雪映日如环玉的奇观，而且简笔画般勾勒出普通民众"曝日提炉"的反差场景，更加写出了自己身历奇境、沉浸其中时"赤足飞腾，良大快也"的感受，一颗赤子之心犹然可见。这种触景生情、移情于景的描写在《徐霞客游记》中多次出现，他将自己全身心投入所欣赏的景致之中。如《游天台山日记》开篇"云散日朗，人意山光，俱有喜态""雨后新霁，泉声山色，往复创变，翠丛中山鹃映发，令人攀历忘苦"；又如《游庐山日记》十九日云"其下喷雪奔雷，腾空震荡，耳目为之狂喜"等。而《浙游日记》十月初九日的书写更可谓人景相融："夕阳已坠，皓魄继辉，万籁尽收，一碧如洗，真是濯骨玉壶，觉我两人形影俱异，回念下界碌碌，谁复知此清光？即有登楼舒啸，酾酒临江，其视余辈独踞万山之巅，径穷路绝，迥然尘界之表，不啻霄壤矣。虽山精怪兽群而狎我，亦不足为惧，而况寂然不动，与太虚同游也耶！"这段文字写得通灵有致，可以说是进入物我两忘之至境后的自然而然的思考，置于唐宋文章大家之作中亦毫不逊色。

游五台山日记 山西太原府五台县

【导语】

五台山，位于山西省五台县东北。徐霞客于崇祯六年癸酉（1633）七月从京师出发，八月初四日过阜平县，初五日进入山西五台县界，至初八日由北台外护山离开，前后四天，游览了南台、西台、中台、北台等景观，还观察了山水走势以及五台山特殊景观"万年冰"，留下了珍贵的地貌学资料。

癸酉七月二十八日　出都❶，为五台游。

越八月初四日，抵阜平南关。山自唐县来，至唐河始密，至黄葵❷渐开，势不甚穿窿❸矣。从阜平西南过石梁，西北诸峰复崭嵘❸起。循溪左北行八里，小溪自西来注，乃舍大溪，溯西溪北转，山峡渐束。又七里，饭于太子铺。北行十五里，溪声忽至。回顾右崖，石壁数十仞，中坳如削瓜直下。上亦有坳，乃瀑布所从溢者，今天旱无瀑，瀑痕犹在削坳间。离涧二三尺，泉从坳间细孔泛滥出，下遂成流。再上，逾鞍子岭。岭上四眺，北坞颇开，东北、西北，高峰对峙，俱如仙掌插天，惟直北一隙少杀❹。复有远山横其外，即龙泉关也，去此尚四十里。岭下有水从西南来，初随之北行，已而溪从东峡中去。复逾一小岭，则大溪从西北来，其势甚壮，亦从东南峡中去，当即与西南之溪合流出阜平北者。

余初过阜平，舍大溪而西，以为西溪即龙泉之水也，不谓西溪乃出鞍子岭坳壁，逾岭而复与大溪之上流遇，大溪则出自龙泉者。溪有石梁曰万年，过之，溯流望西北高峰而趋。十里，逼峰下，为小山所掩，反不睹嶙峋之势。转北行，向所望东北高峰，瞻之愈出，趋之愈近，峭削之姿，遥遥逐人⑤。二十里之间，劳于应接。是峰名五岩寨，又名吴王寨，有老僧庐其上。已而东北峰下，溪流溢出，与龙泉大溪会，土人构石梁于上，非龙关道所经。从桥左北行，八里，时遇崩崖矗立溪上。又二里，重城当隘口，为龙泉关。

初五日　进南关，出东关。北行十里，路渐上，山渐奇，泉声渐微。既而石路陡绝，两崖巍峰峭壁，合沓攒奇，山树与石竞丽错绮，不复知升陟之烦也。如是五里，崖逼处复设石关二重。又直上五里，登长城岭绝顶。回望远峰，极高者亦伏足下，两旁近峰拥护，惟南来一线有山隙，彻目百里。岭之上，巍楼雄峙，即龙泉上关也。关内古松一株，枝耸叶茂，干云俊物。关之西，即为山西五台县界。下岭甚平，不及所上十之一。十三里，为旧路岭，已在平地。有溪自西南来，至此随山向西北去，行亦从之。十里，五台水自西北来会，合流注滹沱河。乃循西北溪数里，为天池庄。北向坞中，二十里，过白头庵村，去南台止二十里，四顾山谷，犹不可得其仿佛⑥。又西北二里，路左为白云寺。由其前南折，攀跻四里，折上三里，至千佛洞，乃登台间道。又折而西行，三里始至，宿。

初六日　风怒起，滴水皆冰。风止日出，如火珠涌吐翠叶中。循山半西南行，四里，逾岭，始望南台在前。再上为灯寺，由此路渐峻。十里，登南台绝顶，有文殊舍利塔。北面诸台环列，惟东南、西南少有隙地。正南，古南台在其下，远则盂县诸山屏峙，而东与龙泉峥嵘接势。从台右道而下，途甚夷，可骑。循西岭西北行，十五里，为金阁岭。又循山左西北下，五里，抵清凉石。寺宇幽丽，高下如图画。有石为芝形，纵横各九步，上可立四百人，面平而下锐，属于下石者无几。从西北历栈拾级而上，十二里，抵马跑泉。泉在路隅山窝间，石隙仅容半蹄，水从中溢出，窝亦平敞可寺，而马跑寺反在泉侧一里外。又平下八里，宿于狮子窠。

初七日　西北行十里，度化度桥。一峰从中台下，两旁流泉淙淙，幽靓❼迥绝。复度其右涧之桥，循山西向而上，路欹甚。又十里，登西台之顶。日映诸峰，一一献态呈奇。其西面，近则闭魔岩，远则雁门关，历历可府而挈❽也。闭魔岩在四十里外，山皆陡崖盘亘，层累而上，为此中奇处。入叩佛龛，即从台北下。三里，为八功德水❾。寺北面，左为维摩阁，阁下二石耸起，阁架于上，阁柱长短，随石参差，有竟不用柱者。其中为万佛阁，佛俱金碧旃檀❿，罗列辉映，不啻万尊。前有阁二重，俱三层，其周庐环阁亦三层，中架复道，往来空中。当此万山艰阻，非神力不能运⓫此。

从寺东北行，五里，至大道，又十里，至中台。望东台、南台，俱在五六十里外，而南台外之龙泉，反若更近，惟西台、北台，相与连属。时风清日丽，山开列如须眉。余先趋台之南，登龙翻石。其地乱石数万，涌起峰头，下临绝坞，中悬独耸，言是文殊放光摄影⓬处。从台北直下者四里，阴崖悬冰数百丈，曰"万年冰"⓭。其坞中亦有结庐者。初寒无几，台间冰雪，种种而是。闻雪下于七月二十七日，正余出都时也。行四里，北上澡浴池。又北上十里，宿于北台。北台比诸台较峻，余乘日色，周眺寺外。及入寺，日落而风大作。

初八日　老僧石堂送余，历指诸山曰："北台之下，东台西，中台中，南台北，有坞曰台湾⓮，此诸台环列之概也。其正东稍北，有浮青⓯特锐者，恒山也；正西稍南，有连岚一抹者，雁门也。直南诸山，南台之外，惟龙泉为独雄；直北俯内外二边，诸山如蓓蕾，惟兹山之北护，峭削层叠，嵯峨⓰之势，独露一班⓱。此北台历览之概也。

此去东台四十里，华岩岭在其中。若探北岳，不若竟由岭北下，可省四十里登降。"余颔之。别而东，直下者八里，平下者十二里，抵华岩岭。由北坞下，十里始夷。一涧自北，一涧自西，两涧合而群峰凑，深壑中"一壶天"也。循涧东北行，二十里，曰野子场。南自白头庵至此，数十里内，生天花菜⓭，出此则绝种矣。由此，两崖屏列鼎峙，雄峭万状，如是者十里。石崖悬绝中，层阁杰起，则悬空寺也，石壁尤奇。此为北台外护山。不从此出，几不得台山神理⓮云。

注释

❶都：即北京。

❷黄葵：今河北省邢台市王快镇，徐霞客因方言语音差异而误记。

❸嵱嵷（yǒng sǒng）：高低众多的样子。

❹杀：收束。

❺逐人：向人逼来。

❻仿佛：大概情况。

❼幽靓：即幽静。

❽可府而挈（qiè）：可以俯身拾取。府，同"俯"。

❾八功德水：即五台山西来寺，始建于北魏时期。民间有"先有功德水，后有五台山"的说法。

❿旃檀（zhān tán）：即檀香。

⓫运：运作，修造。

⓬放光摄影：即五台山光影、幻影，有所谓圆光、摄身光等，被认为是文殊菩萨现身的标志。

⓭万年冰：五台山奇观之一。《清凉山志》称"有冰数丈，九夏不消，地多静居"。

⓮台湾：今台怀镇，徐霞客因方言口音差异而误记。

⓯浮青：本意为青天，此处指云际中若隐若现的山顶。

⓰嵯峨：山高峻的样子。

17 班：通“斑”。

18 天花菜：五台山特产的一种野生菜。

19 神理：精神和理路，此处指精髓。

解说

徐霞客的五台山之游，是从“出都”开始的，表明他曾于该年（1633）入京。徐霞客一生多次入京，到过京畿的盘山、可窥塞外的崆峒。这一年入京，可能仍旧与索求名人题赠有关，因此选择了从南向北的路线游历五台山、恒山，之后仍回到北京。这两篇游记延续了名山游记的常规书写方式，可归入有方之游，因而省略了出京之后到阜平之间的行踪。具体到五台山，徐霞客的游线依次为南台、西台、中台、北台，并未到达东台，东台只在篇末描述台怀镇位置时略一提及。

关于台怀镇与五台的相对位置，徐霞客在初八日借北台老僧之口予以交代，但所述文字有两种标点方式。一是上海古籍版标点：“北台之下，东台，西中台，中南台，北有坞曰台湾，此诸台环列之概也。”一是朱惠荣先生标点：“北台之下，东台西，中台中，南台北，有坞曰台湾，此诸台环列之概也。”赵伯陶先生认同前一种，对后一种提出异议：“从五台山五个台的相互位置而论，中台与南台基本处于南北连线上，中台与东台则基本处于东西连线上，三个台恰成一个近似的等边三角形，环峙台怀镇，而北台与西台则在南北连线与东西连线之外，不直接与台怀镇发生关系。”（赵伯陶解读《徐霞客游记·导读》，科学出版社2023年版）实际上，台怀镇正得名于五台环列，也因此才会明言“诸台环列之概”，朱惠荣先生的标点正确定了这一相对位置。观察地图，台怀镇所处的位置也是如此，因此本书仍采用后一种标点方式。

游恒山日记 山西大同府浑源州

【导语】

恒山，位于山西省浑源县东南。徐霞客于崇祯六年（1633）结束五台山之游后，于八月初九日进入浑源州境内，至十一日登恒山绝顶而返，前后三天，游览了龙山、悬空寺、绝顶等景观。此外，还记载了恒山的植被与物产、关隘与交通情况等。这是徐霞客名山游时期留存的最后一篇游记，此后三年虽仍有外出，但尚未发现留下的文字记录。经过三年的准备，徐霞客即将迎来他晚年的西南万里遐征。

去北台七十里，山始豁然，曰东底山。台山北尽，即属繁峙界矣。

初九日　出南山。大溪从山中俱来者，别而西去。余北驰平陆中，望外界之山，高不及台山十之四，其长缭绕如垣❶，东带平邢，西接雁门，横而径者十五里。北抵山麓，渡沙河，即为沙河堡。依山瞰流，砖甃❷高整。由堡西北七十里，出小石口，为大同西道；直北六十里，出北路口，为大同东道。余从堡后登山，东北数里，至峡口，有水自北而南，即下注沙河者也。循水入峡，与流屈曲，荒谷绝人。数里，义兴寨。数里，朱家坊。又数里，至葫芦嘴。舍涧登山，循嘴而上，地复成坞，溪流北行，为浑源界。又数里，为土岭，去州尚六十里；西南去沙河，共五十里矣。遂止居民同姓家。

初十日　循南来之涧，北去三里，有涧自西来合，共东北折而去。余溯西涧入，又一涧自北来，遂从其西登岭，道甚峻。北向直上者六七里，西转，又北跻而上者五六里，登峰两重，造其巅，是名箭筈岭。自沙河登山涉涧，盘旋山谷，所值皆土魁❸荒阜；不意至此而忽跻穹窿，然岭南犹复阿蒙也。一逾岭北，瞰东西峰连壁隤❹，翠蜚❺丹流。其盘空环映者，皆石也，而石又皆树。石之色一也，而神理又各分妍；树之色不一也，而错综又成合锦。石得树而嵯峨倾嵌❻者，幕❼以藻绘❽而愈奇；树得石而平铺倒蟠❾者，缘以突兀而尤古。

如此五十里，直下至阬底，则奔泉一壑，自南注北，遂与之俱出坞口，是名龙峪口，堡临之。村居颇盛，皆植梅杏，成林蔽麓。既出谷，复得平陆。其北又有外界山环之，长亦自东而西，东去浑源州三十里，西去应州七十里。龙峪之临外界，高卑远近，一如东底山之视沙河峡口诸山也。于是沿山东向，望峪之东，山愈嶙嶒斗峭，问知为龙山。龙山之名，旧著于山西，而不知与恒岳比肩；至是既西涉其阃域❿，又北览其面目，从不意中得之，可当五台桑榆之收矣。东行十里，为龙山大云寺，寺南面向山。又东十里，有大道往西北，直抵恒山之麓，遂折而从之，去山麓尚十里。望其山两峰亘峙，车骑接轸⓫，破壁而出，乃大同入倒马、紫荆大道也。循之抵山下，两崖壁立，一涧中流，透罅而入，逼仄如无所向，曲折上下，俱成窈窕；伊阙双峰、武彝九曲，俱不足以拟之也。时清流未泛，行即溯涧。不知何年，两崖俱凿石坎，大四五尺，深及丈，上下排列，想水溢时插木为阁道者，今废已久，仅存二木悬架高处，犹栋梁之巨擘⓬也。

三转，峡愈隘，崖愈高。西崖之半，层楼高悬，曲榭斜倚，望之如蜃⓭吐重台者，悬空寺⓮也。五台北壑亦有悬空寺，拟此未能具体。仰之神飞，鼓勇独登。入则楼阁高下，槛路屈曲。崖既嵯削⓯，为天下巨观；而寺之点缀，兼能尽胜，依岩结构，而不为岩石累者，仅此。而僧寮位置适序，凡客坐禅龛⓰，明窗暖榻，寻丈之间，肃然中雅⓱。既下，又行峡中者三四转，则洞门豁然，峦壑掩映，若别有一天者。又一里，涧东有门榜⓲三重，高列阜上，其下石级数百层承之，则北岳恒山庙之山门也。去庙尚十里，左右皆土山层叠，岳顶杳不可见。止门侧土人家，为明日登顶计。

十一日　风翳⓳净尽，澄碧如洗。策杖登岳，面东而上，土冈浅阜，无攀跻劳。盖山自龙泉来，凡三重。惟龙泉一重峭削在内，而关

以外反土脊平旷；五台一重虽崇峻，而骨石耸拔，俱在东底山一带出峪之处；其第三重自峡口入山而北，西极龙山之顶，东至恒岳之阳，亦皆藏锋敛锷[20]。一临北面，则峰峰陡削，悉现岩岩本色。一里转北，山皆煤炭，不深凿即可得。又一里，则土石皆赤，有虬松离立道旁，亭曰望仙。又三里，则崖石渐起，松影筛阴[21]，是名虎风口。于是石路萦回，始循崖乘峭而上。三里，有杰坊曰"朔方第一山"，内则官廨[22]厨井俱备。坊右东向拾级上，崖半为寝宫，宫北为飞石窟，相传真定府恒山从此飞去。再上则北岳殿也。上负绝壁，下临官廨，殿下云级插天，虎门上下，穿碑森立。从殿右上，有石窟倚而室之，曰会仙台。台中像群仙，环列无隙。

素英紫蒂妙裁剪雅
伴清姿月月紅長養
春園資發育漫探花
信幾番風

　　余时欲跻危崖，登绝顶。还过岳殿东，望两崖断处，中垂草莽者千尺，为登顶间道，遂解衣攀蹑而登。二里，出危崖上，仰眺绝顶，犹杰然天半。而满山短树蒙密，槎枒^①枯竹，但能钩衣刺领，攀践辄断折；用力虽勤，若堕洪涛，泪泪不能出。余益鼓勇上，久之棘尽，始登其顶。时日色澄丽，俯瞰山北，崩崖乱坠，杂树密翳。是山土山无树，石山则有；北向俱石，故树皆在北。浑源州城一方，即在山麓，北瞰隔山一重，苍茫无际；南惟龙泉，西惟五台，青青与此作伍；近则龙山西亘，支峰东连，若比肩连袂、下扼沙漠者。既而下西峰，寻前入峡危崖，俯瞰茫茫，不敢下。忽回首东顾，有一人飘摇于上，因复上其处问之，指东南松柏间。望而趋，乃上时寝宫后危崖顶。未几，果得径，南经松柏林。先从顶上望，松柏葱青，如蒜叶草茎，至此则合抱参天；虎风口之松柏，不啻百倍之也。从崖隙直下，恰在寝宫之右，即飞石窟也。视余前上隘，中止隔崖一片耳。下山五里，由悬空寺危崖出。又十五里，至浑源州西关外。

译文

❶垣： 矮墙。

❷砖甃： 砖砌建筑物。

❸土魁： 土丘。

❹隤： 同"颓"，崩溃。

❺蜚： 飞的意思。

❻倾嵌： 斜斜地镶嵌。

❼幂： 覆盖。

❽藻绘： 错杂华丽的色彩。

❾蟠： 弯曲。

❿阃（kǔn）域： 内境。

⓫车骑接轸（zhěn）： 形容车马络绎不绝。轸，古代车厢底部后面的横木，借指车子。

⓬巨擘（bò）： 突出的，首屈一指的。

⓭蜃（shèn）： 传说中的蛟龙，能吐气成海市蜃楼。

⓮悬空寺： 原名"玄空阁"，有恒山十八景中"第一胜景"之誉，以如临深渊的险峻而著称，后更名为悬空寺。

⓯矗削： 高耸陡削。

⓰禅龛（kān）： 佛堂。龛，供奉佛像、神位的小阁子。

⓱中雅： 合乎古雅的意味。

⓲榜： 匾额。

⓳风翳： 指风扬起的尘土遮住了天空。

⓴锷： 刀剑的刃。

㉑筛阴： 枝叶交错透下的光影，好像筛子筛过一样。

㉒官廨（xiè）：官署。
㉓槎枒：指树枝的分叉。

解说

这是徐霞客现存名山游记的最后一篇。至此，除了可以假道的南岳衡山之外，徐霞客已经游历了五岳之四以及"出五岳之上"的太和山（武当山）。说到恒山，不得不提悬空寺，它是这篇游记很重要的一部分。徐霞客的书写也有波折，先写了一个荒废已久的巨型悬架，"不知何年，两崖俱凿石坎，大四五尺，深及丈，上下排列，想水溢时插木为阁道者，今废已久"，让人误以为这就是悬空寺；随之游踪三转，行笔也一转，真正的悬空寺映入眼帘："西崖之半，层楼高悬，曲榭斜倚，望之如蜃吐重台者，悬空寺也。五台北壑亦有悬空寺，拟此未能具体。仰之神飞，鼓勇独登。入则楼阁高下，槛路屈曲。崖既蠹削，为天下巨观；而寺之点缀，兼能尽胜，依岩结构，而不为岩石累者，仅此。"显示了徐霞客文笔的宛曲之致。行文中还以五台山小悬空寺进行比较，后者虽也"石崖悬绝中，层阁杰起……石壁尤奇"，但不如这里的具体而微，壮观、惊诧程度亦不如。徐霞客对悬空寺不吝赞美之词，而"天下巨观"四字如今更是被做成一块石碑矗立在悬空寺之前，落款为"崇祯六年秋江阴霞客书"，虽"书"字并不合适，却可见当地对于徐霞客评语的重视。

除此之外，徐霞客对恒山的记载还有三点值得注意。其一是对恒山山势的判断。十一日游记载："盖山自龙泉来，凡三重。惟龙泉一重峭削在内，而关以外反土脊平旷；五台一重虽崇峻，而骨石耸拔，俱在东底山一带出峪之处；其第三重自峡口入山而北，西极龙山之顶，东至恒岳之阳……"则恒山之势，不惟其山本身，还在于与五台山、龙山的联合。其二是对露天煤的记载："山皆煤炭，不深凿即可得。"山西一直是中国煤炭的主要产区，特别是大同，徐霞客注意到了大同煤矿之丰富，以及开采之容易。其三是对石与树关系的描写。初十日云："一逾岭北，瞰东西峰连壁隤，翠蜚丹流。其盘空环映者，皆石也，而石又皆树。石之色一也，而神理又各分妍；树之色不一也，而错综又成合锦。石得树而嵯峨倾嵌者，幕以藻绘而愈奇；树得石而平铺倒蟠者，缘以突兀而尤古。"此处在写出岭南、岭北（即阳面、阴面）植被的差异之后，又兼用散笔与骈笔突出了山石与树木的关系密切，相互辉映，几成一体，所使用的词语也非常具有画面感。

❦ 浙游日记 ❦

【导语】

浙，浙江省简称。徐霞客曾多次游览浙江的名胜，如普陀山、曹娥江、会稽、五泄等，并留下了游天台山、雁荡山、江郎山等多篇日记。崇祯九年丙子（1636）九月十九日，徐霞客开始了历时四年的西南万里遐征，先在今江苏无锡市、苏州市以及今上海市盘桓，于二十五日进入浙江境内，由东向西横穿浙北，至十月十六日于常山县投宿，前后历时二十二天。先后游历了杭州西湖、富阳洞山、金华双龙洞、兰溪六洞山等景观，留下了有关溶洞的精彩记录。

本文选录九月十九日、二十四日、二十五日、十月初一日、初十日等游记。

丙子九月十九日　余久拟西游，迁延二载，老病将至，必难再迟。欲候黄石斋❶先生一晤，而石翁杳无音至；欲与仲昭兄把袂而别，而仲兄又不南来。昨晚趋晤仲昭兄于土渎庄。今日为出门计，适杜若叔至，饮至子夜，乘醉放舟。同行者为静闻师。

注释

❶黄石斋：即黄道周（1585—1646），字幼平，号石斋，世称石斋先生。福建漳浦人。天启二年（1622）进士，历官翰林院修撰、詹事府少詹事。南明隆武二年（1646，清顺治三年）抗清失败被俘，殉节。理学、古文、书法、绘画无不精通。

解说

　　《浙游日记》开篇这段文字不过百字，却包含了丰富的信息，堪称徐霞客西南万里遐征的序曲。一句"久拟西游"，真切回应了他在《游九鲤湖日记》《游嵩山日记》提到的游志，从那时算起已有十六年之久；紧接着一句"迁延二载"，又勾起读者对迁延原因的好奇。徐霞客名山游的最后一站恒山是在崇祯六年（1633），距此三年时间，可见他那次出游归来就谋划着次年的西南之游了。那么为何会推迟了两年时间？这就需要我们寻找答案。一、《徐霞客墓志铭》记载了徐霞客在西南遐征之前的一句话："譬如吾已死，幸无以家累相牵矣。"这是借用两汉之际隐士向子平的话，表明自己尽了做父亲的责任，完成了儿女终身大事。二、不少学者提到这两年徐霞客可能在处理家庭矛盾，尤其是正室与侍妾周氏之间，而后者是徐霞客之子李寄的生母。三、《楚游日记》记载了湘江遇盗之后徐霞客"妻孥必无再放行之理"的话，也可以想见筹备此次遐征所遇到的阻力。这次西行之前，他写到自己有太多亲友想再见、想拜访，甚至去书商那里还了往年所欠的书钱，可见明显带着一种壮士赴死的决心。

　　在徐霞客想见到的人当中，黄道周（石斋翁）排在第一位。二人相差不到两岁，彼此投缘，徐霞客曾千里赴福建漳浦拜访丁忧在家的黄道周，黄道周则以宋代苏轼与陈慥的友谊彼此相喻（《遣莫霞客寓长君书》）。这次西行之前未能见到黄道周，成为徐霞客生命中最后五年最大的遗憾。因此，可以理解徐霞客为何会在西南游日记中屡屡提到石斋，或借书信言及，或从邸报获悉近况，或纵论天下人物时称"至人惟一石斋"等，都是徐霞客牵挂友人的投射。徐霞客西南游归来后，一则自己卧病在床，二则石斋被收监在狱，仍然没有相见的机会。《徐霞客墓志铭》写徐霞客派长子徐屺探望黄道周，并送去冬衣；当听到长子讲述黄道周近况时，据床长叹："修短数也！此缺陷界中，复何问迷阳却曲？"钱谦益《徐霞客传》补充称"据床浩叹，不食而卒"。而黄道周在徐霞客去世一年后写给徐屺的信中说："缙绅倾盖白

曲涧迴環山蔚
藍央溪桃吾醉
春醒韶華煥采
真佳麗物叢生
橫腕底含

紅春
酣港

头者多矣，要于矍然物表，死生不易，割肝相示者，独有尊公。"两人之间的情谊可以想见。

序曲的最后提道："同行者为静闻师。"一句淡淡之语，待读完整部游记之后回头来看，却饱含着无尽的故事。正如徐霞客在《哭静闻禅侣》其四所写："同向西南浪泊间，忍看仙侣堕飞鸢。"

二十四日　五鼓行。二十里，至绿葭浜，天始明。午过青浦。下午抵佘山北，因与静闻登陆，取道山中之塔凹而南。先过一坏圃，则八年前中秋歌舞之地，所谓施子野❶之别墅也。是年，子野绣圃征歌❷甫就，眉公❸同余过访，极其妖艳。不三年，余同长卿过，复寻其胜，则人亡琴在，已有易主之感。已售兵郎王念生。而今则断榭零垣，三顿❹而三改其观，沧桑之变如此。越塔凹，则寺已无门，惟大钟犹悬树间，而山南徐氏别墅亦已转属。因急趋眉公顽仙庐。眉公远望客至，先趋避；询知余，复出，挽手入林，饮至深夜。余欲别，眉公欲为余作一书寄鸡足二僧，一号弘辩，一号安仁。强为少留，遂不发舟。

二十五日　清晨，眉公已为余作二僧书，且修以仪❺。复留早膳，为书王忠纫乃堂❻寿诗二纸，又以红香米❼写经大士馈余。上午始行。盖前犹东迁之道，而至是为西行之始也。三里，过仁山。又西北三

103

里，过天马山。又西三里，过横山。又西二里，过小昆山。又西三里，入泖湖❽，绝流而西，掠泖寺而过。寺在中流，重台杰阁，方浮屠五层，辉映层波，亦泽国之一胜也。西入庆安桥，十里，为章练塘。其地为长洲南境，亦万家之市也。又西十里，为蒋家湾，已属嘉善。贪晚行，为听蟹群舟所惊，亟入丁家宅而泊。在嘉善北三十六里，即尚书改亭公❾之故里。

注释

❶施子野：晚明著名散曲家施绍莘。

❷征歌：征求歌曲。

❸眉公：即陈继儒（1558—1639），字仲醇，号眉公。松江府华亭（今上海松江区）人。29岁时隐居小昆山，后居佘山。诗文、书法、绘画均名闻四方。

❹顿：停顿。此处指三次访求。

❺修以仪：指赠送礼物。

❻堂：母亲。

❼红香米：又称"胭脂米"，此处指用红香米粉浆书写的佛经。

❽泖湖：今上海松江区西部湖泊名，由上泖、中泖、下泖汇集而成。

❾改亭公：指嘉善人丁宾，号改亭，隆庆五年（1571）进士，官至南京工部尚书，故称。

解说

在谈论徐霞客游踪与游线时，上海是最被忽视的城市之一。实际上，徐霞客与上海之间有着不同寻常的关系，而陈继儒又在其中扮演着重要角色。徐霞客首次拜访陈继儒在天启四年（1624）为母亲大寿请名人题词时，"霞客"这一闻名天下的名号即出自陈继儒之口。徐霞客在二十五日游记中如是写道："盖前犹东迁之道，而至是为西行之始也。"即真正的西南游始发于陈继儒所在的上海佘山——可以说：万里遐征，西行之始。从这篇日记里，我们可以看到"山人"陈继儒的为人与性情："眉公远望客至，先趋避；询知余，复出，挽手入林，饮至深夜。"此外，还可以了解到更多别的信息，如陈继儒写了一封给鸡足山僧弘辩、安仁的介绍信等。徐霞客与陈继儒相差近三十岁，却彼此投契乃至相知。徐霞客曾在《致陈继儒书》中向其剖明心迹："弘祖将决策西游，从牂柯夜郎以极碉门铁桥之外。其地皆豺嗥鼯啸、魑魅纵横之区，往返难以时计，死生不能自保。尝恨上无以穷天文之杳渺，下无以研性命之深微，中无以砥世俗之纷沓，惟此高深之间，可以目摅而足析。然无紫囊真岳之形，而效青牛出关之辙，漫以血肉，偿彼险巇。他日或老先生悯其毕命，招以楚声，绝域游魂，堪傲玉门生入者矣。"对自己何以做出探游问奇的人生选择进行了一次回望，并给予了最明确的答案，既然上不能"问天"，下不能"问命"，中不愿"问名问利"，那唯有"问奇"于高山深谷之间。遗憾的是，陈继儒未能"招以楚声"，在崇祯十二年（1639）九月二十日就去世了，没能等到徐霞客的东归；而《徐霞客游记》在同年同月十四日以下均恰又散佚，因而无法得知徐霞客获知老先生去世时的心情。或许徐霞客于次年正月即东返，得知陈继儒的去世消息也是因素之一，因为陈继儒与丽江木增、大理鸡足山僧关系都很好，他去世的消息在三四个月之间肯定会传到丽江、大理一带，从而为徐霞客所知。

十月初一日　晴爽殊甚，而西北风颇厉。余同静闻登宝石山巅。巨石堆架者为落星石。西峰突石尤屼嵲，南望湖光江影，北眺皋亭、德清诸山，东瞰杭城万灶，靡不历历。下山五里，过岳王坟。十里，至飞来峰，饭于市，即入峰下诸洞。大约其峰自枫木岭东来，屏列灵隐之前，至此峰尽骨露；石皆嵌空玲珑，骈列三洞；洞俱透漏穿错，不作深杳之状。昔黩于杨髡❶之刊凿，今苦于游丐之喧污；而是时独诸丐寂然，山间石爽，毫无声闻之溷❷，若山洗其骨，而天洗其容者。余遍历其下，复各扪其巅。洞顶灵石攒空，怪树搏影，跨坐其上，不减群玉山头也。其峰昔属灵隐，今为张氏所有矣。下山涉涧，即为灵隐。有一老僧，拥衲默坐中台，仰受日精^❸，久不一瞬。已入法轮殿，殿东新构罗汉殿，止得五百之半，其半尚待西构也。是日，独此寺丽妇两三群接踵而至，流香转艳，与老僧之坐日忘空，同一奇遇矣。为徘徊久之。下午，由包园西登枫树岭，下至上天竺，出中、下二天竺。复循下天竺后，西循后山，得"三生石"，不特骨态嶙峋，而肤色亦清润。度其处，正灵隐面屏之南麓也，自此东尽飞来，独擅灵秀矣。自下天竺五里，出毛家步渡湖，日色已落西山，抵昭庆^❹昏黑矣。

注释

❶髡（kūn）：借指和尚。
❷溷（hùn）：混乱。
❸日精：太阳的精光，此处即指日光。
❹昭庆：即昭庆寺，始建于后晋天福元年（936），屡毁屡建。

解说

徐霞客在该日游记中用简短的篇幅叙写了西湖之游，但重点在西湖以北、以西的山洞和寺庙。游记中有两点值得注意。一是称飞来峰"昔黯于杨髡之刊凿，今苦于游丐之喧污"，对于美景所遭到的破坏可谓痛心。而徐霞客在西南游日记中，也多次写到烧山、开凿、造纸、浣洗以及便溺行为等对山水景观的破坏，如《楚游日记》写愚溪被污损："行人至此以为溷围，污秽灵异，莫此为甚，安得司世道者一厉禁之。"二是徐霞客描绘了一组颇具有反差效果的人物："有一老僧，拥衲默坐中台，仰受日精，久不一瞬。……是日，独此寺丽妇两三群接踵而至，流香转艳，与老僧之坐日忘空，同一奇遇矣。为徘徊久之。"徐霞客对此也是津津乐道，称之为"奇遇"，并且"为徘徊久之"。晚明时期世俗化非常强烈，通俗文学中经常有和尚与妇女之间的故事，乃至有诲淫诲盗的批评，可见社会风气如此。徐霞客虽未表现出对小说、戏曲的兴趣，但身处这样的世风之中，多少会有所耳闻，恰好游览西湖，写成这一富有画面感的场景。

　　初十日　鸡鸣起饭，天色已曙。瑞峰为余束炬数枚，与从闻分肩以从，从朱庄后西行一里，北而登岭。岭甚峻，约一里，有石耸突峰头。由石畔循北山而东，可达玉壶；由石畔逾峰而北，即朝真洞矣。洞门在高峰之上，西向穹然，下临深壑，壑中居舍环聚，恍疑避秦❶，不知从何而入。询之，即双龙洞外居人也。盖北山自玉壶西来，中支至此而尽，后复生一支，西走兰溪。后支之层分而南者，一环而为龙洞坞，再环而为讲堂坞，三环而为玲珑岩坞，而金华之界，于是乎尽。玲珑岩之西，又环而为钮坑，则兰溪之东界矣；再环而为白坑，三环而为水源洞，而崇崖巨壑，亦于是乎尽。后支层绕中支，中支西尽，颓然下坠：一坠而朝真辟焉，其洞高峙而底燥；再坠而冰壶洼焉，其洞深奥，而水中悬；三坠而双龙窍焉，其洞变幻而水平流。所谓三洞也，洞门俱西向，层累而下，各去里许；而山势崭绝，俯瞰仰观，各不相见；而洞中之水，实层注焉。中支既尽，南下之脉，复再起而为白望山，东与杨家山骈列于北山之前，而为鹿田门户者也。

　　朝真洞门轩豁，内洞稍洼而下。秉烛

深入，左有一穴如夹室，宛转从之，夹穷而有水滴沥，然隙底仍燥，不知水从何去也。出夹室，直穷洞底，则巨石高下，仰眺愈穹，俯瞰愈深。从石隙攀跻下坠，复得巨夹❷。忽有光一缕，自天而下，盖洞顶高盘千丈，石隙一规❸，下逗❹天光，宛如半月，幽暗中得之，不啻明珠宝炬矣。既出内洞，其左复有两洞：下洞所入无几；上洞宛转亦如夹室，右有悬窍，下窥无底，想即内洞之深坠处也。

出洞，仍从突石峰头南下，里许，折而西北，又里许，得冰壶洞，盖朝真下坠之次重矣。洞门仰如张吻，先投杖垂炬而下，滚滚不见其底，乃攀隙倚空入其咽喉。忽闻水声轰轰。愈秉炬从之，则洞之中央，一瀑从空下坠，冰花玉屑，从黑暗处耀成洁采。水坠石中，复不知从何流去。复秉炬四穷，其深陷逾于朝真，而屈曲不及也。

出洞，直下里许，得双龙洞。洞辟两门，瑞峰曰："此洞初止一门。其南向者，乃万历间水倾崖石而成者。"一南向，一西向，俱为外洞。轩旷宏爽，如广厦高穹，闾阖四启，非复曲房夹室之观。而石筋夭矫❺，石乳下垂，作种种奇形异状，此"双龙"之名所由起。中有两碑最古，一立者镌"双龙洞"三字，一仆者镌"冰壶洞"三字，俱用燥笔作飞白❻之形，而不著姓名，必非近代物也。流水自洞后穿内门西出，经外洞而去。俯视其所出处，低覆仅余尺五，正如洞庭左衽之墟，须帖地而入，第彼下以土，此下以水为异耳。瑞峰为余借浴盆于潘姥❼家，姥居洞口。姥饷以茶果。乃解衣置盆中，赤身伏水推盆而进隘。隘五六丈，辄穹然高广，一石板平庋❽洞中，离地数尺，大数十丈，薄仅数寸。其左则石乳下垂，色润形幻，若琼柱宝幢，横列洞中；其下分门剖隙，宛转玲珑。溯水再进，水窦愈伏，无可容入矣。窦侧石畔，一窍如注，孔大仅容指，水从中出，以口承之，甘冷殊异，约内洞之深广更甚于外洞也。要之，朝真以一隙天光为奇，冰壶以万斛珠玑为异，而双龙则外有二门，中悬重崿，水陆兼奇，幽明凑异者矣。出洞，日色已中，潘姥为炊黄粱以待。感其意而餐之，报之以杭伞❾一把。

乃别二僧。西逾一岭，岭西复成一坞，由坞北入，仍转而东，去双龙约五里矣。又上山半里而得讲堂洞焉。其洞亦有二门，一西北向，一西南向，轩爽高洁，亢出双龙洞之上，幽无双龙洞之黯，真可居可憩之地。昔为刘孝标❶挥麈❶处，今则塑白衣大士于中。盖即北山后支南下第一岭，其阳回环三洞，而阴又辟成此洞也。岭下坞中，居民以烧石为业，其涧涸而无底流，居人俱登山汲水于讲堂之上。渡涧，复西逾第二岭，则北山后支南下之第二层也。下岭，其坞甚逼，然涧中有流淙淙北来。又渡而西，再循岭北上，磴辟流涌，则北山后支南下之第三层也。外隘而中转，是名玲珑岩，去讲堂又约六里矣。

　　坞中居室鳞次，自成洞壑，晋人桃源❷不是过。转而西，逾其岭，则兰溪界也。下岭，为钮坑，亦有居人数十家。又逾一岭，曰思山祠，则北山后支南下之第四层也，去玲珑岩西又约六里矣。时日已将坠，问洞源寺路，或曰十里，或曰五里。亟下岭，循涧南趋五里，暮至白坑。居人颇多，亦俱烧石。又西逾石塔岭，则北山后支南下之第五层也，洞源寺即在岭后高峰之北。从此岭穿径而上仅里许，而其正路在山前下洞之旁。盖此地亦有三洞，下为水源洞，一名涌雪。上为上洞，一名白云。中为紫云洞，而其地总以"水源"名，故一寺而或名水源，或名上洞。而寺与水源洞异地，由岭上径道抵寺，故前曰五里；由水源洞下岭复上，故前曰十数里。时昏黑不辨山路，无可询问，竟循大路下山。已见一径西岐而下，强❸静闻从之。久而不得寺，只见石窟满前，径路纷错。正徬徨间，望见一灯隐隐，亟投之，则水舂❹也。其人曰："此地即水源，由此坞北过洪桥，循右岭而上，可三里，即上洞寺矣。"以深夜难行，欲止宿其中。其人曰："月色如昼，至此山径亦无他岐，不妨行也。"始悟上洞寺在北山第五层之阴。乃溯溪西北至洪桥，自白坑来，约四里矣。渡桥，北蹑岭而上里余，转而东，又里余，始得寺，强投宿焉。始闻僧有言灵洞者，因忆赵相国有"六洞灵山"诸刻❺，岂即是耶？竟未悉❻而卧。

❶恍疑避秦：如桃花源中的人为避秦祸一样与世隔绝。

❷夹：山石缝隙。

❸规：圆形或圆弧形。

❹逗：透下，留下。

❺天矫：屈伸的样子。

❻飞白：即书法中的飞白体，笔画枯槁而中多空白。

❼姥（mǔ）：老妇人。

❽庋（guǐ）：置放，收藏。

❾杭伞：杭州所产的伞。

❿刘孝标：即刘峻（462—521），南朝梁文学家。尝在金华山筑堂隐居，讲学于讲堂洞，作有《金华山栖志》。

⓫挥麈（zhǔ）：拂尘。

⓬晋人桃源：指东晋陶渊明笔下所虚构的桃花源世界。

⓭强：强迫。

⓮水春：即水碓。

⓯赵相国：即赵志皋（1524—1601），浙江兰溪人，曾任首辅，故称。万历初年致仕隐居灵洞山，兴建有灵洞山房等。因山有六洞，又名六洞山。下文的"集、记"均指赵志皋的《灵洞山房集》。

⓰悉：知晓。

解说

徐霞客游览金华、兰溪两地的岩洞，可谓西南逾征伊始就有的大收获和大喜悦，甚至颇有自豪之感，为我们展示了光怪陆离的溶洞世界。徐霞客在该日游记中对金华山势进行了多角度多层次的书写，如北山"后支之层分而南者，一环……再环……三环……而金华之界，于是乎尽"，而三环玲珑岩之西"又环……则兰溪之东界矣；再环……三环……"；又"后支层绕中支，中支西尽，颓然下坠：一坠……再坠……三坠……"；后文山岭，则"北山后支南下第一岭……之第二层……之第三层……之第四层……之第五层"等。要而言之，层次清晰，显示出对山脉走向的整体观照，是徐霞客良好地理素养的体现。

同名山游时期一样，徐霞客仍保持着比较的意识，此外又多出评比排序的意识："念两日之间，于金华得四洞，于兰溪又得四洞，昔以六洞凑灵，余且以八洞尽胜，安得不就此一为殿最！双龙第一，水源第二，讲堂第三，紫霞第四，朝真第五，冰壶第六，白云第七，洞窗第八，此由金华八洞而等第之。"基于此再去欣赏徐霞客对这八洞的描写，可能会有新的体会。在评比之上，徐霞客还提出了景观之间的截长补短设想："以斯洞之有余，补洞窗之不足，法彼入此，当在双龙、水源之间，非他洞之所得侔也。"所谓"法彼入此"，体现出徐霞客的游览观察已超越单纯欣赏、评比自然景观的层次，而有了"再造"景观的观念。

行走于山水之间的徐霞客，表现出了对陶渊明《桃花源记》的青睐，游记中多次提及。如《游九鲤湖日记》称"平畴荡荡，正似武陵误入，不复知在万峰顶上也"，该日游记称"壑中居舍环聚，恍疑避秦，不知从何而入"，又称"邬中居室鳞次，自成洞壑，晋人桃源不是过"等，其中"武陵误入""恍疑避秦""晋人桃源"，一典三化，造语犯而不犯，显示出对前代文学的接受程度。

江右游日记

【导语】

江右，指江西省。徐霞客在万历四十六年（1618）曾游历过江西北部的庐山，此次游历则集中在江西中部。徐霞客于崇祯九年（1636）十月十七日进入江西境内，至崇祯十年（1637）正月初十日进入湖南，前后历时八十二天，经历了其西南游乃至整个出游生涯中第一个异乡新年。先后游历了弋阳龟岩、贵溪象山、建昌麻姑山、吉安青原寺、永新梅田洞以及西部武功山一带；在游记中还留下了寻访张宗琏后裔、寓居白鹭书院等记载。

本文选录十月二十三日、十二月二十九日与三十日等游记。

（十月）二十三日　晨起，渡大溪之北，复西向行。八里，将至贵溪城，忽见溪南一桥门架空，以为城门与卷梁❶皆无此高跨之理。执途人而问之，知为仙人桥，乃石架两山间，非砖砌所成也。大异之，即欲渡，无梁。亟趋二里，入贵溪东关。二里，至玉井头，觅静闻于逆旅，犹未晨餐也。亟索饭，同出西南门，渡溪而南，即建昌道矣。为定车一辆，期明晨早发，即东向欲赴仙桥。

逆旅❷主人舒龙山曰："此中南山之胜非一。由正南门而过中坊渡一里，即为象山，又名挂榜山，乃陆象山❸之遗迹也，仰止亭在焉；其西南二里为五面峰，上有佛宇，峰下有一线天，亦此中之最胜也；其南一里为西华山，则环亘而上，俱仙庐之所托矣；其北二里为小隐岩，即旧名打虎岩者也；出小隐二里为仙桥，乃悬空架壑而成者。此溪南诸胜之概也。然五面峰之西，即有溪自南而北入大溪，此中无渡舟，必仍北渡而再渡中坊。"予时已勃勃❹，兴不可转，遂令龙山归而

112

问道于路隅。

于是南经张真人墓，碑乃元时敕赵松雪⑤撰而书者，刳⑥山为壁，环碑于中。又一里，越一小桥，由旁岐东向溪，溪流直逼五面峰下。盖此溪发源于江湖山，自花桥而下，即通舟楫⑦；六十里，西北至罗塘，又二十里至此，入溪，为通闽间道，其所北转皆纸、炭⑧之类也。适有两舟舣⑨溪畔，而无舟人；旋有一人至，呼之渡，辄为刺舟⑩。过溪而东一里，由峰西北入其隘中，始知其山皆石崖盘峙，中剖而开，并夹而起，远近不一，离立同形。随路抵穹岩之下，拾级而上，得一台，缀两崖如掌。其南下之级，直垂涧底；其西上之级，直绕山巅。余意南下者为一线天，西上者为五面峰也。先跻峰攀磴，里许而至绝顶，则南瞰西华，东瞰夹壁，西瞰南溪，北瞰城邑，皆在指顾⑪。然山雨忽来，僧人留点⑫，踉跄下山。复从前磴南下一线天，则两崖并夹而上，直南即从峰顶下剖者，是为直峡。路至夹中，忽转而东，穿坠石之隙，复得横峡，俱上下壁立，曲直线分。抵东而复出一坞，若非复人世矣。由坞而南，望两崖穹岩盘窦，往往而是。最南抵西华，以已从五面峰瞰视，遂不复登。

仍转出一线天，北逾一岭，二里，转而东，入小隐岩。岩亦一山，东西环转，南连北豁，皆上穹下逊⑬，裂成平窍，可庐而憩。岩后有宋人洪驹父⑭书云："宣和某年由徐岩而上，二里，复得射虎岩。"余忆徐岩之名，前由弋阳舟中，已知其为余家物，而至此忽忘不及觉⑮，壁间书若为提撕⑯者。亟出岩询之，无一能知其处。已而再闻有称峨嵋、在小隐东南三里者，余意其为徐岩之更名也，亟从之。遂由罗塘之大道，过一岭，始北转入山，竹树深蒨，岩石高穹；但为释人⑰架屋叠墙，无复本来面目，且知其非徐岩也。甫欲下，雨复大至，时已过午，遂饭岩中。

既饭，雨止。问仙桥之道，适有一知者曰："此有间道，循山而东，穿坞北去，四里可至。"从之。路甚荒僻，或隐或现，或岐而东西无定，几成迷津。久之逾一山，忽见碧然⑱高驾者，甚近也。及下谷而趋，复茫不可得，盖望之虽近，而隔崖分坞，转盼易向，猝不易

遇矣。既而直抵其下，盖一石高跨峰凹，上环如卷，中辟成门，两端石盘下柱，梁面平整如台，正如砌造而成。梁之东，可循崖而登其上；梁之西，有一石相去三丈余，轰踞其旁，若人之坐守者然。余先至桥下，仰视其顶，高穹圆整，不啻数十丈；及登步其上，修广平直，驾虹役鹊⑲之巧，恐不逮⑳此也。

　　从其西二里，将抵象山，问所云徐岩，终不可得。后遇一老翁曰："余舍后南入即是。旧名徐岩，今为朝真宫，乃鬼谷㉑修道处，今荒没矣，非明晨不可觅。今已暮，姑过而问象山可也。"余以明晨将

114

桃灼川湄柳拓
絲平皋新綠映
清漪板橋叱犢
多佳致應識催
耕力漸疲

发，遂强静闻南望一山峡而入。始犹有路，渐入渐灭，两崖甚深。不顾莽刺，直穷其底，则石夹尽处，隘不容足。时渐昏黑，踯躅[21]荆刺中，出谷，已不辨路矣，盖此乃象山东之第三坞也。望其西又有一坞，入之不得路；时闻人声高呼，既久，知路在西，乃得入。则谷左高崖盘亘，一入即有深岩，外垂飞瀑。二僧俱新至托宿，问之，亦不知其为徐岩与否，当即所称朝真宫矣。此乃象山东之第二层也。从暗中出，复西而南，寻象山，其地虽暗而路可循，两崖前突，中坞不深而峻，当其中有坊峙[22]焉。其内有堂两重，祠位在前而室圮，后则未

115

圮而中空。穿而入，闻崖间人语声，亟蹑级寻之。有户依岩窦间，一人持火出，乃守祠杨姓者，引予㉔从崖右登仰止亭。亭高悬崖际，嵌空环映，仰高峰而俯幽壑，令人徙倚㉕忘返。杨姓者以昏黑既久，街鼓㉖已动，恐舟渡无人，暗中扶㉗余二里，送至中坊渡头。为余言其父年已八十有八，尚健啖㉘而善饭，盖孝而有礼者云。呼隔溪渡舟，渡入南关，里余，抵舒肆而宿。

是游也，从壁间而得徐岩之名，从昏黑而遍三谷之迹，溪南诸胜，一览无余，而仙桥、一线二奇，又可以冠生平者，不独为此中之最也。

注释

❶卷梁：古代帽子里呈弯曲状的支撑横脊。

❷逆旅：旅馆。唐李白《春夜宴桃李园序》云："夫天地者，万物之逆旅。"

❸陆象山：即南宋著名理学家陆九渊（1139—1193），号象山。

❹勃勃：旺盛，强烈。

❺赵松雪：即元代著名书法家赵孟頫（1254—1322），号松雪道人。

❻刳（kū）：剖开。

❼舟楫：船只。

❽纸、炭：造纸、烧炭等手工业。

❾舣（yǐ）：停靠。

❿刺舟：用力划船。

⓫指顾：手指目视。

⓬留点：留下款待点心。

⓭逊：指山势下凹。

⓮洪驹父：即洪刍，字驹父，官至谏议大夫。黄庭坚外甥，著有《香谱》。

⓯觉：意识到。

⓰提撕：提醒。

⓱释人：佛教徒。

⓲砻然：像石头凸起的样子。

⓳驾虹役鹊：指搭建鹊桥。相传每年七月初七日，飞鹊会在银河上搭建一座桥，供牛郎织女相会使用，故称鹊桥。这里形容建桥巧妙。

⓴不迨（dài）：不及，不如。

㉑鬼谷：即鬼谷子，春秋战国时期楚国人，纵横家鼻祖。著有《鬼谷子》。

㉒踯躅：徘徊不前。

㉓坊峙：如牌坊一样并立。

㉔予：一作"余"。

㉕徙倚：流连。

㉖街鼓：泛指"更鼓"，天黑之后敲鼓以戒绝行人，天亮时敲鼓以示开市。

㉗扶：帮扶，陪伴。

㉘啖（dàn）：吃。

解说

徐霞客在出游中时常依赖本地人的推荐与导引，其中一些人对本地的山川胜景了如指掌，这无疑比《一统志》等志书更加具有现实指导性。本日游记中提到的逆旅主人舒龙山，就对"此中南山之胜非一"如数家珍。遗憾的是，徐霞客没有接受舒龙山的推荐，而是按照最初的打算游览，"时已勃勃，兴不可转"，所以辞别主人而另行问道，结果游踪仓促，游记中屡屡有"踉跄下山""几成迷津""已不辨路"之语，乃至要在昏黑中寻觅景致。可以想见，若是白天游历，又将是另外一番景象。不过，好在舒龙山提到的几处胜景如象山、一线天、仙桥等都没有错过，而徐霞客也凭借经验，加之途中本地人的指引，完成了这次"可以冠生平"的游历。

该日游记中，徐霞客对守祠者杨氏父亲的记载值得注意："为余言其父年已八十有八，尚健啖而善饭，盖孝而有礼者云。"高寿在古代是令人向往的，兼之杨姓者又孝而有礼，更加赢得了徐霞客的钦佩，所以要在日记里记录一笔。而对高寿者的有意识记录，则成为整部游记的重要"闲笔"之一种。以平民为例，后文记李翁"方七十，真深山高隐也"（正月初一日）、某借宿主人"其母年九十矣"（初二日），无论"健啖而善饭"还是"真深山高隐"，都是徐霞客对高寿者的由衷赞叹。《粤西游日记三》更有一对高寿夫妻：

> 余从老人言，遂登其巢。老人煮蛋献浆。余问其年，已九十矣。问其子几人，曰："共七子。前四者俱已没，惟存后三者。"其七子之母，即炊火热浆之妪，与老人齐眉者也。荒徼绝域，有此人瑞，奇矣，奇矣！（十月三十日）

这对夫妻之奇主要在其高寿，而"能作汉语""不披发跣足""不食烟与槟榔""不知太平、南宁诸流官地"等语，又进一步渲染了这对夫妻之奇：高寿表明他们居此已久，然犹能有以上四点与众不同，可谓奇之又奇了！徐霞客母亲以高寿而终，徐霞客记录这些高寿者，某种意义上也是对母亲的缅怀。

（十二月）二十九日❶　昧爽行。二十里，桥面。上旧有桥跨溪南北，今已圮，惟乱石堆截溪流。又五里，为还古。望溪南大山横亘，下有二小峰拔地兀立，心觉其奇。问之舟人，曰："高山名义山，土人所谓上天梁也，虽大而无奇；小峰曰梅田洞，洞即在山之麓。"余夙慕梅田之胜，亟索饭登涯，令舟子随舟候于永新。余同静闻由还古南行五里，至梅田山下，则峰皆丛石耸叠，无纤土蒙翳其间，真亭亭出水莲也。山麓有龙姓者居之。东向者三洞，北向者一洞，惟东北一角，山石完好，而东南洞尽处，与西北诸面，俱为烧灰❷者。铁削火淬❸；玲珑之质，十去其七矣。

东向第一洞在穹崖下，洞左一突石障其侧。由洞门入，穹然而高

十数丈，后洞顶忽盘空而起，四围俱削壁下垂，如悬帛万丈，牵绡回
幄❹，从天而下者。其上复嘘窦嵌空❺，结蜃成阁，中有一窍，直透山
顶；天光直落洞底，日影斜射上层，仰而望之，若有仙灵游戏其上
者，恨无十丈梯，凌空置身其间也。由此北入，左右俱有旋螺之室，
透瓣❻之门，伏兽垂幢❼，不可枚举。而正洞垂门五重，第三重有柱中
擎，剖门为二：正门在左，直透洞光；旁门在右，暗中由别窦入，至
第四门之内而合。再入至第五门，约已半里，而洞门穹直❽，光犹遥
射。至此路忽转左，再入一门，黑暗一无所睹，但觉空洞之声，比明
处更宏远耳。欲出索炬再入，既还步，所睹比入时更显，垂乳列柱，
种种满前，应接不暇，不自觉其足之不前也。

　　洞之南不十步，又得一洞，亦直北而入，最后亦转而左，即昏黑
不可辨，较之第一洞，正具体而微，然洞中瑰异宏丽之状，十不及一
二也。既出，见洞之右壁，一隙岈然若门。侧身而入，其门高五六
尺，而阔仅尺五，上下二旁，方正如从绳挈矩❾，而槛桔❿之形，宛然
斫削而成者。其内石色亦与外洞殊异，圆窦如月，侧隙如圭，玲珑曲
折，止可蛇游猿倒⓫而入。有风蓬蓬然⓬从圆窦出，而忽昏黑一无所
见，乃蛇退而返。出洞而南，不十步，再得第三洞，则穹然两门，一
东向，一南向，名合掌洞。中亦穹然明朗。初直北入，既而转右。转
处有石柱洁白如削玉，上垂而为宝盖，绡围珠络，形甚瑰异。从此东
折渐昏黑，两旁壁亦渐狭，而其上甚高，亦以无火故，不能烛其上
层；而下则狭者复渐低，不能容身而出。自是而南，凌空飞云之石，
俱受大斧、烈焰之剥肤⓭矣。

　　仍从山下转而北，见其耸峭之胜，而四顾俱无径路。仍过东北龙
氏居，折而西，遇一人引入后洞。是洞在山之北，甫入洞，亦有一洞
窍上透山顶，其内直南入，亦高穹明敞。当洞之中，一石柱斜骞⓮于
内，作曲折之状，曰石树。其下有石棋盘，上有数圆子如未收者。俗
谓"棋残子未收"。后更有平突如牛心、如马肺者，有下昂首而上、上
垂乳而下者，欲接而又不接者。其内西转，云可通前洞而出，以黑暗
无灯，且无导者，姑出洞外。时连游四洞，日已下舂，既不及觅炬再

入，而洞外石片嶙峋，又觉空中浮动，益无暇俯幽抉闶[15]矣。遂与静闻由石瓣中攀崖蹈隙而上，下瞰诸悬石，若削若缀，静闻心动不能从，而山下居人亦群呼无路不可登。余犹宛转峰头，与静闻各踞一石，出所携胡饼啖之，度已日暮，不及觅炊所也。既而下山，则山之西北隅，其焚削之惨，与东南无异矣。乃西过一涧，五里，入西山。循水口而入，又二里，登将军坳；又二里，下至西岭角，遂从大道西南行。五里，则大溪自南而来，绕永新城东北而去，有浮桥横架其上，过桥即永新之东关矣。时余舟自还古转而北去，乃折而南，迂曲甚多，且溯流逆上，尚不能至，乃入游城中，抵暮乃出，舟已泊浮桥下矣。

永新东二十里高山曰义山，横亘而南，为泰和、龙泉界；西四十里高山曰禾山，为茶陵州界；南岭最高者曰岭背，名七姬岭，去城五十里，乃通永宁、龙泉道也。永新之溪西自麻田来，至城下，绕城之南，转绕其东而北去。麻田去城二十里，一水自路江东向来，一水自永宁北向来，合于麻田。

三十日　永新令闵及申以遏籴[16]闭浮桥，且以封印谩许[17]开关，而竟不至。上午，舟人代为觅轿不得，遂无志永宁，而谋径趋路江。乃以二夫、一舟人分担行李，入东门，出南门，溯溪而西。七里，有小溪南自七姬岭来入。又西三里，大溪自西南破壁而出，路自西北沿山而入。又三里，西上草墅岭。三里，越岭而下，为枫树，复与大溪遇。路由枫树西北越合口岭，八里至黄杨。溯溪而西，山径始大开，又七里，李田。去路江尚二十里。日才下午，以除夕恐居停不便，即早觅托宿处，而旅店俱不能容。予方徬徨路口，有儒服者[18]过而问曰："君且南都人耶？余亦将南往留都，岂可使贤者露处[19]于我土地！"揖其族人，主□其家。余问其姓，曰："刘。"且曰："吾兄亦在南都，故吾欲往。"盖指肩吾刘礼部[20]也。名元震。始知刘为永新人，而兹其里闬[21]云。余以行李前往，遂同赴其族刘怀素家。其居甚宽整，乃村居之隐者，而非旅肆也。问肩吾所居，相去尚五里，遂不及与前所遇者晤。是日止行三十五里，因市酒肉，犒所从三夫，而主人以村醪[22]饮余，竟忘逆旅之苦。但彻夜不闻一炮爆竹声，山乡之寥寂，真另一天地也。晚看落日，北望高山甚近，问之，即禾山也。

注释

❶同年十二月。

❷烧灰：焚物使成灰。此处指烧山。

❸铁削火淬：用斧具开凿、用火烧。

❹回幄：形容石壁像缠绕的布幔。

❺嘘窦嵌空：指岩壁上有洞穴镶嵌。

❻透瓣：指石门上有花瓣的形状。

❼垂幢：下垂的旗帜。

❽穹直：穹高，高而直。

❾从绳挈矩：指合乎规矩尺度。

❿槛桔（kǎn jié）：指洞门槛栏。桔，直木。

⓫猿倒：像猿猴一样倒退着行走。

⓬蓬蓬然：形容风吹动的声音。

⓭大斧、烈焰之剥肤：指凿山者用斧头、火烧的方式开山。

⓮斜骞：斜斜地飞举。

⓯閟（bì）：幽闭。此句指无暇探览那些幽闭的景色。

⓰遏籴（dí）：禁止买米。

⓱谩许：假装承诺。

⓲儒服者：穿着儒服的人。此处指读书人。

⓳露处：即露宿。

⓴刘礼部：刘元霣（1541—1621），字元东，河北任丘人。隆庆五年（1571）进士，官至吏部侍郎。天启中，赠礼部尚书，故称。

㉑里闬（hàn）：乡里。

㉒村醪（láo）：乡村自酿的浊酒。

解说

在二十九日游记中，徐霞客对山川之景被破坏的痛心有增无减：

"东南洞尽处，与西北诸面，俱为烧灰者。铁削火淬，玲珑之质，十去其七矣。"而类似记载在《江右游日记》全篇中更是出现了多次，如该日游记末尾写到"山之西北隅，其焚削之惨，与东南无异矣"。如十四日写道："歪排以上，多坠峡奔崖之流，但为居民造粗纸，濯水如渖，失飞练悬殊之胜。"江西造纸，尤其是造粗纸的不少，如二十六日日记载"渔塘居民以造粗纸为业，其地东临大溪"，东临大溪，则显然会排污到溪水之中。无论烧灰、造纸等，都是普通民众谋生的日常，他们对于山川往往以利用为主，并不会顾及是否造成了破坏。如何在利用自然资源的同时又保持自然的完好，在对生态环境的保护日益重视的今天，是一个值得思考的话题。

而三十日则是整部《徐霞客游记》中出现的第一个除夕。"每逢佳节倍思亲"，第一次在异乡度岁的徐霞客感受到了别样的新年风情："是日止行三十五里，因市酒肉，犒所从三夫，而主人以村醪饮余，竟忘逆旅之苦。但彻夜不闻一炮爆竹声，山乡之寥寂，真另一天地也。晚看落日，北望高山甚近，问之，即禾山也。"这日记的最后一句，又为其新年的出游奠定了伏笔。可以说，自从开始西南退征的无方之游后，徐霞客是无日不游，新年亦不废，可见出游已经成为他生命的一部分了。徐霞客在西南退征中度过四个新年，除了第二个没有日记、第四个日记缺失外，他在《滇游日记五》还详细记叙了第三个除夕："度除夕于万峰深处，此一宵胜人间千百宵。薄暮，凭窗前，瞰星辰烨烨下垂，坞底火光，远近纷挐，皆朝山者，彻夜荧然不绝，与瑶池月下，又一观矣。"既写出了除夕之夜的难得体验，也记载了新正朝山礼佛的人间情景，还将人间烟火比之于瑶池月下，短短文字蕴含无限的情绪。

面对节日，出游在外的徐霞客总是会生发不尽的感受。以清明节为例，《游太和山日记》末尾曾说"忽忆日已清明，不胜景物悴情"，而西南游日记中更不乏清明节的旅途抒怀。《粤西游日记四》写道："是日为清明节，行魂欲断，而沽酒杏花将何处耶？"《滇游日记八》中的清明节更令人动容："尹君以是日清明，留宴于茔，即土主庙北新茔也。坐庙前，观祭扫者纷纷：奢者携一猪，就茔间火炕之而祭；贫者携一鸡，就茔间吊杀之，亦烹以祭。回忆先茔，已三违春露，不觉怃然！亟返而卧。"徐霞客起初是以旁观者的身份出现的，发现清明时节无论贫富都会扫墓祭祖，而自己长年在外，已有三年未去祭扫了，触景生情，只能回住处躺着暗自伤怀。徐霞客虽曾说过许身山水，但毕竟还是血肉之躯，有正常的伦理情感。诚如吴国华《圹志铭》记载的徐霞客之言："向之天游，此身乃山川之身也，可了藏舟委蜕之缘；今之天则，此身仍父母之身，可完体受全归之义。"

楚游日记

【导语】

　　楚，指今湖南省。徐霞客于崇祯十年丁丑（1637）正月十一日立春从芳子树下西行，在湘南游了一圈，至闰四月初七日进入广西，历时一百一十四天。先后游览了茶陵灵岩、麻叶洞、南岳衡山、永州愚溪、宁远九疑山、临武龙洞等景观，完成了幼年时立下的五岳之夙愿以及"朝碧海而暮苍梧"的游志抱负。湖南之游是徐霞客出游的转折点，湘江遇盗是其出游生涯中最重大的打击，但从中我们也能看到其西南游决心之坚定。

　　本文选录正月十七日、二月十一日至十三日、三月十三日、四月初四日等六天日记。

　　（正月）十七日　晨餐后，仍由新庵北下龙头岭，共五里，由旧路至络丝潭下。先是，余按《志》有"秦人三洞，而上洞惟石门不可入"之文，余既以误导，兼得两洞，无从觅所谓上洞者。土人曰："络丝潭北有上清潭，其门甚隘，水由中出，人不能入，入即有奇胜。此洞与麻叶洞俱神龙蛰❶处，非惟难入，亦不敢入也。"余闻之，益喜甚。既过络丝潭，不渡涧，即傍西麓下。盖渡涧为东麓，云阳之西也，枣核故道；不渡涧为西麓，大岭、洪碧之东也，出把七道。北半里，遇樵者，引至上清潭。其洞即在路之下、涧之上，门东向，夹如合掌。水由洞出，有二派❷：自洞后者，汇而不流；由洞左者，乃洞南旁窦，其出甚急。既逾洞左急流，即当伏水而入。导者止供炬爇火，无肯为前驱者。余乃解衣伏水，蛇行以进。石隙既低而复隘，且水没其大半，必身伏水中，手擎火炬，平出水上，乃得入。西入二丈，隙始高裂丈余，南北横裂者亦三丈余，然俱无入处。惟直西一窦，阔尺五，高二尺，而水没其中者亦尺五，隙之余水面者，五寸而已。计匍匐水中，必口鼻俱濡水，且以炬探之，贴隙顶而入，犹半为水渍。时顾仆守衣外洞，若洇水入，谁为递炬者？身可由水，炬岂能由水耶？况秦人洞水，余亦曾没膝，浸服俱温，然不觉其寒，而此洞水寒，与溪涧无异。而洞当风口，飔飔❸弥甚，风与水交逼，而火复为阻，遂舍之出。出洞披衣，犹觉周身起粟，乃爇火❹洞门。久之，复循西麓随水北行，已在枣核岭之西矣。

　　去上清三里，得麻叶洞。洞在麻叶湾，西为大岭，南为洪碧，东为云阳、枣核之支，北则枣核西垂。大岭东转，束涧下流，夹峙如门，而当门一峰，耸石岈突，为将军岭；涧捣其西，而枣核之支，西至此尽。洞西有石崖南向，环如展翅，东瞰涧中，而大岭之支，亦东至此尽。回崖之下，亦开一隙，浅不能入。崖前有小溪，自西而东，经崖前入于大涧。循小溪至崖之西胁乱石间，水穷于下，窍启于上，即麻叶洞也。洞口南向，大仅如斗，在石隙中转折数级而下。初觅炬倩导，亦俱以炬应，而无敢导者。曰："此中有神龙。"或曰："此中有精怪，非有法术者，不能摄服❺。"最后以重资觅一人，将脱衣入，问余乃儒者，非羽士，复惊而出曰："予以为大师，故欲随入；若读书人，余岂能以身殉❻耶？"余乃过前村，寄行李于其家，与顾仆各持束炬入。时村民之随至洞口数十人，樵者腰镰，耕者荷锄，妇之炊者停爨❼，织者投杼，童子之牧者，行人之负载者，接踵而至，皆莫能从。

　　余两人乃以足先入，历级转窦，递炬而下，数转至洞底。洞稍宽，可以侧身矫首，乃始以炬前向。其东西裂隙，俱无入处，直北有穴，低仅一尺，阔亦如之，然其下甚燥而平。乃先以炬入，后蛇伏以进，背磨腰贴，以身后耸，乃度此内洞之一关。其内裂隙既高，东西亦横亘，然亦无入处。又度第二关，其隘与低与前一辙，进法亦如之。既入，内层亦横裂，其西南裂者不甚深。其东北裂者，上一石坳，忽又纵裂而起，上穹下狭，高不见顶，至此石幻异形，肤理❽顿换，片窍俱灵。其西北之峡，渐入渐束，内夹一缝，不能容炬。转从东南之峡，仍下一坳，其底砂石平铺，如洞底洁溜❾，第干燥无水，不特免揭厉❿，且免沾污也。峡之东南尽处，乱石轰驾⓫，若楼台层叠，由其隙，皆可攀跻而上。其上石窦一缕，直透洞顶，光由隙中下射，若明星钩月，可望而不可摘也。层石之下，洞底南通，覆石低压，高仅尺许；此必前通洞外，洞所从入者，第不知昔何以涌流，今何以枯洞也，不可解矣。由层石下，北循洞底入，其隘甚低，与外二关相似。稍从其西，攀上一石隙，北转而东，若度鞍历峤⓬。两壁石质石色，光莹欲滴，垂柱倒莲，纹若镂雕，形欲飞舞。东下一级，复值涧底，已转入隘关之内矣。于是辟成一衢⓭，阔有二丈，高有丈五，覆石平如布幄，洞底坦若周行。北驰半里，下有一石，庋⓮出如榻，楞边匀整。其上则莲花下垂，连络成帏，结成宝盖，四围垂幔，大与榻并，中圆透盘空⓯，上穿为顶；其后西壁，玉柱圆竖，或大或小，不一其形，而色皆莹白，纹皆刻镂。此衢中第一奇也。又直北半里，洞分上下两层，洞底由东北去，上洞由西北登。时余所赍火炬已去其七，恐归途莫辨，乃由前道数转而穿二隘关，抵透光处，炬恰尽矣。穿窍而出，恍若脱胎易世。洞外守视者，又增数十人，见余辈皆顶额⓰称异，以为大法术人。且云："前久候以为必堕异吻⓱，故余辈欲入不敢，欲去不能。兹安然无恙，非神灵摄服，安能得此！"余各谢之，曰："吾守吾常⓲，吾探吾胜耳，烦诸君久伫，何以致之！"然其洞但入处多隘，其中洁净干燥，余所见洞，俱莫能及，不知土人何以畏入乃尔！

乃取行囊于前村，从将军岭出，随涧北行。十余里，抵大道。其处东向把七尚七里，西向还麻止三里。余初欲从把七附舟西行，至是反溯流逆上，既非所欲，又恐把七一时无舟，天色已霁，遂从陆路西向还麻。时日已下春，尚未饭，索酒市中。又西十里，宿于黄石铺，去茶陵西已四十里矣。是晚碧天如洗，月白霜凄⓳，亦旅中异境，竟以行倦而卧。

黄石铺之南，即大岭北峙之峰。其石嶙峋插空，西南一峰尤甚，名五凤楼，去十里而近，即安仁道。余以早卧不及询，明日登途，知之已无及矣。黄石西北三十里为高暑山，又有小暑山，俱在攸县东，疑即司空山也。二山之西，高峰渐伏。茶陵江北曲，经高暑南麓而西，攸水在山北。是山界茶、攸两江云。

注释

❶ 蛰（zhé）：伏藏。

❷ 派：通"脉"，支流。

❸ 飔飔：形容风声。

❹ 爇（ruò）火：烧火。

❺ 摄服：亦作"摄伏"，威慑使之屈服。

❻ 身殉：指为某种信念而舍弃生命。

❼ 爨（cuàn）：烧火。

❽ 肤理：石头表面的纹理。

❾ 洁溜：干洁光滑。

❿ 揭厉：本意为高举光大，此处指涉水渡过。清钱谦益《鹤林法师塔铭》云："读吾之铭，其亦思褰裳而揭厉也耶？"

⓫ 轰驾：纷杂叠砌的样子。

⓬ 峤（qiáo）：高山或山岭。

⓭ 衕：通"弄"，小巷。

⓮ 庋（guǐ）：摆放，放置。

⓯ 盘空：绕空，凌空。

⓰ 顶额：以手加额做敬礼状。

⓱ 异吻：不明生物的嘴。吻，指动物的嘴。

⓲ 常：常道，指做事遵循的原则。

⓳ 霜凄：霜凄清的样子。

解说

徐霞客的麻叶洞之游历来被人津津乐道，这的确是一次令人难忘

的探险。要而言之，可从以下几个角度来赏读：其一，在写作技巧上，对于上清潭与麻叶洞的探访可谓一抑一扬，用探访上清潭不得，来反衬麻叶洞探险成功之难得；而探访麻叶洞时，又一再铺陈延宕，通过几番寻觅导者不得来降低期待，加深对探险成功的印象。其二，徐霞客出洞后所说"吾守吾常"的内涵。游记中并未指明"常"究竟是常道、原则，还是一定的探险方法。不过明末文人张大复《秋圃晨机图记》记载了徐霞客之言，"君子俭其德以游世，故风雨弗能侵，而异类弗能害也"，将自己探险久而终无虞的原因归之于"德"。两者相参，应当是与德相关的常道。因为"俭德""守常"通过个人修养的提升足以达致，所以徐霞客探险自然山水时才会不惮身命殉。其三，徐霞客即将进洞时，有这样一段观者的描写："时村民之随至洞口数十人，樵者腰镰，耕者荷锄，妇之炊者停爨，织者投杼，童子之牧者，行人之负载者，接踵而至，皆莫能从。"熟悉中国文学的读者，可能一眼就看出是对《陌上桑》的仿写："行者见罗敷，下担捋髭须。少年见罗敷，脱帽着帩头。耕者忘其犁，锄者忘其锄。"这表明徐霞客在接受前代文学的时候，不仅仅局限于用典，还有某种程度上的仿写。这在此后的游记中也多有出现。

日记中，导者用"岂能以身殉"作为借口拒绝为徐霞客导引，而这与徐霞客探险的理念截然相反。吴国华《圹志铭》称其"不惮以身命殉"，潘耒《徐霞客游记序》称其"以性灵游，以躯命游"。

（二月）十一日 五更复闻雨声，天明渐霁。二十五里，南上钩栏滩，衡南首滩也。江深流缩❶，势不甚汹涌。转而西，又五里为东阳渡，其北岸为琉璃敞❷，乃桂府❸烧造之窑也。又西二十里，为车江，或作汉江。其北数里外，即云母山。乃折而东南行，十里，为云集潭，有小山在东岸。已复南转，十里，为新塘站。旧有驿，今废。又六里，泊于新塘站上流之对涯。同舟者为衡郡艾行可、石瑶庭。艾为桂府礼生❹，而石本苏人，居此已三代矣。其时日有余照，而其处止有谷舟二只，遂依之泊。已而，同上水者又五六舟，亦随泊焉。其涯上本无村落，余念石与前舱所搭徽人俱惯游江湖，而艾又本郡人，其行止余可无参与，乃听其泊。迨暮，月色颇明。余念入春以来尚未见月，及入舟前晚，则潇湘夜雨，此夕则湘浦月明。两夕之间，各擅一胜，为之跃然。

已而，忽闻岸上涯边有啼号声，若幼童，又若妇女，更余不止。众舟寂然，皆不敢问。余闻之不能寐，枕上方作诗怜之，有"箫管孤舟悲赤壁，琵琶两袖湿青衫"之句，又有"滩惊回雁天方一，月叫杜鹃更已三"等句❺。然亦止虑有诈局，俟怜而纳之，即有尾其后以挟诈者，不虞❻其为盗也。迨二鼓，静闻心不能忍，因小解涉水登岸，<small>静闻戒律甚严，一吐一解，必俟登涯，不入于水。</small>呼而诘之，则童子也，年十四五，尚未受全发❼，诡言出王阉之门❽，年甫十二，王善酗酒，操大杖，故欲走避。静闻劝其归，且厚抚之，彼竟卧涯侧。比静闻登舟未久，则群盗喊杀入舟，火炬刀剑交丛❾而下。余时未寐，急从卧板下取匣中游资❿移之。越艾舱，欲从舟尾赴水，而舟尾贼方挥剑斫尾门，不得出，乃力掀篷隙，莽投之江中，复走卧处，觅衣披之。静闻、顾仆与艾、石主仆，或赤身，或拥被，俱逼聚一处。贼前从中舱，后破后门，前后刀戟乱戳，无不以赤体受之者。余念必为盗执，所持绌⓫衣不便，乃并弃之。各跪而请命，贼戳不已，遂一涌掀篷入水。入水余最后，足为竹纤所绊，竟同篷倒翻而下，首先及江底，耳鼻灌水一口，急踊而起。幸水浅止及腰，乃逆流行江中，得邻舟间避而至，遂跃入其中。时水浸寒甚，邻客以舟人被盖余，而卧其舟，溯流而上三四里，泊于香炉山，盖已隔江矣。还望所劫舟，火光赫然，群盗齐喊一声为号而去。已而同泊诸舟俱移泊而来，有言南京相公身被四创者，余闻之暗笑其言之妄。且幸乱刃交戟之下，赤身其间，独一创不及，此实天幸。惟静闻、顾奴不知其处，然亦以为一滚入水，得免虎口，资囊可无计矣。但张侯宗琏所著《南程续记》⓬一帙⓭，乃其手笔，其家珍藏二百余年，而一入余手，遂罹此厄，能不抚膺⓮！其时舟人父子亦俱被戳，哀号于邻舟。他舟又有石瑶庭及艾仆与顾仆，俱为盗戳，赤身而来，与余同被卧。始知所谓被四创者，乃余仆也。前舱五徽人俱木客，亦有二人在邻舟，其三人不知何处；而余舱尚不见静闻；后舱则艾行可与其友曾姓者，亦无问处。余时卧稠人中，顾仆呻吟甚。余念行囊虽焚劫无遗，而所投匣资或在江底可觅。但恐天明为见者取去，欲昧爽即行，而身无寸丝，何以就岸。是晚初月甚明，及盗至，已阴云四布，迨晓，雨复霏霏。

十二日　邻舟客戴姓者，甚怜余，从身分里衣、单裤各一以畀余。余周身无一物，摸髻中犹存银耳挖一事，余素不用髻簪，此行至吴门，念二十年前，从闽返钱塘江浒，腰缠已尽，得髻中簪一枝，夹其半酣饭，以其半觅舆，乃达昭庆金心月房。此行因换耳挖一事，一以绾发，一以备不时之需。及此堕江，幸有此物，发得不散。艾行可披发而行，遂至不救。一物虽微，亦天也。遂以酬之，匆匆问其姓名而别。时顾仆赤身无蔽，余乃以所畀裤与之，而自着其里衣，然仅及腰而止。旁舟子又以衲[15]一幅畀予，用蔽其前，乃登涯。涯犹在湘之北东岸，乃循岸北行。时同登者余及顾仆，石与艾仆并二徽客，共六人一行，俱若囚鬼[16]。晓风砭骨[17]，砂砾裂足，行不能前，止不能已。四里，天渐明，望所焚劫舟在隔江。上下诸舟，见诸人形状，俱不肯渡，哀号再三，无有信者。艾仆隔江呼其主，余隔江呼静闻，徽人亦呼其侣，各各相呼，无一能应。已而闻有呼予者，予知为静闻也，心窃喜曰："吾三人俱生矣。"亟欲与静闻遇。隔江土人以舟来渡余，及焚舟，望见静闻，益喜甚。于是入水而行，先觅所投竹匣。静闻望而问其故，遥谓余曰："匣在此，匣中之资已乌有矣。手摹《禹碑》及《衡州统志》犹未沾濡也。"及登岸，见静闻焚舟中衣被竹笈，犹救数件，守之沙岸之侧，怜予寒，急脱身衣以衣予[18]；复救得余一裤一袜，俱火伤水湿，乃益取焚余炽火[19]以炙之。其时徽客五人俱在；艾氏四人，二友一仆虽伤亦在。独艾行可竟无踪迹，其友、仆乞土人分舟沿流捱觅。余辈炙衣沙上，以候其音。时饥甚，锅具焚没无余，静闻没水取得一铁铫，复没水取湿米，先取干米数斗，俱为艾仆取去。煮粥遍食诸难者，而后自食。迨下午，不得艾消息，徽人先附舟返衡，余同石、曾、艾仆亦得土人舟同还衡州。余意犹妄意艾先归也。土舟颇大，而操者一人，虽顺流行，不能达二十余里，至汉江已薄暮。二十里，至东阳渡，已深夜。时月色再明，乘月行三十里，抵铁楼门，已五鼓矣。艾使先返，问艾竟杳然也。

先是，静闻见余辈赤身下水，彼念经笈在篷侧，遂留，舍命乞哀，贼为之置经。及破余竹撞[30]，见撞中俱书，悉倾弃舟底。静闻复哀求拾取，仍置破撞中，盗亦不禁。撞中乃《一统志》诸书，及文湛持、黄石斋、钱牧斋与余诸手柬，并余自著日记诸游稿。惟与刘愚公书稿失去。继开余皮厢，见中有尺头[21]，即阄[22]置袋中携去。此厢中有眉公与丽江木公叙稿，及弘辩、安仁诸书，与苍梧道顾东曙辈家书，共数十通。又有张公宗琏所著《南程续记》，乃宣德初张侯特使广东时手书，其族人珍藏二百余年，予苦求得之；外以庄定山、陈白沙[23]字裹之，亦置书中。静闻不及知，亦不暇乞，俱为携去，不知弃置何所，真可惜也。又取余皮挂厢，中有家藏《晴山帖》[24]六本、铁针、锡瓶、陈用卿壶，俱重物，盗入手不开，亟取袋中。破予大笥[25]，取果饼俱投舡[26]底，而曹能始《名胜志》[27]三本、《云南志》四本及《游纪》合刻[28]十本，俱焚讫。其艾舱诸物，亦多焚弃。独石瑶庭一竹笈[29]竟未开。贼濒行，辄放火后舱。时静闻正留其侧，俟其去，即为扑灭，而余舱口亦火起，静闻复入江取水浇之。贼闻水声，以为有人也，及见静闻，戳两创而去，而火已不可救。时诸舟俱遥避，而两谷舟犹在，呼之，彼反移远。静闻乃入江取所堕篷作筏，亟携经笈并余烬余诸物，渡至谷舟；冒火再入取艾衣、被、书、米及石瑶庭竹笈，又置篷上，再渡谷舟；及第三次，则舟已沉矣。静闻从水底取得湿衣三四件，仍渡谷舟，而谷舟乘黑暗匿绅衣等物，止存布衣、布被而已。静闻乃重移置沙上，谷舟亦开去。及守余辈渡江，石与艾仆见所救物，悉各认去。静闻因谓石曰："悉是君物乎？"石遂大诟[30]静闻，谓："众人疑尔登涯引盗。谓讯哭童也。汝真不良，欲掩我之箧。"不知静闻为彼冒刃、冒寒、冒火、冒水，夺护此箧，以待主者，彼不为德，而后诟之。盗犹怜僧，彼更胜盗哉矣，人之无良如此！

十三日　昧爽登涯，计无所之。思金祥甫为他乡故知，投之或可

132

强留。候铁楼门开，乃入。急趋祥甫寓，告以遇盗始末，祥甫怆悲[31]。初欲假[32]数十金于藩府，托祥甫担当，随托祥甫归家收还，而余辈仍了西方大愿。祥甫谓藩府无银可借，询余若归故乡，为别措[33]以备衣装。余念遇难辄返，（缺）觅资重来，妻孥[34]必无放行之理，不欲变余去志，仍求祥甫曲济。祥甫唯唯[35]。

译文

❶流缩：指水势小。

❷敞：一作"厂"。

❸桂府：即桂藩，此时的桂王为桂端王朱常瀛。

❹礼生：司仪，执事。

❺二联诗：徐霞客在西南遐征中创作了不少诗，有完整留下的，有一二联诗句留下的，也有仅保留诗名或仅知道赠诗对象的。这些都构成了考察徐霞客诗歌创作的重要材料。

❻不虞：意料不到。

❼全发：指头发还没有完全绾起来。

❽王阉之门：王姓宦官的门下。

❾交丛：交错纷乱。

❿游资：出游的资金。

⓫绌：同"绸"。

⓬《南程续记》：张宗琏任刑部主事、录囚广东途中见闻的记载。张宗琏（1374—1427），字重器，江西吉水人。出任常州府同知时，保护了大量平民免于军籍治理中的迫害。

⓭一帙（zhì）：一套书。

⓮抚膺：本义为捂着胸口，引申为气愤痛苦。

⓯衲：此处指旧衣。

⓰囚鬼：囚徒，囚犯。

⓱砭（biān）骨：刺入骨髓，形容非常冷。

⓲衣（yì）予：指把衣服给我穿。

⑲焚余炽火：用着火之后的剩余物来烧火。

⑳竹撞：篾条做的小竹匣子。

㉑尺头：衣料，衣帛。

㉒阖：合上，关闭。

㉓庄定山、陈白沙：庄昶（1437—1499），字孔旸，号木斋，学者称定山先生，江苏南京人；陈献章（1428—1500），字公甫，号石斋，世人尊称白沙先生，广东新会人。二人均为明前期著名理学家，又都以书法闻名。

㉔《晴山帖》：一作"晴山堂法帖"。徐霞客为了母亲八十大寿，将明代名公钜臣为其父祖、母亲所写诗文刻成碑，称为"晴山堂石刻"，后又拓成帖。堪称有明一代书法的缩影。

㉕笥（sì）：竹器。

㉖舡：即"船"。

㉗曹能始《名胜志》：曹学佺（1574—1646），字能始，号石仓居士，福建侯官人，清初自缢殉节。著名学者、诗人。此处《名胜志》应当指《舆地名胜志》，包括广西、蜀中等地。

㉘《游纪》合刻：内容不详。或包括自己所作游记、王士性《五岳游草》等。

㉙竹笈（jí）：书箱。

㉚诟（gòu）：辱骂责难。

㉛怆悲：愤然。

㉜假：借。

㉝别措：其他的措施。

㉞妻孥（nú）：妻子儿女。

㉟唯唯：恭敬的应答声。

解说

　　曾有学者指出，楚游是徐霞客一生出游的最大转折阶段，体现之一就是湘江遇盗之后，几十年一贯的自费旅行，转变为衣食住行全部依靠友人的资助。笔者认同这个观点，但湘江遇盗所产生的影响远不止此。徐霞客在西行当中多次遇盗，或与盗贼擦肩而过。此前在江西吉水舟上，面对恶棍的敲诈、舟客的忍气吞声，徐霞客首先选择直面应对；看到与恶棍讲道理，对方反而想要顺流挟舟去以致危险增加时，他没有贸然反抗，而是采取迂回措施，伺机找到当地王姓保长，才幸免于难。而湘江遇盗，不仅仅是财物上的损失，还有着生命的威胁，甚至有精神上的影响，即对他人信任的降低。《滇游日记三》记载徐霞客途中遇到有人向他告知前方有危险，他的第一反应是诘问对方，其次疑心对方另有所图。等到晚上投宿时，听店主讲了白天的故事，"于是始感前止宿者之情，而自愧以私衷臆度之也"（九月初七日），为自己白天的言行感到羞愧。这某种程度上就是信任危机；更不用说湘江遇盗后，徐霞客最亲近的同伴都受了伤，直接导致此后行程的减缓，而静闻也在进入粤西后不久病逝。

关于湘江遇盗事件，还有几点值得提及。一是徐霞客西南遐征所携带的行装，在这里有一次变相的清点：日用品有铁针、锡瓶、陈用卿壶、果饼、锅具、布头等；书籍有张宗琏《南程续记》、曹能始《名胜志》以及《衡州统志》《一统志》《云南志》《游纪》诸书，碑帖有手摹《禹碑》《晴山帖》及各类书信、书稿等。于此可以想见西行旅途之不易。二是徐霞客在此之后对游志的坚定："仍了西方大愿""余念遇难辄返，妻孥必无放行之理，不欲变余去志"。三是他乡故知金祥甫。前文写道："金乃江城金斗垣子，随桂府分封至此。其弟以荆溪壶开肆东华门府墙下。"徐霞客曾在刚入衡州城时拜访过他。正如接下来的日记里所写，"自顶至踵无非金物"，金祥甫不但提供了寓所，还在最后为他筹措了游资。不仅如此，进入广西之后，徐霞客仍然要拜托金祥甫，往其家中转寄书信，《粤西游日记一》连续三天日记中云"作寄衡州金祥甫书""作家报并祥甫书""以所寄金祥甫书及家报、石帐付之（融止僧），托转致于衡，嘱祥甫再寄家中"，可以说没有金祥甫，徐霞客的西南遐征可能要止步于湖南。

（三月）十三日　平明，风稍杀，乃行。四十里，为湘口关。人家在江东岸，湘江自西南，潇江自东南，合于其前而共北。余舟自潇入，又十里，为永之西门浮桥，适午耳，雨犹未全止。诸附舟者俱登涯去，余亦欲登陆遍览诸名胜，而病体不堪，遂停舟中。已而一舟从后来，遂移附其中，盖以明日向道州者。下午，舟过浮桥，泊于小西门。隔江望江西岸，石甚森幻❶，中有一溪，自西来注，石梁跨其上，心异之。急索粥为餐，循城而北，乃西越浮桥，则浮桥西岸，异石嘘吸❷灵幻。执土人问愚溪桥，即浮桥南畔，溪上跨石者是；钴鉧潭❸，则直西半里，路旁嵌溪者是。始知潭即愚溪之上流，潭路从西，桥路从南也。

乃遵❹通衢❺直西去，路左人家隙中，时见山溪流石间。半里，过柳子祠❻，祠南向临溪。再西将抵茶庵，则溪自南来，抵石东转，转处其石势尤森特，但亦溪湾一曲耳，无所谓潭也。石上刻"钴鉧潭"三大字，古甚，旁有诗，俱已泐❼不可读。从其上流求所谓小丘、小石潭，俱无能识者。按，是水发源于永州南百里之鸦山，有"冉""染"二名，一以姓，一以色。而柳子厚易之以"愚"。按文求小丘，当即今之茶庵者是。在钴鉧西数十步丛丘之上，为僧无会所建，为此中鼎刹。求西山亦无知者。后读《芝山碑》，谓芝山即西山，亦非也。芝山在北远矣，当即柳子祠后圆峰高顶，今之护珠庵者是。又闻护珠、茶庵之间，有柳子岸，旧刻诗篇甚多，则是山之为西山无疑。余觅道其间，西北登山，而其崖已荒，竟不得道。乃西南绕茶庵前，复东转，经钴鉧潭，至柳子祠前石步渡溪，而南越一冈，遂东转出愚溪桥上，两端架潇江之上，皆前所望异石也。因探窟踞葶，穿云肺❽而剖莲房❾，上瞰既奇，下穿尤幻。但行人至此以为溷围❿，污秽灵异，莫此为甚，安得司世道者一厉禁之。桥内一庵曰圆通，北向俯溪，有竹木胜。时舟在隔江城下，将仍从浮桥返，有僧圆面而长须，见余盘桓⓫久，辄来相讯。余还问其号，曰"顽石"；问其住山，曰"衡之九龙"；且曰："僧即寓愚溪南圆通庵。今已暮，何不暂止庵中。"余以舟人久待，谢而辞之，乃返。

译文

❶森幻：森立奇幻。

❷嘘吸：吐纳呼吸。

❸钴铒潭：在永州市零陵区柳子庙附近，愚溪的上游。柳宗元贬谪永州时，曾作有《钴铒潭记》《愚溪记》。

❹遵：沿着。

❺通衢：宽阔的大路。

❻柳子祠：祭祀柳宗元的祠堂，即今柳子庙。始建于北宋至和三年（1056），历代有重修。

❼泐（lè）：模糊。

❽云肺：形容高悬如肺形的石头。

❾莲房：即莲蓬，因各孔分隔如房，故称为"莲房"。形容石头像莲蓬一样。

❿溷围：厕所。

⓫盘桓：流连，徘徊。

解说

　　清代学者奚又溥在《徐霞客游记序》中称"其笔意似子厚，其叙事类龙门"，点出了徐霞客游记与柳宗元（子厚）文之间的关系。我们不知道徐霞客是否有意学习了柳宗元的游记，但他对《永州八记》肯定是熟悉的。因此在到了永州之后，他要去"朝圣"这位先贤。实际上，徐霞客几乎要错过了，但对于景观的敏感、对于前贤的心有戚戚，促成了这次"会面"："隔江望江西岸，石甚森幻，中有一溪，自西来注，石梁跨其上，心异之。急索粥为餐，循城而北，乃西越浮桥，则浮桥西岸，异石嘘吸灵幻。执土人问愚溪桥，即浮桥南畔，溪上跨石者是；钴铒潭，则直西半里，路旁嵌溪者是。"可惜时过境迁，柳宗元笔下的钴铒潭已不可见，其小丘、小石潭俱无能识者，其西山（徐霞客认为是柳子崖）也已荒不得道，自己所见到的异石也被溷围污浊。这似乎是一次令人遗憾的"朝圣"，好在柳子祠尚存；而人生并不总是那么完美，徐霞客也并未在遗憾中沉浸太久。

（四月）初四日　予以夜卧发热，平明乃起。问知由垫江而东北十里，有龙洞甚奇，余所慕而至者，而不意即在此也。乃寄行囊于旅店，遂由小径东北行。四里，出大道，则临武北向桂阳州路也。遵行一里，有溪自北而南，盖发于东山之下者。名斜江。渡桥，即上捱岗❶岭。越岭，路转纯北❷，复从小径西北入山，共五里而抵石门蒋氏。有山兀立，蒋氏居后洞，在山半翠微❸间。洞门东南向，一入即见百柱千门，悬列其中，俯洼而下，则洞之外层也。从其左而上，穿列柱而入，众柱分列，复回环成洞，玲珑宛转，如曲房邃阁❹，列户分窗，无不透明聚隙，八窗掩映。从来所历诸洞，有此屈折者，无此明爽；有此宏丽者，无此玲珑。即此，已足压倒众奇矣。

　　时蒋氏导者还取火炬，余独探奇先至，意炬而入处，当在下洞外层之后，故不趋彼而先趋此。及炬至，导者从左洞之后穿隙而入。连入石门数重，已转在外洞之后，下层之上矣，乃北逾石限❺穿隙而入，即下石池中。其水澄澈不流，两崖俱穿壁列柱，而石脚汇水不漏❻，池中水深三四尺。中有石埂中卧水底，水浮其上仅尺许，践埂而行，褰裳可涉。十步之外，卧埂又横若限，限外池益大，水益深；水底白石龙一条，首顶横脊而尾拖池之中，鳞甲宛然。挨崖侧又前两三步，有圆石大如斗，荨插水中，不出水者亦尺许，是为宝珠，紧傍龙侧，真睡龙颔下物❼也。珠之旁，又有一圆石，大倍于珠，而中凹如臼，面与水平，色与珠共，是为珠盘。然与珠并列，未尝盛珠也。由此而前，水深五六尺，无埂，不可涉矣。西望水洞宏广，若五亩之池，四旁石崖巉岏参错❽，而下不泄水，真异境也。其西北似有隙更深，恨无仙槎❾一叶航之耳！还从旧路出，经左洞下，至洞回望洼洞外层，氤氲窈窕。乃令顾仆先随导者下山觅酒，而独下洞底，环洞四旁，转出列柱之后。其洞果不深避，而芝田莲幄，琼窝宝柱❿，上下层列，岈峒杳渺，即无内二洞之奇，亦自成一天也。此洞品第，固当在月岩

上。探索久之，下山，而仆竟无觅酒处。遂遵旧路十里，还至垫江，炊饭而行，日已下春。

　　五里，过五里排，已望见临武矣。又五里，入北门，其城上四围俱列屋如楼。入门即循城西行，过西门，门外有溪自北来，即江山岭之流与水头合而下注者也。又循城南转而东过县前，又东入徐公生祠而宿。徐名开禧⑪，昆山人。祠尚未完，守祠二上人曰大愿、善岩。是晚，予病寒未痊，乃减晚餐，市酒磨锭药⑫饮之。

注释

❶岗：一作"冈"。

❷纯北：正北。

❸翠微：隐约青翠的山色。

❹曲房邃阁：幽曲的房子，深邃的楼阁。

❺石限：门槛。

❻不漏：不外溢。

❼睡龙颔下物：指宝珠、石珠。《庄子·列御寇》云："夫千金之珠，必在九重之渊而骊龙颔下。"

❽巑岏（cuán wán）参错：形容山峦高峻且交错不齐。

❾仙槎：仙船，仙舟。

⑩芝田莲幄，琼窝宝柱：形容这是一个充满奇珍异宝的地方。

⑪徐开禧：字锡余，昆山人。明崇祯元年（1628年）进士，授湖广临武知县。有政绩，因此建造有生祠。

⑫锭药：制成锭状的小块药物，或有祛除风寒的功效。

解说

临武龙洞曲折而明爽、宏丽而玲珑，深深折服了徐霞客，乃至发出"足压倒众奇"的溢美之词；龙洞之中岩石受侵蚀而形成的神龙造型，形态逼真，"鳞甲宛然"，又有宝珠、珠盘等为伴，堪称大自然鬼斧神工的杰作。该龙洞迄今保存完好，从今人拍摄的照片来看，与徐霞客的记载几乎完全一致。今人有论者称，"中华龙"的原型即出于此，可作一说。

该日游记末尾提到在徐开禧生祠投宿。徐开禧是昆山人，崇祯元年（1628）进士，授临武知县，有名宦之称。史载徐开禧知临武、桂阳期间，每逢城隍庙会，即邀请昆山戏班演出，对昆曲在湖南的传播有所贡献。需要说明的是，徐霞客本人对于戏曲的兴趣并不高，甚至不怎么喜欢昆曲，这些都在游记中有所反映。在桂林时，藩府"结坛礼梁皇忏"，演出《木兰传奇》（即《目连传奇》），静闻都去观看，徐霞客则拉着他去游览玩珠岩；游山归来，"返赵寓。静闻取伞，往观木兰之剧"，徐霞客则"憩寓中，取图志以披桂林诸可游者"；端午节时，"朱君有家乐，效吴腔，以为此中盛事"，徐霞客则称"不知余之厌闻也"。但不管怎么说，《徐霞客游记》中留下了一些戏曲史材料，值得留意。

粤西游日记一

【导语】

粤西，指今广西壮族自治区，与广东合称两粤。徐霞客于崇祯十年丁丑（1637）闰四月初八日开始广西之游，至崇祯十一年（1638）三月二十七日出广西境，前后历时近一年之久，先后游历了广西东北部、中南部、西部等地。但缺少崇祯十年九月初十日至二十一日游南宁日记。因历时长、考察广，游记分成了四篇。第一篇游记至六月十一日，用时六十二天，留下了对桂林山水、阳朔龙洞以及桂林王城的记载。

本文选录五月初二日日记。

（五月）初二日　晨餐后，与静闻、顾仆裹蔬粮，携卧具❶，东出浮桥门。渡浮桥，又东渡花桥，从桥东即北转循山。花桥东涯有小石突临桥端，修溪缀村，东往殊逗人心目。山崎花桥东北，其嵯峨之势，反不若东南夹道之峰，而七星岩即峙焉，其去浮桥共里余耳。岩西向，其下有寿佛寺，即从寺左登山。先有亭翼然迎客，名曰摘星，则曹能始所构而书之。其上有崖横骞❷，仅可置足，然俯瞰城堞西山，则甚畅也。其左即为佛庐，当岩之口，入其内不知其为岩也。询寺僧岩所何在，僧推后扉导余入。历级而上约三丈，洞口为庐掩，黑暗，忽转而西北，豁然中开，上穹下平，中多列笋悬柱，爽朗通漏，此上洞也，是为七星岩。从其右历级下，又入下洞，是为栖霞洞。其洞宏朗雄拓，门亦西北向，仰眺崇赫。洞顶横裂一隙，有石鲤鱼从隙悬跃下向，首尾鳞腮，使琢石为之，不能酷肖乃尔。其旁盘结蟠盖，五色灿烂。西北层台高叠，缘级而上，是为老君台。由台北向，洞若两界，西行高台之上，东循深壑之中。由台上行，入一门，直北至黑暗处，上穹无际，下陷成潭，颒洞❸峭裂，忽变夷为险。时余先觅导者，燃松明于洞底以入洞，不由台上，故不及从，而不知其处之亦不可明也。乃下台，仍至洞底。导者携灯前趋，循台东壑中行，始见台壁攒裂绣错，备诸灵幻，更记身之自上来也。

　　直北入一天门，石楣垂立，仅度单人。既入，则复穿然高远，其左有石栏横列，下陷深黑，杳不见底，是为獭子潭。导者言其渊深通海，未必然也。盖即老君台北向下坠处，至此则高深易位，丛辟交关，又成一境矣。其内又连进两天门，路渐转而东北，内有"花瓶插竹""撒网""弈棋""八仙""馒头"诸石，两旁善财童子，中有观音诸像。导者行急，强留谛视❹，顾此失彼。然余所欲观者，不在此也。又逾崖而上，其右有潭，渊黑一如獭子潭，而宏广更过之，是名龙江，其盖与獭子相通焉。又北行东转，过红毡、白毡，委裘垂毯❺，纹缕若织。又东过凤凰戏水，始穿一门，阴风飕飗❻，卷灯洌肌，盖风自洞外入，至此则逼聚而势愈大也。叠彩风洞亦然。然叠彩昔无"风洞"之名，而今人称之；此中昔有风洞，今无知者。出此，忽见白光一圆，内映深壑，空濛若天之欲曙。遂东出后洞，有水自洞北环流，南入洞中，想下为龙江者，小石梁跨其上，则宋相曾公布所为也。度桥，拂洞口右崖，则曾公之记在焉。始知是洞昔名冷水岩，曾公帅桂❼，搜奇置桥，始易名曾公岩，与栖霞盖一洞潜通❽，两门各擅耳。

　　余伫立桥上，见洞中有浣而汲者，余询："此水从东北来，可溯之以入否？"其人言："由水穴之上，可深入数里，其中名胜，较之外洞，路倍而奇亦倍之。若水穴则深浅莫测，惟冬月可涉，此非其时也。"余即觅其人为导。其人乃归取松明，余随之出洞而右，得庆林观焉。以所负囊裹寄之，且托其炊黄粱以待。遂同导者入，仍由隘口东门，过凤凰戏水，抵红、白二毡，始由岐北向行。其中有弄球之狮，卷鼻之象，长颈益背之骆驼；有土家之祭，则猪鬣鹅掌，罗列于前；有罗汉之燕❾，则金盏银台，排列于下。其高处有山神，长尺许，飞坐悬崖；其深处有佛像，仅七寸，端居半壁菩萨之侧。禅榻一龛，正可趺跏^⑩而坐；观音座之前，法藏一轮，若欲圆转而行。深处复有渊黑，当桥洞上流。至此导者亦不敢入，曰："挑灯引炬，即数日不能竟，但此从无入者，况当水涨之后，其可尝不测乎？"乃返，循红白二毡、凤凰戏水而出。计前自栖霞达曾公岩，约径过者共二里，后自曾公岩入而出，约盘旋者共三里，然二洞之胜，几一网无遗矣。

　　出洞，饭于庆林观。望来时所见娘媳妇峰即在其东，从间道趋其下，则峰下西开一窍，种圃灌园者而聚庐焉。种金系草^⑪，为吃烟药者。其北复有岩洞种种，盖曾公岩之上下左右，不一而足也。于是循七星山之南麓，北向草莽中，连入三洞。计省春当在其北，可逾岭而达，遂北望岭坳行。始有微路，里半至山顶，石骨峻嶒^⑫，不容着足，而石隙少开处，则棘刺丛翳，愈难跻；然石片之奇，峰瓣之异，远望则掩映，而愈披^⑬愈出，令人心目俱眩。又里半，逾岭而下，复得凿石之级，下级而省春岩在矣。其岩三洞排列，俱东北向。最西者骞云上飞，内深入，有石如垂肺中悬。西入南转，其洞渐黑，惜无居人，不能索炬以入，然闻内亦无奇，不必入也。洞右旁通一窍，以达中洞，居中者外深而中不能远入。洞前亦有垂搓^⑭倒龙之石。洞右又透一门，以达东洞。最东者垂石愈繁，洞亦旁裂，中有清泉下注成潭，寒碧可鉴。

　　余令顾仆守己行囊于中洞，与静闻由洞前循崖东行。洞上耸石如人，蹲石如兽。洞东则危石亘空，仰望如劈。其下清流潒之，曰拖剑江，即癸水也。源发尧山，自东北而抵山之北麓，乃西出葛老桥而西入漓水焉。时余转至山之东隅，仰见崖半裂窍层叠，若云嘘绡幕，连过三窍，意谓若窍内旁通，连三为一，正如叠蕊阁^⑮于中天，透琼楞^⑯于云表，此一奇也。然而未必可达，乃徘徊其下，披莽隙，梯悬崖，层累而上。既达一窍，则窍内果通中窍。第中窍卑伏，不能昂首，须从窍外横度，若台榭然，不由中奥也。既达第三窍，穿隙而入，从后有一龛，前辟一窗，窗中有玉柱中悬，柱左又有龛一圆，上有圆顶，下有平座，结跏^⑰而坐，四体恰适^⑱，即刮琢^⑲不能若此之妙。其前正对玉柱，有小乳下垂，珠泉时时一滴。余与静闻分踞柱前窗隙，下临

淑春
玉泉

危崖。行道者望之，无不回旋其下，有再三不能去者。已而有二村
樵，仰眺久之，亦攀跻而登，谓余："此处结庐甚便，余村近此，可
以不时瞻仰也。"余谓："此空中楼阁，第恨略浅而隘，若少宏深，便
可停栖耳。"其人曰："中窍之上，尚有一洞甚宏。"欲为余攀跻而上，
久之，不能达。余乃下倚松阴，从二樵仰眺处，反眺二樵在上，攀枝
觅级，终阻悬崖，无从上跻也。

久之，仍西行入省春东洞内，穿入中洞，又从其西腋，穿入西

初泮轻冰新水
盈临溪草阁玩
澄泓披图乍见
飞流势倾耳如
闻戛玉声

洞，洞多今人摩崖之刻。出洞而西，又得一洞，洞门北向，约高五丈，内稍下，西转虽渐昏黑，而崇宏之势愈甚，以无炬莫入，此古洞也。左崖大书"五美四恶"章[20]，乃张南轩[21]笔，遒劲完美，惜无知者，并洞亦莫辨其名，或以为会仙岩，或以为弹丸岩。拂岩壁，宋莆田陈黼[22]题，则清岩洞也，岂以洞在癸水之渚耶？洞西拖剑水自东北直逼崖下，崖愈穹削，高插霄而深嵌渊，甚雄壮也。石梁跨水西度，于是崖与水俱在路南矣。盖七星山之东北隅也，是名弹丸山，自省春来，共一里矣。由其西南渡各老桥，以各乡之老所建，故以为名。望崖巅有洞高悬穹，上下俱极峭削，以为即栖霞洞口也。而细谛其左，又有一崖，展云架庐，与七星洞后门有异。亟东向登山，山下先有一刹，盖与寿佛寺、七星观南北鼎峙山前者也。南为七星观，东上即七星洞；中为寿佛寺，东上即栖霞洞；北为此刹，东上即朝云岩也。仰面局膝㉘攀蹬，直上者数百级，遂入朝云岩。其岩西向，在栖霞之北，从各老桥又一里矣。洞口高悬，其内北转，高穹愈甚，徽僧太虚叠磴驾阁于洞口，飞临绝壁，下瞰江城，远挹㉙西山甚畅。

第时当返照入壁，竭蹶㉚而登，喘汗交迫。甫投体叩佛，忽一僧前呼，则融止也。先是，与融止一遇于衡山太古坪，再遇于衡州绿竹庵；融止先归桂林，相期会于七星。比余至，逢人辄问，并无识者。过七星，谓已无从物色，至此忽外遇之，遂停宿其岩。因问其北上高岩之道，融止曰：“此岩虽高耸，虽近崖右，曾无可登之级。约其洞之南壁，与此洞之北底，相隔只丈许，若从洞内可凿窦以通，洞以外更无悬杙㉛梯之处也。”凭栏北眺，洞为石掩，反不能近瞩，惟洒发㉜向西山，历数其诸峰耳。西山自北而南：极北为虞山，再南为东镇门山，再南为木龙风洞山，即桂山也，再南为伏波山。此城东一支也。虞山之西，极北为华景山，再南为马留山，再南为隐山，再南为侯山、广福王山。此城西一支也。伏波、隐山之中，为独秀；其南对而踞于水口者，为漓山、穿山。皆漓江以西，故曰西山云。

注释

❶卧具： 睡觉用具。

❷横骞： 横飞。

❸颎（hòng）洞： 弥漫无际。

❹谛视： 仔细察看。

❺委裘垂毯： 委曲的皮衣，下垂的毯子。

❻飗飗（liú）： 微风吹动的样子。

❼桂： 今桂林。

⑧潜通：暗暗地连通。

⑨燕：同"宴"，宴会。

⑩趺跏（fū jiā）：双足交叠而坐。

⑪金系草：即罂粟。

⑫峻嶒（céng）：高峻突兀。

⑬披：披露，探索。

⑭槎：一作"槎"。

⑮蕊阁：如花蕊的楼阁。

⑯琼楞：如美玉的棱角。

⑰结跏：即结跏趺坐，姿势如前文趺跏。

⑱恰适：合适，适当。

⑲刮琢：指精心雕琢。

⑳"五美四恶"章：见《论语·尧曰》，是孔子提出的为政方针。"五美"：君子惠而不费，劳而不怨，欲而不贪，泰而不骄，威而不猛。"四恶"：不教而杀谓之虐，不戒视成谓之暴，慢令致期谓之贼，犹之与人也，出纳之吝谓之有司。

㉑张南轩：即张栻（1133—1180），字敬夫，号南轩，学者称南轩先生。与朱熹、吕祖谦合称"东南三贤"。

㉒陈黼（fǔ）：（1154—1220），字斯士，淳熙八年（1181）登进士第，累迁国子博士、著作郎。

㉓局膝：弯曲膝盖。

㉔挹（yì）：牵引。此处指远处景致尽收眼底。

㉕蹶蹶（jué）：原指走路艰难。形容力有不逮，勉强支持。

㉖栻：小木桩。

㉗洒发：抬头远望。

解说

徐霞客的探游，总是会吸引当地人的好奇，名山游时期即如此。《游九鲤湖日记》初九日游记末尾记载了一件趣事："东向五里，始有

147

耕云樵石之家，然见人至，未有不惊讶者。"借鉴《桃花源记》中的场景写出了深山之中罕见外人。西南游途中更是如此，前文所引游麻叶洞即是一例。这次探历省春岩，与静闻到达山顶后，"行道者望之，无不回旋其下，有再三不能去者"；后文《滇游日记八》也记载徐霞客渡东出之涧时，"涧南有巨石高穹，牧者多踞其上，见余自北崖下，争觇眺之，不知为何许人也"等。这种由异乡人带来的惊奇效应，既凸显了徐霞客探游的不同寻常，某种程度上也为其寻觅本地人做向导提供了方便。

在初二日游记中，徐霞客记载了七星岩的一些碑刻，如"曾公之记""五美四恶章"等。徐霞客在粤西游期间记录、摹拓的碑刻最为丰富，可见他对摩崖石刻（碑刻）的喜爱。在名山游时期，庐山顶的朱元璋御制周颠仙碑、嵩山的一系列宋元碑，都曾引起徐霞客的注意，只是因为地距通都大邑比较近，因此没有太多录碑、拓碑的记载。而徐霞客与碑刻文献之间最为知名的事情，是他曾搜集有明一代名公钜臣、书法大家为自己家族题赠的诗文，刻成石碑、拓成碑帖，成就了《晴山堂石刻》（一作《晴山堂法帖》）的美名，可以说是徐霞客对书法史的重要贡献。

该日游记中还格外记载了徐霞客与僧人融止的缘分："先是，与融止一遇于衡山太古坪，再遇于衡州绿竹庵；融止先归桂林，相期会于七星。比余至，逢人辄问，并无识者。过七星，谓已无从物色，至此忽外遇之。"而在《楚游日记》正月二十九日记云："先是，予过古太坪，上古龙池，于山半问路静室，而融止及其师兄应庵双瞽苦留余，余急辞去，至是已先会静闻，知余踪迹。盖融止扶应庵，将南返桂林七星岩，故道出于此，而复与之遇，亦一缘也。"《徐霞客游记》作为一部游记，并不像小说那样有着严密的结构，或草蛇灰线的伏笔；但日记体的实录特征，两处日记中的两个"先是"，隐隐地将徐霞客的游踪与交游前后勾连起来，真切地反映了人与人之间的"一缘"。类似的缘分，在西南游所结交的友人唐泰、何巢阿等人身上都有所体现。

粤西游日记四

【导语】

崇祯十年丁丑（1637）十二月十日，徐霞客再次回到南宁，至十一年三月二十七日出广西境。其间在南宁处理静闻身后事，经上林三里城并度过第二个春节；游览了三里城、庆远府等地景观。

本文选录十二月十一日至十七日、崇祯十一年二月二十九日等八天日记。

十二月十一日　夜雨达旦。余苦疮，久而后起。然疮寒体惫，殊无并州之安❶也。时行道莫决，闻静闻决意，必瘗骨鸡足山，且问带骸多阻。余心忡忡，乃为二阇请于天宁寺佛前，得带去者。余乃冒雨趋崇善，以银界❷僧宝檀，令备蔬为明日起瘗之具。晚抵梁店，雨竟不止。

十二日　雨不休，午后小止。余市香烛诸物趋崇善，而宝檀、云白二僧欲瓜分静闻所遗经衣，私商于梁店，为互相推委计，谓余必得梁来乃可。而梁故坚不肯来，余再三苦求之，往返数四，而三恶互推互委，此不肯来，彼不肯去。及余坐促，彼复私会不休。余不识其展转作奸，是何意故？然无可奈何。惟日夜悬之，而彼反以诟言交詈❸焉。

十三日　晨起，求梁一往崇善，梁决意不行。余乃书一领❹，求梁作见领者，梁终不一押❺。余复令顾仆求二僧，二僧意如故。乃不得已，思鸣之于官，先为移寓计。遂入城，得邓贡士家旧房一间。乃出城，以三日房钱界梁，移囊入城。天色渐霁。然此寓无锅，市罐为晚餐，则月色皎然，以为晴霁可望矣。

十四日　早闻衙行蹋屐声，起视之，雨霏霏如故。令顾仆炊而起，书一揭❻令投之郡太守吴公。而是日巡方使者❼自武缘来，吴已往候于郊，顾仆留侦❽其还。余坐雨寓中，午余，余散步察院前，观左江道所备下程及宣化县所备下马饭❾，亦俱丰腆❿。还寓，顾仆以郡尊未还，请再从崇善求之。余复书，顾界之去，仍不理焉。

太平、南宁俱有柑，而不见橘。余在向武反食橘数枚。橘与柑其形颇相似。

边鱼，南宁颇大而多，他处绝无之。巨者四五觔⓫，小者亦二三觔，佳品也。鲫鱼颇小而少，至大无出三寸者。

十五日　五更峭寒，天明开霁。自初一早阴至此，恰半月而后晴朗。是日巡方使者驻南宁，接见各属吏。余上午往观。既午，吴郡候还自左江道，令顾仆以揭往诉静闻事，吴亦不为理，下午出城觅车夫，复俱不得，忡忡而已。

十六日　明爽殊甚。五鼓，巡方使者即趋太平府。其来自思恩，亦急迫如此，不知何意。想亦为交彝压境⓬而然耶！然不闻其调度若何，此间上下俱置之若罔闻也。仍令顾仆遍觅车夫，终不可得。

南宁城北狭西阔，北乃望仙坡来龙，西乃瀬江处也。北、东、南各一门，皆偏于角上，惟西面临江，有三门。

十七日　再备香烛素蔬往崇善，求云白熟而奠之，止索戒衣、册叶、竹撞⓭，其他可易价者悉不问。云白犹委❶候宝檀回。乃先起窆白骨，一瓶几满，中杂炭土。余以竹箸逐一拣取，遂竟日之力。仍以灰炭存入瓶中，埋之旧处，以纸数重裹骨，携置崇善寺外，不容带入。则宝檀归矣。见余索册、撞，辄作盗贼面孔向余曰："僧死已安窆，如何辄发掘？"以索自锁，且以锁余。余笑而度⓯之，盖其意欲余书一领，虚收所留诸物也。时日色已暮，余先闻其自语云："汝谓我谋死僧，我恨不谋汝耳！"余忆其言，恐甚，遂从其意，以虚领界之，只得戒衣、册叶，乃得抱骸归。昏暮入邓寓，觅烛，重裹以拜俱，即戒衣内者。包而缝之，置大竹撞间，恰下层一撞也。是日幸晴霁，故得拣骨涯滨⓰竟日，还从黑暗中，见沙堤有车，以为明日行可必矣。

150

注释

❶ 并州之安：像家乡一样的安全感。意思源自"并州故乡"，唐贾岛《渡桑干》诗云："客舍并州已十霜，归心日夜忆咸阳。无端更渡桑干水，却望并州是故乡。"后指代对长期旅居之地眷恋，犹似故乡一般。

❷ 畀：给予。

❸ 诟言交詈（lì）：恶语相骂。

❹ 一领：犹言一件、一张。

❺ 押：画押。

❻ 揭：具有揭发性质的私人文书。

❼ 巡方使者：即巡按使，号称代天子巡狩，有非常大的权力。

❽ 留侦：留心探听。

❾ 下马饭：即接风酒。

❿ 丰腆：此处指饮馔丰盛。

⓫ 觔：同"斤"。

⓬ 交彝压境：崇祯七年（1634），曾发生交彝入侵龙英事件，其影响一直持续到徐霞客到达南宁。交彝，即交州（今两广与越南北部）的少数民族。

⓭ 戒衣、册叶、竹撞：指袈裟、经卷与竹箱。

⓮ 委：推诿。

⓯ 度：猜度。

⓰ 涯滨：几近。

解说

本篇选录的内容，无关乎徐霞客的探游，而关乎徐霞客对人世之事的处置，对友人静闻临终之言的承诺。似乎有一条贯穿徐霞客出游生涯始终的线索，将其与静闻联系起来。在名山游首篇《游天台山日记》中，徐霞客提到的第一个游伴莲舟上人是静闻的师傅，而西南退征首篇《浙游日记》第一天结尾也特意提到了"同行者为静闻师"，对其表现出尊重。可以想见，徐霞客与静闻是在这二十余年间结识的，静闻对徐霞客的出游生涯肯定充满认同和理解，就如同他刺血书《法华经》供奉鸡足山一样，二人因此得以结伴而行。在西南远征期间，静闻首先是徐霞客出游的同伴，游记中处处可见二人同行的身影，二人也时时共享胜景的惬意。《江右游日记》云："余犹宛转峰头，与静闻各踞一石，出所携胡饼啖之。度已日暮，不及觅炊所也。"《粤西游日记一》也云："余与静闻高憩悬龙右畔，飘然欲仙，嗒然丧我，此亦人世之极遇矣。"这些旅途中的点滴细节，有甘有苦，只有一同经历过才能有深切的感受，而徐霞客一一记录下来，成为二人友谊的见证。在游山途中，面对险境，静闻也往往勉力跟随，不落徐后。如《粤西游日记一》云："教静闻如余法登，真所谓教猱也。"此处借用具有贬义的"教猱"一词，既显示出徐霞客的幽默，又展现出双方友谊的深挚。

静闻还是徐霞客万里远征的功臣，这主要体现在湘江遇盗事件中。一方面，静闻以一己之力护持行李，确保了徐霞客主要行囊的完整，而他本人则被盗贼戳伤，无形中导致体能的下降。另一方面，湘江遇盗之后，面对筹措游资的困难，静闻提出了一个解决方案："静闻谓彼久欲置四十八愿，斋僧田于常住，今得众济，即贷余为西游资，俟余归，照所济之数，为彼置田于寺，仍以所施诸人名立石，极为两便。余不得已听之。"这是不得已的办法，想要实现很困难，"内司不爽，盖此助非余本意"。但由此可见静闻对于徐霞客西南游的大力支持，最终也是在静闻等人的努力下，获得藩王襄助游资十四金。

徐霞客处理静闻后事的过程并不难阅读，这里放入徐霞客《哭静闻禅侣》诗第一首，以见徐霞客对静闻的悼念："晓共云关暮共龛，梵音灯影对偏安。禅销白骨空余梦，瘦比黄花不耐寒。西望有山生死共，东瞻无侣去来难。故乡只道登高少，魂断天涯只独看。"

　　（二月）二十九日❶　复从黄村墟觅一导者，别慧庵南向行。一里，有村在西麓，曰牛牢村。有一小水在其南，自西山峡中出，东入南来之溪，行者渡小水，从二水之中南向循山行。又一里余，有岩突西峰之麓，其门东向，披棘入之，中平而不深。其南峰回坞夹，石窍纵横，藤萝拥蔽，则山穷水尽处也。蒙密中不知水何出，但闻潺潺有声，来自足底耳。从此半里，蹑级西上，石脊峻嶒❷。逾坳而西，共一里而抵其下，是曰都田隘，东为宜山县，西为永顺司分界。见有溪自西南来，亦抵坳窟之下，穿其穴而东出，即为黄村上流者也。又南半里，乃渡其水西南行，山复开，环而成坞。二里，有村在西麓，是为都田村，一曰秦村，乃永顺司之叔邓德本所分辖者。又南二里，复渡其水之上流，其水乃西北山腋中发源者，即流入都田隘西穴，又东出而为黄村之水者也。又东南一里，陟土山之岗❸，于是转出岭坳，西向升降土岗之上，二里，为大歇岭。石山又开，南北两界中，复土脊盘错，始见多灵三峰如笔架，高悬西南二十里外。下岭，又西南行夹坞中，三里，乃西向升土山。其山较高，是为永顺与其叔分界，下山是为永顺境。西由坞中入石山峡，渐转西北行，其地寂无人居，而石

153

峰离立④，色态俱奇。五里，路右有二岩骈启⑤，其门皆南向：东者在
麓，可穿窍东出，而惜其卑；西者在崖，可攀石以上，而中甚幻。由
门后透腋北入，狭窦渐暗，凌窦隙而上，转而南出，已履洞之上矣。
其下石板平如砥，薄若叶，践之声逢逢⑥，如行鼓上，中可容两三榻。
南有穴，下俯洞门，若层楼之窗，但自外望之，不觉其上之中虚耳。
其结构绝似会仙山之百子岩，但百子粗拙而此幻巧，百子藉人力而此
出天上，胜当十倍之也。

　　坐久之，乃南下山，复西北行。一里，路渐降，北望石峰之顶，
有岩碧然，其门东南向，外有朱痕，内透明穴，乃石梁之飞架峰头
者。下墅半里，转而南，始与溪遇。其水西南自八洞来，至此折而西
向石山峡中。乃绝⑦流渡，又南二里，西望有村在山坞中。是为八洞
村。都田村之东有八仙洞，乃往龙门道。又南一里，复南渡溪。过溪，
复南上，循山一里，转而东南行，一里半，直抵多灵北麓。路左有土
山，自多灵夭矫下坠。其后过腋⑧处，有村数家，是为坟墓村，不知
墓在何处也。从其前又转而西南行，一里下山，绝流渡溪。其溪自南
来，抵石山村之左，山环墅尽，遂捣入石穴，想即八洞溪之上矣。过
溪，又半里，北抵山麓，是为石山村。乃叩一老人家，登其栏⑨而饭。
望多灵正当其南，问其上，有庐而无居者。乃借锅于老人，携火于
村。老人曳杖前导，仍渡溪，东南上土山，共二里，越岗得坞，已在
坟墓村之南，与多灵无隔阪⑩矣。老人乃指余登山道，曰："此上已
岐，不妨竟陟也。"老人始去。

　　余践土麓东南上，路渐茅塞。披茅转东北行，二里茅尽，而土峡
甚峻。攀之上，抵石崖下，则丛木阴森，石崖峭削，得石磴焉。忽闻
犬声，以为有人，久之不见；见竹捆骈置⑪路傍，盖他村之人，乘上
无人而窃其笋竹，见人至，辄弃竹而避之巉岨⑫间耳。此间人行必带犬。
于是攀磴上，磴为覆叶满积，几不得级。又一里，有巨木横仆，穿其
下而上，则老枋⑬之巨，有三人抱者。上一里⑭，乃复得坪焉，而茅庵
倚之。其庵北向，颇高整，竹匡、木几与夫趺跏洒扫之具俱备。有二
桶尚存斗米，惜乎人已久去，草没双扉，苔封古灶，令人恨不知何事

忆人间也！令一人爇火灶中，令一人觅火庵侧，断薪积竹，炊具甚富，而水不可得。其人反命⑮曰："庵两旁俱无，亦无路。惟东北行，有路在草树间，循崖甚远，不知何之？"予从之，果半里而得泉。盖山顶悬崖缀石，独此腋万木攒翳⑯。水从崖石滴坠不绝，昔人凿痕接竹，引之成流，以供饔酌。其前削崖断峡，无可前矣。乃以两筒携水返庵，令随夫淅米⑰而炊。

令导余西南入竹林中，觅登顶之道。初有路影⑱，乃取竹觅笋者所践；竹尽而上，皆巨茅覆顶，披之不得其隙。一里，始逾一西走之脊。其脊之西，又旁起一峰以拱巨峰者，下不能见，至是始陟之也。又从脊东上，皆短茅没腰，践之每惊。其路又一里，而始逾一南走之脊。其脊之南，亦旁起一峰以拱巨峰者，北不能瞩，至是又陟之也。此两峰，即大歇岭所望合中峰为笔架者。于是从脊北上，短茅亦尽，石崖峻垂，攀石隙以升。虽峻极，而手援足践，反不似丛茅之易于颠覆⑲也。直北上一里，遂凌绝顶。其顶孤悬特耸于众石山之上，南北逾一丈，东西及五丈，惟南面可跻，而东、西、北三面皆嵌空悬崖，不受趾焉。顶之北，自顶平分直坠至庵前石磴下，皆巨木丛列，翳不可窥，惟遥望四面，丛山千垂万簇，其脉似从西南来者。遥山外列，极北一抹乃五开、黎平之脊；极南丛亘，为思恩九司之岭；惟东北稍豁，则黄窑、里诸所从来者也。南壑之下，重坑隔阪间，时见有水汪汪，盖都泥之一曲也。山高江逼，逆而来则见，随而转又相掩矣。此即石堰诸村之境也。山之东南垂，亦有小水潺潺，似从南向去，此必入都泥者，其在分脊岭之南乎？

土人言："登此山者，必清斋⑳数日，故昔有僧王姓者不能守戒，遂弃山而下。若登者不洁，必迷不得道。"以余视之，山无别岐，何以有迷也？又云："山间四时皆春，名花异果不绝于树。然第可采食，怀之而下，辄复得迷。"若余所见者，引泉覆石之上，有叶如秋海棠而甚巨，有花如秋海棠而色白，嗅之萼，极清香，不知何种。而山顶巨木之巅，皆蔷薇缘枝㉑缀花，殷红鲜耀，而不甚繁密；又有酸草，茎大如指，而赤如珊瑚，去皮食之，酸脆殊甚；亦有遗畦剩菜，已结

155

子离离㉒。而竹下龙孙㉓，则悉为窃取者掘索已尽。此人亦当在迷路之列，岂向之惊余而窜避者，亦迷之一耶？眺望峰头久之，仍从故道下。返茅庵，暝色已合，急餐所炊粥，觉枯肠㉔甚适。积薪佛座前作长明灯，以驱积阴㉕之气，乃架匡展簟㉖而卧。

注释

❶ 从上一年十二月廿三日到本年二月十三日，徐霞客均在广西三里城，受到当地参戎陆万里款待。其间徐霞客看到朝廷新旧邸报，得知友人黄道周、郑鄤的最新消息。

❷ 峻嶒：指山势高耸突兀。

❸ 岗：一作"冈"。后文同。

❹ 此处或有"色青白成纹，态郁纡若缕刻"二句。

❺ 骈启：并列打开。

❻ 逢逢：本意是鼓声盛多。此处指石板踏上去发出的声音像鼓声。

❼ 绝：横渡，穿越。

❽ 过腋：经过山峡。

❾ 栏：应指下养牲畜、上住人的居所。游记中多有记载，如《粤西游日记三》云："土人俱架竹为栏，下畜牛豕，上爨与卧处之所托焉。"《滇游日记十》亦云："入其龛，则架竹为巢，下畜牛豕，而上托爨卧，俨然与粤西无异。"

❿ 隔阪（bǎn）：隔开的山坡。

⓫ 骈置：并置。

⓬ 巉岨（chán zǔ）：险峻的山岩。

⓭ 老枋（fāng）：树龄很大的枋树。

⓮ 或无"上一里"三字。

⓯ 反命：返回复命。反，同"返"。

⓰ 攒翳：聚集掩映。

⓱ 淅（xī）米：淘米。

⓲路影：路的迹象。

⓳颠覆：倾侧，翻倒。

⓴清斋：举行祭祀或典礼前洁身静心以示诚敬。

㉑缘枝：沿着枝干。

㉒离离：繁盛茂密的样子。

㉓竹下龙孙：竹笋之别称。

㉔枯肠：指饥饿的状态。

㉕积阴：指酷寒之气。

㉖架匡展簟（diàn）：匡，同"筐"，即筐床，方正安适的床。簟，供坐卧用的竹席。

解说

徐霞客是否相信山灵或神灵，以及如何加以评价，是学界比较有争议的一个话题，在徐霞客自身也体现了一定的矛盾性。如这篇日记里记载的登山必清斋的故事，"若登者不洁，必迷不得道"云云，徐霞客虽提出"山无别岐，何以有迷也？"的疑问，但还是保持兴趣，认为偷笋之人"亦当在迷路之列"。徐霞客在游记中还多次记载求签的事情，如《楚游日记》在湘江遇盗之后曾为择路、贷金求水府殿签，《粤西游日记二》也曾为择路、噩梦而求班氏签。此外徐霞客还以亲身经历来说明神灵的存在，如《滇游日记二》中记载了自己用泉水濯洗右脚，忽然疼痛不止，在百思不得其解后认为："此灵泉而以濯足，山灵罪我矣。请以佛氏忏法解之。如果神之所为，祈十步内痛止。"果然灵验，于是徐霞客感慨："余行山中，不喜语怪，此事余所亲验而识之者，不敢自讳以没山灵也。"在《滇游日记三》中徐霞客更是直言："夫日中而凶兽当道，余夜行丛薄中，而侥幸无恐，能忘高天厚地之灵佑哉！"将受到护佑而侥幸无恐的缘由，归为天地之灵。

如果回顾徐霞客游麻叶洞之后所说"吾守吾常，吾探吾洞"之言，"常"与"山灵"可以说是一体两面，在传统社会这些并不冲突，没有必要像论者所说，徐霞客"在野外考察地理时是坚定的唯物主义者，而在此之外不仅是位虔诚的有神论者，而且是多神论者。除了有仙人外，他还认为天、地、山、水、森林，都有灵性"，将其在角色上分得清清楚楚。实际上，无论是神灵观念的继承，还是俭德守常的操守，对徐霞客而言都是足以信赖的，凭借于此，他才不惮以身命殉探求自然山水奇景，不畏惧在此过程中可能遭遇的危险。

黔游日记一

【导语】

黔，贵州省简称。徐霞客于崇祯十一年戊寅（1638）三月二十七日进入贵州，至五月初九日到达北盘江东侧永宁，前后历时四十二天，游览了马尾河、太子桥、古佛洞、白云山、白水河（即黄果树瀑布）等景观，并对盘江做了初步考察，也遭遇了游资被盗的情况。《黔游日记》分为两篇，第一篇截至四月二十四日。

本文选录四月十五日、二十三日日记。

（四月）十五日　昧爽，出青崖南门，由岐西向入山峡。南遵大路为定番州道。五里，折而南。又西南历坡阜❶，共五里，有村在路北山下，曰翁楼，大树蒙密❷，小水南流。从其西入山峡，两山密树深箐，与贵阳四面童山❸迥异。自入贵省，山皆童然无木，而贵阳尤甚。西北入峡三里，遂西上陟岭。一里，逾岭西下，半里，有泉出路旁土中，其冷彻骨，南下泻壑去。又西下半里，有涧自北峡来，横木桥于上，其水南流去，路西度之。复北上岭一里，逾脊西，有泉淙踪，随现随伏。西北行两山夹中，夹底平洼，犁而为田，而中不见水。又西北半里，抵西脊，脊东复有泉淙淙，亦随现随隐。盖此中南北两界俱穹峰，而东西各亘横脊，脊中水皆中坠，不见洼底，放❹洼底反燥而不潴❺。越西脊而下，西北二里，路北有悬泉一缕，自山脊界石而下；路南忽有泉声淙淙成涧，想透穴而出者。半里，转而西行，又半里，得一村，在北山下，曰马铃寨。路由寨前西向行，忽见路南涧已成大溪；随之西半里，又有大溪自西峡来，二溪相遇，遂合而东南注壑去。此水经定番州，与青崖之水合而下都泥者也。于是溯西来大溪之北岸，又西向行二里，为水车坝。坝北有土司卢姓者，倚庐北峰下；坝南有场在阜间，川人结茅场侧，为居停[6]焉。坝乃自然石滩横截，洞水飞突其上，而上流又有巨木桥架溪南北；其溪乃西自广顺来。广顺即金筑安抚司，乃万历二十五年改为州，添设流官。由溪北岸溯流入，为广顺州道；由溪南岸逾岭上，为白云山道；随溪东南下，为定番州道。乃饭于川人旅肆旅店；送火钱[7]，辞不受。

遂西南一里，逾岭。又行岭夹中，一里半，乃循山南转，半里，又东转入峡。半里，峡穷，乃东南攀隘上，其隘萝木[8]蒙密，石骨逼仄[9]。半里，逾其上，又东南下，截壑而过。半里，复东南上，其岭峻石密丛更甚焉。半里，又逾岭南下，随坞南行，一里，是为八垒。其中东西皆山，南北成壑，亦有深坎，坠成眢井[10]，而南北皆高，水不旁泄者也。直抵壑南，则有峰横截壑口，四骈隘如阃，东联脊成岭。乃东向陟岭上，一里，逾其脊，是为永丰庄北岭，即白云山西南度脊也。乃南向下山，又成东西坞，有村在南山下，与北岭对，是为永丰庄。从坞中东向北二里，得石磴北崖上，遂北向而登。半里，转而西，半里，又折而北，皆密树深丛，石级迤逦。有巨杉二株，夹立磴旁，大合三人抱；西一株为火伤其顶，乃建文君[11]所手植也。再折而西半里，为白云寺，则建文君所开山也；前后架阁两重。有泉一坎，在后阁前楹下，是为跪勺泉，下北通阁下石窍，不盈不涸，取者必伏而勺，故名曰"跪"，乃神龙所供建文君者；中通龙潭，时有双金鲤出没云。由阁西再北上半里，为流米洞。洞悬山顶危崖间，其门南向，深仅丈余，后有石龛，可傍为榻；其右有小穴，为米所从出，流以供帝者，而今无矣；左有峡高迸[12]，而上透明窗，中架横板。犹云建文帝所遗者，皆神其迹者[13]所托也。洞前凭临诸峰，翠浪千层，环拥回伏，远近皆出足下。洞左构阁，祀建文帝遗像，阁名潜龙胜迹。像昔在佛阁，今移置此。乃巡方使胡平运所建，前瞰遥山，右翼米洞，而不掩洞门，其后即山之绝顶。逾而北，开坪甚敞，皆层篁耸木[14]，亏蔽日月，列径分区[15]，结静庐数处，而南京井当其中。石脊平伏岭头，中裂一隙，南北横不及三尺，东西阔约五尺，深尺许，南北通窍

160

不可测；停水其间，清冽异常，而不减不溢；静室僧置瓢勺之。余初至，见有巨鱼戏水面，见人掉入窍去，波涌纹激❿，半晌乃定。穴小鱼大，水停峰顶，亦一异也。以其侧有南京僧结庐住静，故以"南京"名；今易老僧，乃北京者，而泉名犹仍其旧也。

是日下午，抵白云庵。主僧⓯自然供餐后，即导余登潜龙阁，憩流米洞；命阁中僧导余北逾脊，观南京井。北京老僧迎客坐。庐前艺地⓲种蔬，有蓬蒿菜，黄花满畦；罂粟花殷红千叶，簇朵甚巨而密，丰艳不减丹药⓳也。四望乔木环翳，如在深壑，不知为众山之顶；幽旷交擅⓴，亦山中一胜绝处也。对谈久之，薄暮乃返。自然已候于庵西，复具餐啜茗，移坐庵后石壁下。是日自晨至暮，清朗映彻，无片翳之滓㉑；至晚阴云四合，不能于群玉峰头逢瑶池夜月，为之怅然。

注释

❶坡阜（fù）：小山丘。

❷蒙密：茂密的草木。

❸童山：光秃无木的山。童，光秃秃的样子。

❹放：至，到。

❺潴（zhū）：积水。

❻居停：停留下来。

❼火钱：饭钱。

❽萝木：藤蔓植物与树木。

❾逼仄：狭窄。

❿智（yuān）井：枯井。

⓫建文君：即建文帝朱允炆，明代第二位皇帝，在靖难之役后行踪不详。

⓬高迸：高耸迸裂。

⓭神其迹者：将其事迹加以神话。

⓮层篁耸木：指竹木皆高耸。

⓯分区：划分区域。

⑯**纹潋**：波纹激荡。

⑰**主僧**：佛寺的住持。

⑱**艺地**：种植土地。

⑲**丹药**：牡丹与芍药的统称。

⑳**交擅**：指相互映衬，各显风致。

㉑**片翳之滓**：意即没有一丝云遮蔽日光。

解说

关于靖难之役后建文帝的行踪，一直是历史学界的谜团，有出家为僧说，有逃亡海外说，但大体上都是朝西南方向。因此，在西南尤其是贵州流传着许多跟建文帝有关的传闻，徐霞客对此也处处留心。该日游记中记载的巨杉、白云寺、跪勺泉、流米洞、潜龙胜迹等都与建文帝有关，徐霞客认为"犹云建文帝所遗者，皆神其迹者所托也"。从语气来看，徐霞客对于建文帝逃往西南是持肯定态度的，只不过认为被神化了许多。值得注意的是，这里祭祀建文帝遗像的潜龙阁是巡方使所建，表明是一种官方层面的行为，意味着此时对于建文帝的话题已经不那么敏感了；而白云寺虽"以建文君望白云而登，为开山之祖"，但因修建得早，以至于"《一统志》有螺拥之名，谓山形如螺拥，而不载建文遗迹，时犹讳言之也"。除此之外，在广西横州宝华山有寿佛寺"乃建文君遁迹之地"，题额"万山第一……为建文君旧题"，又有陈步江寺"亦建文君所栖"（《粤西游日记二》）；本日游记所载太子桥"因建文帝得名"，而建文帝还曾"先驻唐帽，后驻白云"，等等。这些都可以与明代笔记中官员遇建文帝的记载相呼应，如蒋一葵《尧山堂外纪》卷七十八记载的二则笔记，某种程度上反映了人们对建文帝的同情。

（四月）二十三日　雇短夫遵大道南行。二里，从陇头东望双明西岩，其下犹透明而东也。洞中水西出流壑中，从大道下复西❶入山麓，再透再入，凡三穿岩腹，而后注于大溪。盖是中洼壑，皆四面山环，水必透穴也。又南逾阜，四升降，共四里，有堡在南山岭头。路从北岭转而西下，又二里，有草坊当路，路左有茅铺一家。又西下，升陟陇壑，共七里，得聚落一坞，曰白水铺，已为中火铺矣。又西二里，遥闻水声轰轰，从陇隙北望，忽有水自东北山腋泻崖而下，捣入重渊❷，但见其上横白阔数丈，翻空涌雪，而不见其下截，盖为对崖所隔也。复逾阜下，半里，遂临其下流，随之汤汤西去；还望东北悬流，恨不能一抵其下。担夫曰："是为白水河。前有悬坠处，比此更深。"余恨不一当其境，心犹慊慊❸。随流半里，有巨石桥架水上，是为白虹桥。其桥南北横跨，下辟三门，而水流甚阔，每数丈，辄从溪底翻崖喷雪，满溪皆如白鹭群飞，"白水"之名不诬矣。渡❹桥北，又随溪西行半里，忽陇箐亏蔽，复闻声如雷，余意又奇景至矣。透陇隙南顾，则路左一溪悬捣❺，万练飞空，溪上石如莲叶下覆，中剜三门，水由叶上漫顶而下，如鲛绡❻万幅，横罩门外，直下者不可以丈数计，捣珠崩玉，飞沫反涌，如烟雾腾空，势甚雄厉。所谓"珠帘钩不卷，匹练挂遥峰"，俱不足以拟其壮也。盖余所见瀑布，高峻数倍者有之，而从无此阔而大者，但从其上侧身下瞰，不免神悚❼。而担夫曰："前有望水亭，可憩也。"瞻其亭，犹在对崖之上，遂从其侧西南下，复度峡南上，共一里余，跻西崖之巅。其亭乃覆茅所为，盖昔望水亭旧址，今以按君❽道经，恐其停眺，故编茅为之耳。其处正面揖❾飞流，奔腾喷薄之状，令人可望而不可即也。

停憩久之，从亭南西转，涧乃环山转峡东南去，路乃循崖石级西南下。又升陟陇壑四里，西上入坞，有聚落一区在东山下，曰鸡公背。土人指其东南峰上，有洞西北向，外门如竖而内可容众，有"鸡公"焉，以形似名也。其洞东透前山，而此坞在其后，故曰"背"。余闻之，乃贾勇❿先登，冀一入其内。比登，只有一道西南上，随之迤逦攀跻，竟无旁岐。已一里，登岭头矣，是为鸡公岭。坳中有佛宇，问洞何在，僧指在山下村南，已越之而上矣。担夫亦至，遂逾岭西向下，半里，抵壑中。又半里，有堡在南陇，曰太华哨。又西上岭，逾而西，又一里，乃迤逦西南下，甚深。始望见西界遥峰，自北而南，屏立如障，与此东界为夹，互相颉颃⓫；中有溪流，亦自北而南，下嵌壑底。

望之而下，一下三里，从桥西度，是为关岭桥。越桥，即西向拾级上，其上甚峻。二里，有观音阁当道左，阁下甃石池一方，泉自其西透穴而出，平流池中，溢而东下，是为马跑泉，乃关索[12]之遗迹也。阁南道右，亦有泉出穴中，是为哑泉，人不得而尝焉。余勺马跑，甘冽次于惠，而高山得此，故自奇也；但与哑泉相去不数步，何良楛[13]之异如此！由阁南越一亭，又西上者二里，遂陟岭脊，是为关索岭。索为关公子，随蜀丞相诸葛南征，开辟蛮道[14]至此；有庙[15]，肇自国初，而大于王靖远[16]，至今祀典不废。越岭西下一里，有大堡在平坞

两峯接秀碧
溪连暖坞香
盈花欲燃荡
漾青帘引遊
客買春莫惜
杖頭錢

春隖青帘

中，曰关岭铺，乃关岭守御所所在也。计其地犹在山顶，虽下，未及三之一也。至才过午，夫辞去，余憩肆中。

注释

❶ 或无"西"字。

❷ 重渊：指深渊。《庄子·列御寇》云："千金之珠，必在九重之渊。"

❸ 慊慊：遗憾。

❹ 渡：一作"度"。

❺悬捣：垂悬奔涌，即从高处向下坠落。

❻鲛绡（jiāo xiāo）：指薄纱。

❼神悚：胆战心惊。

❽按君：即巡按御史。

❾揖：拱手致礼。

❿贾勇：鼓足勇气。

⓫颉颃（xié háng）：不相上下，彼此抗衡。

⓬关索：传说中关羽第三子。小说《三国演义》中有相关故事。

⓭楛（kǔ）：恶劣。

⓮蛮道：旧时对西南少数民族地区道路的称呼。

⓯庙：即关索庙，关岭城入口第一庙。始建于明初。

⓰王靖远：即王骥（1378—1460），字尚德，河北辛集人。明前期重要军事将领。曾三征麓川，被奉为迤西、滇缅一带保护神。

解说

　　一日之内游历多个景点，是徐霞客西南遐征中的常态。该日游记亦是如此，前半部分写水，对象为黄果树瀑布，又称白水河瀑布。徐霞客分两段对其进行书写，先写白水河："自东北山腋泻崖而下，捣入重渊，但见其上横白阔数丈，翻空涌雪""每数丈，辄从溪底翻崖喷雪，满溪皆如白鹭群飞，'白水'之名不诬矣。"后写瀑布："透陇隙南顾，则路左一溪悬捣，万练飞空，溪上石如莲叶下覆，中剜三门，水由叶上漫顶而下，如鲛绡万幅，横罩门外，直下者不可以丈数计，捣珠崩玉，飞沫反涌，如烟雾腾空，势甚雄厉。所谓'珠帘钩不卷，匹练挂遥峰'，俱不足以拟其壮也。盖余所见瀑布，高峻数倍者有之，而从无此阔而大者，但从其上侧身下瞰，不免神悚。"徐霞客无愧于"游圣"，将数十年间游历所见瀑布，在心中一一加以对比后形诸文字，隐隐以第一瀑布称之，也恰恰合乎今天关于其"中国境内最大瀑布"的定位。

　　后半部分写山，对象为关索岭，以及相关的马跑泉、关索庙等。关索在正史中无载，而见于《三国演义》等小说，可以说是民间关公信仰的一种延伸，反映的是三国时期蜀国在西南地方的治理状况。关于马跑泉，徐霞客认为泉水"甘冽次于惠"。"惠"即无锡惠泉，徐霞客曾在《楚游日记》中认为甘泉寺的水"味极淡，冽极似惠泉水"，在《粤西游日记四》中认为百子岩的水"甘冽不减惠泉"。惠泉距离徐霞客故乡江阴很近，可以说是故乡的指代，是对家乡的一种怀念。徐霞客在西南游途中经常以故乡经验比拟他乡之物，游记中也时常出现"余乡""吾乡"字眼，如"余乡盆景""余乡食冬瓜""余乡樱珠"等。而《滇游日记五》中有这样一番描写："桥侧有梅一株，枝丛而干甚古，瓣细而花甚密。绿蒂朱蕾，冰魂粉眼，恍见吾乡故人，不若滇省所见，皆带叶红花，尽失其雪满山中、月明林下之意也。乃折梅一枝，少憩桥端。"不知道徐霞客这里所说"吾乡故人"指的是谁，有学者认为是徐霞客的侍妾周氏，姑备一说。

滇游日记三

【导语】

滇，云南省简称。徐霞客在云南游历时间最久，从崇祯十一年戊寅（1638）五月初十日由滇南胜境关进入云南，至崇祯十三年（1640）正月由丽江土司派人送回，长达一年半之久；撰写游记最多，共分为十三篇，即便在《滇游日记一》遗失的情况下，也有十余万字，占据现存全部游记的六分之一；留存材料丰富，除了游记之外，还有专论、志书等。这篇为《滇游日记》的第三篇，此前两篇记载了徐霞客在滇东、滇南的游踪，该篇始于十一年九月初一日，至二十九日到达昆明，前后整整一个月，记录了徐霞客在富源县、曲靖市、嵩明县等地的游览情况，完成了探寻南北盘江源流的夙愿，并撰成《盘江考》一文。

本文选录九月十二日的日记。

（九月）十二日　主人情笃，候饭而行，已上午矣。十里，仍抵新桥，遂由岐溯流西南行。二里，抵西南小山下，石幢之水，乃从西北峡中来，路乃从西南峡中入。一里，登岭；一里，陟其巅。西行岭上者又一里，乃下。初从岭头下瞰西坞，有庐有畴，有水潆之，以为必自西而东注石幢者；迤逦西下者又一里，抵坞中，则其水返西南流，当由南谷中转东而出于白石江者。询是村为戈家冲。由是而西，并翠峰诸涧之流，皆为白石江上流之源矣。源短流微，潆带不过数里之内，而沐西平曲靖之捷❶，夸为冒雾涉江，自上流渡而夹攻之，著之青史，为不世勋❷，而不知与坳堂❸无异也。征事考实，书之不足尽信如此！

于是盘折坂谷，四里，越刘家坡，则翠峰山在望矣。盖此山即两旁中界之脊，南自宜良分支，北度木容箐，又北而度火烧箐岭，又北而度响水西岭，又北而结为此山；又西夹峙为回龙山，绕交水之西北，经炎方，又北抵霭[4]益州南。转东，复折而南下，峙为黑山，分为两支。正支由火烧铺、明月所之间，南走东折，下安笼所，入泗城州，而东峙为大明山，遂尽于浔州。旁支西南由白水西分水岭，又分两支：直南者由回窎坡西岭，西南峙为大龟山，而尽于盘江南曲；西南分支者，尽于曲靖东山。其东南之水，下为白石江；东北之水，下为石幢河；而西则泄于马龙之□江，而出寻甸[5]，为北盘江焉。然则一山而东出为南盘，西出为北盘，惟此山及炎方足以当之；若曲靖东山，则旁支错出，而《志》之所称悉误也。

由刘家坡西南，从坡上行一里，追及一妪，乃翠峰山下横山屯人也。随之，又西一里，乃下坡。径坞一里，有小水自西北来，小石梁跨之。从此西南上坡，为三车道；从此直西溯小水，自西南岸入，为翠峰间道。其路若续若断，横截坞陇。三里，有大道自东南来，则自曲靖登山之径也，于是东南望见三车市矣。遂从大道西行。二里，将抵翠峰下，复从小径西南度陇。风雨忽至，顷刻而过。一里，下坡涉深涧，又西上坡半里，抵横山屯。其屯皆徐姓。老妪命其子从村后送余入山。半里抵其麓，即有两小涧合流。涉其北来者，溯其西来者，遂蹑峻西上。一里半，盘岭头而北，转入西峡中，则山之半矣。其山自绝顶垂两支，如环臂东下：北支长，则缭绕而前，为新桥西冈之脉；南支短，则所蹑以上者。两臂之内，又中悬一支，当坞若台之峙，则朝阳庵踞其上，庵东北向。其南腋又与南臂环阿[6]成峡，自峰顶逼削[7]而下，则护国旧寺倚其间。自西峡入半里，先达旧寺，然后东转上朝阳，以旧寺前坠峡下堑也。旧寺两崖壁夹而阴森，其病[8]在旁无余地；朝阳孤台中缀而轩朗[9]，所短在前少回环。

余先入旧寺，见正殿亦整，其后遂危崖迴峭[10]，藤木倒垂于其上，而殿前两柏甚巨，夹立参天。寺中止一僧，乃寄锡[11]殿中者，一见即为余爇火炊饭。余乃更衣叩佛，即乘间东登朝阳。一头陀方曳杖出庵门。余入其庵，亦别无一僧，止有读书者数人在东楼。余闲步前庭。庭中有西番菊[12]两株，其花大如盘，簇瓣无心，赤光灿烂，黄菊为之夺艳，乃子种而非根分，此其异于诸菊者。前楼亦幽迥，庭前有桂花一树，幽香飘泛，远袭山谷。余前隔峡盘岭，即闻而异之，以为天香遥坠，而不意乃敷萼[13]所成也。桂芬菊艳，念此幽境，恨无一僧可托。还饭旧寺，即欲登顶为行计，见炊饭僧殷勤整饷，虽瓶无余粟，豆无余蔬，殊有割指啖客[14]之意，心异之。及饭，则己箸不沾蔬，而止以蔬奉客，始知即为淡斋师也。先是横山屯老妪为余言："山中有一僧，损口苦体，以供大众。有予衣者，辄复予人。有饷食者，已不盐不油，惟恐众口弗适。"余初至此讯之，师不对，余肉眼不知即师也。师号大乘，年甫四十，幼为川人，长于姚安，寄锡于此，已期年[15]矣。发愿淡斋供众，欲于此静修三年，百日始一下山。其形短小，而目有疯痒之疾[16]。苦行勤修，世所未有。余见之，方不忍去，而饭未毕，大雨如注，其势不已，师留止宿，余遂停憩焉。是夜寒甚，余宿前槛，师独留正殿，无具无衾，彻夜禅那[17]不休。

注释

❶曲靖之捷：洪武十四年（1381），沐英以征南右将军身份，随颍川侯傅友德率师进攻云南，以曲靖为中心进行的一场平定云南的关

170

键性战役。

❷不世勋：非凡的功勋。

❸坳堂：水塘。

❹霑：一作"沾"。

❺寻甸：今云南昆明市寻甸回族彝族自治县。

❻环阿：山脚环绕。

❼逼削：形容山势陡峭直立。

❽病：这里指不足之处。

❾轩朗：宽敞开朗。

❿迥峭：高远险峻。

⓫寄锡：僧人在某处寺院居留。锡，僧人出外所用锡杖。

⓬西番菊：说法不一，或以为即向日葵，或以为是万寿菊。

⓭敷萼：开花。

⓮割指啖客：割破手指招待客人，指倾出全部心血。

⓯期年：满一年。

⓰疯痒之疾：或是过敏性结膜炎相关疾病。

⓱禅那：坐禅入定。

解说

对盘江水系的考察是徐霞客西行的重要目的之一，并撰成《盘江考》一文。从前文初八日游记所云"投旧邸龚起潜家"，可知徐霞客此前曾经到达沾益州，因日记缺失，难以详悉其间的游踪。徐霞客最初的计划，是从沾益州出发探考北盘江的源头，至此因投宿主人龚起潜对北盘江"谈之甚晰，皆凿凿可据"，故未继续北上，而是由此返回省城昆明。后文记载了龚起潜所讲的部分内容："乃屡讯土人，皆谓其流出东川，下马湖，无有知其自沾益下盘江者。然《一统志》曰入沾益，后考之府志，其注与《一统》同。参之龚起潜之说，确而有据，不若土人之臆度也。或有谓自车洪江下马湖，其说益讹。亦可见此水之必下车洪，车洪之必非马湖矣。盖车洪之去交水不远，起潜之

171

谚沾益甚真,若车洪之上,不折而西趋马湖,则车洪之下,不折而北出三板桥,则起潜之指示可知也。"今天的学者指出,徐霞客因听信了龚起潜的妄谈,从而错失了探明珠江源的机会。实际上我们从徐霞客所采用的方法来看,有亲身考察者,有参照前人考据者;而龚起潜所谈内容足以当之,徐霞客因以为据,并结合自己实际探察经历,不可以认为徐霞客的选择过于轻率。实际上徐霞客虽然未到达珠江源,却已经明确了北盘江发源于沾益炎方:"一山而东出为南盘,西出为北盘,惟此山及炎方足以当之。"此地之马雄山恰恰是珠江源所在地。

徐霞客在游记里详细记载过三个修行供众的奇僧,一个是《游庐山日记》所记慧灯僧;一个是《粤西游日记四》中的菜斋僧,"所食惟淡菜二盂,不用粒米,见此地荒落,特建庵接众,憩食于庵者数十人,虽久而不靳焉",既是出于佛教徒慈悲胸襟,亦是自我修行的方式。再一个便是该日所记淡斋僧(大乘师),他不像慧灯僧那样"磨腐供众",也不像菜斋僧那样"建庵接众",其修行之举的过人之处在于:一方面,"发愿淡斋供众,欲于此静修三年,百日始一下山",可见其发愿之宏大;另一方面,"损口苦体,以供大众",不但"有予衣者,辄复予人。有馈食者,己不盐不油",还"恐众口弗适",而且"己箸不沾蔬,而止以蔬奉客",甚至"有割指啖客之意",可见对所发宏愿的践行;再一方面,夜晚入定之时,尚"彻夜禅那不休",又将济人与省己结合起来。有此三点,徐霞客虽认为"大乘精进而无余资",却也称赞其"苦行勤修,世所未有",有佛祖割肉喂鹰之舍我精神。

该日游记还记录了一件有趣的事情。徐霞客在前往翠峰山、途经刘家坡时,追上一个老妪,一直跟着她行路,不但同行近十里,还一同避雨,直到抵达横山屯。巧合的是,"其屯皆徐姓。老妪命其子从村后送余入山"。徐霞客出游中经过许多村子,却少有地记下了横山屯村民姓氏,除了同姓之谊外,老妪对其子送客的吩咐,无疑也牵连起了徐霞客与母亲往日的生活日常,勾起了徐霞客对母亲的思念。而老妪还曾预先告知淡斋师的情况。我们阅读《徐霞客游记》,对于这些细节应当加以注意,才能体会徐霞客心灵最深处的敏感心理。

滇游日记五

【导语】

该篇游记是徐霞客在滇西游踪的记录。徐霞客于崇祯十一年戊寅（1638）十二月初六日由元谋启程，至二十二日抵达鸡足山，并在山中度过了第三个新年。这番游踪，徐霞客考察了大姚妙峰山、姚安活佛寺、祥云清华洞等景观，在鸡足山除夕看到了民众朝山的盛况。特别是徐霞客终于将千里随身携带的静闻遗骨安葬在鸡足山，并参与墓地选址，了却了二人的心愿。

本文选录十二月二十二日至二十六日等五天日记。

（十二月）二十二日　昧爽，由江果村饭，溯溪北岸西行。其溪从西峡中来，乃出于鸡山南支之外，五福之北者，洱海东山之流也。四里，登岭而北，寒风刺骨，幸旭日将升，惟恐其迟。盘岭而北，一里半，见岭北又开东西坞，有水从其中自西而东，注于宾川大溪，即从牛井街出者。此坞名牛井，有上、下诸村。其水自鸡足峡中来，所谓盒子孔之下流也。于是西向渐下，一里半而抵坞中。又西一里，过坞中村后，在坊曰"金牛溢井"，标胜❶也。土人指溪北冈头，有井在石穴间，云是昔年牛从井出处也。又西二里，复逾冈陟峡。盖其山皆自南突北❷，濒溪而止，溪东流潆之，一开而为炼洞，再开而为牛井，此其中突而界之者。盘峡而上，迤逦西北，再平再上，五里，越岭而复得坞。稍下一里半，有坊在坡，曰"广甸流芳"。又一里半，复过一村后，此亦炼洞最东南村也。又北二里，有村夹道，有公馆在村头，东北俯溪，是为炼洞之中村。其北二里，复上岭。二里，越之而北，有坊曰"炼法龙潭"，始知其地有蛰龙、有炼师❸，此炼洞所由名也。

173

又北二里，村聚高悬，中有水一池，池西有亭覆井，即所谓龙潭也。深四五丈，大亦如之，不溢不涸，前濒于塘，土人浣于塘而汲于井。此鸡山外壑也，登山者至是，以为入山之始焉。其村有亲迎④者，鼓吹填街⑤。余不顾而过，遂西北登岭。五里，有庵当岭，是为茶庵。又西北上一里半，路分为二：一由岭直西，为海东道；一循峡直北，为鸡山道。遂北循之。稍下三里而问饭，发筐中无有，盖为居停所留也。又北下一里，有溪自西南峡中出，其峡回合甚窅⑥，盖鸡足南峡之山所泄余波也。有桥亭跨两崖间。越其西，又北上逾岭，一里，有哨兵守岭间。又北一里，中壑稍开，是为拈花寺，寺东北向。余馁⑦甚，入索饭于僧。随寺北西转，三里，逾冈之脊，是为见佛台。由此西北下一里，又涉一北下之峡，又西逾一北下之脊，始见脊西有坞北坠，坞北始逼鸡山之麓。盖鸡山自西北突而东南，坞界其中，至此坞转东北峡，路盘其东南支，乃谷之绾会⑧处也。

西一里，见有坊当道左，跨南山侧，知其内有奥异。讯之牧者，曰："其上有白石崖，须东南逾坡一里乃得。"余乃令行李从大道先向鸡山，独返步寻之。曲折东南上，果一里得危崖于松箐⑨之间。崖间有洞，洞前有佛字，门北向，钥不得入。乃从其西逾窒⑩径之棘以入，遍游洞阁中。又攀其西崖，探阁外之洞，见其前可以透植木而出，乃从之下，一里仍至大路。又西北二里，下至坞中，渡溪，是为洗心桥。鸡山南峡之水，西自桃花箐、南自盒子孔出者，皆由此而东出峡，东南由炼洞、牛井而合于宾川者也。溪北鸡山之麓，有村颇盛，北倚于山，是为沙址村，此鸡山之南麓也。于是始迫鸡山，有上无下矣。

从村后西循山麓，转而北入峡中，缘中条而上，一里，大坊跨路，为"灵山一会坊"⑪，乃按君宋所建者。于是冈两旁皆涧水泠泠，乔松落落⑫。北上盘冈二里，有岐，东北者随峡，西北者逾岭：逾岭者，西峡上二里有瀑布；随峡者，东峡上二里有龙潭；瀑之北即为大觉，潭之北即为悉檀。余先皆不知之，见东峡有龙潭坊，遂从之。盘磴数十折而上，觉深窅险峻，然不见所谓龙潭也。逾一板桥，见坞北有寺，询之，知其内为悉檀，前即龙潭，今为堑矣。时余期行李往大觉，遂西三里，过西竺、龙华，而入宿于大觉。

二十三日　饭于大觉，即东过悉檀。悉檀为鸡山最东丛林，后倚九重崖，前临黑龙潭，而前则回龙两层环之。先是，省中诸君或称息潭，或称雪潭，至是而后知其皆非也。弘辩、安仁二师迎饭于方丈，即请移馆❸。余以大觉遍周以足疾期晤❹，于是欲少须❺之，乃还过大觉。西上一里，入寂光寺，住持者留点。此中诸大刹，惟此七佛殿，左右两旁俱辟禅堂方丈，与大觉、悉檀并丽。又稍西半里，为水月、积行二庵，皆其师用周所遗也❻。

二十四日　入晤遍周。方留款而弘辩、安仁来顾，即恳移寓。遂同过其寺，以静闻骨悬之寺中古梅间而入。问仙陀、纯白何在，则方监建塔基在其上也。先是余在唐大来处遇二僧，即殷然以瘗❼骨事相订。及入山，见两山排闼❽，东为水口，而独无一塔，为山中欠❾事。至是知仙陀督塔工，而未知建于何所。弘辩指其处，正在回龙环顾间，与余意合。饭后，遂东南二里，登塔基，晤仙陀。

二十五日　自悉檀北上，经无息、无我二庵。一里，过大乘庵，有小水二派，一自幻住东，一自兰陀东，俱南向而会于此，为悉檀西派者也。从二水之中蹑坡上，二里余，东为幻住，今为福宁寺；西冈为兰陀。幻住东水，即野愚师静室东峡所下，与九重崖为界者；幻住西水，即与艮一兰陀寺夹坞之水，上自莘野静室，发源于念佛堂，而为狮子林中峡之水也。循东冈幻住旁，北向一里，而得一静室，即天香者。时❿中无人，入讯莘野庐，小沙弥⓫指在盘崖杳蔼⓬间，当危崖之西。乃从其后蹑崖上，穿林转磴，俱在深翠中。盖其地无乔松，惟杂木缤纷，而叠路其间，又一景矣。数十曲，几一里，东蹑冈，即野愚庐；西缘崖度峡，即莘野庐道。于是西向傍崖，横陟半里，有一静室高悬峡中，户扃⓭莫入，是为悉檀寺库头⓮所结。由其前西下兰陀寺，蹑其后而上，又半里，而得莘野静室。时知莘野在牟尼山，而其父沈翁在室，及至而其门又扃，知翁别有所过，莫可问。遂从其左上，又得一静室。主僧亦出，有徒在，询之，则其师为兰宗也。又

问："沈翁何在?"曰："在伊室。"问："室何扃?"曰："偶出，当亦不远。"余欲还，以省中所寄书畀之。其徒曰："恐再下无觅处，不若留此代致也。"从之。又从左峡过珠帘翠壁，蹑台入一室，则影空所栖也。影空不在，乃从其左横转而东，一里，入野愚静室，所谓大静室也。有堂三楹横其前，下临绝壁。其堂窗棂疏朗，如浮坐云端，可称幽爽。室中诸老宿㉕具在，野愚出迎。余入询，则兰宗、影空及罗汉壁慧心诸静侣也。是日野愚设供招诸静侣，遂留余饭。饭后，见余携书箧，因取箧中书各传观之。兰宗独津津不置㉖，盖曾云游过吾地，而潜心文教㉗者。

既乃取道由林中西向罗汉壁，从念佛堂下过，林翳不知，竟平行而西。共一里半，有龛在磐石上，入问道，从其西南半里，逾一突嘴，即所谓望台也。此支下坠，即结为大觉寺者。望台之西，山势内逊㉘，下围成峡，而旃檀林之静室倚之。峡西又有脉一支，自山尖前拖而下，是为旃檀岭，即西与罗汉壁分界者。是脉下坠，即为中支，而寂光、首传寺倚之，前度息阴轩，东转而尽于大士阁者也。由望台平行而西，又二里半而过此岭。岭之西石崖渐出，高拥于后。乃折而北上，半里，得碧云寺。寺乃北京师诸徒所建，香火杂沓，以慕师而来者众也。师所栖真武阁，尚在后崖悬嵌处。乃从寺后取道，宛转上之。半里，入阁，参叩男女满阁中，而不见师。余见阁东有台颇幽，独探之。一老僧方濯足其上，余心知为师也，拱而待之。师即跃而起，把臂呼："同声相应，同气相求。"㉙且诠解㉚之。手持二袜未穿，且指其胸曰："余为此中㉛忙甚，袜垢二十年未涤。"方持袜示余，而男妇闻声涌至，膜拜㉜不休;台小莫容，则分番迭换。师与语，言人人殊，及念佛修果，娓娓㉝不竭。

时以道远，余先辞出。见崖后有路可蹑，复攀援其上。转而东，得一峡上缘，有龛可坐，梯险登之。复下碧云庵。适慧心在，以返悉檀路遥，留余宿。主寺者以无被难之㉞，盖其地高寒也。余乃亟下。南向二里，过白云寺，已暮色欲合。从其北傍中支腋行，路渐平而阔。二里，过首传寺，暗中不能物色。又东南一里余，过寂光。一里，过大觉。又东一里，过西竺，与大道别，行松林间，茫不可见。又二里，过悉檀前，几从龙潭外下，回见灯影，乃转觅。抵其门，则前十方堂已早闭不肯启，叩左侧门，乃得入宿焉。

二十六日　晨起饭。弘辩言："今日竖塔心为吉日，可同往一看。幸定地⑤一处，即可为静闻师入塔。"余喜甚。弘辩引路前，由龙潭东二里，过龙砂⑥内支。其腋间一穴，在塔基北半里，其脉自塔基分派处中悬而下。先有三塔，皆本无高弟也。最南一塔，即仙陀、纯白之师。师本嵩明籍，仙陀、纯白向亦中表⑤，皆师之甥，后随披薙⑤，又为师弟⑤。师归西方，在本无之前，本公为择地于此，而又自为之记。余谓辩公，乞其南为静闻穴。辩公请广择之，又有本公塔在岭北，亦惟所命。余以其穴近仙陀之师为便，议遂定。静闻是日入窆。

注释

❶ 标胜：高胜，指突出的胜景。

❷ 北：一作"出"。

❸ 炼师：旧时对懂得"养生""炼丹"之法的道士的尊称。

❹ 亲迎：即迎亲，新郎迎娶新娘回家的礼仪。

❺ 填街：充塞街道。形容热闹。

❻ 宵（yǎo）：深远。

❼ 馁（něi）：饥饿。

❽ 绾会：连接会合。

❾ 松篁：松林。

❿ 窒：阻塞。

⓫ 灵山一会坊：为鸡足山山门总坊，朝山之始。

⓬ 落落：稀疏零落。

⓭ 移馆：邀请对方搬到己处住宿。

⓮ 期晤：相约见面。

⓯ 须：等待。

⓰ 此后或有"亦颇幽整"四字。

⓱瘗（yì）： 埋葬。

⓲阘（tà）： 门。

⓳欠： 不足。

⓴此处或有"寺"字。

㉑小沙弥： 即小和尚，年龄在七岁以上、未满二十岁时出家的男子。

㉒盘崖杳霭： 遥远不可见的山雾。此处所写，与唐贾岛《寻隐者不遇》诗"松下问童子，言师采药去。只在此山中，云深不知处"有着相似的意境。

㉓户扃： 门户关闭。

㉔库头： 掌管寺内出纳的职位。

㉕老宿： 佛教中称呼年老而有德行之人。

㉖津津不置： 指兴趣浓厚，爱不释手。

㉗文教： 此处指儒家所谓的文章教化。

㉘内逊： 走势向内。

㉙同声相应，同气相求： 比喻同类事物互相感应、志趣相同者互相呼应。语出《易·乾》："同声相应，同气相求。水流湿，火就燥。"

㉚诠解： 详细解释。

㉛此中： 此处指内心。

㉜膜拜： 举手加额，长跪而拜。

㉝娓娓： 形容谈论不倦。

㉞难之： 感到为难。

㉟定地： 指确定葬地。

㊱龙砂： 堪舆学用语，指一种经过水分长期滋养，适合动植物生存的特殊土壤。

㊲中表： 父亲或母亲的姐妹之子统称中表。

㊳披薙（tì）： 亦作"批剃"，指削发出家。

㊴师弟： 此处指老师与弟子的统称。

鸡足山是徐霞客心心念念之地，是他完成友人静闻临终遗愿之地。经过半年之久的滇游，徐霞客终于在崇祯十一年（1638）十二月二十二日这天进入鸡足山地界。徐霞客此次由南向北进山，将进山的路线交代得颇为清晰：从江果村溯溪，行二十余里到达鸡山外壑，"登山者至是，以为入山之始焉"；继续行近二十里，经过拈花寺、见佛台，"始见脊西有坞北坠，坞北始逼鸡山之麓"；之后是鸡山之南麓，"于是始迫鸡山，有上无下矣"，经过悉檀寺、龙潭坊，投宿在大觉寺。在完成了静闻的临终之言，完成了移葬静闻、了却其西方大愿之后，徐霞客开始了自己的工作。这是徐霞客考察鸡足山的起始，在未来的日子里，探索鸡足山山脉、水系、静室、胜景、僧众、碑刻、遗迹等就成了他的日常，所谓"遍征山中未竟之旨"。这些奠定了他撰写《鸡山志》的基础。

在二十五日游记中，徐霞客首次对鸡足山的静室进行介绍，可以看到晚明时期鸡足山的盛况，无怪乎《徐霞客游记》会成为陈垣先生《明季滇黔佛教考》的重要参考资料。在这日拜访的僧人中，徐霞客格外留意到碧云寺的北京师为善男信女所信仰，徐霞客虽然未见过他，却一眼就认出了他。"一老僧方濯足其上，余心知为师也，拱而待之。师即跃而起，把臂呼：'同声相应，同气相求。'且诠解之。手持二袜未穿，且指其胸曰：'余为此中忙甚，袜垢二十年未涤。'方持袜示余，而男妇闻声涌至，膜拜不休；台小莫容，则分番迭换。师与语，言人人殊，及念佛修果，娓娓不竭。"结合后文除夕夜徐霞客看到的信众朝山的情形，以及此处信众对北京师的膜拜，则鸡足山对世俗民众是开放的。在晚明文学中，有不少对僧道世俗化的肯定，徐霞客笔下的北京师亦当归入此类，既不避世俗，也能保持个人操守。正如这里所展示的细节，北京师所说"余为此中忙甚，袜垢二十年未涤"之语，无疑有禅机在其中；而他也不拒绝大众的追随，反能做到从容应对、因材施教地为信众说法。可以说，接待善男信女丝毫不掩其高僧本色。

　　而另外两位鸡足山僧人弘辩、安仁，尤其值得一提。徐霞客在西南遐征伊始拜访陈继儒之时，陈继儒就提出要写信给这两位僧人，希望徐霞客一行到达鸡足山时能得到照应。遗憾的是，这封信在湘江遇盗时遗失了，因为陈继儒另有书信寄达，徐霞客最终见到了二僧。他们对徐霞客殷勤备至，为徐霞客张罗各种事情，首先是陪同选址瘗静闻骨，了其西方大愿，完成徐霞客对于静闻的承诺。其次是接下来的新年，弘辩、安仁更是照顾到了徐霞客的情绪，请顾仆传达："明日是除夕，幸尔主早返寺，毋令人悬望也。"这番话令徐霞客"为凄然者久之"，以至于正月初五日去悉檀寺拜访弘辩诸上人时，生发出"若并州故乡焉"的感慨。再次是到了初十日，弘辩又遣僧前往丽江，"盖为余前茅者"，即替徐霞客会晤木增提前做准备；至二十日，弘辩引见丽江通事，"以生白公招柬来致"，所有的准备都已经做好了。而这也成就了徐霞客与丽江土司木增之间跨地域、跨民族的文化交流。

滇游日记六

【导语】

　　这篇游记延续前一篇，记载了崇祯十二年（1639）正月徐霞客在鸡足山考察，并于二十二日接受木增土司邀请到达丽江的游踪。一方面，全面考察了鸡足山的山形地貌、静室高僧等情况，反映了晚明鸡足山发展鼎盛时期的盛况，为其后撰写《鸡山志》打下了基础；另一方面，前往丽江途中对木府土司的介绍，也有着很高的史料价值。

　　本文选录正月初四日以及二十五日至二十九日等六天日记。

　　（正月）初四日　饭于悉檀，即携杖西过迎祥、石钟二寺。共二里，于石钟、西竺之前，逾涧而南，即前山所来大道也。余前自报恩寺后渡溪分道，误循龙潭溪而上，不及过大士阁出此，而行李从此来。顾仆言大士阁后有瀑甚奇，从此下不远，从之，即逾脊。脊甚狭而平，脊南即瀑布所下之峡，脊北即石桥所下之涧，脊西自息阴轩来，过此南突而为牟尼庵，尽于大士阁者也。脊南大路从东南循岭，观瀑亭倚之。瀑布从西南透峡，玉龙阁跨之。由观瀑亭对崖，瞰瀑布从玉龙阁下陨，坠崖悬练，深百余丈，直注峡底，峡逼箐深，俯视不能及其麓。然踞亭俯仰，绝顶浮岚，中悬九天，绝崖隤雪，下嵌九地，兼之雾色澄映，花光浮动，觉此身非复人间。天台石梁，庶几又向昙花亭上来也。时余神飞❶玉龙阁，遂不及南下问大士阁之胜，于是仍返脊，南循峡端共一里，陟瀑布之上，登玉龙。其阁跨瀑布上流，当两山峡口，乃西支与中支二大距凑拍处，水自罗汉华严来，至此隤空下捣。此一阁正如石梁之横翠，鹊桥之飞空，惜无居人，但觉杳然有花落水流之想❷。阁为杨冷然师孔所题，与观瀑亭俱为蒋宾川尔弟所建。有一碑卧楼板，偃踞^❸而录之。

遂沿中支一里，西上息阴轩。从其左北逾涧，又北半里，入大觉寺，叩遍周老师。师为无心法嗣，今年届七十，齿德两高，为山中之耆宿^❹。余前与之期以新旦^❺往祝，而狮林迟下，又空手而前，殊觉怏怏。师留餐于东轩。轩中水由亭沼中射空而上，沼不大，中置一石盆，盆中植一锡管，水自管倒腾空中，其高将三丈，玉痕一缕，自下上喷，随风飞洒，散作空花。前观之，甚奇。即疑虽管植沼中，必与沼水无涉，况既能倒射三丈，何以不出三丈外？此必别有一水，其高与此并，彼之下，从此坠，故此上，从此止，其伏机当在沼底，非沼之所能为也。至此问之，果轩左有崖高三丈余，水从崖坠，以锡管承之，承处高三丈，故倒射而出亦如之；管从地中伏行数十丈，始向沼心竖起，其管气一丝不旁泄，故激发如此耳。雁宕小龙湫下，昔有双剑泉，其高三尺，但彼则自然石窍，后为人斫窍而水不涌起，是气泄之验也。余昔候黄石斋于秣陵^❻，见洪武门一肆盆中，亦有水上射，中有一圆物如丸，跳伏其上，其高止三尺。以物色黄君急，不及细勘，当亦此类也。既饭，录碑于西轩。轩中山茶盛开，余前已见之，至是折一技。别遍周，西半里，过一桥，又北上坡一里，入寂光寺。寺住持先从遍周东轩同餐，至此未返。余录碑未竟，暝色将合，携纸已罄，乃返悉檀。又从大觉东一探龙华、西竺二寺，日暮不能详也。

注释

❶ 神飞：即神往。

❷ 杳然有花落水流之想：形容此地远离人居。语出唐李白《山中问答》诗："桃花流水窅然去，别有天地非人间。"杳然，即窅然。

❸ 偃（yǎn）踞：弯腰蹲着。

❹ 耆宿：年老资深、德高望重的人，即所谓"齿德两高"。

❺ 新旦：正月初一。

❻ 秣陵：南京的别称。秦始皇时设置秣陵县，有贬称意味。秣，即草料；秣陵，即养马场。

解说

正月初一至初三日，徐霞客继续游览鸡足山，详录了鸡足山东支、西支以及中支上的静室，对鸡足山的山势也做了比较详细的梳理。在徐霞客所修《鸡山志》不得见的情况下，这些都成为重要的内容。初四日的游记则重点书写了两种水，一是瀑布之水，二是人工之水。瀑布之水，《徐霞客游记》中不止一次描绘，而这次的瀑布之水同样具有特色，它令徐霞客回想起早年游天台山观赏石梁瀑布的情形——"天台石梁，庶几又向昙花亭上来也"。人工之水即喷泉（又称水法），这是游记中唯一一次对此做出描述。这与鸡足山在利用自然之水方面所取得的值得称道的成果有关。徐霞客对人工喷泉效果做了详细描述，也试图索求其原理，竟然能够做出合理的推导。今天对于明清喷泉的研究，更为熟悉的是圆明园的大水法遗址，那是由西洋技术建造而成；若鸡足山大觉寺的喷泉技术能够恢复，亦是一奇观。

此外，从记述喷泉时的小字补注中，我们又获悉了徐霞客早年游踪的两个信息：一是早年游雁荡山时，注意到双剑泉的喷泉效应，可惜已遭破坏；二是游南京时的情况，曾与黄道周见面，也留意到洪武门的水法，只是未来得及详细考索。这两个信息对于补充徐霞客游踪与年谱很有价值。

二十五日　昧爽，饭而行。北二里，为冯密村，村庐亦盛，甸头之村止此矣。盖西北有高冈一支，垂而东南下，直逼东山文笔峰下，江流亦曲而东。高冈分支处，其腋中有黑龙潭之水，亦自西大山出，南流而抵冯密，乃沿高冈之南而东注漾共江，鹤庆、丽江以此为界云。冯密之西，有佛宇高拥崖畔，即青玄洞也。余望之欲入，而通事苦请俟❶回驾❷，且云："明日逢六，主出视事❸，过此又静摄❹不即出。"余乃随之行，即北上冈。四里，有路横斜而成叉字交，是为三岔黄泥冈。其西南腋中，松连箐坠，即黑龙所托也。于是西北之山，

184

皆荒石濯濯❺；而东北之山，渐有一二小村倚其下，其冈脊则一望皆茅云。又北一里，为哨房，四五家当冈而踞，已为丽江所辖矣。

又北行冈上八里而下，其东北坞盘水曲，田畴环焉。下一里，有数家倚西山，路当其前，是为七和南村。又北二里，有房如官舍而整，是为七和之查税所❻。商货出入者，俱税于此。七和者，丽江之地名，有九和、十和诸称。其北又有大宅新构者，乃木公次子所居也。由其前北向行，又盘一支岭而北，七里，乃渐转西北，始望见邱塘关在北山上，而漾共之水已嵌深壑中，不得见矣。于是路北有石山横起，其崖累累，虽不高，与大山夹而成峡。遂从峡间西北上，一里，逾其东度之脊。又西北二里余，乃北下枯壑，横陟之，半里，复北上冈。西北行冈上半里，又北半里，度一小桥，半里，乃北上山。其山当西大支自西东来，至此又横叠一峰，其正支转而南下，其余支东下而横亘，直逼东山，扼丽江南北山之流，破东山之峡，而出为漾共江。此山真丽之锁钥也。丽江设关于岭脊，以严出入；又置塔于东垂，以镇水口。山下有大道，稍曲而东，由塔侧上；小道则蹑崖直北登。

余从其小者，皆峻石累垂，锋棱峭削，空悬屈曲。一上者二里，始与东来大道合，则出之脊矣。有室三楹❼，东南向而踞之，中辟为门，前列二狮，守者数家居其内。出入者非奉木公❽命不得擅行；远方来者必止，阍者❾入白❿，命之入，乃得入。故通安诸州守，从天朝选至，皆驻省中，无有入此门者。即诏命至，亦俱出迎于此，无得竟达。巡方使与查盘⓫之委，俱不及焉。余以其使奉迎，故得直入。入关随西山北行，二里，下一坑。度坑底，复登坡而北，一里，稍东北下山。又东北横度坡间者二里，始转而北。二里，过木家院⓬东。又北二里，度一小桥，则土冈一支，西南自大山之脊，分冈环而东北，直抵东山之麓，以扼漾共江上流。由冈南陟其上，是为东圆里。北行岭头，西南瞻大脊，东南瞰溪流，皆在数里之外。六里乃下。陇北平畴大开，夹坞纵横，冈下即有一水，西自文笔峰环坞南而至，有石梁跨其上，曰三生桥。过桥，有坊二在其北，旁有守者一二家。于是西北行平畴间矣。北瞻雪山⓭，在重坞之外，雪幕其顶，云气郁勃，未睹晶莹；西瞻乌龙，在大脊之南，尖峭独拔，为大脊之宗，郡中取以为文笔者也。路北一坞，窈窕东北入，是为东坞。中有水南下，万字桥水西北来会之，与三生桥下水同出邱塘东者也。共五里，有柳径抱，耸立田间，为土人折柳送行之所。路北即万字桥水溁流而东，水北即象眠山，至此南尽。又西二里，历象眠山之西南垂，居庐骈集，萦坡带谷，是为丽江郡所托矣。于是半里，度石梁而北，又西半里，税驾于通事❶者之家。其家和姓。盖丽江土著，官姓为木，民姓为和，更无别姓者。其子即迎余之人，其父乃曾奉差入都，今以居积番货❶为业。坐余楼上，献酪❶为醴❶，余不便❶沾唇也。时才过午，通事即往复命，余处其家待之。

东桥之西，共一里为西桥，即万字桥也，俗又谓之玉河桥。象鼻水从桥南下，合中海之水而东泄于东桥。盖象鼻之水，土人名为玉河云。河之西有小山兀立，与象眠南尽处，夹溪中峙。其后即辟为北坞，小山当坞，若中门❶之标；前临横壑，象鼻之水夹其东，中海之流经其西；后倚雪山，前拱文笔，而是山中处独小，郡署踞其南，东向临玉河。丽江诸宅多东向，以受木气❷也。后幕山顶而上，所谓黄峰也，俗又称为天生寨。木氏居此二千载，宫室之丽，拟于王者❷。盖大兵临则俯首受绁❷，师返则夜郎自雄❷，故世代无大兵燹❷，且产矿独盛，宜其富冠诸土郡云。

二十六日　晨，饭于小楼。通事父言，木公闻余至，甚喜，即命以明晨往解脱林㉕候见。逾诸从者，备七日粮以从，盖将为七日款㉖也。

二十七日　微雨。坐通事小楼，追录前记。其地杏花始残，桃犹初放，盖愈北而寒也。

二十八日　通事言木公命驾，下午向解脱林。解脱林在北坞西山之半，盖雪山南下之支，本郡诸刹之冠也。

二十九日　晨起，具饭甚早。通事备马，候往解脱林。始过西桥，由郡署前北上，挟黄峰东麓而北，由北坞而行，五里，东瞻象眠山，始与玉河上流别。又五里，过一枯涧石桥，西瞻中海，柳岸波漾㉗，有大聚落临其上，是为十和院。其后即十和山，自雪山南下之脉也。又北十里，有大道北去者，为白沙院路；西北度桥者，为解脱林路。桥下涧颇深而无滴沥。既度桥，循西山而行，五里，为崖脚院。其处居庐交集，崖角俱插小双旗，乃把事之家也。院北半里，有涧自西山峡中下，有木梁跨其上。度桥，西北陟岭，为忠甸大道；由桥南溯溪西上岭者，即解脱林道。乃由桥南西向蹑岭，岭甚峻，二里稍夷。折入南峡，半里，则寺依西山上，其门东向，前分一支为案，即解脱林也。寺南冈上有别墅一区，近附寺后，木公憩止其间。通事引余至其门，有大把事二人来揖，俱姓和。一主文，尝入都上疏，曾见陈芝台㉘者；一主武，其体干甚长，壮而面黑，真猛士也。介余入。木公出二门㉙，迎入其内室，交揖而致殷勤焉。布席地平板上，主人坐在平板下，其中极重礼也。叙谈久之，茶三易，余乃起，送出外厅事门，令通事引入解脱林，寓藏经阁之右厢。寺僧之住持㉚为滇人，颇能体㉛主人意款客焉。

注 释

❶俟（sì）：等待。

❷驾：一作"日"。

❸视事：指官吏到职办公，多指政事。

❹静摄：即静养。

❺濯濯（zhuó）：光秃秃的样子。

❻查税所：盘查收税的场所。

❼有室三楹：即邱塘关。又称西关哨，始建于15世纪，有"丽江门户"之称。原废，今已复建。

❽木公：丽江木氏土司。此处特指木增。

❾阍（hūn）者：守门人。

❿白：禀报。

⓫查盘：检查盘点。

⓬木家院：即木府。今为丽江古城博物院。

⓭雪山：即玉龙雪山。

⓮通事：替人传达请谒之事、处理事务，或居中翻译的人员或官吏。

⓯番货：古时对进口货物的称呼。

⓰酪（lào）：用牛、羊乳汁制成的半凝固或凝固状食品。

⓱醴（lǐ）：甜酒。

⓲不便：一作"不能"。

⓳中门：内、外门之间的门。此处指小山正当其中。

⓴木气：即东方之气。五行之中，东方属木，又合乎木氏姓氏，因此丽江住宅多朝向东方。

㉑宫室之丽，拟于王者：指木府宫室的规制多有僭越之处。

㉒绁（xiè）：捆绑罪人的绳索。

㉓夜郎自雄：即夜郎自大，偏据一方，自我称雄。

㉔兵燹（xiǎn）：因战乱而遭到的焚烧破坏。

㉕解脱林：即福国寺。始建于明万历二十九年（1601），初为木氏土司家庙，后成为汉传佛教禅寺，名"解脱林"。明熹宗赐名为"福国寺"，并赠以《藏经》一部。

㉖七日款：款待七天的食物。

㉗波潆（yíng）：水流萦回。

㉘陈芝台：即陈仁锡（1581—1634），字明卿，号芝台，长洲人。天启二年（1622）进士，授翰林编修，官至国子监祭酒。徐霞客曾请其为母亲撰写《王孺人墓志铭》。

㉙二门：较大院落等大门里面的一道门。此处写出迎接的隆重。

㉚住持：佛教寺院的主持僧人。

㉛体：体察，能设身处地为人着想。

解说

徐霞客西南遐征的交游中，影响最大的无疑是丽江土司木增的礼遇，一直延续至今。2017年在纪念徐霞客诞辰430周年的时间节点上，"木徐友谊厅"先后在江阴徐霞客故居与丽江木府古城博物院设立。这次会晤得以实现，应当说有陈继儒的推动，他曾为木增作别集叙稿作为徐霞客的信物；同时也有鸡足山僧的安排，前一篇选文之后已有解说。由是之故，徐霞客进入丽江的行程也格外顺利。正如徐霞客在游记中所写，丽江土司在政治方面是极为封闭的，曾在东方边隆设立邱塘关，"出入者非奉木公命不得擅行"，无论中央选派的州守，或下颁的诏命，乃至巡方御史与盘查委派的官员，均是如此。由木增遣使奉迎的徐霞客得以直入，向外界打开了木府土司的王国。从后面的日记里，我们得知徐霞客也未能进入木家院（即今丽江古城博物馆），他推测"闻其内楼阁极盛，多僭制，故不于此见客云"，但徐霞客仍然通过观察，用如椽巨笔，将木府的极盛凝练成八个字："宫室之丽，拟于王者。"这虽然带有婉讽的意味，今天则已被用于丽江古城的宣传。之所以会形成这种局面，可能正与丽江土司的封闭有关，且其在与中央朝廷处理关系时屈伸自如："盖大兵临则俯首受绁，师返则夜郎自雄，故世代无大兵燹。"

徐霞客最终是在解脱林（木增让职后的栖息之地）受到盛情款待，木增不但出二门将其迎入内室，而且布席地平板上由客人坐，主人则坐于平板下，"其中极重礼也"，并且畅谈甚欢，"茶三易，余乃起"，又亲自送出外厅事门。由此可见木增对徐霞客的敬重。

滇游日记七

【导语】

该篇游记延续前一篇，记载了崇祯十二年（1639）二月徐霞客在丽江、鹤庆、洱海等地的游踪。其间受到木增与何巢阿的热情款待。本文选录二月初一日至初八日等八天日记。

己卯二月初一日　木公命大把事❶以家集黑香白镪❷十两来馈。下午，设宴解脱林东堂，下藉❸以松毛，以楚雄诸生许姓者陪宴。仍侑❹以杯缎。银杯二只，绿绉纱一匹。大肴八十品❺，罗列甚遥，不能辨其孰为异味❻也。抵暮乃散。复以卓席❼馈许生。为分犒诸役。

初二日　入其所栖林南净室，相迎设座如前。既别，仍还解脱林。昨陪宴许君来，以白镪易所侑绿绉纱去。下午，又命大把事来，求作所辑《云薖❽淡墨》序。

初三日　余以叙稿送进，复令大把事来谢。所馈酒果，有白葡萄、龙眼、荔枝诸贵品，酥饼油线、细若发丝，中缠松子肉为片，甚松脆。发糖白糖为丝，细过于发，千条万缕，合揉为一，以细面拌之，合而不腻。诸奇点。

初四日　有鸡足僧以省中录就《云薖淡墨》缴纳❾木公。木公即令大把事传示，求为较政❿。其所书洪武体⓫虽甚整，而讹字极多，既舛落无序⓬，而重叠颠倒者亦甚。余略为标正，且言是书宜分门编类，庶无错出之病。晚乃以其书缴入。

初五日　复令大把事来致谢。言明日有祭丁⓭之举，不得留此盘桓，特令大把事一人听候。求再停数日，烦将《淡墨》分门标类，如余前所言。余从之。以书入谢，且求往忠甸，观所铸三丈六铜像⓮。

既午，木公去，以书答余，言忠甸皆古宗[15]路，多盗，不可行。盖大把事从中沮[16]之，恐觇[17]其境也。是日，传致油酥面饼，甚巨而多，一日不能尽一枚也。

初六日　余留解脱林校书。木公虽去，犹时遣人馈酒果。有生鸡大如鹅，通体皆油，色黄而体圆，盖肥之极也。余爱之，命顾仆酰[18]为腊鸡。

解脱林倚白沙坞西界之山。其山乃雪山之南，十和后山之北，连拥与东界翠屏、象眠诸山，夹白沙为黄峰后坞者也。寺当山半，东向，以翠屏为案，乃丽江之首刹，即玉龙寺之在雪山者，不及也。寺门庑阶级皆极整，而中殿不宏，佛像亦不高巨，然崇饰[19]庄严，壁宇清洁，皆他处所无。正殿之后，层台高拱，上建法云阁，八角层甍[20]，极其宏丽，内置万历时所赐《藏经》焉。阁前有两庑，余寓南庑中。两庑之外，南有圆殿，以茅为顶，而中实砖盘。佛像乃白石刻成者，甚古而精致。中止一像，而无旁列，甚得清净之意。其前即斋堂香积[21]也。北亦有圆阁一座，而上启层窗，阁前有楼三楹，雕窗文槅[22]，俱饰以金碧，乃木公燕憩[23]之处，扃而不开。其前即设宴之所也。其净室在寺右上坡，门亦东向，有堂三重，皆不甚宏敞，四面环垣仅及肩，然乔松连幄，颇饶[24]烟霞之气。闻由此而上，有拱寿台、狮子崖，以迫于校雠[25]，俱不及登。

初六、初七日　连校类分标，分其门为八。以大把事候久，余心不安，乃连宵篝灯，丙夜[26]始寝。是晚既毕，仍作书付大把事，言校核已完，闻有古冈之胜，不识[27]导使一游否？古冈者，一名傀儡，在郡东北十余日程，其山有数洞中透，内贮四池，池水各占一色，皆澄澈异常，自生光彩。池上有三峰中峙，独凝雪莹白，此间雪山所不及也。木公屡欲一至其地，诸大把事言不可至，力尼[28]之，数年乃得至，图其形以归，今在解脱林后轩之壁。北与法云阁相对，余按图知之。且询之主僧纯一，言其处真修[29]者甚多，各住一洞，能绝粒休粮[30]；其为首者有神异，手能握石成粉，足能顿坡成洼，年甚少而前知。木公未至时，皆先与诸土人言，有贵人至，土人愈信而敬之。故余神往而思一至也。

初八日　昧爽，大把事赍册书驰去，余迟迟起。饭而天雨霏霏。纯一馈以古磁杯、薄铜鼎，并芽茶，为烹瀹[41]之具。备马，别而下山。稍北，遂折而东下，甚峻，二里，至其麓。路北有涧，自雪山东南下，随之，东半里，有木桥。渡涧西北，逾山为忠甸道。余从桥南东行，半里，转而东，是为崖脚院，倚山东向。其处居庐连络，中多板屋茅房。有瓦室者，皆头目之居，屋角俱标小旗二面，风吹翩翩，摇漾[42]于夭桃素李[43]之间。宿雨含红，朝烟带绿，独骑穿林，风雨凄然，反成其胜。院东南有洼地在村庐间，中涸无水；尚有亭台堤柳之形，乃旧之海子，环为园亭者，今成废壑矣。

又南二里，有枯涧嵌地甚深，乃雪山东南之溪，南注中海者。今引其水东行坞脊，无涓滴[44]下流涧中，仅石梁跨其上。度梁之东，即南随引水行，四里，望十和村落在西，甚盛。其南为中海，望之东南行，其大道直北而去者，白沙道也。南四里，有枯涧东西横坞中，小石梁南跨之。又东五里，东瞻象眠山已近。通事向许导观象鼻水，至是乃东南行田间，二里，抵山下。水从坎下穴中西出，穴小而不一，遂溢为大溪，折而南去。二里，析为二道，一沿象眠而南，一由坞中倒峡；过小石桥，又析为二，夹路东西行。五里，至黄峰山北，所引之水，一道分流山后而去，一道东随黄峰而南。始知黄峰之脉，自象鼻水北坡垂坞中南下，至此结为小峰，当坞之口，东界象眠山亦至此南尽；西界山自中海西南，环绕而北，接十和后山。南复横开东西大坞，南龙大脊，自西而东，列案于前。其上乌龙峰，独耸文笔于西南；木家院南峰，回峙雄关于巽[45]位。众大之中，以小者为主，所以黄峰为木氏开千代之绪[46]也。从黄峰左腋南上，西转，又一里，出其南，则府治东向临溪而峙，象鼻之水环其前，黄峰拥其后。闻其内楼阁极盛，多僭制[47]，故不于此见客云。

先是，未及黄峰三里，有把事持书，挈一人荷酒献胙[48]，冲雨而至，以余尚未离解脱也。与之同过府治前，度玉河桥，又东半里，仍税驾于通事小楼。读木公书，乃求余乞黄石斋叙文，并索余书，将令

192

尋芳初識九
嶷仙翠袖輕
垂綠萼牽卉
譜翻新伴天
竹離離朱實
綴勻圓

人往省邀吴方生者。先是，木公与余面论天下人物，余谓："至人惟一石斋。其字画为馆阁[39]第一，文章为国朝第一，人品为海宇第一，其学问直接周孔，为古今第一。然其人不易见，亦不易求。"因问："可以亲炙[41]者，如陈、董[42]之后，尚有人乎？"余谓："人品甚难。陈、董芳躅[42]，后来亦未见其继，即有之，岂罗致[43]所及？然远则万里莫俦[44]，而近则三生自遇。有吴方生者，余同乡人，今以戍侨寓省中。其人天子不能杀，死生不能动，有文有武，学行俱备，此亦不可失者。"木公虑不能邀致[45]，余许以书为介，故有是请，然尚未知余至府治也。使者以复柬返。前缴册大把事至，以木公命致谢，且言古冈亦艰于行，万万毋以不赀[46]蹈[47]不测。盖亦其托辞也。然闻去冬亦曾用兵吐蕃不利，伤头目数人，至今未复；僳倮、古宗皆与其北境相接，中途多恐，外铁桥亦为焚断。是日雨阵时作，从楼北眺雪山，隐现不定，南窥川甸，桃柳缤纷，为之引满[48]。

是方极畏出豆[49]。每十二年逢寅，出豆一番，互相牵染[50]，死者相继。然多避而免者。故每遇寅年，未出之人，多避之深山穷谷，不令人知。都鄙[51]间一有染豆者，即徙之九和，绝其往来，道路为断，其禁甚严。九和者，乃其南鄙，在文笔峰南山之大脊之外，与剑川接壤之地。以避而免于出者居半，然五六十岁，犹惴惴奔避。木公长子之袭郡职[52]者，与第三子俱未出，以旧岁戊寅，尚各避山中，越岁未归；惟第二、第四名宿，新入泮[53]鹤庆。者，俱出过。公令第四者启来候，求肄[54]文木家院焉。

注释

❶把事：明代西南土司地区土官各种差役的统称。凡担任土官衙门差役者，皆可称为把事。

❷白镪（qiǎng）：白银。

❸藉：铺垫。

❹侑（yòu）：酬报。

❺大肴八十品：木府土司招待贵客的至高筵席，或即今"三叠水"。

❻异味：非比寻常的美味。

❼卓席：酒席，筵席。卓，通"桌"。

❽薖（kē）：空。

❾缴纳：此处指交纳。

❿较政：即校正，校对改正之意。

⓫洪武体：明洪武年间出现的一种横细竖粗、字形略扁的字体，便于雕刻，也能保证一行之内刻更多的文字内容。传至日本、朝鲜等国，又称"明朝体"。

⓬舛落无序：错谬杂乱，没有次序。

⓭祭丁：又称丁祭。旧时每年仲春及仲秋上旬丁日祭祀孔子，故称。

⓮三丈六铜像：指明代中甸（即徐霞客笔下的忠甸）袭钦寺内的强巴佛像，清初毁于教派之争。

⓯古宗：古族名，明代文献中指自西藏流入云南，在丽江、鹤庆一带定居的"藏族"。势力范围以中甸、德钦、巴安一带为中心，南

边以金沙江为界，以及西康草地一带。

⑯沮：阻止。

⑰觇（chān）：窥看。

⑱醎（xián）：同"咸"，腌制之意。

⑲崇饰：装饰，修饰。

⑳层甍（méng）：指高楼的屋脊。

㉑香积：又称"积香"，指僧道的饭食。

㉒文槅（gé）：隔板。

㉓燕憩：燕饮休息。

㉔饶：多。

㉕校雠（chóu）：校对。

㉖丙夜：夜半时。

㉗识：知道。

㉘尼（nǐ）：阻止，阻拦。

㉙真修：精诚修持。

㉚绝粒休粮：即辟谷，指不吃谷麦，是原始佛教修行的一种方式。

㉛烹瀹：以汤煮物。此处指烹茶。

㉜摇漾：荡漾。南朝梁简文帝《述羁赋》云："云嵯峨以出岫，江摇漾而生风。"

㉝夭桃素李：指粉红的桃花与素洁的李花互相掩映。北宋司马光《春》云："红桃素李况年华，周遍长安万万家。"

㉞涓滴：极少的水。

㉟巽（xùn）：东南方。

㊱绪：开端，功业。

㊲僭（jiàn）制：超越本分的礼仪、器物。

㊳胙（zuò）：肉。

㊴馆阁：即翰林院，明代分掌图书经籍和编修国史等事务的机构。

㊵亲炙：亲身受教。
㊶陈、董：指陈继儒与董其昌（1555—1636）。
㊷芳躅（zhú）：指前贤的踪迹。
㊸罗致：延聘、招致人才。
㊹俦（chóu）：伴侣。
㊺邀致：招请得到。
㊻不赀：无法计量。
㊼蹈：遇到。
㊽引满：举饮满杯的酒。
㊾出豆：天花。
㊿牵染：牵连感染。
(51)都鄙：京城和边邑。
(52)郡职：此处指木府土司之职。
(53)入泮：古代称学校为泮宫，科举时代进学为生员称为“入泮”。
(54)肄（yì）：校阅，检查。

解说

本文所选内容接续前篇，可进一步看到木增对徐霞客的礼遇与敬重。一是以“大肴八十品”（或即今“三叠水”）款待徐霞客，“罗列甚遥，不能辨其孰为异味”，规格非常高；二是邀请徐霞客为其文集《云薖淡墨》作序并分门标类（即重新编辑）；三是与徐霞客纵论天下人物，并请徐霞客推荐了“天子不能杀，死生不能动，有文有武，学行俱备”的吴方生；四是邀请徐霞客为其第四子木宿指导举业文章，不但以“雅颂各得其所”为题撰写范文，还细为批阅木宿的文章。这些都显示出了木增对徐霞客的敬重，也显示了木增对徐霞客作为“中原文脉”代表的认可。尤其是第四方面值得进一步说明。一直以来，论者都知道徐霞客参加童子试未通过后即放弃举业，专注于出游考察等；有论者据此认为是徐霞客不谙此道，做不好举业文章。但从《徐霞客游记》记载来看，徐霞客在时文方面是有功底的，不但能写，而且能评。在丽江为木宿作范文、评文章并非孤立事件，《粤西游日记三》记载徐霞客到达都结州时，曾被铺司刁难，要其以"有德者必有言，有言者亦（必有德）""子路拱而立，止子路宿"为题作文。彼时徐霞客对作文漫不经心，到了木府则颇为上心，可能与两地所接受的待遇不同、心境也不同有关。

实际上，徐霞客在西南行途中还接受过另外两次礼遇。第一次是在广西向武州，州官黄绍伦连续几天送蔬米酒肉与游资，相见后"执礼颇恭，恨相见晚"，还想留徐霞客住下来；得知徐霞客参礼名山的志向后，说道："余知君高尚，即君相不能牢笼，岂枳棘敢栖鸾凤？"（《粤西游日记三》）这番评价对于徐霞客而言可谓高矣。第二次是在广西三里城，在此任参戎的同乡（镇江人）陆万里对其"极其眷爱"，"惠衣袜裤履，谆谆款曲，谊逾骨肉"。也是在这里，徐霞客自西行以来第一次获悉黄道周、郑鄤、钱谦益等友人的消息。邸报向来只在朝廷各级机构之间传阅，陆万里将其向徐霞客见示，可见对徐霞客的信任。陆万里款留徐霞客一个半月有余（中间度过了西南退征中的第二个春节），为奔波已久的徐霞客提供了一次极好的休整机会，也为他的下一步行程做了充分准备，以至于徐霞客感慨"何意天末得此知己"（《粤西游日记四》）。

不过，与前两次礼遇期间徐霞客得以游览当地山水不同，徐霞客在丽江的考察多未实现，如自己"神往而思一至"的中甸、泸湖之游等被木增或大把事以安全为由婉拒（参见朱惠荣《徐霞客与〈徐霞客游记〉》）。这也可以看出流官与土官之间的不同。

滇游日记八

　　该篇游记记录了崇祯十二年己卯（1639）整个三月徐霞客在滇西苍山洱海一带的游踪，于月底进入今保山市境内。其间徐霞客游览了洱源县的凤羽坝子、清源洞，及大理的蝴蝶泉、古佛洞、三塔寺等景观，还对澜沧江水系进行了考察。

　　本文选录三月十一日日记。

　　（三月）十一日　早炊。平明，夫至乃行。由沙坪而南，一里余，西山之支，又横突而东，是为龙首关，盖点苍山北界之第一峰也。凤羽南行，度花甸哨南岭而东北转者，为龙王庙后诸山，迤逦从邓川之卧牛溪始，而北尽于天马，南峙者为点苍，而东垂北顾，实始于此，所以谓之"龙首"。《一统志》列点苍十九峰次第，自南而北，则是反以龙尾为首也。当山垂海错❶之外，巩城当道，为榆城北门锁钥，俗谓之上关，以据洱海上流也。入城北门，半里，出南门，乃依点苍东麓南行。高眺西峰，多坠坑而下，盖后如列屏，前如连袂❷，所谓十九峰者，皆如五老比肩❸，而中坠为坑者也。

　　南二里，过第二峡之南，有村当大道之右，曰波罗村。其西山麓有蛱蝶❹泉之异，余闻之已久，至是得土人西指，乃令仆担先趋三塔寺❺，投何巢阿所栖❻僧舍，而余独从村南西向望山麓而驰。半里，有流泉淙淙，溯之，又西半里，抵山麓。有树大合抱，倚崖而耸立，下有泉，东向漱❼根窍而出，清洌可鉴。稍东，其下又有一小树，仍有一小泉，亦漱根而出。二泉汇为方丈之沼，即所溯之上流也。泉上大树，当四月初，即发花如蛱蝶，须翅栩然❽，与生蝶❾无异。又有真蝶千万，连须钩足，自树巅倒悬而下，及于泉面，缤纷络绎❶，五色焕然。游人俱从此月，群而观之，过五月乃已。余在粤西三里城，陆参戎❶即为余言其异；至此又以时早未花，询土人，或言蛱蝶即其花所变，或言以花形相似，故引类❷而来，未知孰是。然龙首南北相距，不出数里，有此二奇葩，一恨于已落❸，一恨于未蕊❹，皆不过一月，而各不相遇。乃折其枝、图其叶而后行。

已望见山北第二峡，其口对逼如门，相去不远，乃北上蹑之。始无路，二里，近峡南，乃得东来之道，缘之西向上跻，其坡甚峻。路有樵者，问何往，余以寻山对。一人曰："此路从峡南直上，乃樵道，无他奇。南峡中有古佛洞甚异，但悬崖绝壁，恐不能行，无引者亦不能识。"又一老人欣然曰："君既万里而来，不为险阻，余何难前导。"余乃解长衣并所折蛱蝶枝，负之行。共西上者三里，乃折而南，又平上者三里，复西向悬跻。又二里，竟凌南峡之上，乃第三峡也。于是缘峡上西行，上下皆危崖绝壁，积雪皑皑，当石崖间，旭日映之，光艳夺目。下瞰南峰，与崖又骈峙成峡，其内坠壑深杳，其外东临大道，有居庐当其平豁之口，甚盛。以此崖南下俱削石，故必向北坡上，而南转西入也。又西上二里，崖石愈巉巉❺，对崖亦穹环骈绕，盖前犹下崖相对，而至此则上峰俱回合矣。

又上一里，盘崖渐北，一石横庋足下，而上崖飞骞❻刺空，下崖倒影无底。导者言："上崖腋间，有洞曰大水；下崖腋间，有洞曰古佛。"而四睇皆无路。导者曰："此庋石昔从上崖坠下，横压下洞之上，路为之塞。"遂由庋石之西，攀枝直坠，其下果有门南向，而上不能见也。门若裂罅，高而不阔，中分三层。下层坠若眢井，俯窥杳黑而不见其底；昔曾置级❼以下，燋灯❽而入甚深，今级废灯无，不能下矣。中层分瓣排榱❾，内深三丈，石润而洁，洞狭而朗，如披帷践楯❿，坐其内，随峡引眺❿，正遥对海光；而洞门之上，有中垂之石，俨如龙首倒悬，宝络❿中挂。上层在中洞右崖之后，盘空上透，望颇窈窱，而中洞两崖中削，内无从上。其前门夹处，两崖中凑，左崖前削，石痕如猴，少刓❿其端，首大如卵，可践猴首，飞度右崖，以入上洞。但右崖欹侧，左崖虽中悬二尺余，手无他援，而猴首之足，亦仅点半趾，跃陟甚难，昔有横板之度，而今无从觅。

余宛转久之，不得度而下。导者言："数年前一僧栖此崖间，多置佛，故以'古佛'名。自僧去佛移，其叠级架梯，亦久废无存，今遂不觉^㉓闭塞。"余谓不闭塞不奇也。乃复上庋石，从其门扪崖直上。崖亦进隙成门，门亦南向，高而不阔，与下洞同，但无其层叠之异。峡左石片下垂，击之作钟鼓^㉔声。北向入三丈，峡穷而蹑之上，有洼当后壁之半，外耸石片，中剖如齍^㉕臼，以手摸之，内圆而底平，乃天成贮泉之器^㉖也。其上有白痕自洞顶下垂中，如玉龙倒影，乃滴水之痕；白侧有白磁一，乃昔人置以饮水者。观玩既久，乃复下庋石。导者乃取樵后峡去，余乃仍循崖东下。三里，当南崖之口，路将转北，见其侧亦有小岐，东向草石间，可免北行之迂，乃随之下。其下甚峻，路屡断屡续。东下三里，乃折而南，又平下三里，乃及麓，渡东出之涧。涧南有巨石高穹，牧者多踞其上，见余自北崖下，争觇眺之，不知为何许人也。又南一里半，及周城村后，乃东出半里，入夹路^㉗之衢，则龙首关来大道也。

时腹已馁，问去榆城道尚六十里，亟竭蹶而趋。遥望洱海东湾，苍山西列，十九峰虽比肩连袂，而大势又中分两重：北重自龙首而南至洪圭，其支东拖而出；又从洪圭后再起为南重，自无为而南至龙尾关，其支乃尽。洪圭之后，即有峡西北通花甸；洪圭之前，其支东出者为某村，又东错而直瞰洱海中，为鹅鼻嘴，即罗刹石也。不特山从此叠两重，而海亦界为两重焉。十三里，过某村之西，西瞻有路登山，为花甸道，东瞻某村，居庐甚富。又南逾东拖之冈，四里，过二铺，又十五里而过头铺，又十三里而至三塔寺。入大空山房，则何巢阿同其幼子相望于门。僧觉宗出酒沃饥而后饭。夜间巢阿出寺，徘徊塔下，踞桥而坐，松阴塔影，隐现于雪痕月色之间，令人神思悄然^㉘。

注 释

❶海错：湖泊错落。

❷连袂：像袖子连在一起。

❸五老比肩：像雁荡山比肩的五老峰。

❹蛱（jiá）蝶：蝴蝶的种类之一。

❺三塔寺：即大理崇圣寺，始建于南诏时期，因寺内有三座白塔而得名。

❻栖：居留，停留。

❼漱：冲刷，冲荡。西晋张协《杂诗十首》其十云："沈液漱陈根。"

❽栩然：形态生动，其状酷肖。

❾生蝶：真正的蛱蝶。

❿缤纷络绎：形容蛱蝶的颜色繁多且连续不断。

⓫陆参戎：即广西三里城参戎陆万里。相关内容见《粤西游日记三》，本书见前一篇解说。

⓬引类：援引同类。

⓭已落：指花期已过。

⓮未蕊：即开花。

⓯嵲嶪（jié yè）：高峻。

⓰飞骞：飞举，飞升。

⓱置级：开凿台阶。

⓲燼（gòu）灯：举火。

⓳排棂：排列的窗格。

⓴践榍：踩到台榍上。

㉑引眺：放眼眺望。

㉒宝络：即璎珞，用珠玉穿成的颈饰。

㉓刓（wán）：剜刻。

㉔不觉：不由得感到。

㉕鼓：一作"敲"。

㉖齑（jī）：细粉。

㉗器：容器，器皿。

㉘夹路：列在道路两旁。

㉙悄然：形容寂静无声。

解说

徐霞客对大理蛱蝶泉的书写，是整部《徐霞客游记》中最为人熟悉的段落之一。然而我们需要知道的是，徐霞客到达蛱蝶泉时，还未到蛱蝶树开花的时节，徐霞客是在泉边通过观察眼前枝蔓，并结合他人的转述，完全依靠想象描绘出来的蛱蝶泉繁花盛开的景况，由此可见徐霞客的文字功力。当然徐霞客的书写语言也并非凭空虚构，而有其文学渊源，那就是"庄周梦蝶"的故事。《庄子·齐物论》云："昔者庄周梦为胡蝶，栩栩然胡蝶也，自喻适志与！不知周也。俄然觉，则蘧蘧然周也。不知周之梦为胡蝶与，胡蝶之梦为周与？"《齐物论》中庄周与蝴蝶彼此融一，不知孰真孰幻、孰实孰虚的书写，正好在徐霞客的这段文字里得到呼应："当四月初，即发花如蛱蝶，须翅栩然，与生蝶无异。又有真蝶千万，连须钩足，自树巅倒悬而下，及于泉面，缤纷络绎，五色焕然。"花如蛱蝶，与生蝶无异，又有真蝶千万，令人难以辨别孰为真蝶，孰为树花。这同样可以看到徐霞客对于前代文学的接受。

徐霞客早在广西三里城时，就从陆万里那里听闻了蛱蝶泉奇观，他也留下了如梦似幻的蛱蝶泉游记，然而他并没有真切欣赏到，这也成为他在日记里感慨的遗憾。而就在前一天，他刚刚经历了一场未能见到榆城上关花的遗憾："花自正月，抵二月终乃谢。时已无余瓣，不能闻香见色，惟抚其本辨其叶而已。"一个"抚本辨叶"的细节就把徐霞客的怅恨写得很传神。时过境迁，那些曾经欣赏过两处花期盛况的人大多已湮没无闻，而徐霞客对蛱蝶泉的书写却一直流传，对于徐霞客而言或许可稍慰其怀。

徐霞客与何巢阿之间也有一段奇特的故事。何巢阿久闻徐霞客之名，曾经写下"死愧王紫芝，生愧徐霞客"的诗句，徐霞客见到该诗之后念念不忘。徐霞客一路西行，一路打听他的踪迹：西行之始时，得知何巢阿转六安知州；到了云南省，得知六安知州换人，且城被流贼所破，忧心忡忡；到晋宁时，得知何巢阿已丁忧回乡（《滇游日记四》）；再到鸡足山大觉寺，遇到他的一个僧人亲戚，才最终坐实刚到家不久。在见到何巢阿的前一天，徐霞客考虑行程时说："余将从之，以浪穹何巢阿未晤，且欲一观大理。"终于见到何氏，对方一见即把臂入林，欣然恨晚。在浪穹、大理一带，徐霞客受到何巢阿的热情招待，还见识到了大理的街子。在大理三塔寺再次见到何巢阿的这天晚上，徐霞客写道："夜间巢阿出寺，徘徊塔下，踞桥而坐，松阴塔影，隐现于雪痕月色之间，令人神思悄然。"这一番描写，深得苏轼《记承天寺夜游》之神髓。苏轼文中写到"何夜无月？何处无竹柏？但少闲人如吾两人者耳"，在此也可以说："何夜无月？何处无松塔？但少闲人如霞客、巢阿二公矣！"这种神髓的承袭，也可见徐霞客与何巢阿之间的投契。

滇游日记十一

【导语】

　　该篇游记记载崇祯十二年己卯（1639）七月徐霞客在保山市的进一步游踪，至二十九日离开南行。徐霞客这段时期的生活考察，得到了保山马氏的精心安排，真切反映了徐霞客"因友及友"的出游方式。除了这篇日记之外，徐霞客在此期间还撰写了《永昌志略》《近腾诸彝说略》等专篇，有着重要的史料价值。

　　本文选录七月初六日及十三日日记。

　　（七月）初六日❶　天色阴沉。饭麦❷。由大寨后西涉一小峡，即西上坡。半里，循西山北向而升。二里，坡东之峡，骈束❸如门，门以内水犹南流，而坡峡俱平，遂行峡中。又北一里，有岐逾西山之脊，是为玛瑙坡道。余时欲穷乾海子，从峡中直北行，径渐翳，水渐缩。一里，峡中累累为环珠小阜，即度脉而为南亘西山，此其平脊也。半里过北，即有坑北下。由坑东循大山西北行，又一里而见西壑下嵌，中圆如围城，而底甚平，即乾海子矣。路从东山西向，环海子之北，一里，乃趁峡下。东山即虎坡大脊之脉，有岐东向，逾脊为新开青江坝道，入郡为近。南下半里，抵海子之北，即有泉一圆，在北麓间，水淙淙由此成流出。其东西麓间，俱有茅倚坡临海而居，而西坡为盛。又半里，循麓而入西麓之茅。其庐俱横重木于前，出入皆逾之。其人皆不解汉语，见人辄去。庐侧小溪之成流者，南流海子中。海子大可千亩，中皆芜草青青。下乃草土浮结❹而成者，亦有溪流贯其间。第不可耕艺❺，以其土不贮水。行者以足撼之，数丈内俱动；牛马之就水草者，只可在涯涘❻间，当其中央，驻久辄陷不能起；故居庐亦俱濒其四围，只垦坡布麦，而竟无就水为稻畦者。其东南有峡，乃两山环凑而成，水从此泄，路亦从此达玛瑙山，然不能径海中央而渡，必由西南沿坡湾而去。于是倚西崖南行，一里余，有澄池一圆，在西崖下芜海中，其大径丈余，而圆如镜，澄莹甚深，亦谓之龙潭。在平芜中而独不为芜翳，又何也？

又南一里，过西南隅茅舍，其庐亦多；有路西北逾山，云通后山去，不知何所。其南转胁间，有水从石崖下出，流为小溪东注。余初狎之，欲从芜间涉此水，近水而芜土交陷，四旁摇动，遂复迁陟⑦西湾，盘石崖之上，乃倚南山东向行。一里余，有岐自东峡上，南逾山脊，为新开道，由此而出烂泥坝者。余乃随坡而下东峡。半里，则峡中横木为桥，其下水淙淙，北自海子菰蒲⑧中流出，坡峡南坠，峡甚逼仄，故一木航之，此水口之最为潆结⑨者。其水南下，即为玛瑙山后夹中瀑布矣。度横木东。复上坡，半里，陟其东冈，由脊上东南行。还顾海子之窝，嵌其西北；出峡之水，坠其西南；其下东南坞中，平坠甚深，中夹为箐，丛木重翳，而轰崖倒峡之声不绝。其前则东西两界山又伸臂交舒⑪，辟峡南去；海子峡桥之水，屡悬崖泻箐中，南下西转而出罗明坝焉。于是循东山，瞰西峡，东南行一里余，转而南下。一里，有路逾东岭来，即大寨西来者，随之西南下坡。半里，忽一庐踞坡，西向而居。其庐虽茅盖，而檐高牖爽，植木环之，不似大寨、海子诸茅舍。姑入而问其地，则玛瑙山也。一主人衣冠而出，揖而肃客，则马元康也。

余夙知有玛瑙山，以为杖履所经，亦可一寓目，而不知为马氏之居。马元中曾为余言其兄之待余，余以为即九隆后之马家庄，而不知有玛瑙山之舍。玛瑙山，《一统志》言玛瑙出哀牢支陇，余以为在东山后。乃知出东山后者，为土玛瑙，惟出此山者，由石穴中凿石得之。其山皆马氏之业。元康一见即谛视⑪曰：“即徐先生耶？”问何以知之。曰：“吾弟言之。余望之久矣！”盖元中应试省中，先以书嘱元康者，乃玛瑙山，而非九隆后之马家庄也。元康即为投辖⑫，割鸡为黍，见其二子。深山杳蔼之中，疑无人迹，而有此知己，如遇仙矣！下午，从庐西下坡峡中，一里转北，下临峡流，上多危崖，藤树倒罨，凿崖迸石，则玛瑙嵌其中焉。其色有白有红，皆不甚大，仅如拳，此其蔓也。随之深入，间得结瓜⑬之处，大如升，圆如球，中悬为宕⑭，而不粘于石。宕中有水养之，其精莹坚致，异于常蔓，此玛瑙之上品，不可猝遇，其常积而市于人者，皆凿蔓所得也。其拳大而坚者，价每斤二钱；更碎而次者，每斤一钱而已。是山从海子峡口桥东南环而下，此其西掉而北向处，即大寨西山之西坡也。峡口下流悬级为三瀑布，皆在深箐回崖间，虽相距咫尺，但闻其声，而树石拥蔽，不能见其形，况可至其处耶。坐玛瑙崖洞间，有覆若堂皇，有深若曲房，其上皆垂为虬枝，倒交横络，但有氤氲之气，已无斧凿之痕，不知其出自人工者。元康命凿崖工人停捶而垂箐，觅树蛾一筐，乃菌之生于木上者，其色黄白，较木耳则有茎有枝，较鸡葼则非土而木，以是为异物而已。且谓余曰："箐中三瀑，以最北者为胜。为崖崩路绝，俱不得行。当令仆人停凿芟⑮道，异日乃可梯崖下瞰也。"因复上坡，至其庐前，乃指点四山，审其形势。元康瀹茗命醴，备极山家清供⑯，视隔宵麦饭粝口⑰，不谓之仙不可也。

注释

❶己卯（公元1639年）七月。

❷麦：此处指荞麦。

❸骈束：并列约束。

❹浮结：浮动联结。

❺耕艺：耕种。

❻涯涘（sì）：水边。《庄子·秋水》云："泾流之大，两涘渚崖之间，不辩牛马。"

❼迂陟：曲折升高。

❽菰（gū）蒲：茭白与蒲草，均为多年生草本植物。

❾潆结：回旋环绕。

❿交舒：交叉舒展。

207

⓫谛视：仔细察看。

⓬投辖：比喻殷勤留客。

⓭结瓜：此处指结成玛瑙石。

⓮宕：坑洼之地。

⓯芟（shān）：割草。此处指割草形成山道。

⓰山家清供：指乡居素食淡茶。源自南宋林洪所著《山家清供》一书。

⓱粝（lì）口：形容粗糙的米吃起来口感很差。

解说

　　徐霞客的西南遐征命运多舛，在经历湘江遇盗之后，不仅游资匮乏，甚至需要想方设法获得食物，或"令随夫以盐易米而炊"（《黔游日记一》），或卖褡祆裙换饭等。在滇游期间更是三次绝粮。《滇游日记十》云"绝粮"，《滇游日记十一》云"又绝粮"，或"晨起绝粮……空腹行"。与孔子陈蔡之厄时以精神之满足充腹中之饥不同，徐霞客毫不讳言自己的困境，甚至走出去寻求食物。当拜访有希望获得食物的友人而不得时，只得"煮大麦为饭"，"强啮"。直到遇见马元康，对方一见"即为投辖，割鸡为黍"，且"瀹茗命醴，备极山家清供"，令徐霞客不胜感慨："视隔宵麦饭粝口，不谓之仙不可也。"这在某种程度上也表现出徐霞客强烈的生存意识与变通意识。

　　由于游资匮乏，徐霞客往往需要依靠新结交的友人解决一时困境。如昆明的吴方生、唐大来，浪穹的何巢阿等。这些资助有一个特点，即亲友介绍亲友，以便到了新的地方能有所照应。徐霞客在永昌的游历生活，尤其该日前后的活动，是这种方式的极好体现。早在前一月初九日，徐霞客因闪太史之招游览马园，次日即与马园主人马元中开始交往。马元中不但招饮，还寻觅到《南园续录》供其抄录；后又建议徐霞客往游玛瑙山的马家庄，并称其兄马元康候望已久。徐霞客在马元康处得到很好的招待。随后徐霞客游到松坡时，又有马氏兄弟的父亲马太麓出迎，并称马元康已经提前告知。而马太麓又向徐霞客推荐了土官早龙江家，以便投宿；又因早龙江之故，徐霞客得以投宿到一个火头家，并与一个九十七高岁的旧土官同餐；还得到一个向导游中台寺，到了中台寺，结识僧人沧海，与之同游石城，得以一览石城奇景。可以说，若没有这种因友及友的方式，徐霞客在云南境内可能会行走得更艰难。

十三日　僧沧海具饭，即执殳❶前驱。余与顾仆亦曳杖从之。从坪冈右腋仆树上，度而入。其树长二十余丈，大合抱，横架崖壁下，其两旁皆丛箐纠藤❷，不可着足；其下坎坷蒙蔽，无路可通，不得不假道于树也。过树，沿西崖石脚，南向披丛棘，头不戴天，足不践地，如蛇游伏莽，狖❸过断枝；惟随老僧，僧攀亦攀，僧挂亦挂，僧匍匐亦匍匐。二里，过崇崖之下。又南越一冈，又东南下涉一箐，共里余，乃南上坡，践积茅而横陟之。其茅倒者厚尺余，竖者高丈余，亦仰不辨天，俯不辨地。又里余，出南冈之上。此冈下临南峡，东向垂支而下，有微径自南峡之底，西向循冈而上，于是始得路。

随之上蹑，其上甚峻，盖石城屏立，此其东南之跌，南峡又环其外，惟一线悬崖峡之间。遂从攀跻西向上者五里，乃折而北上。一里，西北陟坎坷❹之石，半里，抵石城南垂之足。乃知此山非环转之城，其山则从其后雪山之脊，东度南折，中兜❺一峡，南嵌而下，至此南垂之足，乃峡中之门也。其崖则从南折之脊，横列一屏，特耸而上，至此南垂之足，则承跌❻之座也。峡则围三缺一，屏则界一为二，皆不可谓之城。然峡之杳渺障于内，屏之突兀临于外，此南垂屏峡之交，正如黄河、华岳，凑扼❼潼关，不可不谓险之极也。从南垂足，盘其东麓而北，为崖前壁，正临台庵而上。壁间有洞，亦东向，嵌高深间；登之缥缈云端，凭临琼阁，所少者石髓无停穴❽耳。盘其西麓而北，为崖后壁，正环坠峡之东。削垒❾上压，渊堑❿下蟠，万木森空，藤薛交拥，幽峭之甚。

循崖北行一里，路分为二：一东北上，为蹑崖顶者；一西北，为盘峡坞者。乃先从峡。半里，涉其底，底亦甚平，森木皆浮空结翠⓫，

碧葉紅粲韶
景舒崿嶸九
子戲庭除年
光莫漫輕抛
擲虛置匡床
萬卷書

丝日^⑫不容下坠。山上多扶留^⑬藤，所谓篓子也，此处尤巨而长，有长六丈者。又有一树径尺，细芽如毛，密缀皮外，无毫隙。当其中有木龙^⑬焉，乃一巨树也。其下体形扁，纵三尺，横尺五。自地而上，高二尺五寸，即半摧半茂。摧者在西北，止存下节；茂者在东南，耸干而起。其干正圆，围如下体之半，而高不啻十余丈。其所存下节并附之，其圆亦如耸干，得下体之半，而其中皆空，外肤之围抱而附于耸干者，其厚止寸余，中环空腹如桶，而水盈焉。桶中之水，深二尺余，盖下将及

210

于地，而上低于外肤之边者，一寸有五，其水不甚清，想即树之沥也。中有蝌蚪跃跳，杓❻水而干之则不见。然底无旁穴，不旋踵❼而水仍满，亦不见所自来，及满至肤边下寸五，辄止不溢。若有所限之者，此又何耶？其树一名溪母树❼，又名水冬瓜，言其多水也。土人言，有心气痛者，至此饮之辄愈。老僧前以砍木相基❻至，亦即此水为餐而食。树之北，有平冈自西而东，属于石崖之峰，即度冈之北。有洼汇水，为马鹿潭，言马、鹿所栖饮者。洼之北，则两岸对束如门，潭水所从

211

泄也。

　　循冈西上半里，西大山之麓，有坡一方，巨木交枕，云日披空❶，即老僧昔来所砍而欲卜之为基者，寄宿之茅，尚在其侧。由此西上，可登上台，而路愈蔽，乃返由前岐东北蹑崖，半里而凌其上。南瞰下台之龛庵，如井底寸人豆马❷，蠕蠕❷下动。此庵遂成一画幅，其顶正如堵墙，南北虽遥而阔皆丈余，上下虽悬而址皆直立。由其上东瞰上江如一线，而东界极北之曹涧、极南之牛角关，可一睫而尽❷；惟西界之南北，为本支所掩，不能尽崩戛、八湾之境也；西眺雪山大脊，可以平揖而问，第深峡中嵌，不能竟陟耳。乃以老僧饭踞崖脊而餐之，仍由旧径下趋中台庵。未至而雨，为密树所翳不觉也。既至而大雨。僧复具饭。下午雨止，遂别僧下山，宿于蛮边火头❷家，以烧鱼供火酒❷而卧。

注释

❶执殳：手持殳器在前开路。《诗·卫风·伯兮》云："伯也执殳，为王前驱。"原指士兵。

❷纠藤：纠缠的藤条。

❸狨（róng）：金丝猴。

❹坎坷：道路高低不平。

❺兜：包围，环绕。

❻承趺：承受趺坐。

❼凑扼：紧凑扼守。

❽停穴：堪舆学用语，与山势高低位置有关，分为上、中、下三停穴。

❾削垒：陡峭的墙壁。

❿渊堑：深邃的壕沟。

⓫结翠：凝结成翠绿色。

⓬丝日：一丝一毫的日光。

⓭扶留：藤属植物。叶可与槟榔并食，实如桑葚而长。

⑭木龙：传说中栖息在海船里的大蛇。此处指似龙的木头。

⑮杓（sháo）：用勺子舀。

⑯旋踵：即转身。

⑰溪母树：即桤木。

⑱相基：勘察地基。

⑲披空：布满天空。

⑳寸人豆马：一寸左右的人，豆子大小的马。形容地势极高。

㉑蠕蠕：昆虫爬行的样子。

㉒一睫（jié）而尽：一览无余。

㉓火头：此处指边疆少数民族地区的小头领。

㉔火酒：即烧酒。

解说

　　近年来，从名物或博物学角度切入《徐霞客游记》，成为一个新的研究思路。徐霞客的确在游记中记载了各地丰富的物产，这些往往穿插点缀在游记正常的行文当中，是游记的重要构成部分。很多记载对于我们进行历时性的考察有所帮助，如黄山扰龙松的前世今生；但更多时候，所记名物本身就是意义所在，它体现了徐霞客宽阔的视野与别样的意趣。如本日游记中记载的"扶留藤""木龙""溪母树"，以及之前游记中的西番菊、木莲花、树蛾等。这些名物单独拎出来，纂成颇有价值的"徐霞客名物辞典"或"徐霞客博物志"，将是一件有趣的事。

滇游日记十三

【导语】

崇祯十二年己卯（1639）八月二十二日徐霞客再次回到鸡足山，这篇日记即是徐霞客此次在鸡足山的游踪记录，从二十三日至九月十四日，是保存至今《徐霞客游记》的最后一部分。此后直到来年正月，徐霞客主要是在悉檀寺修《鸡山志》。在此期间，徐霞客经历了长年随侍的仆人顾行逃走的打击，但也收获了与自己一样热衷于探访山水的知己。可以说这是《徐霞客游记》的"获麟笔"。

本文选录九月初九至初十日及十二日日记。

（九月）初九日　雾甚。晨饭，余欲往大理取所寄衣囊，并了苍山、洱海未了之兴。体极来留曰："已着使特往丽江。若去而丽江使人来，是诳之也。"余以即来辞。体极曰："宁俟其信至而后去。"余从之，遂同和光师穷大觉来龙❶。从寺西一里，渡兰那寺东南下水，过迎祥、石钟、西竺、龙华，其南临中谿，即万寿寺也，俱不入。西北约二里，入大觉，访遍周。遍周闲居片角庄，月终乃归。遂出，过锁水阁，于是从桥西上，共一里，至寂光东麓，仍东过涧，从涧东蹑大觉后大脊北向上。一里余，登其中冈，东望即兰那寺峡，西望即水月庵后上烟霞室峡也。又上里余，再登一冈。其冈西临盘峡，西北有瀑布悬崖而下，其上静庐临之，即旃檀林也。东突一冈，横抱为兰陀后脊，冈后分峡东下，即狮子林前坠之壑也。于是岐分岭头：其东南来者，乃兰那寺西上之道；东北去者，为狮林道；西北盘崖而上者，为旃檀岭也；其西南来者，即余从大觉来道也。始辨是脊，从其上望台连耸三小峰南下，脊两旁西坠者，南下为瀑布而出锁水阁桥；东坠者，南下合狮林诸水而出兰那寺东。是东下之源，即中支与东支分界之始，不可不辨也。

余时欲东至狮林，而忽见瀑布垂绡，乃昔登鸡山所未曾见，姑先西北上。于是愈上愈峻，路愈狭，曲折作"之"字而北者二里，乃西盘望台南嘴。此脊下度为大觉正脊，而东折其尾，为龙华、西竺、石钟、迎祥诸寺，又东横于大龙潭南，为悉檀前案，而尽于其下。此脊当鸡山之中，其脉正而雄，望台初涌处，连贯三珠，故其下当结大觉，为一山首刹；其垂端❷之石钟，亦为开山第一古迹焉。然有欲以此山作一支者，如是则塔基即不得为前三距之一，而以此支代之。但此支实短而中缩，西之大士阁，东之塔院，实交峙于前，与西支之传衣寺岭鼎足前列。故论支当以寂光前引之冈为中，塔基上拥之脊为东，而此脉之中缩者不与；论刹当以大觉中悬为首，而西之寂光乃其辅翼，东之悉檀，另主东盟，而此寺之环拱者独尊。故支为中条附庸，而寺为中条冠冕，此寺为中条重，而中条不能重寺也。嘴之西有乱砾垂峡，由此北盘峡上，路出旃檀岭之上，为罗汉壁道；由此度峡西下，为旃檀中静室道，而瀑布则层悬其下，反不能见焉。

乃再度峡西崖，随之南下。一里，转东岐，得一新辟小室。问瀑布何在？其僧朴而好事，曰："此间有三瀑：东箐者，最上而小；西峡者，中悬而长；下坞者，水大而短。惟中悬为第一胜，此时最可观，而春冬则无有，此所以昔时不闻也。"老僧牵衣❸留待瀹茗，余急于观瀑，僧乃前为导。西下峻级半里，越级湾之西，有小水垂崖前坠为壑，而路由其上，南盘而下。又半里，即见壑东危崖盘耸，其上一瀑，垂空倒峡，飞喷迢遥❹，下及壑底，高百余丈，摇岚曳石，浮动烟云。虽其势小于玉龙阁前峡口瀑，而峡口内嵌于两崖之胁，观者不能对峡直眺，而旁觑倒瞰，不能竟其全体；此瀑高飞于穹崖之首，观者隔峡平揖，而自颡❺及趾，靡有所遗。故其跌宕之势，飘摇之形，宛转若有余，腾跃若不及，为粉碎于空虚，为贯珠于掌上，舞霓裳❻而骨节皆灵，掩鲛绡而丰神独迥，不由此几失山中第一胜矣！

由对峡再盘西嘴，入野和静室。门内有室三楹甚爽，两旁夹室亦

春色纷敷
碧扇浮翠
蓝列岫映
繁林丁丁
逸響参空
外橄子归
朱夕富侵

春岫归樵

幽洁。其门东南向，以九重崖为龙，即以本支斻檀岭为虎，其前近山皆伏；而远者，又以宾川东山并梁王山为龙虎，中央益开展无前，直抵小云南东水盘诸岭焉。盖鸡山诸刹及静室俱南向，以东西二支为龙虎，而西支之南，有香木坪山，最高而前巩，亦为虎翼，故藉之为胜者此，视之为崇者亦此；独此室之向，不与众同，而此山亦伏而不见，他处不能也。野和为克新之徒，尚居寂光，以其徒知空居此。年少而文，为诗虽未工，而志甚切，以其师叔见晓寄诗相示，并己稿请正，且具餐焉。见晓名读彻，一号苍雪，去山二十年，在余乡中峰为文湛持❷所推许，诗翰俱清雅。问克新向所居精舍❸，尚在西一里，而克新亦在寂光。乃不西，复从瀑布上，东盘望台之南。

　　二里余，从其东胁见一静室，其僧为一宗，已狮林西境矣。室之东有水喷小峡中，南下涉之。又东即体极静室，其上为标月静室；其峡中所喷小水，即下为兰那东涧者，此其源头也。其上去大脊已不甚遥，而崖间无道，道由望台可上，至是已越中支之顶而御东支矣。由此而东半里，入白云静室，是为念佛堂。白云不在。观其灵泉，不出于峡而出于脊，不出崖外而出崖中，不出于穴孔而出于穴顶。其悬也，似有所从来而不见；其坠也，似不假灌输而不竭。有是哉，佛教之神也于是乎征矣。何前不遽出，而必待结庐之后；何后不中止，而独擅诸源之先，谓之非"功德水"可乎？较之万佛阁岩下之潴穴，霄壤异矣。

又东一里，入野愚静室，是为大静室。浃谈❾半晌。西南下一里，饭于影空静室。与别已半载，一见把臂，乃饭而去。从其西峡下半里，至兰宗静室。盖狮林中脊，自念佛堂中垂而下，中为影空，下为兰宗两静室，而中突一岩间之，一踞岩端，一倚岩脚，两崖俱坠峡环之。岩崎东西峡中，南拥如屏。东屏之上，有水上坠，洒空而下，罩于嵌壁之外，是为水帘；西屏之侧，有色旁映，傅粉成金，焕乎层崖之上，是为翠壁。水帘之下，树皆偃侧❿，有斜骞如翅，有横卧如虬，更有侧体而横生者。众支皆圆而此独扁，众材皆奋而此独横，亦一奇也。兰宗遥从竹间望余，至即把臂留宿。时沈莘野已东游，乃翁偶不在庐，余欲候晤，遂从之。和光欲下山，因命顾奴与俱，恐山庐无余被，怜其寒也。奴请匙钥，余并箱筐者与之，以一时解缚不便也。奴去，兰宗即曳杖导余，再观水帘、翠壁、侧树诸胜。既暮，乃还其庐。是日为重阳，晴爽既甚，而夜月当中峰之上，碧落如水，恍然群玉山头也。

初十日　晨起，问沈翁，犹未归。兰宗具饭，更作饼食。余取纸为"狮林四奇诗"界之。水帘、翠壁、侧树、灵泉。见顾仆不至，余疑而问之。兰宗曰："彼知君即下，何以复上？"而余心犹怏怏不释，待沈翁不至，即辞兰宗下。才下，见一僧仓皇至，兰宗尚随行，讯其来何以故。曰："悉檀长老命来候相公者。"余知仆逋⓫矣。再讯之。曰："长老见尊使负包囊往大理，询和光，疑其未奉相公命，故使余来告。"余固知其逃也，非往大理也。遂别兰宗，同僧亟下。五里，过兰那寺前幻住庵东。又下三里，过东西两涧会处，抵悉檀，已午。启箧而现，所有尽去。体极、弘辩欲为余急发二寺僧往追，余止之，谓："追或不能及，及亦不能强之必来。亦听其去而已矣。"但离乡三载，一主一仆，形影相依，一旦弃余于万里之外，何其忍也！

注释

❶ 来龙：指龙脉的来源。堪舆家以山势为龙，称其起伏绵亘的姿态为龙脉。

❷垂端：垂在一端。

❸牵衣：拉住衣襟，表示挽留。

❹迢遥：遥远的样子。

❺颡（sǎng）：额头。

❻霓裳（ní cháng）：色彩绚烂而轻盈飘曳的长裙。

❼文湛持：即文震孟（1574—1636），字文启，号湛持，长洲人。文徵明曾孙，天启二年（1622）状元及第，官至左侍郎兼东阁大学士。诗文、书法均闻名于世。

❽精舍：寺院别称，为清心修行之所。

❾浃（jiā）谈：形容聊天投机。

❿偃侧：倾倒翻覆。

⓫逋（bū）：逃亡。

解说

初九日游记，记载的是一次临时决定的鸡足山之游，起因是徐霞客发现了一个之前未曾见到的瀑布。可以想见，此时徐霞客对鸡足山的考察工作已经基本完成，而这次为访瀑布，借机重新对鸡足山山势做了整体的观览。如关于鸡足山中条的重要性，徐霞客从"论支""论刹"两个角度综合分析，认为"论支当以寂光前引之冈为中……论刹当以大觉中悬为首……"，又说"支为中条附庸，而寺为中条冠冕，此寺为中条重，而中条不能更寺也"，最终还是以"论刹"的观点占了上风。从这里可见徐霞客探索龙脉所采取的一种综合视野。

徐霞客对于这个偶然发现的瀑布，描写也别具一格。首先是客观白描瀑布的态势，四字一句，极富节奏；其次通过与玉龙阁峡口瀑布比较，认为该瀑布虽水势稍小，但胜在可以一览无余。由此带来第三层书写："其跌宕之势，飘摇之形，宛转若有余，腾跃若不及，为粉碎于空虚，为贯珠于掌上，舞霓裳而骨节皆灵，掩鲛绡而丰神独迥。"由白描而增饰，每对句一节奏，每段节奏字数由四字、五字、六字而七字（"而"字不计入），逐渐递增，正如瀑布水势一泻而下；而用"舞霓裳""掩鲛绡"来形容瀑布之水，更加富有韵律和美感。可以说，相较于此前对天台山石梁瀑布、武夷山九曲、九鲤湖瀑布、黄果树瀑布等的描写，更加笔墨淋漓，不吝辞藻，尤其是赠以鸡足山"第一胜"称誉，可见无心而得之美所带来的冲击力。

初十日的顾仆之逃，看似偶然，实则有其线索。前一日游记透露了一点："和光欲下山，因命顾奴与俱，恐山庐无余被，怜其寒也。奴请匙钥，余并箱筐者与之，以一时解缚不便也。"两个"也"字，道出了徐霞客回忆这次事件时的心酸，以及未能及早觉察顾仆之逃久有预兆的可能，否则顾仆不会一得到行李钥匙就不辞而别。顾仆之逃给徐霞客带来的打击，无疑是超过静闻之死的，因为在静闻死后，徐霞客还能与顾仆互相扶持。实际上，顾仆一直以来都是徐霞客西南游的重要帮手，无论洗衣做饭、投递书帖、押送行李、共同探险等。徐霞客对此是很清楚的。所以在得知顾仆逃走后，他表现出了两种矛盾心态，一方面理解顾仆的逃走，所以"听其去而已"，他清楚知道顾仆是逃回了老家，而非大理；另一方面又痛心顾仆抛弃自己，"离乡三载，一主一仆，形影相依，一旦弃余于万里之外，何其忍也"。而顾仆之逃，某种意义上也暗示了徐霞客西南退征的终结，因为再也没有如此可靠而又值得信赖的辅助了。这也可以解释为何在接下来的三个月里，徐霞客主要是在悉檀寺修《鸡山志》，以及游记为何会"无疾而终"。

对于顾仆之逃，可以谴责之、理解之，或痛惜之，但无论如何，不可否认顾仆是徐霞客万里退征的功臣。不仅如此，由于与徐霞客同进同退，在游记的整理过程中，顾仆仍然扮演着重要的角色。《滇游日记四》卷末，整理者季梦良写道："此后共缺十九日。询其从游之仆，云武定府有狮子山，丛林甚盛，僧亦敬客。留憩数日，遍阅武定诸名胜。后至元谋县，登雷应山，见活佛，为作碑记，穷金沙江。由是出官庄，经三姚而达鸡足。此其大略也。余由十二月记忆之，其在武定、元谋间无疑矣。夫霞客虽往，而其仆犹在，文之所缺者，从而考之，是仆足当霞客之遗献云。"一句"足当霞客之遗献"，是对顾仆同游功绩的莫大肯定，他或许在徐霞客撰写游记过程中，同时担当了提醒、协助的工作。

　　十二日　妙行来，约余往游华严，谓华严有老僧野池，乃月轮之徒，不可不一晤，向以坐关龛中，以未接颜色[1]为怅。昔余以岁首过华严，其徒俱出，无从物色。余时时悼月公无后[2]，至是而知尚有人，亟饭而行。和光亦从。西一里，逾东中界溪，即为迎祥寺，于是涉中支界矣。又一里余，南逾锁水阁下流水登坡，于是涉中支脊矣。西北溯脊一里，过息阴轩。又循瀑布上流，西北行里余，渡北来之溪，于是去中支涉西支界矣。又北里余，西涉一峡溪，再上一西来小支之嘴。登之，西北行一里，又西度亭桥，桥下水为华严前界水，上下俱有桥，而此其下流之渡桥。内峡中有池一圆，近流水而不涸，亦龙潭类也。由溪南向西北行，于是涉西支脊矣。半里，乃入华严寺。寺东向，踞西支大脊之北，创自月潭，以其为南京人，又称为南京庵。至月轮而光大之，为鸡山首刹，慈圣太后[3]赐《藏》贮之。后毁于火，野池复建，规模虽存，而《法藏》不可复矣。野池年七十余，历侍山中诸名宿，今老而不忘先德，以少未参学[4]，掩关静阅，孜孜不倦，亦可取也。闻余有修葺《鸡山志》之意，以所录《清凉通传》[5]假余，其意亦善。

　　下午将别，史君闻余在，亦追随至。余恐归途已晚，遂别之，从别路先返，以史有舆骑[6]也。出寺，西北由上流渡桥，四里，连东北逾三涧，而至其东界之支，即圣峰、燃灯之支垂也。又一里，东下至其尽处，有寺中悬，是为天竺寺。其北涧自仰高亭峡中下，其南涧又从西支东谷屡坠而下者，夹圣峰之支，东尽于此。王十岳[7]《游纪》以圣峰为中支，误矣。由其垂度北峡小桥，于是又涉中支之西界。循北麓而东，半里，两过南下小水，乃首传寺前左右流也。其南峡中始辟为畦，有庐中央，是为大觉菜圃。从其左北转，半里，逾支脊，连横过法华、千佛、灵源三庵，是皆中脊下垂处。半里，北逾锁水阁下流，即大觉寺矣。仍东随大路一里，过西竺寺前，上

月白林疎素
影籠翩翩玉
蝶冷香融自
甘淡泊存高
致獨抱貞心
一點紅

圆通庵，观"灯笼花树"。其树叶细如豆瓣，根大如匏瓠[8]，花开大如山茱萸[9]，中红而尖，蒂俱绿，似灯垂垂。余从永昌刘馆见其树，未见其花也。此庵为妙行旧居，留瀹茗乃去。一里，由迎祥寺北渡涧，仍去中界而入东支界。溯水而北，过龙泉庵、五华庵。五华今名小龙潭，乃悉檀大龙潭之上流。大龙潭已涸为深壑，乃小龙潭犹汇为下流。余屡欲探之，至是强二僧索之五华后坡。见水流淙淙，分注悉檀之[10]右，而坡道上跻，不见其处。二僧以日暮劝返，比还，寺门且闭矣。

是夜，与史君对谈复吾斋头。史君留心渊岳[11]，谈大脊自其郡西金凤哨岭南过海东，自五龙坝、水目寺、水盘铺，过易门、昆阳之南，而包省会者，甚悉。且言九鼎山前梁王山西腋之溪，乃直南而下白崖、迷渡者，其溪名山溪。后人分凿其峡，引之洱海，则此溪又一水两分矣。果尔，则清华洞之脉，又自梁王东转南下，而今凿断之者。余初谓其脊自九鼎西坠，若果有南下白崖之溪，则前之所拟，不大误战？目前之脉，经杖履[12]之下如此，故知讲求[13]不可乏人也。史君谓生平好搜访山脉，每被人哂[14]，不敢语人，邂逅[15]遇余，其心大快。然余亦搜访[16]此脊几四十年，至此而后尽，又至此而遇一同心者，亦奇矣。夜月甚明，碧宇如洗，心骨俱彻！

注释

❶颜色：指面貌，容貌。此处指以未曾谋面为憾事。

❷无后：没有继承衣钵的人。

❸慈圣太后：即孝定皇后李氏（1546—1614），明神宗朱翊钧生母，神宗即位后上尊号"慈圣皇太后"。万历十四年（1586），慈圣太后颁赠华严寺《北藏》贮藏。

❹参学：指佛教中参访大德、云游修学。

❺《清凉通传》：即唐宋时期有关五台山三部志书《古清凉传》《广清凉传》《续清凉传》的合称。

❻舆骑：即车骑。

❼王十岳：即王士性（1547—1598），字恒叔，号太初，浙江临海人。万历五年（1577）进士，历任礼科给事中。喜游历，著有《五岳游草》《广志绎》等。"十岳"为徐霞客对其美称。

❽匏瓠（páo hù）："匏""瓠"本不同种，此处指葫芦。

❾山茱萸：一种落叶小乔木，果实呈椭圆形，成熟时为红色，中医以果肉入药，称"山萸肉"。

❿或无"之"字。

⓫渊岳：即山川。

⓬杖履：手杖和鞋子。引申为脚步、足迹。

⓭讲求：修习研究。

⓮哂（shěn）：讥笑。

⓯邂逅：不期而遇。

⓰搜访：寻访、访求。

解说

创修《鸡山志》是徐霞客西南游期间的又一项重要工作。游记中最早关于这方面的记载见《滇游日记七》："大把事复捧礼仪来致谢，酬校书之役也。……再以书求修《鸡山志》。"从这里可知是木增求徐霞客修纂的。徐霞客在搜集材料过程中，得到了鸡足山僧人的大力支持，如该日游记提到的华严寺高僧野池，因听说徐霞客有修《鸡山志》的意愿，就将自己抄录的《清凉通传》出借作为参考；又八月二十九日日记称"体师更以所录山中诸刹碑文相示，且谋为余作揭转报丽江。诸碑乃丽江公先命之录者"，这些也成为重要材料。徐霞客所修《鸡山志》今已不可见，仅存季梦良小记所云"《鸡山志》摘目三小册"，分别为《鸡山志目》《鸡山志略一》《鸡山志略》。结合摘目与《滇游日记六》十二月二十二日至《滇游日记七》正月二十二日，以及《滇游日记十二》八月二十二日至游记末尾的详细日记，可以大致了解《鸡山志》的一些内容。

今存《徐霞客游记》至九月十四日戛然而止，一直以来读者也往往因《徐霞客游记》没有结尾而感到遗憾，如赵伯陶先生所说："目前的最后两日日记，并非其日记真正的'获麟'绝笔之日。"然而，倘若我们将目光回溯两天至九月十二日，或许可对"获麟"之说有新的认识。该日游记集中记载了一位"史君"，即史仲文，是鹤庆史氏公子，因为省试下第，登鸡足山排遣忧虑。徐霞客与他一见如故，不但同游鸡山，而且在悉檀寺秉烛夜谈。徐霞客得知他也留心渊岳（即山川），并且能详细讲述鸡足山大脊走势，讲述九鼎山前梁王山西腋之溪，一水两分；这是徐霞客之前所不知悉的，对于修正其观点大有裨益，所以感慨"目前之脉，经杖履之下如此，故知讲求不可乏人也"。更重要的是，史君向他讲述了自己"生平好搜访山脉，每被人哂，不敢语人"的痛苦与孤独，而徐霞客对此是再熟悉不过了。根据陈函辉所作《徐霞客墓志铭》记载，徐霞客最初立下游志时也遭遇了相同的境遇，人们起初的反应是"或怪其诞"，认为是一种很不合实际的事情。徐霞客用了数十年时间扭转了人们的看法，或许史君也能够如此。史君固然"邂逅遇余，其心大快"，而从徐霞客角度来说，他也在此剖明心迹，说"余亦搜访此脊几四十年，至此而后尽，又至此而遇一同心者，亦奇矣"，不仅搜访南方龙脉近四十年至此终于有了结果，而且还遇到了一个知己。此心此情，加之时已接近月中，该日记最后写道："夜月甚明，碧宇如洗，心骨俱彻！"真的是人境和谐至极。

　　从徐霞客的两重心境来说，游记至十二日完全可以说已经圆满地结束了；若考虑到顾仆之逃的影响，甚至可以说游记至初十日已经结束。实际上，由于此后三个月主要是在修《鸡山志》中度过的，徐霞客的活动范围也主要是在鸡足山，加之患有足疾，能否有条件写出更多的游记不得而知。季梦良在《游记》末尾转引的王忠纫之言："自十二年九月十五以后，俱无小纪。"或许是对这一事实的客观说明。

中国古代文学经典书系

旧时风月

陶庵梦忆

［明］张　岱　著

苗怀明　注译

春风文艺出版社
·沈阳·

图书在版编目（CIP）数据

陶庵梦忆 / （明）张岱著；苗怀明注译 . —沈阳：
春风文艺出版社，2025.1
（中国古代文学经典书系 . 旧时风月）
ISBN 978 - 7 - 5313 - 6638 - 6

Ⅰ . ①陶… Ⅱ. ①张… ②苗… Ⅲ. ①笔记 — 中国 —
明代 Ⅳ. ①K248.066

中国国家版本馆 CIP 数据核字（2024）第 019152 号

五十华年成一梦　繁华靡丽过眼空
——张岱和他的《陶庵梦忆》

一

开宗明义，先从这本书的书名讲起。

说起《陶庵梦忆》，不管是读过还是没有读过，相信大家对这个书名都不会陌生。其实，这本书准确的名称应该叫《梦忆》，尽管陶庵是作者的号，但他并没有将其放进书名的意思。之所以这样说，有如下两个理由：

一是作者本人的意见。作者曾写过一篇《自为墓志铭》，自己为自己做人生总结，其中就谈到自己的著述，原话是："好著书，其所成者，有《石匮书》《张氏家谱》《义烈传》《琅嬛文集》《明易》《大易用》《史阙》《四书遇》《梦忆》《说铃》《昌谷解》《快园道古》《傒囊十集》《西湖梦寻》《一卷冰雪文》行世。"一共列了十五种能代表自己成就的著述，其中就包括《梦忆》。

另外，作者在其《石匮书》一书的卷第三十七也著录了这部书："《梦忆》二卷，张岱。"由此可见作者本人的态度。

二是早期流传的版本及相关记载，均是称《梦忆》而非《陶庵梦忆》。后来王文诰评点本刊刻时，将作者的陶庵之号加入书名。该版本流传较广，久而久之，大家也就习惯了《陶庵梦忆》这个书名。

既然人们是以《陶庵梦忆》这个书名接受这部书的，那就从众吧。

知道该书原名《梦忆》，接下来的一个问题就是，作者为何叫这个书名？有什么特别的用意？

对这个问题，作者在该书的自序中也进行了明白的交代。奇怪的是，这篇自序并没有出现在该书的各个刊本中，却只收在《琅嬛文集》里，何以如此？应该是为了逃避文字狱，这篇自序的遗民心态还是很明显的。其实不光是自序，这部书的一些篇目后来刊刻时被删去，一些犯禁的文字也做过修改。

细读这篇自序，可以看到作者主要谈了三个问题：

第一个问题是生死。明清易代，国破家亡，像野人一般让人们惊骇的作者披发入山，坚守气节，不见容于世，他写过自挽诗，也经常想结束生命，了无生意。既然如此，何以还要苟活人间？

作者说得很清楚，那就是"因《石匮书》未成"。

编撰《石匮书》，为大明王朝撰写一部信史，这是比生死更为重要的事情，也是作者苟活下去的动力，它让我们想到了司马迁的《报任安书》。

对于这一点，作者在其《和挽歌辞三首》之一中说得也很明白：

张子自觅死，不受人鬼促。
义不帝强秦，微功何足录？
出走已无家，安得狸首木？
行道或能悲，亲旧敢抚哭。
我死备千辛，世界全不觉。
千秋万岁后，岂遥无荣辱？
但恨《石匮书》，此身修不足。

第二个问题是忏悔。既然苟活的原因是为了撰写《石匮书》，那何以还要再写一部《梦忆》？作者说得也很清楚，那就是为了忏悔。昔日繁华靡丽的生活历历在目，转眼间陷入极端困顿，度日如年，前后对比如此鲜明，让他的内心无法平静下来，于是他想通过追思往事的方式来抒发乃至排解内心的苦痛，反省和忏悔自己的人生，以此来打发残存的岁月。

第三个问题是梦幻。这是作者反复提及的一个词，也是他对人生的深切感悟。"繁华靡丽，过眼皆空，五十年来，总成一梦。"话似乎说得很轻松，但无比沉痛。他也曾借梦自嘲，批评自己未能忘怀功名，这实际上也反映了其内心的纠结：他一方面觉得自己苟活人世是一种耻辱，不应该再写这些文字，但另一方面，内心又有很多话，不吐不快。于是，他提笔撰写了这部《梦忆》。

通过上述这三个问题，作者明确告知读者自己撰写这部书的缘起，那就是在国破家亡、颠沛流离之际，痛定思痛，通过追忆昔日繁华靡丽的生活抒写内心的苦痛与忏悔，表达人生如梦的感悟与感叹。

这是一部发愤而著的血泪文字，明白了这一点，也就知道作者为何将书名定为"梦忆"。如果将该书仅仅视作一部小资读本或精致生活葵花宝典之类的休闲读物，可就辜负了作者的一番苦心。

二

介绍了书名及创作缘起，再来说说作者张岱。

张岱（1597—约1689），字宗子，号石公、陶庵、蝶庵，山阴（今浙江绍兴）人。对其家世生平，有如下几点可说之处：

一是张岱出生在一个显赫、富足的仕宦之家，从高祖到祖父，都是举业出身，富于才学，皆有著述传世。

高祖张天复（1513—1573），字复亨，号内山。嘉靖二十六年（1547）进士。历任礼部主事、云南按察司副使、甘肃道行太仆卿等。著有《鸣玉堂稿》《广舆图考》等。

曾祖张元汴（1538—1588），字子荩，号阳和。隆庆五年（1571）状元，历任翰林院撰修、左谕德、直经筵等。谥文恭。著有《山游漫稿》《槎间漫笔》《不二斋稿》《云门志略》等。

祖父张汝霖（1561—1625），字肃之，号雨若、园居士。万历二十三年（1595）进士。历任兵部主事，山东、贵州、广西副使。著有

《砎园文集》《郊居杂记》《易经因指》《四书荷珠录》等。

到了父亲张耀芳（1574—1632）这一代，这种荣耀未能再延续下去，他努力了半辈子，才弄了个乡试副榜出身，只做过鲁王右长史、嘉祥县令之类的小官。

父祖几代人的苦心经营为张岱营造了一个十分优越的生活环境，生活在这样的诗书之家中，他受到良好的教育。他的精于品鉴，富于收藏，博览群书，见多识广，固然有个人努力的因素，但家族的熏陶和影响也是不可低估的，别的不说，没有足够的财力是很难做到这些的。

二是其一生平淡，没有什么特别值得一说的经历。既没有科场功名，也没有建功立业，这是从传统的立传角度来说的。以1644年明清易代这一年为界，作者的人生可以分成前后两个完全不同的阶段。这一年既是大明王朝的崇祯十七年，也是大清王朝的顺治元年。这一年作者47岁，其人生已经过去了一半。

其前半生的生活可以用"繁华靡丽"四个字来概括。父祖们多年的积累，为作者提供了富足优裕的生活环境，他一出生就拥有一般人努力一生都未必能达到的物质条件，因而穷书生们孜孜以求的功名富贵对他没有多大的吸引力，就连科场的失利都只是给他带来短暂的不愉快，并没有给他的生活带来太大的影响。

他把大量的时间都用在享受生活上，享受着晚明时期江南经济文化繁荣带给他的各种精致生活，他在《自为墓志铭》中曾这样描述自己当时的生活状态："少为纨绔子弟，极爱繁华，好精舍，好美婢，好娈童，好鲜衣，好美食，好骏马，好华灯，好烟火，好梨园，好鼓吹，好古董，好花鸟，兼以茶淫橘虐，书蠹诗魔。"

按照这样的生活状态，他是写不出《梦忆》这类血泪文字的。依他过人的才情，写出和袁宏道、钟惺媲美的山水生活小品是没有问题的，但他没有这样的创作动力。这样优裕闲散的生活只能培养纨绔子弟，往好处说，也就是提供了创作的素材和体验，张岱平生著述大多是在后半生完成的，是苦难成就了一位伟大的作家。

张岱后半生的生活可以用"著书立说"四个字来概括。当大明王朝灭亡的噩耗传来，他曾热血沸腾，想协助鲁王东山再起，还为此折腾了一阵子。但很快就发现事不可为，他不仅拯救不了南明小王朝，而且连自己都救不了，家业也很快被败光，生活一下陷于十分困窘的地步，他在《自为墓志铭》中曾这样描述自己当时的困窘状态："所存者，破床碎几，折鼎病琴，与残书数帙，缺砚一方而已。布衣疏食，常至断炊。"于是只好避兵隐居，相继在剡中、项里、快园等处寄居。

也正是由此发生的一系列巨变，彻底改变了张岱。他想到了死，也想到了生，痛定思痛，重新找到了人生的方向，正如他本人在《梦忆》自序及其他著述中所说的，死是一件容易的事情，但苟活也并非没有意义，他决定完成巨著《石匮书》，以另一种更为持久当然也是力所能及的方式来纪念大明王朝。

这样忍辱偷生的生活整整持续了四十多年，其间，张岱不仅完成了《石匮书》及其后记，还陆续完成了一批著述，其平生著述大多完成于后半生。苦难夺走了他繁华靡丽的富足生活，却给了他著书立说的动力和时间。过人的才华、渊博的学识，在时代风云的激荡之下，成就了一位伟大的学者和作家。

张岱一生著述颇丰，今可知者不下五十种，其中大半已经佚失，今可见者有《琅嬛文集》《陶庵梦忆》《西湖梦寻》《石匮书》《石匮书后集》《四书遇》《古今义列传》《史阙》《快园道古》《夜航船》等。当然，最为后人熟悉的，还是这部《陶庵梦忆》。撰写该书也许是作者编撰《石匮书》期间的无心插柳之举，但他却以这本书名满天下，享誉后世，这恐怕是作者当年无论如何都不会想到的。历史总是以出乎意料的方式保存一个人的生活足迹，并不总是顺从个人的意愿。

从作者在自序里提到"五十年来，总成一梦"一语来看，该书的写作时间应该在作者五十来岁时。至于这篇自序是写于全书撰写之初还是全部完成之后，限于材料，现已无法详考。该书究竟是在原先的旧稿基础上增补而成，还是在流离期间一气呵成，同样难以知晓。搜检全书内容，所提及的最晚年份是丙戌年，即顺治三年（1646），对后面发生的事情再没有提及，这样可以大致推算出该书完成的时间，应该是在1646年，或者稍晚一两年。

三

介绍过书名、创作缘起及作者的生平，再来看看《陶庵梦忆》这本书。前文已说过，该书追忆逝水流年，以繁华写凄凉，抒发亡国之痛与忏悔之情。那么它是如何表现的呢？

总的来看，该书借鉴《东京梦华录》《武林旧事》等书的写法，以笔记体的形式细细描绘作者个人以往经历的各个片段，以此展现昔日生活的画卷，绘制了一幅晚明时期的江南清明上河图，这正如作者在《史阙》一书中所说的："张择端《清明上河图》，因南渡后想见汴京旧事，故摹写不遗余力。若在汴京，未必作此。乃知繁华富贵，过去便堪入画，当年正不足观。"

无论是王朝的更迭，还是文化的沦丧，都是通过个人生活的具体可感的各种改变来体现的。也许只有到国破家亡之际，才真正能体会到天下兴亡与个人命运的关系是如此密不可分，只是一切都太晚了。

全书八卷，共一百二十七篇，内容丰富，涉及面广，举凡美食、茶艺、演剧、绘画、山水、风物、园林、工艺、民俗等，皆有所涉猎，展现了一幅五彩斑斓的晚明生活画卷。如果要用一个词来概括全书内容的话，那就是奢华。

这种奢华没有刻意渲染，没有炫耀卖弄，而是通过对日常生活及所见所闻的叙述，通过细节的描绘不动声色地表现出来，主要体现为各种精美极致生活的享受，无论是口腹之欲，还是声色之乐，无论是越中的放灯、虎丘的中秋，还是鲁府的烟火、泰安的客店，都达到了作者本人所说的"罪孽固重"的程度。这固然是太平盛世的景象，但在刚经历过国破家亡的作者眼里，这又何尝不是醉生梦死，亡国之兆。

全书给人印象最为深刻的，是作者笔下那种由盛极到衰败形成的强烈对比以及由物是人非引发的沧桑感。

以读者熟知的《西湖香市》一文来说，作者用生动灵巧的笔墨浓笔重彩，细细描绘，写尽西湖香市的盛况。随后笔锋一转，聊聊几句，交代了香市的萧条与废止，以繁华衬托败落，前后对比极为鲜明，形成巨大的张力，产生一种震撼人心的艺术效果。将该文与另一篇摹写西湖夏日喧闹场景的《西湖七月半》放在一起对读，感受会更深。作者笔下的西湖乃至杭州有多美丽，多繁华，多富饶，多值得留恋，战乱带来的伤害也就会有多大。盛衰今昔之比，贯穿全书，无论是写绍兴、扬州、苏州还是杭州、金陵，皆是如此。

作者在追述昔日繁华的笔墨中，透露出来的不仅仅是伤感，更有痛定思痛后的忏悔和反思。在寒冷孤寂的冬夜里，撰写《陶庵梦忆》以及《西湖梦寻》也许可以理解为一种取暖，从往日的生活中寻找暖意，抚慰那颗已经冰冷的心。凝结在心头的寒冰比现实生活中的坚冰更难融化，事实上也无法融化，作者不过是借此获得一丝安慰而已。

就全书展现的丰富内容而言，给人印象深刻的还有不少，比如作者笔下那些形形色色的奇人。这些奇人个个身怀绝艺，或奇在造园，比如范长白，或奇在绘画，比如姚简叔、陈章侯，或奇在表演，比如柳敬亭、刘晖吉、朱楚生，或奇在园艺，比如金乳生。特别是那些身份卑微、被人看不起的手工艺人，作者同样给予很高的评价，他认为没有什么东西会让人低贱，很多的时候只是自己在轻贱自己而已，这一观点到现在仍具有启发性。

这些奇人巧匠用自己精湛的才艺创造了奇迹，也书写了一个时代的繁荣和辉煌。作者经历国破家亡之后，将精力放在著书立说上，重点是撰写史书，为一段历史保存记忆。其实《陶庵梦忆》和那部《西湖梦寻》一样，又何尝不是史书，这是一部个人的心灵史，是一幅用文字书写的晚明江南的清明上河图。

作者用极为传神的笔墨为后人记录了一个时代，一个值得留恋的时代，尽管一切已经如风而逝，物是人非，只剩下尘封在心头的记忆碎片。

给人留下深刻印象的还有收藏。

收藏是一个时代盛衰的晴雨表，从中可见风云变迁，可见世态人心。无论是朱氏、刘太公，还是作者的本家叔叔、堂弟，都将大量的财力和精力花费在自己的爱好上，其藏品不乏稀世珍品，让人眼界大开。作者出身世家，本人受家庭的熏陶和影响，对此也相当痴迷，且兴趣很是广泛，无论是古玩、字画还是书籍，广为搜罗，藏有不少奇珍异宝。

俗话说，乐极生悲，有聚就必然有散，这是一个无法回避的问题。就以作者自身的经历而言，三代遗书、四十年收藏，或遭族人哄抢，或毁于兵火，一夜之间，化为乌有。围绕着这些收藏的获得与失去，作者讲述了一个个惊心动魄的传奇故事。

同样给人印象深刻的，还有通过种种琐事细节逐渐清晰丰满起来的作者本人的形象，特别是他对音乐、茶道、园艺、美食的精鉴和讲究，令人叹为观止。他对精致生活的追求已经超越简单的生理需求，走向审美，走向艺术化，达到很高的境界。如果生活没有发生如此大的变故的话，他完全可以做个太平闲人，安享人生。但这样的生活在残酷的战火面前烟消云散，转眼间只剩下埋在心头的温暖记忆了。

作者文笔老到，描摹刻画的能力极强，很平常很普通的一件小事，往往被他说得绘声绘色，引人入胜，一切仿佛就在眼前，仿佛刚刚发生过。不经意间娓娓道来，自有一种惊心动魄的力量。

就全书各篇所写内容而言，除了思想艺术方面的成就，还有很高的认识价值，作者所写，无论是物还是人，都达到了极致，明代文化之辉煌之灿烂，令人惊叹，尽管这里面也有刻意美化的成分在。

四

接下来说说这本书的结构和编排。前文已说过，《陶庵梦忆》采取笔记体的形式，以小见大，全书一百二十七篇文章，内容丰富，涉及面广，各卷篇目的安排从表面上看，似乎杂乱无序，但实际上有着内在的匠心。

全书卷首两篇，一为《钟山》，一为《报恩塔》，从大明王朝开国皇帝的陵寝和报恩塔讲起，写得如此郑重其事，结合朝代更替的创作背景来看，作者显然是有深意在的。

特别是《钟山》的最后一段，将亡国之痛、故国之思表达得十分明显。这一段文字系根据一卷本增补的，通行的八卷本皆删去，可见后来的刊行者对此也是心知肚明，为了避免文字狱，只得割爱。一卷本还有四篇作品不见于八卷本，删去的原因也是因为亡国之感写得太露骨，担心会引来麻烦。了解这一点，也就可以明白作者创作该书的意图。

作者写报恩塔，目的不在对该名胜各方面的详细描绘，其用意文中说得很明白，"非成祖开国之精神、开国之物力、开国之功令，其胆智才略足以吞吐此塔者，不能成焉"，这才是他真正想说的话。国破家亡之际，"报恩"二字是相当醒目的。

卷二则先从《孔庙桧》《孔林》说起，自然也有深意在。如果说全书卷首两篇抒发的是亡国之痛、故国之思，这两篇则显示了作者的文化情怀和操守。在他看来，这不仅是一次王朝的更迭，也是一场文化的浩劫。这也是当时文人的一种共识，顾炎武更是提出"亡国"与"亡天下"的区别，发出"天下兴亡、匹夫有责"的呼唤。

作者曾写有《孔子手植桧》一诗，其中最后几句为："昔灵今不灵，顽仙逊薆莪。岂下有虫蚁，乃来为窟穴。余欲驱除之，敢借击蛇笏。"其捍卫道统的志向于此可见。此外他还写有《子贡手植楷》一诗，末两句云："惟不受秦官，真堪为世楷。"立场鲜明，并不隐晦。虽然这些作品写于明亡之前，但作者的立场和态度始终没有发生改变，反而更加坚定。

该卷最后两篇谈的是个人的书房和藏书，三世藏书，几代人的心血，多少珍本秘籍，竟然在改朝换代、兵荒马乱之际一日散尽。作者从孔子说到个人，可谓话里有话。

作者的忧思分两个层次：一是改朝换代带来的巨大创伤，二是道统沦丧带来的深深忧患。对前者，作者更多的是情感，对后者，则是理性的坚持，因为这涉及文化传统的沦丧，是个人的底线所在，退无可退。

当然，事实并没有作者想象的那么严重，清军入关之后，除了在男人发式上的推行外，对汉族文化则是采取主动认同和接受的态度，这估计是作者没有想到的。但不管怎样，那份对文化的坚守和维护是值得肯定的。

从孝陵、孔庙的祭祀到个人的风花雪月，从宏大到细微，由此可以看到全书内在的脉络。其后各篇所写皆为作者昔日所见所闻，或为奇花异宝，或为亭台名胜，或为民俗绝艺，无不体现着一个时代的繁华，但是转眼之间国破家亡，物是人非，此时的回忆正所谓追忆逝水年华。眼前的凄凉落寞，更衬托出当年的兴盛与欢乐，细腻生动的描绘中可见对往昔岁月的留恋。

全书最后一卷，始于繁华，终于凄凉，这既是阅读该卷产生的深刻印象，实际上也是《陶庵梦忆》这部书留给读者的总体感受。特别是卷末的最后一篇《琅嬛福地》，题目就很刺眼，国已不存，家已破败，福地何在？只能将世间所有繁华声色归于梦幻，尽管写得很生动，很有画面感，但读后令人嘘唏，徒增悲戚。

这让人想到了不久后出现的《红楼梦》。在这部小说中，当初贾府的日子也是鲜花着锦，烈火烹油，秦可卿的丧礼竟然办得轰轰烈烈，更像是整个家族的庆典，但天下没有不散的筵席，转眼之间，"落了片白茫茫大地真干净"，作者也是将其归之一梦，看其书名即可知。

有人将这种感伤和幻灭视为消极乃至落后，这实在是大煞风景。设身处地想一想，在经历过这种从盛极到衰落的巨大变迁之后，还能忍心去歌颂、去赞美吗？有些人不能理解《陶庵梦忆》，不能理解《红楼梦》，就是因为其人生道路与张岱、与曹雪芹正好相反，他们无法体会到这些逆行者内心深处的悲凉。因此读张岱和他的《陶庵梦忆》，是需要阅历的，这是一部心灵经历岁月冲刷之后才能真正读懂的文学经典。

五

最后简要介绍一下本书的整理情况。《陶庵梦忆》主要有两个版本系统：一个是一卷本，一个是八卷本。一卷本只有一个版本，即乾隆年间金忠淳刊行的《砚云甲编》本，收录作品四十三篇，非《陶庵梦忆》一书的全部。八卷本则收录作品一百二十三篇，存世版本有多种，其中刊行最早者为乾隆五十九年（1794）王文诰评点本，该本存世较少。流传较广者为清咸丰年间《粤雅堂丛书》本，现在市面上所见的整理本大多以该本为底本。

本书以八卷本的最早刊本乾隆间王文诰评点本为底本，以《粤雅堂丛书》本为校本，并参考其他刊本及今人的一些整理本，择善而从，因系普及读本，不再出校记。

注释偏重人名、地名、典故及部分疑难词语，并征引作者其他著述中相关的文字，以做对照和补充。对书中多次出现的词语，只在第一次出现时注出。

译文力求准确传达原文的语意，并注意表达的流畅，不拘泥于逐字逐句的对译。

为便于读者更为深入、全面地了解该书，将收于《琅嬛文集》的作者自序放在卷首。《砚云甲编》本有四篇作品不见于八卷本，本书作为附录收入。附录部分还收有作者的《自为墓志铭》及相关刊本的序跋，作为资料，以供参考。

本书是在《陶庵梦忆》评注本的基础上修订整理而成，评注本于2008年出版，这是笔者整理出版的第一部古籍，转眼间十多年过去了。评注本出版之后，自己陆续发现了一些问题，也有读者指出其中的错误，这次修订除将已发现的问题全部改正外，还对内容进行了较大的修改，尽管如此，必定还存在一些错误或不够妥帖的地方，恳请读者诸君批评指正。

自 序

　　陶庵国破家亡，无所归止[1]，披发入山，骇骇为野人[2]。故旧见之，如毒药猛兽，愕窒不敢与接[3]。作自挽诗[4]，每欲引决[5]，因《石匮书》未成[6]，尚视息人世[7]。然瓶粟屡罄[8]，不能举火[9]，始知首阳二老直头饿死，不食周粟[10]，还是后人妆点语也[11]。

注释

[1] 归止：归宿。

[2] 骇骇（hài）：令人吃惊、惊骇的样子。

[3] 愕窒：惊愕得不敢喘气。接：靠近、接触。

[4] 自挽诗：作者撰有《和挽歌辞》三首。

[5] 引决：自杀、自尽。

[6] 《石匮书》：作者当时正在撰写的一部明代史书。

[7] 视息人世：生活于人世间。视，眼睛观看。息，口鼻呼吸。

[8] 罄：空。

[9] 举火：生火做饭。

[10] 首阳二老直头饿死，不食周粟：二老指商朝遗民伯夷、叔齐。周灭商后，两人隐居首阳山，不食周粟，后饿死。直头：竟自、一直。作者似乎是说首阳二老并非不食周粟，而是因没有找到吃的被饿死，意在说明自己此时生活的困顿。

[11] 妆点：修饰文字，渲染敷衍。

译文

　　陶庵国破家亡，无所归依，只得披头散发来到山里，样子可怕得像野人一样。故交旧友见到我，就像见到毒药猛兽，很惊恐地看着，不敢和我接近。我已写了自挽诗，每每想自我了断，但因《石匮书》还未完成，还苟活于人间。米瓮中屡屡空着，没法生火做饭，这才明白首阳山伯夷、叔齐二老径直饿死，不吃周粟，还是后人夸张粉饰的讹了。

饥饿之余，好弄笔墨，因思昔人生长王、谢[1]，颇事豪华，今日罹此果报[2]。以笠报颅，以篑报踵[3]，仇簪履也[4]；以衲报裘，以苎报绤[5]，仇轻暖也；以藿报肉[6]，以粝报粻[7]，仇甘旨也[8]；以荐报床[9]，以石报枕，仇温柔也；以绳报枢[10]，以瓮报牖[11]，仇爽垲也[12]；以烟报目，以粪报鼻，仇香艳也；以途报足，以囊报肩，仇舆从也。种种罪案，从种种果报中见之。

注释

[1] 王、谢：东晋时王导、谢安两大家族，其生活较为奢华，后泛指豪门世家。

[2] 罹：遭受苦难或不幸。

[3] 篑（kuì）：草鞋。踵（zhǒng）：指脚。

[4] 仇：相应，匹配。

[5] 苎（zhù）：粗麻布。　绤：细布。

[6] 藿：豆叶。这里泛指野菜。

[7] 粝：粗米。粻（zhāng）：细米。

[8] 甘旨：美味佳肴。

[9] 荐：草席，垫子。

[10] 枢：门上的转轴。

[11] 牖：窗户。

[12] 爽垲：明亮、干燥的房子。

译文

饥饿之余，喜欢舞文弄墨，由此想到以往生在像王、谢这样的人家，生活豪奢，今日遭到这样的报应：以斗笠作为头的报应，以草鞋作为脚的报应，与以前的冠履相对；以衲衣作为皮裘的报应，以麻布作为细布的报应，与以前的轻软暖和相对；以野菜作为食肉的报应，以粗粮作为精米的报应，与以前的美味佳肴相对；以草席作为床褥的报应，以石块作为枕头的报应，与以前的温暖柔和相对；以绳子作为门枢的报应，以破瓮作为窗牖的报应，与以前的明净干爽相对；以烟熏作为眼睛的报应，以粪臭作为鼻子的报应，与以前的香艳相对；以跋涉作为脚的报应，以负囊作为肩的报应，与以前的车马随从相对。种种罪案，都可以从种种果报中看出来。

　　鸡鸣枕上，夜气方回❶，因想余生平，繁华靡丽，过眼皆空，五十年来，总成一梦。今当黍熟黄粱❷，车旅蚁穴❸，当作如何消受？遥思往事，忆即书之，持向佛前，一一忏悔。不次岁月❹，异年谱也；不分门类，别志林也❺。偶拈一则，如游旧径，如见故人，城郭人民❻，翻用自喜，真所谓痴人前不得说梦矣❼。

注释

❶夜气：平旦清明之气。

❷黍熟黄粱：此处用的是卢生黄粱美梦的典故，出自唐沈既济《枕中记》。

❸车旋蚁穴：此处用的是淳于棼梦游槐安国，醒后发现为蚁穴的典故。出自唐李公佐《南柯太守传》。

❹次：排列。

❺《志林》：《东坡志林》，苏轼所写的一部笔记体著作，这里泛指一般的笔记之作。

❻城郭人民：典出晋陶潜《搜神后记》卷一："丁令威，本辽东人，学道于灵虚山。后化鹤归辽，集城门华表柱。时有少年，举弓欲射之。鹤乃飞，徘徊空中而言曰：'有鸟有鸟丁令威，去家千年今始归，城郭如故人民非，何不学仙冢累累。'遂高上冲天。"

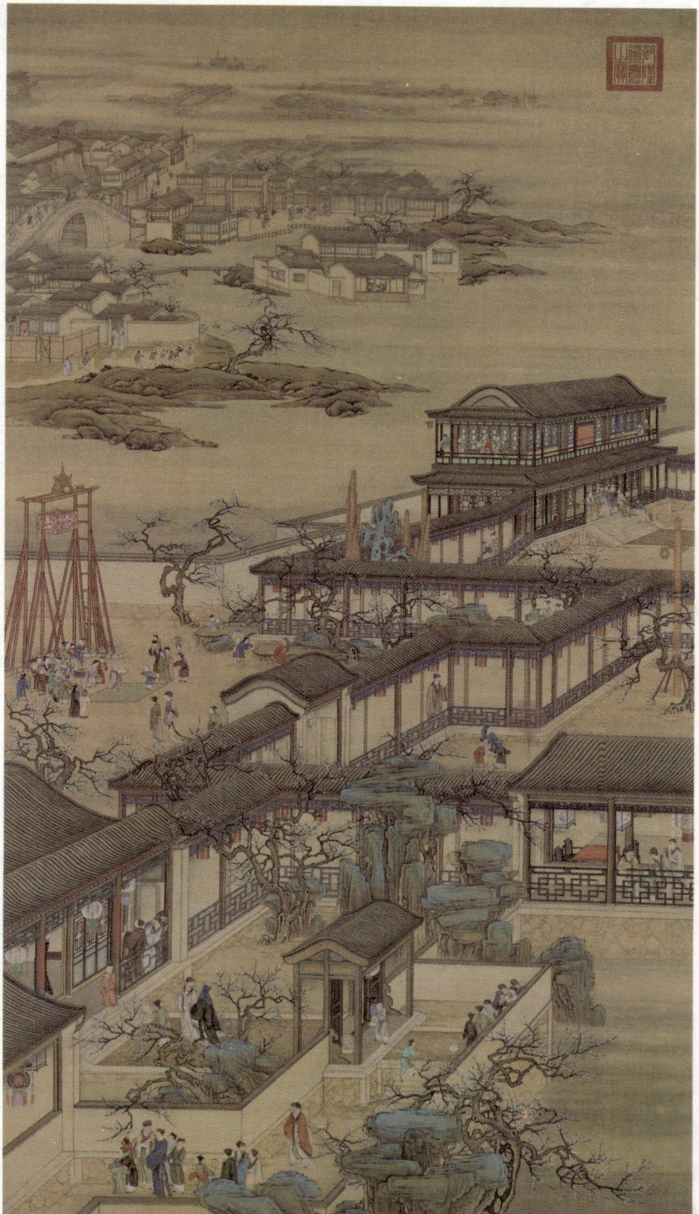

❼痴人前不得说梦：典出《冷斋夜话》：“僧伽龙朔中游江淮间，其迹甚异。有问之曰：‘汝何姓？’答曰：‘何姓。’又问：‘何国人？’答曰：‘何国人。’唐李邕作碑，不晓其言，乃书传曰：‘大师姓何，何国人。’此正所谓对痴人说梦耳。”另见《五灯会元》：“佛说三乘十二分，顿渐偏圆，痴人前不得说梦。”这里指自己不被外人理解。

译文

在枕上听到鸡叫声，清明之气刚刚恢复，因而回想自己的一生，所历繁华靡丽，转眼之间化为乌有，五十年来，不过是一场梦幻。现在黄粱已熟，车从蚁穴归来，该如何来打发这样的时光呢？追思往事，想到就写下来，拿到佛像前，一件一件忏悔。所写不按年月为序，以与年谱相区别；也不分门别类，以与《东坡志林》相区别。偶尔翻出一则看看，好像游览以往所经之处，好像遇到故交旧友，城郭依然，人民已非，自己反而因此而高兴，真可以说是在痴人面前不能说梦啊。

昔有西陵脚夫为人担酒❶，失足破其瓮，念无以偿，痴坐伫想曰❷：“得是梦便好。”一寒士乡试中式❸，方赴鹿鸣宴❹，恍然犹意非真，自啮其臂曰：“莫是梦否？”一梦耳，惟恐其非梦，又惟恐其是梦，其为痴人则一也。余今大梦将寤❺，犹事雕虫❻，又是一番梦呓❼。因叹慧业文人❽，名心难化❾，正如邯郸梦断，漏尽钟鸣，卢生遗表，犹思摹拓二王❿，以流传后世。则其名根一点⓫，坚固如佛家舍利，劫火猛烈⓬，犹烧之不失也。

注释

❶西陵：西兴，钱塘江渡口，在今浙江萧山。
❷伫想：长久地凝思。
❸中式：乡试得以考中举人。
❹鹿鸣宴：唐代乡试后，州县长官为考中举子举行宴会，因宴会

时多唱《诗经·小雅·鹿鸣》，故名。后泛指为庆贺举子考中而举行的宴会。

⑤寤：睡醒。

⑥雕虫：汉扬雄《法言·吾子》曾云赋为雕虫小技，壮夫不为，后人以雕虫小技代指写文章。

⑦梦呓：梦话。

⑧慧业：佛教用语，指智慧的业缘。

⑨名心：求功名之心。

⑩邯郸梦断，漏尽钟鸣，卢生遗表，犹思摹拓二王：此处用的是卢生黄粱美梦的典故，出自汤显祖的《邯郸记》。二王：著名书法家王羲之、王献之父子。遗表：旧时大臣临终前所写的章表，一般在死后上奏。

⑪名根：好名的本性。

⑫劫火：佛教语，劫难中的火灾。佛教认为在坏劫之末，将发生水、火、风三大灾。火灾发生时，世界将烧为灰烬。

译文

从前西陵有个脚夫帮人挑酒，不小心摔跤把酒坛打破了，想想没钱赔偿，就久久地呆坐着想道："能做个这样的梦就好。"有个穷书生乡试得中举人，正要去赴鹿鸣宴，恍惚觉得不是真的，就咬着自己的手臂说："莫不是在做梦吧？"同样一个梦，一个唯恐不是梦，一个又唯恐是梦，但他们都是痴人则是一样的。我如今大梦将要醒了，还在弄这些雕虫小技，又是在说一番梦话。因而感叹那些有慧业的文人，功名之心难改，正像邯郸之梦已尽、天要放亮之时，卢生撰写遗表，还在想着追摹二王书法，流传后世。这点名根，就像佛家的舍利那样坚固，即便用猛烈的劫火来烧，仍然是烧不掉的。

目 录

卷 四

卷　七

卷
一

钟　山①

　　钟山上有云气，浮浮冉冉，红紫间之②，人言王气，龙蜕藏焉③。高皇帝与刘诚意、徐中山、汤东瓯定寝穴④，各志其处，藏袖中。三人合，穴遂定。门左有孙权墓，请徙。太祖曰："孙权亦是好汉子，留他守门。"及开藏，下为梁志公和尚塔⑤，真身不坏，指爪绕身数匝。军士䡙之不起⑥。太祖亲礼之，许以金棺银椁⑦，庄田三百六十，奉香火，舁灵谷寺⑧，塔之。今寺僧数千人，日食一庄田焉。陵寝定，闭外羡⑨，人不及知。所见者，门三、飨殿一、寝殿一，后山苍莽而已。

注释

①钟山：又称紫金山，在今江苏南京东。

②间：夹杂，掺杂。

③龙蜕：传说龙蜕去的皮。

④高皇帝：朱元璋（1328—1398），明开国皇帝，谥高皇帝。刘诚意：刘基（1311—1375），字伯温，曾被封诚意伯。徐中山：徐达（1332—1385），字天德，曾被封魏国公，死后追封中山王。汤东瓯：汤和（1326—1395），字鼎臣，死后被封东瓯王。

⑤志公和尚：南朝僧人宝志（436—513），俗姓朱，南京东阳人。志公去世后，梁永定公主为其建造一座五层石塔。明初朱元璋为营造孝陵，将塔迁至灵谷寺内。

⑥䡙（jú）：古代一种运土的器具，这里用作抬、拉的意思。

⑦椁：套在棺材外面的大棺材。

⑧舁（yú）：抬。灵谷寺：在今江苏南京紫金山。初建于梁武帝

时，原名开善寺，明初改名灵谷寺。

❾羡：墓道。

译文

钟山上有云气，缓缓升腾，红紫相间，有人说这是王气，龙蜕下的皮藏在那里。高皇帝朱元璋与诚意伯刘基、中山王徐达、东瓯王汤和勘定陵墓，各自记下自己看中的地方，藏在袖子里，三人选定的相合，陵墓的位置就这样确定了。墓门的左边有孙权墓，臣下请求迁走。太祖说："孙权也是一个好汉，留他守门吧。"等到开掘墓穴的时候，发现下面是南梁志公和尚的塔穴，和尚的真身不坏，指甲很长，绕着身子有好几圈，士兵们抬不起来。太祖亲自行礼，许诺使用金棺银椁，并拨给三百六十亩庄田，供奉香火，这才抬到灵谷寺，建塔安葬。现在寺庙里有几千僧人，每天能吃掉一庄田的粮食。陵寝完工后，关闭外面的墓道，人们不知道里面的情况。大家所能看到的，只有三扇门、一座羡殿、一座寝殿，还有葱郁的后山而已。

壬午七月❶，朱兆宣簿太常，中元祭期❷，岱观之。羡殿深穆，暖阁去殿三尺，黄龙幔幔之。列二交椅，褥以黄锦孔雀翎，织正面龙，甚华重。席地以毡，走其上，必去舄轻趾❸。稍咳，内侍辄叱曰："莫惊驾。"

注释

❶壬午：即崇祯十五年（1642）。
❷中元：中元节，又称盂兰盆节、鬼节，阴历七月十五日。
❸舄：鞋子。

译文

壬午年（1642）七月，朱兆宣在太常寺负责司仪，中元节祭祀期间，我去陵墓观看。羡殿深邃肃穆，暖阁离此殿有三尺，用绣有黄龙的幔子来遮饰。里面放有两把交椅，用黄锦孔雀翎做褥子，正面织有龙，很是华贵庄重。地上铺着毡子，走在上面，必须脱去鞋子轻轻走路。稍微咳嗽一下，内侍就会训斥道："不要惊驾。"

近阁下一座，稍前为碩妃❶，是成祖生母❷。成祖生，孝慈皇后妊为己子❸，事甚秘。再下，东西列四十六席，或坐或否。祭品极简陋，朱红木簋❹木壶、木酒樽，甚粗朴。簋中肉止三片，粉一铗❺，黍数粒，东瓜汤一瓯而已。暖阁上一几，陈铜炉一、小筯瓶二、杯棬二❻。下一大几，陈太牢一❼少牢一而已❽。他祭或不同，岱所见如是。

注释

❶碩（gōng）：姓氏。

❷成祖：明成祖朱棣（1360—1424）。

❸孝慈皇后：朱元璋妻子马氏，谥孝慈。安徽宿州人，郭子兴养女。

❹簋（guǐ）：盛食品的器具。

❺铗：铁钳。

❻棬（quān）：木头做的饮器。

❼太牢：古代祭祀，牛、羊、猪三种祭品皆备或用牛为祭品，称太牢。

❽少牢：古代祭祀，只用羊、猪或只用羊为祭品，称少牢。

译文

靠近暖阁下设有一个座位，稍靠前的是碩妃，她是成祖的生母。成祖生下来后，孝慈皇后将其作为自己的儿子养育，这事很隐秘。再往下，东西两排设了四十六个席位，或坐或站。祭品都很简陋，有朱红木簋、木壶、木酒樽等，很是粗糙简朴。簋中只有三片肉、一铗粉、几粒黍、一小盆东瓜汤而已。暖阁上有一个几案，陈设着一个铜炉、两个小筷瓶、两个杯子。下面一个大几案，摆放的也不过一头牛、一只羊而已。其他时节的祭祀或许与此不同，我见到的就是这样。

先祭一日，太常官属开牺牲所中门❶，导以鼓乐旗帜，牛羊自出，龙袱盖之。至宰割所，以四索缚牛蹄。太常官属至，牛正面立，太常官属朝牲揖，揖未起，而牛头已入烊所❷。烊已，昇至飨殿。次日五鼓，魏国至，主祀，太常官属不随班，侍立飨殿上。祀毕，牛羊已臭腐不堪闻矣。平常日进二膳，亦魏国陪祀，日必至之。

戊寅❸，岱寓鹫峰寺❹。有言孝陵上黑气一股，冲入牛斗，百有余日矣。岱夜起视，见之。自是流贼猖獗，处处告警。壬午，朱成国与王应华奉敕修陵❺，木枯三百年者尽出为薪，发根，隧其下数丈，识者为伤地脉、泄王气，今果有甲申之变❻，则寸斩应华亦不足赎也❼。孝陵玉食二百八十二年，今岁清明，乃遂不得一盂麦饭，思之猿咽。

注释

❶牺牲：祭祀所用牲的通称。

❷烊（xún）：用水煮。

❸戊寅：即崇祯十一年（1638）。此段文字王文诰评点本、《粤雅堂丛书》本皆无，据《砚云甲编》本补。

❹鹫峰寺：在今江苏南京白鹭洲公园内，始建于明天顺五年（1461），为纪念唐代名僧鹫峰而建。

❺朱成国：朱纯臣（？—1644），曾被封成国公。王应华：字崇闻，号园长。东莞（今广东东莞）人。崇祯元年（1628）进士，曾任礼部侍郎。明亡后参加抗清，失败后隐居。善画兰竹木石。敕：帝王的诏书、命令。

❻甲申：崇祯十七年（1644）。这一年，李自成带领起义军攻进北京，崇祯皇帝自缢而死，明朝灭亡，故称甲申之变。

❼赎：用行动抵消、弥补罪过。

祭祀前一天，太常寺的官员打开圈养祭祀牲畜的中门，用鼓、乐、旗帜引导，牛羊自动从里面出来，用绣有龙的布盖上它们。到了宰割的场所，用四条绳索绑住牛蹄。太常寺的官员到了之后，和牛面对面站着，他们朝牲口作揖，作揖还没起来，牛头已经到了满是沸水的锅里。用水煮过后，抬到飨殿。第二天五鼓时分，魏国公过来，主持祭祀，太常寺的官员并不跟随，而是侍立在飨殿上。祭祀结束，牛羊已经腐烂发臭得不能闻了。平常的日子每天只进奉两顿饭，也是魏国公陪同祭祀，每天必到。

戊寅（1638）年，我寓居鹫峰寺。有人说孝陵上有一股黑气，冲进斗星牛星，已经有一百多天了。我夜里起来观看，果然看到了。从此流贼猖獗，到处告急。壬午（1642）年，成国公朱纯臣与王应华奉诏修陵，将干枯三百年的树木全部挖出来当柴烧，挖树根时，挖到下面好几丈深，知道内情的人认为这是伤了地脉、泄了王气，现在果然有甲申（1644）年之变，就是将张应华碎尸也不足以挽回。孝陵享祭二百八十二年，今年又到清明，竟然都得不到一盂麦饭来祭祀，想到这里不禁哽咽哭泣。

报 恩 塔[1]

中国之大古董，永乐之大窑器[2]，则报恩塔是也。报恩塔成于永乐初年，非成祖开国之精神、开国之物力、开国之功令[3]，其胆智才略足以吞吐此塔者，不能成焉。塔上下金刚佛像千百亿金身[4]。一金身，琉璃砖十数块凑成之，其衣折不爽分[5]，其面目不爽毫，其须眉不爽忽[6]，斗笋合缝[7]，信属鬼工。

❶报恩塔：在今南京市中华门外雨花路东侧，系明成祖为纪念自己的生母而建。咸丰年间毁于太平天国战火。

❷永乐：明成祖朱棣年号（1403—1424）。

❸功令：法律、法令。

❹金身：装金的佛像，这里指用琉璃砖建成的佛像。

❺爽：差错。

❻忽：计量单位，一毫十丝，一丝十忽。

❼斗笋：建筑物上连接和拼合的榫头。

译 文

中国的大古董，永乐年间的大窑器，说的就是报恩塔。报恩塔于永乐初年建成，如果没有成祖开国时期的那种精神、物力和法令，没有他那足以吞吐这座塔的胆略才智，是难以建成的。塔身上下有千百亿座用琉璃砖烧制的金刚佛像。每一座金身佛像，都是用十几块琉璃砖拼成的，衣服的皱褶、面庞眼睛还有胡须眉毛都分毫不差，榫头合缝，实在是鬼斧神工。

闻烧成时，具三塔相❶，成其一，埋其二，编号识之❷。今塔上损砖一块，以字号报工部❸，发一砖补之，如生成焉。夜必灯，岁费油若干斛❹。天日高霁❺，霏霏霭霭，摇摇曳曳，有光怪出其上，如香烟缭绕，半日方散。永乐时，海外夷蛮重译至者百有余国❻，见报恩塔，必顶礼赞叹而去❼，谓四大部洲所无也❽。

❶相：事物的外观，这里指塔砖。

❷识：标记。

❸工部：明代中央政府六部之一，主要负责工程建设。

④斛（hú）：古代容器单位，原为十斗一斛，南宋末年改为五斗一斛。

⑤霁：天晴。

⑥夷蛮：对其他民族的称呼。重译：辗转翻译，意为路途遥远，言语不通。

⑦顶礼：佛教最高的礼节。

⑧四大部洲：古印度神话传说宇宙有四大洲，东方胜身洲，南方瞻部洲，西方牛货洲，北方俱卢洲，这是人类所居住的世界。

译文

听说当年烧制的时候，准备了够三座塔用的琉璃砖，建成其中一座，将另外两座备用的掩埋了，用编号标记。现在塔上如果损坏一块砖，凭它上面的字号报送到工部，就发下一块砖来补上，整座塔好像刚开始建成的样子。每到夜晚必定点灯，每年费油若干斛。白天放晴时，云雾萦绕，摇摇曳曳，有奇怪的光在塔上出现，好像香烟缭绕，半天才散去。永乐时，那些路途遥远、言语不通的海外蛮夷到达这里，他们来自一百多个国家，见到报恩塔，一定顶礼膜拜，赞叹而去，说这是四大部洲人间世界都没有的奇观。

❀ 天台牡丹❶ ❀

天台多牡丹，大如拱把，其常也。某村中有鹅黄牡丹，一株三干，其大如小斗，植五圣祠前。枝叶离披❷，错出檐甃之上❸，三间满焉。花时数十朵，鹅子、黄鹂、松花、蒸栗，萼楼穰吐❹，淋漓簇沓❺。土人于其外搭棚演戏四五台❻，婆娑乐神❼。有侵花至漂发者❽，立致奇祟❾。土人戒勿犯，故花得蔽芾而寿❿。

❶天台：今浙江天台。

❷离披：繁茂的样子。

❸甍：砌墙的砖，这里指屋檐上的砖瓦，与檐同义。

❹穰吐：繁盛。

❺淋漓簇沓：形容繁花盛开，气势丰沛酣畅。

❻土人：当地人。

❼婆娑：盘旋和舞动的样子。

❽漂发：毫发，细微。

❾祟：灾祸、灾难。

❿蔽芾（fèi）：花木茂盛的样子。

译文

天台盛产牡丹，花朵大到如两手合围的挺常见。其中某个村里种有鹅黄牡丹，一株有三个枝干，花朵大得像个小斗，种在五胜祠前。这株牡丹枝叶繁茂，枝条错落伸到房檐上，遮满三间房子。开花的时候有几十个花朵，形如鹅雏、黄鹂、松花、蒸栗，花萼繁盛，一簇簇、一层层地盛开着。当地人在外面搭个棚子演戏，有四五台戏同时开演，轻歌曼舞用来娱神。有冒犯花朵哪怕有丝毫伤害者，会立刻招致灾祸。当地人告诫不要冒犯，花朵由此得以茂盛久长。

❧ 金乳生草花 ❧

金乳生喜莳草花❶。住宅前有空地，小河界之❷。乳生濒河构小轩三间❸，纵其趾于北❹，不方而长，设竹篱经其左。北临街，筑土墙，墙内砌花栏护其趾。再前，又砌石花栏，长丈余而稍狭。栏前以螺山石垒山披数折，有画意。

❶莳（shì）：种植。
❷界：毗邻，毗连，接界。
❸濒：靠近，临近。构：建造。
❹纵其趾：拓展地基。

译文

金乳生喜欢种植花草。他的住宅前有片空地，以小河为界。乳生临近小河盖了三间小屋，将地基往北拓展，因而房子不是方形而是狭长形，设竹篱笆在左边环绕。北边靠街，修筑土墙，墙内砌有花栏护住地基。再往前，又砌一排石花栏，长有一丈多而稍显狭窄。栏前用螺山石垒成曲折的小山，有画中的意境。

草木百余本，错杂莳之，浓淡疏密，俱有情致。春以莺粟、虞美人为主，而山兰、素馨、决明佐之❶；春老以芍药为主，而西番莲、土萱、紫兰、山矾佐之。夏以洛阳花、建兰为主，而蜀葵、乌斯菊、望江南、茉莉、杜若、珍珠兰佐之。秋以菊为主，而剪秋纱、秋葵、僧鞋菊、万寿芙蓉、老少年、秋海棠、雁来红、矮鸡冠佐之。冬以水仙为主，而长春佐之。其木本如紫白丁香、绿萼玉楪蜡梅、西府❷滇茶❸日丹、白梨花，种之墙头屋角，以遮烈日。

注释

❶佐：处于辅助地位，陪衬。
❷西府：即西府海棠，一种比较名贵的海棠。
❸滇茶：即滇茶花，又称滇山茶、云南山茶、大茶花等。叶片光鲜，花朵硕大艳丽，有较高观赏价值。作者在《夜航船》一书中亦有

解释："茶花：以滇茶为第一，日丹次之。滇茶出自云南，色似衢红，大如茶碗，花瓣不多，中有层折，赤艳黄心，样范可爱。"

译文

草木有一百多种，按不同的时节错杂种植，浓淡疏密，皆有情致。春天以罂粟、虞美人为主，以山兰、素馨、决明为辅；暮春以芍药为主，以西番莲、土萱、紫兰、山矾为辅。夏天以洛阳花、建兰为主，以蜀葵、乌斯菊、望江南、茉莉、杜若、珍珠兰为辅。秋天以菊花为主，以剪秋纱、秋葵、僧鞋菊、万寿芙蓉、老少年、秋海棠、雁来红、矮鸡冠为辅。冬天以水仙为主，以长春为辅。木本植物像紫白丁香、绿萼玉蝶蜡梅、西府海棠、滇茶花、日丹、白梨花等，则种在墙头屋角，用来遮挡烈日。

乳生弱质多病，早起不盥不栉❶，蒲伏阶下，捕菊虎❷，芟地蚕❸，花根叶底，虽千百本，一日必一周之❹。瘵头者火蚁❺，瘠枝者黑蚰❻，伤根者蚯蚓、蜒蝣❼，贼叶者象干、毛猬❽。火蚁，以鲞骨、鳖甲置旁引出弃之❾；黑蚰，以麻裹箸头捋出之❿；蜒蝣，以夜静持灯灭杀之；蚯蚓，以石灰水灌河水解之；毛猬，以马粪水杀之；象干虫，磨铁线，穴搜之。事必亲历，虽冰龟其手⓫，日焦其额，不顾也。青帝喜其勤⓬，近产芝三本以祥瑞之。

注释

❶ 盥：洗手。栉：梳头。
❷ 菊虎：一种侵害菊科植物的小型天牛。
❸ 芟：除去。地蚕：俗称土蚕、地老虎，其幼虫咬食花木的根茎。
❹ 周：遍。
❺ 瘵：枯萎，衰弱。火蚁：一种危害农作物、花木的蚂蚁。
❻ 黑蚰：一种危害花木的黑色爬虫。

⓻蜓蜍：又名蜓蚰、鼻涕虫，危害农作物，可入药。

⓼象干：即尺蠖，又名造桥虫，蚕食花木的叶子。

⓽鲞骨：干鱼或腊鱼的骨头。

⓾捋：轻轻摘取。

⑪皲（jūn）：同"皲"，皮肤因受冻而裂开。

⑫青帝：古代神话传说中的司春之神。

译文

乳生体弱多病，早上起来后并不洗脸梳头，而是趴在阶下，捕天牛，除土蚕，从花根到叶底，虽然种有千百株，每天必定搜寻一遍。枯萎花头的是火蚁，使枝条瘦弱的是黑蚰，伤害树根的是蚯蚓、鼻涕虫，偷吃叶子的是尺蠖、毛猬。对火蚁，把鱼骨、鳖甲放在洞旁引其出来再扔掉；对黑蚰，用麻裹着筷子头将其捋出；对鼻涕虫，夜深人静时拿灯诱杀；对蚯蚓，用石灰水灌河水来解决；对毛猬，用马粪水杀死；对尺蠖，磨根铁丝，伸到洞穴里搜寻。这些事他必定亲力亲为，虽然手被冻裂，太阳晒焦额头，他也不管。司春之神青帝喜爱他的勤劳，最近生出三棵芝草来显示祥瑞。

日 月 湖

宁波府城内❶，近南门，有日月湖。日湖圆，略小，故日之❷；月湖长，方广，故月之。二湖连络如环，中亘一堤❸，小桥纽之。日湖有贺少监祠❹。季真朝服拖绅❺，绝无黄冠气象❻。祠中勒唐元宗钱行诗以荣之❼。季真乞鉴湖归老，年八十余矣。其《回乡》诗曰："幼小离家老大回，乡音无改鬓毛衰。儿孙相见不相识，笑问客从何处来？"八十归老，不为早矣，乃时人称为急流勇退，今古传之。

❶宁波府：今浙江宁波。

❷日之：以日来称呼它。

❸亘：横贯。

❹贺少监：贺知章（659—744），字季真，越州永兴（今浙江萧山）人。证圣元年（695）进士，历任太常少卿、礼部侍郎、工部侍郎、秘书监员外、太子宾客、秘书监等。天宝三年（744）还乡。

❺拖绅：旧时中原王朝朝服后腰所悬挂的大带，因其上有组绶，合称绶带。

❻黄冠气象：黄冠本是道士所戴帽子，借指道士。气象，人的举止、气度。这里是指有道士的气度。

❼唐元宗：即唐玄宗，底本避"玄"字，皆改其为"元"。唐玄宗又称唐明皇，即李隆基（685—762），唐代皇帝，712至755年在位。

译 文

宁波府城内靠近南门的地方，有个日月湖。日湖是圆形的，略小，因此用日来称呼它；月湖是长形的，较为宽广，因此用月来称呼它。两个湖像环一样连在一起，中间横贯一条湖堤，用小桥来连接。日湖里有座唐代秘书监贺知章的祠堂。他身穿朝服，拖着腰带，没有一点道士的样子。祠中刻有唐玄宗为其饯行的诗来显示荣耀。贺知章乞求归老鉴湖时，已经八十多岁了。他在《回乡》诗里说："幼小离家老大回，乡音无改鬓毛衰。儿孙相见不相识，笑问客从何处来？"八十岁告老还乡，不能算早，但当时的人仍称赞他是急流勇退，其事迹无论今古都在传诵。

季真曾谒一卖药王老❶，求冲举之术❷，持一珠贻之。王老见卖饼者过，取珠易饼。季真口不敢言，甚懊惜之。王老曰："悭吝未除，术何缘得？"乃还其珠而去。则季真直一富贵利禄中人耳❸。《唐书》

人之《隐逸传》，亦不伦甚矣❹。月湖一泓汪洋，明瑟可爱，直抵南城。

❶谒：拜见。
❷冲举：飞升成仙。
❸直：只不过。
❹不伦：不相当、不相类。

译文

贺知章曾拜谒一位卖药的王姓老人，寻求飞升成仙的法术，并拿一颗珍珠送给他。王姓老人看到一个卖饼的经过，就用珠子换饼。贺知章嘴上不敢说，心里很是懊恼，感到可惜。王姓老人说："你的悭吝还没有除掉，法术从哪里得到呢？"于是归还他的珠子离开了。如此贺知章只不过是一个富贵利禄中的人而已。《唐书》把他列入《隐逸传》，也是很不般配的。月湖湖水深广，澄澈可爱，直达南城。

城下密密植桃柳，四围湖岸，亦间植名花果木以萦带之❶。湖中栉比皆士夫园亭❷，台榭倾圮❸，而松石苍老。石上凌霄藤有斗大者，率百年以上物也。四明缙绅❹，田宅及其子，园亭及其身。平泉木石❺，多暮楚朝秦，故园亭亦聊且为之，如传舍衙署焉。屠赤水娑罗馆亦仅存娑罗而已❻。所称"雪浪"等石，在某氏园久矣。清明日，二湖游船甚盛，但桥小，船不能大。城墙下趾稍广，桃柳烂漫，游人席地坐，亦饮亦歌，声存《西湖》一曲。

注释

❶萦带：环绕。
❷栉比：像梳齿般紧密排比，比喻排列紧密。
❸倾圮：倒塌毁坏。

4 四明：今浙江宁波。缙绅：官宦的代称。

5 平泉木石：典出李德裕《平泉山居戒子孙记》："鬻平泉者，非吾子孙也。以平泉一树一石与人者，非佳士也。"

6 屠赤水：屠隆（1542—1605），字长卿，号赤水、鸿苞居士。鄞县（今浙江宁波）人。万历丁丑年（1577）进士，官至礼部主事。著有传奇《彩毫记》《昙花记》《修文记》及诗文集《栖真馆集》《鸿苞集》等。

译文

城下密密地种植桃树、柳树，遍布湖岸四周，其间也种了一些名花果木，像彩带一样环绕着。湖中密布的都是士大夫修建的园亭，有不少台榭倾倒坍塌，松树石头都已苍老。石头上的凌霄藤有像斗那么大的，都是百年以上的植物。对宁波当地的缙绅来说，田地宅院可以传给儿子，但园林亭台仅到自己这一代。如同平泉的树木石头，大多反复易主，因此园亭也就随意建造，就像驿站、衙门一样。屠隆的娑罗馆也仅存娑罗而已。所说的"雪浪"等石头，在某家的园林里很久了。清明那一天，两湖的游船很多，但是桥小，所以船不能大。城墙下地基较宽，桃柳烂漫，游人席地而坐，边喝酒边唱歌，其中有一支《西湖》的曲子流传下来。

金山夜戏[1]

崇祯二年中秋后一日[2]，余道镇江往兖[3]。日晡[4]，至北固[5]，舣舟江口[6]。月光倒囊入水，江涛吞吐，露气吸之，噀天为白[7]。余大惊喜。移舟过金山寺，已二鼓矣。经龙王堂，入大殿，皆漆静[8]。林下漏月光，疏疏如残雪。

❶金山：在今江苏镇江西北，名胜古迹有金山寺、慈寿塔等。

❷崇祯二年：即1629年。

❸兖：兖州，在今山东西南部。

❹晡（bū）：时刻名，即申时，相当于现在的下午三点到五点。

❺北固：北固山，在今江苏镇江北长江边上，由前峰、中峰和后峰组成，梁武帝曾题书"天下第一江山"，名胜古迹有甘露寺等。

❻舣（yǐ）舟：停船靠岸。

❼嗅（xùn）：喷、吐。

❽漆静：昏暗宁静。

译文

崇祯二年（1629）中秋后的一天，我途经镇江到兖州去。傍晚时分，到达北固山，在江口停船。月光像从囊中倾泻而下的水流，与江涛相吞吐，被露气吸收，再把天空喷洒成白色。我分外惊喜。船只经过金山寺，当时天已二鼓。经过龙王堂，进入大殿，都是漆黑宁静。树林下漏出点点月光，稀稀疏疏的如同残雪。

余呼小傒携戏具❶，盛张灯火大殿中，唱韩蕲王金山及长江大战诸剧❷。锣鼓喧填，一寺人皆起看。有老僧以手背揉眼翳❸，翕然张口❹，呵欠与笑嚏俱至。徐定睛❺，视为何许人，以何事何时至，皆不敢问。

剧完将曙，解缆过江。山僧至山脚，目送久之，不知是人、是怪、是鬼。

注释

❶小傒：年幼的侍童。

❷韩蕲王：韩世忠（1089—1151），字良臣，绥德（今陕西）人，行伍出身，以军功历任偏将、浙西制置使、京东淮东路宣抚处置使、

枢密使等。去世后被追封为蕲王。

❸ 揉（sà）：揉。翳（yì）：眼角膜上所长的一种妨碍视线的白斑，多见于老年人。

❹ 翕（xī）然张口：目瞪口呆的样子。

❺ 徐：缓慢，和缓。

译文

我喊小厮带着唱戏的道具，在大殿中点燃灯火，演唱韩世忠在金山及长江大战等戏。一时间锣鼓喧天，整个寺庙的人都起来观看。有位老僧用手背揉着眼上的白斑，目瞪口呆，一边打着呵欠一边笑得直打喷嚏。众人慢慢睁开眼，看看是什么人因为什么事在什么时候到此，但大家都不敢问。

戏演完的时候天也快亮了，于是解下船缆过江。山僧走到山脚，久久目送着我们，不知刚才在寺庙里闹腾的到底是人，是怪，还是鬼。

筠芝亭❶

筠芝亭，浑朴一亭耳。然而亭之事尽，筠芝亭一山之事亦尽。吾家后此亭而亭者，不及筠芝亭；后此亭而楼者、阁者、斋者，亦不及。总之，多一楼，亭中多一楼之碍；多一墙，亭中多一墙之碍。

太仆公造此亭成，亭之外更不增一椽一瓦，亭之内亦不设一槛一扉，此其意有在也。亭前后，太仆公手植树皆合抱，清樾轻岚，滃滃翳翳❷，如在秋水。亭前石台，蹴取亭中之景物而先得之，升高眺远，眼界光明。敬亭诸山，箕踞麓下❸。溪壑萦回，水出松叶之上。台下右旋，曲磴三折❹，老松偻背而立❺，顶垂一干，倒下如小幢❻，小枝盘郁，曲出辅之，旋盖如曲柄葆羽❼。癸丑以前❽，不垣不台❾，松意尤畅。

注释

①筠芝亭：作者叔祖张懋之所建，在绍兴卧龙山下。据祁彪佳《越中园亭记》记载："卧龙山之右巅，有城隍庙，即古蓬莱阁。折而下，孤松兀立，古木纷披，张懋之先生构亭曰'筠芝'，楼曰'霞外'。南眺越山，明秀独绝。亭之右为啸阁，以望落霞晚照，恍若置身天际，非复一丘一壑之胜已也。主人自叙其园，有内景十二、外景七、小景六，其犹子张宗之各咏一绝记之。"

②滃（wěng）滃翳（yì）翳：云气升腾、烟云弥漫的样子。

③箕踞：两脚张开，两膝微曲地坐着，形状像箕。这是一种不拘礼节的坐法。

④磴（dèng）：石头台阶。

⑤偻（lǚ）：弯曲。

⑥幢（chuáng）：一种仪仗用的旗帜。

⑦葆羽：一种以鸟羽为饰物、供仪仗用的华盖。

⑧癸丑：万历四十一年（1613）。

⑨垣：围墙。

译文

筠芝亭是一座风格浑厚朴实的亭子。然而亭子的事情完成了，筠芝亭所在这座山的事情也都完成了。我家在这个亭子后再建的亭子，都比不上筠芝亭；在这个亭子之后建造的楼、阁、斋，也比不上它。总之，多一座楼，亭中的视野里就多了一座楼的障碍；多一道墙，亭中的视野就多了一道墙的障碍。

太仆公建成这座亭子后，亭外不再增加一根椽子、一块瓦片，亭内也不设一道门槛、一扇窗户，这正是它有意味的地方。在亭子的前后，太仆公亲手所种的树木都已有合抱粗了，清凉的树荫上升腾起薄薄的山雾，像烟云般弥漫，如同身在秋天明净的河水中。亭前有座石台，从亭中观赏景物时最先看到它，登高望远，眼界开阔明亮。敬亭

等山坐落在山脚下。溪水萦绕回环，水从松叶间轻轻流过。从石台下右转，顺着台阶拐三个弯，可以看到有棵老松像驼背老人那样弯腰站着，从树顶垂下一根枝干，倒下来像一面旗帜。细小的树枝郁郁葱葱地盘曲着，出来辅助大枝干，盘曲的树冠像一把曲柄的鸟羽华盖。癸丑年（1613）以前，这里不建围墙不建台阁，苍松的意境很是畅快。

砎 园[1]

砎园，水盘据之，而得水之用，又安顿之若无水者[2]。

寿花堂，界以堤，以小眉山，以天问台，以竹径，则曲而长，则水之；内宅，隔以霞爽轩，以酣漱，以长廊，以小曲桥，以东篱，则深而邃，则水之；临池，截以鲈香亭、梅花禅，则静而远，则水之；缘城，护以贞六居，以无漏庵，以菜园，以邻居小户，则閟而安[3]，则水之。

注释

[1] 砎（jiè）园：作者祖父张汝霖晚年所筑，据祁彪佳《越中名园记》记载："张肃之先生晚年筑室于龙山之旁，而开园其左。有鲈香亭，临王公池上，凭窗眺望，收拾龙山之胜殆尽。寿花堂、霞爽轩、酣漱阁皆在水石萦回，花木映带处。"砎，坚硬。

[2] 安顿：安置、安排。

[3] 閟（bì）：幽静。

译文

砎园被水盘绕占据，既得到水的妙用，又安排得好像没水一样。

寿花堂以土堤、小眉山、天问台、竹径为界，则曲折狭长，就用水环绕；内宅用霞爽轩、酣漱阁、长廊、小曲桥、东篱隔开，则幽僻深远，就用水环绕；临池用鲈香亭、梅花禅截断，则静谧深远，就用水环绕；缘城用贞六居、无漏庵、菜园、邻居的小房子护卫，则幽静安宁，就用水环绕。

水之用尽，而水之意色，指归乎庞公池之水❶。庞公池，人弃我取，一意向园，目不他瞩，肠不他回，口不他诺，龙山蠛蚭❷，三折就之，而水不之顾。人称硚园能用水，而卒得水力焉。

大父在日❸，园极华缛。有二老盘旋其中，一老曰："竟是蓬莱阆苑了也。"❹一老咈之曰❺："个边那有这样？"

注释

❶庞公池：在绍兴卧龙山之西。详见本书卷七《庞公池》。

❷龙山：又称卧龙山，位于绍兴城西，以形如卧龙而得名。春秋时为越国王城，越大夫文种死后葬于此处，故又名种山，后因绍兴府署设在山东麓，改称府山。蠛蚭（ní）：蚰蜒，俗称草鞋虫。

❸大父：祖父，即作者的祖父张汝霖（1561—1625），字肃之，号雨若。万历二十三年（1595）进士。历任兵部主事，山东、贵州、广西副使。

❹蓬莱：古代传说中神仙所居住的地方，据说东海有蓬莱、方丈、瀛洲三山。阆（làng）苑：传说中神仙所居住的地方。

❺咈（fú）：否定，不赞同。

译文

水的妙处用尽了，而水的意境神色，正是庞公池水的旨趣所在。庞公池采取人弃我取的方式，一心为园，眼睛不看别的地方，心思不在别的地方，不对别人许诺，龙山蚰蜒曲折，三次拐弯迁就它，而水置之不顾。人称硚园能用水，最终也得到水的助力。

祖父在时，园子极华丽。有两位老人在其中徘徊，一位老人说：

"这里竟是蓬莱仙境、神仙洞府!"另一位老人表示不赞同:"那边哪有这样好?"

葑门荷宕[1]

天启壬戌六月二十四日[2],偶至苏州,见士女倾城而出,毕集于葑门外之荷花宕。楼船画舫至鱼艓小艇[3],雇觅一空。远方游客,有持数万钱无所得舟,蚁旋岸上者。

注释

[1] 葑(fēng)门:在今江苏苏州城东。初名封门,因周围多水塘,盛产葑,后改称葑门。

[2] 天启壬戌:即天启二年(1622)。

[3] 楼船:有多层结构的游船。画舫:装饰华美的船只。艓(lí):小船。

译文

天启壬戌(1622)六月二十四日,我偶然到苏州,看到男男女女倾城而出,都聚集在葑门外的荷花宕。从楼船画舫到小船小艇,都被人找到雇走了。远方的游客有拿数万钱却没有雇到船的,只能像密集的蚂蚁一样站在岸上。

余移舟往观,一无所见。宕中以大船为经,小船为纬,游冶子弟,轻舟鼓吹,往来如梭。舟中丽人皆倩妆淡服[1],摩肩簇舄[2],汗透重纱。舟楫之胜以挤,鼓吹之胜以杂,男女之胜以溷,歊暑燀烁[3],靡沸终日而已。

❶倩：美好。

❷舄（xì）：鞋子。

❸歊（xiāo）：炎热。燁（qián）烁：炽热、炎热。

译文

我划船过去观看，却什么也看不到。宕中大船排列得像经线，小船排列得像纬线，游玩的子弟们吹打鼓乐，坐在小船上往来如梭。舟中的美人都浓妆艳抹，穿着浅色衣服，摩肩接踵，汗水湿透了层层纱罗。舟楫的胜处在拥挤，鼓吹的胜处在杂乱，男女的胜处在混杂，酷暑炎热，人们终日喧闹而已。

荷花宕经岁无人迹，是日，士女以鞋靸不至为耻❶。袁石公曰❷："其男女之杂，灿烂之景，不可名状。大约露帏则千花竞笑，举袂则乱云出峡，挥扇则星流月映，闻歌则雷辊涛趋❸。"盖恨虎丘中秋夜之模糊躲闪❹，特至是日而明白昭著之也。

注释

❶鞋靸：拖着鞋。

❷袁石公：袁宏道（1568—1610），字中郎，又字无学，号石公，湖广公安（今湖北公安）人。与兄宗道、弟中道，并称"三袁"，是公安派的代表人物，著有《袁中郎全集》等。下面的引文出自其《荷花荡》一文。

❸雷辊（gǔn）：雷声轰鸣。

❹虎丘：在今江苏苏州，已有两千多年的历史，有吴中第一名胜的美称。作者在《夜航船》一书中亦有介绍："虎丘：吴王阖闾死，治葬，穿土为川，积壤为丘，铜棺三重，以黄金珠玉为凫雁。葬三月，金精上腾为白虎，蹲踞山顶，因名虎丘。"

荷花宕一年到头都没有人的踪迹，但到了这一天，男男女女拖着鞋以跑不到这里为耻。袁宏道说："荷花宕里男男女女的混杂，光彩夺目的景象，无法用语言来形容。大约露出帷幕就可以看到千百个美女竞相微笑，一起举起袖子就像乱云出峡，挥动扇子就像星星闪烁月光辉映，听到歌声就像雷声轰鸣，涛声澎湃。"大概是不满于虎丘中秋夜的模糊躲闪吧，那些男男女女才特意在六月二十四日这一天光明正大地混杂在一起。

❧ 越俗扫墓 ❧

越俗扫墓，男女袨服靓妆❶，画船箫鼓❷，如杭州人游湖，厚人薄鬼，率以为常。二十年前，中人之家尚用平水屋帻船，男女分两截坐，不坐船❸，不鼓吹。先辈谑之曰❹："以结上文两节之意。"后渐华靡，虽监门小户，男女必用两坐船❺，必巾，必鼓吹，必欢呼鬯饮。

下午必就其路之所近，游庵堂、寺院及士夫家花园。鼓吹近城，必吹《海东青》《独行千里》，锣鼓错杂。酒徒沾醉，必岸帻嚣嚷❻，唱无字曲，或舟中攘臂，与侪列厮打❼。自二月朔至夏至❽，填城溢国，日日如之。

乙酉❾，方兵画江而守❿，虽鱼艬菱舠⓫，收拾略尽。坟垄数十里而遥，子孙数人挑鱼肉楮钱⓬，徒步往返之，妇女不得出城者三岁矣。萧索凄凉，亦物极必反之一。

❶袨（xuàn）服：华美的衣服。靓（jìng）妆：漂亮的装扮。

❷箫鼓：箫和鼓，泛指演奏乐器。

❸不坐船：不雇用专门载客的船。

❹谑：开玩笑。

❺两坐船：两条载客的船，男女分开乘坐。

❻嚣嚎：大喊大叫。

❼侪（chái）列：同伴，同伙。

❽朔：农历每月初一。

❾乙酉：顺治二年（1645）。

❿方兵：方国安手下士兵。当时鲁王监国绍兴，封方国安为镇东侯，负责抗清。

⓫舠（dāo）：小船。

⓬楮钱：旧俗祭祀时焚化的纸钱。

译文

越地扫墓的风俗，男男女女都穿着华美的衣服，打扮得漂漂亮亮的，乘坐画船，吹打箫鼓，就像杭州人游湖那样，厚待人而轻视鬼，大家都已习以为常。二十年前，中等富裕的人家还用一种施张布幔如屋帷的船，男女分两边坐，不坐那种座位舒服的船，不吹吹打打的。先辈开玩笑说："以此来了结上文两节的意思。"后来渐渐追求奢华，即便是小户人家，男女也必用两个座位的船，必定戴头巾，必定演奏乐曲，必定欢呼畅饮。

下午必定抄近路，去游览庵堂、寺院及士大夫家的花园。乐队靠近城内，必定吹奏《海东青》《独行千里》，锣鼓混杂。酒徒带着醉意，一定在岸边掀起头巾大喊大叫，唱着没有词的曲子，有的则在船中挥舞手臂，和同伴厮打。从二月初一到夏至，人们填城盈国，日日如此。

乙酉年（1645），方国安手下的士兵据江守卫，即便是像鱼和菱角那样的小船也被收掠一光。坟地距离有几十里远，子孙几个人就挑着鱼肉、纸钱，徒步往返扫墓，妇女不准出城已经有三年了。萧索凄凉的光景也是物极必反的一个表现。

奔云石❶

南屏石无出奔云右者❷。奔云得其情，未得其理。石如滇茶一朵，风雨落之，半入泥土，花瓣棱棱，三四层折。人走其中，如蝶入花心，无须不缀也。黄寓庸先生读书其中❸，四方弟子千余人，门如市。

余幼从大父访先生。先生面黧黑，多髭须，毛颊，河目海口，眉棱鼻梁，张口多笑。交际酬酢❹，八面应之。耳聆客言，目睹来牍，手书回札，口嘱侯奴，杂沓于前，未尝少错。客至，无贵贱，便肉、便饭食之，夜即与同榻。余一书记往❺，颇秽恶，先生寝食之不异也，余深服之。

丙寅至武林❻，亭榭倾圮，堂中宛先生遗蜕❼，不胜人琴之感❽。余见奔云黝润，色泽不减，谓客曰："愿假此一室，以石碥门，坐卧其下，可十年不出也。"客曰："有盗。"余曰："布衣褐被，身外长物则瓶粟与残书数本而已。王弇州不曰'盗亦有道也'哉？"❾

注释

❶作者《西湖梦寻》卷四"小蓬莱"一则与本文内容大致相同。该文开头介绍了奔云石命名的由来："小蓬莱在雷峰塔右，宋内侍甘升园也。奇峰如云，古木蓊蔚，理宗常临幸。有御爱松，盖数百年物也。自古称为小蓬莱。石上有宋刻'青云岩''鳌峰'等字。今为黄贞父先生读书之地，改名'寓林'，题其石为'奔云'。"

❷南屏：南屏山，在今浙江杭州西湖南岸，因在杭州城南，如一扇屏障，故名。多产奇石，有南屏晚钟等名胜。

❸黄寓庸：黄汝亨（1558—1626），字贞父，号寓庸，仁和（今浙江杭州）人。万历二十六年（1598）进士，历任进贤县令、礼部郎

中、江西布政司参议等。著有《天目记游》《廉吏传》《古秦议》《寓林集》《寓庸游记》等。他是作者祖父张汝霖的好友，作者曾向其学举业，称其为"举业知己"。

④酬酢：应酬，应对。

⑤书记：掌管文书的人。

⑥丙寅：即天启六年（1626）。武林：杭州的别称，因武林山而得名。

⑦窀（zhūn）：埋葬。遗蜕：遗体。

⑧人琴之感：典出《世说新语·伤逝》："王子猷、子敬俱病，而子敬先亡。子猷问左右：'何以都不闻消息？此已丧矣。'语时了不悲。便索舆来奔丧，都不哭。子敬素好琴，便径入坐灵床上，取子敬琴弹，弦既不调，掷地云：'子敬子敬，人琴俱亡。'因恸绝良久。月余亦卒。"后多用此典表达对亲友的哀悼、思念之情。

⑨王弇州：王世贞（1526—1590），字元美，号凤洲，又号弇州山人。江苏太仓人。嘉靖二十六年（1547）进士，历任刑部主事、南京刑部尚书、青州兵备副使、浙江右参政、山西按察使、应天府尹等。以诗文名于世，是"后七子"代表人物。著有《弇州山人四部稿》《弇州山人续稿》《艺苑卮言》《弇山堂别集》等。

译文

南屏所产的石头没有超过奔云石的。奔云石得其情致，而未得其道理。整个石头如一朵滇茶花，在风雨中凋落，一半陷入泥土中，花瓣层层叠叠，有三四层。人走在其中，像蝴蝶飞入花心，没有一处不停下来细细品赏。黄寓庸先生在里面读书，来自四方的弟子有一千多人，门庭若市。

我小时候跟随祖父拜访先生。先生面色黝黑，嘴角多有胡须，脸颊长毛，眼大口阔，剑眉高鼻，张口多笑。交际应酬，八面玲珑。他耳朵里听着客人的言语，眼睛看着送来的书札，手上写着回信，嘴上嘱咐着奴仆，面前很多杂乱的事情，但未曾出过小差错。客人到了，不分贵贱，用家常肉饭招待，夜晚即与其同榻而卧。我有一个掌管文书的人过去，身上很脏，先生睡觉饮食对他没有什么不同，我深深叹服。

丙寅年（1626）我到杭州，看到亭台水榭倾倒坍塌，堂中埋葬着先生的遗体，不禁有人琴俱亡之悲。我看到奔云石黝黑润泽，色泽不减，就对客人说："我想借这里一间屋子，用石头把门砌上，生活在里面，十年都可以不出去。"客人说："有盗贼。"我说："布衣破被，身外之物只有一瓶粮食和几本残书而已。王弇州不是说过'盗亦有道'吗？"

❧ 木犹龙 ❧

木龙出辽海①，为风涛漱击②，形如巨浪跳蹴③，遍体多着波纹，常开平王得之辽东④，辇至京。开平第毁⑤，谓木龙炭矣。及发瓦砾，见木龙埋入地数尺，火不及，惊异之，遂呼为龙。不知何缘出易于市⑥，先君子以犀觥十七只售之⑦，进鲁献王⑧，误书"木龙"犯讳，峻辞之，遂留长史署中。先君子弃世，余载归，传为世宝。

丁丑诗社⑨，恳名公人赐之名，并赋小言咏之。周墨农字以"木犹龙"⑩，倪鸿宝字以"木寓龙"⑪，祁世培字以"海槎"⑫，王士美字以"槎浪"⑬，张毅儒字以"陆槎"⑭，诗遂盈帙。

木龙体肥痴，重千余斤，自辽之京、之兖、之济，由陆。济之杭，由水。杭之江、之萧山⑮、之山阴⑯、之余舍，水陆错。前后费至百金，所易价不与焉。呜呼，木龙可谓遇矣！

余磨其龙脑尺木⑰，勒铭志之⑱，曰："夜壑风雷，骞槎化石；海立山崩，烟云灭没；谓有龙焉，呼之或出。"又曰："扰龙张子⑲，尺木书铭；何以似之？秋涛夏云。"

注释

❶辽海： 泛指辽河流域及其以东沿海地区。明初曾设辽海卫，隶属辽东指挥使司。

❷漱击： 吹打，冲击。

❸跳蹴（cù）： 跳跃。

❹常开平王： 常遇春（1330—1369），字伯仁，怀远（今安徽怀远）人。为明开国功臣，死后追封中书右丞相、开平王。

❺第： 府第、住宅。

❻易： 交换、卖。

❼先君子： 已去世的父亲，即作者的父亲张耀芳（1574—1632），字尔弢，号大涤。曾任鲁王右长史。

❽鲁献王： 当为鲁宪王，即朱寿镛，万历二十九（1601）年被封鲁王，去世后谥宪王。

❾丁丑： 崇祯十年（1637）。

❿周墨农： 字又新，山阴（今浙江绍兴）人，曾任职南京国子监。作者好友。字：写字，命名。

⓫倪鸿宝： 倪元璐（1593—1644），字汝玉，号鸿宝，上虞（今浙江上虞）人。天启二年（1621）进士，官至户部尚书、礼部尚书。以书画名于世，传世作品有《舞鹤赋卷》《行书诗轴》《金山诗轴》等。著有《儿意内外仪》《倪文贞集》。张岱称其为"古文知己"。"木寓龙"：亦作"木禺龙"，即木雕的龙，古代祭神时用。

⓬祁世培： 祁彪佳（1602—1645），字虎子，又字幼文、弘吉，号世培，别号远山堂主人，山阴（今浙江绍兴）人。天启元年（1621）进士，曾任苏松府巡按。著有《远山堂曲品》《远山堂剧品》《越中亭园记》《救荒全书》《祁忠敏公日记》《寓山注》《里居越言》《祁彪佳集》等。作者称其为"字画知己"，其事迹参见本书补遗之《祁世培》。

⓭王士美： 王业洵，字士美，余姚（今浙江余姚）人。为刘宗周

弟子，善琴。

⓮张毅儒：张弘，字毅儒，善诗文，编有《明诗存》。他是作者的堂弟，作者称其为"诗学知己"。

⓯萧山：今浙江萧山。

⓰山阴：今浙江绍兴。

⓱尺木：传说龙升天时所凭依的短小树木。作者在《夜航船》一书中有介绍："尺木：龙头上有一物，如博山形，名曰尺木。龙无尺木，不能升天。"

⓲勒：刻。

⓳张子：作者的自称。本书中作者多以"张子"自称。

译文

木龙出自辽海，经风浪吹打，形状像奔腾的巨浪，全身都有被冲刷的波纹，开平王常遇春在辽东得到它，用马车运到京城。开平王府第被毁后，都说木龙烧成炭了。等到挖掘瓦砾时，看到木龙埋在地下几尺深的地方，火烧不到，大家都感到惊异，于是称呼它为龙。不知道何故它在市场上出售，先父用十七只犀牛角做的酒杯交换，将其进献给鲁献王，因为误写"木龙"两字犯了忌讳，鲁献王严厉拒绝，就将其留在长史官署中。先父去世后，我把它运回来，作为世代相传的宝物。

丁丑年（1637）成立诗社，我恳请名公每人为其赐名，并且赋诗吟咏它。周墨农为其题名"木犹龙"，倪鸿宝为其题名"木寓龙"，祁世培题名"海槎"，王士美题名"槎浪"，张毅儒题名"陆槎"，题咏的诗作于是很多。

木龙形体肥大，重达一千多斤，从辽海到京城、兖州、济水，是从陆路运输。从济水到杭州，经由水路。从杭州到钱塘江、萧山、山阴，再到我的住宅，水路陆路交替。前后费了很多钱，这还没算上买来的价钱呢。哎，木龙可以说是遇到好时机了！

我在其龙脑的尺木上打磨，雕刻铭文来纪念此事，铭文写道：

"深夜沟壑中响起风雷，张骞上天的筏子已化作石头；大海怒吼，山峦崩坏，烟云消散；人说这里有龙，喊它或许就会出来。"又有铭文写道："打扰木龙的张岱，在尺木上书写铭文。拿什么来打比方？秋天的波涛，夏天的云彩。"

❧ 天 砚 ❧

少年视砚，不得砚丑。徽州汪砚伯至，以古款废砚，立得重价，越中藏石俱尽。阅砚多，砚理出。曾托友人秦一生为余觅石❶，遍城中无有。

山阴狱中大盗出一石，璞耳，索银二斤。余适往武林，一生造次不能辨❷，持示燕客❸。燕客指石中白眼曰："黄牙臭口❹，堪留支桌。"赚一生还盗❺。燕客夜以三十金攫去。命砚伯制一天砚，上五小星一大星，谱曰"五星拱月"。燕客恐一生见，铲去大、小三星，止留三小星。一生知之，大懊恨，向余言。余笑曰："犹子比儿。"❻

亟往索看。燕客捧出，赤比马肝，酥润如玉，背隐白丝类玛瑙，指螺细篆，面三星坟起如弩眼❼，着墨无声而墨沉烟起，一生痴疝❽，口张而不能翕。

燕客属余铭，铭曰："女娲炼天，不分玉石；鳌血芦灰，烹霞铸日❾；星河溷扰，参横箕翕。"❿

注释

❶秦一生：作者好友，绍兴人。性好山水声伎、丝竹管弦。作者写有《祭秦一生文》。

❷造次：仓促、匆忙。

❸燕客：张萼，字介子，号燕客，张岱叔父张联芳之子。

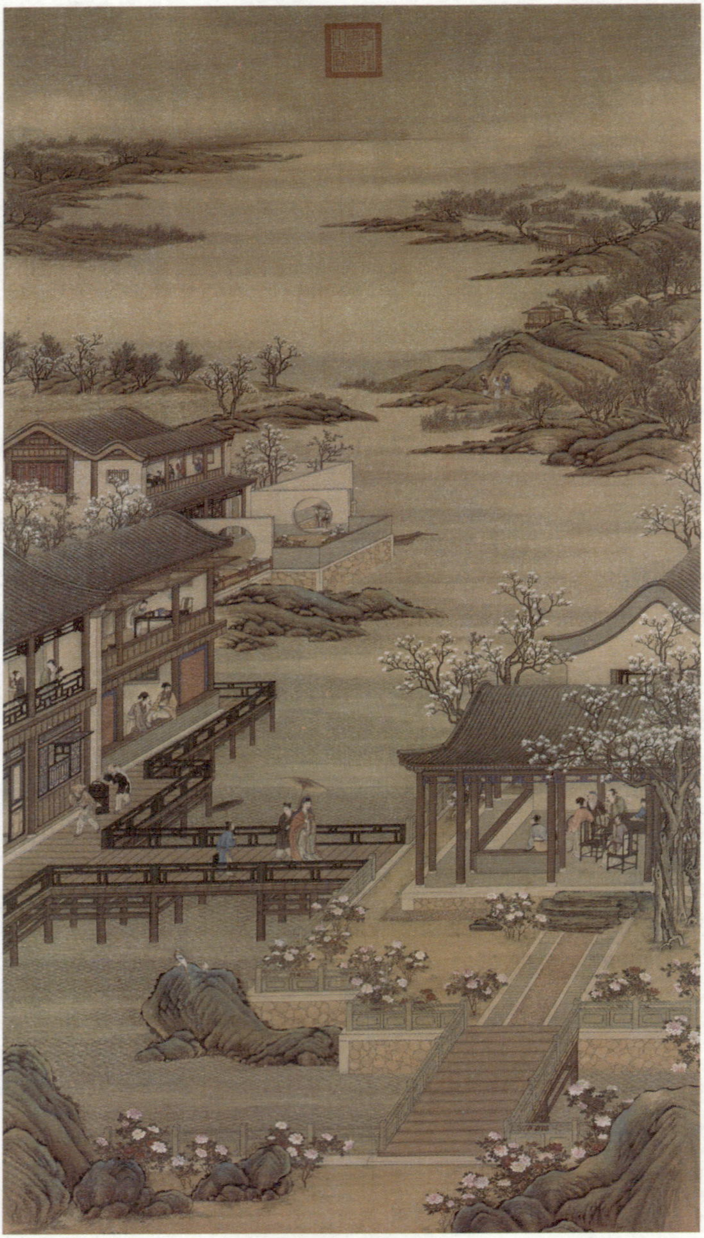

④黄牙臭口：这里是说石头品质低劣。

⑤赚：哄骗。

⑥"犹子比儿"：语出《千字文》："诸姑伯叔，犹子比儿。"作者在其《夜航船》一书中亦有介绍："犹子：卢迈进中书侍郎，再娶无子。或劝蓄姬媵，迈曰：'兄弟多子，犹子也，可以主后。'"作者引这句话，意在安慰秦一生，砚在燕客那里，与在他手里一样，不必太计较。犹子，侄子。

⑦坟起：隆起、突出。

⑧痴疙：呆痴。

⑨"女娲炼天"句：古代神话传说，女娲炼五色石补天，折鳌四足支撑四极，用芦灰来堵洪水。

⑩参、箕：星宿名，这里指砚上的小星。

译文

少年看砚台，不知道砚台的美丑。徽州的汪砚伯过来，拿着古老款式的废旧砚台，立即得到高价，浙江一带收藏的石头都卖光了。看的砚台多了，砚台好坏的道理也就明白了。曾托友人秦一生帮我搜寻石头，城中找遍都没有找到。

山阴监狱中有位大盗拿出一块石头，还没有经过雕琢，索价二斤银子。我正好要去武林，秦一生仓促间辨别不出好坏，就拿去给我的堂兄弟张燕客看。燕客指着石中的白孔说："品质低劣，只能留着垫桌子。"哄骗秦一生还给大盗。随后，燕客夜间用三十两银子将其掠走。他让汪砚伯做成一方天砚，上面有五颗小星一颗大星，谱上叫"五星拱月"。燕客害怕秦一生看到，就铲去大、小三颗星星，只留三颗小星。秦一生知道后，很是懊恼怨恨，就给我讲了这事。我笑着说："砚在燕客那里，与在你手里一样。"

我赶紧前去要来观看。燕客捧出来，砚台红得可与马肝相比，酥润如玉，背面隐约有玛瑙样的白丝，又像用螺壳写出的细小篆字，正面隆起的三颗星星像弩的孔，着墨无声，墨沉下去而烟气升起，秦一生痴呆呆地看着，张着嘴都不能合上。

燕客吩咐我撰写铭文，铭文写道："女娲补天，不分美玉和石头；鳌血和芦苇灰酿成了云霞日出的景观；星河混杂，参箕二星横在天空。"

～ 吴中绝技[1] ～

吴中绝技：陆子冈之治玉，鲍天成之治犀，周柱之治嵌镶[2]，赵良璧之治梳，朱碧山之治金银，马勋、荷叶李之治扇，张寄修之治琴[3]，范昆白之治三弦子，俱可上下百年保无敌手。

但其良工苦心，亦技艺之能事。至其厚薄深浅，浓淡疏密，适与后世赏鉴家之心力、目力针芥相对[4]，是岂工匠之所能办乎？

盖技也而进乎技矣[5]。

注释

[1] 吴中：今江苏苏州一带。泛指吴地。

[2] 嵌镶：以物嵌入或镶边。

[3] 张寄修之治琴：张寄修是当时著名的"张氏五修"之一，"张氏五修"即张敬修、张寄修（亦作"张季修"）、张顺修、张睿修、张敏修五人，他们出自明代研琴世家张氏，在明末崇祯年间享有盛誉。如今，张寄修研制的琴仍流传于世，如成公亮旧藏"忘忧"琴就出自张寄修之手，此琴龙池内有"吴门张季修制，寰虚李道人藏"腹款。这里所说的琴专指七弦琴，是我们今天通常说的古琴。

[4] 针芥相对：即针芥相投，比喻性情契合，相互合得来。

[5] 进乎技矣：语出《庄子·养生主》："臣之所好者道也，进乎技矣。"

吴中的绝技包括：陆子冈制作玉器，鲍天成制作犀器，周柱制作镶边，赵良璧制作梳子，朱碧山制作金银器，马勋、荷叶李制作扇子，张寄修斫制古琴，范昆白制作三弦，都可以保证前后一百年没有对手。

但是他们精湛的技艺、良苦的用心，也只不过是技艺上的本领。至于他们打造出来的各种制品的厚薄、深浅，浓淡、疏密，正好与后世赏鉴家的心思、眼光相契合，这岂是凡工俗匠所能做到的？

大概这就是技艺又进一步、上升到超越技艺的境界吧。

濮仲谦雕刻❶

南京濮仲谦，古貌古心，粥粥若无能者❷，然其技艺之巧，夺天工焉。其竹器，一帚一刷，竹寸耳，勾勒数刀，价以两计。然其所以自喜者，又必用竹之盘根错节，以不事刀斧为奇，则是经其手略刮磨之，而遂得重价，真不可解也。

仲谦名噪甚，得其款❸，物辄腾贵。三山街润泽于仲谦之手者数十人焉❹，而仲谦赤贫自如也。于友人座间见有佳竹、佳犀，辄自为之。意偶不属，虽势劫之、利啖之❺，终不可得。

注释

❶濮仲谦：濮澄，字仲谦，当涂（今安徽当涂）人。民间竹刻艺人。作者《夜航船》亦有记载："竹器：南京所制竹器，以濮仲谦为第一，其所雕琢，必以竹根错节盘结怪异者，方肯动手，时人得其一款物，甚珍重之。"此外作者还曾为其竹刻作品撰写《鸠柴奇觚

记序》。

❷粥粥：卑恭和顺的样子。

❸款：器物上的题名、落款。

❹三山街：在今江苏南京中华路、建康路交会处，因临近三山门而得名。明清时期的繁华商业街区。润泽：受到好处、恩惠。

❺意偶不属：稍微有点不满意。

❻啖（dàn）：利诱、引诱。

译文

南京濮仲谦，有着古朴的相貌和心肠，卑恭和顺的样子看上去像无能的人，但是他的技艺达到巧夺天工的程度。他制作的竹器，哪怕是一把笤帚、一把刷子，几寸长的竹子，他用刀刻几下，价钱就可以用数两银子来计算。然而他自己喜欢的器具，必须用竹子盘根错节的地方，奇在不用刀斧雕刻，只是经过他的手略微刮削、打磨，就能卖出高价，真是让人难以理解。

仲谦名气很大，器物得到他的题款，一下身价暴涨。三山街得到仲谦手艺恩惠的人有几十个，但他本人却一贫如洗，安然自在。在朋友家里看到有好的竹子、犀牛角，就主动雕刻。稍微有点不满意，即便是用威势胁迫，用利益引诱他，最终也不可能得逞。

卷
二

孔庙桧[1]

己巳至曲阜[2]，谒孔庙，买门者门以入。宫墙上有楼耸出，匾曰"梁山伯祝英台读书处"[3]，骇异之。

进仪门，看孔子手植桧。桧历周、秦、汉、晋几千年，至晋怀帝永嘉三年而枯[4]。枯三百有九年，子孙守之不毁，至隋恭帝义宁元年复生[5]。生五十一年，至唐高宗乾封三年再枯[6]。枯三百七十有四年，至宋仁宗康定元年再荣[7]。至金宣宗贞祐三年罹于兵火[8]，枝叶俱焚，仅存其干，高二丈有奇。后八十一年，元世祖三十一年再发[9]。至洪武二十二年己巳[10]，发数枝，蓊郁；后十余年又落。摩其干，滑泽坚润，纹皆左纽，扣之作金石声。孔氏子孙恒视其荣枯，以占世运焉。

再进一大亭，卧一碑，书"杏坛"二字，党英笔也[11]。亭界一桥，洙、泗水汇此。过桥，入大殿，殿壮丽，宣圣及四配、十哲俱塑像冕旒[12]。案上列铜鼎三、一牺、一象、一辟邪，款制遒古，浑身翡翠，以钉钉案上。阶下竖历代帝王碑记，独元碑高大，用风磨铜赑屃[13]，高丈余。左殿三楹，规模略小，为孔氏家庙。东西两壁，用小木匾书历代帝王祭文。西壁之隅，高皇帝殿焉[14]。

庙中凡明朝封号，俱置不用，总以见其大也。孔家人曰："天下只三家人家：我家与江西张、凤阳朱而已。江西张，道士气；凤阳朱，暴发人家，小家气。"

注释

❶ 孔庙：在今山东曲阜南门内。原为孔子故宅，初建于公元前478年，后历代帝王不断加封孔子，扩建庙宇，是我国三大古建筑群之一。**桧**（guì）：又称刺柏，一种常绿乔木，木材呈桃红色，有

香气。

❷己巳：即崇祯二年（1629）。

❸梁山伯祝英台：民间传说中的人物。祝英台女扮男装，与梁山伯同窗共读，结下深厚情谊。因父母干涉，婚姻未成，两人殉情而死，化为一对蝴蝶。

❹晋怀帝永嘉三年：309年。

❺隋恭帝义宁元年：617年。

❻唐高宗乾封三年：668年。

❼宋仁宗康定元年：1040年。

❽金宣宗贞祐三年：1215年。

❾元世祖三十一年：即至元三十一年（1294）。

❿洪武二十二年：1389年。

⓫党英：当即党怀英（1134—1211），字世杰，号竹溪，冯翊（今陕西大荔）人。曾官至翰林学士承旨，以书法名于世。

⓬宣圣：汉平帝追谥孔子为褒成宣公，后历代王朝皆尊孔子为圣人，人们多尊称其为宣圣。四配：配祀孔子的四位儒门圣贤，即复圣颜子、宗圣曾子、述圣子思子、亚圣孟子。十哲：孔子门下最优秀的十位学生，即颜渊、子骞、伯牛、仲弓、子有、子贡、子路、子我、子游、子夏。

⓭风磨铜：一种主要成分为铜、金的合金，风越吹磨则越明亮。赑屃（bì xì）：古代传说中的一种动物，外形像龟，能负重，旧时石碑基座多雕成其形。

⓮高皇帝：即朱元璋（1328—1398），明开国皇帝，谥高皇帝。殿：在最后。

译文

我己巳年（1629）到曲阜，去拜谒孔庙，给看门人付费后从大门进去。宫墙上有座楼高耸着，匾上题字"梁山伯祝英台读书处"，我感到很是惊诧。

进入仪门，看到孔子亲手种下的桧树。桧树经历周、秦、汉、晋将近千年，到晋怀帝永嘉三年（309）枯死。枯了有三百零九年，孔氏子孙守着没有毁掉，到隋恭帝义宁元年（617）死而复生。生长了五十一年，到唐高宗乾封三年（668）再次枯死。枯了三百七十四年，到宋仁宗康定元年（1040）又茂盛起来。到金宣宗贞祐三年（1215）在战火中受损，枝叶都被烧光，只剩下树干，有两丈多高。八十一年后，元世祖三十一年（1294），桧树再次长出新枝。到洪武二十二年（1389），桧树发出几个枝条，郁郁葱葱的；过了十多年枝叶又凋落。抚摩树干，光滑坚实且润泽，都是左纽纹，敲击则发出金石般的声音。孔氏子孙一直观察它的荣枯，以此占卜世道的运势。

再往前走就进入一个大亭子，里面有一块碑，写着"杏坛"二字，是党怀英的手笔。亭边有一座桥，洙水、泗水在此汇合。过了桥，进入大殿，殿堂壮丽，宣圣孔子及四配、十哲都有塑像，个个戴着玉串礼帽。台案上列了三只铜鼎、一只牲畜、一头大象、一个辟邪，款式古朴，浑身呈翡翠色，用钉子钉在案上。台阶下竖着历代帝王撰制的碑记，唯独元碑高大，用风磨铜做成的赑屃为底座，有一丈多高。左殿是三间屋子，规模略小，这是孔氏家庙。东西两面墙，用小木匾写着历代帝王的祭文。西边墙壁的一角，是高皇帝朱元璋殿后。

庙中凡是明朝的封号，都搁置不用，以此显示孔家的大气。孔家人说："天下只有三家人家：我家与江西的张家、凤阳的朱家而已。江西张家，充满道士气；凤阳朱家，则是暴发户，小家子气。"

孔 林[1]

曲阜出北门五里许，为孔林。紫金城城之，门以楼，楼上见小山一点，正对东南者，峄山也[2]。折而西，有石虎、石羊三四，在榛莽中。过一桥，二水汇，泗水也。享殿后有子贡手植楷❸。楷大小千余本，鲁人取为材、为棋枰。享殿正对伯鱼墓❹，圣人葬其子得中气。由伯鱼墓折而右，为宣圣墓❺。去数丈，案一小山，小山之南为子思墓❻。数百武之内❼，父、子、孙三墓在焉。

谯周云❽："孔子死后，鲁人就冢次而居者百有余家，曰'孔里'。"《孔丛子》曰❾："夫子墓方一里，在鲁城北六里泗水上。"诸孔氏封五十余所，人名昭穆❿，不可复识。

有碑铭三，兽碣俱在。《皇览》曰⓫："弟子各以四方奇木来植，故多异树不能名。一里之中未尝产棘木、荆草。"紫金城外，环而墓者数千家，三千二百余年，子孙列葬不他徙，从古帝王所不能比隆也。宣圣墓右，有小屋三间，扁曰"子贡庐墓处"。盖自兖州至曲阜道上⓬，时官以木坊表识，有曰"齐人归谨处"⓭，有曰"子在川上处"⓮，尚有义理；至泰山顶上⓯，乃勒石曰"孔子小天下处"⓰，则不觉失笑矣。

注释

❶孔林：在今山东曲阜北门外，为孔子及其后裔的墓地。作者《夜航船》一书亦有介绍，兹引如下："自泰山发脉，石骨走二百里，至曲阜结穴，洙、泗二水会于其前，孔林数百亩，筑城围之。城以外皆孔氏子孙，围绕列葬，三千年来，未尝易处。南门正对峄山，石羊、石虎皆低小，埋土中。伯鱼墓，孔子所葬，南面居中，前有享堂。堂右横去数十武，为宣圣墓。墓坐一小阜，右有小屋三楹，上书'子贡庐墓处'。墓前近案，对一小山，其前即葬子思父子孙三墓，所隔不远，马鬣之封不用石砌，土堆而已。林中树以千数，惟一楷木老本，有石碑刻'子贡手植楷'，其下小楷生植甚繁。此外合抱之树皆异种，鲁人世世无能辨其名者，盖孔子弟子异国人，皆持其国中树来种者。林以内不生荆棘，并无刺人之草。"

❷峄（yì）山：又名邹山，在今山东邹县。

❸子贡：端木赐，字子贡，孔子的弟子。楷（jiē）：又名黄连木，

一种落叶乔木。

❹伯鱼：孔鲤，字伯鱼，孔子的儿子。

❺宣圣墓：孔子墓。

❻子思：孔伋，字子思，孔子的孙子。

❼武：步。

❽谯周：谯周（201—270），字允南，西充（今四川阆中）人。曾任蜀汉学官、光禄大夫。入晋后任骑都尉等职。著有《五经论》《古史考》等。

❾《孔丛子》：三卷，二十一篇，旧题孔鲋撰。主要记叙孔子及子思、子上、子高、子顺等人的言行。学者多认为该书为委托之书。

❿昭穆：古代宗法制度所规定宗庙或宗庙中神主的排列次序，以始祖居中，以下父子相递为昭穆，左为昭，右为穆。

⓫《皇览》：三国魏文帝时刘劭、王象等人所编撰的一部类书，共四十余部。因供皇帝阅览，故名。原书今已失传，后人有辑本。

⓬兖州：今山东兖州。

⓭齐人归谨：语出《春秋·定公十年》："齐人来归郓、谨、龟阴田。"

⓮子在川上：语出《论语·子罕》："子在川上曰：'逝者如斯夫，不舍昼夜。'"

⓯泰山：在今山东泰安，古称东岳，为五岳之首。

⓰孔子小天下：语出《孟子·尽心上》："孔子登东山而小鲁，登泰山而小天下。"

译文

从曲阜出北门走五里左右，就到了孔林。紫金城围着它，成为其城墙，以楼为门，在楼上能看见一坐小山，正对着东南，这是峄山。转而向西，在丛林中有三四只石虎、石羊。过一座桥，桥下两条水流交汇，这是泗水。享殿后有子贡亲手所种的楷木。楷木大大小小有一千多棵，鲁人将其作为棋盘的材料。享殿正对着伯鱼的陵墓，圣人将儿子葬在这里得其中和之气。从伯鱼墓转而向右，是孔子墓。离几丈远的地方有一坐小山，小山的南面是子思的墓。数百步之内，父、子、孙三人的陵墓都在这里。

谯周说："孔子死后，鲁人在墓地旁依次定居的有一百多家，叫'孔里'。"《孔丛子》里记载："夫子墓地一里见方，在鲁城北面六里的泗水上。"孔氏其他人的坟墓有五十多个，按照人名辈分排列，但已分辨不出来了。

其中有三座碑铭，饰有兽形的碑碣都还在。《皇览》中记载："弟子将各地的奇异树木种在这里，所以有不少树木叫不出名字。一里内没长过荆棘、杂草。"在紫金城外，环绕着修建的坟墓有几千家，三千二百多年来，孔氏的子孙都葬在这里，从不迁移到别的地方，就是古代的帝王也不能与其相比。孔宣圣坟墓的右边有三间小屋，匾上写着"子贡庐墓处"。从兖州到曲阜的路上，不时有官府用木牌做的标识，有的写着"齐人归谯处"，有的写着"子在川上处"，这还有些道理；到了泰山顶上，看到有石碑写着"孔子小天下处"，则不禁发笑了。

燕子矶[1]

燕子矶，余三过之。水势洶溹[2]，舟人至此，捷捽抒取[3]，钩挽铁缆，蚁附而上。篷窗中见石骨棱层[4]，撑拒水际，不喜而怖，不识岸上有如许境界。

戊寅到京后[5]，同吕吉士出观音门[6]，游燕子矶。方晓佛地仙都，当面蹉过之矣[7]。登关王殿，吴头楚尾，是侯用武之地，灵爽赫赫，须眉戟起。缘山走矶上，坐亭子，看水江澈洌[8]，舟下如箭。折而南，走观音阁，度索上之。阁旁僧院，有峭壁千寻[9]，碚礌如铁[10]，大枫数

株，蓊以他树，森森冷绿，小楼痴对，便可十年面壁[11]。今僧寮佛阁[12]，故故背之[13]，其心何忍？

是年，余归浙，闵老子、王月生送至矶[14]，饮石壁下。

注 释

❶燕子矶：在今江苏南京城北直渎山，因石峰突出江上，三面临空，远望如燕子展翅欲飞，故名。名胜有头台洞、观音阁、二台洞和三台洞等。

❷浛潗（chì jí）：水流喷涌翻腾。

❸捽（zuó）：揪、抓。

❹棱层：山势高耸突兀。

❺戊寅：崇祯十一年（1638）。

❻吕吉士：吕福生，字吉士，绍兴人。复社成员，入清后曾任高淳知县。

❼蹉过：错过。

❽潎洌（piē liè）：水流很急的样子。

❾寻：古代一种长度单位，八尺为一寻。

❿碚礌（bèi léi）：坚硬的石头。

⓫面壁：又称壁观，面对墙壁默坐静修，后泛指十分专心地思考、反省。

⓬寮（liáo）：小房子，小屋子。

⓭故故背之：偏偏故意背对峭壁。

⓮闵老子：闵汶水，作者在金陵结识的一位茶友。详见本书卷三《闵老子茶》。王月生：明末南京名妓，详见本书卷八"王月生"。

译 文

燕子矶，我三次从此经过。江水喷涌翻腾，船夫到这里，敏捷地伸手抓取，用铁钩拉住铁缆绳，像蚂蚁那样攀附而上。从船篷的窗户中可以见到石骨嶙峋，在水中挺立，让人没有喜悦反而感到恐怖，不知道岸上竟然有这样的境地。

戊寅年（1638）到京城后，我同吕吉士从观音门出来，去游览燕子矶。这才明白它是佛教圣地、神仙都城，过去都当面错过了。登关王殿，此处为吴头楚尾，正是汉寿亭侯关羽用兵的地方。关公英姿飒爽，战功赫赫，胡须眉毛像戟一样立着。顺着山路走到矶上，坐在亭子里，看江水奔流，舟如飞箭般顺流而下。转而往南，经过观音阁，顺着绳索爬上去。观音阁旁是僧院，有一面千寻高的峭壁，石头坚硬如铁，几株大枫树，蓊蓊郁郁，夹杂着其他树木，绿色之中带有一种阴森之气，小楼痴痴地对着它，这样的景色可以面壁静修十年。现在僧舍佛阁偏偏故意背对着它，这怎么能忍心呢？

这一年我返回浙江，茶友闵老子、名妓王月生送到燕子矶，我们一起在石壁下饮酒。

❧ 鲁藩烟火[1] ❧

兖州鲁藩烟火妙天下。烟火必张灯，鲁藩之灯，灯其殿[2]灯其壁、灯其楹柱、灯其屏、灯其座、灯其宫扇伞盖。诸王公子、宫娥僚属、队舞乐工，尽收为灯中景物。及放烟火，灯中景物又收为烟火中景物。天下之看灯者，看灯灯外；看烟火者，看烟火烟火外，未有身入灯中、光中、影中、烟中、火中，闪烁变幻，不知其为王宫内之烟火，亦不知其为烟火内之王宫也。

殿前搭木架数层，上放"黄蜂出窠""撒花盖顶""天花喷礴"。四傍珍珠帘八架，架高二丈许，每一帘嵌孝、悌、忠、信、礼、义、廉、耻一大字[3]。每字高丈许，晶映高明。下以五色火漆塑狮、象、橐驼之属百余头，上骑百蛮，手中持象牙、犀角、珊瑚、玉斗诸器，器中实"千丈菊""千丈梨"诸火器，兽足蹑以车轮，腹内藏人，旋转其下。百蛮手中瓶花徐发，雁雁行行，且阵且走❹。

移时，百兽口出火，尻亦出火❺，纵横践踏。端门内外，烟焰蔽天，月不得明，露不得下。看者耳目攫夺，屡欲狂易❻，恒内手持之❼。

昔者有一苏州人，自夸其州中灯事之盛，曰："苏州此时有起火，亦无处放，放亦不得上。"众曰："何也？"曰："此时天上被起火挤住，无空隙处耳！"人笑其诞。于鲁府观之，殆不诬也❽。

注释

❶鲁藩：洪武三年（1370），朱元璋封其第十子朱檀为鲁王，后世代因袭，故名。

❷灯其殿：此处灯活用为动词，有装灯、点灯之意。下文"灯其壁""灯其楹柱"等皆同。

❸火漆：以松脂、石蜡为原料加颜料制成的物质，易融化，亦易凝固，通常用于密封文件、瓶口。

❹且阵且走：一边排列队阵一边跑着。

❺尻（kāo）：脊骨的末端，包括骶骨和尾骨。

❻狂易：精神失常，一反常态。

❼恒内手持之：一直让人握着自己的手。内，同"纳"。

❽诬：欺骗、骗人。

译文

兖州鲁王府的烟火妙绝天下。每次放烟火一定要张挂灯笼，鲁王府的灯，张挂在大殿、墙壁、楹柱、屏风、座位、宫扇伞盖上。诸多王侯公子、宫女臣属、舞女乐工，都在灯光映照下成灯中的景物。等到放烟火的时候，灯中的景物又成为烟火中的景物。天下看灯的人，都是在灯外看灯；看烟火的人，都是在烟火外看烟火，没有置身融入灯中、光中、影中、烟中、火中，光影闪烁变幻，就不知道它是王宫内的烟火，也不知道它是烟火内的王宫。

殿前搭了好几层木架，上面放着"黄蜂出窠""撒花盖顶""天花喷礴"等各色烟火。四周摆放八架珍珠帘，每架有两丈多高，每一架的帘子上分别嵌着孝、悌、忠、信、礼、义、廉、耻一个大字。每个字高一丈多，晶莹明亮。下面用五色火漆塑造了一百多头狮子、大象、骆驼之类的动物，身上骑着一百多个蛮人，手中拿着象牙、犀角、珊瑚、玉斗等器皿，器皿中放满"千丈菊""千丈梨"等火器，兽脚踩在车轮上，腹内藏着人，在下面转动轮子。蛮人手中的瓶装烟花慢慢发射，像大雁排列成行，一边排列队形一边行进。

过了一会儿，百兽口中喷出火花，屁股里也喷出火龙，纵横交错。端门内外，烟花的光彩遮蔽天空，月亮都看不到光，露水也落不下来。观看的人眼看耳听，全神贯注，屡屡为之疯狂，一直紧张得让人握着自己的手。

过去有一个苏州人，自夸苏州灯火的盛况，说："苏州此时有焰火也没有地方放，放也升不上天。"大家问："为什么？"答："这个时候天空被焰火挤满，没有空隙啊！"人们都笑他荒诞。在鲁王府观看烟火之后，才发现这话不是骗人的。

朱云崃女戏[1]

朱云崃教女戏，非教戏也。未教戏，先教琴，先教琵琶，先教提琴、弦子、箫管、鼓吹、歌舞，借戏为之，其实不专为戏也。郭汾阳、杨越公、王司徒女乐[2]，当日未必有此。丝竹错杂，檀板清讴，入妙滕理[3]，唱完以曲白终之，反觉多事矣。

西施歌舞[4]，对舞者五人，长袖缓带，绕身若环，曾挠摩地，扶旋猗那，弱如秋药[5]。女官内侍，执扇葆璇盖、金莲宝炬、纨扇宫灯二十余人，光焰荧煌，锦绣纷叠，见者错愕[6]。

云老好胜，遇得意处，辄盱目视客❼；得一赞语，辄走戏房，与诸姬道之，傀出傀入❽，颇极劳顿。且闻云老多疑忌，诸姬曲房密户，重重封锁，夜犹躬自巡历，诸姬心憎之。有当御者，辄遁去，互相藏闪，只在曲房，无可觅处，必叱咤而罢。殷殷防护，日夜为劳，是无知老贱，自讨苦吃者也，堪为老年好色之戒。

注释

❶朱云崃：生平未详。崃（lái）：山名，即邛崃山，在今四川西部。

❷郭汾阳：郭子仪（697—781），郑县（今陕西渭南华州区）人。历任兵部尚书、太尉兼中书令、天下兵马副元帅，封汾阳郡王。杨越公：杨素（？—606），字处道。华阴（今陕西）人。曾被封越国公。王司徒：王允（137—192），字子师，太原祁（今山西祁县）人，历任豫州刺史、司徒。

❸腠理：肌肤。

❹西施：春秋时期的美女，曾协助越王勾践灭吴。

❺"绕身若环"语：语出《淮南子·修务训》："今鼓舞者，绕身若环，曾挠摩地，扶旋猗那，动容转曲，便媚拟神，身若秋药被风。"描绘舞者的舞技高超，舞姿美妙。

❻错愕：吃惊。

❼盱（xū）目：瞪大眼睛看。

❽傀（guǐ）：不时。

译文

朱云崃教女子唱戏，不只是教戏。没教戏之前，先教弹琴，教琵琶，教提琴、弦子、箫管、鼓吹、歌舞，借教戏来做这些事，其实不专是为了教戏。汾阳郡王郭子仪、越国公杨素、司徒王允家的女乐，当日未必有这样讲究。丝竹交错，檀板清亮，妙入肌肤，唱完用曲白结束，反觉得多此一举。

演西施歌舞的时候，对舞者有五个人，她们长袖宽带，如彩环在身边萦绕，飘落在地上，旋转舞动，姿态优美，娇柔如秋天的白芷。女官内侍手拿扇葆璇盖、金莲宝炬、纨扇宫灯的有二十多人，光彩照人，服饰华美，观看的人都很惊讶。

云老好胜，遇到得意的地方，就瞪大眼睛看着客人；得到一声称赞，就走进戏房，跟众女子讲述，时进时出，相当劳累。而且听说云老多疑猜忌，众女子的住宅曲折隐秘，层层封锁，夜里他还亲自去巡查，众女子心里都很厌恶。有值班侍奉的就逃走，互相躲藏起来，只在内室，无处可找，云老必定斥责一番才罢。他一心防护，日夜劳累，是不知自己年老体衰，自讨苦吃啊，这可以作为老年好色的警戒。

❧ 绍兴琴派 ❧

丙辰学琴于王侣鹅❶，绍兴存王明泉派者推侣鹅，学《渔樵回答》《列子御风》《碧玉调》《水龙吟》《捣衣》《环珮声》等曲。戊午学琴于王本吾❷，半年得二十余曲：《雁落平沙》《山居吟》《静观吟》《清夜坐钟》《乌夜啼》《汉宫秋》《高山》《流水》《梅花弄》《淳化引》《沧江夜雨》《庄周梦》❸，又《胡笳十八拍》、《普庵咒》等小曲十余种。

王本吾指法圆静，微带油腔❹。余得其法，练熟还生，以涩勒出之❺，遂称合作。同学者，范与兰尹尔韬何紫翔王士美、燕客、平子❻。与兰、士美、燕客、平子俱不成，紫翔得本吾之八九而微嫩，尔韬得本吾之八九而微迂。余曾与本吾、紫翔、尔韬取琴四张弹之，如出一手，听者骇服❼。后本吾而来越者，有张慎行、何明台，结实有余而萧散不足❽，无出本吾上者。

注释

❶丙辰：万历四十四年（1616）。

❷戊午：万历四十六年（1618）。

❸《清夜坐钟》：现存琴谱中并无名为"清夜坐钟"的琴曲，该曲名亦不见于文献记载，琴谱中有《清夜闻钟》一曲，或系"闻"字草书之形似"坐"字而致误。《淳化引》：琴曲中没有名为"淳化引"者，此处应当是指琴曲《神化引》。

❹油腔：古琴艺术非常讲究气息与韵味，古琴音乐的韵味在很大程度上取决于"走手音"的处理。此处所说的"油腔"就是指弹奏"走手音"时，左手按压琴弦并在琴弦上移动的距离较长，左手移动的速度较慢，从而造成浓艳绮靡的音乐效果，如同戏曲艺术中所说的"油腔"。

❺涩（sè）勒：生涩，不够顺畅。

❻范与兰：生平不详，参见本书卷八《范与兰》。尹尔韬（约1600—约1678）：后改名尹晔，字紫芝，晚年号芝仙，又号袖花老人，山阴（今浙江绍兴）人。曾任中书舍人，精通音律，以琴侍崇祯皇帝，奉旨撰有《五音取法》八十篇、《五音确义》五十篇及《原琴正议》《审音奏议》等，并谱有《皇极》《崆峒引》《敲爻歌》《据梧吟》《烂柯行》《参同契》等曲。明亡后，寓居淮上，后徙居淄青苏门，居三十余载，谱有《鲁风》《安乐窝歌》《苏门长啸》《夏峰歌》《归来曲》《归去来辞》等曲。此外，他还编有琴谱《徽言秘旨》并流传至今。何紫翔：生平不详，作者写有《与何紫翔》书，与其探讨弹琴之法。平子：张峰，字平子，作者的弟弟。

❼骇（hài）：同"骇"，使人吃惊。

❽结实有余而萧散不足：此处的"结实"与"萧散"是作者评论古琴音乐韵味的两个概念。所谓"结实"是指弹奏时下指较重，取音较实；"萧散"是说弹奏时运指洒脱，不急不躁，且节奏舒缓。这句话的意思是批评弹奏者弹琴时取音过于坚实，没有做到虚实结合，同时下指急躁，没有做到疏淡洒脱。

译文

丙辰年（1616）我向王侣鹅学琴，绍兴地区能传承王明泉一派琴学的人首推王侣鹅，我向他学了《渔樵回答》《列子御风》《碧玉调》《水龙吟》《捣衣》《环珮声》等曲。戊午年（1618）我又向王本吾学琴，半年间学会了二十多支曲子，包括：《雁落平沙》《山居吟》《静观吟》《清夜闻钟》《乌夜啼》《汉宫秋》《高山》《流水》《梅花三弄》《神化引》《沧江夜雨》《庄周梦蝶》，还有《胡笳十八拍》《普庵咒》等十多首小曲。

王本吾指法圆静，但略带一点油腔。我学得他的技法，练习纯熟之后，又从生疏的阶段开始，通过有意识地补以生涩的指法来弹，遂使王氏略带油腔的技法得到完善，让琴曲更加动听。一同学琴的有范与兰、尹尔韬、何紫翔、王士美、燕客和弟弟平子。但与兰、士美、燕客、平子都没有学成，紫翔学得本吾琴艺的八九分但微显稚嫩，尔韬学得本吾的八九分而略显拘泥。我曾与本吾、紫翔、尔韬取四张琴来齐奏，就像一个人在弹琴，听众都很吃惊心服。在本吾之后来浙江的，有张慎行、何明台，他们弹琴都存在取音过于坚实而疏淡洒脱不足的问题，二人没有一个超过本吾的。

花石纲遗石[1]

越中无佳石。董文简斋中一石[2]，磊块正骨，窊吒数孔[3]，疏爽明易，不作灵谲波诡[4]，朱勔花石纲所遗[5]，陆放翁家物也[6]。文简竖之庭除[7]，石后种剔牙松一株，辟咡负剑[8]，与石意相得。文简轩其北，名"独石轩"，轩石之，轩独之，无异也。石篑先生读书其中[9]，勒铭志之。

大江以南，花石纲遗石，以吴门徐清之家一石为石祖。石高丈五，朱勔移舟中，石盘沉太湖底，觅不得，遂不果行。后归乌程董氏，载至中流，船复覆。董氏破资募善入水者取之⑩。先得其盘，诧异之，又溺水取石，石亦旋起，时人比之延津剑焉⑪。后数十年，遂为徐氏有⑫。再传至清之，以三百金竖之。

石连底高二丈许，变幻百出，无可名状。大约如吴无奇游黄山⑬，见一怪石，辄瞑目叫曰⑭："岂有此理！岂有此理！"

注释

❶花石纲：古代专门运送花木异石以满足皇帝喜好的运输编队的名称。北宋时为修建艮岳，宋徽宗在苏州设置应奉局，在江南搜罗花木奇石。经水路运至汴京。当时的船队十船为一组，称作一"纲"，花石纲名称由此而来。

❷董文简：董玘（1487—1546），字文玉，浙江会稽人，弘治十八年（1505）进士，历任刑部主事、吏部右侍郎、吏部左侍郎。谥文简。著有《董中峰稿》。

❸窋咤（zhú zhà）：原意为物体在穴中突出的样子，这里指洞穴。

❹灵谲波诡：神奇怪异的样子。

❺朱勔（miǎn）：朱勔（1075—1126），苏州人。宋徽宗时，朱勔为奉迎皇帝，搜求珍奇花石以献，劳民伤财。

❻陆放翁：陆游（1125—1210），字务观，号放翁，越州山阴（今浙江绍兴）人。历任夔州通判、朝议大夫、礼部郎中。著有《剑南诗稿》《渭南文集》《南唐书》《老学庵笔记》等。

❼除：台阶。

❽咡（èr）：嘴边，口耳之间。

❾石篑先生：陶望龄（1562—1609），字周望，号石篑，会稽（今浙江绍兴）人。万历十七年（1589）进士，历任翰林院编修、侍讲、国子监祭酒。著有《制草》《歇庵集》《解庄》《天水阁集》等。

⑩董氏：董份（1510—1595），字用均，号南浔山人，乌程（今浙江湖州南浔）人。嘉靖二十年（1541）进士。历任翰林编修、太常少卿、礼部右侍郎、礼部尚书、吏部尚书。著有《泌园集》。

⑪延津剑：指龙泉、太阿两剑。据《晋书·张华传》记载，雷焕得双剑，一曰龙泉，一曰太阿，他送张华一把，一把自佩，后来"华诛，失剑所在。焕卒，子华为州从事，持剑行经延平津，剑忽于腰间跃出堕水，使人没水取之，不见剑，但见两龙各长数丈"。

⑫徐氏：徐泰时（1540—1598），原名三锡，字大来，号舆浦，长洲（今江苏苏州）人。万历八年（1581年），历任工部主事，太仆寺少卿。苏州著名园林留园即为其所建。他是董份的女婿、徐清之的父亲。

⑬吴无奇：吴士奇，字无奇，号恒初，安徽歙县人。万历二十年（1592）进士。历任宁化、归安知县，南京户部主事，太常寺卿，著有《绿滋馆稿》《史裁》等。

⑭瞋（chēn）目：瞪大眼睛。

译文

越中没有好石头。董文简书斋中有一块石头，品相端正，有几处孔洞，疏朗清爽，简洁明快，不是那种诡异怪异的样子。这是宋代朱勔搜求花石纲时留下的，是陆放翁家中的物品。文简把它竖在庭院里的台阶上，在石头后面种了一株剔牙松，形状像侧着头背着剑，与石头的意态相契合。文简在石头北面盖了一间小屋子，命名为"独石"，因石而建轩，这是很特别的。石篑先生在里面读书，刻下铭文记载这件事。

大江以南，前代搜寻花石纲时遗留下来的石头，以吴门徐清之家的那块为祖宗。石头高一丈五尺，朱勔移到船上时，载石的底盘沉到太湖底，找寻不到，就没有运走。后来石头归乌程董氏，运到河中间，船又翻了。董氏花钱招募善于游泳的人下水去取。先是得到石盘，感到很诡异，又潜入水里取石头，石头也很快露出水面，当时人们将它们比作延津剑。后几十年间，石头为徐泰时拥有。再传到他儿子徐清之，就花三百两银子把它竖起来。

石头连底座高约二丈，形态变幻百端，无法用语言来形容。大约像吴无奇游黄山那样，见了一块怪石，就睁大眼睛叫道："岂有此理！岂有此理！"

焦　山[1]

仲叔守瓜州[2]，余借住于园[3]，无事辄登金山寺[4]。风月清爽，二鼓，犹上妙高台[5]，长江之险，遂同沟浍。

一日，放舟焦山，山更纤谲可喜[6]。江曲遹山下[7]，水望澄明，渊无潜甲[8]。海猪海马[9]，投饭起食，驯扰若豢鱼[10]。看水晶殿，寻《瘗鹤铭》[11]，山无人杂，静若太古。回首瓜州，烟火城中，真如隔世。

饭饱睡足，新浴而出，走拜焦处士祠[12]。见其轩冕黼黻[13]，夫人列坐，陪臣四，女官四，羽葆云罕[14]，俨然王者。盖土人奉为土谷，以王礼祀之。是犹以杜十姨配伍髭须[15]，千古不能正其非也。处士有灵，不知走向何所？

注释

[1] 焦山：又名浮玉山，在今江苏镇江，位于长江中，因汉末学者焦光隐居此地而得名。

[2] 仲叔：张联芳，字尔葆，号二酉。作者的祖叔。瓜州：在今江苏扬州市邗江区，与镇江隔江斜望，位于古运河下游与长江交汇处。

[3] 于园：详见本书卷五《于园》。

[4] 金山寺：在今江苏镇江。东晋时建造，原名泽心寺、龙游寺，自唐代以来人们多称其为金山寺。

❺妙高台：又名晒经台，为宋代僧人了元所建。1948年与金山寺大殿、藏经楼等同毁于火，今仅存台址。

❻纡谲：曲折。

❼曲涡（wō）：盘旋、回环。

❽水望澄明，渊无潜甲：语出《水经注·滱水》。甲：泛指带有鳞甲的水生动物。

❾海猪：海豚。

❿驯扰：驯服、顺服。

⓫《瘗（yì）鹤铭》：南朝摩崖刻石。原刻在今江苏镇江焦山西麓崖石上。宋时受雷击崩落长江中，清康熙时移置山上，后砌入定慧寺壁间，今存残石。瘗，埋葬。《瘗鹤铭》也就是葬鹤的铭文，在中国书法史有着重要的地位和影响。

⓬焦处士：焦先，字孝然，东汉人。汉末天下大乱，他隐居山中，焦山即由此而得名。

⓭轩冕：士大夫以上官员的车乘和冕服。黼黻（fǔ fú）：泛指古代礼服上所绣的精美花纹。

⓮羽葆：用鸟羽装饰的车盖。作者在其《夜航船》中亦有解释："羽葆：聚五采羽为幢，建于车上，天子之仪卫也。"云罕：旌旗。

⓯以杜十姨配伍髭须：典出宋俞琰《席上腐谈》："温州有土地杜拾姨无夫，五撮须相公无妇。州人迎杜拾姨以配五撮须，合为一庙。杜十姨为谁？乃杜拾遗也。五撮须为谁？乃伍子胥也。少陵有灵，必对子胥笑曰：'尔尚有相公之称，我乃为十姨，岂不雌我耶？'"

译文

二祖叔守卫瓜州时，我借住在于园，没事就登上金山寺。月明风清，二鼓时分，还登上妙高台眺望，长江的险要看起来就像小水沟。

有一天，乘船到焦山，山势更加曲折可喜。江水在山下盘旋，一眼望去，澄澈明亮，深水里潜伏的甲鱼之类水生动物都看得清清楚楚。投饭下去，海豚、海马就会跳起来吃食，驯服得像饲养的鱼类。

观赏水晶殿，寻找南朝摩崖刻石《瘗鹤铭》。山里没有嘈杂的人声，安静得像回到远古时代。回头看瓜州，城中升起烟火，与山中仿佛不在一个时代。

吃饱睡足，沐浴之后出来，去参拜焦处士祠。只见其车乘、冕服都很精美，夫人坐在旁边，还有四个陪臣、四个女官，车盖用鸟羽装饰，旌旗招展，俨然一副帝王的派头。因当地人把他奉为土地神和五谷神，就用帝王的礼节祭祀。这好像把杜十姨嫁给伍髭须一样，千百年来不能改正这一谬传。假如焦处士上天有灵的话，真不知道该走到哪里去？

❧ 表 胜 庵 ❶ ❧

炉峰石屋为一金和尚结茅守土之地❷，后住锡柯桥融光寺❸。大父造表胜庵成，迎和尚还山住持。命余作启，启曰：

注释

❶ 表胜庵：作者祖父张汝霖所建，祁彪佳《越中园亭记》对其有详细的描绘："表胜，庵也。而列之园，则张肃之先生精舍在焉。山名九里，以越盛时笙歌闻于九里，故名。渡岭穿溪，至水尽路穷而庵始出。冷香亭居庵之左，砌阁、钟楼，若断若续，俱悬崖架壑为之，而奇石陡峻，则莫过于鸥虎轩。"

❷ 炉峰：即香炉峰，为会稽山的支峰，在绍兴城南。石屋：寺院名，在香炉峰西麓。

❸ 住锡：谓僧人在某地居留。融光寺：在今柯桥融光桥西南。宋绍兴六年（1136）始建，明正统十二年（1447）改称融光寺。

香炉峰的石屋是一金和尚结茅安居的地方，他后来住在锡柯桥融光寺。祖父建成表胜庵后，把和尚迎回山中做住持。命我写篇启文，启文如下：

伏以丛林表胜，惭给孤之大地布金❶；天瓦安禅❷，冀宝掌自五天飞锡❸。重来石塔，戒长老特为东坡❹；悬契松枝，万回师却逢西向❺。去无作相，住亦随缘。伏惟九里山之精蓝❻，实是一金师之初地。偶听柯亭之竹笛❼，留滞人间；久虚石屋之烟霞，应超尘外。譬之孤天之鹤，尚眷旧枝；想彼弥空之云，亦归故岫❽。况兹胜域，宜兆异人，了住山之夙因❾，立开堂之新范。护门容虎，洗钵归龙❿。茗得先春，仍是寒泉风味；香来破腊，依然茅屋梅花。半月岩似与人猜⓫，请大师试为标指⓬；一片石正堪对语⓭，听生公说到点头⓮。敬藉山灵⓯，愿同石隐。倘净念结远公之社⓰，定不攒眉；若居心如康乐之流⓱，自难开口。立返山中之驾，看回湖上之船，仰望慈悲，俯从大众。

❶给孤之大地布金：传说印度憍萨罗国给孤独舍购买太子祇陀的园林，以赠释迦，让其在此说法。太子说，如能用黄金将地面铺满，便将此园相让。孤独舍依言用黄金铺地，感动太子。后此园以两人名字命名为"祇树给孤独园"。

❷天瓦：即天瓦山房，在表胜庵下，背负绝壁。

❸宝掌：印度高僧。五天：即五天竺，指古印度。古代印度分东天竺、南天竺、西天竺、北天竺、中天竺五个区域。飞锡：云游四方。作者《夜航船》一书亦有介绍："飞锡：《高僧传》：梁武时，宝志爱舒州潜山奇绝，时有方士白鹤道人者亦欲之。帝命二人各以物识其地，得者居之。道人以鹤止处为记，宝志以卓锡处为记。已而，鹤先飞去，忽闻空中锡飞声，遂卓于山麓，而鹤止他处，遂各以所识筑

室焉。故称行僧为飞锡，住赠为卓锡，又曰挂锡。"

④重来石塔，戒长老特为东坡：苏轼《重请戒长老住石塔疏》一文中有"大士未曾说法，谁作金毛之声；众生各自开堂，何关石塔之事。去无作相，住亦随缘。长老戒公，开不二门，施无尽藏。念西湖之久别，本是偶然；为东坡而少留，无不可者"之语。戒长老，北宋高僧，名戒弼。

⑤万回师却逢西向：传说唐代僧人万回之兄服役安西，父母十分想念。他早上去探望兄长，晚上就带回兄长的书信。

⑥九里山：在绍兴城南。精蓝：佛寺。

⑦柯亭之竹笛：据晋伏滔《长笛赋序》记载："邕避难江南，宿于柯亭之馆，以竹为椽，邕仰而眄之曰：'良竹也。'取以为笛，音声独绝。"柯亭，又名高迁亭，在今绍兴西南。

⑧岫：山洞。

⑨了：了结，结束。夙因：前世因缘，前世的根源。

⑩洗钵归龙：《晋书·僧涉传》："僧涉者，西域人也，不知何姓。……能以秘祝下神龙，每旱，坚常使之咒龙请雨。俄而龙下钵中，天辄大雨。"

⑪半月岩：即半月泉，在绍兴法华山天衣寺下。

⑫标指：指点，揭示。

⑬一片石正堪对语：典出张鷟《朝野佥载》："温子昇作《韩陵山寺碑》，（庾）信读而写其本。南人问信曰：'北方文士何如？'信曰：'唯有韩陵山一片石堪共语。'"作者《夜航船》一书亦有记载："韩山一片石：庾信自南朝至北方，惟爱温子昇所作《韩山碑》。或问北方何如，信曰：'惟韩山一片石堪与语，余若驴鸣犬吠耳。'"

⑭听生公说到点头：语出晋无名氏《莲社高贤传·道生法师》："师被摈，南还，入虎丘山，聚石为徒。讲《涅槃经》，至阐提处，则说有佛性，且曰：'如我所说，契佛心否？'群石皆为点头，旬日学众云集。"后以"顽石点头"比喻说理透彻，令人信服。

⑮藉（jiè）：借。

⑯远公之社：东晋元兴元年（402），高僧慧远（334—416）曾与信徒一百多人在庐山结白莲社，倡导净土法门。

⑰康乐：谢灵运（385—433），原籍陈郡阳夏（今河南太康），出生于会稽始宁（今浙江上虞），出身名门望族，袭封康乐公。曾任大司马行参军、太尉参军、中书侍郎、散骑常侍、太子左卫率、永嘉太守等。为山水诗的开创者，著有《晋书》《谢康乐集》等。

译文

俯伏下拜，丛林中的表胜庵，很惭愧不如孤独舍用黄金铺地的园林；庵下的天瓦山房可以安静地坐禅，希望您像宝掌和尚一样云游四方后来到此处。重回石塔，戒弼长老是特意为了苏东坡；灵岩寺松枝向东生长，僧人万回为父母去安西探望服役的兄长。离开的时候没有做作，住在这里也是随缘。九里山的精蓝寺，实际是一金大师原来的住所。偶然听到柯亭的竹笛声，滞留在人间；石屋的烟霞一直弥漫着，应当超然尘外。就好像天空的孤鹤，仍然眷恋旧巢；想来空中的云雾，也应回到过去的山穴。况且这个美丽的地方，应当有异人出现，了结住在山里的前世因缘，立下开坛说法的新规范。像慧远大师一样有猛虎来护卫虎溪之界，像僧涉一样能使龙下到钵中降雨。早春的茶叶，仍然带寒泉的风味；岁末的香气，依然自茅屋旁的梅花发出。半月泉好似与人猜谜，请大师试着指点；这一带的石头正可以对话，听您像道生和尚一样说得顽石点头。诚敬地借山灵之名，希望同石头一起归隐。您若想到高僧惠远的缔结白莲社，一定不会对我的邀请皱眉头；我如果有像谢康乐那样的心思，自然难以开口。恳请您立即坐车返回山中，乘船回到湖上，仰望您的慈悲胸怀，希望能听从大众的心愿。

梅花书屋

　　陔萼楼后老屋倾圮，余筑基四尺，造书屋一大间。旁广耳室如纱幮❶，设卧榻。前后空地，后墙坛其趾，西瓜瓤大牡丹三株，花出墙上，岁满三百余朵。坛前西府二树，花时积三尺香雪。前四壁稍高，对面砌石台，插太湖石数峰。西溪梅骨古劲，滇茶数茎妩媚，其傍梅根种西番莲，缠绕如璎络❷。窗外竹棚，密宝襄盖之❸。阶下翠草深三尺，秋海棠疏疏杂入。前后明窗，宝襄、西府，渐作绿暗。

　　余坐卧其中，非高流佳客，不得辄入。慕倪迂清閟❹，又以"云林秘阁"名之。

注释

❶耳室：堂屋两旁的小房间。纱幮（chú）：纱帐。

❷璎络：同璎珞，用珠玉穿成的装饰品。

❸宝襄：当为"宝相"，一种蔷薇花。

❹倪迂清閟：倪瓒（1301—1374），初名珽，字元镇，号云林，别号幻霞子、荆蛮民、奚元朗等，无锡（今江苏无锡）人。元代书画家，与黄公望、吴镇、王蒙并称"元四家"，著有《清閟阁集》。家中建有清閟阁以收藏书画、古玩。清閟阁，一作清秘阁。作者《夜航船》一书有介绍："清秘阁：倪云林所居，有清秘阁、云林堂。其清秘阁尤胜，前植碧梧，四周列以奇石，蓄古法书名画其中，客非佳流不得入。尝有夷人入贡，道经无锡，闻云林名，欲见之，以沉香百斤为贽，云林令人绐云：'适往惠山饮泉。'翌日再至，又辞以出探梅花。夷人不得一见，徘徊其家。倪密令开云林堂使登焉，东设古玉器，西设古鼎彝尊，夷人方惊顾，问其家人曰：'闻有清秘阁，可一观否？'

家人曰：'此阁非人所易入，且吾主已出，不可得也。'夷人望阁再拜而去。"

译文

陔萼楼后面的老房子倒塌了，我就把原来的地基加高四尺，建造了一间大书屋。旁边拓展出一间耳室，如同纱橱一般，安放一张矮床。书屋前后有空地，在后墙的墙根修建花坛，种了三株硕大的西瓜瓤牡丹，花顺着墙向上长，一年能开三百多朵。坛前有两棵西府海棠，开花时节像堆积了三尺的香雪。前面的四堵墙稍高，就在它对面砌一座石台，堆叠起几座用太湖石做的山峰。西溪梅花骨力劲健，几枝滇茶花艳丽妩媚，挨着梅花种西番莲，缠绕的样子像璎珞。窗外竹搭的凉棚用蔷薇花密密覆盖着。台阶下的绿草有三尺深，稀疏地种着秋海棠。书屋前后都是明亮的窗户，但在蔷薇和西府海棠的遮盖下，逐渐转为暗绿。

我坐卧都在书屋里，不是名流贵客，不得随便进入。因为仰慕倪瓒幽深的清閟阁，又用"云林秘阁"来给它命名。

不二斋[1]

不二斋，高梧三丈，翠樾千重[2]，墙西稍空，蜡梅补之，但有绿天，暑气不到。后窗墙高于槛，方竹数竿，潇潇洒洒，郑子昭"满耳秋声"横披一幅。天光下射，望空视之，晶沁如玻璃云母[3]，坐者恒在清凉世界。图书四壁，充栋连床；鼎彝尊罍[4]，不移而具。

注释

❶不二斋：为作者曾祖父张元汴所建。祁彪佳《越中园亭记》有

如下记载："张文恭于居第旁，有楼三楹为讲学地，其家曾孙宗子更新之，建云林秘阁于后。宗子嗜古，擅诗文，多蓄奇书文玩之具，皆极精好，洵惟懒瓒清秘，足以拟之。"

❷翠樾：绿荫。

❸玻璃：指天然水晶石之类的物质，有各种颜色。

❹罍（léi）：盛物的器具。

译文

不二斋，有三丈高的梧桐和浓密的树荫，墙的西边稍空旷，就补种一些蜡梅，只要树荫遮蔽住天空，暑气就侵袭不到。后窗的墙高于栏杆，数竿竹子发出潇潇洒洒的声音，这样的景象分明就是郑子昭画的一幅"满耳秋声"图。日光照下来，向天空中望去，晶莹透亮得像水晶云母，坐在斋内的人一直处在清凉世界中。四面墙上放的都是书籍，屋子里也到处摆得都是；鼎彝尊罍这些器具都有，不必刻意准备。

余于左设石床竹几，帷之纱幕，以障蚊虻❶。绿暗侵纱，照面成碧。夏日，建兰❷茉莉，芳泽浸人❸，沁入衣裾。重阳前后❹，移菊北窗下，菊盆五层，高下列之，颜色空明，天光晶映，如沉秋水。冬则梧叶落，蜡梅开，暖日晒窗，红炉氍毹❺。以昆山石种水仙，列阶趾。春时，四壁下皆山兰，槛前芍药半亩，多有异本。余解衣盘礴❻，寒暑未尝轻出，思之如在隔世。

注释

❶蚊虻：一种昆虫，种类很多，身体灰黑色，长椭圆形，头阔，触角短，黑绿色复眼，翅透明。生活在野草丛里，雄的吸植物汁液，雌的吸人、畜的血。汉语中多指蚊子。

❷建兰：俗称雄兰、骏河兰、剑蕙等，兰花的一个品种，花香浓郁。具有很高的观赏价值。

❸芳泽：同"香泽"，香气。

❹重阳：重阳节，每年农历的九月初九。

❺毾毿（tà dēng）：毛毯。

❻盘礴：伸开腿坐，无拘无束的样子。

译文

　　我在屋子左边放置石床、竹几，用纱帐围起来，用以阻挡蚊虫。绿荫映在纱帐上，把脸都照成了绿色。夏天，建兰、茉莉香气袭人，都渗入衣服里。重阳节前后，将菊花移到北窗下，把菊花盆从高到低摆五层，颜色澄澈，在日光照射下变得晶莹，如沉在秋水中。冬天梧桐叶凋落，蜡梅开放，温暖的阳光晒在窗户上，如同有了火炉毛毯。在昆山石上种水仙，摆放在台阶上。春天，四面墙壁下都是山兰，门前有半亩芍药，多为珍贵品种。我解开衣服，伸腿坐着，寒冬夏天轻易都不出来，回想起来这样的日子好像隔了一个时代。

❀ 砂罐锡注❶ ❀

　　宜兴罐❷，以龚春为上❸，时大彬次之，陈用卿又次之。锡注，以王元吉为上，归懋德次之❹。夫砂罐，砂也；锡注，锡也。器方脱手，而一罐一注价五六金，则是砂与锡与价，其轻重正相等焉，岂非怪事。

　　然一砂罐、一锡注，直跻之商彝、周鼎之列而毫无惭色❺，则是其品地也。

注释

❶砂罐：一种陶质器皿。锡注：一种锡做的酒壶。

❷宜兴：今江苏宜兴。

❸龚春：供春，明正德、嘉靖间人。原为吴颐山家童，以制陶名于世。作者在《夜航船》一书亦有介绍："无锡瓷壶：以龚春为上，时大彬次之，甚规格大略粗蠢，细泥精巧，皆是后人所溷。"

❹王元吉：或为黄元吉，见张岱《夜航船》："嘉兴锡壶：所制精工，以黄元吉为上，归懋德次之。初年价钱极贵，后渐轻微。"

❺商彝、周鼎：商周时期的青铜礼器。彝、鼎，古代祭祀所用的鼎、尊等礼器。这里泛指珍贵的古董。

译文

宜兴砂罐，以龚春制的为上品，其次是时大彬，再次是陈用卿。锡酒壶，以王元吉制的为上品，其次是归懋德。砂罐是用砂土烧制的；锡酒壶是用锡浇铸的。器物刚制成，一罐一壶的价格都达到五六两银子，这样砂罐、锡器的价格与它们自身的重量差不多了，这岂不是一件怪事。

然而一个砂罐、一只锡壶，能跻身到商彝、周鼎这些珍贵的古董之列而毫无愧色，这是由其品位质地决定的。

❁ 沈梅冈❶ ❁

沈梅冈先生忤相嵩❷，在狱十八年。读书之暇，旁攻匠艺，无斧锯，以片铁日夕磨之，遂铦利❸。得香楠尺许，琢为文具一，大匣三、小匣七、壁锁二，棕竹数片为箎一❹，为骨十八，以笋、以缝、以键，坚密肉好，巧匠谢不能事❺。

夫人丐先文恭志公墓❻，持以为贽❼。文恭拜受之，铭其匣曰："十九年，中郎节❽；十八年，给谏匣，节邪匣邪同一辙。"铭其箎曰：

"塞外毡，饥可餐⁹；狱中箑，尘莫干，前苏后沈名班班。"⑩梅冈制，文恭铭，徐文长书⑪，张应尧镌⑫，人称四绝，余珍藏之。

又闻其以粥炼土，凡数年，范为铜鼓者二，声闻里许，胜暹罗铜⑬。

注释

❶ 沈梅冈：沈束（1514—1581），字宗安，号梅冈，会稽（今浙江绍兴）人。嘉靖二十三年（1544）进士，历任徽州推官、礼科给事中等。嘉靖二十八年（1549）因得罪严嵩被下狱，时间长达十八年。

❷ 相嵩：严嵩（1480—1567），字惟中，号介溪，江西分宜人，弘治十八年（1505）进士，历任翰林院庶吉士、吏部右侍郎、吏部尚书、礼部尚书、武英殿大学士，曾任首辅，把持朝政多年。

❸ 铦（xiān）利：锋利。

❹ 箑（shà）：扇子。

❺ 谢：逊让，不如。

❻ 夫人：沈束的妻子张氏。丐：请求。文恭：张元忭（1538—1588），字子荩，号阳和，山阴（今浙江绍兴）人。隆庆五年（1571）状元，历任翰林院撰修、左谕德、直经筵。谥文恭。著有《不二斋文选》《绍兴府志》《云门志略》等。他是作者的曾祖父。

❼ 贽：见面礼。

❽ 十九年，中郎节：西汉时苏武以中郎将身份出使匈奴十九年，手持汉节，不忘汉朝。单于逼他投降，将其关入地窖，断绝饮食。苏武啮毡饮雪，始终没有变节。

❾ 塞外毡，饥可餐：指苏武被断绝饮食，啮毡饮雪事。

❿ 前苏后沈：苏指苏武，沈即沈梅冈。

⓫ 徐文长：徐渭（1521—1593），字文清，后改字文长，别号青藤、天池、田水月等，山阴（浙江绍兴）人。曾帮助总督胡宗宪筹划军机。著有《徐文长全集》《徐文长佚草》《四声猿》《南词叙录》等。作者年轻时曾搜辑徐渭遗稿，成《徐文长逸稿》。

⓬张应尧：主要生活在明末清初，嘉定（今上海）人。以刻竹而闻名。

⓭暹（xiān）罗：对泰国的旧称。

译文

沈梅冈先生因冒犯权相严嵩，在监狱里待了十八年。他利用读书的闲暇时间，学习工匠的手艺，没有斧头锯子，就把铁片日夜打磨，磨得锋利。他得到一块一尺左右的香楠木，就雕琢成一件文具，其中三个大匣、七个小匣、两把壁锁。还用几片棕竹做成一把扇子，扇骨有十八根，用榫头连接，用针线缝缀，用锁键加固，坚实细密，就是能工巧匠也做不出这样的东西。

沈夫人请求我的曾祖父文恭为沈梅冈撰写墓志，拿着这些狱中所做的东西做见面礼。曾祖父拜谢接受了，为他的匣子作铭文："十九年，陪伴汉中郎将苏武的是竹节；十八年，陪伴给谏沈梅冈的是这个匣子，竹节、匣子彰显的气节是一致的。"他为扇子作铭文："塞外的毛毡，饥饿的时候可以吃；狱中的扇子，灰尘还没有干，前有苏武后有沈梅冈，都声名显赫。"沈梅冈制作，文恭公写铭文，徐文长书写，张应尧镌刻，人们称为四绝，我珍藏着。

又听说沈梅冈先生用粥和土，炼了好几年，做成模具，铸成了两个铜鼓，声音在一里外都能听到，超过暹罗的铜器。

岣嵝山房❶

岣嵝山房，逼山❷逼溪、逼弢光路，故无径不梁，无屋不阁。门外苍松傲睨，翳以杂木，冷绿万顷，人面俱失。石桥低磴，可坐十人。寺僧刳竹引泉❸，桥下交交牙牙，皆为竹邮。

天启甲子❹，余键户其中者七阅月❺，耳饱溪声，目饱清樾。山上下，多西栗、边笋，甘芳无比。邻人以山房为市，蓏果、羽族日致之❻，而独无鱼。乃潴溪为壑❼，系巨鱼数十头❽。有客至，辄取鱼给鲜。日晡❾，必步冷泉亭❿包园⓫、飞来峰⓬。

一日，缘溪走看佛像，口口骂杨髡⓭。见一波斯坐龙象⓮，蛮女四五献花果⓯，皆裸形，勒石志之，乃真伽像也。余椎落其首⓰，并碎诸蛮女，置溺溲处以报之⓱。寺僧以余为椎佛也，咄咄作怪事⓲，及知为杨髡，皆欢喜赞叹。

注释

❶崿嵝山房：作者在《西湖梦寻》一书中有介绍："李芨号崿嵝，武林人，住灵隐韬光山下。造山房数楹，尽驾回溪绝壑之上。溪声淙淙出阁下，高崖插天，古木蓊蔚，大有幽致。山人居此，孑然一身。好诗，与天池徐渭友善。客至，则呼童驾小舫，荡桨于西泠断桥之间，笑咏竟日。以山石自碥生圹，死即埋之。所著有《崿嵝山人诗集》四卷。天启甲子，余与赵介臣、陈章侯、颜叙伯、卓珂月、余弟平子读书其中。主僧自超，园蔬山蕨，淡薄凄清。但恨名利之心未净，未免唐突山灵，至今犹有愧色。"崿嵝（gǒu lǒu），山巅。

❷逼：切近，靠近。

❸刳（kū）：劈。

❹天启甲子：即天启四年（1624）。

❺键户：闭门不出。键，门闩。户，门。七阅月：过了七个月。阅，经过。

❻蓏（luǒ）：瓜果。羽族：禽类。

❼潴（zhū）溪为壑：拦溪蓄水，让它成为水坑。

❽系：这里是放养的意思。

❾日晡：天将暮时。

❿冷泉亭：在飞来峰下，因下临冷泉而得名。

⓫包园：包涵所建的园亭。

⑫飞来峰：又名灵鹫峰，在杭州西湖西北灵隐寺前。东晋僧人慧理云此山系中天竺国灵鹫山之小岭，不知何年飞来，故名。作者在《夜航船》一书中亦有介绍："飞来峰：在杭州虎林山之前。晋时西僧叹曰：'此是天竺国灵鹫山之小岭，不知何日飞来？'因名之飞来峰。"

⑬杨髡：杨琏真加，元代西藏僧人。曾任释教总统。至元二十九年（1292），他与其他僧人勾结，大量盗挖宋代帝王、诸侯的寝陵。作者在《西湖梦寻》卷二"飞来峰"中有详细介绍，可参看。

⑭波斯：泛称来自中亚地区的人。

⑮蛮女：胡女。

⑯椎：敲打，用椎打击。

⑰溺溲：撒尿。

⑱咄咄：感慨声，表示感慨、责备或惊诧。

译文

岣嵝山房靠近山，靠近溪流，靠近韬光路，因此没有一条路不架桥，没有一间屋子不建阁楼。门外苍松高傲地向下看，杂木茂盛，绿荫广大，人脸都看不清了。石桥下低低的台阶上，可以坐十个人。寺里的僧人劈竹引泉，桥下交叉错杂的，都是传递泉水的竹管。

天启甲子年（1624），我在山房里关门闭户，整整七个月，耳朵饱听溪流的声音，眼睛饱览清绿的树荫。山上山下，多产西栗、鞭笋，无比甘甜芬芳。邻居把山房当作市场，每天送来瓜果、禽类，唯独没有鱼。于是我拦溪蓄水，放养几十条大鱼。有客人来了，就抓鱼给他们尝鲜。傍晚，我必定到冷泉亭、包园、飞来峰散步。

有一天，我顺着溪水一边走一边看佛像，嘴里不停地骂杨髡。只见一个波斯人坐在龙象上，四五个胡女向他献花果，都是赤裸身体，而且还刻石记载，这正是杨髡的塑像。我打掉它的脑袋，并打碎那些胡女像，放在人们小便的地方来报复他。寺院的僧人以为我打坏佛像，认为是令人惊讶的怪事，等知道这是杨髡的塑像时，都欢喜赞叹。

三世藏书

　　余家三世积书三万余卷。大父诏余曰❶："诸孙中惟尔好书，尔要看者，随意携去。"余简太仆❷文恭、大父丹铅所及❸，有手泽存焉者❹，汇以请，大父喜，命舁去，约二千余卷。崇正乙丑❺，大父去世，余适往武林，父叔及诸弟、门客、匠指、臧获❻巢婢辈乱取之❼，三代遗书，一日尽失。

　　余自垂髫聚书四十年❽，不下二万卷。乙酉避兵入剡❾，略携数簏随行❿，而所存者，为方兵所据，日裂以吹烟，并舁至江干，籍甲内，挡箭弹，四十年所积，亦一日尽失。此吾家书运，亦复谁尤⓫。

注释

❶诏：告诉。

❷简：挑选。太仆：张天复（1513—1574），字复亨，号内山。嘉靖二十六年（1547）进士。历任礼部主事、云南按察司副使、甘肃道行太仆卿。他是作者的高祖。

❸丹铅：古人点校文字时所使用的丹砂和铅粉。

❹手泽：先人或前辈的遗墨、遗物等。

❺崇正乙丑：崇正即崇祯，因避"祯"字，改其为"正"。崇祯间没有乙丑年，结合此年"大父去世"一语，当为天启乙丑，即天启五年（1625）。

❻臧获：奴婢。作者在《夜航船》一书中有解释："臧获：海岱之间骂奴曰臧，骂婢曰获。盖古无奴婢，犯事者被臧，没入官为奴；妇女逃亡，获得者为婢。"

❼巢婢：女奴。明邝露《赤雅》卷上"布伯"条载"土目命女奴

日‘巢婢’”。

❽垂髫：孩童、童年。

❾剡（shàn）：剡溪，在今浙江嵊州市。

❿麓：竹箱。

⓫尤：特异的，突出的。

译文

我家三代积攒书籍有三万多卷。祖父告诉我说："在这些孙子中只有你喜欢书，你想看什么书，就随意拿走。"我挑选那些高祖、曾祖、祖父校订过的、有他们手迹的书籍保存，放在一起请求带走，祖父很高兴，命人抬过去，大约有两千多卷。崇正乙丑年（1625），祖父去世，我正好到武林，叔伯及诸弟兄、门客、工匠、奴婢、婢女等人趁乱盗取，三代遗留下的书籍，一天内全部散失。

我自孩童时起藏书已四十年，所得不少于三万卷。乙酉年（1645）为躲避兵火逃入剡溪，略微带了几箱书籍随行，留下的那些书籍被士兵占据，每天撕下来烧火，他们还把书抬到江边，塞在盔甲内，用来抵挡弓箭、炮弹，四十年积攒的书籍也在一天内散尽。这就是我家的书运，还能再怨恨谁呢。

余因叹古今藏书之富，无过隋、唐。隋嘉则殿分三品，有红琉璃、绀琉璃、漆轴之异。殿垂锦幔，绕刻飞仙。帝幸书室，践暗机❶，则飞仙收幔而上，橱扉自启；帝出，闭如初。隋之书计三十七万卷。唐迁内库书于东宫丽正殿，置修文、著作两院学士，得通籍出入❷。太府月给蜀都麻纸五千番❸，季给上谷墨三百三十六丸，岁给河间、景城、清河、博平四郡兔千五百皮为笔，以甲、乙、丙、丁为次❹。唐之书计二十万八千卷。我明中秘书不可胜计，即《永乐大典》一书❺，亦堆积数库焉。余书直九牛一毛耳❻，何足数哉。

注释

❶暗机：隐藏的机关。

❷通籍：古代出入宫时将写有姓名、年龄、身份的竹片挂在门外，以备核对。作者《夜航船》一书亦有解释："通籍：举子登科后，禁门中皆有名籍，可恣意出入也。"

❸太府：官名，掌管国家钱谷财货。

❹以甲、乙、丙、丁为次：作者《夜航船》："四部：唐《经籍志》：玄宗两都各聚书四部，以甲、乙、丙、丁为号；甲，经部，赤牙签；乙，史部，绿牙签；丙，子部，碧牙签；丁，集部，白牙签。"

❺《永乐大典》：明成祖时期解缙等人所编辑的一部大型类书，共二万二千八百七十七卷，收录古代典籍七八千种。正本约毁于明亡之际。副本至清咸丰时逐渐散失。1900年，八国联军攻入北京，副本遭到焚毁和抢掠。现存已征集到残卷七百九十五卷，不过是原书的一个零头。

❻直：只不过。九牛一毛：比喻渺小轻微，不值一提。

译文

我因此感叹古今藏书最多者，没有超过隋、唐两代的。隋代的嘉则殿把书籍分成三品，在装帧上有红琉璃、绀琉璃和漆轴的区别。大殿垂下华丽的帷幔，环绕帷幔刻有飞舞的仙人。皇帝幸临书房，踩动隐藏的机关，飞仙就把帷幔收上去，橱门自动开启；等到皇帝出去，橱门关闭如初。隋代的书籍总计有三十七万卷。到唐代把内库的藏书迁到东宫丽正殿，设立修文、著作两院学士，他们登记姓名身份后可以进出。太府每月发放五千番蜀都产的麻纸，每季发放三百三十六丸上谷产的墨，每年发一千五百匹河间、景城、清河、博平四郡产的兔皮来做笔，丽正殿的书籍按甲、乙、丙、丁四部来分类。唐代的书籍总计有二十万八千卷。我大明宫廷藏书多得不可计数，单《永乐大典》一书就堆积了多个书库。和这些相比，我的藏书不过是九牛一毛而已，哪里值得一提呢。

卷

三

丝　社

越中琴客不满五六人，经年不事操缦❶，琴安得佳？余结丝社，月必三会之。有小檄曰❷：

注释

❶操缦：调弄琴弦，这里代指弹奏古琴。
❷檄：中国古代一种文体，常用于召集军队、讨伐敌人。作者假借官府文书口吻，召集同道中人结社，有些游戏笔墨的戏谑意味。

译文

越中抚琴的人不到五六个，整年都不调琴弄弦，琴艺哪能高超呢？我缔结丝社，每个月必定要雅集三次。为此，写了一篇小檄文：

中郎音癖，《清溪弄》三载乃成❶；贺令神交，《广陵散》千年不绝❷。器由神以合道，人易学而难精。幸生岩壑之乡❸，共志丝桐之雅❹。清泉磐石，援琴歌《水仙》之操❺，便足怡情；涧响松风，三者皆自然之声，正须类聚。偕我同志❻，爰立琴盟，约有常期，宁虚芳日。杂丝和竹，用以鼓吹清音；动操鸣弦，自令众山皆响。非关匣里，不在指头，东坡老方是解人❼；但识琴中，无劳弦上，元亮辈正堪佳侣❽。既调商角❾，翻信肉不如丝❿；谐畅风神，雅羡心生于手。从容秘玩，莫令解秽于花奴⓫；抑按盘桓⓬，敢谓倦生于古乐。共怜同调之友声，用振丝坛之盛举。

注释

❶ "中郎音癖" 句：典出《太平御览》："蔡邕，字伯喈，陈留人。性沉审，志好琴道，以嘉平元年入清溪访鬼谷先生所居。山五曲，曲有幽居灵迹。每一曲制一弄，三年曲成。出呈马融、王元、董卓等，异之。"中郎，蔡邕（133—192），字伯喈，陈留（今河南省开封）人。因曾任左中郎将，故称"蔡中郎"。

❷ "贺令神交" 句：典出《幽明录》："会稽贺思令善弹琴，尝夜在月中坐，临风抚奏。忽有一人，形器甚伟，著械有惨色，至其中庭，称善，便与共语。自云是嵇中散。谓贺云：'卿下手极快，但于古法未合。'因授以《广陵散》。贺因得之，于今不绝。"

❸ 岩壑：山峦溪谷。

❹ 丝桐：琴。古人削桐为琴，练丝为弦，故有此称。

❺《水仙》之操：《水仙操》，古琴名曲。据《琴操》记载："《水仙操》者，伯牙之所作也。伯牙学琴于成连先生，先生曰：'吾能传曲，而不能移情。吾师有方子春者，善于琴，能作人之情，今在东海上，子能与我同事之乎？'伯牙曰：'夫子有命，敢不敬从。'乃相与至海上，见子春受业焉。乃与伯牙俱往，至蓬莱山，留伯牙：'子居习之，吾将迎之。'划船而去。旬时，伯牙延望无人，但闻海水洞湧，山林杳冥，怆然叹曰：'先生移我情矣'，乃援琴而歌，作《水仙》之操。"

❻ 同志：志趣相同的人。

❼ 非关匣里，不在指头，东坡老方是解人：语出宋苏轼《琴诗》："若言琴上有琴声，放在匣中何不鸣？若言声在指头上，何不于君指上听？"东坡老，苏轼（1037—1101），字子瞻，号东坡居士，眉山（今四川眉山）人。嘉祐进士，曾任祠部员外郎、杭州通判、翰林学士、礼部尚书等。与父亲苏洵、弟弟苏辙，合称"三苏"，是唐宋八大家之一。

❽ 但识琴中，无劳弦上，元亮辈正堪佳侣：语出《晋书》卷九十

四《隐逸传》："（陶潜）性不解音，而畜素琴一张，弦徽不具，每朋酒之会，则抚而和之，曰：'但识琴中趣，何劳弦上声。'"元亮，陶渊明（365—427），一名潜，字元亮，柴桑（今江西九江）人。曾做过彭泽令之类的小官，后辞官隐居。

❾商角：宫、商、角、徵、羽是我国五声音阶中五个不同音的名称，总称五音。商角在这里泛指音乐。

❿肉不如丝：美妙的歌喉不如丝弦弹拨乐器悦耳动听。人们通常说丝不如竹，竹不如肉，作者这里是反其意而用之。

⓫解秽于花奴：典出唐南卓《羯鼓录》："上（唐玄宗）性俊迈，酷不好琴。曾听弹琴，正弄未及毕，叱琴者出，曰：'待诏出去！'谓内官曰：'速召花奴，将羯鼓来，为我解秽。'"花奴，汝南王李琎的小名，善击羯鼓。

⓬抑按盘桓：指古琴演奏时的指法动作。抑按是指左手按压琴弦的动作，盘桓是指左手压弦后在琴面上往来移动，此即"走手音"的动作。

译文

蔡中郎雅爱琴道，《清溪弄》三年方才作成；贺思令神交嵇康，《广陵散》因此千年不绝。器物由心神相交而合乎大道，人容易学会技艺但难以精通。我有幸生长在有山峦溪谷的地方，共同纪念抚琴的雅趣。清泉在石间流过，拨动琴弦弹奏《水仙操》，便足以愉悦性情；山涧里响起吹过松林的风声，水声、琴声、风声这三者都是自然天籁之音，正应当和同类聚集在一起。与同我志趣相投的朋友们，立下琴社盟约，约定常聚的日期，哪能虚度美好的时光。丝竹交杂，响起清雅的乐声；拨动琴弦，自然会让群山回响。琴声不在匣中和指头上，东坡老先生才是解音之人；只要领悟琴中的妙义，不必劳烦琴弦，陶渊明正适合做佳伴。调弄五音之后，反而相信美妙的歌喉不如丝弦的乐器那么悦耳；心神感到和谐顺畅，羡慕心中所想能通过手指传达出来。从容悄悄地赏玩，不必让打鼓的花奴来除去秽气；手指一俯一仰、往来进复，哪敢说因听古乐而感到厌倦。一起欣赏朋友们弹奏的同道之声，以此作为振兴琴坛的盛举吧。

❧ 南镇祈梦❶ ❧

万历壬子❷，余年十六，祈梦于南镇梦神之前，因作疏曰："爰自混沌谱中❸，别开天地；华胥国里❹，早见春秋。梦两楹❺，梦赤乌❻，至人不无；梦蕉鹿❼，梦轩冕❽，痴人敢说。惟其无想无因，未尝梦乘车入鼠穴，捣齑啖铁杵❾；非其先知先觉，何以将得位梦棺器，得财梦秽矢❿。正在恍惚之交，俨若神明之赐。某也蹩跹偃蹇⓫，轩翥樊笼⓬，顾影自怜，将谁以告？为人所玩，吾何以堪。一鸣惊人，赤壁鹤耶？⓭局促辕下，南柯蚁耶？⓮得时则驾，渭水熊耶？⓯半榻蘧除，漆园蝶耶？⓰神其诏我，或寝或讹；我得先知，何从何去。择此一阳之始⓱，以祈六梦之正⓲。功名志急，欲搔首而问天；祈祷心坚，故举头以抢地⓳。轩辕氏圆梦鼎湖⓴，已知一字而有一验；李卫公上书西岳㉑，可云三问而三不灵。肃此以闻，惟神垂鉴。"

注释

❶南镇祈梦：绍兴习俗，除夕之夜，民众到南镇殿内夜宿，梦中所占吉凶，据说很是灵验。南镇，会稽山，在今浙江绍兴，因在我国五大镇山中位居南镇，故称。

❷万历壬子：万历四十年（1612）。

❸混沌谱：据《仙佛奇踪》记载，陈抟在华山修行时，"一日，有客过访，适值其睡。旁有一异人，听其息声，以墨笔记之，满纸糊涂莫辨。客怪而问之。其人曰：'此先生华胥调、混沌谱也。'"

❹华胥国：古代传说中的国家。《列子·黄帝》："（黄帝）昼寝而

082

梦游于华胥氏之国。华胥氏之国在弇州之西，台州之北，不知斯齐国几千万里。盖非舟车足力之所及，神游而已。"后常以其代称梦境。

❺梦两楹：典出《礼记·檀弓上》，孔子梦见自己"坐奠于两楹之间"，预感到自己将不久于人世，后"寝疾七日而没"。

❻赤舄（xì）：古代君王贵族所穿的鞋子。

❼梦蕉鹿：典出《列子·周穆王》："郑人有薪于野者，遇骇鹿，御而击之，毙之。恐人见之也，遽而藏诸隍中，覆之以蕉，不胜其喜。俄而遗其所藏之处，遂以为梦焉。"

❽轩冕：古代大夫所用的车乘和冕服，借指官位爵禄。

❾"惟其无想无因"句：典出《世说新语》："卫玠总角时，问乐令'梦'，乐云'是想'。卫曰：'形神所不接而梦，岂是想邪？'乐云：'因也。未尝梦乘车入鼠穴，捣齑啖铁杵，皆无想无因故也。'"

❿何以将得位梦棺器，得财梦秽矢：典出《世说新语》："人有问殷中军：'何以将得位而梦棺器，将得财而梦失秽？'殷曰：'官本是臭腐，所以将得而梦棺尸；财本是粪土，所以将得而梦秽污。'时人以为名通。"

⓫躨跜（kuí ní）：踞伏的样子。偓潴（zhū）：泥潭，水洼。

⓬轩蕎（zhù）：飞动。

⓭赤壁鹤：典出苏轼《后赤壁赋》："时夜将半，四顾寂寥。适有孤鹤，横江东来。翅如车轮，玄裳缟衣，戛然长鸣，掠予舟而西也。须臾客去，予亦就睡。梦一道士，羽衣蹁跹，过临皋之下。"

⓮南柯蚁：这里用的是南柯一梦的典故，淳于棼经过一番游历之后，发现自己不过是在蚁穴中，见唐李公佐《南柯太守传》。

⓯渭水熊：典出《史记·齐太公世家》："西伯将出猎，卜之，曰'所获非龙非彲，非虎非黑，所获霸王之辅'。于是周西伯猎，果遇太公于渭之阳。"后人由此演绎出周文王梦飞熊得姜尚的故事，详见《封神演义》第二十三回《文王夜梦飞熊兆》。

⓰半榻蕉除，漆园蝶耶：典出《庄子·齐物论》："昔者庄周梦为胡蝶，栩栩然胡蝶也。自喻适志与，不知周也。俄然觉，则蘧蘧然周

也。不知周之梦为胡蝶与，胡蝶之梦为周与？周与胡蝶，则必有分矣。此之谓物化。"

⑰一阳：冬至，俗语有"冬至一阳生"之说。

⑱六梦：语出《周礼·春官·占梦》："以日月星辰占六梦之吉凶：一曰正梦，二曰噩梦，三曰思梦，四曰寤梦，五曰喜梦，六曰惧梦。"

⑲抢：碰、撞。

⑳轩辕氏圆梦鼎湖：典出《史记·封禅书》："黄帝采首山铜，铸鼎於荆山下。鼎既成，有龙垂胡颔下迎黄帝。"轩辕氏，黄帝。传说中的上古帝王，因生于轩辕之丘，故称轩辕氏。

㉑李卫公：李靖（571—649），字药师，三原（今陕西三原）人。因曾被封卫国公，世称李卫公。唐初著名将领，善于用兵。李靖撰有《上西岳书》一文，其中有"若三问不对，亦何神之有灵？然后即靖斩大王头，焚其庙，建纵横之略，亦未晚也"之语。

译文

万历壬子年（1612），我十六岁，在绍兴南镇梦神面前祈梦，因此撰写疏文如下："从混沌谱中，别开一片天地；在华胥国里，早已知晓历史。梦见两根楹柱，梦见君王贵族所穿的鞋子，真人圣人也不是没有这样做过；梦见野鹿藏在芭蕉下，梦见士大夫的车乘冕服，连愚钝之辈也敢这样说。惟其没想法没缘由，否则不会梦中乘车进入老鼠洞，捣碎铁棒来吃；不是因为先知先觉，怎么会在将升官时梦到棺材，将发财时梦到粪土。正在恍惚之际，好像是神明的赏赉。我像龙被困在水洼里，像鸟被关在笼子里，顾影自怜，能告诉谁呢？被人玩弄，我哪能承受。一鸣惊人，那是赤壁的孤鹤吗？拘谨得像拉车的马，那是南柯的蚂蚁吗？得到时机就出马，那是周文王梦飞熊而得姜尚吗？半张床榻铺着草席，那是庄周梦蝶吗？恳请神灵通过梦境告诉我，是静是动；我能事先得知，何去何从。我选择冬至日这天过来，做到祈梦的正当。功名之心急切，想搔头来问上天；祈祷之心坚定，因此以头叩地。轩辕氏圆了铸鼎升天的梦，由此可知一个字就有一个字的应验；李卫公向西岳上书，据说问了三次，三次都不灵验。我庄重地把自己的愿望昭告上天，希望神明能俯察听取。”

禊 泉①

惠山泉不渡钱塘②，西兴脚子挑水过江③，喃喃作怪事④。有缙绅先生造大父⑤，饮茗大佳，问曰：“何地水？”大父曰：“惠泉水。”缙绅先生顾其价曰⑥：“我家逼近卫前⑦，而不知打水吃，切记之。”董日铸先生常曰⑧：“浓、热、满三字尽茶理，陆羽《经》可烧也。”⑨两先生之言，足见绍兴人之村之朴⑩。

注释

❶ 禊（xì）：古代于春秋两季在水边举行的一种祭礼。

❷ 惠山泉：位于江苏无锡西惠山山麓，世称天下第二泉。作者《夜航船》一书亦有介绍：“惠山泉：在无锡县锡山，旧名九龙山，有泉出石穴。陆羽品之，谓天下第二泉。”

❸ 西兴：古称固陵，今属浙江杭州滨江区。脚子：脚夫。

❹ 喃喃：低声说话的声音。

❺ 缙绅先生：或作搢绅先生，泛称有官职或曾做过官的人。造：到，拜访。

❻ 价（jiè）：仆人、随从。

❼ 逼近：靠近。卫前：这位缙绅先生将“惠泉”误听为“卫前”。

❽ 董日铸：董懋策，字揆仲，号日铸。作者《有明于越三不朽名贤图赞》载其生平事迹：“董日铸懋策，文简公曾孙，精于《易》学，设帐蕺山，四方从游者岁数百人。学舍不足，僦屋以居。其月旦课

艺，必糊名《易》《书》。列以等第，时人比之白鹿书院焉。"著有《大易床头私录》《大学大意》《庄子翼评点》《昌谷诗注》等。

❾陆羽《经》：陆羽（733—804），字鸿渐，一名疾，字季疵，号桑苎翁，竟陵（今湖北天门）人。对茶有很精深的研究，被后人尊称为茶圣。著有《茶经》，是世界上最早一部研究茶的著作。

❿村：粗野，粗俗。

译文

惠山泉不能渡过钱塘江，西兴的脚夫挑水过江，喃喃自语说这是怪事。有位本地乡绅拜访祖父，饮茶后感觉很好，就问道："这是什么地方的水？"祖父说："惠泉水。"那位乡绅回头对他的仆人说："我家靠近卫前，却不知道从那里打水吃，一定要记住。"董日铸先生常说："浓、热、满三个字说尽了茶理，陆羽写的《茶经》可以烧掉了。"从两位先生的言语足以看出绍兴人的粗俗和朴实。

余不能饮潟卤❶，又无力递惠山水。甲寅夏❷，过斑竹庵❸，取水啜之，磷磷有圭角❹，异之。走看其色，如秋月霜空，噀天为白❺；又如轻岚出岫❻，缭松迷石，淡淡欲散。余仓卒见井口有字划，用帚刷之，"禊泉"字出，书法大似右军❼，益异之。试茶，茶香发。新汲少有石腥，宿三日，气方尽。

注释

❶潟（xì）卤：原指盐碱过多、无法耕种的土地，这里指咸卤。

❷甲寅：万历四十二年（1614）。

❸斑竹庵：长庆寺，在今浙江绍兴，始建于唐代，因系东晋尚书陈罴竹园，故名竹园寺，俗称斑竹庵。

❹磷磷：清澈明净的样子。圭角：棱角。

❺噀（xùn）：喷、吐。

❻岫（xiù）：山洞，洞穴。

❼右军：王羲之（303—361），字逸少。琅琊临沂（今山东临沂）人，后移居会稽山阴（今浙江绍兴）。曾任秘书郎、长史、宁远将军、江州刺史、会稽内史，因曾任右军将军，后人称其为王右军。擅长书法，被后人誉为"书圣"。

译文

我不能喝有咸卤的水，又没力量去运惠山泉水。甲寅年（1614）的夏天，我路过斑竹庵，取水来喝，发现它清澈明净，很有味道，就感到惊奇。走过去看看水的颜色，如同秋月霜天，将天空染为白色；又仿佛薄雾出洞，在苍松石头间弥漫，淡淡地将要散去。我忽然看到井口有字的痕迹，就用扫帚来擦，"禊泉"两字显露出来，书法很像王右军的，更加让人感到惊奇。试着用水煮茶，茶的香气被激发出来。但新打的泉水有些许石头的腥味，放三天后气味才全部散去。

辨禊泉者无他法，取水入口，第挢舌舐腭❶，过颊即空，若无水可咽者，是为禊泉。好事者信之，汲日至，或取以酿酒，或开禊泉茶馆，或瓮而卖及馈送有司❷。董方伯守越❸，饮其水，甘之，恐不给，封锁禊泉，禊泉名日益重。会稽陶溪萧山北干杭州虎跑❹，皆非其伍，惠山差堪伯仲❺。

注释

❶挢（jiǎo）舌：翘舌。

❷馈：进献。

❸董方伯：董承诏，武进（今江苏常州）人。万历三十五年（1609）进士，历官兵部主事、员外郎、郎中、浙江左布政使。方伯，布政使的别称。

❹陶溪：溪名，在绍兴陶晏岭。北干：北干山，在今浙江萧山，山下有干泉。虎跑：虎跑泉，在今浙江杭州西南大慈山虎跑寺，泉水晶莹甘冽，有天下第三泉之称。作者《夜航船》一书亦有介绍："虎

跑泉：在钱塘。唐元和十四年，性空大师栖禅其中，以无水欲去。有二虎跑山出泉甘冽，乃建虎跑寺。观泉者，僧为举梵呗，泉即霤沸而出。"

❺伯仲：兄弟间长幼秩序，这里引申为相比、差不多之意。

译文

辨别褉泉的话没有别的办法，只有取水入口，翘起舌头来舔上腭，穿过口腔就没了，好像没有水可以下咽似的，这就是褉泉。那些多事的人得到这个消息，每天都来这里打水，有的用来酿酒，有的开褉泉茶馆，有的用瓶子装起来卖，或者赠送官员。董承诏任浙江左布政使时，喝了褉泉水，觉得甘甜，担心供不应求，就把褉泉封锁起来，褉泉的名声也更大了。会稽的陶溪、萧山的北干、杭州的虎跑等泉水，都不能与它相比，惠山泉算是和它差不多。

在蠡城❶，惠泉亦劳而微热❷，此方鲜磊，亦胜一筹矣。长年卤莽，水递不至其地，易他水，余笤之，詈同伴❸，谓发其私。及余辨是某地某井水，方信服。

昔人水辨淄、渑，侈为异事。诸水到口，实实易辨，何待易牙❹？余友赵介臣亦不余信❺，同事久，别余去，曰："家下水实行口不得，须还我口去。"

注释

❶蠡城：春秋时期越国国都，传说为范蠡所建，故称。故址在今浙江绍兴，后以此代指绍兴。

❷惠泉：在浙江绍兴太平山。

❸詈（lì）：责骂、训斥。

❹"昔人水辨淄、渑"句：典出《淮南子·道应训》："白公问于孔子曰：……'若以水投水，何如？'孔子曰：'淄、渑之水合，易牙尝而知之。'"易牙，春秋时期齐桓公的宠臣，擅长烹调。

❺赵介臣：生平事迹不详。作者《快园道古》一书载其一段逸事："赵介臣为清朝教官，其友孟子塞致书责之，谓：'吾辈明伦，正在今日，尔奈何为教官，且坐明伦堂上？'介臣愧不能答。两年后，子塞亦贡，亦为教官，晤介臣，介臣曰：'天下学宫制度不一，岂贵庠没有明伦堂耶？'"

译文

在绍兴，惠泉水运取麻烦，而且微微有些热。禊泉水则新鲜量大，胜过惠泉水一筹。有位长工鲁莽，泉水送不到地方，就换成别的水，我发现后把他打了一顿，他则责骂同伴，说他们出卖了他。等到我说出水是来自哪个地方哪口井的，他才信服。

以前有人能分辨出淄水、渑水，大家都认为这是怪事。其实很多水到嘴里后，的确容易辨别，哪还等易牙这位高手来呢？我的朋友赵介臣也不相信我，我们同事时间比较长，他和我告别的时候说："家里的水实在是进不了口，你必须还给我原来的口味。"

❦ 兰雪茶 ❧

日铸者❶，越王铸剑地也❷。茶味棱棱❸，有金石之气。欧阳永叔曰❹："两浙之茶，日铸第一。"❺王龟龄曰❻："龙山瑞草，日铸雪芽。"❼日铸名起此。京师茶客，有茶则至，意不在雪芽也，而雪芽利之，一如京茶式，不敢独异。

注释

❶日铸：山名，在今浙江绍兴东南。以产茶著称，所产之茶以"日铸"为名，又称"日注茶""日铸雪芽"。

❷越王：勾践（前497—前465），春秋时期越国的国君。

❸棱棱：寒冷，严寒。这里形容茶叶的味道有金石之气。

❹欧阳永叔：欧阳修（1007—1072），字永叔，号醉翁、六一居士，吉水（今属江西）人。天圣进士，历任翰林学士、枢密副使、参知政事。北宋古文运动领袖，唐宋八大家之一。著有《新五代史》《欧阳文忠集》等。

❺两浙之茶，日铸第一：语出欧阳修《归田录》："草茶盛于两浙，两浙之品，日注为第一。"日注，即日铸。

❻王龟龄：王十朋（1112—1171），字龟龄，号梅溪，乐清（今浙江乐清）人。南宋绍兴二十七年（1157）状元，官至龙图阁学士。著有《王梅溪先生全集》等。

❼龙山瑞草，日铸雪芽：语出王十朋《会稽风俗赋》："日铸雪芽，卧龙瑞草。"

译文

日铸山是越王勾践当年铸剑的地方。这里所产的茶叶寒寒的，有金石的气味。欧阳修说："浙东浙西两地的茶叶，以日铸所产为第一。"王十朋也说："龙山的瑞草，日铸的雪芽。"日铸茶的名声由此而起。京师的茶商一到采茶的时候就过来，目的并不在雪芽，雪芽如果要获利的话，就得按照京茶那样的制式对待，不敢有什么特别。

三娥叔知松萝焙法❶，取瑞草试之，香扑冽。余曰："瑞草固佳，汉武帝食露盘❷，无补多欲；日铸茶数❸，'牛虽瘠，愤于豚上'也。"❹遂募歙人入日铸❺。扚法❻掐法、挪法、撒法、扇法、炒法、焙法、藏法，一如松萝。他泉瀹之❼，香气不出，煮襖泉，投以小罐，则香太浓郁。杂入茉莉，再三较量，用敞口瓷瓯淡放之，候其冷；以旋滚汤冲泻之，色如竹箨方解❽，绿粉初匀；又如山窗初曙，透纸黎光。取清妃白，倾向素瓷，真如百茎素兰同雪涛并泻也。雪芽得其色矣，未得其气，余戏呼之"兰雪"。

注释

❶三娥：当为"三峨"，即张炳芳，字尔含，号三峨，作者张岱的三叔。**松萝**：松萝茶，产于安徽休宁县松萝山。

❷汉武帝：刘彻（前157—前87），幼名刘彘，西汉第五位皇帝。公元前140至前87年在位。**露盘**：承露盘，汉武帝建于建章宫。

❸茶薮：这里指盛产茶的地方。薮，人或物聚集的地方。

❹牛虽瘠，偾（fèn）于豚上：语出《左传·昭公十三年》："牛虽瘠，偾于豚上，其畏不死？"原意为瘦弱的牛倒在小猪身上，小猪必定被压死。强国虽然德衰，但如果攻打弱国的话，弱国也必定会被灭掉。

❺歙（shè）：今安徽歙县。

❻扚（lì）：按、压。

❼瀹：煮。

❽竹箨：笋壳。

译文

　　三峨叔知道烘焙松萝茶的方法，就取瑞草来试，结果清香扑鼻。我说："瑞草固然好，但就像汉武帝承露盘的露水那样少，没法满足大家的需求；日铸的茶叶产量大，正如古人所讲的'瘦弱的牛也能压死小猪'。"于是招募歙州的人到日铸来。扚法、掐法、挪法、撒法、扇法、炒法、焙法、藏法，全都按照烘焙松萝的工艺制作。用别的泉水来煮，香气出不来，用禊泉来煮，放在小罐子里，香气又太浓郁。掺入茉莉，再三斟酌比例，用敞口瓷杯盛放，等水冷却；然后再用滚烫的热水冲下去，这时茶水的颜色就像竹笋的外壳刚蜕去，淡绿色刚好均匀；又像山间的窗户在天亮时分，穿透窗纸进入的阳光。茶水绿中透白，倒进白色的瓷器里，真的就像一枝枝素兰与白雪的波涛一泻而下。雪芽得到兰花的色泽，而没得到其气味，我戏称它为"兰雪"。

四五年后，"兰雪茶"一哄如市焉。越之好事者不食松萝，止食兰雪❶。兰雪则食，以松萝而篡兰雪者亦食❷，盖松萝贬声价俯就兰雪，从俗也。乃近日徽歙间松萝亦名兰雪，向以松萝名者，封面系换，则又奇矣。

注释

❶止：只、仅。
❷篡：掺杂。

译文

四五年后，兰雪茶在市场上被哄抢。浙江喜欢多事的人不再饮松萝茶，而只饮兰雪茶。是兰雪茶就喝，松萝茶与兰雪茶掺在一起也喝，这是因为松萝茶降低身价来屈就兰雪茶，顺从世俗了。近日徽州歙县产的松萝茶竟然也叫兰雪茶，一向以松萝为名的茶叶，改头换面，这又是一件奇事。

白 洋 潮❶

　　故事❷，三江看潮❸，实无潮看。午后喧传曰："今年暗涨潮。"岁岁如之。

　　戊寅八月❹，吊朱恒岳少师❺，至白洋，陈章侯❻祁世培同席。海塘上呼看潮，余踉往❼，章侯、世培踵至❽。立塘上，见潮头一线，从海宁而来❾，直奔塘上。稍近，则隐隐露白，如驱千百群小鹅，擘翼惊飞❿。渐近，喷沫，冰花蹴起，如百万雪狮蔽江而下，怒雷鞭之，万首镞镞⓫，无敢后先。再近，则飓风逼之，势欲拍岸而上。看者辟易^⑫，走避塘下。潮到塘，尽力一礴，水击射，溅起数丈，着面皆湿。旋卷而右，龟山一挡^⑬，轰怒非常，炮碎龙湫，半空雪舞。看之惊眩，坐半日，颜始定。

先辈言：浙江潮头自龛、赭两山漱激而起^⑭。白洋在两山外，潮头更大，何耶？

注释

❶白洋：白洋镇，在今浙江绍兴西北。

❷故事：先例、惯例。

❸三江：三江口，在绍兴西北，为钱清江、钱塘江、曹娥江交汇处。

❹戊寅：即崇祯十一年（1638）。

❺朱恒岳：朱燮元（1566—1638），字懋和，号恒岳，浙江绍兴人。万历二十年（1592）进士，历任大理评事、四川左布政使、兵部尚书。朱燮元去世后，作者写有《祭少师朱恒岳公文》。

❻陈章侯：陈洪绶（1598—1652），字章侯，号老莲，诸暨（今浙江诸暨）人。明代著名画家，代表作有《水浒叶子》等。作者与其往来密切，称其为"字画知己"，另参见本书卷三《陈章侯》。

❼遄：快速，迅速。

❽踵至：接踵而来。

❾海宁：今浙江海宁，南临杭州湾。

❿擘（bò）：张开，分开。

⓫镞镞（zú）：迅捷的样子。

⓬辟易：后退，倒退。

⓭龟山：又名白洋山、乌凤山，在绍兴西北。

⓮龛（kān）、赭（zhě）：龛山在今浙江萧山，赭山在今浙江海宁。

译文

按过去的惯例，在三江口看潮，但实在没潮可看。午后传来一片喧闹声："今年会悄悄涨潮。"年年都是如此。

　　戊寅年（1638）八月，我祭奠朱恒岳少师，到白洋镇，陈章侯、祁世培和我坐在一起。这时海塘上呼喊着去看潮，我赶紧过去，章侯、世培也跟着赶来。大家站在海塘上，只见潮头像一条线，从海宁袭来，直奔塘上。稍稍靠近，潮水隐隐露出白色，像驱赶千百只小鹅，鹅群惊恐地张开翅膀乱飞。潮水渐渐靠近，喷起泡沫，如冰花飞跃而起，又如百万只雪狮遮江而下，发怒的雷声在鞭打着，万头狮子奔跑迅捷，争先恐后。潮水再靠近，则像飓风一样逼近，想要拍打江岸跃上来。观潮者赶紧后退，跑到塘下躲避。潮头到塘前，尽力一撞，水花击射，溅起数丈高，把人的脸都打湿了。海潮很快又旋转到右边，被龟山挡住，像怒吼一样发出巨响，像要击碎龙住的水湫，半空中浪花像雪片一样飞舞。看到这种景象让人心惊目眩，坐了半天，脸色才能平静下来。

　　前辈说：浙江潮头是因江水冲击龟、赭两山被阻而起。白洋镇在两山之外，潮头却更大，这是为什么呢？

阳 和 泉

　　禊泉出城中，水递者日至❶。臧获到庵借炊，索薪、索菜、索米，后索酒、索肉；无酒肉，辄挥老拳。僧苦之。无计脱此苦，乃罪泉，投之刍秽❷。不已，乃决沟水败泉，泉大坏。张子知之❸，至禊井，命长年浚之❹。及半，见竹管积其下，皆鬵胀作气❺；竹尽，见刍秽，又作奇臭。张子淘洗数次，俟泉至❻，泉实不坏，又甘冽。张子去，僧又坏之。不旋踵❼，至再、至三，卒不能救，禊泉竟坏矣。是时，食之而知其坏者半，食之不知其坏而仍食之者半，食之知其坏而无泉可食、不得已而仍食之者半。

注释

❶ 水递者：打水的人。

❷ 刍秽：刍藁，干草。

❸ 张子：作者的自称。

❹ 长年：长工。浚：疏通。

❺ 黧（lí）胀：颜色发黑，东西腐烂。

❻ 俟：等待。

❼ 旋踵：一转脚，形容时间很短。

译文

禊泉出自城中，运水的人每天都来。那些奴婢到庵里借地方做饭，索要柴、菜、米，后来还索要酒肉；如果没有酒肉，就挥拳打人。僧人很苦恼，又没有办法摆脱困境，就怪罪泉水，把一些干草脏物投进去。人们仍来取水，就引沟水来破坏泉水，泉水受到很大破坏。我知道后，来到禊井，命长工疏通它。挖到一半，只见竹管堆积在井下，都腐烂发出恶臭；把竹管挖光，看到干草脏物，也散发出奇臭。我淘洗了好几次，等泉水流出来，发现水质并没有变坏，又甘甜清凉了。我离开后，僧人又破坏泉水。没多久，又破坏了第二次、第三次，最终没能挽救，禊泉被彻底破坏了。这时，喝了泉水知道它被污染了的有一半人，喝了泉水不知道它被污染而继续饮用的有一半人。喝了泉水知道它被污染但没有别的泉水可饮、不得已而仍然饮用的有一半人。

壬申❶，有称阳和岭玉带泉者❷，张子试之，空灵不及禊而清冽过之。特以玉带名不雅驯。张子谓阳和岭实为余家祖墓，诞生我文恭，遗风余烈，与山水俱长。昔孤山泉出❸，东坡名之"六一"❹，今此泉名之"阳和"，至当不易。

盖生岭、生泉，俱在生文恭之前，不待文恭而天固已阳和之矣，夫复何疑！土人有好事者，恐玉带失其姓，遂勒石署之。且曰："自张志'禊泉'而'禊泉'为张氏有，今邕山是其祖垄，擅之益易。立石署之，惧其夺也。"时有传其语者，阳和泉之名益著。

铭曰："有山如砺，有泉如砥；太史遗烈，落落磊磊。孤屿溢流，六一擅之。千年巴蜀，实繁其齿；但言眉山⑤，自属苏氏。"

注释

❶壬申：崇祯五年（1632）。

❷阳和岭：在今浙江绍兴城南。

❸孤山：在杭州西湖西北角。

❹东坡：苏轼，自号东坡居士。六一：六一泉，在杭州西湖孤山南麓。作者在《西湖梦寻》卷三"六一泉"条有详细介绍，兹引如下："六一泉在孤山之南，一名竹阁，一名勤公讲堂。宋元祐六年，东坡先生与惠勤上人同哭欧阳公处也。勤上人讲堂初构，掘地得泉，东坡为作泉铭。以两人皆列欧公门下，此泉方出，适契公讣，名以六一，犹见公也。其徒作石屋覆泉，且刻铭其上。南渡高宗为康王时，常使金，夜行，见四巨人执殳前驱。登位后，问方士，乃言紫薇垣有四大将，曰：天蓬、天猷、翊圣、真武。帝思报之，遂废竹阁，改延祥观，以祀四巨人。至元初，世祖又废观为帝师祠。泉没于二氏之居二百余年。元季兵火，泉眼复见，但石屋已圮，而泉铭亦为邻僧舁去。洪武初，有僧名行升者，锄荒涤垢，图复旧观。仍树石屋，且求泉铭，复于故处。乃欲建祠堂，以奉祀东坡、勤上人，以参寥故事，力有未逮。"

❺眉山：苏轼为四川眉山人。

译文

　　壬申年（1632），有人称赞阳和岭玉带泉的水好，我试喝了，感觉空灵不及禊泉但清冽超过它。只是认为玉带这个名称不典雅。我说阳和岭其实是我家的祖墓，诞生了我家曾祖文恭公，流传下来的风气和功业，和山水一样久长。过去孤山泉水被挖出时，东坡称之为"六一"，现在将此泉命名为"阳和"，极为恰当不能改变。

山岭和泉水都是在曾祖文恭公出生之前形成的，所以不等文恭公命名上天就已经赐予他阳和之名，还有什么可怀疑的！当地有好管闲事的人，害怕玉带泉失去了姓，于是刻石来记下。而且说："自从张家的祖先张志题名'禊泉'，'禊泉'就被张氏占有了，现在琶山是他家的祖坟，占有就更容易了。立下这块石碑来纪念，害怕张家来抢夺。"当时有人传播这些话，阳和泉的名声因此更加显著了。

铭文如下："有山像被磨刷过，有泉像被磨炼过；太史公留下的功业，分明磊落。孤山流出的泉水，被六一泉专断了。千年的巴蜀，人口繁盛；但只要说到眉山，自然还是属于苏氏。"

闵老子茶

周墨农向余道闵汶水茶不置口。戊寅九月❶，至留都❷，抵岸，即访闵汶水于桃叶渡❸。日晡，汶水他出，迟其归，乃婆娑一老。方叙话，遽起曰："杖忘某所。"又去。余曰："今日岂可空去？"迟之又久，汶水返，更定矣。睨余曰❹："客尚在耶？客在奚为者？"余曰："慕汶老久，今日不畅饮汶老茶，决不去。"

汶水喜，自起当炉。茶旋煮，速如风雨。导至一室，明窗净几，荆溪壶❺成、宣窑磁瓯十余种❻，皆精绝。灯下视茶色，与磁瓯无别，而香气逼人，余叫绝。余问汶水曰："此茶何产？"汶水曰："阆苑茶也。"余再啜之，曰："莫绐余❼，是阆苑制法，而味不似。"汶水匿笑曰："客知是何产？"余再啜之，曰："何其似罗岕甚也？"❽汶水吐舌曰："奇，奇。"余问："水何水？"曰："惠泉。"余又曰："莫绐余，惠泉走千里，水劳而圭角不动，何也？"汶水曰："不复敢隐。其取惠水，必淘井，静夜候新泉至，旋汲之。山石磊磊藉瓮底，舟非风则勿行，故水之生磊，即寻常惠水，犹逊一头地，况他水耶。"又吐舌曰："奇，奇。"言未毕，汶水去。少顷，持一壶满斟余曰："客啜此。"余曰："香扑烈，味甚浑厚，此春茶耶？向瀹者的是秋采。"❾汶水大笑曰："予年七十，精赏鉴者，无客比。"遂定交。

注释

❶戊寅：崇祯十一年（1638）。

❷留都：古代王朝迁都之后，仍在旧都置官留守，故称留都。明迁都北京后，以南京为留都。

❸桃叶渡：在今江苏南京十里秦淮与古青溪水道合流处附近，传说王献之经常在此迎送爱妾桃叶，故名，为金陵四十八景之一。作者在《夜航船》一书中亦讲到此典故："桃叶：晋王献之爱妾名桃叶，尝渡秦淮口，献之作歌送之。今名曰桃叶渡。献之有歌曰：'桃叶复桃叶，渡江不用楫。但渡无所苦，我自来迎接。'"

❹睨（nì）：斜眼看。

❺荆溪：这里代指宜兴，又称阳羡。荆溪在今江苏宜兴境内，故用以代指宜兴。

❻成、宣窑：成窑、宣窑，明代瓷器。成窑指明成化年间官窑烧制的一种瓷器，以小件和五彩者最为名贵。作者《夜航船》一书亦有介绍："成窑：大明成化年所制。有五彩鸡缸、淡青花诸器茶瓯酒杯，俱享重价。"宣窑为宣德窑的省称，指明宣德年间江西景德镇官窑烧制的一种瓷器，选料、制样、画器、题款，皆很精良。作者《夜航船》一书亦有介绍："宣窑：大明宣德年制。青花纯白，俱踞绝顶，有鸡皮纹可辨。醮坛茶杯，有值一两一只者，有酒字枣汤、姜汤等类者稍贱。"

❼绐（dài）：骗。

❽罗岕：罗岕山，在浙江长兴、江苏宜兴交界处，所产之茶品质优良，人称阳羡茶。

❾的：的确，确实。

译文

　　周墨农跟我说有位叫闵汶水的，茶不入口就能辨出优劣。戊寅年（1638）九月，我到南京，船刚抵岸，就直奔桃叶渡拜访闵汶水。下午闵汶水外出，很晚才回来，一看竟是一位老翁。才聊了几句天，他突然站起来说："我的拐杖忘在某个地方了。"又离开了。我说："今天怎么能空手而归呢？"过了好久，汶水才回来，已经是晚上了。他斜眼看着我问："客官还在这里吗？客官您留在这里要干什么呢？"我说："敬慕汶老很久了，今天不畅饮您的茶，决不离开。"

　　汶水挺高兴，亲自起身烧炉。茶一会儿就煮好了，快得像风雨。他把我带到一个房间，这里窗明几净，荆溪产的茶壶，成窑、宣窑产的磁杯有十几种，都精美绝伦。灯下看茶的颜色，与磁杯没有差别，但香气逼人，我拍案叫绝。我问汶水："这茶产自哪里？"汶水答："这是阆苑茶。"我再尝了一口，说道："不要骗我，这是阆苑茶的制作方法，但味道不像。"汶水偷笑道："客官知道是哪里产的吗？"我再喝了一口，说："怎么这么像罗岕茶？"汶水惊奇地吐出舌头说："奇，奇。"我又问："泡茶的是什么水？"答："惠泉。"我又说："不要骗我，惠泉水运到这里有千里远，泉水经劳顿而味道不变，这是为什么？"汶水说："不再敢隐瞒您了。取惠泉水时，一定把井淘洗干净，在宁静的夜晚等新泉一到，就迅速取出。用层层山石铺在陶器底部，没有风就不开船，因此水一直保持生鲜状态，即使是平常的惠泉水，比它还差一些，何况是别的地方的水。"他又惊叹道："奇，奇。"话没说完，汶水离开了。过了一会儿，他拿一壶给我满满斟上："客官喝这个吧。"我说："香气扑鼻浓烈，味道很浑厚，这是春茶吗？刚刚煮的应该是秋茶。"汶水大笑道："我今年七十岁，见到精于品鉴茶的人很多，但没有能比得上客官的。"于是我们结为朋友。

龙喷池

　　卧龙骧首于耶溪[1]，大池百仞，出其颔下。六十年内，陵谷迁徙[2]，水道分裂。崇祯己卯[3]，余请太守檄，捐金科众[4]，畚锸千人[5]，毁屋三十余间，开土壤二十余亩，辟除瓦砾乌秽千有余艘，伏道蜿蜒，偃潴澄靛[6]，克还旧观。昔之日不通线道者，今可肆行舟楫矣。喜而铭之，铭曰："蹴醒骊龙，如寐斯揭；不避逆鳞，抉其鲠噎[7]。潴蓄澄泓[8]，煦湿濡沫[9]。夜静水寒，颔珠如月。风雷逼之，扬鬐鼓鬣。"[10]

注释

[1] 卧龙：卧龙山。骧（xiāng）：高举、高昂。耶溪：若耶溪，今名平水江，在今浙江绍兴境内。

[2] 陵谷：丘陵、山谷。

[3] 崇祯己卯：即崇祯十二年（1639）。

[4] 科（tǒu）：纠，召集，集合。

[5] 畚锸（běn chā）：泛指挖运泥土的用具。畚是盛土的用具，锸是挖土的用具。

[6] 澄靛（diàn）：使浑水变得清澈。

[7] 不避逆鳞，抉其鲠噎：民间传说，龙的喉下有径迟逆鳞，有触犯逆鳞者，会被杀死。这里指疏通水道。鲠噎：食物堵住食管。这里指堵塞河道的瓦砾、乌秽等各类杂物。

[8] 澄泓：水清而深。

[9] 煦湿濡沫：典出《庄子·大宗师》："泉涸，鱼相与处于陆，相呴以湿，相濡以沫，不如相忘于江湖。"

⑩鬐（qí）、鬣（liè）：指龙颈及颔旁的鬃毛。

⭕ **译文**

　　卧龙山在若耶溪高昂头颅，有座很深的大池子，在它的下巴。六十年间，山谷迁徙，水道分流。崇祯已卯年（1639），我恳请太守发布文告，募集资金召集民众，有一千多人拿着畚锸等运土工具，毁掉房屋三十多间，开辟出二十多亩土地，清除的瓦砾杂物装了一千多船，水道曲折蜿蜒，浑水变得清澈，恢复到以前的面貌。以前不通的狭窄水道，现在可以随意行船了。我高兴地写了一篇铭文，铭文如下："踢醒骊龙，把它从睡梦中惊醒；不避龙鳞，掐住它的咽喉。水池澄清深广，阳光和煦普照。夜静水寒，龙下巴的珠子如同月亮。风雷逼近，如同扬起蛟龙身上的鬃毛。"

❧ 朱文懿家桂❶ ❧

　　桂以香山名❷，然覆墓木耳，北邙萧然❸，不堪久立。单醪河钱氏二桂❹，老而秃。独朱文懿公宅后一桂❺，干大如斗，枝叶觊觎❻，樾荫亩许，下可坐客三四十席。不亭、不屋、不台、不栏、不砌，弃之篱落间。花时不许人入看，而主人亦禁足勿之往，听其自开自谢已耳。

　　樗栎以不材终其天年❼，其得力全在弃也。百岁老人多出蓬户❽，子孙第厌其癃瘇耳❾，何足称瑞。

⭕ **注释**

❶朱文懿：朱赓（1535—1608），字少钦，号金庭，浙江绍兴人。隆庆二年进士，历任礼部左、右侍郎。死后赠太保，谥文懿。著有

《经筵奏疏》《朱文懿文集》。他是张岱祖父张汝霖的岳父。

❷香山：在绍兴鹿池山东。

❸北邙：山名，在今河南洛阳，东汉、魏晋时期的王侯公卿多葬于此，后借以此指墓地或坟墓。

❹箪醪河：即箪醪河，又名投醪河、劳师泽，在绍兴城内。作者《夜航船》在一书中亦有介绍："箪醪河：在绍兴府治南。勾践行师日，有献壶浆者，跪而受之，取覆上流水中，命士卒乘流而饮。人百其勇，一战遂有吴国，因以名之。"

❺朱文懿公宅后一桂：据祁彪佳《越中园亭记》记载，"秋水园：在朱文懿公居第后，凿池园中。……旁有桂树，大数围，荫一亩余。"

❻觊覬：枝叶茂密的样子。

❼樗栎（chū lì）：无用之材。语出《庄子·逍遥游》："吾有大树，人谓之樗，其大本拥肿而不中绳墨，其小枝卷曲而不中规矩，立之涂，匠者不顾。"《庄子·人间世》："匠石之齐，至于曲辕，见栎社树……曰：'散木也，以为舟则沉，以为棺椁则速腐，以为器则速毁，以为门户则液樠，以为柱则蠹。是不材之木也，无所可用。'"

❽蓬户：用蓬草所编的门户。这里指穷苦人家。

❾第：但，只。癃瘇（lóng zhǒng）：手脚不灵便。

译文

桂花以绍兴香山的最有名，但在那里只是作为遮蔽墓地的树木而已，墓地空寂，不能长久在那里生长。箪醪河钱氏有两棵桂树，但苍老少叶。只有朱文懿公宅后的一棵桂树，树干有斗粗，枝叶茂密，形成的荫凉有一亩多，下面可以坐三四十个客人。不建亭子、屋子、台阁，也不修栏杆、台阶，任由桂树长在篱笆里。开花时不许人进来看，主人自己也不去看，听任桂花自开自谢而已。

樗栎因不成材而得以长寿，全是得益于被抛弃。百岁老人多出自贫寒人家，子孙个个嫌弃他手脚不灵便，这怎么能称得上人瑞呢？

逍遥楼[1]

滇茶故不易得，亦未有老其材八十余年者。朱文懿公逍遥楼滇茶，为陈海樵先生手植[2]，扶疏蓊翳[3]，老而愈茂。诸文孙恐其力不胜葩[4]，岁删其萼盈斛[5]，然所遗落枝头，犹自爇山熠谷焉[6]。

注释

[1] 逍遥楼：在绍兴龟山下，为明代朱赓所建。朱赓在《逍遥楼记》一文中这样描绘该楼："楼凡三楹，与浮屠东西犄角。十里之外，望而见之，环楼皆牖，环牖皆城，环城皆湖，环湖皆山。开牖四顾，则万堞之形，蜿蜒如带，鉴湖八百，错汇于田畴间，如飘练浮镜。"

[2] 陈海樵：陈鹤（？—1560），字鸣轩，号海樵，浙江绍兴人。擅长书法、绘画，著有《海樵集》。他是朱赓的岳父。

[3] 蓊翳（wěng yì）：草木茂密的样子。

[4] 力不胜葩：茎干不能承受花朵的压力。

[5] 萼：花。斛：一种古代的量器。

[6] 爇山熠谷：形容茶花繁盛，红艳耀眼，好像整个山谷都燃烧起来一样。

译文

滇茶树本来不容易得到，也没有长到八十多年那么老的。朱文懿公逍遥楼旁的那棵滇茶树，是陈海樵先生亲手种的，郁郁葱葱的，苍老却更加茂盛。他的孙子们担心滇茶的枝干不能承受这么多花朵，每年剪下来的花萼都能装满一斛，然而枝头剩下来的花朵还是那么艳丽，整个山谷像在燃烧一样。

文懿公，张无垢后身❶。无垢降乩与文懿❷，谈宿世因甚悉，约公某日面晤于逍遥楼❸。公伫立久之，有老人至，剧谈良久❹，公殊不为意。但与公言："柯亭绿竹庵梁上有残经一卷，可了之。"❺寻别去❻，公始悟老人为无垢。次日，走绿竹庵，简梁上，有《维摩经》一部❼，缮写精良❽，后二卷未竟，盖无垢笔也。公取而续书之，如出一手。

注释

❶ 张无垢：张九成（1092—1159），字子韶，号无垢居士，钱塘（今浙江杭州）人。绍兴二年（1132）进士。历任宗正少卿、礼部侍郎兼侍讲、刑部侍郎。著有《横浦先生文集》等。后身：佛教有"三世"的说法，谓转世之身为"后身"。

❷ 乩（jī）：一种通过占卜来问吉凶的算命方式。

❸ 面晤：面谈。

❹ 剧谈：畅谈，长谈。

❺ 了：了结，结束。此处指写完。

❻ 寻：不久。

❼ 《维摩经》：佛教经典，全名为《维摩诘所说经》，又称《维摩诘经》。共三卷十四品。通行本由后秦鸠摩罗什所译。

❽ 缮写：誊写，抄写。

译文

文懿公是张无垢的转世。无垢降乩给文懿公，谈论往世因果很详细，他约文懿公某日在逍遥楼会面。文懿公久久站在那里等待，这时有位老人过来，和他畅谈很久，文懿也并没有当回事。老人只是对他说："柯亭绿竹庵的房梁上有一卷残经，你可以抄完它。"一会儿告辞而去，文懿公这才明白老人就是无垢。第二天，他跑到绿竹庵，在房梁上检查，果然有一部《维摩经》，誊写精良，但后两卷没有抄完，大概是无垢的笔迹。文懿公取下来继续抄写，好像是出自同一个人之手。

先君言乩仙供余家寿芝楼，悬笔挂壁间，有事辄自动，扶下书之，有奇验。娠祈子，病祈药，赐丹，诏取某处，立应。先君祈嗣，诏取丹于某簏临川笔内❶，簏失钥闭久，先君简视之，镤自出觚管中，有金丹一粒，先宜人吞之❷，即娠余。

注释

❶簏（lù）：用竹子、柳条、藤条等所编的圆形盛物器具。临川笔：语出骆宾王《滕王阁序》："邺水朱华，光照临川之笔。"临川：谢灵运，曾任临川太守，故称；一说指王羲之，曾任临川内史。

❷先宜人：去世的母亲，即作者的母亲陶氏。古代妇女因丈夫或子孙得到封号，称"宜人"。

译文

先父说乩仙供奉在我家的寿芝楼，在墙壁上挂支笔，有事情笔就自己动起来，握着它书写，会有神奇的应验。怀孕了祈求儿子，生病了祈求药物，会赐下丹药，告知从某处取，立刻应验。先父祈求子嗣，乩仙告知从某个竹箱的临川笔内取丹药，竹箱钥匙丢了，且闭锁已久，先父仔细检查，锁簧自己从觚管中出来，有一粒金丹，先母吞下后，就怀上了我。

朱文懿公有姬媵，陈夫人狮子吼❶，公苦之。祷于仙，求化妒丹。乩书曰："难，难！丹在公枕内。"取以进夫人，夫人服之，语人曰："老头子有仙丹，不饷诸婢，而余是饷❷，尚昵余。"❸与公相好如初。

注释

❶狮子吼：语出洪迈《容斋三笔》卷三"陈季常"条："陈慥字季常，公弼之子，居于黄州之岐亭，自称'龙丘先生'，又曰'方山子'。好宾客，喜蓄声妓，然其妻柳氏绝凶妒，故东坡有诗云：'龙丘

居士亦可怜，谈空说有夜不眠。忽闻河东狮子吼，拄杖落手心茫然。'河东狮子，指柳氏也。""狮子吼"一语源于佛教，有威严之意。因陈慥素喜谈佛，苏轼借此调侃。河东为柳姓郡望，这里指柳氏。后常以河东狮吼来比喻妻子的妒悍。

❷馂：吃。

❸昵：亲爱，亲近。

译文

朱文懿公有姬妾，但陈夫人特别嫉妒，他很苦恼。就向乩仙祈祷，请求治疗嫉妒的丹药。乩仙写道："难，难！丹药在你的枕头内。"他取出来给夫人，夫人服用了，和别人说："老头子有了仙丹，不给那些婢女吃，却给我吃，还是跟我亲近。"与文懿公和好如初。

❧ 天 镜 园❶ ❧

天镜园浴凫堂，高槐深竹，樾暗千层❷，坐对兰荡，一泓漾之，水木明瑟，鱼鸟藻荇，类若乘空。余读书其中，扑面临头，受用一绿，幽窗开卷，字俱碧鲜❸。

每岁春老❹，破塘笋必道此❺。轻舠飞出❻，牙人择顶大笋一株掷水面❼，呼园人曰："捞笋！"鼓枻飞去❽。园丁划小舟拾之，形如象牙，白如雪，嫩如花藕，甜如蔗霜。煮食之无可名言，但有惭愧。

注释

❶天镜园：作者祖父张汝霖读书之所，据张岱《家传》记载，妻子去世后，张汝霖"乃尽遣姬侍，独居天镜园，拥书万卷，日事纻绎"。祁彪佳《越中园亭记》对天镜园有颇为详细的描绘："出南门里

许为兰荡，水天一碧，游人乘小艇过之，得天镜园。园之胜以水，而不尽于水也。远山入座，奇石当门，为堂为亭，为台为沼，每转一境界，则自有丘壑。斗胜簇奇，游人往往迷所入。其后五泄君新构南楼，尤为畅绝。越中诸园，推此为冠。"

❷樾：树荫。

❸碧鲜：青翠鲜润的颜色

❹春老：暮春时节。

❺破塘：在绍兴西，以产笋而闻名。

❻舠：一种刀形的小船。

❼牙人：撮合买卖，获取佣金的中间人，这里指商贩。

❽枻（yì）：船桨。

译文

天镜园浴凫堂，四周都是高高的槐树和幽深的竹子，投下层层树荫。浴凫堂面对兰荡，只见湖中水波荡漾，水明树碧，鱼鸟水草，好像飘浮在空中一样。我在里面读书，迎头扑面，都能享受到满眼的绿色，在安静的窗下读书，连字都变得青翠鲜润。

每年到暮春的时候，运送破塘笋的船必定从这里经过。小船飞快地划出，商贩选择最大的一株笋扔向水面，喊园里的人："捞笋！"然后飞快地划桨离开。园子里的仆人就划着小船去拾，笋的形状如同象牙，洁白似雪，娇嫩如花藕，甘甜如糖霜。煮了之后食用，那味道难以言传，只有惭愧而已。

～֍ 包涵所❶ ֍～

西湖三船之楼，实包副使涵所创为之。大小三号：头号置歌筵，储歌童；次载书画；再次偫美人❷。涵老以声妓非侍妾比❸，仿石季伦、宋子京家法❹，都令见客。靓妆走马，媻姗勃窣❺，穿柳过之，以为笑乐。明槛绮疏❻，曼讴其下❼，撅篥弹筝❽，声如莺试❾。客至则歌童演剧，队舞鼓吹，无不绝伦。乘兴一出，住必浃旬❿，观者相逐，问其所止。

注释

❶包涵所：包应登，字涵所，钱塘（今浙江杭州）人。万历十四年（1586）进士，曾任福建提学副使。本文与作者《西湖梦寻》卷四"包衙庄"内容全同。

❷偫（zhì）：储藏。

❸声妓：歌妓、艺妓。

❹石季伦：石崇（249—300），字季伦。渤海南皮（今河北南皮）人，历任修武县令、南中郎将、荆州刺史。家巨富，生活豪奢，多蓄声妓。宋子京：宋祁（998—1061），字子京，雍丘（今河南杞县）人。天圣二年（1024）进士，奏名第一。章历任大理寺丞、国子监直讲、史馆修撰、工部尚书等。

❺媻（pán）姗勃窣（sū）：步履缓慢的样子。语出司马相如《子虚赋》："于是乃相与獠于蕙圃，媻姗勃窣上金堤。"

❻明槛：轩前的栏杆。绮疏：雕刻成空心花纹的窗户。

❼曼讴：轻歌曼舞。

❽撅篥（yè yuè）：演奏乐器。

❾莺试：雏莺试啼，优美婉转。

❿浃旬：一旬，十天。

译文

西湖的船上有楼，实际上是包涵所副使创建的。楼船大小共有三号：头号布置歌舞筵席，载有歌童；次号装载书画；最小的则载有美人。涵老家里的歌妓不是一般的侍妾所能比的，他模仿石崇、宋祁家的办法，让她们都出来见客。她们经常浓妆艳抹地骑在马上，或步履轻缓，穿过花柳，以此玩笑取乐。明栏花窗下，这些歌妓轻歌曼舞，按篙弹筝，声音如同雏莺试啼，优美婉转。客人到了，歌童就开始演戏，列队跳舞奏乐，无不精妙绝伦。乘着兴致出去，一住必定住个十天半月的，围观的人追逐着，过来打听他们停在什么地方。

南园在雷峰塔下❶，北园在飞来峰下。两地皆石薮❷，积牒礓砢❸，无非奇峭，但亦借作溪涧桥梁，不于山上叠山，大有文理❹。大厅以拱斗抬梁，偷其中间四柱❺，队舞狮子甚畅。北园作八卦房，园亭如规❻，分作八格，形如扇面。当其狭处，横亘一床，帐前后开合，下里帐则床向外，下外帐则床向内。涵老据其中，扁上开明窗❼，焚香倚枕，则八床面面皆出。穷奢极欲，老于西湖者二十年。

注 释

❶雷峰塔：在杭州西湖南岸夕照山雷峰上。吴越国王钱俶为其妃黄氏而建，故又名"黄妃塔"。作者在《夜航船》一书中亦有介绍："雷峰塔：在钱塘西湖净寺前南屏之支麓也，昔有雷就者居之，故名。上有塔，遭回禄，今存其残塔半株。"另参见其《西湖梦寻》卷四"雷峰塔"。

❷石薮：石头聚集的地方。

❸积牒礓砢（lěi luǒ）：很多石头堆积重叠在一起的样子。

❹大有文理：颇具匠心。

❺偷：省去、减去。

❻规：圆形。

❼扁：门户的通称。

译 文

南园在雷峰塔下，北园在飞来峰下。两地都是石头聚集的地方，很多石块堆积重叠，风格无非奇怪险峭，但有时也借助它作为溪流山洞的桥梁，不在山上叠山，颇具匠心。大厅用拱斗撑起房梁，省去了中间的四根柱子，在里面列队舞狮就很顺畅。北园作为八卦房，园里的亭子是圆形的，分作八个格子，形状像扇面。在其狭窄的地方横摆一张床，帐子前后都可以开合，垂下里面的帐子床就向外，垂下外面的帐子则床就向内。涵老住在里面，门上开了明亮的窗户，焚香倚在枕边，八张床每面都露了出来。他穷奢极欲，在西湖养老二十年。

金谷、郿坞[1]，着一毫寒俭不得[2]，索性繁华到底，亦杭州人所谓"左右是左右"也[3]。西湖大家，何所不有，西子有时亦贮金屋[4]。咄咄书空[5]，则穷措大耳[6]。

注释

[1]金谷：即金谷园，西晋石崇所修建的豪宅。唐时已荒废，故址在今河南洛阳。郿（méi）坞：东汉时董卓所建，高厚七丈，与长安城相当，号万岁坞，世称"郿坞"。坞中广聚珍宝、粮谷。故址在今陕西眉县。

[2]寒俭：寒酸。

[3]左右是左右：反正就这样，就这么回事。

[4]贮金屋：语出《汉武故事》："武帝为太子时，长公主欲以女配帝，问曰：'得阿娇好否？'帝曰：'若得阿娇，当以金屋贮之。'"

[5]咄咄书空：失意、怀恨的样子。典出《世说新语·黜免》："殷中军被废，在信安，终日恒书空作字。扬州吏民寻义逐之，窃视，唯作'咄咄怪事'四字而已。"

[6]穷措大：贫穷的读书人，带有贬义。

译文

金谷园、郿坞，丝毫不带一点寒酸，索性就奢华到底吧，这也是杭州人所说的"反正这样了，就这么回事"。西湖边的大户人家，无所不有，就连西施那样的美人有时也被金屋藏娇。在那里失意、怀恨的，也只有穷酸书生而已。

斗鸡社

天启壬戌间好斗鸡[1]，设斗鸡社于龙山下，仿王勃《斗鸡檄》[2]，檄同社[3]。仲叔、秦一生日携古董、书画、文锦、川扇等物与余博，余鸡屡胜之。仲叔忿懑[4]，金其距，介其羽[5]，凡足以助其膈膊幍咮者[6]，无遗策。又不胜。

人有言徐州武阳侯樊哙子孙[7]，斗鸡雄天下，长颈乌喙，能于高桌上啄粟。仲叔心动，密遣使访之，又不得，益忿懑。

一日，余阅稗史[8]，有言唐玄宗以酉年酉月生，好斗鸡而亡其国。余亦酉年酉月生，遂止。

注释

[1] 天启壬戌：即天启二年（1622）。

[2] 王勃（650—675）：字子安，绛州龙门（今山西河律）人。与杨炯、卢照邻、骆宾王并称"初唐四杰"。有《王子安集》传世。因见诸王在一起斗鸡取乐，戏为《檄英王鸡》文，得罪唐高宗李治，不得重用。

[3] 檄同社：作者写有《斗鸡檄》一文。

[4] 忿懑：气愤，愤恨不平。

[5] 金其距，介其羽：典出《左传·昭公二十五年》："季、郈之鸡斗，季氏介其鸡，郈氏为之金距。"金，戴上金属套子。距，雄鸡脚掌后突出的像脚趾的部分。介其羽，给羽毛套上防护器具。

[6] 膈膊（bì bó）幍咮（táo zhòu）：振翅鸣叫。

[7] 樊哙（？—前189年）：沛县（今江苏沛县）人。西汉开国功臣，被封舞阳侯。

❽稗史：野史、小说。作者所说当为陈鸿《东城老父传》，其中有"上生于乙酉鸡辰，使人朝服斗鸡，兆乱于太平矣"之语。

译文

天启壬戌年间（1622）流行斗鸡，我在龙山下设立斗鸡社，仿照王勃的《檄英王鸡》为同社写了一篇《斗鸡檄》。祖叔、秦一生每天带着古董、书画、锦缎、川扇等物品和我斗鸡，我的鸡屡屡取胜。祖叔很愤怒，就给鸡爪戴上金属套子，给羽毛套上防护器具，凡是能帮它振翅鸣叫的方法都用上了。结果又失败了。

有人说徐州有武阳侯樊哙的子孙，他们的斗鸡称雄天下，这些鸡长脖乌嘴，能跳到高桌上啄谷子吃。祖叔心动了，暗中派人访求，又没得到，于是更加气愤。

有一天，我读野史，上面说唐玄宗在酉年酉月出生，喜欢斗鸡而亡国。我也是酉年酉月出生，于是停止了斗鸡。

❀ 栖 霞❶ ❀

戊寅冬❷，余携竹兜一、苍头一❸，游栖霞，三宿之。山上下左右、鳞次而栉比之岩石颇佳，尽刻佛像，与杭州飞来峰同受黥劓❹，是大可恨事。山顶怪石巉岏❺，灌木苍郁，有颠僧住之。与余谈，荒诞有奇理，惜不得穷诘之❻。日晡，上摄山顶观霞，非复霞理，余坐石上痴对。复走庵后，看长江帆影，老鹳河、黄天荡❼，条条出麓下，悄然有山河辽廓之感。

注释

❶栖霞：栖霞山，又名摄山，在今江苏南京东，因南朝时山中建

有"栖霞精舍"而得名。有栖霞寺、南朝石刻千佛岩、舍利塔等古迹。

❷戊寅：即崇祯十一年（1638）。

❸苍头：年纪较大的仆人。

❹黥劓（qíng yì）：古代刑罚的名称。黥为墨刑，劓则为割鼻刑。这里指对山石风景的破坏。

❺巉岏（chán wán）：山石险峻、高耸。

❻诘：追问。

❼黄天荡：在今南京东北龙潭附近。曾是长江下游的一段港湾，水面辽阔，今已不存。

译文

戊寅年（1638）冬天，我带着一顶竹轿、一个老仆，去游览栖霞山，在那里住了三个晚上。山的上下左右都是鳞次栉比的岩石，这些石头很好，但都刻着佛像，与杭州飞来峰一样受到砍削，这是非常遗憾的事。山顶的怪石险峻高耸，灌木苍翠葱郁，有位疯癫的僧人住在那里。他和我谈话，语虽荒诞但有奇理，可惜没能穷根溯源地来问他。黄昏，登上摄山顶观赏晚霞，不是平常看到的那种晚霞，我坐在石头上痴痴地对着它。又走到庵后，看长江上船帆的影子，老鹳河、黄天荡一条条出自山脚下，看似静寂无声却有山河辽阔之感。

一客盘礴余前❶，熟视余，余晋与揖❷，问之，为萧伯玉先生❸。因坐与剧谈，庵僧设茶供。伯玉问及补陀❹，余适以是年朝海归，谈之甚悉。《补陀志》方成❺，在箧底❻，出示伯玉，伯玉大喜，为余作叙。取火下山，拉与同寓宿，夜长，无不谈之，伯玉强余再留一宿。

注释

❶盘礴（bó）：箕踞而坐，比较随意的样子。

❷晋：进前，上前。

❸萧伯玉：萧士玮（1585—1651），字伯玉，江西泰和人。万历四十四年（1616）进士。历任吏部郎中、光禄寺卿。著有《春浮园集》《春浮园别集》等。

❹补陀：即普陀山，全名"补陁落迦山"，亦称"补落迦""补陁""补陀"等。在今浙江普陀，为佛教四大名山之一。

❺《补陀志》：即作者所写《海志》。

❻箧：小箱子。藏物之具，大曰箱，小曰箧。

译文

一位客人盘坐在我前面，仔细地打量我，我上前作揖，问其姓名，才知道是萧伯玉先生。于是坐下来和他畅谈，庵里的僧人设茶水供应。伯玉问到普陀山，我正好当年从海上朝拜回来，谈得很详细。《补陀志》刚写成，放在箱底，就拿出来给伯玉看，他很是高兴，为我作序文。我们取火照明下山，他拉着我同宿，漫漫长夜，我们无话不谈，后来伯玉又拉着我再住了一晚。

湖心亭看雪❶

崇祯五年十二月❷，余住西湖。大雪三日，湖中人鸟声俱绝。是日更定矣❸，余拏一小舟❹，拥毳衣炉火❺，独往湖心亭看雪。雾凇沆砀❻，天与云、与山、与水，上下一白。湖上影子，惟长堤一痕，湖心亭一点，与余舟一芥，舟中人两三粒而已。

到亭上，有两人铺毡对坐，一童子烧酒，炉正沸。见余大喜，曰："湖中焉得更有此人！"拉余同饮。余强饮三大白而别❼。问其姓氏，是金陵人，客此。及下船，舟子喃喃曰❽："莫说相公痴，更有痴似相公者。"

注释

❶湖心亭：又名湖心寺、清喜阁，位于浙江杭州外西湖中央，小瀛洲北面。因在外西湖中央小岛上，故名。作者《西湖梦寻》卷三"湖心亭"条有详细介绍："湖心亭旧为湖心寺，湖中三塔，此其一也。明弘治间，按察司佥事阴子淑秉宪甚厉。寺僧怙镇守中官，杜门不纳官长。阴廉其奸事，毁之，并去其塔。嘉靖三十一年，太守孙孟寻遗迹，建亭其上。露台亩许，周以石栏，湖山胜概，一览无遗。数年寻圮。万历四年，佥事徐廷裸重建。二十八年，司礼监孙东瀛改为清喜阁，金碧辉煌，规模壮丽，游人望之如海市蜃楼。烟云吞吐，恐滕王阁、岳阳楼俱无甚伟观也。"作者曾为此亭撰写楹联："如月当空，偶以微云点河汉；在人为目，且将秋水剪瞳神。"

❷崇祯五年：即1632年。

❸更定：初更以后，在晚上八九点左右。更，古代夜间计时单位，一夜分五更，每更约两个小时。

❹拏：划动。

❺毳（cuì）衣：用皮毛做的衣服。

❻雾凇：又名树挂，雾气凝结在树木枝叶上而形成的一种白色松散冰晶。沆砀：当为"沆砀"（hàng dàng），烟云弥漫的样子。语出《汉书·礼乐志》："西颢沆砀，秋气肃杀。"

❼大白：大酒杯。

❽舟子：船夫。

译文

崇祯五年（1632）十二月，我住在西湖边。大雪连着下了三天，湖中人鸟的踪迹都没有了。当天晚上初更之后，我划着一只小船，穿着皮衣，带着火炉，独自前往湖心亭看雪。雾凇如烟云弥漫，天与云、天与山、天与水，上上下下一片银白。湖上的影子，只有一道长堤，一点大的湖心亭，与我的一叶小舟，舟中两三粒人而已。

到了亭上，有两人铺着毡子面对面坐着，一个童子在烧酒，炉火正旺。他们见到我非常高兴，说："湖中怎么还有我们这样的人！"就拉我一同饮酒。我尽力喝了三大杯后告别。问他们的姓氏，知道是金陵人，在此客居。等到下船的时候，船夫喃喃自语："不要说相公痴，更有像相公一样痴的人。"

❧ 陈 章 侯 ❧

崇祯己卯八月十三[1]，侍南华老人饮湖舫[2]，先月早归。章侯怅怅向余曰："如此好月，拥被卧耶？"余敕苍头携家酿斗许，呼一小划船再到断桥，章侯独饮，不觉沾醉。过玉莲亭[3]，丁叔潜呼舟北岸，出塘栖蜜橘相饷[4]，邕啖之。

注释

❶己卯：崇祯十二年（1639）。

❷南华老人：张汝懋，字众之。万历四十一年（1613）进士，历任休宁县令、大理寺丞。作者的叔祖。

❸玉莲亭：有关该亭情况，作者在《西湖梦寻》卷一"玉莲亭"条言之甚详，兹引如下："白乐天守杭州，政平讼简。贫民有犯法者，于西湖种树几株；富民有赎罪者，令于西湖开葑田数亩。历任多年，湖葑尽拓，树木成荫。乐天每于此地载妓看山，寻花问柳。居民设像祀之。亭临湖岸，多种青莲，以象公之洁白。右折而北，为缆舟亭，楼船鳞集，高柳长堤。游人至此买舫入湖者，喧阗如市。东去为玉兔园，湖水一角，僻处城阿，舟楫罕到。寓西湖者，欲避嚣杂，莫于此地为宜。园中有楼，倚窗南望，沙际水明，常见浴兔数百出没波心。此景幽绝。"

❹塘栖：地名，在杭州城北。

　　崇祯己卯年（1639）八月十三，我侍奉叔祖南华老人在西湖船中饮酒，大家在月亮升起前就回去了。陈章侯不无遗憾地对我说："如此好的月亮，就这样盖着被子睡觉吗？"我让老仆带一斗家里酿的酒，叫了一艘小船再划到断桥，章侯独自饮酒，不知不觉就醉了。经过玉莲亭时，丁叔潜喊着要船靠到北岸，拿出塘栖的蜜橘给我们吃，大家畅快地吃掉了。

　　章侯方卧，船上嚣嚣❶。岸上有女郎，命童子致意云："相公船肯载我女郎至一桥否？"余许之。女郎欣然下，轻纨淡弱❷，婉瘱可人❸。章侯被酒挑之曰："女郎侠如张一妹，能同虬髯客饮否？"❹女郎欣然就饮。移舟至一桥，漏二下矣，竟倾家酿而去。问其住处，笑而不答。章侯欲蹑之❺，见其过岳王坟❻，不能追也。

❶嚣嚣：大声喊叫。

❷轻纨淡弱：女子衣袂轻柔，体态婉转柔弱。轻纨，轻薄洁白的绢衣。

❸婉瘱（wǎn yì）：温顺娴静。

❹张一妹、虬髯客：唐杜光庭小说《虬髯客传》中的人物。此处章侯以虬髯客自比。

❺蹑：追踪，跟随，轻步行走的样子。

❻岳王坟：在今浙江杭州。初建于南宋嘉定十四年（1221）。岳飞死后被朝廷追封为鄂王，故称岳王。作者《西湖梦寻》一书有详细介绍，可参看。

　　章侯刚躺下，船上一片喊叫声，原来岸上有一个年轻的女子，命童子向我们问候道："相公的船肯载我家女郎到一座桥边吗？"我答应了。女郎高兴地上了船，只见她衣袂轻柔，体态婉转柔弱，温顺娴静可爱。章侯带着酒劲挑动她说："女郎的侠气如同张一妹，能同我这个虬髯客饮酒吗？"女子欣然饮酒。船行到一座桥下时，已经是二更了，女郎竟然把家里的酿酒喝完离开了。问她的住处，笑笑不回答。章侯想跟踪她，见她过了岳王坟，就不能追上了。

卷

四

不系园①

甲戌十月②，携楚生住不系园看红叶③。至定香桥④，客不期而至者八人：南京曾波臣、东阳赵纯卿、金坛彭天锡、诸暨陈章侯⑤，杭州杨与民、陆九、罗三，女伶陈素芝。余留饮。章侯携缣素为纯卿画古佛⑥，波臣为纯卿写照，杨与民弹三弦子，罗三唱曲，陆九吹箫。与民复出寸许界尺，据小梧⑦，用北调说《金瓶梅》一剧，使人绝倒。

是夜，彭天锡与罗三、与民串本腔戏⑧，妙绝；与楚生、素芝串调腔戏⑨，又复妙绝。章侯唱村落小歌，余取琴和之，牙牙如话⑩。纯卿笑曰："恨弟无一长以侑兄辈酒。"⑪余曰："唐裴将军旻居丧⑫，请吴道子画天宫壁度亡母⑬。道子曰：'将军为我舞剑一回，庶因猛厉，以通幽冥。'⑭旻脱缞衣缠结⑮，上马驰骤，挥剑入云，高十数丈，若电光下射，执鞘承之⑯，剑透室而入⑰，观者惊栗。道子奋袂如风⑱，画壁立就。章侯为纯卿画佛，而纯卿舞剑，正今日事也。"

纯卿跳身起，取其竹节鞭，重三十斤，作胡旋舞数缠⑲，大噱而去⑳。

注释

❶不系园：明末安徽富商汪汝谦在西湖湖畔建造的一只游船，得名于《庄子·列御寇》："巧者劳而知者忧，无能者无所求，饱食而遨游，泛若不系之舟，虚而遨游者也。"船名由陈继儒题字。当时陈继儒、董其昌、李渔、钱谦益等人都曾在不系园中饮宴并留下诗文。

❷甲戌：即崇祯七年（1634）。

❸楚生：即朱楚生，详见本书卷五"朱楚生"。

125

❹定香桥：在杭州西湖花港观鱼亭前，南宋时京尹袁韶所建。

❺曾波臣：曾鲸（1564—1647），字波臣，福建莆田人。擅长肖像画，是波臣画派的开创者。彭天锡：金坛（今江苏金坛）人。生卒年不详。本为士人，与南京缙绅多有往来，喜演剧，擅长净、丑戏，详见本书卷六《彭天锡串戏》。

❻缣（jiān）素：供写字、绘画用的白色丝绢。

❼小梧（wú）：木头做的支架。

❽串：原指担任戏曲角色，这里指表演。本腔戏：昆腔、昆剧。

❾调腔戏：又名掉腔、绍兴高调，流行于浙东绍兴等地的一个剧种，由明代南戏四大声腔之一的余姚腔发展而来。

❿牙牙：语声词，小孩学说话时的声音。

⓫侑（yòu）：劝酒。

⓬裴将军旻：裴旻，唐代将领，擅长舞剑。当时曾将李白的诗、张旭的草书和裴旻的剑舞并称为"三绝"。

⓭吴道子（约680—约760）：又名道玄，阳翟（今河南禹州）人。擅长丹青，被后人誉为画圣。度亡母：超度亡故的母亲。

⓮幽冥：阴间。

⓯缞（cuī）衣：古代用粗麻布制成的丧服粗布衣服。

⓰鞘：装刀剑的套子。

⓱室：剑鞘。

⓲奋袂（mèi）：扬起袖子。

⓳胡旋舞：唐代西北少数民族的舞蹈，以各种旋转动作作为特色。缠：周。

⓴噱（jué）：大笑。

译文

崇祯七年（1634）十月，我带朱楚生住在不系园看红叶。到了定香桥，不期而至的客人有八位：南京的曾波臣、东阳的赵纯卿、金坛的彭天锡、诸暨的陈章侯，杭州的杨与民、陆九、罗三，还有女伶陈素芝。我留他们一起饮酒。陈章侯带着丝绢为赵纯卿画古佛像，曾波臣为赵纯卿画肖像，杨与民弹三弦子，罗三唱曲，陆九吹箫。杨与民又拿出一寸左右的界尺，倚着木头做的支架，用北调说唱《金瓶梅》，令人绝倒。

这天夜里，彭天锡与罗三、杨与民串演本腔戏，真是绝妙；又与朱楚生、陈素芝串演调腔戏，也十分绝妙。陈章侯唱起村落小曲，我取琴与他相和，像在一起咿咿呀呀地说话拉家常。赵纯卿笑着说："可恨我没有一技之长来劝诸兄饮酒。"我说："唐代将军裴旻服丧期间，请吴道子在天宫寺壁上作画以超度亡母。吴道子说：'将军为我舞一回剑，也许可以借助猛厉的剑势，来沟通幽冥。'裴旻将军脱下丧服缠在身上，上马疾驰，挥剑入云，高达十几丈，剑影好似电光下射，执鞘接剑，剑直入剑鞘，一旁的观者吓得战栗。吴道子扬起袖子，运笔如风，天宫壁画一挥而就。章侯为纯卿画佛像，而纯卿舞剑，正好是今天的事。"

赵纯卿跳身而起，取来他的竹节鞭，鞭重三十斤，他跳了好几圈胡旋舞，然后大笑而去。

秦淮河房❶

秦淮河河房，便寓，便交际，便淫冶❷，房值甚贵，而寓之者无虚日。画船箫鼓，去去来来，周折其间。河房之外，家有露台❸，朱栏绮疏❹，竹帘纱幔。夏月浴罢，露台杂坐。两岸水楼中，茉莉风起，动儿女香甚。女客团扇轻纨❺，缓鬓倾髻，软媚着人。

年年端午，京城士女填溢之看灯船❻。好事者集小篷船百什艇，篷上挂羊角灯如联珠❼，船首尾相衔，有连至十余艇者。船如烛龙火蜃❽，屈曲连蜷❾，蟠委旋折❿，水火激射。舟中鏇钹星铙⓫，宴歌弦

127

管，腾腾如沸。士女凭栏轰笑，声光乱乱，耳目不能自主。午夜，曲倦灯残，星星自散。钟伯敬有《秦淮河灯船赋》⑫，备极形致。

注释

❶秦淮河：又称淮水、龙藏浦。由东向西横贯南京城区，分内河和外河，内河在城中，沿河一带有很多名胜古迹。

❷淫冶：淫荡，轻狎，这里指声色娱乐。

❸露台：晒台，凉台。

❹绮疏：雕刻着花纹的窗户。

❺轻纨：轻薄洁白的绢衣。

❻填溢：充满，挤满。

❼羊角灯：用透明角材料做罩的灯。

❽蜃（shèn）：传说中蛟龙一类的动物，能吐气成海市蜃楼。

❾连蜷：长而弯曲的样子。

❿蟠委旋折：盘旋曲折。

⓫镟铙星铙：铙铙击打时快时慢，形容各种乐器齐鸣。镟，弩机松弛。星，跟流星一样迅速。

⓬钟伯敬：钟惺（1574—1624），字伯敬，竟陵（今湖北天门）人。万历三十八年（1610）进士，历任行人司行人、工部主事、南京礼部主事、郎中、福建提学佥事。竟陵派的代表人物，著有《隐秀轩集》等。

译文

秦淮河边的河房，便于居住，便于交际，便于游乐，虽然房价昂贵，但每天都有人住，没有空闲的日子。画船箫鼓，在河中来来去去，穿梭其间。河房的外面，家家都有露台，朱栏雕窗，围着竹帘纱幔，夏日沐浴之后，在露台上随意坐下。两岸的水楼中，风夹杂着茉莉的香气，花香打动着青年男女。女人们则手里摇着团扇，头发蓬松倾斜，温软柔媚，楚楚动人。

每年端午，京城里的青年男女都会涌到河边看灯船。有爱生事的人就聚集一百多条小篷船，在船篷上挂起透明的羊角灯，宛如成串的珍珠，小船首尾相接，甚至有连着十几条船的。这些小船有如烛龙火蜃，曲折连绵，迂回盘旋，水光与灯光交相辉映。船上铙钹齐奏，繁弦急管，热闹沸腾。青年男女倚着栏杆大笑，声光错乱，让人不能控制自己的眼睛和耳朵。午夜，曲声微弱，灯余残辉，人们如星星一样各自散去。钟伯敬写有《秦淮河灯船赋》，淋漓尽致地描写了这些景象。

兖州阅武[1]

辛未三月[2]，余至兖州，见直指阅武[3]。马骑三千，步兵七千，军容甚壮。马蹄卒步，滔滔旷旷[4]，眼与俱驶[5]，猛掣始回。

注释

[1] 兖州：今山东兖州。明时设兖州府，隶属山东承宣右政使司，以嵫阳为府治所在地。

[2] 辛未：即崇祯四年（1631）。

[3] 直指：直指使者，又称绣衣直指或直指绣衣使者，朝廷直接派往地方巡视、处理政务的官员。

[4] 滔滔旷旷：连续不断，盛大的样子。

[5] 眼与俱驶：眼睛随着军队的行进而移动。

译文

崇祯四年（1631）三月，我到兖州，看到直指使者阅兵的盛况。其中马兵三千，步兵七千，军容很是雄壮。马蹄声夹杂着士兵的脚步声，声势浩大，眼睛随着队伍的行进而移动，等队伍走远了才把目光收回来。

其阵法奇在变换，旝动而鼓[1]，左抽右旋，疾若风雨。阵既成列，则进图直指前，立一牌曰："某阵变某阵"。连变十余阵，奇不在整齐而在便捷。扮敌人百余骑，数里外烟尘坌起[2]。迾卒五骑[3]，小如黑子，顷刻驰至，入辕门报警。建大将旗鼓，出奇设伏。敌骑突至，一鼓成擒，俘献中军。

注释

[1] 旝（kuài）：古代作战指挥所用的令旗。

[2] 坌（bèn）：飞起，扬起。

[3] 迾（liè）卒：担任警戒的士卒。迾，列队警戒。

译文

其阵法之奇在于变换，随着令旗的挥动而擂鼓，队伍左抽右旋，如风雨般迅疾。方阵成列后，就将图纸摆在直指使者面前，树一个牌子，上面写着："某阵变某阵"。连续变换了十多种阵形，其奇特之处不在于整齐而在于快速。一百多骑兵假扮敌人，从数里外奔袭而至，烟尘涌起。五名担任警戒任务的士兵，远看小如黑点，顷刻间飞驰而至，进入军营大门报警。随即立起大将的旗鼓，用奇计设下埋伏。敌兵冲过来，一举将其擒获，将俘虏献到中军大帐。

内以姣童扮女三四十骑，荷旆被毵[1]，绣袪雕结[2]，马上走解[3]。颠倒横竖，借骑翻腾，柔如无骨。奏乐马上，三弦、胡拨（琥珀词）四、上儿密失、义儿机[4]，僽休兜离[5]，罔不毕集[6]，在直指筵前供唱，北调淫俚[7]，曲尽其妙。是年，参将罗某，北人，所扮者皆其歌童外宅，故极姣丽，恐易人为之[8]，未必能尔也。

注释

❶荷旃被毳：扛着赤色曲柄的旗帜，身披毛织的衣物。旃，古代的一种赤色曲柄旗。毳，鸟兽毛经过加工而制成的毛制品。

❷祛（qū）：袖口。魋（tuí）结：结成锥形的髻。魋，通"椎"，发髻。

❸走解：在马上表演技艺。

❹胡拨（琥珀词）四：当作"胡拨四（琥珀词）"，即火不思，又名浑不似、胡拨四、琥珀词、和必斯，皆为琴的蒙语音译，一种蒙古族弹拨乐器，四弦、长柄、无品、音箱梨形。上儿密失：当为"土儿密失"，即都哩默色，清英廉等编《日下旧闻考》："都哩，蒙古语式样也，默色，器械也，旧作'土儿密失'。"义儿机：当为"叉儿机"，即察尔奇。《日下旧闻考》："察尔奇，满洲语扎板也，旧作'叉儿机'。"

❺僸佅（jìn mái）兜离：泛指少数民族音乐。语出汉班固《东都赋》："四夷间奏，德广所及，僸佅兜离，罔不具集。"班固《白虎通》："南夷之乐曰兜，西夷之乐曰禁，北夷之乐曰佅，东夷之乐曰离。"

❻罔：无。毕：尽、全。

❼淫俚：轻狎俚俗。

❽易：改换，交换。

译文

又有面目清秀、男扮女装的少儿三四十骑，扛着赤色旗子，穿着毛皮衣服，袖口有刺绣，扎着锥形发髻，在马上表演技艺。他们颠倒横竖，翻腾跳跃，身体柔软得好像没有骨头一样。他们还在马上奏乐，三弦、胡拨四、土儿密失、叉儿机等，各种少数民族的乐器不无在此聚集，一起在直指使者的筵席前演奏，多为北调轻狎俚俗，极尽曲子的美妙。这一年，参将罗某是北方人，这些扮演者都是他养在外宅的歌童，因此十分娇美，恐怕换了别人做这件事，就未必能做成这样。

牛首山打猎[1]

戊寅冬[2]，余在留都[3]，同族人隆平侯与其弟勋卫、甥赵忻城，贵州杨爱生，扬州顾不盈，余友吕吉士、姚简叔，姬侍王月生、顾眉、董白、李十、杨能[4]，取戎衣衣客[5]，并衣姬侍。姬侍服大红锦狐嵌箭衣、昭君套，乘款段马[6]，韝青骹，绁韩卢[7]，铳箭手百余人[8]，旗帜棍棒称是，出南门，校猎于牛首山前后，极驰骤纵送之乐。得鹿一、麂三、兔四、雉三、猫狸七[9]。看剧于献花岩[10]，宿于祖堂[11]。次日午后猎归，出鹿麂以飨士[12]，复纵饮于隆平家。

江南不晓猎较为何事[13]，余见之图画戏剧，今身亲为之，果称雄快。然自须勋戚豪右为之[14]，寒酸不办也。

注释

[1] 牛首山：又称牛头山，在今江苏南京，因其两座主峰南北竦峙，宛如牛首，故名。作者在《夜航船》一书中有介绍："牛首山：在祖堂之北，上有二峰相对，如牛角，故名。晋王导曰：'此天阙也。'又名天阙山。"

[2] 戊寅：即崇祯十一年（1638）。

[3] 留都：指南京。

[4] 隆平侯与其弟勋卫：张信因军功于永乐年间被封隆平侯，文中所说隆平侯、勋卫为其后裔。赵忻城：赵之龙，明末人，曾被封忻城伯，后降清。杨爱生：杨鼎卿，字爱生，贵州贵阳人，杨文骢之子。顾不盈：顾尔迈，字不盈，曾做过范景文幕僚，著有《明玛彰瘅录》等。姚简叔：姚允在，字简叔，会稽（今浙江绍兴）人。工诗善画，以山水、人物见长。作者称其为"字画知己"，参见本书卷五《姚简

133

叔画》。顾眉：字眉生，号横波，为秦淮八艳之一，后嫁龚鼎孳为妾。董白：字小宛，为秦淮八艳之一，后嫁冒襄为妾。李十：李十娘，名湘真，字雪衣，十娘为其号。秦淮歌妓。杨能：秦淮歌妓，生平不详。

❺衣（yì）：穿。

❻款段马：行路缓慢的马。

❼韝青鹞，绁韩卢：语出张衡《西京赋》："青鹞击于韝下，韩卢噬于绁末。"韝，当为"韝"（gōu），射箭时所用的皮制臂套。青鹞（qiāo）：一种青腿的猎鹰。绁（xiè），拴、系。韩卢，战国时韩国一只善跑的黑狗，这里泛指良犬。

❽铳：旧时指枪一类的火器。

❾麂：哺乳动物的一属，像鹿，腿细而有力，善于跳跃，皮很软可以制革，通称"麂子"。雉：野鸡。

❿献花岩：牛首山分支祖堂山北的一个石窟，相传唐代时法融禅师在此讲经，有百鸟衔花来献，故名献花岩。

⓫祖莹：当为"祖堂"。祖堂山为牛首山分支，上有幽栖寺、花岩寺等建筑。作者在《夜航船》一书中亦有介绍："祖堂：在应天府治南。唐法融和尚得道于此，为南宗第一祖师，在山房禅定，有百鸟献花，故又名'献花岩'。"

⓬飨：用酒食慰劳。

⓭猎较：泛指打猎。

⓮勋戚：有功勋的皇族亲戚。豪右：豪门望族。

译文

崇祯十一年（1638）冬天，我在南京，和同族的隆平侯与他的弟弟勋卫、外甥赵忻城，贵州的杨爱生，扬州的顾不盈，我的朋友吕吉士、姚简叔，姬侍王月生、顾眉、董白、李十、杨能等人在一起，命人取来戎衣为客人穿上，也给他们的姬侍穿上。姬侍们穿着大红锦狐做成的箭衣，头戴昭君套，骑着马缓缓而行，其他人则肩上架着猎鹰，牵着猎犬，随行的有一百多名火箭手，旗帜棍棒的数量与人数相称，大家从南门出，到牛首山前后打猎，极尽驰骋打猎的快乐。打猎所得为一只鹿、三只麂、四只兔、三只野鸡、七只狸猫。众人又在献花岩看戏，夜晚宿在祖堂山上。第二天午后打猎归来，我拿出鹿麂招待大家，又到隆平侯家纵酒欢饮。

江南人不知道打猎是怎么回事，我也只在图画和戏剧里看到过，今天亲自做这件事，果然可以称得上雄壮畅快。然而只有皇亲贵族富贵人家才能做这件事，一般穷苦人家是办不到的。

❧ 杨神庙台阁[1] ❧

枫桥杨神庙[2]，九月迎台阁。十年前迎台阁，台阁而已。自骆氏兄弟主之，一以思致文理为之[3]。扮马上故事二三十骑，扮传奇一本[4]，年年换，三日亦三换之。其人与传奇中人必酷肖方用[5]，全在未扮时，一指点为某似某，非人人绝倒者不之用。迎后，如扮胡琏者[6]，直呼为胡琏，遂无不胡琏之[7]，而此人反失其姓。人定，然后议扮法，必裂缯为之[8]。果其人其袍铠须某色、某缎、某花样，虽匹锦数十金不惜也。一冠一履，主人全副精神在焉。诸友中有能生造刻画者，一月前礼聘至，匠意为之，唯其使。装束备，先期扮演，非百口叫绝又不用。故一人一骑，其中思致文理，如玩古董名画，一勾一勒，不得放过焉。

土人有小小灾祲[9]，辄以小白旗一面到庙禳之[10]，所积盈库。是日以一竿穿旗三四，一人持竿三四走神前，长可七八里，如几百万白蝴蝶，回翔盘礴在山坳树隙[11]。

四方来观者数十万人。市枫桥下，亦摊亦篷。台阁上马上有金珠宝石堕地，拾者如有物凭焉不能去，必送还神前。其在树丛田坎间者，问神，辄示其处，不或爽⑫。

注释

❶杨神庙：今称枫桥大庙戏台，在浙江诸暨枫桥镇，所供之神名杨侲。始建于南宋。清咸丰十一年（1861）毁于太平军战火，后历经修建。台阁：一种民间游艺活动。

❷枫桥：在今浙江诸暨东北。

❸思致文理：思想意趣、文章情节。

❹传奇：这里是对戏曲的统称。

❺酷肖：非常像。

❻胡琏：戏曲《蕉帕记》中的人物形象。

❼无不胡琏之：无不用胡琏来称呼那位演员。

❽裂缯：据《帝王世纪》记载："妹喜好闻裂缯之声而笑，桀为发缯裂之，以顺适其意。"这里有不惜重金之意。缯，一种丝织品。

❾灾祲：灾难。

❿禳（ráng）：祈祷消灾。

⓫盘礴：徘徊，逗留。

⓬爽：差错。

译文

枫桥的杨神庙九月迎台阁。十年前迎台阁，也只是演演台阁戏而已。自从骆氏兄弟主事以来，就开始用情致文理来做这件事。扮演马上故事用二三十个骑兵，演整本戏，剧目年年都更换，即便是三天的表演也会更换三次。演员与戏中的角色一定要十分相像才会用他，都还在没扮演的时候，一旦指认某人像某人，除非所有人都折服，否则不会用他。迎台阁之后，比如扮演胡琏的演员，大家就直接叫他胡琏，于是没有人不叫他胡琏，这个人的真实姓氏反倒没有人记得了。选好演员之后，商议装扮的方法，一定不惜重金打造。如果这个人的战袍铠甲必须使用某种颜色、某种丝缎、某种花色，即使一匹锦缎需要花费数十金也在所不惜。一顶帽子、一双鞋子，都是人物全部精神风貌的体现。朋友中有一位化装技艺如再造一般高超，需要提前一个月聘请，让他独具匠心来做这件事，都只听他的调遣。装束准备齐全之后，提前扮演一遍，如果没有达到众人都叫绝的程度，也依然不会用这个人。因此一人一骑，这中间包含的情致文理，就像把玩古董名画一样，一勾一勒，都不能轻轻放过。

当地人如果有小灾小祸，就会拿一面小白旗到庙里祈祷消灾，因此庙里堆积了很多白旗。迎台阁这一天，用一根竿子穿起三四面白旗，每个人拿着三四根竿子走在神灵前，队伍长可达到七八里，远远望去，就如同几百万只白色的蝴蝶，在山坳树隙间盘旋飞翔。

从四面八方来观看的人多达几十万。人们在枫桥之下设市贸易，有的摆摊，有的支帐篷。台阁上、马上如果有金珠宝石掉在地上，捡到的人就像有物附在身上一样不能离开，必定要把它送还到神像前。如果有东西遗落在树丛、田坎间，向神灵请示，则告知其位置，此法屡试不爽。

雪　精[1]

外祖陶兰风先生[2]，倅寿州[3]，得白骡，蹄蹄都白[4]，日行二百里，畜署中。寿州人病噎隔[5]，辄取其尿疗之。凡告期，乞骡尿状常十数纸。外祖以木香沁其尿，诏百姓来取。后致仕归[6]，捐馆[7]，舅氏啬轩解骖赠余[8]。

余豢之十年许[9]，实未尝具一日草料，日夜听其自出觅食，视其腹未尝不饱，然亦不晓其何从得饱也。天曙，必至门祗候[10]，进厩候驱策，至午勿御，仍出觅食如故。后渐跋扈难御，见余则驯服不动，跨鞍去如箭，易人则咆哮蹄啮，百计鞭策之不应也。

一日，与风马争道城上⓫，失足堕濠堑死⓬，余命葬之，谥之曰
"雪精"。

注释

❶雪精：指白驴。宋司马光《温公续诗话》："韩退处士，绛州
人，放诞不拘，浪迹秦、晋间，以诗自名。尝跨一白驴，自有诗云：
'山人跨雪精，上便不论程。嗅地打不动，笑天休始行。'"亦指白骡，
据说为仙人洪崖的坐骑。元张雨《题彭大年祷雨诗卷和仲举韵延佑己
未开玄道院作》诗有"白石资方青饥饭，洪崖借乘雪精骡"之语。

❷陶兰风：陶允嘉（1556—1622），字幼美，号兰风。山阴（今
浙江绍兴）人。曾官通判。

❸倅（cuì）：担任副职。寿州：今安徽寿县。

❹蹄跲（jiá）：蹄趾。

❺噎隔：即噎嗝，一种疾病，主要症状为吞咽困难，饮食难下，
或食入即吐。

❻致仕：交还官职，即辞职、退休。

❼捐馆：去世。

❽啬轩：陶崇文，字乳周，号啬轩、啬轩道人。撰有杂剧《宫泉
记》。骖：古代驾在车前两侧的马，这里代指马。

❾豢：喂养。

❿祇候：恭敬地等候。

⓫风马：散养、走失的马。

⓬濠堑：壕沟。

译文

我的外祖父陶兰风先生曾在寿州担任副职，在那里他得到一匹白
色的骡子，蹄子和脚趾都是白色的，一天能跑二百里，外祖就把它养
在官署中。寿州百姓得了噎嗝之症，外祖就去取白骡的尿来给他们治
病。只要到申告那一天，百姓乞求骡尿的状纸常常有十几张。外祖把

木香浸到骡尿里，告知百姓来取。后来外祖退休归乡，直至去世，舅父啬轩就把白骡送给了我。

我豢养这匹白骡已有十几年，其实从来没有准备过一天的草料，白天夜里都听凭它自己出去觅食，看它的肚子也从来没有不饱过，然而也不知道它是在哪里吃饱的。天刚一亮，白骡必会到门口恭候，进棚等候驱使，如果到中午都没有被骑，它就仍然像往常一样出门觅食。后来白骡渐渐变得骄横难以驾驭，但见到我的时候则驯服不动，跨上鞍就像箭一样飞驰而去，换了别人则咆哮踢咬，想尽一切办法鞭打它都不服从。

一天，白骡同一匹散养的马在城墙上争道，失足堕下豪沟而死，我命人埋葬了它，为它起了个谥号叫"雪精"。

严助庙[1]

陶堰司徒庙[2]，汉会稽太守严助庙也。岁上元设供[3]，任事者聚族谋之终岁。凡山物犄犄（虎、豹、麋鹿、獾猪之类），海物黽黽（江豚、海马、鲟黄、沙鱼之类）[4]，陆物痴痴（猪必三百斤，羊必二百斤，一日一换。鸡、鹅、凫、鸭之属，不极肥，不上贡），水物噞噞（凡虾、鱼、蟹、蚌之类，无不鲜活）[5]，羽物毬毬（孔雀、白鹇、锦鸡、白鹦鹉之属，即生供之）[6]，毛物毵毵（白鹿、白兔、活貂鼠之属，亦生供之）[7]，泪非地（闽鲜荔枝、圆眼、北苹婆果、沙果、文官果之类）[8]，非天（桃、梅、李、杏、杨梅、枇杷、樱桃之属，收藏如新撷）[9]，非制（熊掌、猩唇、豹胎之属），非性（酒醉、蜜饯之类），非理（云南蜜唧、峨眉雪蛆之类），非想（天花龙蜃、雕镂瓜枣、捻塑米面之类）之物，无不集。庭实之盛，自帝王宗庙社稷坛壝所不能比隆者[10]。

❶严助（？—前122）：本名庄助，《汉书》为避东汉明帝刘庄讳，将其改为严助。吴县（今江苏苏州）人。历任中大夫、会稽太守，著有《相儿经》《严助赋》等。

❷陶堰：又名陶家堰，在今浙江绍兴东。

❸上元：上元节，每年农历的正月十五。

❹𩩍𩩍：肥腴的样子。

❺唅唅（yǎn yǎn）：鱼在水面张口呼吸的样子。

❻毨毨（xiǎn xiǎn）：羽毛整齐。

❼毪毪（róng róng）：毛发细密。

❽洎（jì）：到，及。

❾撷：采摘。

❿壝（wéi）：祭坛周围的矮墙。

译文

陶堰司徒庙，是供奉汉代会稽太守严助的庙宇。每年正月十五上元节陈设祭品，掌管这件事的人都要聚集族人商量准备一整年。凡是凶猛的山珍（比如虎、豹、麋鹿、獾猪之类），肥腴的海味（比如江豚、海马、鲟黄、沙鱼之类），肥硕的陆物（猪必定要三百斤，羊必定要二百斤，每天一换。鸡、鹅、兔、鸭之类，若非特别肥硕，就不能作为贡品），鲜活的水产（凡是虾、鱼、蟹、蚌之类，没有不鲜活的），羽毛丰满的禽类（比如孔雀、白鹇、锦鸡、白鹦鹉之类，即是将活物来上贡），毛发细密的动物（比如白鹿、白兔、活貂鼠之类，也是采取生供的方式），还有那些非当地出产的（比如闽鲜荔枝、圆眼、北苹婆果、沙果、文官果之类），不合时令的（比如桃、梅、李、杏、杨梅、枇杷、樱桃之类，保存得像刚采摘的一样新鲜），不合礼制的（比如熊掌、猩唇、豹胎之类），不合常性的（比如酒醉、蜜饯之类），不合常理的（比如云南蜜唧、峨眉雪蛆之类），难以想象的

（比如天花龙蛋、雕镂瓜枣、捻塑米面之类）物品，全都汇集在这里。贡品之丰盛，除了帝王的宗庙社稷坛壝，再没有比这更隆重的了。

　　十三日，以大船二十艘载盘軿❶，以童崽扮故事，无甚文理❷，以多为胜。城中及村落人，水逐陆奔，随路兜截转折❸，谓之"看灯头"。五夜，夜在庙演剧，梨园必倩越中上三班❹，或雇自武林者，缠头日数万钱❺，唱《伯喈》《荆钗》❻，一老者坐台下对院本❼，一字脱落，群起噪之，又开场重做。越中有"全伯喈""全荆钗"之名起此。

注释

❶盘軿（líng）：当为"盘铃"，一种乐器。这里指的是盘铃傀儡，即以盘铃伴奏演出的一种傀儡戏。

❷文理：文辞义理，文章条理，这里指故事情节。

❸兜截转折：这里指观众观剧时随着演出人员的移动或超越或尾随。兜截，包抄拦截。转折，转向，改变。

❹倩：请，央求。

❺缠头：赠送给演员的布帛或财物。

❻《伯喈》《荆钗》：即《琵琶记》《荆钗记》。

❼院本：这里指剧本。

译文

　　正月十三这一天，用二十艘大船载着盘铃，用少儿扮演故事，没有什么条理，以人多取胜。城内及村里的人，在水中陆上奔跑追逐，随着道路兜折回转，这叫作"看灯头"。连着五个晚上在庙里演戏，演出必定请越中上乘的戏班，或者从杭州专门雇人，演出的酬劳每天有数万钱，上演《琵琶记》《荆钗记》的时候，一位老者坐在台下比对剧本，如果有一字脱落，大家就站起来喊叫，这样戏又得重新开场。越中有"全伯喈""全荆钗"的说法，就是从这来的。

天启三年，余兄弟携南院王岑、老串杨四、徐孟雅、圆社河南张大来辈往观之。到庙蹴踘[1]，张大来以"一丁泥""一串珠"名世。球着足，浑身旋滚，一似粘霋有胶、提掇有线、穿插有孔者[2]，人人叫绝。剧至半，王岑扮李三娘，杨四扮火工窦老，徐孟雅扮洪一嫂，马小卿十二岁扮咬脐，串《磨房》《撇池》《送子》《出猎》四出[3]。科诨曲白[4]，妙入筋髓，又复叫绝。遂解维归[5]。戏场气夺，锣不得响，灯不得亮。

注释

[1] 蹴踘（jū）：即蹴鞠，古代一种球类游戏。

[2] 霋（zhì）：停留、停滞。

[3] "王岑扮李三娘……《出猎》四出"等语：以上人物及出目，皆出自《刘知远白兔记》。

[4] 科诨曲白：戏曲术语。科，即科泛、科范，指元杂剧剧本中的关于人物动作表情方面的舞台提示。诨，诙谐逗趣的话语，也指打诨逗趣的人。曲，戏剧的唱曲。白，道白，是戏剧人物的语言。

[5] 解维：开船。

译文

天启三年（1623），我们兄弟带着南院的王岑、老串杨四、徐孟雅、圆社成员河南的张大来等人一起去观看。我们到庙里玩蹴鞠，张大来以"一丁泥""一串珠"等绝技名扬天下。球一旦到脚上，在其全身旋转翻滚，就好像有胶粘着、摆弄有线傀儡、穿插有孔的样子，人人叫绝。戏演到一半，王岑扮李三娘，杨四扮火工窦老，徐孟雅扮洪一嫂，十二岁的马小卿扮咬脐郎，串演《磨房》《撇池》《送子》《出猎》四出戏。插科打诨，唱曲说白，妙绝如入筋髓，观众再次叫绝。演出结束，大家乘船而归。此时戏场生气已散，锣不再响，灯也不再亮了。

乳酪①

乳酪自驵侩为之②，气味已失，再无佳理。余自豢一牛，夜取乳置盆盎，比晓③，乳花簇起尺许，用铜铛煮之，瀹兰雪汁④，乳斤和汁四瓯⑤，百沸之。玉液珠胶，雪腴霜腻，吹气胜兰，沁入肺腑，自是天供。

或用鹤觞、花露入甑蒸之⑥，以热妙；或用豆粉搀和，漉之成腐，以冷妙。或煎酥，或作皮，或纻饼，或酒凝，或盐腌，或醋捉，无不佳妙。而苏州过小拙和以蔗浆霜，熬之、滤之、钻之、掇之、印之，为带骨鲍螺，天下称至味。其制法秘甚，锁密房，以纸封固，虽父子不轻传之。

注释

① 乳酪：一种乳制品，用牛、羊等动物的乳汁提炼而成。
② 驵侩（zǎng kuài）：牲畜交易的中间人，这里泛指商贩。
③ 比晓：等到天亮。
④ 瀹（yuè）：浸渍。
⑤ 瓯：小盆。形状似碗，多用以饮酒喝茶。
⑥ 鹤觞：美酒。甑（zèng）：一种做饭用的瓦器。

译文

乳酪由商贩来制作，气味已经失去，再也没有上好的道理。我自己养了一头牛，夜里取奶放在盆里，等到天亮的时候，乳白色的泡沫涨有一尺多高，用铜锅来煮，取兰雪茶水浸润，一斤牛奶与四杯茶水融合，多次煮沸。看上去如同玉液珠胶，像雪霜一样醇厚细腻，气息比兰花还香，沁入肺腑，这自然是上天所赐。

或者与鹤觞、花露两种美酒混合放入甑中来蒸，以热食为妙；或者用豆粉调和，过滤使其成为豆腐状，以冷食为妙。或煎成酥，或制成皮，或捆成饼，或做酒凝，或用盐腌，或用醋渍，味道无不绝妙。苏州的过小拙将其与蔗糖浆混合，经过熬、滤、钻、掇、印等工序，制成带骨的鲍螺，号称天下至味。其制作方法十分神秘，配方锁在隐秘的屋子里，用纸封住，即便是父子之间也不轻易传授。

二十四桥风月❶

广陵二十四桥风月❷，邗沟尚存其意❸。渡钞关❹，横亘半里许，为巷者九条。巷故九，凡周旋折旋于巷之左右前后者，什百之。巷口狭而肠曲，寸寸节节，有精房密户，名妓、歪妓杂处之。名妓匿不见人，非向道莫得入❺。歪妓多可五六百人，每日傍晚，膏沐薰烧，出巷口，倚徙盘礴于茶馆、酒肆之前❻，谓之"站关"。茶馆、酒肆、岸上纱灯百盏，诸妓掩映闪灭于其间，疤鼊者帘❼，雄趾者阈❽。灯前月下，人无正色，所谓"一白能遮百丑"者，粉之力也。游子过客，往来如梭，摩睛相觑，有当意者，逼前牵之去，而是妓忽出身分，肃客先行，自缓步尾之。至巷口，有侦伺者，向巷门呼曰："某姐有客了！"内应声如雷。火燎即出❾，一一俱去，剩者不过二三十人。

注释

❶二十四桥：在今江苏扬州市内。关于二十四桥有两种说法：一种说法是二十四座桥的总称，一种说法是一座桥的名称。

❷广陵：今江苏扬州。

❸邗（hán）沟：又称邗水、邗江、邗溟沟。春秋时吴王夫差为

通粮道而开凿的古运河。

❹钞关：明清两代收取关税的地方。因以钞纳税，故名。扬州钞关设于宣德四年（1429），地址在新城的挹江门，街上有九条巷子，每条巷里通若干小巷，为妓院集中之地。

❺向道：向导、指引。

❻倚徙盘礴：流连徘徊，逗留。

❼疤瘰（lì）：皮肤粗糙，相貌不好。

❽雄趾：大脚。阈（yù）：门槛。

❾火燎：火把，灯烛。

译文

扬州二十四桥风月，只有邗沟还保留着其意味。渡过钞关，横亘半里左右，有九条巷子。巷子原来有九条，环绕盘曲在巷子左右前后，有几十乃至上百条小巷子。巷子口狭长弯曲，密密麻麻分布着精致隐秘的房屋，名妓和歪妓混杂着住在这里。名妓藏在里面不见人，如果没有向导就无法进去。歪妓则多达五六百人，每天傍晚，她们沐浴熏香，走出巷子口，在茶馆、酒肆门前流连徘徊，这叫作"站关"。茶馆、酒肆、岸上有上百盏纱灯，这些妓女就隐藏在忽闪忽灭的灯光里，相貌丑陋的用帘子遮住自己，脚大的则站在门后把脚藏起来。灯前月下，看不清人的本来面目，这就是人们所说的"一白能遮百丑"，都是脂粉的作用。游子过客在这里往来穿梭，用眼睛到处打量，看到有合意的，立刻上前牵走，这个妓女就忽然亮出身份，请客人走在前面，自己缓缓地在后面跟随。到了巷子口，负责打探消息的人就对着巷门高喊："某姐有客了！"里面传来如雷般的应答声。等到灯烛熄灭，妓女们一一离开，剩下来的不过二三十人。

沉沉二漏，灯烛将烬，茶馆黑魆无人声。茶博士不好青出❶，惟作呵欠，而诸妓醵钱向茶博士买烛寸许❷，以待迟客。或发娇声，唱《劈破玉》等小词❸；或自相谑浪嬉笑，故作热闹，以乱时候。然笑言

哑哑声中，渐带凄楚。夜分不得不去，悄然暗摸如鬼，见老鸨，受饿、受笞，俱不可知矣。

注释

❶茶博士：旧时茶店伙计的雅称。

❷醵（jù）钱：凑钱。

❸《劈破玉》：当时一种流行的民间曲调。

译文

二更时分，灯烛将要燃尽，茶馆里一片漆黑，没有人声。茶馆伙计不好意思请客人出去，只好一直打着呵欠，那些妓女就凑钱向伙计买根一寸长的灯烛，以等待来迟的客人。有的发出娇柔的声音，唱着《劈破玉》这样的小调；有的则相互戏谑嬉笑，故作热闹，以此打发时间。然而她们的欢笑声渐渐带着几分凄凉。到了半夜不得不离开，像幽灵一样悄声摸黑回去，见到老鸨，是挨饿还是受鞭打，就都不知道了。

余族弟卓如，美须髯，有情痴，善笑，到钞关，必狎妓，向余噱曰："弟今日之乐，不减王公。"余曰："何谓也？"曰："王公大人侍妾数百，到晚耽耽望幸❶，当御者亦不过一人。弟过钞关，美人数百人，目挑心招❷，视我如潘安❸。弟颐指气使，任意拣择，亦必得一当意者呼而侍我。王公大人，岂遂过我哉！"复大噱，余亦大噱。

注释

❶耽耽：眼睛注视的样子。

❷目挑心招：指女子摆出诱人的神态。

❸潘安：潘岳，字安仁，故又省称"潘安"，西晋人，貌美，后用作美貌男子的代称。

我的族弟张卓如，须髯俊美，很痴情，爱笑，每次到钞关，一定会去狎妓，他和我开玩笑说："我今日的快乐不比王公贵族少。"我说："为什么这么说呢？"他答道："王公大人侍妾有数百人，一到晚上都眼巴巴盼着受宠幸，但被宠幸的也不过一人而已。我过钞关，这里有数百个美人，都摆出诱人的神态，将我视作潘安。我颐指气使，任意挑选，必定会得到一个合心意的人喊过来侍奉我。王公大人们岂能超过我！"说完又大笑，我也跟着大笑。

世美堂灯

儿时跨苍头颈❶，犹及见王新建灯❷。灯皆贵重华美，珠灯料丝无论❸，即羊角灯亦描金细画，缨络罩之。悬灯百盏，尚须秉烛而行，大是闷人。余见《水浒传》"灯景诗"有云："楼台上下火照火，车马往来人看人。"❹已尽灯理。余谓灯不在多，总求一亮。余每放灯，必用如椽大烛，颛令数人剪卸烬煤，故光迸重垣，无微不见。

十年前，里人有李某者，为闽中二尹❺，抚台委其造灯❻，选雕佛匠，穷工极巧，造灯十架，凡两年，灯成，而抚台已物故❼，携归藏楼中。又十年许，知余好灯，举以相赠，余酬之五十金，十不当一，是为主灯，遂以烧珠、料丝、羊角、剔纱诸灯辅之。

而友人有夏耳金者，剪采为花，巧夺天工，罩以冰纱，有烟笼芍药之致。更用粗铁线界画规矩，匠意出样，剔纱为蜀锦，皴其界地❽，鲜艳出人。耳金岁供镇神，必造灯一盏，灯后，余每以善价购之。余一小僮善收藏❾，虽纸灯亦十年不得坏，故灯日富。又从南京得赵士元夹纱屏及灯带数副❿，皆属鬼工，决非人力。灯宵，出其所有，便称胜事。

鼓吹弦索，厮养臧获[11]，皆能为之。有苍头善制盆花，夏间以羊毛炼泥墩，高二尺许，筑"地涌金莲"，声同雷炮，花盖亩余。不用煞拍鼓铙[12]，清吹唢呐应之，望花缓急为唢呐缓急，望花高下为唢呐高下。灯不演剧，则灯意不酣；然无队舞鼓吹，则灯焰不发。余敕小僎串元剧四五十本。演元剧四出，则队舞一回，鼓吹一回，弦索一回。其间浓淡、繁简、松实之妙，全在主人位置。使易人易地为之，自不能尔尔。故越中夸灯事之盛，必曰"世美堂灯"。

注释

❶苍头：年纪较大的仆人、奴仆。

❷王新建：明末著名收藏家，在当时与张联芳、朱敬循、项元汴、周铭仲并称"江南五大收藏家"。

❸珠灯：当为"珠子灯"，一种用五色珠装饰的灯。明田汝成《西湖游览志馀》："珠子灯，则五色珠为网，下垂流苏，或为龙船、凤辇、楼台故事。"料丝：制作灯具的一种丝状原料。明郎瑛《七修类稿》："用玛瑙、紫石英诸药，捣为屑，煮腐如粉，然必市北方天花菜点之方凝。而后缫之为丝，织如绢状，上绘人物山水，极晶莹可爱，价亦珍贵。盖以煮料成丝，故谓之料丝。"

❹楼台上下火照火，车马往来人看人：见《水浒传》第七十二回《柴进簪花入禁院　李逵元夜闹东京》。作者《快园道古》一书亦云："《水浒传》形容汴京灯景云：'楼台上下火照火，车马往来人看人。'只此十四字，古今灯诗灯赋，千言万语，刻画不到。"

❺二尹：明清时对县丞或府同知的别称，明清时俗称同知官为二府，而职务则同知府事。

❻抚台：明代对巡抚的别称。

❼物故：去世。

❽鞔（màn）：铺饰。

❾小僎：小童、小厮。

⑩赵士元：作者《夜航船》一书有介绍："夹纱物件：赵士元制夹纱及夹纱帏屏，其所厕翎毛花卉，颜色鲜明，毛羽生动，妙不可言，扇扇是黄荃、吕纪得意名画。"

⑪臧获：奴婢。

⑫煞拍：击打节拍。

译文

我小的时候骑在老奴的脖子上，还看过王新建的灯。那些灯都贵重华美，不要说珍珠宝石串缀抽丝而成的灯，就连羊角灯也是用金粉细细勾画，外面用璎珞罩着。悬挂的灯有上百盏，但走路时仍然需要拿着蜡烛照明，让人感到很是郁闷。我看到《水浒传》"灯景诗"有这样的句子："楼台上下火照火，车马往来人看人。"已经写尽了灯的道理。我认为灯不在多，总的就是要亮。我每次放灯，必定会用房梁那样粗的蜡烛，专门命几个人剪掉灯芯烛灰，因此灯光明亮得像要穿透墙壁，任何细微的地方都能看见。

十年前，同乡有一位姓李的，在闽中担任同知官，巡抚委任他造灯，他挑选几个雕刻佛像的匠人，极尽工巧之能事，造了十架灯，花了两年时间，结果灯造好了，巡抚却去世了，他就把造好的灯带回家藏在柜子里。又过了十来年，他知道我喜欢灯，就全拿来赠给我，我给了他五十两金子作为酬谢，这抵不上它们价值的十分之一。这是主灯，我又用烧珠、料丝、羊角、剔纱这些灯作为辅灯。

我有一个叫夏耳金的朋友，剪纸成花，巧夺天工，用冰纱罩住，有烟笼芍药之致。再用粗铁线在外面画出边界，别具匠心，剔纱灯使用蜀锦，铺饰在界内，鲜艳动人。夏耳金每年供奉镇神，必定会造一盏灯，灯节过后，我总会用高价购买。我有一个小厮很擅长收藏，即便是纸灯，也能历经十年而不坏，因此我收藏的灯日益丰富。又从南京得到了赵士元的夹纱屏和数副灯带，皆是鬼斧神工，绝不是人力所能达到的。正月十五元宵节，我拿出收藏的所有灯，也称得上是盛事了。

吹拉弹唱，连我的小厮婢女们都能做到。有一个老仆擅长制作盆花，夏天用羊毛烧出泥墩，有二尺高，筑成"地涌金莲"的样子，燃放时声音就像打雷放炮一样，烟花能够遮盖一亩多的天空。不需要击打节拍，敲锣打鼓，只吹奏唢呐应和它，看着烟花的快慢来控制唢呐的快慢，看着烟花的高低来控制唢呐的高低。如果只放灯而不演戏，灯的意味就不够酣畅；然而如果没有队舞鼓吹，灯焰也就不够明亮。我命仆人串演四五十本元剧。每演四出元剧，就表演一次队舞，鼓吹一次，奏乐一次。这其中浓淡、繁简、松实的妙处，全由主人把握。要是换一个人换一个地方来做，自然是不能做到这样。因此越中夸赞灯事的盛大，必定会说到"世美堂灯"。

宁 了

大父母喜豢珍禽❶：舞鹤三对，白鹇一对❷，孔雀二对，吐绶鸡一只❸，白鹦鹉、鹩哥、绿鹦鹉十数架。

一异鸟名"宁了"，身小如鸽，黑翎如八哥，能作人语，绝不咿唔。大母呼媵婢❹，辄应声曰："某丫头，太太叫！"有客至，叫曰："太太，客来了，看茶。"有一新娘子善睡，黎明辄呼曰："新娘子，天明了，起来罢。太太叫，快起来。"不起，辄骂曰："新娘子，臭淫妇，浪蹄子。"新娘子恨甚，置毒药杀之。

"宁了"疑即"秦吉了"❺，蜀叙州出❻，能人言。一日夷人买去，惊死，其灵异酷似之。

注 释

❶豢：喂养。

❷白鹇（xián）：亦称白雉，尾长，雄鸟背白色，有黑纹，腹部

黑蓝色，雌鸟棕绿色，常栖于高山竹林间。

❸吐绶鸡：作者在《夜航船》一书中有介绍："吐绶鸡：形状、毛色俱如大鸡。天晴淑景，颔下吐绶，方一尺，金碧晃曜，花纹如蜀锦，中有一字，乃篆文'寿'字，阴晦则不吐。一名'寿字鸡'，一名'锦带功曹。'"

❹媵婢：原指随嫁的婢女，这里泛指婢妾。

❺秦吉了：又名鹩，产于云南南部、广西南部及海南岛等地区。羽色乌黑而有光泽，其性灵敏，经训练，能模仿人语及动物叫声。作者《夜航船》一书有介绍："秦吉了：岭南灵鸟。一名'了哥'。形似鸲鹆，黑色，两肩独黄，顶毛有缝，如人分发，耳聪心慧，舌巧能言。有夷人以数万钱买去，吉了曰：'我汉禽不入胡地！'遂惊死。"

❻叙州：明代设叙州府，治所在今四川宜宾。

译文

祖父母喜欢饲养珍奇的鸟类：家里有三对舞鹤，一对白雉，两对孔雀，一只吐绶鸡，还有十多架白鹦鹉、鹩哥、绿鹦鹉。

有一种神奇的鸟名叫"宁了"，身体像鸽子一样小，羽毛像八哥一样是黑色的，能说人话，发音清晰。祖母喊婢妾，它会应声而答："某丫头，太太叫你了！"有客人到，它叫道："太太，客来了，看茶。"有一位新娘子能睡觉，它天一亮就喊她："新娘子，天明了，起来吧。太太叫，快起来。"如果新娘子不起，它就骂道："新娘子，臭淫妇，浪蹄子。"新娘子恨透了，就放毒药杀了它。

我怀疑"宁了"就是"秦吉了"，出产于蜀地叙州，能说人话。有一天被外族人买去，就会受惊吓而死，这两种鸟的灵异十分相似。

张氏声伎

　　谢太傅不畜声伎❶，曰："畏解，故不畜。"❷王右军曰："老年赖丝竹陶写，恒恐儿辈觉。"❸曰"解"，曰"觉"，古人用字深确。盖声音之道入人最微，一解则自不能已，一觉则自不能禁也。

　　我家声伎，前世无之，自大父于万历年间与范长白、邹愚公、黄贞父、包涵所诸先生讲究此道❹，遂破天荒为之。有"可餐班"，以张彩、王可餐、何闰、张福寿名；次则"武陵班"，以何韵士、傅吉甫、夏清之名；再次则"梯仙班"，以高眉生、李岕生、马蓝生名；再次则"吴郡班"，以王畹生、夏汝开、杨啸生名❺；再次则"苏小小班"，以马小卿、潘小妃名；再次则平子"茂苑班"，以李含香、顾岕竹、应楚烟、杨骙骐名❻。

　　主人解事日精一日，而侲童技艺亦愈出愈奇。余历年半百，小侲自小而老、老而复小、小而复老者，凡五易之。无论"可餐""武陵"诸人，如三代法物❼，不可复见；"梯仙""吴郡"间有存者，皆为佝偻老人❽；而"苏小小班"亦强半化为异物矣；"茂苑班"则吾弟先去，而诸人再易其主。余则婆娑一老，以碧眼波斯❾，尚能别其妍丑❿。山中人至海上归，种种海错皆在其眼⓫，请共舐之⓬。

注释

❶谢太傅：谢安（320—385），字安石，祖籍陈郡阳夏（今河南太康），西晋末家族南迁至安览会稽东山（今浙江绍兴上虞区）。历任司马、吴兴太守、吏部尚书、中护军。曾指挥著名的淝水之战。死后赠太傅。

❷畏解，故不畜：语出《南齐书》："宋武节俭过人，……殷仲文劝令

畜伎，答云'我不解声'。仲文曰'但畜自解'，又答'畏解，故不畜。'"

❸老年赖丝竹陶写，恒恐儿辈觉：语出《世说新语》："谢太傅语
王右军曰：'中年伤于哀乐，与亲友别，辄作数日恶。'王曰：'年在
桑榆，自然至此，正赖丝竹陶写，恒恐儿辈觉，损欣乐之趣。'"陶
写，陶冶性情，消愁解闷。

❹范长白：范允临（1558—1641），字长倩，号长白，吴县（今
江苏苏州）人。范仲淹第十七代孙。万历二十三年（1595）进士。曾
任福建参议。擅丹青，著有《输廖馆集》。详见本书卷五《范长白》。
邹愚公：邹迪光（1550—1626），字彦吉，号愚谷、愚公。无锡（今
江苏无锡）人。万历二年（1574）进士，历官湖广学宪。擅丹青，著
有《郁仪楼集》《调象庵集》《石语斋集》等。黄贞父：即黄汝亨，详
见卷一《奔云石》及相关注释。

❺夏汝开：作者所养家班艺人，作者写有《祭义伶文》。

❻骉駬（lù ěr）：原指周穆王八骏之一，这里用作人名。

❼三代法物：夏商周时期的器物。

❽伛偻：脊背向前弯曲。

❾碧眼波斯：波斯人，精于鉴别珠宝。

❿妍丑：美丑。

⓫海错：海味。

⓬舐：用舌舔物，这里指用鉴赏的眼光品味。

译文

谢安不养声伎，他说："害怕了解声乐，所以不养。"王羲之说：
"老年依靠丝竹怡情悦性，常常担心儿孙们发觉。"说"解"，说
"觉"，古人用字精深准确。大概声音之道最容易入人内心，一旦了解
就不能控制自己，一旦发觉就不能克制自己。

我家前世没有养过声伎，自从祖父万历年间和范长白、邹愚公、
黄贞父、包涵所诸位先生探讨此道，就破天荒地去做这件事。有"可
餐班"，以张彩、王可餐、何闰、张福寿闻名；其次是"武陵班"，以

何韵士、傅吉甫、夏清之闻名；再次是"梯仙班"，以高眉生、李芥生、马蓝生闻名；再次是"吴郡班"，以王畹生、夏汝开、杨啸生闻名；再次是"苏小小班"，以马小卿、潘小妃闻名；再次是张平子的"茂苑班"，以李含香、顾岕竹、应楚烟、杨骙骒闻名。

随着主人对声乐的了解一天比一天精深，那些戏童们的技艺也越来越出奇。我年过半百，看到戏童们从小到老，从老到小，再从小到老，总共更换了五次。不要说"可餐""武陵"班的这些人像三代古董一样，再也见不到；"梯仙""吴郡"班偶有在世的，也都是佝偻老人了；而"苏小小班"的人也大半亡故了；"茂苑班"则随着我弟弟的离世，大家都换了新的主人。我也已是步履蹒跚的老人，还有一双善于鉴别的眼睛，尚能够分辨出美丑高下。就像山里人从海上归来，种种海味皆已过眼，请与我一起回味吧。

方　物❶

越中清馋❷，无过余者，喜啖方物❸。北京则苹婆果、黄鼠、马牙松❹；山东则羊肚菜、秋白梨、文官果、甜子❺；福建则福橘、福橘饼、牛皮糖、红腐乳；江西则青根、丰城脯；山西则天花菜❻；苏州则带骨鲍螺、山楂丁、山楂糕、松子糖、白圆、橄榄脯；嘉兴则马交鱼脯、陶庄黄雀；南京则套樱桃、桃门枣、地栗团、窝笋团、山楂糖；杭州则西瓜、鸡豆子、花下藕、韭芽、玄笋、塘栖蜜橘❼；萧山则杨梅、莼菜、鸠鸟、青鲫、方柿；诸暨则香狸、樱桃、虎栗；嵊则蕨粉、细榧、龙游糖❽；临海则枕头瓜；台州则瓦楞蚶、江瑶柱❾；浦江则火肉❿；东阳则南枣；山阴则破塘笋、谢橘、独山菱、河蟹、三江屯蛏、白蛤、江鱼、鲥鱼、里河鰦⓫。远则岁致之，近则月致之、日致之。眈眈逐逐⓬，日为口腹谋，罪孽固重。

但由今思之，四方兵燹^⑬，寸寸割裂，钱塘衣带水，犹不敢轻渡，则向之传食四方^⑭，不可不谓之福德也。

注释

❶方物：土产。

❷清馋：清雅而嘴馋，这里指喜爱美食。

❸啖：吃。

❹苹婆果：明代对苹果的称呼。黄鼦、马牙松：黄鼦、黄芽菜。马牙松，白菜。一说"黄鼦、马牙松"当为"黄芽马粪菘"，即白菜。

❺羊肚菜：又名羊肚菌、羊肚蘑，一种食用菌类，因表面凹凸不平，形态酷似羊肚而得名。文官果：一种果名。产于我国北方，花美丽，可供观赏，果形如螺，味甜，也可榨油。

❻天花菜：又称花椰菜、花菜或菜花，一种蔬菜。原产地中海沿岸，后引入中国。

❼鸡豆子：俗称鸡头，芡的果实。塘栖：在今浙江杭州北。

❽嵊：嵊州的简称，今为浙江的一个县级市。蕨粉：用蕨根加工而成的淀粉。细榧：又名香榧、细榧、真榧、榧子。榧木的种子，可食用，亦可榨油或入药。

❾瓦楞蚶：当为"瓦楞蚶"。作者在《夜航船》一书中有介绍："瓦楞蚶：宁海沿海有蚶田，用大蚶捣汁，竹笕帛洒之，一点水即成一蚶，其状如荸荠，用缸砂壅之，即肥大。"江瑶柱：又名牛耳螺、干贝，一种蚌类。作者《咏方物二十首·定海江瑶》诗序云："宁波江瑶柱，亦名西施舌，东坡为之作传。"

❿火肉：火腿肉。

⓫独山：在绍兴城西。蛏（chēng）：一种软体动物，主要生活在沿海，肉鲜美。鯔（zī）：白鯮鱼。

⓬盹盹逐逐：瞪着眼睛想得到。

⓭兵燹（xiǎn）：战火、战乱。

⓮向：从前。

越中清雅嘴馋的人，没有超过我的，我喜欢吃各地的土产。北京的土产是苹果、黄芽菜、白菜；山东的土产是羊肚菌、秋白梨、文官果、甜子；福建的土产是福橘、福橘饼、牛皮糖、红腐乳；江西的土产是青根鱼、丰城脯；山西则是天花菜；苏州则是带骨鲍螺、山楂丁、山楂糕、松子糖、白圆、橄榄脯；嘉兴则是马交鱼脯、陶庄黄雀；南京则是套樱桃、桃门枣、地栗团、莴笋团、山楂糖；杭州则是西瓜、鸡豆子、花下藕、韭芽、玄笋、塘栖蜜橘；萧山则是杨梅、莼菜、鸠鸟、青鲫、方柿；诸暨则是香狸、樱桃、虎栗；嵊地则是蕨根粉、细榧、龙游糖；临海则是枕头瓜；台州则是瓦楞蚶、江瑶柱；浦江则是火腿肉；东阳则是南枣；山阴则是破塘笋、谢橘、独山菱、河蟹、三江屯蛏、白蛤、江鱼、鲥鱼、里河鰦。远的地方一年采购一次，近的地方一个月甚至每天采购一次。瞪着眼睛盘算着，每天都在为口腹之欲谋划，罪孽固然是深重了。

但在今天想到这些，四面战火纷飞，一块块土地被割裂，钱塘一衣带水，仍不敢轻易渡过，从前能吃到四方的美食，这不能不说是一种福分了。

祁止祥癖[1]

人无癖不可与交，以其无深情也；人无疵不可与交，以其无真气也。余友祁止祥有书画癖，有蹴鞠癖，有鼓钹癖，有鬼戏癖，有梨园癖。

壬午至南都[2]，止祥出阿宝示余，余谓："此西方迦陵鸟[3]，何处得来？"阿宝妖冶如蕊女，而娇痴无赖，故作涩勒[4]，不肯着人。如食橄榄，咽涩无味，而韵在回甘；如吃烟酒，鲠鲺无奈[5]，而软同沾醉。

初如可厌，而过即思之。止祥精音律，咬钉嚼铁❻，一字百磨，口口亲授，阿宝辈皆能曲通主意。

乙酉❼，南都失守，止祥奔归，遇土贼，刀剑加颈，性命可倾，至宝是宝。丙戌❽，以监军驻台州，乱民卤掠，止祥囊箧都尽❾，阿宝沿途唱曲，以膳主人。及归，刚半月，又挟之远去。止祥云妻子如脱屣耳❿，独以娈童崽子为性命⓫，其癖如此。

注释

❶祁止祥：祁豸佳（1594—1670），字止祥，号雪瓢，山阴（今浙江绍兴）人。明天启七年（1627）举人，曾任吏部司务。多才多艺，擅长书法、绘画、度曲。祁彪佳之从兄。作者称其为"曲学知己"，并写有《寿祁止祥八十》诗。

❷壬午：崇祯十五年（1642）。南都：南京。

❸迦陵鸟：即迦陵频伽鸟，意译则为好声鸟、美音鸟或妙声鸟。产于印度，色黑似雀，羽毛美丽，音声清婉动听。佛教典籍常以其叫声比喻佛、菩萨之妙音。作者《夜航船》亦有介绍："迦陵鸟：鸣清越，如笙箫，妙合宫商，能为百虫之音。《楞严经》云：'迦陵仙音，遍十方界。'"

❹涩勒：羞涩。

❺鲠饐（gěng yì）：哽噎，食物梗塞，难以下咽。

❻咬钉嚼铁：比喻意志坚强。

❼乙酉：顺治二年（1645）。

❽丙戌：顺治三年（1646）。

❾囊箧：袋子、箱子，这里指行李。

❿屣：鞋子。

⓫娈童崽子：旧时供人狎玩的美少年。

译文

人要是没有癖好不能与他交往，因为他没有深情；人没有缺点也不能与他交往，因为他没有真气。我的朋友祁止祥有书画的癖好，有蹴鞠的癖好，有鼓钹的癖好，有鬼戏的癖好，有梨园的癖好。

崇祯十五年（1642）我到南京，祁止祥让阿宝出来见我，我说："这是西方的迦陵鸟，你从哪里得到的？"阿宝妖娆如天上仙女，天真顽皮，故意做出不顺从的样子，不肯讨人喜欢。给人的感觉就像吃橄榄一样，咽下去苦涩无味，但韵味在于回甘；就像抽烟喝酒，起初难以下咽，而让人沉醉其中。初见时也许觉得讨厌，但过后就会常常思念。祁止祥精通音律，要求严格认真，一个字要磨合上百次，他亲自传授，阿宝等人都能理解主人的意图。

顺治二年（1645），南京失守，祁止祥逃回家乡，路上遇到土贼，刀剑架在他的脖子上，随时都会失去性命，即便如此，他仍然将阿宝视为至宝。顺治三年（1646），他作为监军驻守台州，乱民抢掠，祁止祥的财物都被抢走，阿宝就沿途唱曲，以此养活主人。回到家乡，刚过半个月，祁止祥就又带着阿宝远去。止祥离开妻子就像丢弃一只鞋子，唯独把一个娈童视为性命，他的癖好达到如此程度。

❧ 泰安州客店❶ ❧

客店至泰安州，不复敢以客店目之。余进香泰山，未至店里许，见驴马槽房二三十间；再近，有戏子寓二十余处；再近，则密户曲房，皆妓女妖冶其中。余谓是一州之事，不知其为一店之事也。

投店者，先至一厅事❷，上簿挂号，人纳店例银三钱八分，又人纳税山银一钱八分。店房三等：下客夜素，蚤亦素，午在山上用素酒、果核劳之❸，谓之"接顶"。夜至店，设席贺，谓烧香后求官得官，求子得子，求利得利，故曰贺也。贺亦三等：上者专席，糖饼、五果、十肴、果核、演戏❹；次者二人一席，亦糖饼，亦肴核，亦演戏；下者三四人一席，亦糖饼、肴核⑤，不演戏，亦弹唱。计其店中，演戏者二十余处，弹唱者不胜计。庖厨炊爨亦二十余所⑥，奔走服役者一二百人。

下山后，荤酒狎妓惟所欲，此皆一日事也。若上山落山，客日日至，而新旧客房不相袭，荤素庖厨不相溷，迎送厮役不相兼，是则不可测识之矣。

泰安一州与此店比者五六所，又更奇。

注释

❶泰安州：今山东泰安。

❷厅事：厅堂。

❸果核：干果。

❹五果：指桃、李、杏、栗、枣五种水果及果实。

❺肴核：肉类和果类食品。

❻爨（cuàn）：烧火做饭。

译文

客店到了泰安州，就不敢再把它当作普通的客店来看了。我到泰山进香，离客店还有一里左右，就看到有拴驴马的槽房二三十间；走得再近些，有戏子的寓所二十多处；再走近一些，则是幽深曲折的房子，住在里面的都是打扮艳丽的妓女。我以为这是一个泰安州的规模，不知道这仅仅是一家客店的规模。

投店住宿的人，要先到一个厅堂里，登记注册，每人交给客店惯例费用三钱八分，每人再交登山税银一钱八分。店房分为三个等级：最下等的客房晚上吃素，早上也吃素，中午在山上饮素酒、吃干果，这叫作"接顶"。夜里回到旅店，设宴庆贺，说是烧香之后求官得官，求子得子，求利得利，所以说是"庆贺"。庆贺的宴席也分三个等级：上等每人一席，有糖饼、五种水果、十种菜肴，还有干果，还演戏；次等两人一席，也有糖饼，也有酒菜、干果和演戏；下等则三四个人

161

一席，也有糖饼、酒菜和干果，但不演戏，有人弹唱。算算整个店里，有二十多个演戏的地方，弹唱的人更是不可胜数。烧火做饭的厨房也有二十多个，奔走服役的有一二百人。

下山之后，人们喝酒狎妓纵情声色，这都是一天之内的事情。像这样上山下山，客人天天都有，但新旧客房的使用不会冲突，荤素菜肴厨房也不会弄混，迎来送往的小厮各司其职，不知道是用什么方法进行管理的。

泰安州与这家客店差不多的有五六家，这就更让人感到惊奇。

卷

五

范 长 白

　　范长白园在天平山下❶，万石都焉❷。龙性难驯，石皆笏起❸，旁为范文正公墓❹。园外有长堤，桃柳曲桥，蟠屈湖面❺，桥尽抵园，园门故作低小，进门则长廊复壁，直达山麓。其缯楼、幔阁、秘室、曲房，故故匿之，不使人见也。山之左为桃源，峭壁回湍，桃花片片流出。右孤山，种梅千树。渡涧为小兰亭❻，茂林修竹，曲水流觞❼，件件有之。竹大如椽，明静娟洁，打磨滑泽如扇骨，是则兰亭所无也。地必古迹，名必古人，此是主人学问。但桃则溪之，梅则屿之，竹则林之，尽可自名其家，不必寄人篱下也。

注释

❶天平山：在今江苏苏州西，因其山顶正平，故名。以怪石、清泉、红枫而闻名，并称"三绝"。

❷都：聚拢，聚集。

❸笏起：像笏那样立起。笏，大臣朝见时手拿的狭长板子，用玉、象牙、竹木制成，也叫手板。

❹范文正公：范仲淹（969—1052），字希文，谥文正。吴县（今江苏苏州）人。宋真宗朝进士。曾任参知政事。著有《范文正公集》。

❺蟠屈：盘旋屈曲，回环曲折。

❻兰亭：在今浙江绍兴西南，相传越王勾践在此种兰花，汉代在此设驿亭，故名。

❼曲水流觞：中国旧时传统习俗，每年夏历三月上巳日，举行被禊仪式后，大家坐在河渠两旁，在上流放置酒杯，酒杯顺流而下，停在谁的面前，谁就取杯饮酒，意为除去灾祸不吉。

范长白的园子坐落在天平山下，各种石头聚集在这里。天平山形似巨龙，龙性难驯，石头都像笏板一样竖起，园子旁边是范文正公的墓。园外有长堤，桃柳交映，小桥弯弯，在湖面蜿蜒曲折，桥的尽头就是园子，园门故意做得低小，进门就是长廊重壁，直达山脚。那些画梁雕栋的楼宇，幔帐为帘的阁楼、密室、曲房，都特意隐匿在园中，不让外人见到。天平山的左边是桃源，峭壁下水流湍急，桃花顺水片片流出。山的右边是孤山，种了上千株梅树。过了山涧是小兰亭，茂林修竹，曲水流觞，这些景致样样都有。竹子粗大如椽，明净清雅，打磨得光滑润泽，像扇骨一样，这是兰亭所没有的。这里地则皆为古迹，名必出自古人，这就是园主人的学问所在。但是溪边桃树，山间梅树，种竹成林，大可自己命名，不必非要因循古人的范式。

余至，主人出见。主人与大父同籍❶，以奇丑著。是日释褐❷，大父嬲之曰❸："丑不冠带，范年兄亦冠带了也。"人传以笑。余亟欲一见。及出，状貌果奇，似羊肚石雕一小猱❹，其鼻痖颧颐犹残缺失次也❺。冠履精洁，若谐谑谈笑，面目中不应有此。开山堂小饮，绮疏藻幕，备极华缛❻，秘阁清讴❼，丝竹摇飏❽，忽出层垣，知为女乐。饮罢，又移席小兰亭。

❶同籍：同年考中进士。范允临与作者的祖父张汝霖都是万历二十三年（1595）考中进士。

❷释褐：脱去平民服装。指刚做官。

❸嬲（niǎo）：戏弄。

❹羊肚石：一种玛瑙，表面为白色皱纹，犹如羊肚一样，故名。猱：动物名，猿属，善于攀缘。

⑤鼻垩（è）：典出《庄子·杂篇·徐无鬼》："郢人垩慢其鼻端若蝇翼，使匠石斫之。匠石运斤成风，听而斫之，尽垩而鼻不伤，郢人立不失容。"这里指鼻子，鼻梁。

⑥华褥：华彩繁富，华美盛大。

⑦清讴：清美的歌唱。

⑧摇飏：摇曳、飞扬。

译文

我到这里，园子的主人出来见我。他和我的祖父是同年中的进士，以奇丑而闻名。他刚穿官服那一天，我祖父和他开玩笑说："丑人不能做官，范年兄也还是做官了。"被人们传为笑谈。我很想见他一面。等他出来，相貌果然奇丑，就像用羊肚石雕刻的猴子，面颊上鼻梁颧骨好像残缺无序的样子。但他的鞋帽很是精致整洁，脸上带着戏谑谈笑的神色，他的面目不该有这样的表情。我们在开山堂小酌，窗户雕花帐幕彩饰，华美至极，秘阁里传出清越的歌声，丝竹声摇曳悠扬，直到忽然穿过层层墙壁而出，这才知道是主人家的女乐。饮酒之后，我们又将酒席转到小兰亭。

比晚辞去，主人曰："宽坐，请看少焉。"❶余不解，主人曰："吾乡有缙绅先生，喜调文袋，以《赤壁赋》有'少焉月出于东山之上'句❷，遂字月为'少焉'。顷言'少焉'者❸，月也。"固留看月，晚景果妙。主人曰："四方客来，都不及见小园雪，山石谽谺❹，银涛蹴起，掀翻五泄❺，捣碎龙湫❻，世上伟观，惜不令宗子见也。"步月而出，至玄墓❼，宿葆生叔书画舫中❽。

注释

❶少焉：这里指月亮。

❷《赤壁赋》：指宋苏轼的《前赤壁赋》。

❸顷言：刚才所说。

④谽谺（hān xiā）：幽深空旷。

⑤五泄：在今浙江诸暨西北，当地人称瀑布为泄，一水折为五级，故称"五泄"。

⑥龙湫：龙湫瀑，在今浙江雁荡山，包括大龙湫瀑布、小龙湫瀑布。

⑦玄墓：玄墓山，在今苏州吴县。东晋时郁泰玄葬于此，故名。

⑧葆生叔：即作者的叔父张联芳，作者在本书中又称其为"仲叔"。

译文

到了晚上，我准备告辞离开，主人说："再坐坐，请你一起看'少焉'。"我不理解这话的意思，主人说："我们乡有一位做官的人，喜欢卖弄学问，因《赤壁赋》中有'少焉月出于东山之上'之句，就给月亮起名为'少焉'。刚才我所说的'少焉'，就是指月亮。"他务必请我留下赏月，当天晚上的景色果然美妙。主人说："四方客人到我这里，都没能看到小园雪，园内山石幽深空旷，月光映照下如浪涛卷起，掀翻五泄，捣碎龙湫，是世间壮观的景象，可惜没能让你看到。"我踏着月色走出，到了玄墓山，夜里就睡在葆生叔的画舫里。

于 园

于园在瓜州步五里铺❶，富人于五所园也。非显者刺❷，则门钥不得出。葆生叔同知瓜州❸，携余往，主人处处款之。园中无他奇，奇在磊石❹。前堂石坡高二丈，上植果子松数棵，缘坡植牡丹、芍药，人不得上，以实奇。后厅临大池，池中奇峰绝壑，陡上陡下，人走池底，仰视莲花，反在天上，以空奇。卧房槛外，一壑旋下，如螺蛳缠^❺，以幽阴深邃奇。再后一水阁，长如艇子，跨小河，四围灌木蒙丛^❻，禽鸟啾唧^❼，如深山茂林，坐其中，颓然碧窈^❽。瓜州诸园亭，俱以假山显，胎于石，娠于磊石之手，男女于琢磨搜剔之主人，至于园可无憾矣。

仪真汪园^❾，輂石费至四五万^❿，其所最加意者，为"飞来"一峰，阴翳泥泞，供人唾骂。余见其弃地下一白石，高一丈、阔二丈而痴，痴妙；一黑石，阔八尺、高丈五而瘦，瘦妙。得此二石足矣，省下二三万，收其子母^⓫，以世守此二石何如？

注释

❶步：同"埠"，水边停船之处。
❷显者：有名声、有地位的人。刺：名帖。
❸同知：副职，佐官。
❹磊石：层叠的石头。"磊"，同"磊"。
❺螺蛳：淡水螺。
❻蒙丛：茂盛、丛生的样子。
❼啾唧：象声词，形容虫、鸟等细碎的叫声。
❽颓然：寂然，寂静。碧窈：碧绿幽远。
❾仪真：在今江苏扬州仪征。
❿輂：马拉的大车，这里用作动词，运送、运输的意思。
⓫子母：利息和本金。

译文

于园在瓜州埠五里铺，是富人于五所建的园林。不是有名声有地位的人递名帖，则不让进入园子。葆生叔在瓜州任同知，带我过去，园子主人处处热情款待。园中没有其他奇特之处，奇就奇在垒石上。堂前有块石头斜坡高达二丈，上面种了几棵果子松，沿斜坡种着牡丹、芍药，人没办法上去，这是以实而奇。后厅紧邻大水池，池中奇峰绝壁，直上直下，人走在池底，仰视莲花，反倒感觉在天上，这里以空而奇。卧房栏杆外，一条深谷旋转而下，如同螺蛳的花纹，这是以幽阴深邃而奇。再往后有一处水阁，长如一艘小船，跨过小河，四周灌木丛生，禽鸟啼鸣，如同深山茂林，坐在其中，感觉寂静幽远。瓜州的各处园亭，都以假山出名，假山源于山石，育于垒石工匠之手，成于用心讲究的主人，到了于园可以说是没什么遗憾的。

仪真有座汪园，光运送石头的费用就要四五万两银子，其中最得意的是"飞来"峰，但是园子阴暗泥泞，让人唾骂。我看到被丢弃在地上的一块白石，高一丈，宽两丈，看着痴，但痴得妙；有一块黑石，宽八尺，高五丈，看着瘦，但瘦得妙。能够得到这两块石头就知足了，省下二三万两银子，用其本金所得的利息，世世代代守护这两块石头如何？

诸 工

竹与漆与铜与窑，贱工也。嘉兴之腊竹、王二之漆竹、苏州姜华雨之篛箨竹、嘉兴洪漆之漆、张铜之铜、徽州吴明官之窑，皆以竹与漆与铜与窑名家起家，而其人且与缙绅先生列坐抗礼焉。则天下何物不足以贵人❶，特人自贱之耳❷。

注释

❶贵人：使人高贵。
❷特：不过，只是。

译文

竹艺、漆艺、铜艺和窑艺，都是人们瞧不起的工艺。但是嘉兴的蜡竹、王二的漆竹，苏州姜华雨的篛箨竹，嘉兴洪氏的漆、张氏的铜，徽州吴明官的瓷窑，这些都是靠竹艺、漆艺、铜艺和窑艺成名发家的，这些艺人已经和官宦人家平等相待，分庭抗礼。天下没什么东西不能使人高贵，只不过是人们自己轻贱自己罢了。

姚简叔画❶

　　姚简叔画千古，人亦千古。戊寅❷，简叔客魏为上宾。余寓桃叶渡，往来者闵汶水、曾波臣一二人而已。简叔无半面交，访余，一见如平生欢，遂榻余寓❸。与余料理米盐之事，不使余知。有空，则拉余饮淮上馆，潦倒而归❹。京中诸勋戚、大老、朋侪、缁衲、高人、名妓与简叔交者❺，必使交余，无或遗者。与余同起居者十日，有苍头至，方知其有妾在寓也。简叔塞渊❻，不露聪明，为人落落难合，孤意一往，使人不可亲疏。与余交，不知何缘，反而求之不得也。

　　访友报恩寺，出册叶百方，宋元名笔。简叔眼光透入重纸，据梧精思❼，面无人色。及归，为余仿苏汉臣一图❽：小儿方据澡盆浴，一脚入水，一脚退缩欲出；宫人蹲盆侧，一手掖儿，一手为儿擤鼻涕；傍坐宫娥，一儿浴起伏其膝，为结绣襦❾。一图，宫娥盛妆端立有所俟，双鬟尾之；一侍儿捧盘，盘列二瓯，意色向客；一宫娥持其盘，为整茶锹❿，详视端谨⓫。覆视原本，一笔不失。

注释

❶姚简叔：即姚允在。详见卷四《牛首山打猎》注。
❷戊寅：崇祯十一年（1638）。
❸榻：下榻，住宿。
❹潦倒：这里指喝醉酒的状态。
❺勋戚：皇族贵戚。朋侪：朋友、辈分相同的人。缁衲：僧衣。

瓦甃鱗鱗曉煙籠
仲月春光漸漸融
析析黝塵晴曙梅
撲雪書試倚凮宫
中漏永香含篆池北
水酥日供烘寫我哀
農真少暇趍將来公
事南東
二月朔日宸作

这里代指僧侣。

❻塞渊：心地诚实，见识深远。

❼据梧：靠着梧几。精思：认真思考。

❽苏汉臣（1094—1172）：汴梁（今河南开封）人，北宋、南宋任画院待诏。传世之作有《货郎图》《秋庭婴戏图》《杂技戏孩图》等。

❾裋（jué）：短衣。

❿茶锹（qiāo）：茶匙。

⓫端谨：小心谨慎。

译文

姚简叔的画千古难得，其人也千古难遇。崇祯十一年（1638），姚简叔在魏国公家做客，被奉为上宾。当时我在桃叶渡寓居，相往来的只有闵汶水、曾波臣一两个人而已。姚简叔和我从未见过面，他来造访我，我们一见如故，遂留他住在我的寓所。他帮我料理柴米油盐这类琐事，不让我知道。有空闲的时候，就拉着我去秦淮河边的酒馆，大醉而归。南京城里有交往的那些皇族贵戚、前辈宿老、朋辈、僧侣、高人、名妓，简叔必定让他们和我交结，没有遗漏。他和我共同生活了十来天，他家的老奴过来，我这才知道他有侍妾被冷落在寓所。简叔其人心地诚实，见识深远，不卖弄小聪明，但为人孤僻不合群，一意孤行，使人难以亲近。和我交往，不知道是什么缘故，他反而是求之不得。

我们到报恩寺访友，朋友拿出书画册页一百多张，都是宋元时期的名家名作。简叔眼光犀利，仿佛能看透一张张纸，他靠着梧几认真思索，脸上显出不同常人的神色。等到回去，就为我仿作了苏汉臣的画，其中一张图，一个小儿正踏进澡盆洗澡，一只脚伸进水里，另一只脚退缩着想要出来；官人蹲在盆边，一只手扶着小儿，另一只手为他擤鼻涕；旁边坐着一个官娥，一个洗完澡的小儿正趴在她的膝上，她在为其穿短衣。另一张图，一个官娥盛装打扮端正地站着，仿佛在等什么人，两个丫鬟跟在她后面；一个侍儿捧着盘子，盘子上放着两个杯子，望着客人；还有一个宫娥拿着盘子，整理茶匙，小心翼翼地看着。对比原本，简叔的仿作一笔不少。

炉 峰 月❶

炉峰绝顶，复岫回峦❷，斗耸相乱❸，千丈岩陬牙横梧❹，两石不相接者丈许，俯身下视，足震慑不得前。王文成少年曾趵而过❺，人服其胆。余叔尔蕴以毡裹体❻，縋而下❼，余挟二樵子，从壑底掀而上❽，可谓痴绝。

丁卯四月❾，余读书天瓦庵❿。午后同二三友人登绝顶，看落照。一友曰："少需之，俟月出去。胜期难再得，纵遇虎，亦命也。且虎亦有道，夜则下山觅豚犬食耳，渠上山亦看月耶？"⓫语亦有理。四人踞坐金简石上。

是日，月政望⓬，日没月出，山中草木都发光怪，悄然生恐。月白路明，相与策杖而下。行未数武，半山嘄呼⓭，乃余苍头同山僧七八人，持火燎、鞱刀、木棍⓮，疑余辈遇虎失路，缘山叫喊耳。余接声应，奔而上，扶掖下之。

次日，山背有人言："昨晚更定，有火燎数十把，大盗百余人，过张公岭，不知出何地？"吾辈匿笑不之语。谢灵运开山临潮⓯，从者数百人，太守王琇惊骇⓰，谓是山贼，及知为灵运，乃安。吾辈是夜不以山贼缚献太守，亦幸矣。

注释

❶炉峰：又名香炉峰，在浙江会稽山诸峰中最高，海拔354米，山势较为险峻。

❷复岫（xiù）回峦：山峦起伏、曲折。

❸斗耸：陡立、耸立。

❹陬（zōu）牙横梧：犬牙交错的样子。

❺王文成：王守仁（1472—1529），字伯安，号阳明，谥文成，浙江余姚人。趵（bào）：跳跃。

❻尔蕴：张烨芳，字尔蕴，号七磐，是作者的七叔。

❼缒（zhuì）：系在绳子上放下去。

❽挖（wā）：用手抓住物体。

❾丁卯：天启七年（1627）。

❿天瓦庵：天瓦山房。明祁彪佳《越中园亭记》有介绍："在表胜庵下，背负绝壁，楼台在丹崖青嶂间。"

⓫渠：岂，难道。一说系方言中的第三人称"他"。

⓬政望：农历每月十五。

⓭嗥（jiào）呼：大声喊叫。

⓮翰刀：一种可装在靴筒里的短刀。翰：靴子。

⓯澥（xiè）：靠近陆地的海湾。

⓰骇（hài）：吃惊，可怕。

译文

香炉峰的最高峰，山峦起伏曲折，参差错落，千丈岩石犬牙交错，两块石头中间隔断有一丈多，俯身向下看，两腿发软不敢向前。王守仁少年时曾一跃而过，人们都佩服他的胆量。我的叔父张尔蕴用毡子裹住身体，让人系在绳子上放下去，我带着两个樵夫，从谷底往上攀爬，可以说是痴到极致。

天启七年（1627）四月，我在天瓦庵读书。午后和两三个友人登上山顶，一起看落日。一个朋友说："再等一会儿，等到月亮出来再回去。这样的好机会很难再有，纵使遇上老虎，也是我们的命。况且虎也有其道，到了晚上就下山寻找猪狗做食物，难道也上山观月不成？"这话说得有理，于是我们四个人就踞坐在金简石上。

这一天是十五，太阳落山，月亮升起，山中的草木都发出怪异的光，静悄悄的，生出恐慌的气氛。月光皎洁，照得山路发亮，我们一同拄杖下山，还没走多远，半山腰就传来大声呼叫，原来是我家的老仆和七八个山僧，举着火把，拿着鞠刀和木棍，他们怀疑我们几个遇上老虎迷了路，就沿着山路叫喊。我顺着声音回应他们，他们立刻奔上来，扶着我们下了山。

第二天，山后有人传言："昨晚夜里，有几十个火把，一百多名大盗，经过张公岭，不知道他们是从哪里来的？"我们几个偷笑着不说话。谢灵运在海边开山，跟随他的有几百人，太守王琇十分害怕，以为是山贼，等到知道是谢灵运，这才放了心。我们这天夜里没有被当成山贼绑着献给太守，也算是幸运了。

湘　湖[1]

西湖，田也而湖之，成湖焉；湘湖，亦田也而湖之，不成湖焉。湖西湖者，坡公也，有意于湖而湖之者也；湖湘湖者，任长者也，不愿湖而之者也。任长者有湘湖田数百顷，称巨富。有术者相其一夜而贫[2]，不信。县官请湖湘湖，灌萧山田，诏湖之，而长者之田一夜失，遂赤贫如术者言。

今虽湖，尚田也，不下插板，不筑堰，则水立涸。是以湖中水道，非熟于湖者不能行咫尺。游湖者坚欲去，必寻湖中小船与湖中识水道之人，溯十阏三[3]，鲠咽不之畅焉。湖里外锁以桥，里湖愈佳。盖西湖止一湖心亭为眼中黑子，湘湖皆小阜、小墩、小山，乱插水面，四围山趾，棱棱砺砺，濡足入水[4]，尤为奇峭。

余谓西湖如名妓，人人得而媟亵之[5]；鉴湖如闺秀，可钦而不可狎；湘湖如处子，眠娗羞涩[6]，犹及见其未嫁时也。此是定评，确不

176

可易。

注释

❶湘湖，在今浙江杭州，位于钱塘江南岸，萧山城区西南。景色优美，与西湖一起被称为"姐妹湖"。

❷相：看面，相面。

❸阏（è）：阻塞。

❹濡：沾湿，润泽。

❺媟（xiè）亵：举止亲昵、不庄重。

❻眠娗（tǐng）：腼腆、害羞。

译文

西湖，是由田地改造成湖，最后成了湖；湘湖，也是由田地改造成湖，却没有成为湖。让西湖成为湖的，是苏东坡，他是有意于湖而成了湖；让湘湖成为湖的，是任长者，他无意于湖却去成湖。任长者在湘湖有数百顷田地，可以称得上巨富。有位算命的预言他会一夜之间变穷，任氏不相信。县官请他开浚湘湖，灌溉萧山的田地，他一夜之间失去了田地，于是穷得一无所有，就像算命的所说的那样。

如今湘湖虽然说是湖，但其实还是一片田地，如果不放插板，不筑堤堰，湖水立即就会干涸。因此湖中的水道，如果不是对湖非常熟悉的人，一点都行进不了。如果游湖的人坚持前往，一定要寻找湖中的小船和熟悉水路的人，上溯湖水十里，倒有三里是淤泥，水路阻塞不顺畅。湖的里外以桥贯通，里湖的景色更佳。西湖水面上只有湖心亭，看起来像一枚黑棋子，但湘湖里全是小岛、小山、小土墩，杂乱地插在水面上，四周的山脚下，怪石层叠嶙峋，浸润在水中，十分奇险陡峭。

我曾说西湖就像名妓，人人都可以亵玩；鉴湖如同名门闺秀，可以仰慕却不可亲近；湘湖则如同处子，貌美腼腆，仍来得及看到她未出嫁时的模样。这是确切的评价，实在不容更改。

柳敬亭说书❶

　　南京柳麻子，黧黑，满面疤瘤❷，悠悠忽忽，土木形骸❸。善说书，一日说书一回，定价一两。十日前先送书帕下定❹，常不得空。南京一时有两行情人❺：王月生、柳麻子是也。

　　余听其说《景阳冈武松打虎》白文❻，与本传大异❼。其描写刻画，微入毫发，然又找截干净❽，并不唠叨。勃夬声如巨钟❾，说至筋节处❿，叱咤叫喊，汹汹崩屋。武松到店沽酒⓫，店内无人，謩地一吼⓬，店中空缸空甓皆瓮瓮有声。闲中着色，细微至此。主人必屏息静坐，倾耳听之，彼方掉舌⓭。稍见下人咕哔耳语⓮，听者欠伸有倦色，辄不言，故不得强。每至丙夜⓯，拭桌剪灯，素瓷静递⓰，款款言之，其疾徐轻重，吞吐抑扬，入情入理，入筋入骨，摘世上说书之耳，而使之谛听，不怕其不齰舌死也⓱。

　　柳麻子貌奇丑，然其口角波俏⓲，眼目流利，衣服恬静，直与王月生同其婉娈，故其行情正等⓳。

注释

❶ 柳敬亭（1587—约1670）：原姓曹，名永昌，字葵宇。后犯法逃命，改姓柳，名逢春，号敬亭。因脸麻而被人称为柳麻子。泰州（今江苏泰州）人，一说通州（今江苏南通）人，以善说评书名于世。

❷ 疤瘤（lěi）：疤痕。

❸ 悠悠忽忽，土木形骸：语出《世说新语》："刘伶身长六尺，貌甚丑悴，而悠悠忽忽，土木形骸。"悠悠忽忽，悠闲恬淡的样子。土木形骸，形体像土木一样自然。这里指不加修饰，以本来面目示人。

❹ 书帕：请柬、订金。下定：约定时间。

⑤行情人：走红、受欢迎的人。

⑥白文：只有说白，没有弹唱的表演。

⑦本传：指小说《水浒传》。

⑧找截干净：直截了当，干净利落。

⑨勃夬（guài）：声音洪亮。

⑩筋节：关键的地方。

⑪沽：买。

⑫謈（bó）：大喊。

⑬掉舌：喋喋不休，这里指动舌说话。

⑭咕哔（tiè bì）耳语：小声说话，窃窃私语。

⑮丙夜：三更半夜，从晚上十一点至第二天凌晨一点。

⑯素瓷：白色、没有图案花纹的瓷器。

⑰齰（zé）：咬。

⑱口角波俏：口齿伶俐。

⑲行情正等：声名、身价正相当。

译文

　　南京的柳麻子，皮肤很黑，满脸疤痕，不修边幅，以真面目示人。他擅长说书，一天说一次书，定价一两银子。需要提前十天送请帖和定金来预约时间，就这样他也经常没空。南京城当时有两位走红的人，就是王月生和柳麻子。

　　我听过他讲《景阳冈武松打虎》的说白，和小说有很大差别。他的刻画十分细致，但又直截了当，一点都不啰唆。他说书声音洪亮如钟，说到关键处，叱咤叫喊，声势浩大，仿佛要房倒屋塌。武松到店里买酒，店里没有人，突然大吼一声，店里的空缸空甏都嗡嗡作响。为情节添枝加叶，竟然能细微到这种地步。主人一定要屏住呼吸静坐，倾耳恭听，他才会开口说书。只要看见下面的人稍有窃窃私语，或者听众打哈欠、伸懒腰、面露倦色的，就闭上嘴不说话，因此也不能勉强他。每天到三更半夜，擦拭桌子，剪掉灯芯，轻轻端着茶杯，然后从容不迫地开讲，语气快慢轻重，吞吐抑扬，入情入理，入筋入骨，把世间所有说书人的耳朵摘下来，让他们聆听柳敬亭说书，恐怕他们都会羞愧得咬舌自尽。

柳麻子相貌奇丑，然而口齿伶俐，目光犀利，穿着恬淡安静，和王月生的柔媚温婉一样难得，所以他们的声名、身价相当。

樊江陈氏橘[1]

樊江陈氏辟地为果园，枸菊围之。自麦为蒟酱[2]，自秫酿酒[3]，酒香洌，色如淡金蜜珀，酒人称之。自果自蓏[4]，以螫乳醴之为冥果[5]。

树谢橘百株，青不撷，酸不撷[6]，不树上红不撷，不霜不撷，不连蒂剪不撷。故其所撷，橘皮宽而绽，色黄而深，瓤坚而脆，筋解而脱，味甜而鲜。第四门、陶堰、道墟以至塘栖，皆无其比。

余岁必亲至其园买橘，宁迟、宁贵、宁少。购得之，用黄砂缸藉以金城稻草或燥松毛收之[7]。阅十日，草有润气，又更换之，可藏至三月尽，甘脆如新撷者。

枸菊城主人橘百树，岁获绢百匹，不愧木奴[8]。

注释

❶樊江：在今浙江绍兴皋埠镇，相传为西汉名将樊哙故地。

❷蒟（jǔ）酱：用胡椒科植物做成的酱，亦称枸酱。

❸秫（shú）：即黏高粱，多用以酿酒。

❹蓏（luǒ）：通常木本植物所结果实为"果"，草本或蔓生植物所结的果实为"蓏"。

❺螫乳：蜂蜜。冥果：一种青果蜜饯。

❻撷（xié）：采摘。

❼金城稻：潮州稻，金城为潮州之别称。一说金城稻即占城稻。

❽木奴：《水经注·沅水》："龙阳县之氾洲，洲长二十里，吴丹杨太守李衡植柑于其上，临死，敕其子曰：'吾州里有木奴千头，不责衣食，岁绢千匹。'"作者《夜航船》一书亦有解释："木奴：李衡为丹阳太守，于龙阳洲上种橘千树。临终，敕其子曰：'吾州里有千头木奴，不责汝衣食。岁上一匹绢，亦足用矣。'"后因称柑橘树为木奴，也泛指果实。

译文

樊江陈氏开辟了一块地作果园，外面种些枸菊围着。自己种麦子做蒟酱，自己种高粱来酿酒，酒香清洌，颜色像淡金色的蜜珀，喜欢酒的人都称赞它。自己种瓜果自己采摘，用蜂蜜腌渍成青果蜜饯。

陈氏种了上百棵谢橘，色青的不摘，味酸的不摘，不在树上变红不摘，未经秋霜的不摘，不连蒂剪下的不摘。因而摘下来的橘子，橘皮饱满，颜色深黄，里面的果瓤紧实爽口，筋脉撕开橘瓣脱落，味道甘甜鲜美。第四门、陶堰、道墟乃至塘栖产的橘子，都无法与其相比。

我每年必定亲自到他家果园去买橘子，宁可买得迟，宁可买得贵，宁可买得少。买到之后，用黄沙缸垫些金城稻草或者燥松毛收藏，过了十来天，稻草有湿气就更换，这样橘子可以藏到三月底，还甘甜脆爽得像新摘的一样。

枸菊城主人种的这上百棵橘树，每年可收获上百匹丝绢，这也可以对得起木奴之称了。

治沅堂

古有拆字法。宣和间❶，成都谢石拆字❷，言祸福如响。钦宗闻之❸，书一"朝"字，令中贵人持试之。石见字，端视中贵人曰❹：

"此非观察书也。"❺中贵人愕然。石曰："'朝'字离之为'十月十日'，乃此月此日所生之天人，得非上位耶？"一国骇异。

吾越谢文正厅事名"保锡堂"❻，后易之他姓。主人至，亟去其匾，人问之，曰："分明写'呆人易金堂'。"朱石门为文选署中额"典劇"二字❼，继之者顾诸吏曰："尔知朱公意乎？此二字离合言之，曰：'曲虖曲虖，八刀八刀'耳。"歙许相国孙志吉为大理评事❽，受魏珰指❾，案卖黄山❿，势张甚，当道媚之，送一匾曰"大卜于门"。里人夜至，增减其笔画凡三：一曰"天下未闻"；一倒读之曰"阉手下犬"；一曰"太平拿问"。后直指提问⓫，械至太平⓬，果如其言。

凡此数者皆有义味。而吾乡缙绅有名"治沅堂"者，人不解其义，问之，笑不答，力究之，缙绅曰："无他意，亦止取'三台''三元'之义云耳。"⓭闻者喷饭。

注释

❶宣和：北宋徽宗年号，从公元1119至1125年。

❷谢石：字润夫，四川成都人，北宋人，以测字闻名，民间有许多其测字灵验的传说。

❸钦宗：即宋钦宗赵桓（1100—1156）。原名宣，又名桓。宋徽宗长子，仅在位两年。

❹中贵人：宦官。

❺观察：唐代于不设节度使的区域设观察使，省称"观察"。宋代观察使实为虚衔。这里泛指官员。

❻谢文正：谢迁（1449—1531），字于乔，号木斋，谥文正。浙江余姚人。明成化十一年（1475）状元，历任翰林院编撰、兵部尚书、东阁大学士。著有《谢文正公集》《木溪归田稿》等。

❼朱石门：朱敬循，字石门，山阴（今浙江绍兴）人，历任礼部郎中、大常少卿、右通政使。著有《刻精注大明律例致君奇术》。系朱赓之子，作者舅祖。

❽许相国：许国（1527—1596），字维桢，号颍阳，歙县人。嘉

靖四十四年（1565）进士，官至礼部尚书兼东阁大学士。志吉：许志吉，历任太仆寺丞、大理寺正，因依附魏忠贤，为非作歹，后被处决。大理评事：官名，负责刑狱之事。明代大理寺下设左、右二寺，按地区分理天下刑狱，寺设寺正、寺副及评事。

❾魏珰：指宦官魏忠贤。珰，原为汉代武职宦官帽子上的装饰品，后借指宦官。

❿案卖黄山：指许志吉在黄山一案中徇私枉法事。据《明史》记载："编修吴孔嘉与宗人吴养春有仇，诱养春仆告其主隐占黄山，养春父子瘐死。忠贤遣主事吕下问、评事许志吉先后往徽州籍其家，株蔓残酷。"

⓫直指：朝廷特派官员。

⓬太平：太平府，辖区相当于今安徽马鞍山、芜湖。

⓭三台、三元：三台，即三公，古代三种最高官衔的合称。明清时期以太师、太傅、太保为三公。三元，乡试、会试、殿试的第一名分别为解元、会元、状元，合称三元。

译文

古有拆字法。北宋宣和年间，成都谢石精于拆字，预测祸福很快应验。宋钦宗听说这件事，就写了一个"朝"字，派宦官拿着去测试他。谢石看到字，端详着宦官说："这不是您写的。"宦官十分惊讶。谢石说："'朝'字分开来看，是'十月十日'，这是此月此日所生的天人所写，莫非是当今皇上？"举国为之震惊。

越中谢文正的住宅名为"保锡堂"，后来换了别的主人。新主人一到，就急忙取下这块匾，别人问他原因，他说："这块匾上分明写着'呆人易金堂'。"朱石门为文选署匾额题写"典劇"二字，继任者看着各位吏员说："你们知道朱公的用意吗？把这两个字拆开来看，叫作：'曲虍曲虐，八刀八刀'。"歙县许相国的孙子许志吉担任大理评事，受魏忠贤指使，查办黄山一案，势焰嚣张，当时有位官员讨好他，送了一块写着"大卜于门"的匾额。乡里的人深夜过来，总共增减了三次笔画：一次改成"天下未闻"；一次倒着念是"阉手下犬"；

一次则改成"太平拿问"。后来朝廷特派官员审问，许志吉戴着刑具被押往太平府受讯，果然应验了匾额上的话。

上述这几个例子都有其中的意味。我乡有位官员宅名为"治沅堂"，别人不理解其中的意思，问他，他笑而不答，一再追问，这位官员只好说："没别的意思，也只不过是取'三台''三元'的意思罢了。"人们听后笑到要喷饭。

虎丘中秋夜

虎丘八月半，土著流寓、士夫眷属、女乐声伎、曲中名妓戏婆、民间少妇好女、崽子娈童及游冶恶少、清客帮闲、傒僮走空之辈❶，无不鳞集❷。自生公台、千人石、鹤涧、剑池、申文定祠❸，下至试剑石、一二山门❹，皆铺毡，席地坐，登高望之，如雁落平沙，霞铺江上。

天暝月上，鼓吹百十处，大吹大擂，十番铙钹❺，《渔阳掺挝》❻，动地翻天，雷轰鼎沸，呼叫不闻。更定，鼓铙渐歇，丝管繁兴，杂以歌唱，皆"锦帆开，澄湖万顷"同场大曲❼，蹲踏和锣丝竹肉声❽，不辨拍煞❾。更深，人渐散去，士夫眷属皆下船水嬉，席席征歌，人人献技，南北杂之，管弦迭奏，听者方辨句字，藻鉴随之❿。

二鼓人静，悉屏管弦，洞箫一缕，哀涩清绵，与肉相引，尚存三四，迭更为之。三鼓，月孤气肃，人皆寂阒⓫，不杂蚊虻。一夫登场，高坐石上，不箫不拍，声出如丝，裂石穿云，串度抑扬，一字一刻。听者寻入针芥⓬，心血为枯，不敢击节，惟有点头。然此时雁比而坐者，犹存百十人焉。使非苏州⓭，焉讨识者⓮。

注释

❶崽子：男孩。娈童：以色相获宠的美貌男子。傒僮：未成年的

184

奴仆。走空：骗子。

❷鳞集：聚集。

❸生公台：即生公讲台，相传东晋高僧竺道生曾在此讲经说法，故名。千人石：又名千人坐，虎丘景区的一块巨石，可容纳千人，故名。鹤涧：在虎丘后山，唐代有位清远道士在此养鹤，故名。剑池：在千人石北崖壁下，窄如剑形。据说吴王阖闾死后葬于此，并以鱼肠剑等宝剑殉葬，故名。申文定：申时行（1535—1614），字汝默，谥文定。长洲（今江苏苏州）人。嘉靖四十一年（1562）状元，历任少师兼太子太师、吏部尚书、中极殿大学士、内阁首辅。著有《赐闲堂集》等。

❹试剑石：位于虎丘上山路上的一块巨石，中间有道裂缝，据说吴王曾在此试剑。

❺十番铙钹：亦称十番锣鼓，民间器乐，以吹打乐器为主。

❻《渔阳掺挝》：鼓曲名。

❼锦帆开，澄湖万顷：传奇《浣沙记》第十四出《打围》中《普天乐》曲首句为"锦帆开，牙樯动"，第三十出《采莲》中《念奴娇序》曲首句为"澄湖万顷、见花攒锦绣，平铺十里红妆。"同场大曲：多人一起合唱的曲子。

❽蹲踏：蹲沓，噗沓，众声纷纭，人声嘈杂。丝竹肉声：弦乐、管乐和歌唱之声。

❾拍煞：套曲的中段、结尾。这里泛指节拍、节奏。

❿藻鉴：品评、鉴别。

⓫寂阒（qù）：寂静。

⓬针芥：细微之处。

⓭使：假如

⓮识者：知音。

译文

虎丘每到八月十五，当地的居民、客居苏州者、士大夫和他们的

185

家眷、女乐声伎、曲巷妓院里的名妓戏婆、民间的少妇妙女、少男娈童乃至放荡恶少、清客帮闲、奴仆骗子之类，无不聚集在这里。从生公台、千人石、鹤涧、剑池、申文定祠，向下一直到试剑石、一二山门，都有人铺着毡毯，席地而坐，登到高处一眼望去，就像平坦的沙滩上落满大雁，云霞铺满了江面。

天色变暗，月亮升起，奏乐的地方有百十处，都在大吹大擂，十番铙钹演奏着《渔阳掺挝》，天翻地动，如同雷轰鼎沸，彼此呼叫都听不到声音。入更之后，鼓铙之声渐渐消歇，丝竹管弦之音越来越多，夹杂着歌唱，都是"锦帆开，澄湖万顷"这类多人一起合唱的曲子，嘈杂的人声与锣鼓、丝竹、弦乐、演唱之音混杂，分不清节拍节奏。夜深时分，人们渐渐散去，士大夫和他们的家眷都乘船戏水，每桌宴席都在演唱，人人争相献技，南北腔调相杂，管弦之音迭奏，听者刚分辨出字句，马上就开始品评赏鉴。

二鼓之后，人们安静下来，管弦也都停下，只有一缕洞箫之声，哀怨涩苦且又清幽缠绵，与歌唱声相和，仍有三四个人在那里轮流演唱。到了三鼓，月亮孤寂地挂在天边，空气清爽，人声寂静，连蚊虻的声音都听不见了。此时一个人上场，高高地坐在石头上，不吹箫也不打节拍，起初声音如游丝般细弱，渐渐裂石穿云而出，抑扬顿挫，字字如刻。听者体会其细微精妙之处，为之耗尽心血，不敢打拍子，只能点头赞叹。此时像大雁那样排列而坐的仍有百十人。假如不是在苏州，哪里能找到这样的知音。

麋 公[1]

万历甲辰[2]，有老医驯一大角鹿，以铁钳其趾，设鞍韂其上[3]，用笼头衔勒，骑而走，角上挂葫芦药瓮，随所病出药，服之辄愈。家大人见之喜❹，欲售其鹿，老人欣然，肯解以赠，大人以三十金售之。五月朔日❺，为大父寿，大父伟硕，跨之走数百步，辄立而喘，常命小僈笼之❻，从游山泽。

次年，至云间❼，解赠陈眉公。眉公羸瘦，行可连二三里，大喜。后携至西湖六桥、三竺间❽，竹冠羽衣❾，往来于长堤深柳之下，见者啧啧，称为"谪仙"❿。后眉公复号"麋公"者，以此。

注释

❶麋公：陈继儒（1558—1639），字仲醇，号空青、眉公、麋公、白石山樵，华亭（今上海松江）人。多才多艺，以文学、书画闻名，著有《皇明书画史》《书画金汤》《眉公秘籍》《陈眉公全集》等。是作者祖父张汝霖的好友，作者的思想及创作受到其较大影响。

❷万历甲辰：即万历三十二年（1604）。

❸鞍韅（jiāo xiǎn）：用鲛鱼皮做成的马肚带。

❹家大人：对他人称自己的父亲。

❺朔日：农历每月初一。

❻小僈：年纪小的奴仆。

❼云间：古代松江的别称。

❽六桥：苏堤上的六座拱桥，即映波桥、锁澜桥、望山桥、压堤桥、东浦桥和跨虹桥。三竺：杭州灵隐山东南天竺山，有上天竺、中天竺、下天竺三座寺院，合称"三竺"或"三天竺"。

❾羽衣：道士所穿的服装。

❿谪仙：被谪降人世的神仙。李白曾被贺知章称为谪仙，后人多以谪仙专指李白。

译文

万历三十二年（1604），有一位年长的医生驯养了一头大角鹿，他用铁钳将其蹄趾钳住，在其身上放了鞍韅，用笼头勒住它的嘴，然后骑着它走，在鹿角上挂着葫芦药瓮，根据患者的病情下药，服下能

畫長人靜讀書樓座
宥蘭茖古與祿佳景
璟巾惟自會館夫
戶秋倩雅收營巢
降素梁頭燕命侶
兵橫水上鴟出岫白
雲歸六得也無彰
喜物無辈
季春御園畫作

很快痊愈。我父亲见了十分喜爱，想要买下这头鹿，老人欣然同意，愿意赠送，父亲花了三十两银子买下。五月初一是祖父的寿辰，祖父身体高大健硕，跨上鹿只走了几百步，那头鹿就站在那里喘气，祖父经常让小童子牵着鹿，和他一起游历山水。

第二年，祖父到云间，就把这头鹿赠给了陈眉公，眉公身体瘦弱，骑着鹿能走二三里地，他感到很是高兴。后来他带着这头鹿到西湖六桥、三竺那里，头戴竹冠，身着羽衣，往来于长堤深柳之下，看到的人都啧啧称赞，称其为"谪仙"。后来眉公又号"麋公"，就是因为这个缘故。

扬州清明

扬州清明，城中男女毕出，家家展墓❶。虽家有数墓，日必展之。故轻车骏马，箫鼓画船，转折再三，不辞往复。监门小户亦携看核纸钱❷，走至墓所，祭毕，席地饮胙❸。自钞关、南门、古渡桥、天宁寺、平山堂一带❹，靓妆藻野❺，祛服缛川❻。随有货郎，跻傍摆设骨董古玩并小儿器具。博徒持小枙坐空地❼，左右铺祖衫半臂、纱裙汗帨、铜炉锡注、瓷瓯漆奁❽，及肩觚鲜鱼、秋梨福橘之属❾，呼朋引类，以钱掷地，谓之"跌成"❿，或六或八或十，谓之"六成""八成""十成"焉。百十其处，人环观之。

注释

❶ 展墓：省视坟墓，即扫墓。

❷ 监门：守门小吏。这里泛指社会地位不高的人家。小户：贫寒或社会地位卑微的人家。

❸ 饮胙（zuò）：吃祭祀过后的食物。胙，祭祀用的肉食。

❹天宁寺：在今江苏扬州城北。始建于东晋，相传原为谢安别墅，后由其子司空谢琰建立寺庙，取名谢司空寺。北宋政和年间易名为天宁寺。平山堂：在今江苏扬州大明寺，包括平山堂、谷林堂、欧阳祠三部分。初建于宋庆历八年（1048），时欧阳修任扬州知州。由此远望，南面诸山，历历在目，与此堂平，故名。

❺藻：藻饰，修饰。

❻袨服缛川：黑色的礼服遍及河川、桥头。缛,坐卧时铺在身体下面的垫子，这里用作动词，铺垫。

❼小杌（wù）：小凳子。

❽袇（rì）衫：内衣，贴身衣服。汗帨（shuì）：佩巾。

❾肩甗：俗称肘子，即猪腿上面的部分。

❿跌成：一种赌博游戏。据清李斗《扬州画舫录》："跌成，古博戏也，时人谓之'拾博'。用三钱者为三星，六钱者为六成，八钱者为八义，均字均幕为成，四字四幕为天分。天分必幕与幕偶，字与字偶，长一尺，不杂不斜，以此为难。"

译文

扬州清明时节，城里的男男女女都会出去，家家都要扫墓。虽然家里有多座墓，但一天之内必定要全部祭扫完。因此轻车骏马，箫鼓游船，回旋曲折，来来回回。一般的小户人家也带着菜肴干果纸钱，走到墓地，祭拜完毕，就席地而坐，吃祭祀用过的食物。从钞关、南门、古渡桥、天宁寺到平山堂一带，美丽的妆饰点缀着田野，黑色的礼服美化着河川。随处都有货郎，他们在路边摆摊售卖古董古玩及小孩的玩具。博彩的则带着小凳子坐在空地上，旁边摆着内衣、半袖衣、纱裙、佩巾、铜炉、锡壶、瓷杯、漆奁以及肘子、鲜鱼、秋梨、福橘之类，招呼客人，把钱投在地上，这叫作"跌成"。有人出六钱、八钱或十钱，就叫作"六成""八成""十成"。这样的摊位有百十个，人们都围着看热闹。

是日，四方流离及徽商、西贾曲中名妓❶，一切好事之徒，无不咸集。长塘丰草，走马放鹰；高阜平冈，斗鸡蹴踘；茂林清樾❷，劈阮弹筝❸。浪子相扑，童稚纸鸢❹，老僧因果，瞽者说书❺，立者林林，蹲者蛰蛰❻。日暮霞生，车马纷沓。宦门淑秀，车幕尽开，婢媵倦归❼，山花斜插，臻臻簇簇❽，夺门而入。

注释

❶西贾：晋商，山西商人。

❷清樾：清凉的树荫。

❸阮：一种弦乐器，柄长而直，形似月琴。

❹纸鸢（yuān）：风筝。

❺瞽者：眼睛失明的人。

❻蛰蛰：人数很多的样子。

❼婢媵：婢妾。

❽臻臻簇簇：簇拥的样子。

译文

这一天，四方客居者及徽商、晋商、青楼名妓，所有好事之徒，无不聚集在这里。长塘草地茂密，人们就在这里骑马放鹰；高山平冈，人们就在这里斗鸡蹴鞠；密林清旷，人们就在这里弹奏乐器。浪子们玩着相扑，孩子们放着风筝，老僧讲着佛法，盲人表演说书，站着的密密麻麻，蹲着的不计其数。日落时分，晚霞出现，此时车马众多。官宦人家的女眷掀开帘子，婢女们劳累而归，山花插在头上，花团锦簇，争先恐后地进城。

余所见者，惟西湖春、秦淮夏、虎丘秋，差足比拟。然彼皆团簇一块，如画家横披❶；此独鱼贯雁比，舒长且三十里焉，则画家之手卷矣。南宋张择端作《清明上河图》❷，追摹汴京景物，有西方美人之思❸，而余目盱盱❹，能无梦想？

❶横披：书画装裱的一种式样，竖短横长。

❷张择端：字正道，东武（今山东诸城）人。北宋画家，曾任职翰林图画院。代表作有《清明上河图》等。

❸西方美人：典出《诗经·简兮》"云谁之思，西方美人。彼美人兮，西方之人兮。"诗中以"西方美人"寄托对西周君王的怀念。作者用此典以表达故国之思。

❹盱盱：张目直视的样子。

译文

就我个人的见闻，只有西湖之春、秦淮之夏、虎丘之秋能与此相提并论。然而那些地方都是聚集在一起，就像画家手下的横幅；但扬州的清明却像鱼群雁阵一样排列，舒展长达三十里，则是画家的手卷了。南宋张择端作《清明上河图》，追忆摹画汴京的景物，有故国之思，我盱着眼睛观赏，难道梦中就没有想法吗？

金山竞渡❶

看西湖竞渡十二三次，己巳竞渡于秦淮❷，辛未竞渡于无锡❸，壬午竞渡于瓜州❹，于金山寺。西湖竞渡，以看竞渡之人胜，无锡亦如之。秦淮有灯船无龙船，龙船无瓜州比，而看龙船亦无金山寺比。瓜州龙船一二十只，刻画龙头尾，取其怒；傍坐二十人持大楫❺，取其悍；中用彩篷，前后旌幢绣伞❻，取其绚；撞钲挝鼓❼，取其节；艄后列军器一架，取其锷❽；龙头上一人足倒竖，敁敠其上❾，取其危；龙尾挂一小儿，取其险。

❶竞渡：流行于我国南方的一项民俗活动，多以龙舟竞赛的方式进行。起源于楚地，为纪念屈原而设，时间在每年的端午节。

❷己巳：崇祯二年（1629）。

❸辛未：崇祯四年（1631）。

❹壬午：崇祯十五年（1642）。

❺楫：划船用的船桨。

❻旌幢：旗帜。旌，古代用羽毛装饰的旗子，又指普通的旗子。幢，古代原指支撑帐幕、伞盖、旌旗的木杆，后借指帐幕、伞盖、旌旗。

❼钲（zhēng）：乐器名。挝（zhuā）：击，打。

❽锷（è）：原指剑刃，这里是兵器锋利的意思。

❾战殿（diān duo）：亦作"掂掇"，原指用手估量物体的轻重，这里形容人倒挂的样子。

译文

我看西湖的龙船竞赛有十二三次之多，己巳年（1629）在秦淮看赛龙船，辛未年（1631）在无锡看赛龙船，壬午年（1642）在瓜州在金山寺看赛龙船。西湖龙船赛的看点在看竞赛的人，无锡也是如此。秦淮只有灯船而没有龙船，龙船没有什么地方能比得上瓜州，但看龙船比赛却没有地方能比得上金山寺。瓜州有龙船一二十只，描摹龙头龙尾，突出其愤怒；旁边坐着二十个人，手拿大楫，突出其彪悍；中间用彩色的船篷，前后装饰着旌旗绣伞，突出其绚丽；撞钲打鼓，突出其节奏；艄后陈列着一架军器，突出其锋利；龙头上有一个人脚朝上倒挂着，突出其危；龙尾挂着一个小孩，突出其险。

自五月初一至十五，日日画地而出。五日出金山，镇江亦出。惊湍跳沫❶，群龙格斗，偶堕洄涡，则百蛙捷捽❷，蟠委出之❸。金山上人团簇，隔江望之，蚁附蜂屯❹，蠢蠢欲动。晚则万艓齐开❺，两岸沓沓然而沸。

注释

❶惊湍：急流。

❷百蛄（qū）捷捽（zuó）：形容竞渡者身手敏捷。

❸蟠委：环绕。

❹蚁附蜂屯：像蚂蚁、蜜蜂一般集聚，比喻集结者众多。

❺艓（dié）：小船。

译文

从五月初一到十五，每天都会选一个地方进行比赛。初五那天龙船从金山出发，也有从镇江出发的。江水汹涌湍急，如群龙格斗，有时会坠入漩涡，竞渡者身手敏捷，在周围绕着把船拉出来。金山上观者团簇，隔江观看比赛，就像蚂蚁蜜蜂一样聚在一起，蠢蠢欲动。到了晚上万船齐发，两岸声音嘈杂仿佛滚开的水。

刘晖吉女戏❶

女戏以妖冶恕❷，以喧缓恕❸，以态度恕，故女戏者全乎其为恕也。若刘晖吉则异是。刘晖吉奇情幻想，欲补从来梨园之缺陷。如唐明皇游月宫❹，叶法善作场上❺，一时黑魆地暗，手起剑落，霹雳一声，黑幔忽收，露出一月，其圆如规，四下以羊角染五色云气，中坐常仪❻，桂树吴刚❼，白兔捣药❽。轻纱幔之内，燃赛月明数株，光焰青黎❾，色如初曙，撒布成梁，遂蹑月窟，境界神奇，忘其为戏也。其他如舞灯，十数人手携一灯，忽隐忽现，怪幻百出，匪夷所思，令

194

唐明皇见之，亦必目眙口开，谓氍毹场中那得如许光怪耶❿。

彭天锡向余道："女戏至刘晖吉，何必男子，何必彭大。"天锡，曲中南、董⓫，绝少许可，而独心折晖吉家姬，其所鉴赏，定不草草。

注释

❶刘晖吉：刘光斗，字晖吉，武进（今江苏常州）人。天启五年（1625）进士，曾任广西御史、大理寺丞。

❷恕：宽容、体谅。

❸啴（chǎn）缓：和缓、舒缓。

❹唐明皇游月宫：唐明皇，即唐玄宗李隆基（685—762），712年至756年在位。传说唐玄宗曾游月宫，作者《夜航船》一书亦有介绍："游月宫：开元二年八月十五夜，明皇与天师申元之游月宫，及至，见大府，榜曰'广寒清虚之府'，翠色冷光相射，极寒，不可少留。前见素娥十余人，皆皓衣，乘白鸾，笑舞于广寒大桂树之下，音乐清丽。明皇制《霓裳羽衣曲》以记之。一说叶静能，一说罗公远，事凡三见。"

❺叶法善：字道元，唐代道士，民间多有其成仙灵异故事。作者《夜航船》一书即记载有一则："照病镜：叶法善有铁镜，鉴物如水。人有疾以镜照之，尽见脏腑中所滞之物，然后以药治之，疾即愈。"

❻常仪：即嫦娥。神话传说中的人物，据说她偷吃仙丹，飞到月亮上。

❼桂树吴刚：传说月中有桂树，高五百丈，下有一人常砍之，树创随砍随合。砍树者为吴刚，因学仙有过，谪令伐树。

❽白兔捣药：传说月中有白兔。西晋傅咸《拟天问》："月中何有？玉兔捣药。"

❾青黎：青黑色。

❿氍毹（qú shū）：毛毯，通常泛指戏曲舞台。

⓫曲中南、董：这里指彭天锡能对戏曲表演做出客观、公允的评

价。南、董，春秋时期两位史官，即齐国史官南史、晋国史官董狐的合称，两人皆以直笔不讳而著称。

译文

女子演戏因妖冶而得到体谅，因舒缓而得到体谅，因神色而得到体谅，因此女戏全都可以得到体谅了。像刘晖吉则与此不同。刘晖吉富有奇情幻想，想弥补梨园自古以来的缺陷。比如唐明皇游月宫这场戏，叶法善上场表演，一时间天昏地暗，只见他手起剑落，霹雳一声，黑色的纱幔忽然收起，露出一轮月亮，月亮圆得像圆规画的，四周用羊角渲染五色云气，嫦娥坐在中间，吴刚砍着桂树，白兔正在捣药。轻柔的纱幔里面，点燃着数株名为赛月明的烟花树，喷出青黑色的火焰，就像天刚蒙蒙亮，撒出白布形成桥梁，于是唐明皇蹑步走入月宫，境界如此奇妙，观众都忘记这是在看戏。其他如舞灯，十多个人每人拿着一盏灯，忽隐忽现，奇幻百出，超出寻常人的想象，即便是让唐明皇见到这一景象，也一定为之目瞪口呆，说戏曲舞台上哪会有如此光怪陆离的景象。

彭天锡对我说："女戏到了刘晖吉这里，何必男子，何必彭天锡。"彭天锡是曲中的南、董，他很少赞许肯定别人，唯独佩服刘晖吉家的歌伎，他的评价一定不是草率做出的。

朱楚生

朱楚生，女戏耳，调腔戏耳。其科白之妙，有本腔不能得十分之一者。盖四明姚益城先生精音律❶，尝与楚生辈讲究关节❷，妙入情理，如《江天暮雪》《霄光剑》《画中人》等戏，虽昆山老教师细细摹拟❸，断不能加其毫末也。班中脚色，足以鼓吹楚生者方留之，故班次愈妙。

楚生色不甚美，虽绝世佳人，无其风韵。楚楚谡谡❹，其孤意在眉，其深情在睫，其解意在烟视媚行。性命于戏，下全力为之。曲白有误，稍为订正之，虽后数月，其误处必改削如所语。

楚生多坐驰❺，一往深情，摇飏无主❻。一日，同余在定香桥，日晡烟生❼，林木宾冥❽，楚生低头不语，泣如雨下，余问之，作饰语以对❾。劳心忡忡，终以情死。

注释

❶四明：今浙江宁波市。姚益城：姚宗文，字裘之，号益城，浙江慈溪人。万历三十五年（1607）进士，历任户科给事中、都御史。著有《益城集》。

❷关节：指关键要害之处或情节衔接转捩处。

❸昆山：今江苏昆山市。

❹楚楚谡谡（sù）：风度清雅高迈。

❺坐驰：身形不动但心里却不平静。

❻摇飏（yáng）无主：心神不定。

❼日晡：天将暮时。

❽宾冥：深邃幽暗。

❾饰语：矫饰不实之语。

译文

朱楚生不过是位女戏子，不过唱调腔戏而已。但她科白的精妙，本腔戏比不上其十分之一。四明姚益城先生精通音律，他曾与楚生等人探讨关键的环节，情理精妙细微，比如《江天暮雪》《霄光剑》《画中人》等戏，即便是昆山的老教师细细模拟刻画，也绝不能添加一点东西。戏班中的角色，只有能够为楚生生色者才能留下，因此戏班的表演更加精妙。

楚生的容貌并不是很美，但即便是绝世佳人，也没有她的那种风韵。她风姿清雅高迈，孤高存于眉间，深情存于睫中，其善解人意存于神态举止。她将性命系于戏曲，下全力去演戏，曲白有错误，稍加订正，即使过去数月，那些错误的地方必定按照当初所说的那样改正。

楚生经常坐着想心事，因用情专深，故心神不定。有一天，她和我在定香桥，日落烟生，林木幽暗，楚生低着头不说话，泪如雨下，我问她原因，她用掩饰的话来敷衍。整天忧心忡忡，最终因情而死。

❧ 扬州瘦马 ❧

扬州人日饮食于瘦马之身者数十百人。娶妾者切勿露意，稍透消息，牙婆、驵侩❶，咸集其门，如蝇附膻，撩扑不去。

黎明，即促之出门，媒人先到者先挟之去，其余尾其后，接踵伺之。至瘦马家，坐定，进茶，牙婆扶瘦马出，曰："姑娘拜客。"下拜。曰："姑娘往上走。"走。曰："姑娘转身。"转身向明立，面出。曰："姑娘借手睄睄。"❷尽褫其袂❸，手出、臂出、肤亦出。曰："姑娘睄相公。"转眼偷觑，眼出。曰："姑娘几岁？"曰几岁，声出。曰："姑娘再走走。"以手拉其裙，趾出。然看趾有法，凡出门裙幅先响者，必大；高系其裙，人未出而趾先出者，必小。曰："姑娘请回。"一人进，一人又出。看一家必五六人，咸如之。看中者，用金簪或钗一股插其鬓，曰"插带"。看不中，出钱数百文，赏牙婆或赏其家侍婢，又去看。牙婆倦，又有数牙婆踵伺之。一日、二日至四、五日，不倦亦不尽，然看至五六十人，白面红衫，千篇一律，如学字者，一字写至百至千，连此字亦不认得矣。心与目谋，毫无把柄，不得不聊且迁就，定其一人。

插带后，本家出一红单，上写彩缎若干，金花若干，财礼若干，布匹若干，用笔蘸墨，送客点阅。客批财礼及缎匹如其意，则肃客归。归未抵寓，而鼓乐、盘担、红绿、羊酒在其门久矣。不一刻而礼币、糕果俱齐，鼓乐导之去。去未半里而花轿、花灯、擎燎、火把、山人、傧相、纸烛、供果、牲醴之属❹，门前环侍。厨子挑一担至，则蔬果、肴馔、汤点、花棚、糖饼、桌围、坐褥、酒壶、杯箸、龙虎寿星、撒帐牵红、小唱弦索之类❺，又毕备矣。不待复命，亦不待主人命，而花轿及亲送小轿一齐往迎，鼓乐灯燎，新人轿与亲送轿一时俱到矣。新人拜堂，亲送上席，小唱鼓吹，喧阗热闹❻。日未午而讨赏遽去❼，急往他家，又复如是。

注释

❶牙婆：旧称媒婆、人贩子一类女性为牙婆，或称牙嫂。驵（zǎng）侩：原指牲畜交易的中间人，这里指媒婆。

❷睄睄（shào）：扫一眼，略看一看。

❸褫（chǐ）：夺下，解下。

❹山人：从事卜卦、算命等职业的人。

❺撒帐：旧时婚俗，新婚夫妇交拜后，并坐床沿，由妇女散掷金钱彩果。

❻喧阗（tián）：热闹。

❼遽（jù）去：迅速离开。

译文

扬州每天靠瘦马生活的人有几十个乃至上百个。想要娶妾的人千万不能透露想法，稍稍透露出一点消息，那些媒婆、人贩子就都会聚集到门口，就像苍蝇趴在膻肉上一样，赶都赶不走。

天刚亮，媒婆就催促客人出门，先到的媒婆就可以先把客人带走，其余的就尾随其后，轮番接待。客人到了瘦马家，坐定，上茶，媒婆就扶着瘦马出来，说："姑娘拜客。"于是姑娘下拜。又说："姑娘往上走。"于是姑娘就开始走。又说："姑娘转身。"姑娘就转身朝亮处站着，露出面容。又说："姑娘把手伸出来看看。"于是把袖子全都挽起来，露出手，露出臂，皮肤也露出来。又说："姑娘看着相公。"姑娘就转过眼睛偷看，眼睛露出来。又问："姑娘几岁？"姑娘回答几岁，声音也发出来。又说："姑娘再走走。"用手拉她的裙子，脚也露出来。然而看脚是有办法的，凡是出门裙边先响的，脚一定大；把裙子高高系起，人还没出来而脚先迈出的，脚一定小。又说："姑娘请回。"一人进去，一人又出来。看一家必定得看五六个，都是这样看。有看中的，就用一支金簪或金钗插在女子的鬓发上，这叫作"插带"。看不中意，就拿出几百文钱，赏给媒婆或赏给这家的侍婢，再到别家去看。一个媒婆累了，还有好几个媒婆等着轮换。一天、两天直到四天、五天，既看不厌倦也看不完，然而看到五六十个人之后，感觉白面红衣，千篇一律，就像学写字的人，一个字写了成百上千遍，连这个字都不认得了。心里想的和眼里看的，一点主意都没有了，不得不暂且将就一下，定下其中一个人。

插带之后，这家就会拿出一张红色的纸单，上面写着彩缎若干，金花若干，财礼若干，布匹若干，用毛笔蘸了墨，送给客人点阅。客人批点财礼及缎匹的数量符合心意，就恭敬地把客人送回去。客人还没回到寓所，鼓乐、礼盒担子、红绿布匹、赏赐馈赠的礼品都已摆在门口很久了。不一会儿，礼币、糕点、水果都已齐备，鼓乐吹打着引导而去。走了还没半里地，抬花轿的、举花灯的、举火炬火把的、算卦的、接引宾客赞礼的，还有香烛纸钱、供奉用的瓜果、祭祀用的牺牲甜酒之类，都在门前环绕等待。厨子挑着一个担子进来，则蔬果、肴馔、汤点、花棚、糖饼、桌围、坐褥、酒壶、杯箸、龙虎寿星、撒帐牵红、小唱弦索之类东西，又都齐全了。不用等待回话，也不用等主人的命令，花轿和送亲的小轿就一起去接亲，打着鼓乐，点着灯火，新人坐的轿和送亲的轿子一时间都到了。新人拜堂，亲人入席就座，小曲锣鼓，喧哗热闹。还没到中午，那些人就讨了赏钱迅速离开，急忙去往别家，又重复去做这些事情。

卷
六

彭天锡串戏[1]

  彭天锡串戏妙天下,然出出皆有传头[2],未尝一字杜撰。曾以一出戏,延其人至家,费数十金者,家业十万缘手而尽。三春多在西湖,曾五至绍兴,到余家串戏五六十场,而穷其技不尽。

  天锡多扮丑、净[3],千古之奸雄佞幸[4],经天锡之心肝而愈狠,借天锡之面目而愈刁,出天锡之口角而愈险。设身处地,恐纣之恶不如是之甚也[5]。皱眉眍眼,实实腹中有剑,笑里有刀,鬼气杀机,阴森可畏。盖天锡一肚皮书史,一肚皮山川,一肚皮机械[6],一肚皮磊砢不平之气[7],无地发泄,特于是发泄之耳。

  余尝见一出好戏,恨不得法锦包裹[8],传之不朽;尝比之天上一夜好月,与得火候一杯好茶,只可供一刻受用,其实珍惜之不尽也。桓子野见山水佳处[9],辄呼“奈何!奈何!”[10]真有无可奈何者,口说不出。

注释

❶串戏:演戏。

❷传头:来历,根据。

❸丑、净:戏曲的两种角色行当。

❹佞幸:靠阿谀奉承得到君主宠幸的奸臣。

❺纣:纣王。名辛,商朝的最后一位国君,因残暴昏庸而亡国。

❻机械:机巧。

❼磊砢(lěi luǒ):郁结在心中的不平之气。

❽法锦:西南少数民族地区所产的一种丝织品。

❾桓子野:桓伊(?—约383),字叔夏,小字子野,谯郡铚(今

安徽宿县西南）人。历任淮南太守、豫州刺史、江州刺史。擅长音乐。

❿奈何：语出《世说新语》："桓子野每闻清歌，辄唤：'奈何！'谢公闻之曰：'子野可谓一往有深情。'"

译文

彭天锡演戏妙绝天下，然而每出戏都有来历，未曾杜撰一个字。他曾经为了一出戏，将人请到家里，花费数十两银子，十万家业就这样随手而尽。春天他大多在西湖，曾经五次到绍兴，到我家演过五六十场戏，却还没能穷尽其技艺。

彭天锡多扮演丑角、净角，那些千古奸雄佞臣，经彭天锡的心肠更显狠毒，借彭天锡的面目更加刁钻，出彭天锡之口更加阴险。设身处地，恐怕商纣王的恶毒都没达到如此程度。皱眉瞪眼间，确实是腹中有剑，笑里藏刀，其鬼气杀机，阴森生畏。大概是彭天锡有一肚子诗书，一肚子山川，一肚子机巧，一肚子郁结的不平之气，无处发泄，特地从这里发泄出来。

我曾经看过一出好戏，恨不得用法锦包裹起来，让其流传后世而不朽；曾将其比作天上夜间的一轮好月，和恰当火候的一杯好茶一样，只能够享用片刻，其实珍惜是没有穷尽的。桓子野见到山水绝胜之处，就会喊道"奈何！奈何！"真是有无可奈何的东西啊，言语是表达不出来的。

❀ 目莲戏❶ ❀

余蕴叔演武场搭一大台，选徽州旌阳戏子❷，剽轻精悍❸，能相扑跌打者三四十人，搬演目莲，凡三日三夜。四围女台百什座，戏子献技台上，如度索舞縆、翻桌翻梯、觔斗蜻蜓、蹬坛蹬臼、跳索跳圈、窜火窜剑之类❹，大非情理。凡天神地祇、牛头马面、鬼母丧门、夜叉罗刹、锯磨鼎镬、刀山寒冰、剑树森罗、铁城血澥❺，一似吴道子《地狱变相》❻，为之费纸札者万钱，人心惴惴，灯下面皆鬼色。

戏中套数，如《招五方恶鬼》《刘氏逃棚》等剧，万余人齐声呐喊。熊太守谓是海寇卒至❼，惊起，差衙官侦问，余叔自往复之，乃安。

台成，叔走笔书二对。一曰："果证幽明❽，看善善恶恶随形答响，到底来那个能逃？道通昼夜，任生生死死换姓移名，下场去此人还在。"一曰："装神扮鬼，愚蠢的心下惊慌，怕当真也是如此。成佛作祖，聪明人眼底忽略，临了时还待怎生？"真是以戏说法。

注释

❶目莲：又称目犍连、摩诃目犍连目连。出身于婆罗门，皈依佛教，是释迦牟尼十大弟子之一。传说其母死后堕入饿鬼道，目莲以神力得脱母亲苦难。目莲戏以此为题材，在民间有着广泛的流传和影响。

❷旌阳戏子：对旌阳艺人的俗称。旌阳即今安徽旌德，明代属宁国府，与徽州毗邻。旌阳艺人或参加徽州戏班，或与徽州艺人联合演出，故当时有"徽州旌阳戏子"之称。

❸剽轻精悍：身体强壮、灵活。

❹縆（gēng）：粗绳。觔斗：跟头。

❺祇：地神。鼎镬：旧时以鼎镬烹煮罪犯的酷刑。

❻变相：根据佛经的内容所绘的图像，多绘在石窟、寺院墙壁上或纸帛上。

❼熊太守：熊鸣岐，江西丰城人，万历三十五年（1607）进士。当时任绍兴知府，辑有《昭代王章》。

❽幽明：指生与死，阴间与阳间。

译文

我叔叔张尔蕴在演武场搭了一个大戏台，从徽州旌阳演员中挑选那种身体强壮灵活、会跌打相扑的，有三四十个，让他们搬演目连戏，总共演三天三夜。四周设女子观赏的座位一百多个，演员在台上献技，如走索舞绳、翻桌翻梯、翻筋斗竖蜻蜓、蹬坛蹬臼、跳索跳圈、窜火窜剑之类，都不是常人能想象理解的。凡是天地神灵、牛头马面、鬼母丧门、夜叉罗刹、锯磨鼎镬、刀山寒冰、剑树森罗、地狱血海之类，都像吴道子所绘《地狱变相》里的景象，为制作这些花费了上万钱的纸张，观众内心惊慌，灯下看脸都是鬼色。

戏中的套路，如《招五方恶鬼》《刘氏逃棚》等剧，演出时上一万人齐声呐喊。熊太守以为是海盗突袭，惊慌起身，派官吏来侦察询问，我叔父亲自去答复，他才安心。

戏台搭成，我叔叔走笔写了两副对联。一副是："果证幽明，看善善恶恶随形答响，到底来那个能逃？道通昼夜，任生生死死换姓移名，下场去此人还在。"一副是："装神扮鬼，愚蠢的心下惊慌，怕当真也是如此。成佛作祖，聪明人眼底忽略，临了时还待怎生？"这真是用戏说法。

甘文台炉

香炉贵适用，尤贵耐火。三代青绿[1]，见火即败坏，哥、汝窑亦如之[2]。便用便火，莫如宣炉[3]。然近日宣铜一炉价百四五十金[4]，焉能办之？北铸如施银匠亦佳，但粗夯可厌[5]。

苏州甘回子文台[6]，其拨蜡范沙[7]，深心有法，而烧铜色等分两，与宣铜款致分毫无二，俱可乱真[8]。然其与人不同者，尤在铜料。甘

206

文台以回回教门不崇佛法❾，乌斯藏渗金佛❿，见即锤碎之，不介意，故其铜质不特与宣铜等，而有时实胜之。甘文台自言佛像遭劫已七百尊有奇矣。余曰："使回回国别有地狱，则可。"

注释

❶三代青绿：夏商周时期的青铜器。

❷哥、汝窑：歌窑，宋代五大名窑之一，以纹片精美而闻名，仿古铜器形制，多为陈设瓷器。作者《夜航船》一书亦有解释："哥窑：宋时处州章生一与弟章生二皆作窑器。哥窑比弟窑色稍白，而断纹多，号白级碎，曰哥窑，为世所珍。"汝窑，宋代五大名窑之首，以玛瑙入釉，色泽温润柔和，如羊脂玉，极为精美。作者《夜航船》一书亦有解释："汝窑：宋以定州白瓷有芒不堪用，遂命于汝州造青色诸器，冠绝邓、耀二州。"

❸宣炉：宣德炉。明宣德年间铸造的一种铜质香炉。

❹宣铜：作者《夜航船》一书有解释："宣铜：宣德年间三殿火灾，金银铜熔作一块，堆垛如山。宣宗发内库所藏古窑器，对临其款，铸为香炉、花瓶之类，妙绝古今，传为世宝。"

❺粗夯：粗糙。

❻回子：回族人。

❼拨蜡范沙：铸造香炉、金属印章或人像的一种方法。先雕刻蜡模，外面用泥作范，然后在熔金属注入泥范。

❽乱真：仿造得很像，让人难辨真伪。

❾回回教：即回教，系伊斯兰教在中国的旧称。

❿乌斯藏：明时对西藏的称呼。渗（shèn）：混合、渗杂。

译文

　　香炉贵在适用，尤其贵在耐火。夏商周三代的青铜器，见到火就损坏了，宋代的哥窑、汝窑也是如此。使用方便且耐火的，没有比得上宣德炉的。然而近日一个宣铜铸的炉子价格竟要一百四五十两银子，哪里能买得起呢？北边施银匠铸造的香炉也不错，但制作粗糙，令人生厌。

苏州回族人甘文台，铸造香炉自有其心得妙法，他烧铸的铜色分量和宣铜的样式完全一致，都可以假乱真。他与别人不同的地方，主要在于铜料。甘文台因信奉回教不尚佛法，西藏产的那些掺有金子的佛像，他见到就会把它们锤碎，并不当一回事，因此其铜质不光与宣铜一样，有时甚至能胜过它。甘文台自己说他毁坏的佛像已超过七百尊了。我说："假如你的信仰世界里另有一个地狱，你才可以这样做。"

❦ 绍兴灯景 ❧

绍兴灯景为海内所夸者无他，竹贱、灯贱、烛贱。贱，故家家可为之；贱，故家家以不能灯为耻。故自庄逵以至穷檐曲巷❶，无不灯、无不棚者。棚以二竿竹搭过桥，中横一竹，挂雪灯一❷，灯球六❸。大街以百计，小巷以十计。从巷口回视巷内，复叠堆垛，鲜妍飘洒❹，亦足动人。

十字街搭木棚，挂大灯一，俗曰"呆灯"，画《四书》《千家诗》故事，或写灯谜，环立猜射之。庵堂寺观以木架作柱灯及门额，写"庆赏元宵""与民同乐"等字。佛前红纸荷花琉璃百盏，以佛图灯带间之，熊熊煜煜❺。庙门前高台，鼓吹五夜，市廛如横街轩亭、会稽县西桥❻，间里相约❼，故盛其灯，更于其地斗狮子灯，鼓吹弹唱，施放烟火，挤挤杂杂。小街曲巷有空地，则跳大头和尚，锣鼓声错，处处有人团簇看之。城中妇女多相率步行，往闹处看灯；否则，大家小户杂坐门前，吃瓜子、糖豆，看往来士女，午夜方散。乡村夫妇多在白日进城，乔乔画画❽，东穿西走，曰"钻灯棚"，曰"走灯桥"。天晴，无日无之。

别院清和六鉴停琴
鉴沼潆杉围宁静
春花尤丁呈紫过雨
山容依约青乳霭玉
深峯倚柱绣苔缘
纺气摛馨塔前便
楷韵人寿迢玉影
阴翠满庭
知友赵玉泉山清
音斋小辣作

万历间，父叔辈于龙山放灯，称盛事，而年来有效之者❾。次年，朱相国家放灯塔山❿。再次年，放灯蕺山⓫。蕺山以小户效颦⓬，用竹棚，多挂纸魁星灯。有轻薄子作口号嘲之曰⓭："蕺山灯景实堪夸，觳篓芋头挂夜叉⓮。若问搭彩是何物，手巾脚布神袍纱。"繇今思之，亦是不恶。

注释

❶ 庄逵：大路。穷檐：茅舍，破屋。

❷ 雪灯：用雪制作的灯。

❸ 灯球：一种圆形的灯。

❹ 妍：美丽。

❺ 熊熊煜煜：灯火辉煌的样子。

❻ 市廛：店铺集中的地方。

❼ 闾里：乡里，泛指民间。

❽ 乔乔画画：打扮得花枝招展、漂漂亮亮的样子。

❾ 效：学习，效仿。

❿ 朱相国：朱赓，详见本书卷三"朱文懿家桂"。塔山：又名怪山、龟山，在今浙江绍兴，与府山、蕺山鼎足而立。因山上有应天塔，故名。

⓫ 蕺（jí）山：又名王家山，在今浙江绍兴。蕺，即蕺草，也称岑草，因山中多产此草，故名。

⓬ 效颦：即东施效颦故事，典出《庄子·天运》："西施病心而颦其里，其里之丑，人见而美之，归亦捧心，而颦其里。"后人称故事中的丑人为东施，将机械模仿者称作"东施效颦"或"效颦"。

⓭ 轻薄子：言行轻浮不庄重的人。

⓮ 觳篓（hú xiǎo）：细竹。

译文

绍兴灯景被海内夸赞没别的原因，主要是竹子便宜、灯便宜、花烛便宜。因为原料便宜，所以家家都可以做；因为便宜，所以家家都以不能制灯为耻。所以从宽街大路到茅舍破屋，没有不张灯的，没有不搭棚的。灯棚用两根竹竿搭成过桥，中间横着一根竹竿，挂一盏雪灯，六盏灯球。大街上的灯棚数以百计，小巷里的灯棚数以十计。从巷口往巷子里看，灯棚层层叠叠，鲜艳飘扬，也足以动人。

人们在十字街头搭座木棚，挂一盏大灯，俗称"呆灯"，上面画着《四书》《千家诗》中的故事，或者写上灯谜，人们站在四周来猜。庵堂、寺庙、道观用木架做柱灯和门额，上面写着"庆赏元宵""与民同乐"等字。佛像前摆着上百盏红纸做的荷花琉璃灯，中间夹杂着佛图灯带，灯火辉煌。庙门前的高台，要锣鼓奏乐五夜，集市如横街的轩亭、会稽县的西桥，乡里相约，因此花灯十分繁盛，还有在那里赛狮子灯的，吹拉弹唱，燃放烟火，人群拥挤混杂。小街曲巷有空地，就在那里跳大头和尚舞，锣鼓之声交错，到处都有人聚在一团观看。城中的妇女大多相随着步行，到热闹的地方看灯；不然的话，大家小户的女眷就坐在家门口，吃瓜子、糖豆，看往来的男女，直到午夜才散去。村里的夫妇大多白天进城，打扮得花枝招展，漂漂亮亮，东穿西走，叫作"钻灯棚"，也叫作"走灯桥"。只要是晴天，就没有一天不是如此的。

万历年间，我的父亲叔叔辈在龙山放灯，被称为盛事，其后历年都有效仿者。第二年，朱相国家在塔山放灯，再一年，在蕺山放灯。蕺山放灯有小户人家效仿，用竹棚，多挂着纸做的魁星灯，有轻浮的人编顺口溜嘲讽道："蕺山灯景实堪夸，筍箓芋头挂夜叉。若问搭彩是何物，手巾脚布神袍纱。"现在想来，这样效仿也是不错的。

韵 山

大父至老，手不释卷，斋头亦喜书画、瓶几布设。不数日，翻阅搜讨，尘堆砚表，卷帙正倒参差。常从尘砚中磨墨一方，头眼入于纸笔，潦草作书生家蝇头细字。日晡向晦❶，则携卷出帘外，就天光。蒸烛，❷檠高❸，光不到纸，辄倚几携书就灯，与光俱頫❹，每至夜分，不以为疲。

注释

❶ 晡：傍晚。晦：夜晚。
❷ 蒸：点燃。
❸ 檠（qíng）：灯架。
❹ 頫（fǔ）：看。

译文

我祖父一直到老，都手不释卷，书斋里也喜欢摆设些书画瓶几。但过不了几天，翻箱倒柜找东西，砚台上落满灰尘，书籍也放得正反颠倒。祖父常在落满灰尘的砚台中磨墨，头眼深深扎进纸笔中，潦草地写着书生家的蝇头小字。日落时分，天色渐暗，就带着书到帘外，借外面的天光看书。点燃蜡烛，烛台太高，光照不到纸上，他就倚着几案拿书靠近灯光，随着灯光看，每每读书到半夜，也不感到疲倦。

常恨《韵府群玉》《五车韵瑞》寒俭可笑❶，意欲广之。乃博采群书，用淮南大、小山义❷，摘其事曰《大山》，摘其语曰《小山》，事语已详本韵而偶寄他韵下曰《他山》，脍炙人口者曰《残山》，总名之曰《韵山》。小字襞积❸，烟煤残楮❹，厚如砖块者三百余本。一韵积至十余本，《韵府》《五车》不啻千倍之矣❺。正欲成帙，胡仪部青莲携其尊人所出中秘书❻，名《永乐大典》者，与《韵山》正相类，大帙三十余本，一韵中之一字犹不尽焉。大父见而太息曰："书囊无尽，精卫衔石填海❼，所得几何！"遂辍笔而止。

注释

❶《韵府群玉》：古代韵书，元人阴时夫著。全书共二十卷，分韵一百零六部，摘录典故、词汇，隶于各韵之下。《五车韵瑞》：古代

韵书。明人凌稚隆著,该书仿阴时夫《韵府群玉》而成,共一百六十卷,分经、史、子、集、杂五部。

❷大、小山:大山、小山,典出王逸《楚辞章句·招隐士序》:"昔淮南王安博雅好古,招怀天下俊伟之士。自八公之徒,咸慕其德而归其仁,各竭才智,著作篇章,分造辞赋,以类相从,故或称小山,或称大山,其义犹《诗》有小雅、大雅也。"

❸襞(bì)积:重叠、堆积,这里是说书上的字密密麻麻。

❹楮:纸的代称。

❺不啻:不止。

❻胡仪部青莲:仪部:礼部主事及郎中的别称。胡青莲:胡敬辰,字直卿,号青莲,浙江余姚人。天启二年(1622)进士,历任江西驿传道、光禄寺录事。著有《檀雪斋集》。尊人:父亲,即胡敬辰的父亲胡维新(1534—1606),字云屏,嘉靖三十八年(1559)进士。历任江西巡按御史、扬州推官、陕西布政使司右参政。中秘书:掌管宫廷藏书的机构。

❼精卫衔石填海:古代神话故事,语出《山海经》卷三《北山经》:"北二百里,曰发鸠之山,其上多柘木,有鸟焉,其状如乌,文首,白喙,赤足,名曰精卫,其鸣自詨。是炎帝之少女,名曰女娃。女娃游于东海,溺而不返,故为精卫,常衔西山之木石,以堙于东海。"

译文

祖父常埋怨《韵府群玉》《五车韵瑞》寒碜可笑,想要进行扩充。于是博采群书,用淮南王的大山、小山之义,将摘录事典的叫《大山》,摘录言语的叫《小山》,事典、语典在本韵中详细摘录过又偶尔出现在别的韵下的叫《他山》,其他脍炙人口的叫《残山》,以上总称《韵山》。小字密密麻麻,黑墨残纸,像砖块那么厚的有三百多本。一个韵累积到十多本,较《韵府》《五车》扩充的不止上千倍。正要整理成书,仪部胡青莲带来他父亲从中秘书带出的藏书,叫《永乐大典》,与《韵山》正相似,大开本三十多本,连一个韵中的一个字都没完结。祖父见到后叹息着说："书籍是没法穷尽的，即便像精卫衔石填海那样，又能得到多少呢！"于是停笔不做了。

以三十年之精神，使为别书，其博洽应不在王弇州、杨升庵下❶。今此书再加三十年，亦不能成，纵成亦力不能刻。笔冢如山❷，只堪覆瓿❸，余深惜之。丙戌兵乱❹，余载往九里山，藏之藏经阁，以待后人。

注释

❶王弇州：王世贞，号弇州山人。杨升庵：杨慎（1488—1559），字用修，号升庵。新都（今四川成都）人。正德六年（1571）中状元，历任翰林院修撰、经筵讲官。以诗文名于世，著有《升庵集》等。
❷笔冢：典出唐李肇《唐国史补》："长沙僧怀素好草书，自言得草圣三昧，弃笔堆积，埋于山下，号曰'笔冢'。"
❸覆瓿：当为"覆瓿"，指书没有发挥其价值。
❹丙戌：顺治三年（1646）。

译文

凭着三十年的精力，让祖父去写别的书，其博学应不在王弇州、杨升庵之下。现在这部书再增加三十年也不能完成，即使成书也无力刊刻。弃笔堆积成山，写成的书也只能用来盖瓶子，我深深感到惋惜。丙戌年（1646）遇上兵乱，我把书运到九里山，藏在藏经阁里，等待后人。

❁ 天童寺僧❶ ❁

戊寅❷，同秦一生诣天童访金粟和尚❸。至山门，见万工池绿净可鉴须眉，旁有大锅覆地，问僧，僧曰："天童山有龙藏，龙常下饮池水，故此水刍秽不入❹。正德间❺，二龙斗，寺僧五六百人撞钟鼓撼之，龙怒，扫寺成白地，锅其遗也。"

入大殿，宏丽庄严。折入方丈，通名刺。老和尚见人便打，曰"棒喝"。余坐方丈❻，老和尚迟迟出，二侍者执杖、执如意先导之，南向立，曰："老和尚出。"又曰："怎么行礼？"盖官长见者皆下拜，无抗礼，余屹立不动，老和尚下行宾主礼。侍者又曰："老和尚怎么坐？"余又屹立不动，老和尚肃余坐。

坐定，余曰："二生门外汉，不知佛理，亦不知佛法，望老和尚慈悲，明白开示。勿劳棒喝，勿落机锋，只求如家常白话，老实商量，求个下落。"老和尚首肯余言，导余随喜❼。蚤晚斋方丈，敬礼特甚。

余遍观寺中僧匠千五百人，俱舂者、碓者、磨者、甑者、汲者、爨者、锯者、劈者、菜者、饭者❽，狰狞急遽❾，大似吴道子一幅《地狱变相》。老和尚规矩严肃，常自起撞人，不止"棒喝"。

注释

❶天童寺：在今浙江宁波，始建于西晋永康元年（300），有东南佛国之称，为我国五大丛林之一。

❷戊寅：崇祯十一年（1638）。

❸诣：到，特指到尊长那里去。天童：天童山，在浙江宁波。作者在《夜航船》一书中有介绍："天童山：在鄞县。晋僧义兴卓锡于此，有童子给役薪水，久之辞去，曰：'吾太白神也，上帝命侍左右。'言讫不见。遂名'太白山'，又名'天童山'。"金粟和尚：圆悟，字觉初，号密云，明代高僧。俗姓蒋，江苏宜兴人。历主金粟、天童诸寺。其在金粟寺时影响较大，信徒尊称其为"金粟和尚"。

❹刍秽：柴草等污秽物。

❺正德：明武宗朱厚照年号，1506至1521年。

❻方丈：佛寺或道观中住持住的房间，因住持的居室四方各为一

丈，故名。

❼随喜：游览寺院。

❽碓（duì）：一种舂米的设备。甑：旧时蒸饭的一种瓦器，底部有许多透蒸气的孔格，置于鬲上蒸煮，如同现代的蒸锅。爨：烧火做饭。

❾急遽：急速，快速。

译文

崇祯十一年（1638），我与秦一生到天童寺拜访金粟和尚。到山门，见万工池碧绿澄澈得可以照见须发眉毛，旁边有口大锅盖在地上，就问僧人，僧人说："天童山上有龙藏身，龙常下来饮池里的水，因此池水没有污秽。正德年间，有两条龙争斗，寺里五六百名僧人击鼓撞钟吓唬它，结果龙发怒了，将寺庙夷为平地，锅就是那时遗留下来的。"

进入大殿，里面宏丽庄严。转到住持所在的居室，递上名帖。听说老和尚见人便打，说这叫"棒喝"。我坐在方丈室里，老和尚过了很久才出来，两位侍者手持仪杖、如意在前面带路，随后朝南站着，说道："老和尚出。"又说："怎么行礼？"大概官员、长者见到老和尚都要下拜，没有抗礼的，我站在那里不动，老和尚只好下来对我行宾主之礼。侍者又说："老和尚怎么坐？"我又站在那里不动，老和尚只好请我坐下。

坐下来后，我说："我们二人是门外汉，不知道佛理，也不通晓佛法，希望老和尚大发慈悲，明白指示我们。不劳烦您棒喝，也不要隐藏机锋，只求像平常说话那样，诚心商量，求个明白。"老和尚点头同意我的话，带我游览寺院。这天早晚都在方丈那里吃饭，方丈对我们很是礼遇。

我遍览寺里一千五百多僧匠，都是舂粮的、舂米的、推磨的、蒸饭的、打水的、烧火的、锯木的、劈柴的、洗菜的、做饭的，面目狰狞，都是急匆匆的样子，很像吴道子的一幅《地狱变相》图。老和尚规矩很严，常常亲自动手打人，不只是"棒喝"而已。

水浒牌[1]

古貌、古服、古兜鍪、古铠胄、古器械[2]，章侯自写其所学所问已耳，而辄呼之曰宋江，曰吴用，而宋江、吴用亦无不应者，以英雄忠义之气，郁郁芊芊[3]，积于笔墨间也。

周孔嘉丐余促章侯[4]，孔嘉丐之，余促之，凡四阅月而成。余为作缘起曰："余友章侯，才足拨天[5]，笔能泣鬼。昌谷道上，婢囊呕血之诗[6]；兰渚寺中，僧秘开花之字[7]。兼之力开画苑，遂能目无古人，有索必酬，无求不与。既蠲郭恕先之癖[8]，喜周贾耘老之贫[9]，画《水浒》四十人，为孔嘉八口计，遂使宋江兄弟，复睹汉官威仪。伯益考著《山海》遗经[10]，兽毹鸟翩[11]，皆拾为千古奇文；吴道子画《地狱变相》，青面獠牙，尽化作一团清气。收掌付双荷叶，能月继三石米，致二斗酒，不妨持赠[12]；珍重如柳河东[13]，必日灌蔷薇露，薰玉蕤香[14]，方许解观。非敢阿私，愿公同好。"

注释

[1] 水浒牌：水浒叶子，即一种由陈洪绶所绘水浒人物的酒牌，做酒筹、酒令之用。作者写有《水浒牌四十八人赞》，可参看。

[2] 兜鍪（dōu móu）：古代士兵作战时所戴的头盔。铠胄：铠甲。

[3] 郁郁芊芊（qiān）：气盛的样子。

[4] 周孔嘉：作者好友，作者曾在《越山五佚记》一文中提及："天启五年，姑苏周孔嘉僦居于轩亭之北，余每至其家，剧谈竟日。"丐：请求。

[5] 拨（yàn）：原指火焰，这里是照耀的意思。

[6] "昌谷道上"句：典出李商隐《李长吉小传》："（李贺）恒从小

奚奴，骑距驴，背一古破锦囊，遇有所得，即书投囊中。及暮归，太夫人使婢受囊出之，见所书多，辄曰：'是儿要当呕出心乃已尔。'"

❼"兰渚寺中"句：据唐何延之《兰亭记》记载，王羲之《兰亭序》传至后人智永，智永再付弟子辨才。辨才珍藏，秘不示人。唐太宗求之不得，派萧翼设计骗走。作者《夜航船》一书亦有介绍："兰亭真本：王右军写《兰亭记》，韵媚道劲，谓有神助。后再书数十余帧，俱不及初本。右军传于徽之，徽之传七世孙智永，智永传弟子辨才，辨才被御史萧翼赚入库内，殉葬昭陵。"开花之字，典出张怀瓘《书议》："（王献之）若风行雨散，润色开花，笔法体势之中最为风流者也。"另据作者《古兰亭辨》一文云："兰亭真本，辨才死守，什袭藏之，不许人见。后被萧翼赚出，走至半途，袖中偷看，遍地花开。"

❽躅：彰显。郭恕先：郭忠恕（？—977），字恕先，又字国宝，洛阳（今河南洛阳）人。曾任宗正丞兼国子书学博士、国子监主簿。擅长丹青，传世之作有《雪霁江行图》等。

❾贾耘：贾收，号耘老，乌程（今浙江湖州）人。曾得到苏轼的周济。

❿伯益考著《山海》遗经：作者《夜航船》一书有介绍："金简玉字：大禹登宛委山，发石匮，得金简玉字之书，言治水之要，周行天下。伯益记之为《山海经》。"

⓫毨：形容毛羽更生、齐整的样子。氄（rǒng）：鸟兽细软而茂密的绒毛。

⓬"收掌付双荷叶"句：语出苏轼《答贾耘老四首》之四："念贾处士贫甚，无以慰其意；乃为作怪石古木一纸，每遇饥时，辄以开看，还能饱人否？若吴兴有好事者，能为君月致米三石，酒三斗，终君之世者，便以赠之。不尔者，可令双荷叶收掌，须添丁长，以付之也。"

⓭柳河东：柳宗元（773—819），字子厚，河东（今山西永济）人。历任县尉、监察御史、永州司马、柳州刺史等。唐代古文运动的

发起者，也是唐宋八大家之一。著有《柳河东集》。

⑭蔷薇露、玉蕤香：典出后唐冯贽《云仙杂记·玉蕤香》："《好事集》曰：'柳宗元得韩愈所寄诗，先以蔷薇露灌手，熏以玉蕤香，然后发读，曰："大雅之文，正当如是。"'"蔷薇露，蔷薇水，俗称花露水，一种香水名。南唐张泌《妆楼记·蔷薇水》："周显德五年，昆明国献蔷薇水十五瓶，云得自西域，以之洒衣，衣敝而香不灭。"宋蔡绦《铁围山丛谈》卷五："旧说蔷薇水乃外国采蔷薇花上露水，殆不然，实用白金为甑，采蔷薇花蒸气成水，则屡采屡蒸，积而为香，此所以不败。"

译文

古朴的形貌、古老的服饰、古代的头盔、古代的铠甲、古代的器械，章侯不过是把自己所学所问画出来而已，直接叫宋江、叫吴用，宋江、吴用也没有不回应的，因为英雄的忠义气概，如树木般郁郁葱葱，积于笔墨之间。

周孔嘉请我催促陈章侯，孔嘉请求，我催促，总共用了四个月时间才完成。我为它写了缘起如下："我的朋友陈章侯，才气足以光耀天宇，运笔能使鬼神哭泣。像李贺路上苦吟，呕心沥血作诗；像王羲之苦练书法，墨宝被僧人秘藏。加之在画坛自成一派，因此能目无古人，有求必应，没有请求不满足的。既彰显郭恕先那样对书画的癖好，也喜欢周济贾耘老这样的穷人，画了《水浒》中的四十人，为孔嘉家里八口人考虑，就使得宋江兄弟，又能看到汉官的威仪。伯益考作《山海经》，兽皮鸟羽，都能采集写为千古奇文；吴道子画《地狱变相》，青面獠牙，全部化作一团清气。像苏轼所说的，先令内人掌管，若能每月得三石米，得二斗酒，则不妨赠予；和柳宗元一样珍惜，必定每天以蔷薇露灌手，以玉蕤香薰，方能打开来看。不敢存有私心，愿与诸君一同欣赏。"

烟雨楼①

　　嘉兴人开口烟雨楼，天下笑之，然烟雨楼故自佳。楼襟对莺泽湖②，涳涳濛濛③，时带雨意，长芦高柳，能与湖为浅深。

　　湖多精舫，美人航之，载书画茶酒，与客期于烟雨楼。客至，则载之去，舣舟于烟波缥缈④。态度幽闲，茗炉相对，意之所安，经旬不返。舟中有所需，则逸出宣公桥、角里街⑤，果蓏蔬鲜，法膳琼苏⑥，呫嗻立办⑦，旋即归航。柳湾桃坞，痴迷仵想，若遇仙缘，洒然言别，不落姓氏。间有倩女离魂⑧，文君新寡⑨，亦效颦为之。淫靡之事，出以风韵，习俗之恶，愈出愈奇。

注释

①烟雨楼：在今浙江嘉兴南湖湖心岛上。始建于五代，位置在湖滨，楼名由诗人杜牧诗句"南朝四百八十寺，多少楼台烟雨中"而来。明嘉靖二十七年（1548），嘉兴知府赵瀛填南湖成湖心岛，在岛上依原貌重建烟雨楼。登楼远望，南湖一带秀美风光，尽收眼底。

②襟（jīn）：襟在衣服之前，这里代指前面。莺泽湖：即南湖，原名滮湖、马场湖，又叫东湖，在今浙江嘉兴。

③涳涳濛濛：烟雨迷茫、景色朦胧的样子。

④舣舟：停船。

⑤宣公桥：在浙江嘉兴城东，相传为唐宰相陆贽所建。该桥于1969年拆除，今已不存。宣公，陆贽（754—805），字敬舆，谥宣公。嘉兴（今浙江嘉兴）人。唐代宗大历年间进士，历任翰林学士、中书舍人、中书侍郎、同门下平章事等。著有《翰苑集》等。角（lù）里街：原名角里坊，在嘉兴城东。

⑥法膳：帝王所用膳食，这里泛指美味佳肴。琼苏：古美酒名，这里泛指美酒。

⑦咄嗟：立即，霎时。

⑧倩女离魂：典出唐陈玄祐小说《离魂记》，写张倩娘与表兄王宙相爱，但父亲将其另许他人。倩娘魂魄离开躯体，与王宙结为夫妻。后世许多戏曲以此为题材。

⑨文君新寡：卓文君丧夫后，与司马相如相恋，两人私奔到成都。典出《西京杂记》卷二："司马相如初与卓文君还成都，居贫愁懑，以所着鹔鹴裘就市人阳昌贳酒，与文君为欢。既而文君抱颈而泣曰：'我平生富足，今乃以衣裘贳酒。'遂相与谋，于成都卖酒。相如亲着犊鼻裈涤器，以耻王孙。王孙果以为病，乃厚给文君。文君遂为富人。文君姣好，眉色如望远山。脸际常若芙蓉，肌肤柔滑如脂。十七而寡，为人放诞风流，故悦长卿之才而越礼焉。长卿素有消渴疾，及还成都，悦文君之色，遂以发痼疾。乃作《美人赋》，欲以自刺，而终不能改，卒以此疾至死。文君为诔，传于世。"

译文

嘉兴人一开口就说烟雨楼，被天下人取笑，然而烟雨楼的景色本来就很美。楼前对着莺泽湖，烟云迷蒙，时常带着雨意，纤长的芦苇、高大的柳树，能与湖水深浅相映。

湖上有很多精美的小船，由美人掌控，船上载着书画茶酒，与客人相会在烟雨楼。客人到了，就载着他离开，把船停在烟波缥缈的水面上。大家神色悠闲，相对品茗，把这里当作安心之处，待十多天都不回去。船上需要什么东西，就开到宣公桥、甪里街，新鲜果蔬，美酒佳肴，立刻就能置办，很快就可以返航。柳湾桃坞这样的地方，引人痴迷遐想，如若遇见一段仙缘，就潇洒离去，不留姓名。偶尔出现倩女离魂、卓文君新寡这样的事，也效仿着去做。这些淫靡之事，以风韵的形式出现，习俗之恶，越来越离奇。

朱氏收藏

朱氏家藏，如龙尾觥、合卺杯，雕镂锲刻，真属鬼工，世不再见。余如秦铜汉玉、周鼎商彝、哥窑倭漆、厂盒宣炉、法书名画、晋帖唐琴❶，所畜之多，与分宜垺富❷，时人讥之。

余谓博洽好古，犹是文人韵事。风雅之列，不黜曹瞒❸；赏鉴之家，尚存秋壑❹。诗文书画未尝不抬举古人，恒恐子孙效尤❺，以袖攫石、攫金银以赚田宅，豪夺巧取，未免有累盛德。闻昔年朱氏子孙，有欲卖尽"坐""朝""问""道"四号田者，余外祖兰风先生谑之曰❻："你只管坐朝问道，怎不管垂拱平章❼？"一时传为佳话。

注释

❶倭漆：日本漆。作者《夜航船》一书有介绍："倭漆：漆器之妙，无过日本。宣德皇帝差杨瑄往日本教习数年，精其技艺。故宣德漆器比日本等精。"厂盒：一种漆盒。作者《夜航船》一书有介绍："厂盒：古延厂永乐年间所造，重枝叠叶，坚若珊瑚，稍带沉色。新厂宣德年间所造，雕镂极细，色若朱砂，鲜艳无比。有蒸饼式、甘蔗节二种，愈小愈妙，享价极重。"

❷分宜：严嵩，因其为江西分宜人，故称。垺（liè）：相等、相当。

❸黜：废黜，罢免。曹瞒：曹操（155—220），字孟德，小名阿瞒，沛国谯县（今安徽亳州）人。三国时期政治家、军事家，著有《魏武帝集》。作者在《西湖梦寻》一书中亦谈及曹操、贾似道风雅鉴赏事："余尝谓曹操、贾似道千古奸雄，乃诗文中之有曹孟德，书画中之有贾秋壑，觉其罪业滔天，减却一半。方晓诗文书画，乃能忏悔

恶人如此。凡人一窍尚通，可不加意诗文，留心书画哉？"

❹秋壑：贾似道（1213—1275），字师宪，号秋壑。台州（今浙江天台）人。嘉熙二年（1238）进士，历任江州知州、同知枢密院事、右丞相等，著有《奇奇集》《悦生堂随钞》《促织经》等。作者在《西湖梦寻》一书中亦有介绍："贾秋壑为误国奸人，其于山水书画古董，凡经其鉴赏，无不精妙。"

❺效尤：故意仿效错误的行为。

❻谑：开玩笑。

❼坐朝问道、垂拱平章：贤君端坐朝堂，探讨治国之道；群臣垂衣拱手，一起共商国是。语出《千字文》："坐朝问道，垂拱平章。爱育黎首，臣伏戎羌。"系由《尚书·武成》"谆信明义，崇德报功，垂拱而天下治"及《尚书·尧典》中的"九族既睦，平章百姓"等语演变而来。由于《千字文》十分普及，影响深远，后世常用《千字文》的文字顺序来计数，一些商贾、店铺的账簿、地主的田地、书卷的编号，甚至连科举考试的试卷页码，都采用《千字文》的字序来编排。

译文

朱氏家的收藏，如龙尾觥、合卺杯，精雕细琢，真可谓鬼斧神工，世上难以再见。其他像秦铜汉玉、周鼎商彝、哥窑倭漆、厂盒宣炉、名家字画、晋帖唐琴等，收藏之多，可以与严嵩相抗衡，受到当时人的讥讽。

我认为博学好古，仍然是文人的韵事。风雅之士并不排斥曹阿瞒；鉴赏之家中也有贾似道这样的人。诗文书画往往以古为贵，常常担忧子孙效仿，靠攫取金银玉石来赚取田宅，巧取豪夺，不免连累了祖上深厚的功德。听说当年朱氏子孙中有想要卖光"坐""朝""问""道"四号田的，我的外祖父兰风先生调侃道："你只管坐朝问道，怎么不管垂拱平章呢？"一时传为佳话。

南城夏子煦春
涯不卷宜悟雨
乍晴花下人行
紅叢霧柳遶
舟油孫朱帷遶
曜浮梵磬呼伍
沈情卷日去書
在手朱吩嘅劬
影花稿
仲友南城一律

仲叔古董

葆生叔少从渭阳游❶，遂精赏鉴。得白定炉、哥窑瓶、官窑酒
匜❷，项墨林以五百金售之❸，辞曰："留以殉葬。"

癸卯❹，道淮上。有铁梨木天然几❺，长丈六、阔三尺，滑泽坚
润，非常理。淮抚李三才百五十金不能得❻，仲叔以二百金得之，解
维遽去❼。淮抚大恚怒❽，差兵蹑之，不及而返。

庚戌❾，得石璞三十斤，取日下水涤之，石罅中光射如鹦哥祖
母❿，知是水碧⓫，仲叔大喜。募玉工仿朱氏龙尾觥一，合卺杯一，享
价三千，其余片屑寸皮，皆成异宝。仲叔赢资巨万，收藏日富。

戊辰后⓬，倅姑熟⓭，倅姑苏⓮，寻令盟津⓯。河南为铜薮⓰，所
得铜器盈数车，美人觚一种⓱，大小十五六枚，青绿彻骨，如翡翠，
如鬼眼青，有不可正视之者。归之燕客⓲，一日失之，或是龙藏
收去⓳。

注释

❶渭阳：这里指张联芳的舅父朱敬循，字叔理，号石门。朱赓之
子，即作者的舅祖。浙江绍兴人。万历二十年（1592年）进士，历任
礼部郎中、大常少卿、右通政使。著有《刻精注大明律例致君奇术》。
渭阳：代指舅父，典出《诗经·渭阳》："送我舅氏，曰至渭阳。"

❷白定炉：定窑所烧的一种瓷器。作者《夜航船》一书有介绍：
"定窑：有白定、花定，制极质朴，其色呆白，毫无火气。"官窑：宋
代宫廷自建瓷窑，烧造瓷器，故称。作者《夜航船》一书有介绍：
"官窑：宋政和间，汴京置窑，章生二造青色，纯粹如玉，虽亚于汝，
亦为世所珍。"酒匜（yí）：酒器。

225

❸项墨林：项元汴（1525—1590），字子京，号墨林山人，又号香岩居士、退密斋主人。浙江嘉兴人。收藏书画颇富，精于鉴赏。售：购买，求购。

❹癸卯：万历三十一年（1603）。

❺铁梨木：又名愈疮木，一种常绿乔木，质地坚韧，多用于制作家具、造船。

❻李三才（？—1623）：字道甫，号修吾。顺天通州（今北京通州）人。万历二年（1574）进士，曾任淮阳巡抚。

❼解维：解开缆索，指开船。

❽恚怒：恨怒。

❾庚戌：万历三十八年（1610）。

❿罅（xià）：缝隙。鹦哥祖母：即鹦哥绿、祖母绿，一种十分名贵的绿色翡翠。作者在《夜航船》一书亦有介绍："祖母绿：亦宝石。绿如鹦哥毛，其光四射，远近看之，则闪烁变幻，武将上阵，取以饰盔，使射者目眩，箭不能中。"此外作者还写有《小美人觚铭》，其序云："二酉叔收藏。汉铜小美人觚，长尺有三寸，半截花纹，浑身翡翠。"

⓫水碧：又名紫晶，一种稀见的水晶。

⓬戊辰：崇祯元年（1628）。

⓭倅：州县官之副职。姑熟：在今安徽当涂。

⓮姑苏：苏州的别称，因城西南有姑苏山而得名。

⓯盟津：即孟津。古黄河渡口名，在今河南孟州西南。

⓰薮：人或物聚集的地方。

⓱美人觚：一种商周时期的细腰酒器。作者在《夜航船》一书中有介绍："三代铜：花觚入土千年，青绿彻骨，以细腰美人觚为第一，有全花、半花，花纹全者身段瘦小，价至数百。"

⓲燕客：张联芳之子张葤，因喜小说中"恶鬼数千……为燕国公铸横财"事，遂号"燕客"。

⓳龙藏：龙臧，龙宫。

葆生叔年少时跟随朱渭阳游学，因而精通赏鉴。他得到白定炉、哥窑瓶、官窑酒匜，项墨林拿五百两银子求购，葆生叔推辞道："这些东西我留着用来殉葬。"

癸卯年（1603），葆生叔经过淮上。当地有个铁梨木材质的天然几案，六丈长，三尺宽，光滑亮泽，坚实柔润，不是寻常能见到的。淮抚李三才花一百五十两银子都买不到，葆生叔用二百两银子得到了，随即解绳开船迅速离开。淮抚大怒，派兵追踪，最终没追上而返回。

庚戌年（1610），葆生叔得到一块三十斤重的石璞，取太阳下的温水清洗，从石缝中反射出祖母绿一样的光芒，知道这是水碧，仲叔十分高兴。他招募玉匠仿制朱氏家的一件龙尾觥、一件合卺杯，价值三千两，其他的边角碎料，也都是异宝。仲叔赚得巨额资金，收藏也日益丰富。

戊辰年（1628）之后，葆生叔先后在姑熟和姑苏任副职，不久又到盟津任县令。河南盛产铜，葆生叔得到的铜器装满好几车，有一种美人觚，大大小小总共十五六只，颜色青绿彻骨，像翡翠，像鬼眼青，不能正眼相看的样子。回来给了燕客，有一天丢失了，也许是被龙宫收走了。

噱　社

仲叔善诙谐，在京师与漏仲容、沈虎臣、韩求仲辈结"噱社"[1]，嗹喋数言[2]，必绝缨喷饭[3]。

漏仲容为帖括名士[4]，常曰："吾辈老年读书做文字，与少年不同。少年读书，如快刀切物，眼光逼注，皆在行墨空处，一过辄了。

老年如以指头掐字，掐得一个，只是一个，掐得不着时，只是白地。少年做文字，白眼看天，一篇现成文字挂在天上，顷刻下来，刷入纸上，一刷便完。老年如恶心呕吐，以手挖入齿哕出之❺，出亦无多，总是渣秽。"❻此是格言，非止谐语。

一日，韩求仲与仲叔同宴一客，欲连名速之❼，仲叔曰："我长求仲❽，则我名应在求仲前，但缀蝇头于如拳之上，则是细注在前，白文在后，那有此理！"人皆失笑。沈虎臣出语尤尖巧。仲叔候座师收一帽套，此日严寒，沈虎臣嘲之曰："座主已收帽套去，此地空余帽套头。帽套一去不复返，此头千载冷悠悠。"其滑稽多类此。

注释

❶漏仲容：漏坦之，字仲容，山阴（今浙江绍兴）人。沈虎臣：沈德符（1578—1642），字景倩，又字虎臣、景伯，浙江秀水（今浙江嘉兴）人，万历四十六年（1618）举人。著有《万历野获编》《清权堂集》《敝帚轩剩语》等。韩求仲：韩敬，字简与、求仲，号止修，浙江归安（今浙江湖州）人。万历三十八年（1610）状元。

❷唼喋（shà dié）：聚集在一起说话。

❸绝缨：这里指大家在一起不拘形迹，十分随便。

❹帖括：八股文。

❺哕（yuě）：呕吐。

❻渣秽：渣滓，污秽之物。

❼速：邀请。

❽长（zhǎng）：比……年龄大。

译文

二叔善于幽默，在京师与漏仲容、沈虎臣、韩求仲这些人结成"唼社"，他们聚在一起说不了几句，必定会笑得喷饭。

漏仲容是科举名士，他常常说："我们这一辈人老年读书写文章，与年轻人不同。少年读书，如同快刀切物，目光注视，都在文字之间，看一遍就可以了。老年人读书如果用指头点着字，点到一个就是一个，点不着时，就只剩下空白了。少年人写文章，只需白眼看天，一篇现成的文字就挂在天上，顷刻之间下来，落到纸上，一写就完成了。老年写文章就如同恶心呕吐，把手伸到嘴里呕吐出来，吐出来的也不多，往往都是渣滓污秽。"这是格言，并非只是笑话。

有一天，韩求仲与二叔共同宴请一位客人，他们想联名发邀请，二叔说："我比求仲年长，我的名字应当在求仲之前，但这就像在拳头上写蝇头小字，详注在前，原文在后，哪有这样的道理！"人们都忍不住笑了。沈虎臣说话尤其尖新奇巧。二叔等着主考官来收他的帽套，这一天很冷，沈虎臣就嘲笑他说："座主已收帽套去，此地空余帽套头。帽套一去不复返，此头千载冷悠悠。"其诙谐滑稽大多类似这样。

鲁府松棚

报国寺松❶，蔓引鲜委❷，已入藤理。入其下者，蹒跚局踏❸，气不得舒。鲁府旧邸二松，高丈五，上及檐甍❹，劲竿如蛇脊，屈曲撑距，意色酣怒，鳞爪拏攫，义不受制，鬣起针针❺，怒张如戟。旧府呼"松棚"，故松之意态情理无不棚之。便殿三楹盘郁殆遍，暗不通天，密不通雨。

鲁宪王晚年好道，尝取松肘一节，抱与同卧，久则滑泽醋酜❻，似有血气。

注释

❶报国寺：在今北京市西城区，始建于辽代，后多次重修。
❷鲜（duǒ）委：盘曲下垂的样子。

③局蹐：狭窄，局促。

④檐甃（zhòu）：屋檐。

⑤鬣起：这里指松针像兽颈上的毛一样根根竖起。鬣，兽的颈毛。

⑥鲁宪王：即朱寿铉，万历二十八年至崇祯九年在位。

⑦滑泽酡酡（tuó）：光滑红润。酡酡，像醉酒后脸红一样的颜色。

译文

报国寺的松树，枝干延伸，盘曲下垂，很像藤蔓。人走在树下，脚步蹒跚局促，呼吸不顺畅。鲁府旧宅有两棵松树，高一丈五，上面可达屋檐，苍劲的枝干如同蛇脊，弯曲着撑起，像是在发怒，鳞爪张扬，仿佛不受控制，毛发像针一样立起，张开如同剑戟。旧宅称其为"松棚"，因而松的意态情致无不像松棚那样。便殿三间房屋都被松棚盘曲环绕，暗无天日，密不漏雨。

鲁宪王晚年喜爱修道，曾取一节松枝，抱着它一起入睡，时间长了，松枝光滑润泽，颜色像喝酒后红了脸，似乎有血气。

❧ 一尺雪 ❧

一尺雪为芍药异种，余于兖州见之①。花瓣纯白，无须萼，无檀心②，无星星红紫，洁如羊脂，细如鹤翮③，结楼吐舌，粉艳雪腴。上下四傍，方三尺，干小而弱，力不能支，蕊大如芙蓉，辄缚一小架扶之。大江以南，有其名无其种，有其种无其土，盖非兖勿易见之也。

兖州种芍药者如种麦，以邻以亩④。花时宴客，棚于路、彩于门、衣于壁、障于屏、缀于帘、簪于席、裀于阶者，毕用之，日费数千勿惜。余昔在兖，友人日剪数百朵送寓所，堆垛狼藉，真无法处之。

❶ 兖州：今山东兖州。

❷ 檀心：淡红色的花蕊。

❸ 翮（hé）：羽茎。

❹ 以邻以亩：指种芍药的田地一块连一块。

译 文

　　一尺雪是芍药的特殊品种，我在兖州见过。其花瓣纯白，没有花须花萼，没有淡红色的花蕊，也没有星星点点的红紫色，洁白如羊脂，纤细如鹤羽，层层吐出花蕊，娇艳丰腴。花的四周，有三尺见方，枝干小而柔弱，难以支撑，花蕊大如芙蓉，于是就绑一个小架子来支撑。长江以南，知道其名但没有其种，即便有其种也没有适合的土壤，不在兖州就不容易见到。

　　兖州人种芍药就像种麦子一样，花地一块接一块。花开时节宴请客人，在路上搭棚子，在门上结彩，在墙上挂衣服，在屏风上设遮挡，在帘子上点缀，在席上放簪花，在台阶上铺花草，都是用芍药，一天用掉数千朵也不觉得可惜。我当日在兖州时，友人每天剪数百朵芍药送到我的寓所，杂乱地堆积在那里，真是没办法处置。

菊　海

　　兖州张氏期余看菊❶，去城五里。余至其园，尽其所为园者而折旋之❷，又尽其所不尽为园者而周旋之，绝不见一菊，异之。移时，主人导至一苍莽空地❸，有苇厂三间❹，肃余入❺，遍观之，不敢以菊言，真菊海也。厂三面，砌坛三层，以菊之高下高下之。花大如瓷瓯，无不球，无不甲，无不金银荷花瓣，色鲜艳，异凡本，而翠叶层层，无一叶蚤脱者。此是天道，是土力，是人工，缺一不可焉。

兖州缙绅家风气袭王府，赏菊之日，其桌、其机、其灯、其炉、其盘、其盒、其盆盎、其肴器、其杯盘大觥、其壶、其帏、其褥、其酒、其面食、其衣服花样，无不菊者。夜烧烛照之，蒸蒸烘染，较日色更浮出数层。席散，撤苇帘以受繁露⑥。

注释

① 期：相约，约定。
② 折旋：来来回回地走一遍。
③ 苍莽：无边无际的样子。这里指空地面积很大。
④ 苇厂：用芦苇所搭的棚子。
⑤ 肃：恭候，迎接。
⑥ 繁露：露水。

译文

兖州的张氏约我赏菊，在距城五里的地方。我到了他的园子，把整个园子来来回回地走了一遍，又把园子外面来来回回走了一遍，没见到一朵菊花，感到很奇怪。过了一会儿，主人带我到一处很大的空地，那里有三间芦苇搭的棚子，他很郑重地请我进去，放眼望去，不敢说是菊花，简直就是菊海。棚子有三面，砌了三层花坛，根据菊花的高低设置摆放的高度。花朵大如瓷碗，没有不是球形的，没有不是金黄如铠甲的，没有不是金银荷花瓣的，色彩艳丽，不同于寻常的菊花，绿叶层层铺展，没有一片过早脱落的。这是天道，这是土力，这是人工，缺一不可。

兖州的官宦之家沿袭王府的气派，赏菊期间，家里的桌、凳、灯、炉、盘、盒、盆、餐具、杯盘、酒壶、帐子、被褥、美酒、面食、衣服花样，没有和菊无关的。夜里点上蜡烛映照，经烘托点染，比白天更多了几分情致。筵席散去，就撤掉芦苇帘，让菊花接受露水的浸润。

曹　山①

　　万历甲辰②，大父游曹山，大张乐于狮子岩下③。石梁先生戏作山君檄讨大父④，祖昭明太子语⑤，谓若以管弦污我岩壑。大父作檄骂之，有曰："谁云鬼刻神镂，竟是残山剩水！"⑥石篑先生嗤石梁曰⑦："文人也，那得犯其锋？不若自认，以'残山剩水'四字摩崖勒之。"先辈之引重如此。

　　曹石宕为外祖放生池⑧，积三十余年，放生几百千万，有见池中放光如万炬烛天，鱼虾荇藻附之而起，直达天河者。余少时从先宜人至曹山庵作佛事，以大竹箬贮西瓜四⑨，浸宕内。须臾，大声起岩下，水喷起十余丈，三小舟缆断，颠翻波中，冲击几碎。舟人急起视，见大鱼如舟，口欲四瓜⑩，掉尾而下。

注释

①曹山，在今浙江绍兴，为吼山五大景区之一。作者《越山五佚记》一文有详细介绍，可参看。

②万历甲辰：即万历三十二年（1604）。

③张乐：置乐，奏乐。

④石梁先生：陶奭龄（？—1640），字君奭，又字公望，号石梁、小柴桑老，会稽（今浙江绍兴）人。王阳明的三传弟子，著有《歇庵集附录》等。

⑤昭明太子：萧统（501—531），字德施，谥昭明，故称昭明太子。梁武帝长子，天监元年立为皇太子。曾聚集门下文学之士，编辑《文选》。

⑥残山剩水：这里指人工堆砌的假山及开凿的池塘。

⑦石篑先生：陶望龄，系陶奭龄之兄。

⑧放生：一种佛教仪式，以释放鱼鸟等动物的形式进行，旨在戒杀，劝人多行善事。很多寺庙建有放生池。

⑨箶（bù）：竹篓

⑩欱（hē）：吮吸。

译文

万历甲辰年（1604），我祖父游览曹山，在狮子岩下大张旗鼓奏乐。石梁先生戏仿山君口吻作檄文声讨我祖父，他效仿昭明太子之语，说你用管弦玷污了我的山川。祖父也作了一篇檄文回骂，其中写道："谁说这是鬼斧神工，竟不过是残山剩水。"石篑先生讥笑石梁先生说："这是文人啊，哪能冒犯他的锋芒呢？不如你自己承认，把'残山剩水'四个字刻在石壁上。"先辈们互相推重到这种程度。

曹石宕是我外祖父的放生池，三十多年间，在这里放生过成百上千万的生灵，有人看到池中放光，如万把火炬照亮天空，鱼虾荇藻随之而起，直达银河。我年少时跟随先母到曹山庵做佛事，用大竹篓装了四个西瓜，浸入池里。片刻间，岩下发出巨大声响，水喷起十多丈，三只小船的船缆都断了，在水中颠来倒去，几乎被冲碎。船上的人急忙起身查看，看见一条大鱼像船那样大，嘴里含着四个西瓜，摇着尾巴游走了。

齐景公墓花樽①

霞头沈金事宦游时②，有发掘齐景公墓者，迹之，得铜豆三③，大花樽二。豆朴素无奇。花樽高三尺，束腰拱起，口方而敞，四面戟楞，花纹兽面，粗细得款，自是三代法物。归乾阳刘太公❹，余见赏识之，太公取与严❺，一介不敢请。及宦粤西，外母归余斋头❻。余拂拭之，为发异光。取浸梅花，贮水，汗下如雨，逾刻始收，花谢结子，大如雀卵。

余藏之两年，太公归自粤西，稽覆之，余恐伤外母意，亟归之。后为驵侩所唉❼，竟以百金售去，可惜。今闻在歙县某氏家庙。

注释

❶齐景公：春秋时期齐国国君，名杵白。其墓地在今山东淄博。其周围有殉马坑。樽（zūn）：古代一种盛酒的器皿。

❷沈金事：沈炼（1507—1557），字纯甫，号青霞，会稽（今浙江绍兴）人。嘉靖十七年（1538）进士。著有《青霞集》。金事，官名。

❸豆：古代用来盛肉或其他食品的器皿，形状像高脚盘。

❹乾阳刘太公：刘毅（1559—1618），字健甫，号乾阳。万历十七年（1589）进士，历任刑部主事、广西布政使。作者妻子刘氏的祖父。

❺取与严：拿去和给予控制严格，这里有吝啬的意思。

❻外母：岳母，即作者的岳母王氏。

❼驵侩所唉：驵侩，市场经纪人。唉，利诱，引诱。

译文

霞头沈金事在外做官的时候，有人盗掘齐景公墓，经过追查，缴获三副铜豆、两个大花樽。铜豆器型朴素，没什么奇特之处。花樽则高三尺，束腰部分拱起，瓶口方正宽敞，四面有戟棱，刻着兽面花纹，粗细适宜，是夏商周时期的古物。花樽后归乾阳刘太公所有，我见到很是心仪，但太公对索取赠予控制很严，不敢提要求。等到刘太公去粤西做官，岳母就把它送到我的书斋里。我轻轻擦拭，它发出奇异的光芒。把梅花浸在里面，倒些水，花樽汗如雨下，过了一会儿才停，花谢之后结子，大如雀卵。

我收藏了两年，太公从粤西回来，查问花樽下落，我恐怕伤了岳母的好意，急忙归还。后来太公受商人的利诱，竟然以一百两的价格卖了，实在可惜。如今听说花樽藏在歙县某氏的家庙里。

卷
七

西湖香市[1]

　　西湖香市，起于花朝[2]，尽于端午。山东进香普陀者日至，嘉、湖进香天竺者日至[3]，至则与湖之人市焉，故曰香市。然进香之人市于三天竺，市于岳王坟，市于湖心亭，市于陆宣公祠[4]，无不市，而独凑集于昭庆寺[5]。昭庆两廊故无日不市者，三代八朝之骨董[6]，蛮夷闽貊之珍异[7]，皆集焉。

注释

　　[1]香市：又叫庙市、庙会，一种民间习俗。寺庙在进香季节设立买卖香物、杂物等集市，故名。

　　[2]花朝：花朝节，又称花神节。民间传统节日，其中中原、西南地区以农历二月初二为花朝日，江南、东北地区则以二月十五为花朝日。

　　[3]嘉、湖：嘉兴、湖州。

　　[4]陆宣公祠：在西湖孤山山麓。作者《西湖梦寻》一书亦有介绍："孤山何以祠陆宣公也？盖自陆少保炳为世宗乳母之子，揽权怙宠，自谓系出宣公，创祠祀之。规制宏厂，吞吐湖山。台榭之盛，概湖无比。"陆宣公，即陆贽（754—805），字敬舆。嘉兴（今浙江嘉兴）人。大历八年（773）进士，历任翰林学士、兵部侍郎、中书侍郎、同门下平章事。著有《陆宣公翰苑集》及《陆氏集验方》传世。因其谥号为"宣"，故后世称其为陆宣公。

　　[5]昭庆寺：在西湖宝石山东。对其情况，作者在《西湖梦寻》一书有详细介绍："昭庆寺，自狮子峰、屯霞石发脉，堪舆家谓之火龙。石晋元年始创，毁于钱氏乾德五年。宋太平兴国元年重建，立戒坛。

天禧初，改名昭庆。是岁又火。迨明洪武至成化，凡修而火者再。四年奉敕再建，廉访杨继宗监修，有湖州富民应募，挈万金来。殿宇室庐，颇极壮丽。嘉靖三十四年以倭乱，恐贼据为巢，遽火之。事平再造，遂用堪舆家说，辟除民舍，使寺门见水，以厌火灾。隆庆三年复毁。万历十七年，司礼监太监孙隆以织造助建，悬幢列鼎，绝盛一时。而两庑栉比，皆市廛精肆，奇货可居。春时有香市，与南海、天竺、山东香客及乡村妇女儿童，往来交易，人声嘈杂，舌敝耳聋，抵夏方止。崇祯十三年又火，烟焰障天，湖水为赤。及至清初，踵事增华，戒坛整肃，较之前代，尤更庄严。一说建寺时，为钱武肃王八十大寿，寺僧圆净订缁流古朴、天香、胜莲、胜林、慈受、慈云等，结莲社，诵经放生，为王祝寿。每月朔，登坛设戒，居民行香礼佛，以昭王之功德，因名昭庆。今以古德诸号，即为房名。"

⑥三代八朝：三代，为夏、商、周三个朝代的合称。八朝，为汉、魏、晋、宋、齐、梁、陈、隋八个朝代的合称。

⑦蛮夷闽貊（mò）：泛指古代各少数民族。

译文

西湖香市，从花朝节开始，到端午节结束。山东到普陀进香的人每天都来，嘉兴、湖州到天竺寺进香的人每天都来，他们到了之后就会和西湖本地人做生意，所以称其为"香市"。然而进香的人可以在三天竺做生意，可以在岳王坟做生意，可以在湖心亭做生意，可以在陆宣公祠做生意，没有地方不可以做生意，但大家却偏偏聚集在昭庆寺。昭庆寺两边的走廊没有哪天不做生意，三代八朝的古董，来自蛮夷异域的奇珍异宝，都集中在这里。

至香市，则殿中边甬道上下、池左右、山门内外，有屋则摊，无屋则厂，厂外又棚，棚外又摊，节节寸寸。凡胭脂簪珥、牙尺剪刀❶，以至经典木鱼、孩儿嬉具之类❷，无不集。

❶珥：耳饰。牙尺：用象牙做的尺子。

❷豽（yá）儿：吴语中对小孩子的称呼。

译文

到了香市，大殿中间和两边的甬道上下、水池左右、山门内外，有房屋的地方就摆摊，没房屋的地方就搭个小屋，小屋外再搭棚子，棚子外再摆摊，密密麻麻，大凡胭脂、簪子、耳环、象牙尺、剪刀，以及经典、木鱼、儿童玩具之类的东西，这里无所不有。

此时春暖，桃柳明媚，鼓吹清和，岸无留船，寓无留客，肆无留酿。袁石公所谓"山色如娥，花光如颊，波纹如绫，温风如酒"，已画出西湖三月。而此以香客杂来，光景又别。士女闲都，不胜其村妆野妇之乔画❶；芳兰芗泽❷，不胜其合香芫荽之薰蒸❸；丝竹管弦，不胜其摇鼓欲笙之聒帐❹；鼎彝光怪❺，不胜其泥人竹马之行情；宋元名画，不胜其湖景佛图之纸贵❻。如逃如逐，如奔如追，撩扑不开，牵挽不住。数百十万男男女女、老老少少，日簇拥于寺之前后左右者，凡四阅月方罢。恐大江以东，断无此二地矣。

注释

❶乔画：浓妆艳抹，精心打扮。

❷芗泽：芗，通"香"，香泽，香气。

❸合香：当即苏合香，一种乔木，原产小亚细亚。其树脂称可提制苏合香油，用作香精中的定香剂。芫荽（yán suī）：通称香菜，一种草本植物，茎、叶有特殊香气，其果实圆形，可用作香料，也可入药。

❹聒（guō）帐：通宵宴饮，管弦齐奏的热闹景象。语出宋敏求《春明退朝录》卷下："终日沉饮，听郑卫之声，与胡乐合奏，自昏彻

旦，谓之眊帐。"

⑤鼎彝：旧时宗庙中祭祀用的青铜器。

⑥佛图：即"浮图""浮屠"，佛寺或佛塔。

译文

此时正值暖春，桃红柳绿，明艳秀美，乐声清和，岸边没有游船停靠，客舍没有旅人宅居，酒肆没有佳酿存留。袁石公所说的"山色如娥，花光如颊，波纹如绫，温风如酒"，已经活画出西湖三月的景致。此时因各地香客络绎而来，景致又和平日不同。文人仕女的娴雅秀美，比不上乡村妇女的浓妆艳抹；兰花的高贵芳香，比不上苏合香、芜荽的香气浓郁；丝竹管弦，比不上擂鼓吹笙的喧天齐鸣；鼎彝光怪，比不上泥人竹马的市场行情；宋元名画，比不上西湖图景浮屠圣境的纸贵。人们好像在奔跑，好像在追逐，拨也拨不开，拉也拉不住。成千成万的男男女女、老老少少，每天簇拥在昭庆寺的前后左右，要整整四个月才结束。恐怕大江以东，再也找不到第二个像昭庆寺这样的地方。

崇祯庚辰三月❶，昭庆寺火。是岁及辛巳、壬午洊饥❷，民强半饿死。壬午虏鲠山东❸，香客断绝，无有至者，市遂废。

辛巳夏，余在西湖，但见城中饿殍异出❹，扛挽相属。时杭州刘太守梦谦❺，汴梁人，乡里抽丰者多寓西湖❻，日以民词馈送❼。有轻薄子改古诗诮之曰❽："山不青山楼不楼，西湖歌舞一时休。暖风吹得死人臭，还把杭州送汴州。"❾可作西湖实录。

注释

❶崇祯庚辰：即崇祯十三年（1640）。

❷辛巳、壬午：即崇祯十四年（1641）、十五年（1642）。洊（jiàn）饥：连年饥荒。

❸虏：清兵。鲠：堵塞、隔绝。

④饿殍：饿死的人。舁：抬。

⑤刘太守梦谦：刘梦谦，罗山（今河南罗山）人。崇祯七年（1634）进士，自崇祯十一年（1638）任杭州知府。

⑥抽丰：又称"打秋风"，指利用各种关系和借口向别人索取财物。

⑦民词：百姓的诉状。

⑧轻薄子：言行轻浮不庄重的人。

⑨"山不青山楼不楼"句：原诗为南宋林升《题临安邸》："山外青山楼外楼，西湖歌舞几时休。暖风熏得游人醉，直把杭州作汴州。"

译文

崇祯十三年（1640）三月，昭庆寺发生火灾。那一年及其随后的两年连年饥荒，百姓大半都饿死了。崇祯十五年（1642），清兵侵扰山东，香客断绝，没有来西湖的，西湖香市也就废止了。

崇祯十四年（1641）夏天，我在西湖，只见城里饿死的人被抬出来，扛着拉着接连不断。当时的杭州太守是刘梦谦，开封人，从其老家过来打秋风的多住在西湖，这些人每天把从百姓诉讼那里得到的好处费送给他。有位轻浮之人改编古诗嘲讽他道："山不青山楼不楼，西湖歌舞一时休。暖风吹得死人臭，还把杭州送汴州。"这可以作为当时西湖的真实记录。

鹿苑寺方柿①

萧山方柿②，皮绿者不佳，皮红而肉糜烂者不佳③，必树头红而坚脆如藕者，方称绝品。然间遇之，不多得。余向言西瓜生于六月，享尽天福；秋白梨生于秋，方柿、绿柿生于冬，未免失候。

丙戌❹，余避兵西白山❺，鹿苑寺前后有夏方柿十数株。六月歊暑❻，柿大如瓜，生脆如咀冰嚼雪，目为之明，但无法制之，则涩勒不可入口。土人以桑叶煎汤，候冷，加盐少许，入瓮内，浸柿没其颈，隔二宿取食，鲜磊异常。余食萧山柿多涩，请赠以此法。

注释

❶方柿：一种柿子品种，形状呈方形，果型较大。

❷萧山：今浙江萧山。

❸糜烂：腐烂、腐朽，这里指果实松散软烂。

❹丙戌：顺治三年（1646）。

❺西白山：在今浙江嵊州西。鹿苑寺有二，一为上鹿苑寺，一为下鹿苑寺，皆建于南朝宋元嘉年间，本文所写为下鹿苑寺。

❻歊（xiāo）暑：酷暑、炎热。

译文

萧山的方柿，皮绿的不好，皮红但果肉熟烂的也不好，必须是树梢上皮红且坚脆得像莲藕一样的，才能称为绝品。但也只是偶然遇到，不可多得。我以前曾说，西瓜生长在六月，享尽天福；秋白梨生长在秋天，方柿、绿柿生长在冬天，不免都错过了最好的时节。

丙戌年（1646），我躲避兵乱到西白山，鹿苑寺前后有十多颗夏方柿。六月酷暑时节，柿子已经大得像甜瓜一样，咬起来脆生生的，像咀嚼冰雪一样爽口，吃了之后感觉眼睛都亮了。但没有恰当的办法加工，就会生涩而不能入口。当地人用桑叶熬水，待冷却后，加少许的盐，倒入瓮里，浸泡柿子没过其颈，隔两夜拿出来吃，鲜美异常。我以前吃的萧山方柿大多发涩，就把此法赠给读者诸君吧。

西湖七月半

西湖七月半，一无可看，止可看看七月半之人。看七月半之人，以五类看之。其一，楼船箫鼓，峨冠盛筵，灯火优傒❶，声光相乱，名为看月而实不见月者，看之。其一，亦船亦楼，名娃闺秀，携及童娈❷，笑啼杂之，环坐露台❸，左右盼望，身在月下而实不看月者，看之。其一，亦船亦声歌，名妓闲僧，浅斟低唱，弱管轻丝，竹肉相发❹，亦在月下，亦看月，而欲人看其看月者，看之。其一，不舟不车，不衫不帻❺，酒醉饭饱，呼群三五，跻入人丛，昭庆、断桥，嘄呼嘈杂❻，装假醉，唱无腔曲，月亦看，看月者亦看，不看月者亦看，而实无一看者，看之。其一，小船轻幌，净几暖炉，茶铛旋煮❼，素瓷静递，好友佳人，邀月同坐，或匿影树下，或逃嚣里湖，看月而人不见其看月之态，亦不作意看月者，看之。

杭人游湖，巳出酉归❽，避月如仇，是夕好名，逐队争出，多犒门军酒钱❾，轿夫擎燎❿，列俟岸上⓫。一入舟，速舟子急放断桥，赶入胜会。以故二鼓以前，人声鼓吹，如沸如撼，如魇如呓⓬，如聋如哑，大船小船，一齐凑岸，一无所见，止见篙击篙，舟触舟，肩摩肩，面看面而已。少刻兴尽，官府席散，皂隶喝道去，轿夫叫船上人，怖以关门，灯笼火把如列星，一一簇拥而去。岸上人亦逐队赶门，渐稀渐薄，顷刻散尽矣。

吾辈始舣舟近岸⓭，断桥石磴始凉⓮，席其上，呼客纵饮。此时，月如镜新磨，山复整妆，湖复颒面⓯。向之浅斟低唱者出，匿影树下者亦出，吾辈往通声气，拉与同坐。韵友来，名妓至，杯箸安，竹肉发。月色苍凉，东方将白，客方散去。吾辈纵舟，酣睡于十里荷花之中，香气拍人，清梦甚惬。

注释

❶优傒：歌妓、奴仆。

❷童娈：容貌姣好的少年。

❸露台：楼船上供赏景或休息用的平台。

❹竹肉相发：箫笛声伴着歌唱声。

❺不衫不帻（zé）：不穿长衫，不戴头巾，指穿戴很随意的样子。

❻嘄（jiào）呼：大呼小叫，乱喊乱叫。

❼茶铛（chēng）：一种煮茶用的小锅。

❽巳：巳时，上午九点到十一点。酉：酉时，下午五点到七点。

❾犒（kào）：用酒食或财物犒赏、慰劳。门军：把守城门的军士。

❿擎燎：高举火把。

⓫俟：等待，等候。

⓬魇（yǎn）：梦中惊叫。呓：说梦话。

⓭舣舟：停船靠岸。

⓮磴（dèng）：石头台阶。

⓯颒（huì）：洗脸。这里指湖面清澈明净。

译文

　　西湖七月半，没有什么可看之处，也只有看看七月半的人。看七月半的人，可分五类来看。其一，楼船上箫鼓齐鸣，穿着盛装参加盛宴，灯火下歌姬奴仆忙忙碌碌，声光交错，名为看月而实际上看不见月的人，可以看看。其二，也有船也有楼，名媛闺秀们，带着美男娈童，笑声混杂着哭声，在露台上围坐一圈，左顾右盼，身在月下而实际上并不看月的人，可以看看。其三，也有船也有歌声，名妓闲僧，浅斟低唱，丝管轻轻吹着，伴着歌唱声，也在月下也看月，而希望有人看到他们在看月的人，可以看看。其四，不坐船不乘车，不穿长衫

247

也不戴头巾，酒醉饭饱，三五好友呼唤成群，挤进人群里，到昭庆寺、断桥那里，大呼小叫吵吵闹闹，假装喝醉的样子，唱着不成调的曲子，月也看，看月的人也看，不看月的人也看，而实际上什么都没看到的人，可以看看。其五，小船轻摇，上有明净的茶几、温暖的炉火，茶水很快煮开，用素雅的杯子盛着，轻轻递给好友佳人，邀请月亮同坐，又或者把身形藏在树影里，或逃离喧嚣到里湖去，看月但别人看不见他看月的姿态，也不刻意做出看月的样子的人，可以看看。

杭州人游西湖，一般上午十点前后去，下午六点左右回，躲着月亮像在躲仇人，但当天夜里却冲着七月半的名声，一群群争着出城，多犒劳门军一些酒钱，而轿夫们则拿着火把，在岸上排队等候。一进入小舟，请船夫立即直奔断桥，赶去参加胜会。因此在二更以前，人声嘈杂，乐声不绝，如沸如撼，如魇如呓，如聋如哑，大船小船，一齐往岸边停靠，此时一无所见，只能看到篙碰着篙，舟挨着舟，肩摩着肩，脸看着脸而已。不多时兴致已尽，官府宴席散场，皂隶喝道开路而去，轿夫喊着船上的人，用城门快关的话催促着，灯笼火把就像天上的繁星，一个个簇拥而去。岸上的人也一群接着一群赶往城门，人影渐渐稀少，片刻就已散尽。

我们这些人这才把船靠近岸边，断桥上的石阶开始凉下来，就在上面摆开酒席，招呼客人开怀畅饮。此时的月亮好似新磨的镜面，群山也像重新整妆的少妇，湖面也似重新洗颜的少女。之前那些浅斟低唱的人出来了，将身影藏匿树下的人也出来了，我们过去同他们打个招呼，拉他们一起坐下来。唱曲的朋友来了，名妓来了，将酒杯竹筷安放好，就开始吹奏演唱。直到月色苍凉，东方将白，客人才散去。我们这些人就放舟湖中，酣睡在十里荷花之中，香气袭人，很惬意地做着自己的清梦。

及时雨❶

　　壬申七月❷，村村祷雨，日日扮潮神海鬼，争唾之。余里中扮《水浒》，且曰：画《水浒》者，龙眠、松雪、近章侯❸，总不如施耐庵❹，但如其面勿黛，如其髭勿鬣❺，如其兜鍪勿纸❻，如其刀杖勿树，如其传勿杜撰，勿弋阳腔❼，则十得八九矣。于是分头四出，寻黑矮汉，寻梢长大汉❽，寻头陀❾，寻胖大和尚，寻苗壮妇人，寻姣长妇人，寻青面，寻歪头，寻赤须，寻美髯，寻黑大汉，寻赤脸长须，大索城中。无则之郭、之村、之山僻、之邻府州县，用重价聘之，得三十六人。梁山泊好汉，个个呵活❿，臻臻至至⓫，人马称娖而行⓬，观者兜截遮拦，直欲看杀卫玠⓭。

　　五雪叔归自广陵⓮，多购法锦宫缎，从以台阁者八：雷部六，大士一，龙宫一，华重美都，见者目夺气亦夺。盖自有台阁，有其华无其重，有其美无其都，有其华重美都，无其思致，无其文理。轻薄子有言："不替他谦了也，事事精办。"

　　季祖南华老人喃喃怪问余曰："《水浒》与祷雨有何义味近？余山盗起，迎盗何为耶？"余俯首思之，果诞而无谓，徐应之曰⓯："有之。天罡尽，以宿太尉殿焉⓰。用大牌六，书'奉旨招安'者二，书'风调雨顺'者一，'盗息民安'者一，更大书'及时雨'者二，前导之。"观者欢喜赞叹，老人亦匿笑而去。

注释

❶ 及时雨：小说《水浒传》中梁山头领宋江的绰号。

❷ 壬申：崇祯五年（1632）。

❸ 龙眠：李公麟（1049—1106），字伯时，号龙眠居士，庐州舒

城（今安徽舒城）人。熙宁三年进士。历任中书门下省删定官、御史检法、朝奉郎等。以绘画名于世。松雪：赵孟頫（1254—1322），字子昂，号松雪道人、水晶道人，吴兴（今浙江湖州）人。官至翰林院学士承旨、荣禄大夫。多才多艺，以书法、绘画名于世。

④施耐庵：《水浒传》的作者。

⑤髭：胡须。鬣：马、狮子的鬃毛。

⑥兜鍪：头盔。

⑦弋阳腔：一种戏曲声腔，与海盐腔、昆山腔、余姚腔并称"四大声腔"。起源于江西弋阳一带，后在北京、南京、湖南等地流行。

⑧梢长：身材高大。

⑨头陀：云游化缘的僧人。

⑩呵活：活灵活现。

⑪臻臻至至：人数很多的样子。

⑫称娖（chuò）：队列整齐一致。

⑬卫玠（285—312）：字叔宝。西晋时人。相貌出众，据说他外出时，人们纷纷夹道观看。

⑭五雪：张炳芳，系作者季祖张汝懋之子。

⑮徐：缓慢。

⑯宿太尉：宿远景，小说《水浒传》中人物，曾奉旨到梁山招安众好汉。

译文

崇祯五年（1632）七月，村村都在求雨，天天都在装扮潮神海鬼，争着向它们吐口水。我的乡亲扮演《水浒》，并且说：画《水浒》的人，李公麟、赵孟頫，近来的陈洪绶，总是不如施耐庵刻画的好，只要像其面容不必施粉黛，像其须发不必粘胡子，像其头盔不必用纸做，像其刀杖不必用树做，像他们本来的样子不必加油添醋，不用弋阳腔，就能十得八九了。于是四下里分头寻找，寻找又黑又矮的男人，寻找身材高大的汉子，寻找云游化缘的头陀，寻找肥头大耳的和尚，寻找身体健壮的妇人，寻找面容姣好的女子，寻找青面的，寻找歪头的，寻找红胡子的，寻找美髯的，寻找黑大汉，寻找红脸长须的，在城中大肆搜寻。城里找不到就到城外，到村里，到山乡僻壤，到邻近的府、州、县去找，用高价聘请，一共找到三十六人。这些梁山泊好汉，一个个活灵活现，很是齐备，他们人马排成一队向前行进，观者拦截围堵，就像当年看卫玠似的。

五雪叔从广陵回来，买了很多法锦宫缎，拿它们装饰了八次台阁活动：六次雷部，一次大士，一次龙宫，华艳高贵，漂亮完美，观者眼睛不转地看着，大气都不敢出。自从有迎台阁以来，有这样华艳的但没这样高贵的，有这样漂亮的但没这样完美的，有这样华艳高贵漂亮完美的，但又没它这样的情致，没有它这样的纹理。轻浮之人说："就用不着替他谦虚了吧，每件事都要做到极致。"

叔祖南华老人感到奇怪，喃喃地问我："《水浒》和求雨有什么相近的意味吗？我们余山这地方盗贼不断，还要开门迎盗是为什么？"我低头想了想，觉得这样确实荒诞而没有什么意义，就慢慢地答道："有的。天罡星的故事结束，用宿太尉收场。用了六块大牌子，两个上面写着'奉旨招安'，一个写着'风调雨顺'，一个是'盗息民安'，还有两个更大的写着'及时雨'，在前面引路。"人们听了都高兴地称赞，南华老人也偷偷笑着离开了。

山艇子❶

龙山自巘花阁而西皆骨立❷，得其一节，亦尽名家。山艇子石，意尤孤子，壁立霞剥，义不受土。大樟徙其上，石不容也，然不恨石，屈而下，与石相亲疏。石方广三丈，右坳而凹，非竹则尽矣，何以浅深乎石。然竹怪甚，能孤行，实不藉石❸。竹节促而虬，叶毵毡❹，如猬毛、如松狗尾，离离矗矗❺，捎挩攒挤❻，若有所惊者。竹不可一世，不敢以竹二之。

或曰：古今错刀也。或曰：竹生石上，土肤浅，蚀其根，故轮囷盘郁❼，如黄山上松。山艇子樟，始之石，中之竹，终之楼，意长楼不得竟其长，故艇之。然伤于贪，特特向石，石意反不之属，使去丈而楼，壁出樟出，竹亦尽出。竹石间意，在以淡远取之。

注释

❶山艇子：绍兴龙山西南一处地名，作者年轻时曾在此处的书院里读书。艇：小船。

❷嵊（yǎn）花阁：详见本书卷八《嵊花阁》。嵊，山峰。骨立：比喻山石嶙峋。

❸藉（jiè）：凭借。

❹毡毡（xiǎn）：叶子整齐的样子。

❺离离矗矗：浓密挺拔的样子。

❻挩（liè）：扭转、转动。

❼轮囷（qūn）：弯曲、回旋的样子。

译文

龙山从嵊花阁往西都是嶙峋山石，得到其中的一段，也就可以成名了。山艇子石，品性尤其孤傲，耸立在那里像切断的彩霞，不沾一点尘土。一棵高大的樟树长到它上面，为石头所不容，然而樟树并不埋怨，屈身而下，和石头亲近。石头有三丈见方，右边稍低向下凹着，没有竹子就无从品评，拿什么说石头的深浅。然而竹子长得也怪，孤零零地长着，也不依靠石头。竹节短而弯，叶子茂盛，像刺猬的毛、松狗的尾巴，浓密而挺拔，紧紧攒簇在一起，像受了什么惊吓。竹子显出不可一世的姿态，让人不敢以第二位视之。

有人说：竹叶像古往今来的错刀钱币。有人说：竹子生长在石头上，土质浅，其根受到侵蚀，因而弯曲盘旋，像黄山上的松树。山艇子的樟树，从石头上长出来，长到竹子那儿，最后长到楼那样高，感觉长到楼高也不能长到极致，所以就像小船一样横向伸展。然而又有些贪，心思都在石头上，石头反倒不在意，假使超出一丈像楼那样高，峭壁突出，樟树也显露出来了，竹子也就都显现出来了。竹石间的意境，在于以淡远来取舍。

悬杪亭

　　余六岁随先君子读书于悬杪亭❶，记在一峭壁之下，木石撑距，不藉尺土，飞阁虚堂，延骈如栉❷。缘崖而上，皆灌木高柯，与檐甍相错❸。取杜审言"树杪玉堂悬"句❹，名之"悬杪"，度索寻橦，大有奇致。

　　后仲叔庐其崖下，信堪舆家言❺，谓碍其龙脉❻，百计购之，一夜徒去，鞠为茂草❼。儿时怡寄，常梦寐寻往❽。

注释

❶先君子：去世的父亲。

❷延骈如栉：形容排列得比较密集。延骈，并列延伸。栉，比喻像梳齿那样密集排列着。

❸檐甍：屋檐。

❹杜审言"树杪玉堂悬"句：杜审言（645—708），字必简，巩县（今河南巩义）人。进士及第，历任隰城尉、著作佐郎、膳部员外郎、国子监主簿、修文馆直学士。唐代诗人杜甫祖父，著有《杜审言集》。"树杪玉堂悬"句，语出《蓬莱三殿侍宴奉敕咏终南山》：北斗挂城边，南山倚殿前。云标金阙回，树杪玉堂悬。半岭通佳气，中峰绕瑞烟。小臣持献寿，长此戴尧天。"

❺堪舆家：风水先生，靠相地、看风水为生的人。

⑥龙脉：风水术语，指那些出过帝王、贵人，或能够安葬帝王、贵人，护佑王室、贵人后裔的地方。

⑦鞠（jū）：变成。

⑧怡寄：欢愉之情的寄托。

译文

我六岁时跟着父亲在悬杪亭读书，记得亭子在一个峭壁下面，用木头、石头支撑，不借助一点土，堂阁凌空而建，并列排着。沿着山崖上去，都是灌木和高高的树枝，与屋檐砖瓦交错。就取唐代诗人杜审言"树杪玉堂悬"之句，称之为"悬杪"，顺着绳索寻找樟树，很是新奇有趣。

后来二叔在悬崖下建了房子，他相信风水先生的话，说是亭子阻碍了龙脉，就想尽办法买到手，一夜之间将其迁走，那里就沦为杂草丛生之地。作为儿时欢乐的寄托，我时常在梦里前往。

雷　殿①

雷殿在龙山磨盘冈下，钱武肃王于此建蓬莱阁②，有断碣在焉③。殿前石台高爽④，乔木潇疏。

六月，月从南来，树不蔽月。余每浴后拉秦一生、石田上人、平子辈坐台上⑤，乘凉风，携肴核，饮香雪酒，剥鸡豆，啜乌龙井水，水凉冽激齿。下午着人投西瓜浸之，夜剖食，寒栗逼人，可雠三伏⑥。林中多鹊，闻人声辄惊起，磔磔云霄间⑦，半日不得下。

注释

①雷殿：雷公殿，在绍兴龙山磨盘冈下。

②钱武肃王：钱镠（852—932），字具美，一作巨美，谥武肃，钱

塘临安（今浙江杭州）人。唐末节度使，后建立吴越国。蓬莱阁：明祁彪佳《越中园亭记》："钱王镠建。因元稹有'谪居犹得住蓬莱'句。"

❸碣：碑石。

❹高爽：高大宽敞。

❺上人：对僧人的尊称。

❻雠（chóu）：应对、对付。

❼碟碟（zhé）：鸟叫的声音。

译文

雷公殿在龙山磨盘冈下，钱武肃王曾在这里兴建蓬莱阁，至今还有断碑残留。殿前石台高大宽敞，乔木萧索凄凉。

六月的时候，月亮从南边升上来，光线从树上洒下。我每次沐浴后都会拉着秦一生、石田上人、平子等人坐在石台上，吹着凉风，带着肉类、果类等食品，喝着香雪酒，剥着鸡头米，喝着乌龙井水，井水冰凉刺激牙齿。下午让人把西瓜放在井里浸泡，到晚上切开来吃，寒气逼人，可以对付难熬的三伏天。树中多有鹊鸟，听到人的声音就吓得飞起来，在空中发出碟碟的声音，半天都不敢下来。

龙山雪

天启六年十二月❶，大雪深三尺许。晚霁❷，余登龙山，坐上城隍庙山门❸，李岕生、高眉生、王畹生、马小卿、潘小妃侍。万山载雪，明月薄之，月不能光，雪皆呆白。坐久清冽，苍头送酒至，余勉强举大觥敌寒❹，酒气冉冉，积雪欲之，竟不得醉。马小卿唱曲，李岕生吹洞箫和之，声为寒威所慑，咽涩不得出。

三鼓归寝。马小卿、潘小妃相抱从百步街旋滚而下，直至山趾❺，浴雪而立。余坐一小羊头车❻，拖冰凌而归。

注释

❶天启六年：即1626年。

❷霁：雨雪停止，天放晴。

❸城隍庙：在今浙江绍兴龙山山顶，为纪念唐越州总管庞玉而建。

❹觥（gōng）：酒杯。

❺山趾（zhǐ）：山脚。

❻羊头车：一种独轮小车。

译文

　　天启六年（1626）十二月，大雪下了三尺多深。晚上天晴，我登上龙山，坐在城隍庙山门，李岕生、高眉生、王畹生、马小卿、潘小妃陪着。群山被白雪覆盖，明月的光辉因此显得稀薄，月发不出光来，雪都白得有些单调。坐久了感到寒冷，老仆就送酒过来，我勉强举起大杯喝酒御寒，酒里的热气冉冉浮起，被积雪吸去了，竟没有喝醉。马小卿唱曲，李岕生吹洞箫伴奏，他们的声音被严寒威慑，呜咽哽塞发不出来。

　　半夜回去就寝。马小卿、潘小妃互相抱着从百步街翻滚着下去，直滚到山脚下，浑身都是雪站在那里。我坐着一辆小羊头车，一路拖着冰凌回去了。

❀ 庞公池❶ ❀

　　庞公池岁不得船，况夜船，况看月而船。自余读书山艇子，辄留小舟于池中。月夜，夜夜出，缘城至北海坂，往返可五里，盘旋其中。山后人家，闭门高卧，不见灯火，悄悄冥冥，意颇凄恻。余设凉簟[2]，卧舟中看月，小傒船头唱曲，醉梦相杂，声声渐远，月亦渐淡，嗒然睡去[3]。歌终忽寤[4]，含糊赞之，寻复鼾齁[5]。小傒亦呵欠歪斜，互相枕藉[6]。舟子回船到岸，篙啄丁丁[7]，促起就寝。

此时胸中浩浩落落，并无芥蒂[8]，一枕黑甜[9]，高舂妤起[10]，不晓世间何物谓之忧愁。

注释

❶庞公池：又名王公池、西园，位于龙山西麓，在今浙江绍兴城内。

❷凉簟：凉席。

❸嗒（tà）然：形容身心俱遣、物我两忘的精神。

❹寤：睡醒。

❺鼾齁（hān hōu）：熟睡时打呼噜。

❻枕藉：纵横交错地躺在一起。

❼啄：鸟用嘴取食或叩击东西，这里是敲击的意思。

❽芥蒂：微小的梗塞，比喻郁积在内心不愉快的嫌隙。

❾黑甜：酣睡。

❿高舂（chōng）：黄昏、傍晚。

译文

庞公池里一年都不见有船只，何况是夜里行船，更何况是为看月而行船。自从我在山艇子读书，就留了一只小船在池中。月明之夜，每夜都出去，沿城到北海坂，往返大约五里，盘旋在其中。山后面的人家，都闭门睡觉，看不见灯火，一个人静悄悄地，颇有些凄凉伤感。我铺上凉席，躺在舟中赏月，小奴在船头唱曲，如醉似梦，声音渐远，月光也渐渐暗淡下来，不知不觉间睡着。歌唱完的时候我突然醒来，含糊地称赞了几句，又打起了呼噜。小奴也打着哈欠，歪歪斜斜的，互相枕着睡了。船夫把船驶回岸边，用竹篙敲着船，催我们起来回去睡觉。

此时胸中空空荡荡，并没有任何不快，一躺下就睡熟了，直到日影西斜才起床，不晓得世间什么是忧愁。

品山堂鱼宕❶

二十年前强半住众香国❷，日进城市，夜必出之。品山堂孤松箕踞❸，岸帻入水❹。池广三亩，莲花起岸，莲房以百以千，鲜磊可喜。新雨过，收叶上荷珠煮茶，香扑烈。

门外鱼宕，横亘三百余亩，多种菱芡。小菱如姜芽，辄采食之，嫩如莲实，香似建兰，无味可匹。深秋，橘奴饱霜❺，非个个红绽，不轻下剪。季冬观鱼，鱼艓千余艘❻，鳞次栉比，罱者夹之❼，罛者扣之❽，箉者罩之❾，罬者撒之❿，罩者抑之，罳者举之⓫，水皆泥泛，浊如土浆。鱼入网者圉圉⓬，漏网者唼唼⓭，寸鲵纤鳞⓮，无不毕出。集舟分鱼，鱼税三百余斤，赤瞵白肚⓯，满载而归。约吾昆弟，烹鲜剧饮，竟日方散。

注释

❶鱼宕：鱼荡，用以养鱼的池塘或浅水湖。

❷众香国：为作者父亲张耀芳所建园林。明祁彪佳《越中园亭记》有载："张长公大涤君开园中堰，以'品山'名其堂，盖千岩万壑至此俱披襟相对，恣我月旦耳。季真半曲，方干一岛，映带左右，鉴湖最胜处也。"

❸箕踞：指坐时两脚伸直岔开，形似簸箕。

❹岸帻：推起头巾，露出前额，洒脱、随意的样子，这里指松树的形态。

❺橘奴：柑橘，橘子。

❻鱼艓：渔舟。

❼罱（lǎn）：一种用来夹鱼的工具。

❽罛（gū）：大渔网。

❾簎（cè）：用叉刺鱼。罨（yǎn）：撒网捕鱼。

❿翼（xuǎn）：渔网。

⓫罣（guà）：同"挂"。

⓬圉圉（yǔ yǔ）：不舒展，不自在。

⓭唼唼：鱼在水面张口呼吸的样子。

⓮鲵（ní）：这里泛指鱼。

⓯瞦（yú）：鱼眼睛。

译文

二十年前我大部分时间住在众香国，白天进城，夜里必定出城。品山堂有棵孤松盘踞，枝条随意伸到水中。池塘占地三亩，莲花高出岸边，莲房成百上千，籽实累累，很是喜人。新雨下过，把荷叶上的水珠收集起来煮茶，香气浓郁扑鼻。

门外的鱼塘，横跨三百多亩，里面多种菱角、芡实。小菱角像姜芽似的，就直接采来吃，鲜嫩如莲子，香味像建兰，没有什么味道能和它相比。深秋时节，柑橘饱经风霜，不是个个红润饱满，不会轻易剪下。深冬看捕鱼，各类渔船上千艘，一艘挨着一艘地排列着，有的用鱼夹去夹，有的用大网去扣，有的用鱼叉去刺，有的用网去撒，有的用罩子去压，有的用罣去堵，水中都是泛起的污泥，浑浊得像泥浆一样。入网之鱼困在网里舒展不开，漏网之鱼在外面活蹦乱跳，即便是小鱼，也都出来了。大家把船聚在一起分鱼，光鱼税就得交三百多斤，个个红眼白肚，大家满载而归。然后约上我的兄弟们，一起烹煮鲜鱼，开怀畅饮，整整一天才各自散去。

秋景先秋人已先
魏知亭界真催一番
快意田家畫亦生
秋庵素詩天向清
閒居聯迴雲逕閒
更有聯馬傍好更
吸政陽子端向聲
中揉落思
秋意一律

松化石❶

　　松化石，大父舁自潇江署中❷。石在江口神祠，土人割牲绘神❸，以毛血洒石上为恭敬，血渍毛毵❹，几不见石。大父舁入署，亲自袚濯❺，呼为"石丈"，有《松化石纪》。今弃阶下，载花缸，不称使。余嫌其轮囷臃肿❻，失松理，不若董文简家峀错二松橛，节理槎枒❼，皮断犹附，视此更胜。

　　大父石上磨崖，铭之曰："尔昔鬣而鼓兮，松也；尔今脱而骨兮，石也；尔形可使代兮，贞勿易也。尔视余笑兮，莫余逆也。"其见宝如此。

注 释

❶松化石：作者在《夜航船》一书中有介绍："松化石：松树至五百年，一夜风雷，化为石质，其树皮松节，毫忽不爽。唐道士马自然指延真观松，当化为石，一夕果化。"

❷潇江署：永州的官署。潇江，潇水，为湘江支流，源自湖南宁远南九嶷山，至零陵西北入湘水。零陵为永州府治。

❸土人：当地人、本地人。绘：祭祀。

❹毵（sān）：毛发散乱的样子。

❺袚濯（fú zhuó）：清除污垢。

❻轮囷：硕大。

❼槎（chá）枒：错杂、参差不齐的样子。

译 文

松化石是祖父从潇江官署中运回来的。石头本来摆在江口神祠，当地人宰杀牲畜祭神，将毛发鲜血洒在石头上表示恭敬，因此上面血迹斑斑，毛发散乱，几乎看不到石头本来的样子。祖父把它运回衙门，亲自洗刷，称其为"石丈"，还写了一篇《松化石纪》。现在闲置在台阶下，用来垫花缸，并不适合。我嫌它硕大臃肿，失去松树的纹理，不如董文简家苗壮盘曲的两个松树概，它们纹理参差错杂，树皮断了仍附在树干上，跟这个松化石比更胜一筹。

祖父在这块石头上镌刻铭文，上面写道："你曾经枝叶茂盛树干粗壮，是棵松树；如今枝叶尽脱只剩骨干，是块石头；你的外形可以更替，但品质不会改变。你和我相视一笑，我们是莫逆之交。"可见他是多么珍视这块石头。

❧ 闰中秋 ❧

崇祯七年闰中秋❶，仿虎丘故事❷，会各友于戢山亭❸。每友携斗酒、五簋、十蔬果、红毡一床❹，席地鳞次坐。缘山七十余床，衰童塌妓❺，无席无之。在席者七百余人，能歌者百余人，同声唱"澄湖万顷"❻，声如潮涌，山为雷动。诸酒徒轰饮，酒行如泉。夜深客饥，借戒珠寺斋僧大锅❼，煮饭饭客，长年以大桶担饭不继❽。

注释

❶崇祯七年：1634年。

❷虎丘故事：指苏州人中秋夜在虎丘赏月的习俗。

❸戢山亭：为旧时绍兴山阴、会稽两县的状元亭，凡考中状元者，将名字刻于亭柱。戢山，在浙江绍兴城内。传说越王勾践败于吴国后，曾在此采戢草而食，故名。

❹簋：古代盛食物器具，圆口，双耳。

⑤衰童塌妓：年长色衰的娈童歌伎，这里有调侃的意味。

⑥澄湖万顷："澄湖万顷"句语出梁辰鱼《浣纱记》第三十出《采莲》之《念奴娇序》："澄湖万顷，见花攒锦绣，平铺十里红妆。夹岸风来宛转处，微度衣袂生凉。摇飏，百队兰舟，千群画桨，中流争放采莲舫。（合）惟愿取双双缱绻，长学鸳鸯。"

⑦戒珠寺：在今浙江绍兴西街。原为王羲之旧宅，原名安昌寺，唐大中年间改称戒珠寺，现存墨池、山门、大殿和东厢房。

⑧长年：长工。

译文

崇祯七年（1634）闰中秋，效仿虎丘旧俗，与各位胖友相会于蕺山亭。每人带着一斗酒、五簋食物、十种蔬菜瓜果、一床红毡，大家席地挨次坐下。沿着山摆放了七十多张席，那些娈童歌伎，没有哪个上面是没有他们的。在场有七百多人，能演唱的有一百多，大家一齐唱着"澄湖万顷"，声音如潮水般涌动，山峰为之震动。酒徒们狂喝滥饮，酒像泉水一样流动。夜深了，客人饿了，就借戒珠寺斋僧的大锅，煮饭给客人吃，长工用大桶担饭，都供不过来。

命小傒斑竹、楚烟于山亭演剧十余出，妙入情理，拥观者千人，无蚊虻声①，四鼓方散②。月光泼地如水，人在月中，濯濯如新出浴。夜半，白云冉冉起脚下，前山俱失，香炉、鹅鼻、天柱诸峰③，仅露髻尖而已④，米家山雪景仿佛见之⑤。

注释

❶蚊虻：这里泛指蚊虫。

❷四鼓：四更。

❸鹅鼻：鹅鼻山，又名峨眉山、刻石山，在浙江绍兴南。天柱：天柱山，又名宛委山、石匮山、玉笥山，在浙江绍兴东南。

❹髻（jì）尖：山头。髻，梳在头顶的发结。

⑤米家山：宋代米芾、米友仁父子擅画山水，自成一格，后人遂称其父子所作山水画为"米家山"或"米家山水"。

译文

　　我让小奴芥竹、楚烟在山亭演了十几出戏，妙入情理，虽然围在一起观赏的有上千人，但静得连蚊虫的声音都没有，直到四更时分才散。月光像流水洒在地面上，人在月光中，明净的样子就像刚刚出浴。夜半时分，白云冉冉从脚下升起，眼前的山峰都消失了，只有香炉、鹅鼻、天柱峰，仅露出一点峰尖而已，仿佛看见了米芾父子笔下的雪景图。

愚公谷 ❶

　　无锡去县北五里为铭山❷。进桥，店在左岸。店精雅，卖泉酒、水坛、花缸、宜兴礶、风炉、盆盎、泥人等货。愚公谷在惠山右，屋半倾圮❸，惟存木石。惠水涓涓❹，繇井之涧，繇涧之溪，繇溪之池、之厨、之湢❺，以涤、以濯、以灌园、以沐浴、以净溺器，无不惠山泉者，故居园者福德与罪孽正等。

　　愚公先生交游遍天下，名公巨卿多就之，歌儿舞女、绮席华筵、诗文字画，无不虚往实归。名士清客至则留，留则款❻，款则钱❼，钱则赊❽。以故愚公之用钱如水，天下人至今称之不少衰。愚公文人，其园亭实有思致文理者为之，礐石为垣，编柴为户，堂不层不庑❾，树不配不行❿。堂之南，高槐古朴，树皆合抱，茂叶繁柯，阴森满院。藕花一塘，隔岸数石，乱而卧。土墙生苔，如山脚到涧边，不记在人间。园东逼墙一台，外瞰寺，老柳卧墙角而不让台，台遂不尽瞰，与他园花树故故为亭台、意特特为园者不同。

❶愚公谷：在今江苏无锡锡惠公园内，原为惠山寺僧人居所，名听泉山房。至明代邹迪光在此建造园林，取柳宗元《愚溪诗序》一文中愚溪、愚丘之意，称其为愚公谷。详情参见邹迪光《愚公谷乘》一文。

❷铭山：又名锡山，在今江苏无锡市西，与惠山相连。

❸倾圮：倒塌毁坏。

❹惠水：惠山泉水。

❺湢（bì）：浴室。

❻款：热情款待。

❼饯：饯行，设酒食送别。

❽赆（jìn）：赠给别人的路费或礼物。

❾庑：堂下周围的走廊、廊屋。

❿行（háng）：行列。

译 文

无锡县城往北五里是铭山。走上桥，店铺在左手岸边。店铺精雅，出售泉酒、水坛、花缸、宜兴罐、风炉、盆盎、泥人等商品。愚公谷在惠山的右边，房屋大半倒塌，只剩下一些木石。惠山泉水涓涓流过，从水井流到小沟，从小沟流到小溪，再从小溪流到水塘、流到厨房、流到浴室，用来洗涤、用来清洗、用来浇灌园子、用来沐浴，乃至用来清洁便器，没有不是用惠山泉水的，因此住在这个园子里的人福德与罪孽正相等。

愚公先生交游遍天下，名流权贵多愿意接近他，无论是歌儿舞女、绮席华筵，还是诗文字画，没有不是虚往实归的。名士清客到了就留下，留下之后就款待，款待之后就设酒食送别，设酒食送别就送路费。因此愚公花钱如流水，天下人至今仍赞扬不绝。愚公是文人，他的园亭是真有思致文理的人设计的，垒石为墙，编柴成门，厅堂没有分层也没走廊，树木不对称也不成行。厅堂南边，槐树高大古朴，都有合抱那么粗，枝繁叶茂，满院幽静阴凉。池中有莲藕荷花，隔岸有一些石头，散乱地倒在那里。土墙上生出青苔，从山脚走到洞边，记不得自己是在人间了。园子东边临墙有个台子，往外能看到寺院，有棵老柳树卧在墙角，不让这个台子，站在台子上就不能看到全部风景，这就与其他园子花树特意为亭台留地方、可以造园的做法不同。

定海水操[1]

定海演武场在招宝山海岸[2]。水操用大战船、唬船、蒙冲、斗舰数千余艘[3]，杂以鱼艓轻舠[4]，来往如织。舳舻相隔[5]，呼吸难通，以表语目，以鼓语耳，截击要遮，尺寸不爽[6]。健儿瞭望，猿蹲桅斗，哨见敌船，从斗上掷身腾空溺水，破浪冲涛，顷刻到岸，走报中军，又趵跃入水，轻如鱼凫。

水操尤奇在夜战，旌旗干橹皆挂一小镫[7]，青布幕之，画角一声，万蜡齐举，火光映射，影又倍之。

招宝山凭槛俯视，如烹斗煮星，釜汤正沸。火炮轰裂，如风雨晦冥中电光翕焱[8]，使人不敢正视。又如雷斧断崖石，下坠不测之渊，观者褫魄[9]。

注释

❶定海：即今浙江定海。

❷招宝山：又名侯涛山、鳌柱山。在今浙江镇海东北，南临港口，形势险要，素有"浙东门户"之称。

❸唬船：又叫叭唬船。明代闽、浙一带水军使用的小型战船。蒙冲：一种古代战船。用生牛皮蒙船覆背，两边开掣桨孔，左右设有弩窗、矛穴。斗舰：一种大型战船。

④鱼艒轻�：指轻便小船。

⑤舳舻（zhú lú）：船头、船尾的合称。指代船。

⑥爽：差错。

⑦镫（dēng）：灯。

⑧翕焱（yàn）：火光闪烁，光芒四射。

⑨褫（chǐ）魄：失魂落魄、惊慌失措的样子。

译文

定海演武场在招宝山那里的海岸。水操用了几千艘大战船、叭喇船、蒙冲、斗舰，还夹杂一些轻舟小船，往来如织。舟船相隔，说话听不见，就用眼睛来看表情，用耳朵来听鼓声，但拦截攻击，丝毫不差。负责瞭望的健儿，像猿猴一样蹲在桅斗上，望见敌船，就从桅斗上纵身腾空入水，破浪冲涛，顷刻间游到岸边，跑去报告中军，随后再跳入水中，轻盈得像只水鸟。

水操更为奇特的是夜战，旌旗兵器上都挂着一小盏灯，用青色的布蒙着，画角声一响，所有灯烛同时举起，水火映射，光影成倍增加。

从招宝山凭栏俯视，就像一口大锅在烹煮北斗群星，锅里的水正沸腾翻滚。火炮轰炸的声音，就像风雨昏暗中的电闪雷鸣，让人不敢正视。又像用雷斧砍断崖边的石头，坠下无底深渊，观看的人吓得惊魂未定。

阿育王寺舍利①

阿育王寺，梵宇深静②，阶前老松八九棵，森罗有古色。殿隔山门远，烟光树樾③，摄入山门，望空视明，冰凉晶沁。右旋至方丈门外，有娑罗二株，高插霄汉。便殿供栴檀佛④，中储一铜塔，铜色甚古，万历间慈圣皇太后所赐❺，藏舍利子塔也❻。舍利子常放光，琉璃五彩，百道迸裂，出塔缝中，岁三四见。凡人瞻礼舍利，随人因缘现诸色相。如墨墨无所见者❼，是人必死。昔湛和尚至寺，亦不见舍利，而是年死。屡有验。

次蚤，日光初曙，僧导余礼佛，开铜塔，一紫檀佛龛供一小塔，如笔筒，六角，非木非楮❽，非皮非漆，上下黢定❾，四围镂刻花楞梵字❿。舍利子悬塔顶，下垂摇摇不定，人透眼光入楞内，复眠眼，上视舍利，辨其形状。

余初见三珠连络如牟尼串⓫，煜煜有光。余复下顶礼，求见形相，再视之，见一白衣观音小像，眉目分明，髭鬓皆见⓬。

秦一生反复视之，讫无所见，一生逴邅⓭，面发赤，出涕而去。一生果以是年八月死，奇验若此。

注释

❶阿育王寺：在今浙江宁波鄞州阿育王山。东晋义熙元年（405），为保护舍利始建。梁武帝普通三年（522），兴建殿堂楼阁，并赐寺名为"阿育王寺"。寺内保存许多碑碣、石刻以及经藏古籍等珍贵文物。阿育王，古印度摩揭陀国孔雀王朝的国王，前268至前232年在位。后皈依佛教，在印度广建寺塔，派僧人四处传教。舍利：舍利子。释迦牟尼遗体火焚时形成的珠状物。后亦指高僧火化后剩下的骨烬。

❷梵宇：佛寺，寺院。

❸树樾：树荫。

❹栴檀：同"旃檀"，檀香木。

❺慈圣皇太后：明神宗的生母李氏，原为宫女。

❻舍利子塔：作者《夜航船》一书有介绍："舍利塔：《谈苑》：阿育王所造释迦真身舍利塔，见于明州鄞县。太宗命取舍利，度开宝寺地，造浮屠十一级以藏之。"

❼墨墨：昏暗、看不清的样子。

⑧楮：纸的代称。

⑨攃（mán）：裂开，脱离。

⑩梵字：古代印度所通行的文字。

⑪牟尼：摩尼，宝珠，这里泛指佛珠。

⑫鬐鬘（jiǎn mán）：鬓毛，额发。

⑬遑遽：惶恐不安。

译文

阿育王寺，寺院幽静，台阶前有老松八九棵，枝叶繁密，有古雅之意。大殿离山门较远，道路两旁的烟云树荫，都在山门的视线内，向空中望去，一片明净，幽光透出凉意。向右转到方丈门外，有娑罗树两棵，高高耸立直冲云霄间。便殿供奉游檀佛，中间放着一座铜塔，铜的颜色很旧，为万历年间慈圣皇太后所赐，是存放舍利子的佛塔。舍利子常常放着光芒，像琉璃一样五彩斑斓，上百道光芒从塔缝中迸发，一年可以见到三四次。人们来瞻仰舍利，会随人的因缘显现各种色相。如果黑乎乎的什么都看不见，此人必死。以前湛和尚到寺院，也没看到舍利，结果当年就死了。此事屡有应验。

次日早晨，太阳刚升起，寺僧就带我去拜佛，然后打开铜塔，一个紫檀做的佛龛里供着一尊小塔，像个笔筒，有六个角，非木非楮，非皮非漆，表面上下都开裂了，四周镂刻着花边梵文。舍利子就悬在塔顶，往下垂着，摇摇不定，人透过小缝往里看，眼睛再往上看舍利，能辨认出其形状。

我起初看到三个珠子连在一起像牟尼珠，明亮有光泽。我又下去礼拜一次，请求看到真正的形状，再去看时，看到的则是一尊白衣观音小像，眉目分明，鬓发都能看得清清楚楚。

秦一生反复盯着看，但什么也没看到，他感到惊恐不安，脸上发红，流着泪离开了。其后一生果然在这一年八月去世，舍利竟然如此灵验。

过剑门①

　　南曲中②，妓以串戏为韵事③，性命以之④。杨元、杨能、顾眉生、李十、董白以戏名，属姚简叔期余观剧。俟僮下午唱《西楼》⑤，夜则自串。俟僮为兴化大班，余旧伶马小卿、陆子云在焉，加意唱七出戏。

　　至更定，曲中大咤异。杨元走鬼房问小卿曰⑥："今日戏，气色大异，何也？"小卿曰："坐上坐者余主人。主人精赏鉴，延师课戏，童手指千⑦，俟僮到其家谓'过剑门'，焉敢草草！"杨元始来物色余。《西楼》不及完，串《教子》，顾眉生：周羽；杨元：周娘子；杨能：周瑞隆⑧。杨元胆怯肤栗，不能出声，眼眼相觑⑨，渠欲讨好不能⑩，余欲献媚不得，持久之，伺便喝采一二，杨元始放胆，戏亦遂发。

　　嗣后曲中戏，必以余为导师，余不至，虽夜分不开台也。以余而长声价，以余长声价之人而后长余声价者，多有之。

注释

❶剑门：剑门关，在四川剑阁大剑山口。大剑山中断处，两崖相对如门，故名"剑门"。这里以过剑门来形容作者精于赏鉴，演员很难得到其认可。

❷南曲中：南京地区的青楼、妓院。

❸串戏：演戏。

❹性命以之：用自己的性命去演戏，意思是演得十分认真、投入。

❺西楼：即《西楼记》，作者为张岱好友袁于令，写书生于鹃与

妓女穆素徽之间的爱情故事。

❻鬼房：演员化妆使用的房间。

❼童手指千：典出《汉书·货殖传》："牛千足，羊彘千双，童手指千。"这里指经张岱调教出来的伶童有很多。

❽"串《教子》，……周瑞隆"句：以上出目及人物皆出自《寻亲记》，作者王錂，写秀才周羽悲欢离合事。《教子》为该剧第二十五出。周羽、周娘子、周瑞隆皆剧中人物。

❾觑：看，偷看，窥探。

❿渠：其，他。

译文

在青楼妓院里，妓女们以演戏为风雅之事，往往用自己的生命去演。杨元、杨能、顾眉生、李十、董白都因演戏而闻名，她们托姚简叔约我去看戏。戏子们下午唱《西楼记》，夜间则亲自串戏。这些戏子来自兴化的大戏班，我以前的伶人马小卿、陆子云也在，她们特意唱了七出戏。

戏演到初更时分，大家感到很奇怪。杨元走到后台问小卿道："今天演戏，你气色大不一样，这是怎么回事？"小卿说："坐上坐的是我以前的主人。主人精于鉴赏，专门请老师教戏，经他调教出来的伶人有很多，戏子到他家演戏叫'过剑门'，哪敢草草了事！"杨元这才用眼打量着我。《西楼记》还没唱完，又演《教子》。顾眉生扮周羽，杨元扮周娘子，杨能扮周瑞隆。杨元胆怯发抖，发不出声音，大家相互看着，她想讨好我却不能，我想捧场也不能，相持久了，我等到合适的机会喝了一两声彩，杨元才开始放开胆子，戏也跟着才唱起来。

以后青楼里演戏，必定请我做导师，我不到场，就是到了半夜也不开演。因我而长身价，因我而长身价其后又使我长身价的人，有不少。

冰山记

魏珰败①，好事作传奇十数本，多失实，余为删改之，仍名《冰山》②。城隍庙扬台，观者数万人，台趾鳞比，挤至大门外。一人上，白曰："某杨涟。"③口口谇谇曰④："杨涟！杨涟！"声达外，如潮涌，人人皆如之。杖范元白⑤，逼死裕妃⑥，怒气忿涌，噤断嗷喈⑦。至颜佩韦击杀缇骑⑧，嗷呼跳蹴⑨，汹汹崩屋。沈青霞缚橐人射相嵩⑩，以为笑乐，不是过也。

是秋，携之至兖，为大人寿⑪。一日，宴守道刘半舫⑫，半舫曰："此剧已十得八九，惜不及内操菊宴及逼灵犀与橐收数事耳。"余闻之，是夜席散，余填词，督小僮强记之。次日，至道署搬演，已增入七出，如半舫言。半舫大骇异，知余所构，遂诣大人，与余定交。

注释

①魏珰：指宦官魏忠贤。

②冰山：《冰山记》，陈开泰撰，明祁彪佳《远山堂曲品》称其"传时事而不牵蔓，正是炼局之法。但对口白极忌太文，便不脱学究气"，作者据以删改的当为此剧。原剧及作者删改本皆已失传。

③杨涟（1571—1625）：字文孺，号大洪，湖广应山（今湖北广水）人。万历三十五年（1607）进士，历任常熟知县、给事中、兵科都给事中、左副都御史等，因弹劾魏忠贤被诬陷，惨死狱中。著有《杨忠烈公文集》。

④谇谇（suì chá）：小声传话。

⑤范元白：作者在《古今义烈传自序》中作"杖杀万燝"。万燝，字闇夫，一字元白，江西南昌人，万历四十四年（1616）进士，历任

刑部、工部主事。据《明史·万燝传》记载，万燝上书弹劾魏忠贤，"忠贤大怒，矫旨廷杖一百，斥为民"，"乃命群奄至燝邸，掉而殴之，比至阙下，气息才属。杖已，绝而复苏。群奄更肆蹴踏，越四日即卒"。

⑥裕妃：天启皇帝的妃子张氏，天启三年（1623）被册封为裕妃，因受宠幸怀孕，遭到客氏、魏忠贤忌恨，被陷害至死。

⑦喋：闭口不说话。嚄唶（huò jiè）：叫嚷、呼喊。

⑧颜佩韦：苏州市民。魏忠贤屡兴大狱，打击东林党人，逮捕周顺昌时，苏州市民进行反抗，打死一名旗尉。后朝廷追究，颜佩韦等五人挺身投案，英勇就义。缇骑：锦衣卫校尉。

⑨嗥：古同"叫"。蹴：踢、踏。

⑩沈青霞缚橐人射相嵩：据《明史·沈錬传》记载：沈錬因得罪严嵩而被贬，他"缚草为人，象李林甫、秦桧及嵩，醉则聚子弟攒射之"。沈青霞，沈錬，号青霞。嵩，权臣严嵩。

⑪大人：即家大人，指作者的父亲张耀芳。

⑫刘半舫：刘荣嗣（1570—1638），字敬仲，号简斋，别号半舫，河北曲周人。万历四十四年（1616）进士，历任户部主事、吏部主事、顺天府尹、工部尚书等。为人正直，不依附阉党，著有《半舫集》《简斋集》等。

译文

　　宦官魏忠贤事败，好事者写了十几本传奇，但大多都与事实不符，我把它删改了一番，仍然叫《冰山记》。在城隍庙扬台演出，观看者有几万人，在台下密密麻麻，一直挤到大门外。一个演员上台，念白道："我是杨涟。"人们就小声传道："杨涟！杨涟！"声音传到外面，像潮水翻涌一般，每个人都在这样说着。演到杖打范元白，逼死裕妃的时候，观众怒气涌上心头，尚紧咬牙关怒而不言。等演到颜佩韦击杀锦衣卫校尉时，大家喊着跳着，声音大到要把屋子震塌。看到沈青霞绑假人当作严嵩来射时，大家都笑了起来，觉得不过如此。

那年秋天，我带着剧本到兖州府，去给父亲祝寿。一天，宴请守道刘半舫，半舫说："这部剧里的事件十有八九都写到了，只可惜没提到内操菊宴、逼灵犀及囊收这几件事。"我听到后，当天夜里一散席，就去填词，督促伶人赶紧记熟。第二天，到道台衙门搬演，已经增加七出戏，把半舫说的那些事都写进去。半舫感到很惊讶，后来知道是我写的，就到父亲那里，与我结交。

卷八

龙山放灯[1]

万历辛丑年[2]，父叔辈张灯龙山，刿木为架者百[3]，涂以丹腹[4]，帨以文锦[5]，一灯三之。灯不专在架，亦不专在磴道[6]，沿山袭谷，枝头树杪，无不灯者[7]，自城隍庙门至蓬莱冈上下，亦无不灯者。山下望如星河倒注，浴浴熊熊[8]，又如隋炀帝夜游[9]，倾数斛萤火于山谷间，团结方开[10]，倚草附木，迷迷不去者[11]。好事者卖酒，缘山席地坐。山无不灯，灯无不席，席无不人，人无不歌唱鼓吹。男女看灯者，一入庙门，头不得顾，踵不得旋，只可随势，潮上潮下，不知去落何所，有听之而已。庙门悬禁条：禁车马，禁烟火，禁喧哗，禁豪家奴不得行辟人[12]。父叔辈台于大松树下，亦席，亦声歌，每夜鼓吹笙簧与宴歌弦管，沉沉昧旦[13]。

注释

[1] 放灯：民间农历正月元宵节燃点花灯的一种风俗。作者《夜航船》一书亦有介绍："元夕放灯：以正月十五天官生日放天灯，七月十五水官生日放河灯，十月十五地官生日放街灯。宋太宗淳化元年六月丙午诏，罢中元、下元两夜灯。"

[2] 万历辛丑年：即万历二十九年（1601）。

[3] 刿（yǎn）：削。

[4] 丹腹（huò）：红色涂料。

[5] 帨（shuì）：佩巾，这里用作动词，以布缠裹的意思。

[6] 磴（dèng）：石头台阶。

[7] 树杪（miǎo）：树梢。

[8] 浴浴熊熊：形容水势很大的样子。

❾隋炀帝夜游：典出《隋书·炀帝纪》："壬午，上于景华宫征求萤火，得数斛，夜出游山，放之，光遍岩谷。"隋炀帝，杨广（560—618），小字阿㟰，隋文帝杨坚次子。在位期间大兴土木，修建宫殿，生活荒淫奢侈。

❿团结：聚拢成团。

⓫迷迷：环绕、依附。

⓬行辟：让人回避。

⓭沉沉昧旦：不知不觉天已将亮。

译文

万历辛丑年即二十九年，父叔辈在龙山放花灯，他们让人削木头搭了上百个架子，涂上红色的颜料，再用彩色织锦裹住，每挂一盏灯都重复这三个步骤。灯不只挂在架子上，也不只挂在石阶上，而是沿着山谷，树梢头上，到处张挂着，从城隍庙大门一直到蓬莱冈附近，也都挂着灯。从山下望上去，就好像天上的星河向人间倾泻，波涛汹涌，又好像隋炀帝当年夜游时，将很多萤火虫倾倒在山谷间，聚拢成团的萤火虫刚散开，环绕依附于草丛树枝间，不肯离开。有喜欢热闹的在这里卖酒，大家顺着山坡席地而坐。山上到处都是灯，灯下到处都是酒席，席上到处都是人，大家都是又吹又唱，庆祝节日。看灯的男男女女，一进庙门，头都没法转动，脚也不能随便动，只能随着人潮，或上或下，不知道会停在哪里，也只能听之任之了。庙门口挂着禁条：禁止车马入内，禁止燃放烟火，禁止高声喧哗，禁止富豪家的奴仆驱逐行人。父叔辈们在大松树下安放案台，也是席地而坐，也在放声歌唱，每晚都是鼓瑟吹笙，丝竹管弦齐奏，不知不觉间天色已亮。

十六夜，张分守宴织造太监于山巅星宿阁❶，傍晚至山下，见禁条，太监忙出舆笑曰："遵他，遵他，自咱们遵他起！"却随役，用二屾角扶掖上山❷。夜半，星宿阁火罢，宴亦遂罢。灯凡四夜，山上下

278

糟丘肉林❸，日扫果核蔗滓及鱼肉骨蠡蜕❹，堆砌成高阜，拾妇女鞋挂树上，如秋叶。

注释

❶织造太监：明时朝廷于南京、杭州、苏州三地设专局，掌管织造各项丝织品，供皇室之用，并各置提督织造太监一人。

❷丱（guàn）角：旧时儿童的一种发式，将头发束成两角的样子。这里指年幼的仆从。扶掖：搀扶、扶助。

❸糟丘肉林：形容酒肉非常之多。

❹蠡蜕：贝类的壳。

译文

正月十六那天夜里，张分守在山顶的星宿阁里宴请织造太监，织造太监傍晚了到山下，看见庙门的禁条，连忙走出轿子笑着说："照办，照办，就从咱们开始照办。"于是不用随从，只让两个童仆搀扶着上山。到了半夜，星宿阁灭灯，宴会也就结束了。总共放了四夜灯，山上山下遍地都是酒肉食物，每天打扫出来的果核残渣及鱼骨贝壳之类，堆得像高高的山丘，将拾到的妇女的鞋子挂在树上，看起来像秋叶一样多。

相传十五夜，灯残人静，当垆者正收盘核❶，有美妇六七人买酒。酒尽，有未开瓮者，买大罍一❷，可四斗许，出袖中蔬果，顷刻罄罍而去。疑是女人星，或曰酒星。又一事，有无赖子于城隍庙左借空楼数楹❸，以姣童实之，为帘子胡同。是夜，有美少年来狎某童，剪烛㳠酒❹，媟亵非理❺，解裤，乃女子也，未曙即去，不知其地、其人，或是妖狐所化。

注释

❶当垆：卖酒。

❷罍：旧时一种盛酒的容器，小口，广肩，深腹，圈足，有盖，多用青铜或陶制成。

❸无赖子：刁顽耍奸、为非作歹的人。

❹殢（tì）酒：困酒，病酒。

❺媟亵：轻薄，猥亵。

译文

相传正月十五夜，灯残人静的时候，卖酒人正在收拾盘中的残物，有六七个美貌的妇人来买酒。酒喝完了，看到还有没开封的酒瓮，就买了一大坛，大概有四斗多。她们从衣袖里拿出瓜果来，顷刻间喝光而去。人们怀疑她们是女人星，也有人说是酒星。还有一件怪事，有一个无赖子弟借了几间城隍庙左边的空楼，放了一些美貌的娈童在里面，作为帘子胡同。那天夜里，有一个美少年来淫狎某个男童，等到烛残酒醉，轻薄失态的时候，解开衣服，原来是个女的，天没亮就离开了，不知来自何处，是何人，也许是妖狐幻化而来。

王 月 生❶

南京朱市妓❷，曲中羞与为伍，王月生出朱市，曲中上下三十年决无其比也。面色如建兰初开，楚楚文弱，纤趾一牙❸，如出水红菱，矜贵寡言笑❹，女兄弟闲客，多方狡狯❺，嘲弄哈侮❻，不能勾其一粲❼。善楷书，画兰竹水仙。亦解吴歌，不易出口。南中勋戚大老力致之❽，亦不能竟一席。富商权胥得其主席半晌，先一日送书帕❾，非十金则五金，不敢亵订。与合卺，非下聘一二月前，则终岁不得也。

好茶，善闵老子，虽大风雨、大宴会，必至老子家啜茶数壶始去。所交有当意者，亦期与老子家会。一日，老子邻居有大贾，集曲中妓十数人，群译嘻笑❶，环坐纵饮。月生立露台上，倚徙栏楯❶，眠娗羞涩❷，群婢见之皆气夺，徙他室避之。月生寒淡如孤梅冷月，含冰傲霜，不喜与俗子交接，或时对面同坐起，若无睹者。

有公子狎之，同寝食者半月，不得其一言。一日口嗫嚅动，闲客惊喜，走报公子曰："月生开言矣！"哄然以为祥瑞，急走伺之，面赪❸，寻又止❹，公子力请再三，謇涩出二字曰❺："家去。"

注释

❶ 王月生：王月生生平事迹，清初余怀《板桥杂记》记之甚详，兹引如下："王月，字微波。母胞生三女：长即月，次节，次满，并有殊色，月尤慧妍，善自修饰，顾身玉立，皓齿明眸，异常妖冶，名动公卿。桐城孙武公昵之，拥致栖霞山下雪洞中，经月不出。己卯岁牛女渡河之夕，大集诸姬于方密之侨居水阁。四方贤豪，车骑盈闾巷，梨园子弟，三班骈演，水阁外环列舟航如堵墙。品藻花案，设立层台，以坐状元。二十余人中，考微波第一，登台奏乐，进金屈卮。南曲诸姬皆色沮，渐逸去。天明始罢酒。次日，各赋诗纪其事。余诗所云'月中仙子花中王，第一姮娥第一香'者是也。微波绣之于帨巾不去手。武公益眷念，欲置为侧室。会有贵阳蔡香君，名如蘅，强有力，以三千金啖其父，夺以归。武公悒悒，遂娶葛嫩也。香君后为安庐兵备道，携月赴任，宠专房。崇祯十五年五月，大盗张献忠破庐州府，知府郑履祥死节，香君被擒。搜其家，得月，留营中，宠压一寨。偶以事忤献忠，断其头，函置于盘，以享群贼。嗟乎，等死也，月不及嫩矣，悲夫。"

❷ 朱市：南京秦淮河一代的低等妓院。

❸ 纤趾一牙：指王月生的脚很小。

❹ 矜贵：矜持，高贵。

❺ 狡狯：玩笑，逗笑。

281

⑥哈侮：戏弄。

⑦粲：露齿而笑。

⑧勋戚大老：皇亲贵族。

⑨书帕：书信与礼金。

⑩谇（suì）：本义为责骂，这里指嬉笑打闹。

⑪楯（shǔn）：栏杆上的横木。

⑫眠娗（tǐng）：腼腆、羞涩。

⑬赪（chēng）：变成红色。

⑭寻：很快，不久。

⑮寋（jiǎn）涩：羞涩、不好意思。

译文

南京朱市的妓女，青楼中的人都羞于和她们为伍，王月生是从朱市里出来的，但青楼上下三十年间没有一个能与她相比的。她的面容如刚刚开放的建兰花，楚楚动人，文雅柔弱，一双纤细的小脚，像出水的红菱。她矜持高贵而不苟言笑，那些女兄弟、闲客开各种玩笑，调笑戏弄，都不能让其一笑。她擅写楷书，喜画兰花、竹子、水仙等。也懂吴歌，但不轻易开口。南方那些达官贵族想尽办法去见她，也无法一起参加完一场宴席。富商权贵们想要做个半天的主席，都得提前一天送去书信礼金，没有十金也得五金，不敢怠慢。与她同床共枕的话，如果不在一两个月前下聘，一整年都会见不到。

王月生喜欢品茶，与闵老子关系很好，即便遇到大风雨、大宴会，也必定到闵老子家饮几壶茶再走。在交往的人里有中意的，也约在闵老子家相会。一天，闵老子有个邻居是富商，他聚集了青楼里的十几个妓女，相互打闹嬉笑，围坐在一起喝酒。这时月生站在露台上，倚着栏杆，美貌中带着羞涩，这群妓女见到她，都没了神气，躲到其他屋子里去了。月生性情寒淡，如孤梅冷月，含冰傲霜，不喜欢与世俗之人接触，有时一起面对面同坐同起，她好像没有看见一样。

有位公子包养她，与其在一起同吃同住半个月，没听见她说一个

282

蓏葡菁楚跳秋畦
玉練橋邊偶敉船
倚敓修餴　圓沿
澈仰觳迴雁翔鳳
傳剌悴西吳湾涿
佐隊該南華十七
箺物、蓺經真
易简天樸岑䴏悟
魚蔦
大液池泛舟擕作

字。一天，王月生嘴唇微动，似乎要开口，那些闲人又惊又喜，赶忙跑去跟公子说："月生开口说话了！"大家吵吵嚷嚷，认为是好事，急忙跑去等着，只见她脸颊发红，很快又停住不说了，公子再三请她说话，这才羞涩地吐出两个字："家去。"

张东谷好酒

余家自太仆公称豪饮[1]，后竟失传，余父、余叔不能饮一蠡壳[2]，食糟茄[3]，面即发赪[4]，家常宴会，但留心烹饪，庖厨之精，遂甲江左。一簋进[5]，兄弟争啖之立尽，饱即自去，终席未尝举杯。有客在，不待客辞，亦即自去。

山人张东谷[6]，酒徒也，每悒悒不自得。一日起谓家君曰："尔兄弟奇矣！肉只是吃，不管好吃不好吃；酒只是不吃，不知会吃不会吃。"二语颇韵，有晋人风味。而近有伧父载之《舌华录》[7]，曰："张氏兄弟，赋性奇哉！肉不论美恶，只是吃；酒不论美恶，只是不吃。"字字板实，一去千里，世上真不少点金成铁手也[8]。

东谷善滑稽，贫无立锥，与恶少讼，指东谷为万金豪富，东谷忙忙走诉大父曰："绍兴人可恶，对半说谎[9]，便说我是万金豪富。"大父常举以为笑。

注释

[1] 豪饮：纵饮，能喝酒。

[2] 蠡（lí）壳：贝类的壳，这里指很小的酒杯。

[3] 糟茄：一种具有药用价值的食品。做法为将紫茄子洗净切块，与酒糟、精盐放在瓷罐中，搅拌均匀，封口，放置一个月左右即可食用。

④赪：红色。

⑤簋（guǐ）：古代盛食物的器具，圆口，双耳。

⑥山人：隐士。

⑦伧父：鄙贱之人。《舌华录》：明代笔记，作者曹臣。

⑧点金成铁：比喻把好事办坏。典出宋道原《景德传灯录·真觉大师灵照》："问：'还丹一粒，点铁成金；至理一言，点凡成圣。请师一点。'师曰：'还知齐云点金成铁吗？'曰：'点金成铁，未之前闻。至理一言，敢希垂示。'"

⑨对半：一半。一说当面。

译文

我家从太仆公起就号称能喝酒，后来竟然失传了，我的父亲、叔叔都是连一小盅酒都喝不了，就是吃糟茄，脸都会发红，居家吃饭，参加宴会，都是只对烹饪留心，他们对美食品鉴之精通，在江左一带无人能比。一盘食物端进来，兄弟俩争着吃，很快吃完，吃饱就自行离开，直到宴席结束都没举过一次酒杯。就是有客人在，不等客人告辞，也是先自行离开。

山人张东谷是个酒徒，经常郁郁不开心。有一天，他从座位上起身对我父亲说："你们兄弟俩真是奇怪，肉只是吃，也不管好吃不好吃；酒只是不喝，也不知道会喝不会喝。"这两句话颇有韵味，有晋人的风韵。近来又有鄙贱之人把这事写到《舌华录》里去，说是："张氏兄弟，赋性奇特！肉不论美恶，只是吃；酒不论美恶，只是不吃。"字字死板过实，意思却是去之千里，世上真是有不少这种点金成铁的高手。

张东谷生性幽默滑稽，穷到连立足之地都没有，曾和一位恶少打官司，那人说张东谷是家有万金的富豪，东谷急忙跑去告诉我祖父说："绍兴人真是可恶，当面说谎，说我是万金富豪。"祖父常拿这件事说笑。

楼 船

　　家大人造楼，船之❶；造船，楼之。故里中人谓船楼，谓楼船，颠倒之不置。是日落成，为七月十五，自大父以下，男女老稚靡不集焉。以木排数重搭台演戏，城中村落来观者，大小千余艘。午后飓风起，巨浪磅礴，大雨如注，楼船孤危，风逼之几覆，以木排为戙，索缆数千条❷，网网如织，风不能撼。少顷风定，完剧而散。

　　越中舟如蠡壳❸，局踏篷底❹，看山如矮人观场❺，仅见鞋靸而已❻，升高视明，颇为山水吐气。

注释

❶船之：建成船的形状。

❷戙（dòng）：木船上用来系缆绳的木桩。

❸蠡壳：贝类的壳。

❹局踏：狭窄，局促。

❺矮人观场：又作"矮子看戏"，语出《朱子语类》："如矮子看戏相似，见人道好，他也道好。"比喻随声附和，毫无己见。这里用的是词语的字面意思。

❻靸（sǎ）：拖鞋。

译文

　　父亲建楼，弄成船的形状；造船，又弄成楼的样子。因此乡里人叫船楼，叫楼船，颠来倒去地说。楼船建成那天，是七月十五，从祖父往下，全家男女老幼都聚在一起。就用好几层木排搭成台子演戏，城里、乡下过来看戏的，坐着大大小小的船，有上千艘。午后突然刮起了大风，巨浪磅礴，大雨如注，楼船陷入困境，险些被大风吹翻，后来用木排做桩子，紧紧地系上数千条缆绳，像织网那样，大风这才吹不动了。一会儿风停了，把戏演完后大家才散去。

绍兴的船小得像个贝壳，局促在船篷底下，看外面的山就跟矮人观场一样，只能看到人家的鞋子罢了。在楼船上站得高看得也清，真是为山水扬眉吐气。

阮圆海戏❶

阮圆海家优讲关目❷，讲情理，讲筋节❸，与他班孟浪不同❹。然其所打院本❺，又皆主人自制，笔笔勾勒，苦心尽出，与他班卤莽者又不同。故所搬演，本本出色，脚脚出色，出出出色，句句出色，字字出色。

注释

❶阮圆海：阮大铖（1586—1646），字集之，号圆海，又号石巢、百子山樵，怀宁（今安徽安庆）人。万历四十四年（1616）进士，曾任给事中。因依据阉党魏忠贤，崇祯初免职。后在南明王朝任兵部尚书。南京被清兵攻破后，降清。著有《燕子笺》《春灯谜》《牟尼合》《双金榜》等多部传奇。作者与其曾有往来。

❷关目：剧情。

❸筋节：剧情关键之处。

❹孟浪：轻率、鲁莽。

❺院本：这里指剧本。

译文

阮圆海家的优伶演剧讲究剧情，讲究情理，讲究筋节，与其他戏班的那种轻率作风不同。他们所搬演的剧本，又都是主人自创的，一笔一笔细加勾勒，费尽心思，与其他戏班的鲁莽做法又不同。所以他们的演出，每一本戏、每个角色、每一出戏、每句戏词、每一个字，都很精彩。

余在其家看《十错认》《摩尼珠》《燕子笺》三剧，其串架斗笋、插科打诨、意色眼目❶，主人细细与之讲明。知其义味❷，知其指归❸，故咬嚼吞吐❹，寻味不尽❺。至于《十错认》之龙灯、之紫姑，《摩尼珠》之走解、之猴戏，《燕子笺》之飞燕、之舞象、之波斯进宝，纸札装束，无不尽情刻画，故其出色也愈甚。

注释

❶串架斗笋：指戏曲的情节结构。插科打诨：指戏曲演出时插入一些滑稽的动作或诙谐的语言，以引人发笑。意色眼目：这里指戏曲表演中的表情眼神。意色，意态神色。眼目，面目，脸面。

❷义味：作品的意味和情趣。

❸指归：主旨，意向。

❹咬嚼吞吐：反复揣摩体会。

❺寻味：回味，玩味。

译文

我在他家看过《十错认》《摩尼珠》《燕子笺》这三部戏，对其中的情节结构、插科打诨、眼神仪态，主人都细细地给演员们讲解明白。知道了其中的意味，明白了其中的主旨，因而反复揣摩，回味无穷。至于《十错认》中的龙灯、紫姑，《摩尼珠》中的走解、猴戏，《燕子笺》的飞燕、舞象、波斯进宝、纸扎装束等，无不淋漓尽致地刻画，因而也就更加出色。

阮圆海大有才华，恨居心勿静❶，其所编诸剧，骂世十七❷，解嘲十三，多诋毁东林❸，辩宥魏党❹，为士君子所唾弃，故其传奇不之著焉。如就戏论，则亦镞镞能新❺，不落窠臼者也❻。

注释

❶恨：遗憾，可惜。

❷十七：十分之七。

❸东林：东林党，明代后期，顾宪成与高攀龙、钱一本等人在无锡东林书院讲学，议论朝政，得到一些士大夫的支持，逐渐形成一个政治团体，被称为"东林党"。

❹辩宥（yòu）：辩护，帮着说好话。魏党：以宦官魏忠贤为首的政治集团。

❺镞镞（zú zú）能新：语出刘义庆《世说新语·赏誉》："文学镞镞，无能不新。"镞镞，挺拔的样子。

❻不落窠臼：比喻有独创风格，不落俗套。

译文

阮圆海非常有才华，遗憾的是其心性不够安静，所编写的这些剧目，十部里面有七部是愤世嫉俗的，有三部是自我解嘲的，大多诋毁东林党人，帮魏忠贤之流辩白，受到士大夫君子的唾弃，因而他的这些传奇出不了名。如果仅就戏这方面来说，也算上是创新出奇，不落俗套了。

巘花阁

巘花阁在筠芝亭松峡下❶，层崖古木，高出林皋❷，秋有红叶。坡下支壑回涡❸，石蹲棱棱❹，与水相距。阁不槛、不牖❺，地不楼、不台，意正不尽也。

❶筠芝亭：详情参见本书卷一"筠芝亭"。

❷林皋：山林。

❸支壑回涡：山谷中水流回旋。

❹石踇（mǔ）：指突出的石头。

❺牖：窗户。此处作动词用。

译文

巘花阁在筠芝亭松峡的下面，层叠的石崖上长着古树，高出山林之上，秋天有红叶可观。坡下面的山谷中水流回旋，突起的石头棱角分明，与水流相抗。巘花阁没有门槛，没有窗户，地面上也没有建楼，没有造台，正是如此才意味无穷。

五雪叔归自广陵，一肚皮园亭，于此小试。台之、亭之、廊之、栈道之，照面楼之❶，侧又堂之、阁之、梅花缠折旋之，未免伤板、伤实、伤排挤，意反局踏❷，若石窟书砚。隔水看山、看阁、看石麓、看松峡上松，庐山面目反于山外得之❸。

五雪叔属余作对，余曰："身在襄阳袖石里❹，家来辋口扇图中。"❺言其小处。

❶照面：正面，对面。

❷局踏：狭窄，局促。

❸庐山面目：比喻事物的真实面目。语出宋苏轼《题西林壁》诗："不识庐山真面目，只缘身在此山中。"

❹身在襄阳袖石里：米芾袖石典故，作者《夜航船》一书亦有记载："灵壁石：米元章守涟水，地接灵壁，蓄石甚富，一一品目，入玩则终日不出。杨次公为廉访，规之曰：'朝廷以千里郡付公，那得

终日弄石。'米径前，于左袖中取一石，嵌空玲珑，峰峦洞穴皆具，色极青润，宛转翻落，以云杨曰：'此石何如？'杨殊不顾。乃纳之袖，又出一石，叠峰层峦，奇巧又胜。又纳之袖，最后出一石，尽天画视镂之巧，顾杨曰：'如此那得不爱？'杨忽曰：'非独公爱，我亦爱也。'即就米手攫得之，径登车去。"

❺辋口：在今陕西蓝田辋川，唐诗人王维蓝田别业所在地。作者《夜航船》一书有介绍："辋川别业：在蓝田，宋之问所建，后为王维所得。辋川通流竹洲花坞，日与裴秀才迪浮舟赋诗，斋中惟茶铛、酒臼、经案、竹床而已。"

译文

五雪叔从广陵回来，装了一肚子建造园亭的想法，正好在这里小试身手。他修建了台阁、亭子、回廊、栈道，正面建楼，旁侧建造厅堂、台阁，又种了一些梅花缠绕盘旋，这未免失之于呆板、过实、拥挤，意境反倒变得局促，就像在石窟里摆放书砚一样。隔着水看山、看阁、看石麓、看松峡上的松树，庐山的真面目反倒可以从山外见到。

五雪叔吩咐我作个对联，我写道："身在襄阳袖石里，家来辋口扇图中。"说的是其小巧之处。

范与兰

范与兰七十有三，好琴，喜种兰及盆池小景。建兰三十余缸❶，大如簸箕。蚤舁而入❷，夜舁而出者，夏也；蚤舁而出，夜舁而入者，冬也；长年辛苦，不减农事。花时，香出里外，客至坐一时，香袭衣裾❸，三五日不散。

余至花期至其家，坐卧不去，香气酷烈，逆鼻不敢嗅❹，第开口吞欱之❺，如沆瀣焉❻。花谢，粪之满箕❼，余不忍弃，与与兰谋曰："有面可煎，有蜜可浸，有火可焙，奈何不食之也？"与兰首肯余言❽。

注释

❶建兰：一种较出名的兰花品种，具有较高的园艺和草药价值。

❷舁（yú）：抬、搬。

❸袭：熏染，触及。

❹逆鼻：吸气。

❺欱（hē）：吸、吞。

❻沆瀣（xiè）：水气。作者在《夜航船》一书中亦有解释："沆瀣：夜半清气从北方起者，谓之沆瀣。"

❼粪之满箕：满簸箕的落花像粪土一样抛弃。

❽首肯：点头许可。

译文

范与兰七十三岁，喜欢弹琴，喜欢种植兰花、制作盆景。他种了三十多缸建兰，大得像簸箕。早晨抬进屋，晚上搬出来，这是在夏天；早上抬出去，晚上搬进来，这是在冬天；长年辛苦劳作，不亚于干农活。花开时节，香气飘散很远，客人到这里坐一会儿，香气熏染衣襟，三五天都散不了。

我在花期到他家，或坐或躺，不愿离开，香气浓烈，都不敢用鼻子吸着来嗅，只能张开嘴巴呼吸，就像吸着水气。花谢后，满簸箕都是落花，我不忍心丢掉，就和与兰商议道："可以用面煎，可以用蜂蜜浸泡，可以用火焙烤，为什么不食用呢？"与兰听了我的话表示赞同。

与兰少年学琴于王明泉，能弹《汉宫秋》《山居吟》《水龙吟》三曲。后见王本吾琴，大称善，尽弃所学而学焉，半年学《石上流泉》

一曲，生涩犹棘手❶。王本吾去，旋亦忘之，旧所学又锐意去之，不复能记忆，究竟终无一字，终日抚琴，但和弦而已❷。

所畜小景❸，有豆板黄杨❹，枝干苍古奇妙，盆石称之。朱樵峰以二十金售之，不肯易，与兰珍爱，"小妾"呼之。余强借斋头三月，枯其垂一干，余懊惜，急舁归与兰。与兰惊惶无措，煮参汁浇灌，日夜摩之不置，一月后枯干复活。

注释

❶棘手：荆棘多刺，拔时易伤手。此处比喻弹琴指法不够娴熟。

❷和弦：调音，调弦。

❸畜：培植，培养。

❹豆板黄杨：即黄杨木，一种常绿灌木，生长于山地或多石之处，有观赏价值。

译文

与兰年少时跟王明泉学琴，能弹《汉宫秋》《山居吟》《水龙吟》三首曲子。后来见到王本吾弹琴，大为称赞，将以前所学全部放弃，就去跟王本吾学，半年才学会一首《石上流泉》，弹起来生涩吃力。后来王本吾走了，他转眼把学的东西又忘了，以前学的被刻意放弃，也记不起来了，最终什么也没学成，整天抚琴，也只是调音弄弦而已。

他培植的小型盆景，有一种豆板黄杨，枝干苍劲古朴，很是奇妙，所用的盆石也都相称。朱樵峰想用二十金买走，但与兰不肯，他对这个盆景很珍爱，称其为"小妾"。我硬借走，摆在书斋三个月，有一根枝干枯萎垂了下来，我懊恼惋惜，急忙抬回去还给与兰。与兰惊惶失措，去煮人参汤浇灌，昼夜不停地抚摩，一个月之后，枯了的枝干又复活了。

蟹 会

食品不加盐醋而五味全者，为蚶、为河蟹❶。河蟹至十月与稻粱俱肥，壳如盘大，坟起❷，而紫螯巨如拳，小脚肉出，油油如蟥蚓❸。掀其壳，膏腻堆积，如玉脂珀屑，团结不散，甘腴虽八珍不及。

注释

❶蚶：软体动物，介壳厚而坚实，生活在浅海泥沙中。肉可食，味鲜美。

❷坟起：突出。

❸蟥蚓（yǐn yǎn）：一种形似蜈蚣的昆虫。一说是蚯蚓。

译文

食品中不加盐醋而能五味俱全的，是蚶子，是河蟹。河蟹到了十月份，和稻粱一起成熟，外壳像盘子那么大，鼓鼓的，紫色的蟹螯像拳头一般大，小脚里的肉肥，就像蚯蚓一般油油的。掀开它的壳，蟹膏堆积，像白玉似琥珀，凝结不散，味道的甘美就是连八珍也比不上。

一到十月，余与友人兄弟辈立蟹会，期于午后至❶，煮蟹食之，人六只，恐冷腥，迭番煮之❷。从以肥腊鸭、牛乳酪。醉蚶如琥珀，以鸭汁煮白菜如玉版❸。果蓏以谢橘、以风栗、以风菱。饮以玉壶冰❹，蔬以兵坑笋❺，饭以新余杭白❻，漱以兰雪茶。蠡今思之，真如天厨仙供，酒醉饭饱，惭愧惭愧。

①期：约定。

②迭番：轮番，交替。

③玉版：笋的别名。作者《夜航船》一书中有介绍："玉版：苏东坡邀刘器之参玉版禅师。至寺，烧笋，觉味胜，坡曰：'名玉版也。'作偈云：'不怕石头路，来参玉版师。卿凭锦珠子，与问筼龙儿。'"

④玉壶冰：一种美酒，宋叶梦得《浣溪沙·送卢倅》词有"荷叶荷花水底天，玉壶冰酒酿新泉"之句。这里泛指美酒。

⑤兵坑笋：兵坑所产的笋。

⑥余杭白：余杭所产的精米。

译文

一到十月，我就和兄弟朋友们举行蟹会，大家约定午后到，然后开始煮螃蟹吃，每人六只，怕凉了有腥味，就轮番来煮。以肥腊鸭、牛乳酪为辅食。醉蚶看起来像琥珀，用鸭汤煮白菜像笋一样鲜美。瓜果就用谢橘、风栗和风菱。喝的酒是玉壶冰，吃的蔬菜是兵坑产的笋，饭是余杭新产的精米，漱口用兰雪茶。现在想来，真像享用天界厨师供奉神仙的美味一样，酒醉饭饱，惭愧惭愧。

露 兄

崇祯癸酉❶，有好事者开茶馆，泉实玉带，茶实兰雪，汤以旋煮，无老汤，器以时涤，无秽器，其火候、汤候，亦时有天合之者。余喜之，名其馆曰"露兄"，取米颠"茶甘露有兄"句也❷。为之作《斗茶檄》，曰：

❶崇祯癸酉：即崇祯六年（1633）。

❷米颠：北宋书画家米芾，因举止癫狂，被人称为"米颠"。茶甘露有兄：语出北宋庄绰《鸡肋编》："其作文亦狂怪，尝作诗云：'饭白云留子，茶甘露有兄。'人不省露兄故实，扣之，乃曰：'只是甘露哥哥耳。'"

崇祯癸酉年即六年，有好事者开了家茶馆，水是玉带泉的水，茶是兰雪茶，水都是即喝即煮，没有煮过多次的，茶具也按时清洗，没有不干净的，其火候、汤候有时如天作之合般相配。我很喜欢，给这家茶馆起名为"露兄"，取自米芾"茶甘露有兄"之语。还为它作了一篇《斗茶檄》，写道：

"水淫茶癖❶，爰有古风；瑞草雪芽，素称越绝。特以烹煮非法，向来葛灶生尘❷；更兼赏鉴无人，致使羽《经》积蠹❸。迩者择有胜地，复举汤盟❹，水符递自玉泉，茗战争来兰雪❺。瓜子炒豆，何须瑞草桥边❻；橘柚查梨，出自仲山圃内❼。八功德水，无过甘滑香洁清凉❽；七家常事❾，不管柴米油盐酱醋。一日何可少此，子獳竹庶可齐名❿；七碗吃不得了，卢仝茶不算知味⓫。一壶挥麈⓬，用畅清谈；半榻焚香，共期白醉。"⓭

❶水淫：典出《南史·何佟之传》："（何佟之）性好洁，一日之中洗涤者十余过，犹恨不足，时人称为水淫。"另据《宣和书谱》："（米芾）性好洁，世号水淫。"茶癖：陆羽爱茶成癖。唐贯休《和毛学士舍人早春》诗亦有"茶癖金铛快，松香玉露含"之语。

❷葛灶：东晋人葛洪炼丹的炉灶。

❸羽《经》：陆羽《茶经》。

❹汤盟：汤社。作者《夜航船》一书有介绍："汤社：和凝在朝，率同列递日以茶相饮，味劣者有罚，号为'汤社'。"

❺茗战：斗茶。作者《夜航船》一书有介绍："茗战：建人以斗茶为茗战。"

❻瓜子炒豆，何须瑞草桥边：典出宋苏轼《与王元直》："但犹少望，或圣恩许归田里，得欵段一仆，与子众丈、杨文宗之流，往来瑞草桥，夜还河村，与君对坐庄门，吃瓜子炒豆，不知当复有此日否？"

❼橘柚查梨，出自仲山圈内：宋苏轼《胜相院经藏记》有"自蜜及甘蔗，查梨与橘柚，说甜而得酸，以及咸辛苦"之语，或为此典出处。一说典出《世说新语·轻诋》："恒南郡每见人不快，辄嗔云：'君得哀家梨，当复蒸食不？'秣陵有哀仲家梨，甚美，大如升，入口消释。"

❽八功德水，无过甘滑香洁清凉：佛教认为阿弥陀佛极乐净土池中的水有八种功德。作者《夜航船》一书亦有介绍："八功德水：一清、二冷、三香、四柔、五甘、六净、七不噎、八除病。北京西山、南京灵谷，皆取此义。"

❾七家常事：日常生活中的七种必需品。宋吴自牧《梦粱录》卷十六："盖人家每日不可阙者，柴、米、油、盐、酱、醋、茶。"

❿一日何可少此，子猷竹庶可齐名：典出《世说新语·任诞》："王子猷尝暂寄人空宅住，便令种竹。或问：'暂住，何烦尔？'王啸咏良久，直指竹曰：'何可一日无此君？'"子猷，王徽之（338—386），字子猷。王羲之的第五个儿子。历任参军、南中郎将、黄门侍郎等。

⓫七碗吃不得了，卢仝茶不算知味：语出唐卢仝《走笔谢孟谏议寄新茶》诗。作者《夜航船》一书亦有介绍："卢仝七碗：卢仝歌：一碗喉吻润，二碗破孤闷；三碗搜枯肠，惟有文字五千卷；四碗发轻汗，平生不平事，尽向毛孔散；五碗肌骨清，六碗通仙灵；七碗吃不得也，惟觉两腋习习清风生。"卢仝（795—835），号玉川子，济源（今河南济源）人，爱茶成癖，后人称之为茶仙。

⑫挥麈：清谈，闲聊。作者《夜航船》一书有介绍："麈：出终南诸山。鹿之大者曰'麈'，群鹿随之，视麈尾为响道，故古之谈者挥焉。"

⑬白醉：酒醉。

译文

"水淫茶癖，向有古风；瑞草雪芽，素来称绝。但因烹煮方法不当，炉灶一直蒙着灰尘；再加无人赏鉴，致使陆羽《茶经》积生蠹虫。近来找到一处胜地，再次发起汤社，煮茶的水取自玉带泉，茶叶采用兰雪。瓜子炒豆，何须来自瑞草桥边；橘柚查梨，必定采自仲山园里。八种功德之水，不过是甘滑香洁清凉；七种家常用品，哪管柴米油盐酱醋。一天都不可缺少这些，子猷与竹子因而齐名；七碗都喝不下，卢仝不能算是深知茶味。喝壶茶闲聊，可以让清谈更畅快；榻边焚着香，期待像喝酒那样一醉方休。"

❀ 闰元宵 ❀

崇祯庚辰闰正月❶，与越中父老约重张五夜灯，余作张灯致语，曰❷：

注释

❶崇祯庚辰：崇祯十三年（1640）。
❷致语：颂辞。

译文

崇祯庚辰年即十三年闰正月，和越中的父老乡亲约定再放五夜花灯，我为张灯之事作了颂辞。说道：

"两逢元正❶，岁成闰于摄提之辰❷；再值孟陬❸，天假人以闲暇之月。《春秋传》详记二百四十二年事❹，春王正月，孔子未得重书；开封府更放十七、十八两夜灯，乾德五年，宋祖犹烦钦赐❺。兹闰正月者，三生奇遇，何幸今日而当场；百岁难逢，须效古人而秉烛❻。况吾大越，蓬莱福地，宛委洞天。大江以东，民皆安堵；遵海而北❼，水不扬波。含哺嬉兮❽，共乐太平之世界；重译至者，皆言中国有圣人。千百国来朝，白雉之陈无算❾；十三年于兹，黄耇之说有征❿。乐圣衔杯⓫，宜纵饮屠苏之酒⓬；较书分火，应暂辍太乙之藜⓭。前此元宵，竟因雪妒，天亦知点缀丰年；后来灯夕，欲与月期，人不可蹉跎胜事。六鳌山立⓮，只说飞来东武⓯，使鸡犬不惊，百兽室悬⓰，毋曰下守海滢⓱，唯鱼鳖是见。笙箫聒地⓲，竹椽出自柯亭⓳；花草盈街，禊帖携来兰渚⓴。士女潮涌，撼动蠡城；车马雷殷，唤醒龙屿㉑。况时逢丰穰㉒，呼庚呼癸㉓，一岁自兆重登；且科际辰年㉔，为龙为光㉕，两榜必征双首。莫轻此五夜之乐，眼望何时？试问那百年之人，躬逢几次？敢祈同志，勿负良宵。敬藉赫蹄㉖，喧传口号。"

注释

❶ 元正：元旦。

❷ 摄提：摄提格，古代曾用太岁在天宫的运转方向来纪年，太岁指向寅宫之年被称为摄提格。

❸ 孟陬（zōu）：农历正月。

❹ 《春秋传》：先秦时期的一部编年体史书，相传为孔子所作，主要记载鲁隐公元年到鲁哀公十四年二百四十二年间的历史。

❺ "开封府更放十七、十八两夜灯"句：典出宋王栐《燕翼诒谋录》："国朝故事，三元张灯。太祖乾德五年正月甲辰诏曰：'上元张灯，旧止三夜，今朝廷无事，区宇乂安，方当年谷之丰登，宜纵士民之行乐，其令开封府更放十七、十八两夜灯'。后遂为例。"乾德五

年，乾德是宋太祖赵匡胤年号，乾德五年即967年。

❻秉烛：秉烛夜游，及时行乐的意思。

❼遵海：沿着海岸。

❽含哺嬉兮：语出《庄子·马蹄》："含哺而熙，鼓腹而游，民能以此矣。"含哺，口中含着食物，指人民生活安乐。

❾白雉：白色的野鸡，较为少见，象征吉祥。

❿十三年于兹，黄耇（gǒu）之说有征：典出《史记·留侯世家》："良尝间从容步游下邳圯上，有一老父，衣褐，至良所，直堕其履圯下，顾谓良曰：'孺子，下取履！'良愕然，欲殴之，为其老，强忍，下取履。父曰：'履我！'良业为取履，因长跪履之。父以足受，笑而去。良殊大惊，随目之。父去里所，复还，曰：'孺子可教矣。后五日平明，与我会此。'良因怪之，跪曰：'诺。'五日平明，良往。父已先在，怒曰：'与老人期，后，何也？'去，曰：'后五日早会。'五日鸡鸣，良往。父又先在，复怒曰：'后，何也？'去，曰：'后五日复早来。'五日，良夜未半往。有顷，父亦来，喜曰：'当如是。'出一编书，曰：'读此则为王者师矣。后十年，兴。十三年，孺子见我，济北谷城山下黄石即我矣。'遂去，无他言，不复见。旦日，视其书，乃《太公兵法》也。良因异之，常习诵读之。"黄耇，年老长寿。

⓫乐圣衔杯：典出唐李适之《罢相作》："避贤初罢相，乐圣且衔杯，为问门前客，今朝几个来？"唐杜甫《饮中八仙歌》亦有"左相日兴费万钱，饮如长鲸吸百川，衔杯乐圣称避贤"之语。乐圣，嗜酒。衔杯，饮酒。

⓬屠苏之酒：屠苏酒，酒名。古代习俗，每年的农历正月初一，全家人在一起饮屠苏酒。

⓭较书分火，应暂辍太乙之藜：典出晋王嘉《拾遗记》卷六："刘向于成帝之末，校书天禄阁，专精覃思。夜有老人，著黄衣，植青藜杖，登阁而进，见向暗中独坐诵书，老人乃吹杖端，�然。因以见向，说开辟已前。向因受五行洪范之文，恐辞说繁广忘之，乃裂裳及绅，以记其言，至曙而去。向请问姓名，云：'我是太乙之精。天

墨治芸編九席一清
雪為棟宇玉為京陽
迴綜斐依坐永影弘
茫檀不分明瀑瀉
冰光歎雪素梅知
春意效宴英瑞居
不為敵詩苦無限
緋細省歲情
奉至陵一百滿壺
涵元殿為作

帝闻卯金之子有博学者，下而观焉。'乃出怀中竹牒，有天文地图之书，曰：'余略授子焉。'至向子歆，从向授其术，向亦不悟此人焉。"作者《夜航船》一书亦有介绍："青藜照读：元夕人皆游赏，独刘向在天禄阁校书。太乙真人以青藜杖燃火照之。"

⑭六鳌：传说中负载五座仙山的六只大龟。

⑮东武：东武山，又称龟山、怪山、塔山。据《吴越春秋》记载："城既成，而怪山自至。怪山者，琅琊东武海中山也。一夕自来，百姓怪之，故名怪山；形似龟体，故谓龟山。"作者《越山五佚记》一文有详细介绍，可参看。

⑯百兽：各种彩灯。

⑰海澨（shì）：海边。

⑱聒：声音吵闹，使人厌烦。这里形容管弦齐奏的热闹场景。

⑲竹椽出自柯亭：此典作者《夜航船》一书有介绍："柯亭竹椽：蔡中郎避难江南，宿柯亭，听庭中第十六条竹椽迎风有好音，中郎曰：'此良竹也。'取以为笛，声音独绝，历代相传，后折于孙绰妓之手。"

⑳禊帖：《兰亭序》。因文中记载有兰亭修禊之事，故名。兰渚：作者《夜航船》一书有介绍："兰渚：在绍兴府城南二十五里。晋永和九年上巳日，王右军与谢安、孙绰、许询辈四十一人会此修禊事。今传有流觞曲水、兰亭故址。"

㉑龙屿：龙山，卧龙山。

㉒穰：庄稼丰熟。

㉓呼庚呼癸：呼庚癸。典出《左传》，作者《夜航船》一书亦有介绍："呼庚癸：吴申叔仪乞粮于晋，公孙有山氏对曰：'梁则无矣，粗则有之。若登首山，以呼曰"庚癸"乎，则诺。'庚，西方，主谷。癸，北方，主水。教以隐语也。"作者借用典以表粮食充足之意。

㉔科际辰年：辰年为科考之年。

㉕为龙为光：语出《诗经·小雅·蓼萧》："既见君子，为龙为光。"指皇帝给予的恩宠，荣光。

㉖赫蹄：古代用以写字的小幅绢帛，后亦以代指纸。

"两次遇到元旦，太岁指向寅宫之年；再过一次正月，老天给人闲暇机会。《春秋传》详细记载二百四十二年间之事，春王正月，孔子也没得到再次书写的机会；开封府增放正月十七、十八两夜花灯，乾德五年，那是宋太祖亲自恩赐。闰正月这种事，可谓三生奇遇，幸运的是今天能亲身体会；百年难得的奇遇，必要效仿古人秉烛夜游。况且我大越之乡，如同蓬莱福地，犹如宛委仙境。长江以东，百姓安居乐业；沿海而北，水面风平浪静。人民生活安逸，共享太平盛世；异域之人到来，都说中国有圣人。千百个国家来朝见，白雉之类的贡品数不胜数；长期在此地生活，所说都是有理有据。喜爱喝酒，可以纵饮屠苏之酒；勤奋读书，应当暂时熄灭灯盏。前面的元宵，因下雪而停办，老天也知道用此点缀丰年；后来的灯节，想跟月亮约定，人生不能再错过这样的盛事。传说六只大龟负载五座仙山，一夜之间飞到东武山，使鸡犬不惊，人间安宁；绘着各种动物的彩灯悬挂家中，不用说守在海边，就能见到些鱼鳖。笙箫萦绕大地，竹椽出于柯亭；花草布满街道，禊帖来自兰渚。男男女女如潮水涌动，撼动了整座城市；车水马龙声如雷鸣，唤醒了卧龙山。正赶上丰年，希望粮食富足，来年还是丰收；刚遇科考年，期待朝廷恩宠，两榜必定夺魁。不要轻看这五夜的欢乐，还要等到什么时候？试问那些百岁老人，一生又经历过几次？请求志趣相投的朋友，不要辜负这美好的夜晚。谨借这篇小文，为其呐喊宣传。"

合 采 牌

余作文武牌[1]，以纸易骨，便于角斗，而燕客复刻一牌，集天下之斗虎、斗鹰、斗豹者，而多其色目❷，多其采❸，曰"合采牌"。余为之作叙曰：

❶文武牌：一种绘有文臣武将的纸牌，供娱乐、赌博之用。
❷色目：种类名目。
❸采：同"彩"，即彩头，赌注。

我做文武牌，用纸替代骨，便于斗牌，燕客又刻了一副牌，汇集天下斗虎、斗鹰、斗豹之类的牌，名目很多，彩头也多，叫作"合采牌"。我为它作了序文：

"太史公曰：'凡编户之民，富相什则卑下之，伯则畏惮之，千则役，万则仆，物之理也。'❶古人以钱之名不雅驯，缙绅先生难道之，故易其名曰赋、曰禄、曰饷，天子千里外曰采。采者，采其美物以为贡，犹赋也。诸侯在天子之县内曰采，有地以处其子孙亦曰采，名不一，其实皆谷也，饭食之谓也。周封建多则采胜❷，秦无采则亡。采在下无以合之，则齐桓、晋文起矣❸。列国有采而分析之，则主父偃之谋也❹。繇是而亮采、服采❺，好官不过多得采耳。充类至义之尽❻，窃亦采也，盗亦采也，鹰虎豹繇此其选也❼。然则奚为而不禁？曰：小役大，弱役强，斯二者，天也❽。《皋陶谟》曰'载采采'❾，微哉、之哉、庶哉！"

❶ "太史公曰"句：语出《史记·货殖列传》。司马迁，字子长，夏阳（今陕西韩城）人。历任郎中、太史令。因替李陵辩护，触怒汉武帝，受腐刑。后获赦出狱，为中书令，发愤著书，撰成《史记》。什，同"十"，十倍。经济条件相差十倍，就低人一等。伯，同

"佰"，百倍。

❷周封建：西周实行分封制度，将爵位、土地赐给诸侯，让他们在所封的地区里建立邦国。

❸齐桓、晋文：指春秋时期的齐桓公、晋文公两位霸主。

❹主父偃（？—前126）：临淄（今山东临淄）人。历任郎中、谒者、中郎、中大夫等。他曾向汉武帝提出旨在削弱诸侯王势力的推恩法。作者《夜航船》一书亦有介绍："分封大国：汉惠诸侯强，主父偃谋令诸侯以私恩，自裂地封其子弟，而汉为定其封号。汉有厚恩，而诸侯自分析弱小云。"

❺亮采、服采：亮采，辅佐政事。服采，朝祭的近臣。一说为做事之臣。

❻充类至义之尽：语出《孟子·万章下》："夫谓非其有而取之者，盗也，充类至义之尽也。"意为以此类推。

❼繇此其选也：语出《礼记·礼运》："禹、汤、文、武、成王、周公，由此其选也。"意思是夏禹、商汤、周文王、周武王、周成王、周公，他们就是通过这种礼义标准选拔出来的。

❽"小役大，弱役强"句：语出《孟子·离娄下》："天下有道，小德役大德，小贤役大贤；天下无道，小役大，弱役强。斯二者，天也。"

❾《皋陶谟》曰"载采采"：语出《尚书·皋陶谟》："都，亦行有九德，亦言其人有德，乃言曰'载采采'。"《皋陶谟》出自《尚书·虞书》，内容为舜、禹、皋陶等人在一起商议事情，系后人据传闻整理而成。皋陶，咎繇，舜的谋臣，掌管刑法狱讼。谟，商议。

译文

"太史公说：'大凡平民百姓，对财富是自己十倍的人会态度卑下，百倍的就感到畏惧，千倍的就为他们服务，万倍的就给他们做奴仆，这是世间万物的规律。'古人认为'钱'这个名字不雅驯，缙绅先生更是难于说出口，故此将其名字改为赋、禄、饷等，天子千里外叫'采'。所谓采，就是选最好的物品作为贡品，就像赋税那样。诸侯在天子管辖之内叫'采'，有地方安置子孙也叫'采'，名称不一，其实都是谷物，也就是所说的食物。周朝封侯建邦多，采也多，秦没有采就灭亡了。采在下不能聚合，就会有像齐桓公、晋文公那样的人崛起。列国有采而分散开，这是主父偃的计谋。因此辅佐政事，掌管朝祭等，好官也不过是多得一些采而已。这样一直类推下去，偷窃也是采，盗窃也是采，鹰虎豹也是这样被选出来的。那么又为什么不禁止这些呢？孟子说过：小的被大的奴役，弱者被强者奴役，这两者，天道如此。《皋陶谟》说'用所做之事来验证所说的话'，这真是微妙啊，就是这样啊，也太多了！"

瑞草溪亭

瑞草溪亭为龙山支麓，高与屋等。燕客相其下有奇石，身执蔂臿❶，为匠石先，发掘之。见土葊土❷，见石礨石❸，去三丈许，始与基平，乃就其上建屋。

屋今日成，明日拆，后日又成，再后日又拆，凡十七变而溪亭始出。盖此地无溪也而溪之，溪之不足，又潴之、壑之❹，一日鸠工数千指❺，索性池之，索性阔一亩，索性深八尺。无水，挑水贮之，中留一石如案，回潴浮峦❻，颇亦有致。燕客以山石新开，意不苍古，乃用马粪涂之，使长苔藓，苔藓不得即出，又呼画工以石青、石绿皴之❼。一日左右视，谓此石案，焉可无天目松数棵盘郁其上❽，遂以重价购天目松五六棵，凿石种之。石不受锸，石崩裂，不石不树，亦不复案。

燕客怒，连夜凿成砚山形❾，缺一角，又葊一岩石补之❿。燕客性卞急⓫，种树不得大，移大树种之，移种而死，又寻大树补之。种不死不已，死亦种不已，以故树不得不死，然亦不得即死。

溪亭比旧址低四丈，运土至东，多成高山，一亩之室，沧桑忽变。见其一室成，必多坐看之，至隔宿或即无有矣。故溪亭虽渺小，所费至巨万焉。

注释

❶ 虆臿 （léi chā）：盛土、挖土的工具。

❷ 輂 （jú）：古代一种运土的器具，这里活用为运土的意思。

❸ 甃 （zhòu）：用石头砌物。

❹ 潴：蓄积，聚集。鑿：开凿沟渠。

❺ 鸠工：召集工匠。数千指：很多人。

❻ 回潴浮峦：水在山石间迂回流动。

❼ 石青：一种蓝色矿物质颜料。石绿：一种用孔雀石制成的绿色颜料。皴 （cūn）：中国画的一种技法，涂出物体纹理或阴阳向背。

❽ 天目松：一种常绿乔木，在浙皖交界处的天目山分布较广，故名。树形优美，很有观赏价值。

❾ 砚山：砚台的一种。利用山形之石，中凿为砚，砚附于山，故名。

❿ 砦 （què）：大石头。

⓫ 卞急：急躁。

译文

瑞草溪亭建在龙山的支脉上，和屋子一般高。燕客观察到其下面有块奇石，于是就亲自拿着盛土挖土的工具，带领工匠们，进行发掘。挖到土就把土运走，挖到石头就把石头砌边上，一直挖了三丈多深，才和地基齐平，于是就在上面建造房屋。

屋子今天建成，明天拆掉，后天建好了，大后天又拆掉了，如此来回折腾了十七次，溪亭才大致成形。这里没有小溪，就挖了一条，一条小溪还不够，又去挖陂塘、挖沟壑来蓄水引水，一天之内召集众多工匠，索性挖成池塘，索性拓宽成一亩，索性挖到八尺深。里面没水，就挑水倒进去，中间留一块桌案一样的石头，水在周围迂回流动，也颇有情致。燕客觉得山石是新开凿的，缺少苍古的意味，就把马粪涂在上面，想让它生出苔藓，然而苔藓不能马上长出来，就又喊画工用石青、石绿进行皴染。有一天，他左瞧右看，说这个石案怎么能没有几棵郁郁葱葱的天目松盘旋在上面呢，于是就花重金购买了五六棵天目松，凿开石头，种在上面。没想到石头经不起凿挖，一下崩裂了，结果石头没了，树也没了，也不像先前桌案的样子了。

燕客很是生气，就连夜把它凿成砚山的形状，缺了一个角，又运来一块石头补上。燕客性子很急，种树长不大，就把大树移栽过来，移栽死了，就再找大树补上。种不死不罢休，死了再种也不消停，因此这些树是不得不死，然而又不能马上就死。

溪亭比之前的旧址低四丈，把土运到东面，多得堆成了高山，一亩大的一间房子，经历如此沧桑巨变。看到一间小屋建成，我必定去多坐一会儿看看，因为过了一夜或许就没有了。因此溪亭虽然很小，但所耗费的金钱可是巨大的。

燕客看小说："姚崇梦游地狱❶，至一大厂，炉鞲千副❷，恶鬼数千，铸泻甚急，问之，曰：'为燕国公铸横财。'❸后至一处，炉灶冷落，疲鬼一二人鼓橐，奄奄无力❹，崇问之，曰：'此相公财库也。'崇寤而叹曰：'燕公豪奢，殆天纵也。'"燕客喜其事，遂号"燕客"。

二叔业四五万，燕客缘手立尽。甲申❺，二叔客死淮安❻，燕客奔丧，所积薪俸及玩好币帛之类又二万许，燕客携归，甫三月又辄尽❼，时人比之"鱼宏四尽"焉❽。

溪亭住宅，一头造，一头改，一头卖，翻山倒水无虚日。有夏耳金者，制灯剪彩为花，亦无虚日。人称耳金为"败落隋炀帝"，称燕客为"穷极秦始皇"，可发一粲❾。

注释

❶姚崇（605—721）：初名元崇，又名元之，陕州（今河南三门

峡）人。历任濮州司仓参军、夏官郎中、兵部尚书、中书令。

❷炉鞴（bèi）：风箱。

❸燕国公：张说（667—730），字道济，一字说之，曾被封燕国公。

❹奄奄无力：有气无力的样子。

❺甲申：顺治元年（1644）。

❻二叔：即张联芳。

❼甫：刚刚。

❽鱼宏四尽：鱼宏，当为"鱼弘"，典出《梁书·鱼弘传》："（鱼弘）常语人曰：'我为郡，所谓四尽：水中鱼鳖尽，山中麋鹿尽，田中米谷尽，村里民庶尽。丈夫生世，如轻尘栖弱草，白驹之过隙。人生欢乐富贵几何时！'"

❾一粲：一笑。

译文

燕客读小说，看到这么一段："姚崇梦游地狱，到了一座大厂房，连有上千副风箱，几千个恶鬼在急急忙忙地铸造，就问他们在干什么，回答说：'给燕国公铸造横财。'后来又到一个地方，炉灶冷落，只有一两个疲鬼在那里鼓风箱，一副有气无力的样子，姚崇问他们在做什么，答道：'这是相公您的财库。'姚崇醒来后感叹道：'燕公的豪奢，原来是上天纵容的。'"燕客很喜欢这个故事，于是自号"燕客"。

我二叔有四五万的家产，燕客一挥手就没了。甲申年，二叔客死淮安，燕客去奔丧，二叔平日积攒的薪俸及玩物、钱币、锦帛之类的东西又有两万左右，燕客带回去，刚过三个月又都花光，当时人们将他比作"鱼宏四尽"。

溪亭的住宅，一边建着，一边改着，一边又卖着，翻山倒水，没有一天消停过。又有个叫夏耳金的，制作灯笼，剪彩为花，也是整天不消停。人们称夏耳金为"败落隋炀帝"，称燕客为"穷极秦始皇"，可以为之一笑。

琅嬛福地❶

陶庵梦有宿因❷，常梦至一石庵，嵌岙岩窦❸，前有急湍洄溪，水落如雪，松石奇古，杂以名花。梦坐其中，童子进茗果❹，积书满架，开卷视之，多蝌蚪鸟迹、辟历篆文❺，梦中读之，似能通其棘涩❻。

闲居无事，夜辄梦之，醒后仁思，欲得一胜地仿佛为之。郊外有一小山，石骨棱砺，上多筠篁❼，偃伏园内。余欲造厂，堂东西向，前后轩之，后碟一石坪❽，植黄山松数棵，奇石峡之。堂前树娑罗二❾，资其清樾。左附虚室❿，坐对山麓，磴磴齿齿⓫，划裂如试剑，匾曰"一丘"。右踞厂阁三间，前临大沼，秋水明瑟⓬，深柳读书，匾曰"一壑"。

注 释

❶琅嬛（láng huán）福地：传说中神仙所居住的洞府。语出元伊世珍《琅嬛记》卷上："其人笑曰：'君痴矣，此岂可赁地耶？'即命小童送出。华问地名。曰：'琅嬛福地也。'"作者《琅嬛福地记》一文亦述其事，可参看。

❷宿因：宿世因缘，佛教语。指前世的因缘。

❸嵌岙岩窦（kǎn yǎo yán fù）：山石险峻，洞穴幽深。

❹茗果：茶水、果品。

❺蝌蚪鸟迹、辟历篆文：古文字，这里指古雅的书法。作者《夜航船》一书亦有介绍："字祖：蝌蚪书乃字之祖。庖牺氏有龙瑞，作龙书。神农有嘉穗，作穗书。黄帝因卿云作云书。尧因灵龟作龟书。夏后氏作钟鼎，有钟鼎书。朱宣氏有凤瑞，作凤书。周文王因赤雁衔书，武王因丹鸟入室作鸟书，因白鱼入舟作鱼书。周宣王史籀始为大

篆，名'籀篆'。李斯始为小篆，名'玉箸篆'。"辟历，霹雳。

❻棘涩：艰涩。

❼筼筜（yún huáng）：丛生的竹子、竹林。

❽礧（lěi）：古同"垒"，堆砌。

❾娑罗：娑罗树，一种龙脑香科常绿大乔木。佛教传说释迦牟尼在娑罗树下涅槃。

❿虚室：空房间，没有装饰的房间。

⓫磴磴齿齿：排列整齐的样子。

⓬明瑟：莹净。

译文

我做梦有前世因缘，时常梦见自己到一座石庵，那里山石险峻，洞穴幽深，前有湍急回旋的小溪，水花溅落如雪飘洒，溪边松石高奇简古，夹杂着各类名花。我梦见自己坐在石庵里，童子端来茶水果品，架上满满地摆着书，打开来看时，都是些蝌蚪文、鸟书、霹雳篆文之类的古奥文字，梦中阅读，好像能读懂其中艰涩的含义。

闲居无事，夜里就会做梦，醒来凝思，想找一处好地方，照着梦境那样布置。郊外有一座小山，石头坚硬凌厉，上面长着大片的竹子，隐藏在一座园子里。我想在这里建一间房，厅堂东西向，前后造轩，后面垒一座石坪，种上几棵黄山松，再用奇石做成山峡的样子。大堂前种两株娑罗树，增其清爽之意。左边带一个空房间，坐在里面可以看到对面的山麓，山势挺拔整齐，中间像被宝剑劈开一样，匾额上题着"一丘"。右边建三间宽敞的阁楼，前面对着一个大水池，秋日池水晶透莹净，可以在柳荫深处读书，匾额题着"一壑"。

缘山以北，精舍小房，绌屈蜿蜒❶，有古木，有层崖，有小涧，有幽篁，节节有致❷。山尽有佳穴❸，造生圹❹，俟陶庵蜕焉❺，碑曰"呜呼陶庵张长公之圹"。圹左有空地亩许，架一草庵，供佛，供陶庵像，迎僧住之奉香火。大沼阔十亩许，沼外小河三四折，可纳舟入沼。河两崖皆高阜，可植果木，以橘、以梅、以梨、以枣，枸菊围之。山顶可亭。山之西鄙⑥，有腴田二十亩，可秫可秔⑦。门临大河，小楼翼之，可看炉峰、敬亭诸山。楼下门之，匾曰"琅嬛福地"。缘河北走，有石桥，极古朴，上有灌木，可坐、可风、可月⑧。

注释

❶绌屈：屈曲，弯曲。
❷节节有致：每一处都井然有致。
❸佳穴：风水好适合安葬的地方。
❹圹（kuàng）：坟墓、墓穴。
❺蜕：死的讳称。
❻西鄙：西边。
❼秫（shú）：高粱。秔（jīng）：同"粳"，水稻。此处活用为动词。
❽可风、可月：可以纳凉，可以赏月。

译文

顺着山势往北，再建几间精致的小房子，蜿蜒曲折，周围有古树，有层叠的山崖，有不大的山涧，有幽静的竹林，每一处都安排得井然有致。山的尽头有一处佳穴，就在那里建造生坟，等我死后使用，碑上写着"呜呼陶庵张长公之墓"。坟左边有块亩把大的空地，在上面搭建一座草庵，供着佛像，也供着我的遗像，迎请僧人在这里供奉香火。大水池有十亩左右，外面小河拐个三四道弯，可以容纳小船驶入水池。河两岸都是高地，可以种植果树，用橘树、梅树、梨树、枣树、枸菊等围起来。山顶上可以造亭。山的西边，有二十亩良田，可以种上高粱、水稻。园门对着大河，在上面建座小楼，从那里可以观赏炉峰、敬亭等山峰。楼下开个门，牌匾上写着"琅嬛福地"。顺着河往北走，有座石桥，极为古朴，上面有灌木遮阴，可以闲坐，可以纳凉，也可以赏月。

附录一　补遗四篇

鲁 王

　　福王南渡❶，鲁王播迁至越❷，以先父相鲁先王❸，幸旧臣第❹。岱接驾，无所考仪注❺，以意为之。踏脚四扇❻，氍毹借之❼，高厅事尺❽，设御座，席七重❾，备山海之供❿。

注释

❶福王：朱由崧（1607—1646），明神宗朱翊钧之孙，福恭王朱常洵庶长子。崇祯皇帝自杀后，在南京即位，建立南明王朝，年号弘光。后兵败逃亡芜湖，被押往北京处死。

❷鲁王：朱以海（1644—1662），字巨川，号恒山，别号常石子。曾任南明王朝监国。播迁：迁徙，流离。

❸鲁先王：即鲁宪王朱寿鋐（1601—1636），万历二十九年（1601）被封鲁王，谥号宪王。

❹幸：旧时指帝王到达某地。

❺仪注：礼节，制度。

❻踏脚：踏板，一种安置于床前、车沿前便于上下的设备。

❼氍毹（qú shū）：毛织的地毯。旧时演戏多用来铺在地上，故常借指舞台。

❽厅事：本为衙署大堂，也指私家房屋。

❾席七重：七层坐席。重席，层叠的坐席。古人席地而坐，以坐席层叠的多少表示身份的高低。

❿山海：山珍海味。

福王南渡，鲁王流亡到绍兴，因父亲曾辅佐过鲁先王，故幸临旧臣的宅第。我负责接驾，没有办法考究礼节，就自己揣摩着来办理。屋里放了四副踏脚，铺上毛织的地毯，将厅堂加高一尺左右，设置御座，坐席有七重，预备山珍海味以供奉。

鲁王至，冠翼善❶，玄色蟒袍❷，玉带，朱玉绶❸，观者杂沓❹，前后左右用梯，用台，用凳，环立看之，几不能步，剩御前数武而已❺。传旨："勿辟人。"

岱进，行君臣礼，献茶毕，安席，再行礼。不送杯箸，示不敢为主也。趋侍坐，书堂官三人❻，执银壶二，一斟酒，一折酒❼，一举杯，跪进上。膳一肉篹，一汤盏，盏上用银盖盖之，一面食，用三黄绢笼罩，三臧获捧盘加额❽，跪献之。书堂官捧进御前，汤点七进，队舞七回❾，鼓吹七次，存七奏意❿。

❶翼善：即翼善冠，明代皇帝、藩王、亲王、郡王等所戴的一种冠，有的用纯金细线织成，明定陵曾出土翼善冠三顶。

❷玄色：黑里带微赤的颜色。

❸绶：丝带，用以系佩玉、官印等。

❹杂沓：纷杂，杂乱。

❺武：半步，泛指脚步。

❻书堂官：宦官。

❼折酒：分酒，一说温酒。

❽臧获：奴仆。加额：双手放在额前。旧为祷祝仪式之一，亦用以表示敬意。

❾队舞：宋代的宫廷舞，这里泛指舞蹈。

❿七奏：明代宫廷的一种礼乐仪式。

鲁王到的时候，头戴翼善冠，身穿玄色蟒袍，腰佩玉带、朱玉绶，来看热闹的人很多，前后左右用梯子，用台子，用凳子，围成一圈来看鲁王，几乎迈不开步子，人群离鲁王只有几步远。鲁王传旨："不要赶人。"

我进去拜见，行君臣之礼，献完茶，入席就坐，再行一次礼。我没让人送杯子筷子，表示不敢做主人。赶忙侍奉鲁王坐好，三位太监拿着两把银壶，一位斟酒，一位分酒，一位举杯，跪着献上。饭食是一篮肉，一盏汤，盏上面用银盖盖着，还有一盘面食，厎三层黄绢罩着，三位仆人把盘子高高捧到额头上，跪着献上。宦官们再捧到鲁王面前，茶水、点心进献七次，舞队表演七次，乐队也是演奏七次，以此保留七奏之意。

是日，演《卖油郎》传奇❶，内有泥马渡康王故事❷，与时事巧合，睿颜大喜❸。二鼓转席❹，临不二斋、梅花书屋，坐久犹龙，卧岱书榻，剧谈移时❺。出登席，设二席于御坐傍，命岱与陈洪绶侍饮，谐谑欢笑如平交❻。睿量宏，已进酒半斗矣，大犀觥一气尽❼，陈洪绶不胜饮，呕哕御座傍❽。寻设一小儿，命洪绶书箑❾，醉捉笔不起，止之。

❶《卖油郎》传奇：作者李玉，根据《醒世恒言》卷三《卖油郎独占花魁》的故事改编而来。

❷泥马渡康王：据民间传说，康王赵构在金兵押解途中逃脱，一路狂奔，跑到长江边。金兵追来，赵构得神灵呵护，骑着土地神坐骑变化的骏马渡江，得以逃生。

❸睿：旧时颂扬帝王的用语。

❹二鼓：即二更，晚上九点左右。转席：换地方继续开宴，以示

隆重。

⑤剧谈：畅谈。移时：过了一会儿，过了一段时间。

⑥平交：日常、平时的交谈。

⑦犀觥：用犀牛角做的盛酒器。

⑧呕哕：呕吐。

⑨箑（shà）：扇子。

译文

当天演出《卖油郎》传奇，里面有泥马渡康王的故事，正和时事巧合，鲁王很是开心。二更时分，宴会转席，鲁王驾临不二斋、梅花书屋，坐在木犹龙上，躺在我书房的床榻上，我们畅谈了一会儿。随后，鲁王出来再次入席，在御座旁设了两个位子，命我和陈洪绶陪酒，大家说说笑笑像平日朋友聊天一样。鲁王的酒量很大，已经喝了半斗了，用大犀觥还能一气喝完，陈洪绶不胜酒力，竟然在御座旁吐了。不久又摆了一个小几案，命陈洪绶在扇子上题字，但陈洪绶醉得连笔都拿不起来，只好作罢。

剧完，饶戏十余出❶，起驾转席。后又进酒半斗，睿颜微酡❷，进辇❸，两书堂官掖之，不能步。岱送至闾外❹，命书堂官再传旨曰："爷今日大喜，爷今日喜极！"君臣欢洽，脱略至此❺，真属异数❻。

注释

❶饶戏：戏曲术语，在戏曲演出中，正戏外添演的节目，叫作饶戏，江浙一带俗称饶头戏。

❷酡（tuó）：饮酒后脸色变红，将醉。

❸辇（niǎn）：旧时帝王坐的车子。

❹闾：大门，后指人聚居处。

❺脱略：放任，不拘束。

❻异数：特殊，例外。

戏演完后，又加演了十几出，随后鲁王再次起身转席。后来又喝了半斗酒，鲁王脸上微微泛红，上车的时候，两个宦官搀扶着，都走不动了。我将其送到里巷外，鲁王命宦官再次传旨道："王爷今天很开心，王爷今天高兴极了！"君臣相处如此欢乐融洽，无拘无束到这种程度，这真是很少见的事情。

❧ 苏州白兔 ❧

崇祯戊寅至苏州❶，见白兔，异之。及抵武林，金知县汝砺宦福建❷，携白兔二十余只归。己卯、庚辰❸，杭州遍城市皆白兔，越中生育至百、至千，此兽妖也。

余少时不识烟草为何物，十年之内，老壮童稚妇人女子无不吃烟，大街小巷，尽摆烟桌，此草妖也。

妇人不知何故，一年之内都着对襟衫，戴昭君套❹，此服妖也。

庚辰冬底，燕客家琴砖十余块❺，结冰花如牡丹、芍药花瓣，枝叶如绣，如绘，间有人物、鸟兽，奇形怪状，十余砖，底面皆满。燕客迎余看，至三日不消，此冰妖也。燕客误认为祥瑞，作《冰花赋》，檄友人作诗咏之❻。

注释

❶崇祯戊寅：即崇祯十一年（1638）。

❷金知县汝砺：金汝砺，字启心，平湖（今浙江平湖）人。万历二十六年（1598）进士，历任福建福安知县、南京工部主事、直隶真定知府。著有《荒政录》《启心文集》等。

素積瓊枝凍未
沭迷離離全景入吟
畔渡迥縞自撑高
蓋中挑擥層看霏
玉扎不怨孤康堂
瞬閒玅救藝玉巧
披泰和光巳滿湯
和色化作更波涵
偶澌
暮中書和羅甩

❸己卯、庚辰：崇祯十二年（1639）、十三年（1640）。

❹昭君套：旧时妇人头上饰物。用条状貂皮围于髻下额上，如帽套。相传为昭君出塞时所戴，故称。

❺琴砖：又名郭公砖，一种空心的砖头。

❻椷：泛指信函，这里指写信。

译文

崇祯戊寅年我到苏州，见到白兔，觉得新奇。后来到杭州，金汝砺知县在福建做官，带回二十多只白兔。到己卯、庚辰年，杭州已满城都是白兔，绍兴这边也繁殖到成百上千，这是兽妖。

我年少时不知道烟草是什么东西，结果十年之间，男女老少没有不吃烟的，大街小巷都摆着烟桌，这是草妖。

妇女们不知为什么，一年之内都穿着对襟衫，戴着昭君套，这是服妖。

庚辰年冬末，燕客家有十多块琴砖结出像牡丹、芍药花瓣那样的冰花，枝叶就像是绣上去或画上去的，夹杂着人物、鸟兽等，奇形怪状的，十多块砖的底面和正面都结满了。燕客邀请我去看，过了三天都没融化，这是冰妖。燕客误以为是祥瑞，还作了一篇《冰花赋》，并写信邀请朋友一起作诗吟咏。

草 妖

河北观察使袁茂林楷所记草妖尤异❶：崇祯七年七月初一❷，孟县民孙光显祖墓有野葡萄❸，草蔓延长丈许。今夏，枝桠间忽抽新条，有似美人者，似达官者，有似龙、似凤、似麟、似龟、似雀、似鱼、似蝉、似蛇、似孔雀，有似鼠伏于枝者，有似鹦鹉栖于架者，架上有盏[4]，盏中有粒，凤则苞羽具五彩[5]，美人上下衣裳，裳白衣黄，面上依稀似粉黛，人间物象，种种具备。七月初八日，地方人始报闻，急使人取之，已为好事者撷尽，止得美人一、鹦鹉一、凤一，故述此三物尤悉[6]。

余谓此草木之妖。适晤史云岫，言汉灵帝中平元年[7]，东郡有草如鸠、雀、蛇、龙、鸟兽之状。若然，则余所臆度者更可杞忧[8]。此异宜上闻，县令以萎草不耐[9]，恐取观不便，遂寝其事[10]。特为记之如左。

注释

❶观察使：唐代职官名，为各道最高长官，负责察访州县官吏功过及民间疾苦。明清时期多称道员为观察使。袁茂林楷：即袁楷（1594—1662），字孝则，号茂林。天启五年（1625）进士。历任开封知府、河南参政。明亡归隐。著有《易揆》《尚书补注》等。袁楷未在河南做官，这里的"河北"当作"河南"。

❷崇祯七年：即1634年。

❸孟县：今河南孟州市。

❹盏：小杯子，小盆子。

❺苞羽：丰满的羽毛。

❻悉：详细，详尽。

❼汉灵帝中平元年：184年。据《后汉书·孝灵帝纪》记载，这一年"郡国生异草，备龙蛇鸟兽之形"。

❽臆度：猜测。杞忧：即"杞人忧天"的略语，指不必要的忧虑。

❾不耐：不能持久。

❿寝：平息，停止。

译文

河北观察使袁楷所记载的草妖尤其怪异：崇祯七年七月初一那

天，孟县人孙光显的祖坟上长了一株野葡萄，藤条蔓延一丈多长。今年夏天，枝条间忽然又抽出新枝条，有长得像美人的，有像达官的，有像龙、凤凰、麒麟、乌龟、鸟雀、鱼、蝉、蛇、孔雀的，有的像老鼠趴在枝条上，有的像鹦鹉栖息在架子上，架上还有小杯子，杯子里有谷粒，像凤凰丰满的羽毛五彩缤纷，像美人穿着的上下衣裳，黄色上衣，白色裙裾，脸上依稀施了粉黛，人世间的物象，都一一具备。直到七月初八那天，当地才有人将此事报知官府，官府急忙派人去取，但已被好事者采光了，只拿到了美人、鹦鹉、凤凰各一个，因此对这三样东西讲述得特别详细。

我认为这是草木之妖。正好遇见史云岫，他说汉灵帝中平元年，东郡也有草长得像鸠、雀、蛇、龙、各种鸟兽的形状。若果真如此，我的猜测就更值得担忧了。这种异象应该上报，但县令因枯草不能持久，担心取观不方便，压下了这件事。我特地把它记在这里。

❧ 祁世培[1] ❧

乙酉秋九月[2]，余见时事日非[3]，辞鲁国王，隐居剡中[4]。方磐石遣礼币[5]，聘余出山，商确军务[6]，檄县官上门敦促。余不得已，于丙戌正月十一日[7]，道北山，逾唐园岭，宿平水韩店。

注释

[1] 祁世培：即祁彪佳（1602—1645），字弘吉，号世培。山阴（今浙江绍兴）人。天启二年（1622）进士，历任右佥都御史、河南道御史。明亡后，自沉殉国。著有《远山堂曲品》《远山堂剧品》。

[2] 乙酉：即顺治二年（1645）。

[3] 日非：一天比一天坏。

❹剡中：剡县一带，即今浙江嵊州。

❺方磐石：即方国安。当时鲁王监国绍兴，封其为镇东侯，负责抗清。礼币：礼物。

❻商确：商量，商讨。

❼丙戌：即顺治三年（1646）。

译文

乙酉年秋九月，我看到形势一天不如一天，就辞别鲁王，到剡中隐居。方国安派人送来礼物，请我出山，商讨军务，并发檄文给县官让其上门催促。我不得已，只好在丙戌正月十一日启程，取道北山，翻过唐园岭，住在平水镇韩店。

余适疽发于背❶，痛楚呻吟，倚枕假寐❷。见青衣持一刺示余❸，曰："祈彪佳拜。"余惊起，见世培排闼入❹，白衣冠，余肃入，坐定。余梦中知其已死，曰："世培尽忠报国，为吾辈生色。"世培微笑，遽言曰❺："宗老此时不埋名屏迹，出山何为耶？"余曰："余欲辅鲁监国耳。"因言其如此如此，已有成算。世培笑曰："尔要做，谁许尔做，且强尔出无他意，十日内有人勒尔助饷❻。"余曰："方磐石诚心邀余共事，应不我欺。"世培曰："尔自知之矣，天下事此已不可为矣。尔试观天象。"

拉余起，下阶，西南望，见大小星堕落如雨，崩裂有声❼。世培曰："天数如此，奈何！奈何！宗老，尔速还山，随尔高手，到后来只好下我这着。"起，出门附耳曰："完《石匮书》❽。"洒然竟去❾。

注释

❶疽（jū）：一种毒疮。

❷假寐：打盹。

❸刺：名帖，名片。

❹排闼：推门。

⑤遽：遂，于是。

⑥勒：强迫，逼迫。饷：军饷。

⑦崩裂：物体突然分裂成若干部分。

⑧《石匮书》：作者编纂的一部历史著作，共二百二十卷。

⑨洒然：洒脱的样子。

译文

我当时背上长了毒疮，因疼痛而呻吟不已，就靠着枕头打盹。这时看见一个身穿青衣的人拿着名刺给我看，上面写着："祁彪佳拜。"我吃惊地起来，看到祁彪佳推门而入，穿着白色的衣帽，我把他请进来，各自坐下。我在梦中知道他已经死了，就说："世培兄尽忠报国，这是为我们争光。"祁彪佳微微一笑，说道："宗老这个时候还不隐姓埋名，出山是为了什么？"我答道："我想辅佐鲁监国。"于是告诉他如此如此，说自己已经有成熟的打算。祁彪佳笑道："是你自己要做，哪有谁让你做，况且他们强迫你出山没别的意思，十天之内就会有人逼你资助军饷。"我说："方国安诚心实意邀请我共事，应该不会欺骗我。"祁彪佳说："这你自己明白，天下事至此已经无法挽回。你可以去看看天象。"

说着拉我起来，走下台阶，向西南望去，只见大大小小的星星像雨点一样坠落，崩裂时发出响声。祁彪佳说："天数都这样了，还能怎么办！还能怎么办！宗老，你赶紧回到山里，你再有本事，到后来只能和我一样的下场。"说着起身，临出门时又贴在我耳边说："完成《石匮书》。"然后就洒脱地离开了。

余但闻犬声如豹，惊寤①，汗浴背②。门外犬吠嗥嗥③，与梦中声接续。蹴儿子起④，语之。次日抵家，阅十日，镳儿被缚去，果有逼勒助饷之事。忠魂之笃，而灵也如此。

❶ 寤：睡醒。
❷ 浴：浸透，湿透。
❸ 嗥嗥（háo háo）：动物吼叫的声音。
❹ 蹴：踢。

译文

　　我只听见外面狗像豹子一样狂吠着，一下惊醒了，汗流浃背。门外狗的叫声不断，和梦中的声音相接续。我赶紧踢醒儿子，把梦中之事告诉他。第二天我们回到家里，过了十天，儿子镰儿被人绑去，果真有威逼勒索让我出钱资助军饷的事。祁彪佳忠魂如此诚笃，而且还如此灵验。

附录二

自为墓志铭

　　蜀人张岱，陶庵其号也。少为纨绔子弟，极爱繁华，好精舍，好美婢，好娈童，好鲜衣，好美食，好骏马，好华灯，好烟火，好梨园，好鼓吹，好古董，好花鸟，兼以茶淫橘虐，书蠹诗魔，劳碌半生，皆成梦幻。

　　年至五十，国破家亡，避迹山居。所存者，破床碎几，折鼎病琴，与残书数帙，缺砚一方而已。布衣疏食，常至断炊。回首二十年前，真如隔世。

　　常自评之，有七不可解：向以韦布而上拟公侯，今以世家而下同乞丐，如此则贵贱紊矣，不可解一；产不及中人，而欲齐驱金谷，世颇多捷径，而独株守于陵，如此则贫富舛矣，不可解二；以书生而践戎马之场，以将军而翻文章之府，如此则文武错矣，不可解三；上陪玉皇大帝而不谄，下陪悲田院乞儿而不骄，如此则尊卑溷矣，不可解四；弱则唾面而肯自干，强则单骑而能赴敌，如此则宽猛背矣，不可解五；夺利争名，甘居人后，观场游戏，肯让人先，如此则缓急谬矣，不可解六；博弈摴蒱，则不知胜负，啜茶尝水，则能辨渑淄，如此则智愚杂矣，不可解七。

　　有此七不可解，自且不解，安望人解？故称之以富贵人可，称之以贫贱人亦可；称之以智慧人可，称之以愚蠢人亦可；称之以强项人可，称之以柔弱人亦可；称之以卞急人可，称之以懒散人亦可。学书不成，学剑不成，学节义不成，学文章不成，学仙，学佛，学农，学圃，俱不成。任世人呼之为败子，为废物，为顽民，为钝秀才，为瞌睡汉，为死老魅也已矣。

　　初字宗子，人称石公，即字石公。好著书，其所成者，有《石匮书》《张氏家谱》《义烈传》《琅嬛文集》《明易》《大易用》《史阙》《四书遇》《梦忆》《说铃》《昌谷解》《快园道古》《傒囊十集》《西湖梦寻》《一卷冰雪文》行世。

生于万历丁酉八月二十五日卯时，鲁国相大涤翁之树子也，母曰陶宜人。幼多痰疾，养于外大母马太夫人者十年。外太祖云谷公宦两广，藏生牛黄丸，盈数簏，自余囵地以至十有六岁，食尽之而厥疾始瘳。

六岁时，大父雨若翁携余至武林，遇眉公先生跨一角鹿，为钱塘游客，对大父曰："闻文孙善属对，吾面试之。"指屏上《李白骑鲸图》曰："太白骑鲸，采石江边捞夜月。"余应曰："眉公跨鹿，钱塘县里打秋风。"眉公大笑，起跃曰："那得灵隽若此！吾小友也。"欲进余以千秋之业，岂料余之一事无成也哉！

甲申以后，悠悠忽忽，既不能觅死，又不能聊生，白发婆娑，犹视息人世。恐一旦溘先朝露，与草木同腐，因思古人如王无功、陶靖节、徐文长皆自作墓铭，余亦效颦为之。甫构思，觉人与文俱不佳，辍笔者再。虽然，第言吾之癖错，则亦可传也已。

曾营生圹于项王里之鸡头山，友人李研斋题其圹曰："呜呼！有明著述鸿儒陶庵张长公之圹。"伯鸾高士，冢近要离，余故有取于项里也。明年，年跻七十，死与葬，其日月尚不知也，故不书。

铭曰："穷石崇，斗金谷，盲卞和，献荆玉。老廉颇，战涿鹿，赝龙门，开史局，馋东坡，饿孤竹。五羖大夫，焉能自鬻？空学陶潜，枉希梅福。必也寻三外野人，方晓我之衷曲。"

《陶庵梦忆》序

陶庵老人著作等身，其自信者，尤在《石匮》一书。兹编载方言巷咏、嘻笑琐屑之事，然略经点染，便成至文。读者如历山川，如睹风俗，如瞻宫阙宗庙之丽，殆与《采薇》《麦秀》同其感慨，而出之以诙谐者欤？

老人少工帖括，不欲以诸生名。大江以南，凡黄冠、剑客、缁衣、伶工，毕聚其庐。且遭时太平，海内晏安。老人家龙阜，有园亭池沼之胜，木奴秫秔，岁入缗以千计。以故斗鸡、臂鹰、六博、蹴踘、弹琴、劈阮诸技，老人亦靡不为。

今已矣。三十年来，杜门谢客，客亦渐辞老人去。间策杖入市，市人有不识其姓氏者，老人辄自喜，遂更名曰"蝶庵"，又曰"石公"。其所著《石匮书》埋之琅嬛山中。所见《梦忆》一卷，为序而藏之。

——《砚云甲编》本

❦ 金忠淳跋 ❦

陶庵老人，不著姓氏，卷中曰"岱"，曰"宗老"，曰"张氏"，曰"绍兴"。考《浙江通志》，张岱，字宗子，山阴人，明末避乱剡溪山，意绪苍凉，语及少壮秾华，自谓梦境。著书十余种，率以"梦"名，而《石匮书》纪前代事尤备。

此帙为舅兄学林胡氏藏本，奇情奇文，引人入胜，如在山阴道上，应接不暇。惜其余各种不概见也，然恐老人狡狯，所云《石匮书》埋之琅嬛山中，非伊家茂先，孰过琅嬛福地而问之？瓯山金忠淳识。

《省志》止称其家世通显，未详祖父何人。今观《舌华录》载"张氏兄弟不饮酒"一则，有"张状元诸孙"之语，以证老人所谓"太仆公"及"先文恭"者，盖其曾祖天复，嘉靖进士，官太仆卿；

祖元汴，隆庆状元，谥文恭；父汝霖，万历进士。卷中言"先父相鲁先王"，以其曾任山东副考，或与藩邸有旧耳。因阅《舌华》，参考志传，备载其家世如此。淳又识。

——《砚云甲编》本

❧ 《陶庵梦忆》识语 ❧

王文诰

《陶庵梦忆》序见瓯山金氏本，刻入《砚云甲编》，书仅一卷，十失六七。此本余从王竹坡、姚春漪得之，辗转抄袭，多有脱讹，置筐中且十年矣。

岁辛亥，游岭南，暇时翻阅，粗为点定，或评数语于后，意之所至，无容心也。客过寓见者，请公同好，遂以付梓。而是书不著姓氏，卷中曰"张氏"，曰"岱"，曰"宗老"，据金氏考《浙江通志》，张岱，字宗子，山阴氏族，晚境著书，率以梦名，惟《石匮书》埋之琅嬛山中，世未尽见。

恭阅《钦定四库全书简明目录》，谷应泰因张岱《石匮藏书》排纂编次，为《纪事本末》八十篇，虽非正裁，别调孤行，是《石匮书》竟以不传陶庵。

陶庵自云"名根一点，坚固如佛家舍利，劫火勿失"，兹幸名列御书，幽光不泯，天之所以予陶庵者固甚厚矣，《梦忆》出诸游戏，而俗情文言，笔下风发，亦今亦古，自名一家，洵非奇才不能。余厘为八卷，即以金氏本原序弁诸首。时乾隆甲寅秋七月，仁和王文诰纯生甫识。

《陶庵梦忆》跋

　　右《陶庵梦忆》八卷，明张岱撰。按，岱字宗子，山阴人。考邵廷采《思复堂集·明遗民传》：称其尝辑明一代遗事为《石匮藏书》。谷应泰作《纪事本末》，以五百金购请，慨然予之。又称《明季稗史》，罕见全书，惟谈迁《编年》《张岱列传》具有本末。应泰并采之以成《纪事》，则《明史纪事本末》固多得自宗子《石匮藏书》暨《列传》也。阮文达《国朝文苑传稿》略同。

　　是编刻于秀水金忠淳《研云甲编》，殆非足本，序不知何人所作，略具生平，而亦作一卷。岂即忠淳笔欤？乾隆甲寅，仁和王文诰谓从王竹坡、姚春漪得传钞足本，实八卷，刻焉。顾每条俱缀"纯生氏曰"云云。纯生殆文诰字也，又每卷直题"文诰编"，恐无此体。兹概从芟薙，特重刻焉。

　　昔孟元老撰《梦华录》，吴自牧撰《梦粱录》，均于地老天荒，沧桑而后，不胜身世之感，兹编实与之同。虽间涉游戏三昧，而奇情壮采，议论风生，笔墨横恣，几令读者心目俱眩，亦异才也！

　　考《明诗综》沈邃伯《敬礼南都奉先殿纪事诗》"高后配在天，御幄神所栖。众妃位东序，一妃独在西。成祖重上生，嫔德莫敢齐"云云。《静志居诗话》"长陵每自称曰：'朕高皇后第四子也。'然奉先庙制，高后南向，诸妃尽东列，西序惟硕妃一人，盖高后从未怀妊，岂惟长陵，即懿文太子，亦非后生也。世疑此事不实，诵沈诗，斯明征矣"云云。兹编"钟山"一条，即纪其事，殆可补史乘之缺。

　　又王贻上《分甘余话》"柳敬亭善说平话，流寓江南；一二名卿遗老左祖良玉者，赋诗张之，且为传传。余曾识于金陵，试其枝，与市井之辈无异"云云。而是编"柳敬亭说书"一条，称其"疾徐轻重，吞吐抑扬，入情入理”，亦见其持论之平也。

咸丰壬子展重阳日，南海伍崇曜谨跋。

——《粤雅堂丛书》

《陶庵梦忆》序

周作人

平伯将重刊《陶庵梦忆》，叫我写一篇序，因为我从前是越人。

光绪二十三年（1897年），祖父因事系杭州府狱，我跟着宋姨太太住在花牌楼，每隔两三天去看他一回，就在那里初次见到《梦忆》，是《砚云甲编》本，其中还有《长物志》及《槎上老舌》，也是我那时所喜欢的书。张宗子的著作似乎很多，但《梦忆》以外，我只见过《於越三不朽图赞》《琅嬛文集》《西湖梦寻》三种，他所选的《一卷冰雪文》，曾在大路的旧书店中见过，因索价太昂未曾买得。我觉得《梦忆》最好，虽然文集里也有些好文章，如《梦忆》的纪泰山，几乎就是《岱志》的节本，其写人物的几篇，也与《五异人传》有许多相像。《三不朽》是他的遗民气的具体的表现，有些画像如姚长子等未免有点可疑，但别的大人物恐怕多有所本，我看王谑庵像觉得这是不可捏造的，因为它很有点个性。

《梦忆》大抵都是很有趣味的。对于“现在”，大家总有点不满足，而且此身在情景之中，总是有点迷惘似的，没有玩味的馀暇。所以人多有逃现世之倾向，觉得只有梦想或是回忆是最甜美的世界。讲乌托邦的是在做着满愿的昼梦，老年人记起少时的生活也觉得愉快，不，即是昨夜的事情也要比今日有趣：这并不一定由于什么保守，实

336

在是因为这些"过去"才经得起我们慢慢地抚摩赏玩，就是要加减一两笔也不要紧。遗民的感叹也即属于此类，不过它还要深切些，与白发宫人说天宝遗事还有点不同，或者好比是寡妇的追怀罢。

《梦忆》是这一流文字之佳者，而所追怀者又是明朝的事，更令我觉得有意思。我并不是因为民族革命思想的影响，特别对于明朝有什么情分，老实说，只是不相信清朝人——有那一条辫发拖在背后会有什么风雅，正如缠足的女人我不相信会是美人。

《梦忆》所记的多是江南风物，绍兴事也居其一部分，而这又是与我所知道的是多么不同的一个绍兴。会稽虽然说是禹域，到底还是一个偏隅小郡，终不免是小家子相的。讲到名胜地方原也不少，如大禹的陵，平水，蔡中郎的柯亭，王右军的戒珠寺、兰亭等，此外就是平常的一山一河，也都还可随便游玩，得少佳趣，倘若你有适当的游法。但张宗子是个都会诗人，他所注意的是人事而非天然，山水不过是他所写的生活的背景。说到这一层，我记起《梦忆》的一二则，对于绍兴实在不胜今昔之感。

明朝人即使别无足取，他们的狂至少总是值得佩服的，这一种狂到现今就一点都不存留了。不知从什么时候起的，绍兴的风水变了的缘故罢，本地所出的人才几乎限于师爷与钱店官这两种，专以苛细精干见长，那种豪放的气象已全然消灭，那种走遍天下找寻《水浒传》脚色的气魄已没有人能够了解，更不必说去实行了。他们的确已不是明朝的败家子，却变成了乡下的土财主，这不知到底是祸是福！"城郭如故人民非"，我看了《梦忆》之后不禁想起仙人丁令威的这句诗来。

张宗子的文章是颇有趣味的，这也是使我喜欢《梦忆》的一个缘由。我常这样想，现代的散文在新文学中受外国的影响最少，这与其说是文学革命的还不如说是文艺复兴的产物，虽然在文学发达的程途上复兴与革命是同一样的进展。在理学与古文没有全盛的时候，抒情的散文也已得到相当的长发，不过在学士大夫眼中自然也不很看得起。我们读明清有些名士派的文章，觉得与现代文的情趣几乎一致，思想上固然难免有若干距离，但如明人所表示的对于礼法的反动则又很有现代的气息了。

张宗子是大家子弟，《明遗民传》称其"衣冠揖让，绰有旧人风轨"，不是要讨人家欢喜的山人，他的洒脱的文章大抵出于性情的流露，读去不会令人生厌。《梦忆》可以说是他文集的选本，除了那些故意用的怪文句，我觉得有几篇真写得不坏，倘若我自己能够写得出一两篇，那就十分满足了，但这是欲羡不来，学不来的。

平伯将重刊《陶庵梦忆》，这是我所很赞成的：这回却并不是因为我从前是越人的缘故，只因《梦忆》是我所喜欢的一部书罢了。

民国十五年十一月五日，于京兆宛平

重刊《陶庵梦忆》跋

俞平伯

有梦而以真视之者，有真而以梦视之者。夫梦中之荣悴悲欢犹吾生平也，梦将非真欤？以往形相悉疾幻灭，抽刀断水水更流矣，起问日中中已久矣，则明明非梦而明明又是梦也。凡此人人所有，在乎说得出与否耳。谚曰："痴人说梦。"说梦良非雅致；然既是梦何妨说说，即使不说也未必便醒了。况同斯一梦，方以酣适自喜，不以寤觉相矜也。

明张宗子以五十载之豪华幻为一梦，写此区区八卷之书。自序言明"又是一番梦呓"，且谓"名心难化"，彼固未尝不知之，知之而仍言之，是省后世同梦者多也。

作者家亡国破，披发入山，"遥思往事，忆即书之，持向佛前，

——忏悔"，作书本旨如是而已。而今观之，奇姿壮采，于字里行间俯拾即是，华秋物态，每"练熟还生，以涩勒出之"，画匠文心两兼之矣。

其人更生长华膴，终篇"著一毫寒俭不得"。然彼虽放恣，而于针芥之微莫不低徊体玩，所谓"天上一夜好月与得火候一杯好茶，只可供一刻受用，其实珍惜之不尽也"。然则五十年瞥走之光阴里，彼真受用得此一刻了。梦缘可羡，而入梦之心殆亦不可及。

凡此心境，草草劳人如我辈者，都无一缘领略。重印此书，使梦中人多一机遇扩其心眼。痴人说梦，将有另一痴人倾耳听之，两毋相笑。于平居暇日，"偶拈一则，如游旧径，如见故人"，殆可不废乎？若当世名流目此为小道，或斥为牟利新径，则小之可"愚揆勿读，读亦勿卒"，大之以功令杜其流传，喜得作者姓张，小生不姓张，亦无妨于"吾家"也。

此书校读得燕大沈君启无之助，更得岂明师为作序，两君皆好读《梦忆》者。

1926年12月

中国古代文学经典书系

旧时风月

随园食单

[清] 袁 枚 著

郭 莹 注

春风文艺出版社

·沈阳·

图书在版编目（CIP）数据

随园食单/（清）袁枚著；郭莹注. —沈阳：春风文艺出版社，2025.1
（中国古代文学经典书系. 旧时风月）
ISBN 978 - 7 - 5313 - 6638 - 6

Ⅰ. ①随… Ⅱ. ①袁… ②郭… Ⅲ. ①烹饪—中国—清前期 ②食谱—中国—清前期 ③中式菜肴—菜谱—清前期 Ⅳ. ①TS972.117

中国国家版本馆CIP数据核字（2024）第019148号

前　言

　　袁枚（1716—1797），字子才，号简斋，又号随园老人，今浙江杭州人。袁枚出身诗礼世家，少年聪慧，十二岁中秀才，但十三岁、十七岁、二十岁三次举人落第，直至二十三岁方中举，二十四岁参加会试、殿试才得以高中进士，任职翰林院庶吉士。二十七岁至三十三岁，七年间先后任职江苏溧水、江浦、沭阳、江宁县令，此后辞官归隐南京小仓山随园。隐居随园期间，袁枚为人潇洒倜傥，研诗文，富才趣，喜交游，好茶酒，成为当时著名的文人名士，风流才子。

　　袁枚一生著述甚夥，有《小仓山房诗文集》《随园诗话》《随园随笔》《子不语》《小仓山房尺牍》等传世之作。相比之下，《随园食单》的文学价值似乎并不显著。该书虽然不以学养见长，但更不能视作一部简单的"食谱"，而是一部集饮食理论与实践，探讨饮食生活与文化的专著。其内容丰富，视野广阔，言辞生动，意蕴深厚，理趣盎然，具有十分典型的文学与文化的双重价值。尤其就文化价值而言，《随园食单》对反映清代饮食文化、生活，呈现清代饮食制作水平和风俗，以及阐发当时饮食文化思想等，都具有不容忽视的重要意义。可以说，时至今日，《随园食单》都在中国饮食史，乃至生活文化史上占据重要地位。

　　本书主要以嘉庆元年小仓山房藏版为底本，同时参考其他通行版本，以注释的形式对《随园食单》进行整理和解读。书中选取他本而未用嘉庆本之处，皆做标注。另外，在整理、注释的过程中，笔者也注意充分吸收、借鉴前学成果，如中州古籍出版社2017年出版的李开周、张晨注本《随园食单》，中华书局2020年出版的陈伟明注本《随园食单》，等等，特此感谢。

目　录

卷　二

卷　三

卷 四

序

　　诗人美周公而曰"笾豆有践"❶，恶凡伯而曰"彼疏斯粺"❷。古之于饮食也，若是重乎？他若《易》称"鼎亨"❸，《书》称"盐梅"❹，《乡党》《内则》琐琐言之❺。孟子虽贱饮食之人，而又言饥渴未能得饮食之正❻。可见凡事须求一是处，都非易言。《中庸》曰："人莫不饮食也，鲜能知味也。"❼《典论》曰："一世长者知居处，三世长者知服食。"❽古人进鬐离肺❾，皆有法焉，未尝苟且。"子与人歌而善，必使反之，而后和之。"❿圣人于一艺之微⓫，其善取于人也如是。

　　余雅慕此旨，每食于某氏而饱，必使家厨往彼灶觚⓬，执弟子之礼。四十年来，颇集众美。有学就者，有十分中得六七者，有仅得二三者，亦有竟失传者。余都问其方略，集而存之。虽不甚省记，亦载某家某味，以志景行⓭。自觉好学之心，理宜如是。虽死法不足以限生厨⓮，名手作书，亦多出入，未可专求之于故纸，然能率由旧章⓯，终无大谬。临时治具⓰，亦易指名。

　　或曰："人心不同，各如其面。子能必天下之口，皆子之口乎？"⓱曰："执柯以伐柯，其则不远⓲。吾虽不能强天下之口与吾同嗜，而姑且推己及物，则食饮虽微，而吾于忠恕之道，则已尽矣。吾何憾哉？"若夫《说郛》所载饮食之书三十余种，眉公⓳、笠翁⓴，亦有陈言。曾亲试之，皆阏于鼻而蜇于口㉑，大半陋儒附会，吾无取焉。

注释

❶诗人美周公而曰"笾豆有践"：《诗经·豳风·伐柯》云"我觏之子，笾豆有践"。周公即姬旦，周文王第四子，西周初期政治家，曾辅助武王灭商，建立西周王朝。武王死后，继续辅助幼主成王摄理

国政。曾东征平武庚、管叔、蔡叔之乱，制定西周礼乐制度，是历史上的圣贤典范。笾豆有践，指餐具整齐地摆放在桌上。笾，古代祭祀及宴会中装盛果品肉脯的竹编食器，底有圈足，上有圆盖。豆，祭祀和宴会中盛放食物的木器，形似高足盘。践，排列整齐有次序。

❷恶凡伯而曰"彼疏斯粺"：《诗经·大雅·召旻》曰"维昔之富不如时，维今之疚不如兹。彼疏斯粺，胡不自替？职兄斯引"。张次仲《待轩诗记》云："彼时之疏，斯时直以为粺。即粗粝之食亦不可得，慌乱之象如此。"《毛诗序》云："《召旻》，凡伯刺幽王大坏也。旻，闵也，闵天下无如召公之臣也。"袁枚认为此处是诗人用"彼疏斯粺"怨恨凡伯治国无方，这与传统解释不尽相同。凡伯，西周王朝实行分封制。周公旦三子瞵分封在今河南辉县，称为凡国。凡国的君主为世袭制，继承其爵位的历代君主，后世一律称为凡伯。疏，糙米。粺，精米。彼疏斯粺，自己吃精米而让他人食糙米。

❸《易》称"鼎亨"：《周易》云"《鼎》：元吉，亨"。上古鼎器，既可烹物，也是权力象征。君子持鼎意味国家权力集中，必大吉而亨通顺利。《周易》六十四卦中第五十卦为"鼎卦"，有"鼎烹熟物之象"。

❹《书》称"盐梅"：《尚书·说命》云"若作和羹，尔惟盐梅"。即用盐、梅来给食物调味。乃殷高宗命傅说为相的言辞，他是国家十分需要的人才，后以此作为赞美相业之辞。盐梅，即用为调料的盐和梅子。

❺《乡党》《内则》琐琐言之：指《乡党》《内则》两篇文章中很多方面都以饮食喻教化。《乡党》出自《论语》，记述孔子的衣食住行。《内则》出自《礼记》，记载敬老、夫妇之道，及饮食制度。琐琐言之，即详细、零碎地诉说。

❻孟子虽贱饮食之人，而又言饥渴未能得饮食之正：《孟子·尽心上》云"饥者甘食，渴者甘饮，是未得饮食之正也，饥渴害之也"。大意说饥不择食、渴不择饮时，都不能正确品味食物饮料的味道。

❼人莫不饮食也，鲜能知味也：意谓尽管人人都吃喝，却很少有

人真正理解饮食的滋味。

❽一世长者知居处，三世长者知服食：句意谓一代尊贵者，知道建筑舒适居处；三代尊贵者，才能真正掌握饮食之道。《典论》为三国时期曹丕所著，有五卷，原书已佚。这里或指另书，不详。一世，一代。

❾进鬐离肺：《仪礼·士丧礼》云"载，鱼左首，进鬐"。指祭祀时将鱼横放，鱼头向左，脊背向右。《仪礼·士冠礼》云"离肺实于鼎"。即将牲畜的肺部切离，置于鼎内。

❿子与人歌而善，必使反之，而后和之：语自《论语·述而》。指孔子与人歌唱时，如若他人唱得好听，便一定再让其复唱一遍，自己随声附和。

⓫一艺之微：唱歌这样微小的技艺。

⓬灶觚：《庄子·逸篇》云"仲尼读《春秋》，老聃踞灶觚而听"。灶觚，灶口平地突出之处，即烟囱，这里指代厨房。

⓭以志景行：《史记·孔子世家》云《诗》有之：'高山仰止，景行行止。'虽不能至，然心乡往之"，以表达司马迁对孔子的仰慕之情。景行，指高尚的德行，这里指作者对烹饪大家的崇敬。

⓮死法不足以限生厨：句意谓食谱是死的，但人是活的。死板的菜谱无法限制厨师的才能。

⓯率由旧章：《诗经·大雅·假乐》云"不愆不忘，率由旧章"。即完全依循先前的章程、法则做事。

⓰治具：置办饮食相关之器具。

⓱子能必天下之口，皆子之口乎：句意谓你能确信天下所有人的口味都同你一样吗？

⓲执柯以伐柯，其则不远：《中庸》云"《诗》云：'伐柯，伐柯，其则不远。'执柯以伐柯，睨而视之，犹以为远"。拿着斧头伐木，以制斧柄，可依斧头现成之样而制。意思是照着样子模仿，结果就不会相差太多。

⓳眉公：陈继儒，字仲醇，号眉公，松府华亭（今上海市松江

区）人，明代著名文学家、书法家、画家。世人传其善于品鉴美食。

⑳笠翁：李渔，初名仙侣，后改名为渔，字谪凡，号笠翁，兰溪（今属浙江）人，清代著名文学家、戏曲家。曾著《闲情偶寄》，分八部，其中有《饮馔部》。

㉑阏于鼻而螫于口：阏，堵塞；螫，刺痛。句意谓难闻的气味堵塞鼻子，嘴里像被蜜蜂螫过一样，又涩又麻。这里指按照那些金玉其外的菜谱所做出的美食，其实根本无法下咽。

卷
一

须知单

学问之道，先知而后行，饮食亦然。作《须知单》。

先天须知

凡物各有先天，如人各有资禀❶。人性下愚，虽孔、孟教之，无益也。物性不良，虽易牙❷烹之，亦无味也。指其大略：猪宜皮薄，不可腥臊；鸡宜骟嫩❸，不可老稚；鲫鱼以扁身白肚为佳，乌背者，必崛强❹于盘中；鳗鱼以湖溪游泳为贵，江生者，必槎丫❺其骨节；谷喂之鸭，其膘肥而白色；壅土❻之笋，其节少而甘鲜；同一火腿❼也，而好丑判若天渊；同一台鲞❽也，而美恶分为冰炭。其他杂物，可以类推。大抵一席佳肴，司厨之功居其六，买办之功居其四。

注释

❶资禀：天资秉性。

❷易牙：或称狄牙，名巫，其为雍人（掌烹割的内官），又称雍巫。春秋时期受宠于齐桓公，传说曾烹其子以进桓公。后代多将厨师称作易牙。

❸骟嫩：指被阉割过的鸡和尚未长成的童子鸡。骟，阉割牲畜。

❹崛强：僵硬。

❺槎丫：嘉庆刻本作"槎枒"。本指树木枝条交错参差，这里形容江生鳗鱼鱼刺杂乱。

❻壅土：堆积的泥土，这里指营养丰富的土壤。

❼火腿：动物后腿被腌制或熏制后，再经盐渍、烟熏、发酵和干

燥处理等工序制成。以浙江金华火腿最为著名。

❽台鲞：特指浙江台州出产的咸鱼干。鲞，咸鱼干。

作料须知

厨者之作料，如妇人之衣服首饰也。虽有天姿，虽善涂抹，而敝衣蓝缕❶，西子亦难以为容。善烹调者，酱用伏酱❷，先尝甘否；油用香油，须审生熟；酒用酒酿❸，应去糟粕；醋用米醋，须求清冽❹。且酱有清浓之分，油有荤素之别，酒有酸甜之异，醋有陈新之殊，不可丝毫错误。其他葱、椒、姜、桂、糖、盐，虽用之不多，而俱宜选择上品。苏州店卖秋油❺，有上、中、下三等。镇江醋颜色虽佳，味不甚酸，失醋之本旨矣。以板浦醋❻为第一，浦口醋❼次之。

注释

❶敝衣蓝缕：指衣着破烂不堪。蓝缕，通"褴褛"。

❷伏酱：三伏天制作的酱料。因热量充足，故发酵最为充分，口感最佳。

❸酒酿：发酵过的米酒，甜带微酸。

❹清冽：清醇。

❺秋油：伏天酿造、秋天酿成的酱油，又称"母油"。

❻板浦醋：板浦镇（今江苏省连云港市灌云县板浦镇）所出产之醋。乾隆帝曾食其醋，赞不绝口，故有"皇帝老儿尝滴醋，袁大才子写名著"之佳话。

❼浦口醋：浦口镇（今江苏省南京市西北部）所出产之醋。

洗刷须知

洗刷之法，燕窝去毛❶，海参去泥❷，鱼翅去沙❸，鹿筋去臊❹。肉有筋瓣❺，剔之则酥；鸭有肾臊❻，削之则净；鱼胆破，而全盘皆苦；

鳗涎❼存，而满碗多腥；韭删叶而白存❽，菜弃边而心出。《内则》曰："鱼去乙，鳖去丑。"❾此之谓也。谚云："若要鱼好吃，洗得白筋出。"❿亦此之谓也。

注释

❶燕窝去毛：燕窝为金丝燕等燕科动物用唾液和绒羽混杂凝成的巢，自明朝后成为珍贵食材。其中混杂绒羽，故曰"去毛"。

❷海参去泥：洗净海参上附带的泥沙。

❸鱼翅去沙：鱼翅即鲨鱼鳍中的软骨，自宋代后为人食用。制作成菜品前，应洗去鱼鳍上的沙砾。

❹鹿筋去臊：鹿筋即鹿四肢的筋，制作成菜品前应压滚水焯熟，再用酒和姜浸泡，以去除其腥臊的味道。

❺筋瓣：筋膜。

❻肾臊：雄鸭睾丸腥臊味极重。

❼鳗涎：鳗鱼身体表面包裹着的黏膜，腥膻异常，制作成菜品前必先处理。

❽韭删叶而白存：将韭菜老叶剥掉，保留白嫩的菜芯。

❾鱼去乙，鳖去丑：语自《礼记·内则》。郑玄注曰："乙，鱼体中害人者名也。今东海容鱼有骨名乙，在目旁，状如篆'乙'，食之鲠人不可出。丑，谓鳖窍也。"句意谓做鱼时要抠去鱼鳃里的硬骨，做甲鱼时要剪除甲鱼的肛门。乙，鱼的颊骨。也有说为鱼肠。如《尔雅·释鱼》："鱼肠谓之'乙'。"丑，动物的肛门。

❿若要鱼好吃，洗得白筋出：鱼脊背两侧各有一条细长的白筋，如果不取出，会有腥味。

调剂须知

调剂❶之法，相物而施❷。有酒、水兼用者，有专用酒不用水者，有专用水不用酒者；有盐、酱并用者，有专用清酱不用盐者，有用盐不用酱者；有物太腻，要用油先炙❸者；有气太腥，要用醋先喷者；有取鲜必用冰糖❹者；有以干燥为贵者，使其味入于内，煎炒之物是也；有以汤多为贵者，使其味溢于外，清浮之物❺是也。

❶调剂：这里指用佐料改善食材的味道。

❷相物而施：食材不同，要搭配不同的佐料。

❸炙：烤，这里指油炸。

❹取鲜必用冰糖：对于特别油腻或腥膻的食材，可以先用冰糖去腥提鲜，加强光泽。

❺清浮之物：指汤面上漂浮着的食材。

配搭须知

谚曰："相女配夫❶。"《记》❷曰："儗人必于其伦❸。"烹调之法，何以异焉？凡一物烹成，必需辅佐。要使清者配清，浓者配浓，柔者配柔，刚者配刚，方有和合之妙。其中可荤可素者，蘑菇、鲜笋、冬瓜是也。可荤不可素者，葱、韭、茴香、新蒜是也。可素不可荤者，芹菜、百合、刀豆❹是也。常见人置蟹粉于燕窝之中，放百合于鸡、猪之内，毋乃唐尧与苏峻❺对坐，不太悖乎？亦有交互见功者，炒荤菜，用素油，炒素菜，用荤油是也。

注释

❶相女配夫：依据女子的条件来选择与之条件相当的丈夫。

❷《记》：指《礼记》。

❸儗人必于其伦：《礼记·曲礼下》语。句意谓评判一个人一定要将其与同类人做比较。儗，比较。伦，同辈，同类。

❹刀豆：豆荚形似刀身，故名。分布于江南地区，其嫩荚和种子可供食用。

⑤唐尧与苏峻：唐尧即尧帝，上古时期部落首领，广有德行。苏峻乃魏晋时期将领，以贪暴闻名。本句以二者对坐，形容食材搭配之荒谬无理。

独用须知

味太浓重者，只宜独用，不可搭配。如李赞皇❶、张江陵❷一流，须专用之，方尽其才。食物中，鳗也，鳖也，蟹也，鲥鱼❸也，牛羊也，皆宜独食，不可加搭配。何也？此数物者，味甚厚，力量甚大，而流弊亦甚多，用五味调和，全力治之，方能取其长而去其弊。何暇❹舍其本题，别生枝节哉？金陵人好以海参配甲鱼，鱼翅配蟹粉，我见辄攒眉❺。觉甲鱼、蟹粉之味，海参、鱼翅分之而不足；海参、鱼翅之弊，甲鱼、蟹粉染之而有余。

注释

❶李赞皇：李德裕，字文饶，赵郡赞皇（今河北赞皇县）人。历官唐宪宗、穆宗、敬宗、文宗四朝，先后两度入相。后世对其政绩评价甚高，称赞皇公。

❷张江陵：张居正，字叔大，号太岳，湖广江陵（今湖北荆州）人。明万历时期任内阁首辅。

❸鲥鱼：一种产于长江下游的洄游鱼类，脂肪多，肉质嫩，与河豚、刀鱼并称"长江三鲜"。

❹何暇：哪里说得上。

❺攒眉：皱眉。

火候须知

熟物之法，最重火候。有须武火❶者，煎炒是也；火弱则物疲❷矣。有须文火者，煨煮❸是也；火猛则物枯矣。有先用武火而后用文火者，收汤之物是也；性急则皮焦而里不熟矣。有愈煮愈嫩者，腰子、鸡蛋之类是也。有略煮即不嫩者，鲜鱼、蚶、蛤之类是也。肉起迟则红色变黑，鱼起迟则活肉变死。屡开锅盖，则多沫而少香；火息再烧，则走油而味失。道人以丹成九转为仙❹，儒家以无过、不及为中❺。司厨者，能知火候而谨伺之，则几于道矣。鱼临食时，色白如玉，凝而不散者，活肉也；色白如粉，不相胶粘❻者，死肉也。明明鲜鱼，而使之不鲜，可恨已极。

注释

❶武火：中医认为，煎药时先武火后文火，即先大火急火后小火慢火。

❷物疲：食材由筋道、鲜脆变为软沓。

❸煨煮：用小火慢煮。

❹道人以丹成九转为仙：语出《抱朴子·金丹》。道家方士炼丹或修炼内丹，常常将其中过程分为九个周期，周期圆满即可飞升。转，周期流转，循环变化。九转丹成，炼成九转金丹。

❺儒家以无过、不及为中：儒家倡导中庸之道，凡事不可过度，亦不可保守，适度最好。

❻粘：嘉庆刻本作"黏"。

色臭❶须知

目与鼻，口之邻也，亦口之媒介也。嘉肴到目、到鼻，色臭便有不同。或净若秋云，或艳如琥珀，其芬芳之气，亦扑鼻而来，不必齿决之❷，舌尝之，而后知其妙也。然求色❸不可用糖炒，求香不可用香料。一涉粉饰，便伤至味。

注释

❶色臭：颜色与气味。

❷齿决之：用牙齿咀嚼。陆游《老健》诗云："齿牢尚可决干肉，目了未妨观细书。"

❸色：嘉庆刻本作"色艳"。

迟速须知

凡人请客，相约于三日之前，自有工夫平章❶百味。若斗然❷客至，急需便餐❸，作客在外，行船落店，此何能取东海之水，救南池之焚乎？必须预备一种急就章❹之菜，如炒鸡片、炒肉丝、炒虾米豆腐，及糟鱼、茶腿❺之类，反能因速而见巧❻者，不可不知。

注释

❶平章：品评。

❷斗然：突然，嘉庆刻本作"陡然"。

❸便餐：制作简单，很快可以完成的餐食。

❹急就章：西汉元帝命黄门令史游编写一部蒙童识字书，因出于赶制，便于篇首题名"急就"二字。后以"急就章"比喻匆忙完成的工作或文章。

❺茶腿：用茶叶腌制的火腿。

❻因速而见巧：因为制作菜品的速度快，而凸显出厨师技艺之高超。

变换须知

一物有一物之味，不可混而同之。犹如圣人设教❶，因才乐育，不拘一律❷。所谓君子成人之美也。今见俗厨，动以鸡、鸭、猪、鹅，一汤同滚，遂令千手雷同，味同嚼蜡。吾恐鸡、猪、鹅、鸭有灵，必到枉死城❸中告状矣。善治菜者，须多设锅、灶、盂❹、钵❺之类，使一物各献一性，一碗各成一味。嗜者舌本❻应接不暇，自觉心花顿开。

❶设教： 兴办教育，展开教学。

❷因才乐育，不拘一律： 因材施教，不能只用一种方式，将所有学生一概而论。

❸柱死城： 据《玉历宝钞》记载，柱死城是地藏王菩萨在地狱中为无辜受死的鬼魂建造的城市。冤死之人死后都会进入柱死城。

❹盂： 圆筒状容器，可盛水、汤或饭食。

❺钵： 圆形容器，多用于盛饭。

❻舌本： 舌根，舌头。

器具须知

古语云：美食不如美器。斯语是也。然宣、成、嘉、万**❶**，窑器太贵，颇愁损伤，不如竟用御窑**❷**，已觉雅丽。惟是宜碗者碗，宜盘者盘，宜大者大，宜小者小，参错其间，方觉生色。若板板**❸**于十碗八盘之说，便嫌笨俗。大抵物贵者器宜大，物贱者器宜小。煎炒宜盘，汤羹宜碗，煎炒宜铁锅，煨煮宜砂罐。

注释

❶宣、成、嘉、万： 明宣德、成化、嘉靖、万历四朝。此时白瓷与彩瓷的制造工艺正值巅峰。

❷竟用御窑： 始终都用宫廷使用的瓷器。竟，全，始终，一直。

❸板板： 刻板，不加变通。

上菜须知

上菜之法，盐者**❶**宜先，淡者宜后；浓者宜先，薄者宜后；无汤者宜先，有汤者宜后。且天下原有五味**❷**，不可以咸之一味概之。度**❸**

客食饱，则脾困❹矣，须用辛辣以振动❺之；虑客酒多，则胃疲矣，须用酸甘以提醒❻之。

注释

❶盐者：偏咸的菜品。

❷五味：酸、甘、苦、辛、咸五种味道。也指各种味道或味道丰富的食品。

❸度：估计，料想。

❹脾困：吃得太多，脾脏压力过大，人会感觉困倦。

❺振动：刺激。

❻提醒：恢复，增强。

时节须知

夏日长而热，宰杀太早，则肉败矣。冬日短而寒，烹饪稍迟，则物生❶矣。冬宜食牛羊，移之于夏，非其时也。夏宜食干腊❷，移之于冬，非其时也。辅佐之物，夏宜用芥末，冬宜用胡椒。当三伏天而得冬腌菜，贱物也，而竟成至宝矣。当秋凉时而得行鞭笋，亦贱物也，而视若珍馐矣。有先时而见好者，三月食鲥鱼是也。有后时而见好者，四月食芋艿是也。其他亦可类推。有过时而不可吃者，萝卜过时则心空，山笋过时则味苦，刀鲚❸过时则骨硬。所谓四时之序，成功者退❹，精华已竭，褰裳去之也❺。

注释

❶物生：食材夹生，没有熟透。

❷干腊：于冬天制作而成的各类肉干。

❸刀鲚：长江刀鱼，肉质鲜美。

❹四时之序，成功者退：语出《战国策·秦策三》，为辩士蔡泽劝谏范雎时所言，意思是四季轮换、万物盛衰各有规律。

⑤精华已竭，褰裳去之也：《尚书大传》记载，此句出自先秦《卿云歌》，意谓精力、才华竭尽，便应褰衣隐退。褰，撩起。裳，下裙。

多寡须知

用贵物**①**宜多，用贱物**②**宜少。煎炒之物多，则火力不透，肉亦不松**③**。故用肉不得过半斤，用鸡、鱼不得过六两。或问："食之不足，如何？"曰："俟**④**食毕后另炒可也。"以多为贵者，白煮肉，非二十斤以外，则淡而无味。粥亦然，非斗米则汁浆不厚。且须扣水**⑤**，水多物少，则味亦薄矣。

注释

①贵物：贵重的食材，即主料。
②贱物：廉价的食材，即辅料。
③松：松软。
④俟：等待。
⑤扣水：计算水的用量，不能超出限定范围。《儒林外史》第九回有"像我这酒是扣着水下的，还是这般淡薄无味"之语。

洁净须知

切葱之刀，不可以切笋；捣椒之臼**①**，不可以捣粉**②**。闻菜有抹布气者，由其布之不洁也；闻菜有砧板气者，由其板之不净也。"工欲善其事，必先利其器。"良厨先多磨刀，多换布，多刮板，多洗手，然后治菜。至于口吸之烟灰**③**，头上之汗汁，灶上之蝇蚁，锅上之烟煤，一玷**④**入菜中，虽绝好烹庖，如西子蒙不洁，人皆掩鼻而过之矣。

❶臼：用以春米的器具，圆柱形，内空，无顶。将稻谷或药材置于其中，反复捶打。

❷粉：这里指米粉。

❸烟灰：烟草灰。烟草自明朝传入中土，袁枚撰写《随园食单》时，吸烟之风已十分昌炽。

❹玷：玷污，污染。一指细小的脏东西。

用纤须知

俗名豆粉为纤❶者，即拉船用纤也，须顾名思义。因治肉者要作团而不能合❷，要作羹而不能腻❸，故用粉以牵合之。煎炒之时，虑肉贴锅，必至焦老，故用粉以护持之。此纤义也。能解此义用纤，纤必恰当，否则乱用可笑，但觉一片糊涂。《汉制考》❹齐呼曲麸❺为媒。媒即纤矣。

注释

❶纤：芡，即淀粉。淀粉不溶于水，加热可使其变为胶体，从而使食材间接受热，以保护食材的营养和口感。

❷治肉者要作团而不能合：句意谓想把碎肉捏合成肉丸，却无法将其黏结成型。

❸要作羹而不能腻：句意谓想做羹汤却无法使其变得黏稠。

❹《汉制考》：宋代学者王应麟考证汉代名物的著作，共四卷。

❺曲麸：麸曲，可以促使面团发酵的酵母团。

选用须知

选用之法，小炒肉用后臀❶，做肉圆用前夹心❷，煨肉用硬短勒❸。

炒鱼片用青鱼、季鱼❹，做鱼松用鯶鱼❺、
鲤鱼。蒸鸡用雏鸡，煨鸡用骟鸡，取鸡
汁用老鸡；鸡用雌才嫩，鸭用雄才肥；
莼菜用头，芹韭用根。皆一定之理。余
可类推。

注释

❶后臀：猪后腿紧贴
臀部的部位。

❷前夹心：猪的脖子、上肩和前腿之间
的部位，此处肉质弹牙，吸水性强，适合
打馅，做肉丸。

❸硬短勒：同"硬短肋"，猪肋
条下的板状肉，即五花肉。

❹季鱼：鳜鱼。

❺鯶鱼：草鱼。

疑似须知

味要浓厚，不可油腻；味要清鲜，不可淡薄❶。此疑似之间，差
之毫厘，失以千里。浓厚者，取精多而糟粕❷去之谓也。若徒贪肥腻，
不如专食猪油矣。清鲜者，真味出而俗尘无之谓也。若徒贪淡薄，则
不如饮水矣。

注释

❶淡薄：味道寡淡。

❷糟粕：这里指腥膻肥腻的杂质。

补救须知

名手调羹，咸淡合宜，老嫩如式❶，原无需补救。不得已为中人❷说法，则调味者，宁淡毋咸，淡可加盐以救之，咸则不能使之再淡矣。烹鱼者，宁嫩毋老，嫩可加火候以补之，老则不能强之再嫩矣。此中消息❸，于一切下作料时，静观火色，便可参详❹。

注释

❶式：常规。
❷中人：普通人。
❸消息：知识。一说为关键之处。
❹参详：理解，明晰。

本分须知

满洲菜多烧煮，汉人菜多羹汤，童而习之❶，故擅长也。汉请满人，满请汉人，各用所长之菜，转觉入口新鲜，不失邯郸故步❷。今人忘其本分，而要格外讨好。汉请满人用满菜，满请汉人用汉菜，反致依样葫芦，有名无实，画虎不成反类犬矣。秀才下场❸，专作自己文字，务极其工❹，自有遇合❺。若逢一宗师❻而摹仿之，逢一主考而摹仿之，则掇皮无真❼，终身不中矣。

注释

❶童而习之：自小时候起便习以为常。
❷邯郸故步：此处化用"邯郸学步"的典故。《庄子·秋水》记载，有燕国人到赵国，羡慕赵人走路姿态优美，便刻意模仿学习，结果非但没有学会，反而忘记了自己原本的走路姿势，最终只得爬回燕国。即模仿别人的本领而未成，反而丧失了自己本来的本领。

❸下场：考场应试。

❹工：文章工整。

❺遇合：彼此欣赏，心投意合。

❻宗师：明清科举考试中，人们将主持院试的学政官员称作"宗师"。《儒林外史》第三回有"正值宗师来省录遗，周进就录了个贡监首卷"之语。

❼掇皮无真：意谓只学到皮毛，而没有真本事。掇，拾取。

戒 单

为政者兴一利，不如除一弊，能除饮食之弊，则思过半矣[1]。作《戒单》。

注释

[1]思过半矣：《周易·系辞下》云"知者观其《彖辞》，则思过半矣"。这里的意思是领悟了大部分关于饮食的道理。

戒外加油

俗厨制菜，动[1]熬猪油一锅，临上菜时，勺取而分浇之，以为肥腻。甚至燕窝至清之物，亦复受此玷污。而俗人不知，长吞大嚼，以为得油水入腹。故知前生是饿鬼投来。

注释

[1]动：动辄。

戒同锅熟

同锅熟之弊，已载前"变换须知"一条中。

戒 耳 餐[1]

何为耳餐？耳餐者，务名之谓也。食[2]贵物之名，夸敬客之意，是以耳餐，非口餐也。不知豆腐得味，远胜燕窝；海菜❸不佳，不如蔬笋。余尝谓鸡、猪、鱼、鸭，豪杰之士也，各有本味，自成一家，海参、燕窝，庸陋之人也，全无性情，寄人篱下。尝见某太守燕❹客，大碗如缸，白煮燕窝四两，丝毫无味，人争夸之。余笑曰："我辈来吃燕窝，非来贩燕窝也。"可贩不可吃，虽多奚为❺？若徒夸体面，不如碗中竟放明珠百粒，则价值万金矣，其如吃不得何？

注释

❶耳餐：追求名声，看起来非常高档的菜品。

❷食：嘉庆刻本作"贪"。

❸海菜：以海洋动植物为食材的菜品。

❹燕：嘉庆刻本作"宴"。

❺奚为：何为。

戒 目 食

何为❶目食？目食者，贪多之谓也。今人慕"食前方丈❷"之名，多盘叠碗，是以目食，非口食也。不知名手写字，多则必有败笔；名人作诗，烦❸则必有累句。极名厨之心力，一日之中，所作好菜不过四五味耳，尚难拿准，况拉杂横陈乎？就使❹帮助多人❺，亦各有意见，全无纪律，愈多愈坏。余尝过一商家，上菜三撤席，点心十六道，共算食品将至四十余种。主人自觉欣欣得意，而我散席还家，仍煮粥充饥，可想见其席之丰而不洁矣。南朝孔琳之❻曰："今人好用多品，适口之外，皆为悦目之资❼。"余以为肴馔横陈❽，熏蒸腥秽，口亦无可悦也。

注释

❶为：嘉庆刻本作"谓"。

❷食前方丈：《孟子·尽心下》云"食前方丈，侍妾数百人，我

得志，弗为也"。"食前方丈"指面前摆满了各种各样的美味佳肴。

③烦：通"繁"，多。

④就使：即使。

⑤帮助多人：多人帮助。

⑥孔琳之：字彦琳，会稽山阴（今浙江省绍兴市）人，两晋南北朝名士，官居尚书。

⑦悦目之资：使人看到开心的东西。

⑧肴馔横陈：意谓摆满了丰富的饭菜。

戒穿凿①

物有本性，不可穿凿为之。自成小巧，即如燕窝佳矣，何必捶以为团？海参可矣，何必熬之为酱？西瓜被切，略迟不鲜，竟有制以为糕者。苹果太熟，上口不脆，竟有蒸之以为脯②者。他如《尊生八笺》③之秋藤饼④，李笠翁之玉兰糕⑤，都是矫揉造作，以杞柳为栖

棬❻，全失大方。譬如庸德庸行，做到家便是圣人，何必索隐行怪❼乎？

注释

❶穿凿：牵强附会。

❷脯：果干，果脯。

❸《尊生八笺》：嘉庆刻本作《遵生八笺》，二名皆可。该书谓明代高濂撰写的养生之作，内有多种用以疗养的食谱。

❹秋藤饼：以藤花制成的饼。《尊生八笺·饮馔服食笺》云："采花洗净，盐汤洒拌匀，入甑蒸熟，晒干，可作食馅子，美甚。"

❺玉兰糕：相传为李渔发明的点心甜品，但不见于《闲情偶记·饮馔部》，做法不详。

❻以杞柳为棬桊：《孟子·告子上》云"性，犹杞柳也；义，犹棬桊也。以人性为仁义，犹以杞柳为棬桊"。桊，木制饮器。本句意思是将天然的杞柳制作成杯盘。棬桊，嘉庆刻本作"杯桊"。

❼索隐行怪：寻求食物隐僻之道，做出稀奇古怪的行为。

戒 停 顿

物味取鲜，全在起锅时极锋而试❶；略为停顿，便如霉过衣裳，虽锦绣绮罗，亦晦闷❷而旧气可憎矣。尝见性急主人，每摆菜必一齐搬出，于是厨人将一席之菜，都放蒸笼中，候主人催取，通行齐上。此中尚得有佳味哉？在善烹饪者，一盘一碗，费尽心思；在吃者，卤莽暴戾，囫囵吞下，真所谓得哀家梨❸，仍复蒸食❹者矣。余到粤东，食杨兰坡明府❺鳝羹而美，访其故，曰："不过现杀现烹，现熟现吃，不停顿而已。"他物皆可类推。

注释

❶极锋而试：愿意为趁锋利时试剑，这里指及时、迅速。

❷晦闷：色泽暗淡。

❸哀家梨：汉朝人哀仲，家有佳梨，时称"哀家梨"。

❹仍复蒸食：《世说新语·轻诋》云"桓南郡每见人不快，辄嗔云：'君得哀家梨，当复不蒸食不？'"即比喻人没有见识，糟蹋珍物。

❺杨兰坡明府：杨国霖，字兰坡，曾任广东高要（今广东肇庆）县令。袁枚曾有《与杨兰坡明府书》。明府，对县令的尊称。明，贤明之意。

戒暴殄❶

暴者不恤人功，殄者不惜物力。鸡、鱼、鹅、鸭，自首至尾，俱有味存，不必少取多弃也。尝见烹甲鱼者，专取其裙❷而不知味在肉中；蒸鲥鱼者，专取其肚而不知鲜在背上。至贱莫如腌蛋，其佳处虽在黄不在白，然全去其白而专取其黄，则食者亦觉索然矣。且予为此言，并非俗人惜福之谓。假暴殄而有益于饮食，犹之可也。暴殄而反累于饮食，又何苦为之？至于烈炭以炙活鹅之掌，劙❸刀以取生鸡之肝，皆君子所不为也。何也？物为人用，使之死可也，使之求死不得不可也。

注释

❶暴殄：糟蹋浪费。殄，灭绝。

❷裙：甲鱼的裙边，其甲壳边缘柔软的肉。

❸劙：割。嘉庆本作"剺"。

戒纵酒

事之是非，惟醒人能知之；味之美恶，亦惟醒人能知之。伊尹❶曰："味之精微，口不能言也。"口且不能言，岂有呼呶❷酗酒之人，能知味者乎？往往见拇战❸之徒，啖佳菜如啖❹木屑，心不存焉。所谓惟酒是务❺，焉知其余，而治味❻之道扫地矣。万不得已，先于正席尝菜之味，后于撤席逞酒之能，庶乎❼其两可也。

注释

❶伊尹：商初名臣，名伊，尹为官名。精通烹饪之术，并由烹饪而悟通治国之道，曾以烹饪之说向商王解释治国之道。

❷呶：喧闹。

❸拇战：酒桌划拳。

❹啖：吃。

❺务：从事。

❻治味：烹饪。

❼庶乎：几近，差不多。

戒火锅

冬日宴客，惯用火锅，对客喧腾，已属可厌。且各菜之味，有一定火候，宜文宜武❶，宜撤宜添❷，瞬息难差。今一例❸以火逼之，其味尚可问哉？近人用烧酒代炭，以为得计，而不知物经多滚❹，总能变味。或问："菜冷奈何？"曰："以起锅滚热之菜，不使客登时食尽，而尚能留之以至于冷，则其味之恶劣可知矣。"

注释

❶宜文宜武：有的菜品适合文火，有的适合武火。

❷宜撤宜添：有的菜品该捞出，有的该放入。

❸一例：一律，一概。

❹多滚：多次煮沸。

戒强让

治具^❶宴客，礼也。然一肴既上，理宜^❷凭客举箸^❸，精肥整碎，各有所好，听从客便，方是道理，何必强勉让^❹之？常见主人以箸夹取，堆置客前，污盘没碗，令人生厌。须知客非无手无目之人，又非儿童、新妇，怕羞忍饿，何必以村妪^❺小家子之见解待之？其慢客也至矣！近日倡家^❻，尤多此种恶习，以箸取菜，硬入人口，有类强奸，殊为可恶。长安有甚好请客而菜不佳者。一客问曰："我与君算相好乎？"主人曰："相好！"客踉^❼而请曰："果然相好，我有所求，必允许而后起。"主人惊问："何求？"曰："此后君家宴客，求免见招。"合坐^❽为之大笑。

注释

❶治具：摆放食器，宴请客人。

❷理宜：理当应该。嘉庆刻本作"理直"。

❸箸：筷子。

❹强勉让：指勉强客人。嘉庆刻本作"强让"。

❺妪：大龄妇人，也泛指女人。

❻倡家：歌伎，也指妓馆。

❼踉：一种坐姿。即双膝着地，上身挺直，跪而不拜。

❽合坐：周围所有人。嘉庆刻本作"合座"。

戒走油^❶

凡鱼、肉、鸡、鸭，虽极肥之物，总要使其油在肉中，不落汤中，其味方存而不散。若肉中之油，半落汤中，则汤中之味，反在肉外矣。推原^❷其病有三：一误于火太猛，滚急水干，重番加水；一误于火势忽停，既断复续；一病在于太要相度^❸，屡起锅盖，则油必走。

注释

❶走油：这里指肉类脂肪流失，损害口感。

❷推原：推测其原因。

❸太要相度：急于观察。

戒落套❶

唐诗最佳，而五言八韵之试帖❷，名家不选，何也？以其落套故也。诗尚如此，食亦宜然。今官场之菜，名号有十六碟、八簋❸、四点心之称，有满汉席之称，有八小吃之称，有十大菜之称。种种俗名，皆恶厨陋习。只可用之于新亲上门，上司入境，以此敷衍。配上椅披桌裙，插屏香案，三揖百拜方称。若家居欢宴，文酒❹开筵，安可用此恶套哉？必须盘碗参差，整散杂进，方有名贵之气象。余家寿筵婚席，动至五六桌者，传唤外厨，亦不免落套。然训练之，卒范我驰驱❺者，其味亦终竟不同。

注释

❶落套：落于俗套。

❷五言八韵之试帖：唐代以来科举考试所规定的诗体，每首八句，每句五字，格律严谨。

❸八簋：八大碗。

❹文酒：在酒席上边饮酒，边作文赋诗。

❺范我驰驱：意思是听从我的指挥。《孟子·滕文公下》云："吾为之范我驰驱，终日不获一；为之诡遇，一朝而获十。《诗》云：'不失其驰，舍矢如破。'我不贯与小人乘，请辞。"

戒混浊

混浊者，并非浓厚之谓。同一汤也，望去非黑非白，如缸中搅浑之水。同一卤也，食之不清不腻，如染缸倒出之浆。此种色味令人难耐。救之之法，总在洗净本身❶，善加作料，伺察水火，体验酸咸，不使食者舌上有隔皮隔膜之嫌。庾子山❷论文云："索索无真气，昏昏有俗心❸。"是即混浊之谓也。

注释

❶本身：主要食材。

❷庾子山：庾信，字子山，南阳郡新野县（今河南新野）人，南北朝著名诗人。早年善为宫体诗，晚年诗风转变，慷慨大气。

❸索索无真气，昏昏有俗心：语出庾信《拟咏怀二十七首·其一》。这里借用其诗，表明看到混浊的食物便觉索然无味，没有食欲。

戒苟且❶

凡事不宜苟且，而于饮食尤甚。厨者，皆小人下材❷，一日不加赏罚，则一日必生怠玩。火齐❸未到而姑且下咽，则明日之菜必更加生❹。真味已失而含忍不言，则下次之羹必加草率。且又不止空赏空罚❺而已也。其佳者，必指示其所以能佳之由；其劣者，必寻求其所以致劣之故。咸淡必适其中，不可丝毫加减；久暂必得其当，不可任意登盘。厨者偷安，吃者随便，皆饮食之大弊。审问、慎思、明辨，为学之方也；随时指点，教学相长，作师之道也。于是味何独不然也❻？

注释

❶苟且：马马虎虎，得过且过。

❷下材：不出色的平庸之材。嘉庆刻本作"下村"。

❸火齐：火候。《礼记·月令》云："陶器必良，火齐必得。"

❹加生：应为"夹生"之误。

❺空赏空罚：赏罚流于形式，并无实效。

❻不然也：嘉庆刻本作"不然"，无"也"。

海 鲜 单

古八珍❶并无海鲜之说。今世俗尚之，不得不吾从众❷。作《海鲜单》。

注释

❶八珍：指《周礼·天宫·膳夫》中所记载的八种烹饪方法。即淳熬、淳母、炮豚、炮牂、捣珍、渍、熬和肝膋。据《礼记·内则》记载，淳熬是将煎炒过的肉酱加在稻米饭上，再浇上油脂做成的食物。淳母，是将煎炒过的肉酱加在黍饭上，再浇上油脂做成的食物。炮豚，是将猪腹内掏空填上枣，用苇席包裹、泥巴涂封后烧烤，然后剥去泥、席，用水调和稻米粉涂在猪肉外，再用油煎，煎后切成薄片加香料调和，放入小鼎，再将小鼎放入盛水的大鼎中，用火煨三日三夜后做成的食物。炮牂，牂指母羊。炮牂的做法与炮豚同。捣珍，取牛、羊、麋、鹿、麇的脊肉捶捣后煮熟，捞出用醋、肉酱调和而成的食物。渍，取新鲜牛肉切成薄片，用酒浸泡一天一夜，然后用肉酱、醋、梅酱调和做成的食物。熬，将牛肉捶捣后摊在苇席上，洒上香料、盐，再将肉烤干做成的食物。肝膋，取一副狗肝，蒙以狗肠间的脂肪，用火将脂肪烤焦熟而做成的食物。八珍后来也用以泛指珍贵食品。宋、元、明、清各朝八珍内容各不相同，烹饪方法及食材也有较大区别。

❷不得不吾从众：我不得不遵从大家的意愿。

燕 窝

燕窝贵物，原不轻用。如用之，每碗必须二两，先用天泉滚水❶

泡之，将银针挑去黑丝。用嫩鸡汤、好火腿汤、新蘑菇三样汤滚之，看燕窝变成玉色为度。此物至清，不可以油腻杂之；此物至文❷，不可以武物❸串之。今人用肉丝、鸡丝杂之，是吃鸡丝、肉丝，非吃燕窝也。且徒务其名，往往以三钱❹生燕窝盖碗面，如白发数茎，使客一撩不见，空剩粗物满碗。真乞儿卖富，反露贫相。不得已则蘑菇丝、笋尖丝、鲫鱼肚、野鸡嫩片尚可用也。余到粤东，杨明府❺冬瓜燕窝甚佳，以柔配柔，以清入清，重用鸡汁、蘑菇汁而已。燕窝皆作玉色，不纯白也。或打作团，或敲成面，俱属穿凿。

注释

❶天泉滚水：烧开的天然泉水。

❷文：柔和纯真。

❸武物：质地刚硬、味道浓郁的食物。

❹三钱：十分之三两，十钱为一两。

❺杨明府：见前《戒单·戒停顿》注。

海参三法

海参，无味之物，沙多气腥，最难讨好。然天性浓重，断不可以清汤煨也。须检❶小刺参，先泡去沙泥，用肉汤滚泡三次，然后以鸡、肉两汁红煨极烂。辅佐则用香蕈❷、木耳，以其色黑相似也。大抵明日请客，则先一日要煨，海参才烂。尝见钱观察❸家，夏日用芥末、鸡汁拌冷海参丝，甚佳。或切小碎丁，用笋丁、香蕈丁入鸡汤煨作羹。蒋侍郎❹家用豆腐皮、鸡腿、蘑菇煨海参，亦佳。

注释

❶检：挑选。

❷香蕈：香菇。

❸钱观察：钱琦，字相人，一字湘蒜，号玙沙，晚号耕石老人。

浙江仁和（今浙江杭州）人，与袁枚同乡，且同年中秀才。二人相交长达五十年。

④蒋侍郎：未详。或为雍正八年（1730）进士蒋溥。

鱼翅二法

鱼翅难烂，须煮两日，才能摧刚为柔。用有二法：一用好火腿、好鸡汤，加鲜笋、冰糖钱许❶煨烂，此一法也；一纯用鸡汤串❷细萝卜丝，拆碎鳞翅❸搀和其中，漂浮碗面，令食者不能辨其为萝卜丝、为鱼翅，此又一法也。用火腿者，汤宜少；用萝卜丝者，汤宜多。总以融洽柔腻为佳，若海参触鼻，鱼翅跳盘❹，便成笑话。吴道士❺家做鱼翅，不用下鳞❻，单用上半原根❼，亦有风味。萝卜丝须出水二次，其臭才去。尝在郭耕礼❽家吃鱼翅炒菜，妙绝！惜未传其方法。

注释

❶钱许：一钱左右。

❷串：同"汆"，在滚烫的汤水中将食材煮至断生。

❸鳞翅：翅尖。

❹海参触鼻，鱼翅跳盘：海参如果没有泡发至透会僵硬，用筷子夹起往嘴里吃时会碰到鼻子；鱼翅如果没有泡软，用筷子夹起时容易滑到盘子外面。

❺吴道士：未详，应为袁枚好友。

❻下鳞：鱼翅的下半部分。

❼原根：鱼翅的翅根部分。

❽郭耕礼：陕西泾阳人，举人，雍正七年任睢宁县丞。

鲹 鱼❶

鲹鱼炒薄片甚佳，杨中丞❷家，削片入鸡汤豆腐中，号称"鲹鱼豆腐"，上加陈糟油❸浇之。庄太守❹用大块鳆鱼煨整鸭，亦别有风趣。但其性坚❺，终不能齿决❻。火煨三日，才拆得碎。

注释

❶鳆鱼：鲍鱼。古代"鲍鱼"指咸鱼干，"鳆鱼"才是鲍鱼。

❷杨中丞：杨锡绂，字方来，号兰畹，江西清江（今江西樟树）人，著有《四知堂集》。曾任广西、湖南、山东巡抚，明清"巡抚"也称"中丞"，故名。

❸糟油：用芝麻油、酒糟等调和而成的料汁。

❹庄太守：即庄经畬，字汇茹，号念农、研农，江苏常州人，著有《澹乙斋诗草》。曾任宁国府知府，故称庄太守。太守为知府别名。

❺坚：这里指坚硬耐煮。

❻齿决：用牙齿咬开。

淡　菜❶

淡菜煨肉加汤，颇鲜。取肉去心，酒炒亦可。

注释

❶淡菜：指贻贝科动物肉的干制品。

海　蝘❶

海蝘，宁波小鱼也，味同虾米，以之蒸蛋甚佳。作小菜亦可。

注释

❶海蝘：一种产于江浙沿海一带的小鱼。

乌鱼蛋❶

乌鱼蛋最鲜，最难服事❷。须河水滚透，撒沙去臊，再加鸡汤、蘑菇煨❸烂。龚云若司马家❹，制之最精。

注释

❶乌鱼蛋：乌贼卵巢，乳白色，扁圆形，大小在鸡蛋与鸽子蛋之间。蛋白质含量高，味道鲜美。

❷服事：同"服侍"，这里是指处理和调制。

❸煨：嘉庆刻本作"爆"。

❹龚云若司马家：龚云若即龚如璋，字云若。出任山西榆次县县令时曾带兵西征。司马，官名，殷商时代始置，位次三公，与司徒、司空、司士、司寇并称五官，掌管军政军赋。汉武帝时置六司马，作为大将军加号，隋唐以后为兵部尚书别称。

江瑶柱❶

江瑶柱出宁波，治法与蚶、蛏同。其鲜脆在柱，故剖壳时，多弃少取。

注释

❶江瑶柱：干贝。

蛎黄❶

蛎黄生石子上，壳与石子胶粘❷不分。剥肉作羹，与蚶、蛤相似。一名鬼眼。乐清、奉化两县土产，别地所无。

❶蛎黄：牡蛎肉。

❷胶粘：嘉庆刻本作"胶黏"。

❧ 江 鲜 单 ❧

郭璞《江赋》[1]鱼族甚繁。今择其常有者治之。作《江鲜单》。

注释

[1]郭璞：字景纯，河东闻喜县（今山西闻喜）人，东晋名士。精通经文辞赋，通占卜、地理之术。著《游仙诗》《江赋》《南郊赋》等。《江赋》主要以形象优美的语言介绍长江水域各类水生、两栖生物的形态、习性与生存环境。

刀鱼二法

刀鱼用蜜酒酿[1]、清酱[2]，放盘中，如鲥鱼法，蒸之最佳，不必加水。如嫌刺多，则将极快刀刮取鱼片，用钳抽去其刺。用火腿汤、鸡汤、笋汤煨之，鲜妙绝伦。金陵人畏其多刺，竟油炙极枯[3]，然后煎之。谚曰："驼背夹直，其人不活[4]。"此之谓也。或用快刀，将鱼背斜切之，使碎骨尽断，再下锅煎黄，加作料，临食时竟不知有骨。芜湖陶大太[5]法也。

注释

[1]蜜酒酿：酒酿的别称。

[2]清酱：酱油的别称。

[3]油炙极枯：油炸至焦脆。

[4]驼背夹直，其人不活：意思是把驼背之人的脊柱夹直，人也没法存活。这里取适得其反的意思。

鲥 鱼

鲥鱼用蜜酒❶蒸食，如治刀鱼之法便佳。或竟用油煎，加清酱、酒酿亦佳。万不可切成碎块，加鸡汤煮；或去其背，专取肚皮，则真味全失矣。

注释

❶蜜酒：蜂蜜酒，即由蜂蜜发酵而成的甜酒，无须蒸馏，度数很低。叶梦得《避暑录话》卷上云："苏子瞻在黄州作蜜酒，不甚佳，饮者辄暴下，蜜水腐败者尔。尝一试之，后不复作。"苏轼有《蜜酒歌》讲解其酿造之方法，速度极快，三日可成。

鲟 鱼

尹文端公❶，自夸治鲟鳇❷最佳，然煨之太熟，颇嫌重浊。惟在苏州唐氏❸，吃炒鳇鱼片甚佳。其法切片油炮❹，加酒、秋油滚三十次，下水再滚起锅，加作料，重用瓜姜、葱花。又一法，将鱼白水煮十滚，去大骨，肉切小方块，取明骨❺切小方块；鸡汤去沫，先煨明骨八分熟，下酒、秋油，再下鱼肉，煨二分烂起锅，加葱、椒、韭，重用姜汁一大杯。

注释

❶尹文端公：尹继善，字元长，号望山，满洲镶黄旗人。死后谥号"文端"。著有《尹文端公诗集》。

❷鳇：一名"鳣"，产于江河及近

海深水中，长二三丈，无鳞。常与鲟鱼并称。

❸苏州唐氏：应为苏州富商唐静涵，见《羽族单·唐鸡》注。

❹油炮：油爆，用热油爆炒。

❺明骨：脆骨，白色，口感软脆。

黄　鱼❶

黄鱼切小块，酱酒郁❷一个时辰，沥干。入锅爆炒两面黄，加金华豆豉一茶杯，甜酒一碗，秋油一小杯，同滚。候卤干色红，加糖，加瓜姜收起，有沉浸浓郁之妙。又一法，将黄鱼拆碎，入鸡汤作羹，微用甜酱水、纤粉❸收起之，亦佳。大抵黄鱼亦系浓厚之物，不可以清治❹之也。

注释

❶黄鱼：黄花鱼。

❷郁：封闭浸泡。

❸纤粉：芡粉，淀粉。见《须知单·用纤须知》。

❹清治：清淡处理，减少佐料的使用。

班　鱼❶

班鱼最嫩，剥皮去秽，分肝、肉二种❷，以鸡汤煨之，下酒三分、水二分、秋油一分；起锅时，加姜汁一大碗、葱数茎，杀去腥气。

注释

❶班鱼：一说为鲅鱼；一说为河豚的幼鱼。

❷分肝、肉二种：将鱼肝与鱼肉分开处理。

假 蟹❶

煮黄鱼二条，取肉去骨，加生盐蛋❷四个，调碎，不拌入鱼肉；起油锅炮❸，下鸡汤滚，将盐蛋搅匀，加香蕈、葱、姜汁、酒，吃时酌用醋❹。

注释

❶假蟹：用其他食材制作的假螃蟹。

❷生盐蛋：没有煮熟的咸鸭蛋或咸鸡蛋。

❸炮：爆炒。

❹酌用醋：根据口味需要适量用醋。

卷
二

特牲❶单

　　猪用最多，可称"广大教主"❷。宜❸古人有特豚馈食❹之礼。作《特牲单》。

注释

　　❶特牲：特别的牲畜，即猪。

　　❷广大教主：佛教用语，佛教徒对释迦牟尼的尊称。广大，取见识宽广、胸襟博大之意。这里袁枚借之强调猪肉在诸类饮食中的领袖地位。

　　❸宜：应该，因此。

　　❹特豚馈食：《仪礼·士冠礼》云"若杀，则特豚载合升"。《礼记·昏义》云"舅姑入室，妇以特豚馈，明妇顺也"。特豚，古人以牛一头或猪一头祭祀，成为特牲。特，牲口一头。

猪头二法

　　洗净五斤重者，用甜酒三斤；七八斤者，用甜酒五斤。先将猪头下锅同酒煮，下葱三十根、八角三钱，煮二百余滚；下秋油一大杯、糖一两，候熟后尝咸淡，再将秋油加减；添开水要漫过猪头一寸，上压重物，大火烧一炷香；退出大火，用文火细煨，收干以腻为度❶。烂后即开锅盖，迟则走油。一法打❷木桶一个，中用铜帘隔开，将猪头洗净，加作料闷入桶中，用文火隔汤蒸之，猪头熟烂，而其腻垢悉从桶外流出，亦妙。

❶以腻为度：以猪头肉腻为标准。

❷打：制作。

猪蹄四法

蹄膀❶一只，不用爪，白水煮烂，去汤，好酒一斤，清酱酒❷杯半，陈皮❸一钱，红枣四五个，煨烂。起锅时，用葱、椒、酒泼入，去陈皮、红枣，此一法也。又一法：先用虾米煎汤代水，加酒、秋油煨之。又一法：用蹄膀一只，先煮熟，用素油灼皱其皮❹，再加作料红煨❺。有士人❻好先掇食其皮，号称"揭单被"。又一法：用蹄膀一个，两钵合之，加酒、加秋油，隔水蒸之，以二枝香❼为度，号"神仙肉"。钱观察❽家制最精。

注释

❶蹄膀：猪腿的上半部分肉，即肘子，今作"蹄髈"。

❷酱酒：酱油。嘉庆刻本作"酱油"。

❸陈皮：晒干或烘干脱水的橘子皮，年份越久越好。

❹素油灼皱其皮：用植物油滤过猪蹄髈，到其皮皱时停止。这种方法可以使猪肉外酥里嫩，肥而不腻。素油，植物油。

❺红煨：红烧。

❻士人：嘉庆刻本作"土人"。

❼二枝香：两炷香的时间，约现在两个小时。

❽钱观察：见《海鲜单·海参三法》注。

猪爪、猪筋

专取猪爪，剔去大骨，用鸡肉汤清煨❶之。筋味与爪相同，可以搭配；有好腿爪，亦可搀入。

注释

❶清煨：清蒸，或以高汤炖肉，不加调料。

猪肚❶二法

将肚洗净，取极厚处，去上下皮❷，单用中心，切骰子块，滚油炮炒，加作料起锅，以极脆为佳。此北人法也。南人白水加酒，煨两枝香，以极烂为度，蘸清盐❸食之，亦可；或加鸡汤作料，煨烂熏切❶，亦佳。

注释

❶猪肚：猪胃。
❷上下皮：猪肚外皮。
❸清盐：精盐。古人制盐提纯技术并不发达，常有杂质滞留其中。这里是指经过进一步提纯的精盐。
❹熏切：先熏制，再切分。

猪肺二法

洗肺最难，以沥尽❶肺管血水，剔去包衣❷为第一着。敲之仆❸之，挂之倒之，抽管割膜❹，工夫最细。用酒水滚一日一夜。肺缩小如一片白芙蓉❺，浮于汤面，再加❻作料。上口如泥。汤西厓少宰❼宴客，每碗四片，已用四肺矣。近人无此工夫，只得将肺拆碎，入鸡汤煨烂亦佳。得野鸡汤更妙，以清配清故也。用好火腿煨亦可。

注释

❶沥尽：沥干，沥净。

❷包衣：猪肺外表包裹着的黏膜。

❸仆：扑打。嘉庆刻本作"扑"。

❹抽管割膜：抽去肺管，割去表膜。

❺芙蓉：荷花。

❻再加：嘉庆刻本作"再加上"。

❼汤西厓少宰：嘉庆刻本作"汤西崖"，即汤右曾，字西厓，浙江仁和（今浙江杭州）人。康熙二十七年（1688）进士，曾任河南学政、奉天府丞、光禄寺卿、吏部右侍郎。著有《怀清堂集》。少宰，明清时期对吏部侍郎的别称。

猪　腰

腰片炒枯则木❶，炒嫩则令人生疑❷。不如煨烂，蘸椒盐食之为佳。或加作料亦可。只宜手摘❸，不宜刀切。但须一日工夫，才得如泥耳。此物只宜独用，断不可搀入别菜中，最能夺味而惹腥。煨三刻❹则老，煨一日则嫩。

注释

❶炒枯则木：炒得时间过久会导致肉质发柴。

❷生疑：怀疑没有炒熟。

❸手摘：手撕。

❹三刻：刻为古代计时单位，一刻约现在14.4分钟，三刻即43.2分钟。

猪 里 肉❶

猪里肉，精而且嫩。人多不食❷。尝在扬州谢蕴山太守❸席上，食而甘之❹。云以里肉切片，用纤粉团成小把，入虾汤中，加香蕈、紫菜清煨，一熟便起❺。

❶猪里肉：猪里脊肉。

❷人多不食：大多数人都不知道应该怎样吃。

❸谢蕴山太守：谢启昆，字蕴山，号苏潭，江西南康人。乾隆二十六年（1761）状元，曾任扬州知府、陕西布政使、广西巡抚。著有《小学考》《树经堂集》《粤西金石志》等。

❹甘之："以之甘"，感觉味道鲜美。

❺一熟便起：刚煮熟的时候就要立即出锅。

白 片 肉❶

须自养之猪，宰后入锅，煮到八分熟，泡在汤中，一个时辰取起。将猪身上行动之处❷，薄片上桌，不冷不热，以温为度。此是北人擅长之菜。南人效之，终不能佳。且零星市脯，亦难用也。寒士❸请客，宁用燕窝，不用白片肉，以非多不可故也。割法须用小快刀片之，以肥瘦相参，横斜碎杂❹为佳，与圣人"割不正不食"❺一语，截然相反。其猪身，肉之名目甚多，满洲"跳神肉"❻最妙。

注释

❶白片肉：白水煮过的整猪。

❷行动之处：猪用来行动的部位。

❸寒士：生活并不富裕的士人。

❹横斜碎杂：刀口横斜无序，肉片零碎杂乱。

❺割不正不食：语出《论语·乡党》，意思是肉割出的形态不规整，不吃。

❻跳神肉：满洲人春秋祭祀请女巫跳神，族人共食白肉，即"跳神肉"。

红煨肉三法

或用甜酱，或用秋油，或竟不用秋油、甜酱。每肉一斤，用盐三钱，纯酒煨之；亦有用水者，但须熬干水气。三种治法皆红如琥珀，不可加糖炒色●。早起锅则黄，当●可则红，过迟则红色变紫，而精肉转硬。常起锅盖，则油走而味都在油中矣。大抵割肉虽方，以烂到不见锋棱，上口●而精肉俱化为妙。全以火候为主。谚云："紧火粥，慢火肉。"●至哉言乎！

注释

●加糖炒色：将糖炒成红色糖浆，淋于肉上。

●当：合适的时候。

●上口：送入口中。

●紧火粥，慢火肉：急火熬粥，慢火炖肉。

白 煨 肉

每肉一斤，用白水煮八分好，起出去汤●。用酒半斤，盐二钱半，煨一个时辰。用原汤一半加入，滚干汤腻●为度，再加葱、椒●、木耳、韭菜之类。火先武后文。又一法：每肉一斤，用糖一钱，酒半斤，水一斤，清酱半茶杯。先放酒，滚肉一二十次，加茴香一钱，加水闷●烂，亦佳。

注释

●起出去汤：将肉取出，汤汁留下备用。

●滚干汤腻：烧干汤汁，肉质软嫩。

●椒：花椒。

●闷：焖。嘉庆刻本作"焖"。

油灼肉

用硬短勒❶切方块，去筋襻❷，酒酱郁❸过，入滚油中炮炙❹之，使肥者不腻，精者肉松。将起锅时，加葱、蒜，微加醋喷之。

注释

❶ 硬短勒：五花肉。见《须知单·选用须知》注。

❷ 筋襻：瘦肉或骨头上的细小筋条。

❸ 郁：浸泡。

❹ 炮炙：炙烤，这里指煎炸。

干锅蒸肉

用小磁钵❶，将肉切方块，加甜酒、秋油，装入❷钵内封口，放锅内，下用文火干蒸之。以两枝香为度，不用水。秋油与酒之多寡，相肉而行❸，以盖满肉面为度。

注释

❶ 磁钵：口小肚大的瓷罐。

❷ 装入：嘉庆刻本作"装大"。

❸ 相肉而行：根据肉的多少确定用量。

盖碗装肉

放手炉❶上。法与前同。

注释

❶手炉：冬天暖手用的小铜炉。

磁坛❶装肉

放砻糠❷中慢煨。法与前同，总须❸封口。

注释

❶磁坛：瓷坛。

❷砻糠：稻壳。砻，磨去谷物外壳的工具。

❸总须：必须。

脱 沙 肉❶

去皮切碎，每一斤用鸡子❷三个，青黄❸俱用，调和拌肉。再斩碎，入秋油半酒杯，葱末拌匀，用网油❹一张裹之。外再用菜油四两，煎两面，起出去油。用好酒一茶杯，清酱半酒杯，闷❺透，提起切片。肉之面上，加韭菜、香蕈、笋丁。

注释

❶脱沙肉：脱去肉皮，再将肉剁碎成沙状。

❷鸡子：鸡蛋。

❸青黄：蛋清和蛋黄。

❹网油：猪大肠外面包裹的一层膜，呈网状，通常用来包卷肉丝或肉馅，再经油煎成肉卷。

❺闷：嘉庆刻本作"焖"。

晒 干 肉

切薄片精肉❶，晒烈日中，以干为度。用陈大头菜❷，夹片干炒。

注释

❶精肉：纯瘦肉。

❷陈大头菜：将芥菜头腌制而成的咸菜或辣菜。

火腿煨肉

火腿切方块，冷水滚三次，去汤沥干❶；将肉切方块，冷水滚二次，去汤沥干。放清水煨，加酒四两，葱、椒、笋、香蕈。

注释

❶冷水滚三次，去汤沥干：用凉水下锅煮三次，然后取出控干水分。

台鲞❶煨肉

法与火腿煨肉同。鲞易烂，须先煨肉至八分，再加鲞；凉之则号"鲞冻"。绍兴人菜也。鲞不佳者，不必用。

注释

❶台鲞：浙江台州出产的各类鱼干，见《须知单·先天须知》注。

粉 蒸 肉

用精肥参半❶之肉，炒米粉❷黄色，拌面酱❸蒸之，下用白菜作垫。

熟时不但肉美，菜亦美。以不见水，故味独全。江西人菜也。

注释

❶精肥参半：肥瘦间杂的肉，即五花肉。

❷米粉：大米磨成的粉末，非条状物。

❸面酱：用面粉做成的酱料。

熏 煨 肉

先用秋油、酒将肉煨好，带汁上木屑，略熏之，不可太久，使干湿参半，香嫩异常。吴小谷广文❶家，制之精极。

注释

❶吴小谷广文：吴玉墀，字兰陵，号纱谷，又号小谷、二雨。乾隆三十五年（1770）举人，曾任太平教谕。广文，"广文先生"的简称，泛指儒学教官。

芙 蓉 肉❶

精肉一斤，切片，清酱拖过❷，风干一个时辰。用大虾肉四十个，猪油二两，切骰子大，将虾肉放在猪肉上。一只虾，一块肉，敲扁，将滚水煮熟撩起❸。熬菜油半斤，将肉片放在有眼铜勺内，将滚油灌熟❹。再用秋油半酒杯，酒一杯，鸡汤一茶杯，熬滚，浇肉片上，加蒸粉❺、葱、椒糁上❻起锅。

注释

❶芙蓉肉：拼成芙蓉形状的肉菜。

❷拖过：蘸。

❸撩起：捞出。

❹灌熟：反复浇灌，直至熟透。

❺蒸粉：蒸熟的面粉。

❻糁上：撒上。

荔 枝 肉❶

用肉切大骨牌片❷，放白水煮二三十滚，撩起❸。熬菜油半斤，将肉放入炮透❹，撩起，用冷水一激❺，肉皱，撩起。放入锅内，用酒半斤，清酱一小杯，水半斤，煮烂。

注释

❶荔枝肉：做成荔枝形状的肉。

❷大骨牌片：骨牌一样的大片。

❸撩起：捞起。

❹炮透：炸透。

❺激：这里指用冷水冷却，使之收缩紧致。

八 宝 肉❶

用肉一斤，精、肥各半，白煮一二十滚❷，切柳叶片。小淡菜❸二两，鹰爪❹二两，香蕈一两，花海蜇❺二两，胡桃肉❻四个去皮，笋片四两，好火腿二两，麻油一两。将肉入锅，秋油、酒煨至五分熟，再加余物，海蜇下在最后。

注释

❶八宝肉：用淡菜、茶芽、香菇、海蜇、核桃、笋片、火腿、肉等八种食物制作而成的肉菜，故称"八宝"。

❷一二十滚：嘉庆刻本作"二十滚"。

❸淡菜：见《海鲜单·淡菜》注。

④鹰爪：茶芽，因如鹰爪状，故名。《宣和北苑贡茶录》云："凡茶牙数品，上品者曰小芽，如雀舌、鹰爪，以其劲直纤挺，故号芽茶。"

⑤花海蜇：海蜇头。

⑥胡桃肉：核桃仁。

菜花头❶煨肉

用台心菜❷嫩蕊，微腌，晒干用之。

注释

❶菜花头：将台心菜的花蕊煮熟晾干，俗称"菜花头"，参见《小菜单·台菜心》。

❷台心菜：油菜。

炒 肉 丝

切细丝，去筋襻❶、皮、骨。用清酱、酒郁片时，用菜油熬起，白烟变青烟❷后，下肉炒匀，不停手，加蒸粉❸，醋一滴，糖一撮，葱白、韭蒜之类。只炒半斤，大火❹，不用水。又一法：用油泡后，用酱水加酒略煨，起锅红色，加韭菜尤香。

注释

❶筋襻：见前《油灼肉》注。

❷白烟变青烟：菜籽油加热过程中，烟气会由白变青，青烟初起时最适合煎炒。

❸蒸粉：见前《芙蓉肉》注。

❹大火：嘉庆刻本作"文火"。

炒 肉 片

将肉精、肥各半，切成薄片，清酱拌之。入锅油炒，闻响[1]即加酱、水、葱、瓜、冬笋、韭芽[2]，起锅火要猛烈。

注释

[1] 闻响：肉片在锅里翻炒时，发出噼里啪啦的声响。

[2] 韭芽：韭黄。

八宝[1]肉圆

猪肉精、肥各半，斩成细酱。用松仁、香蕈、笋尖、荸荠、瓜姜之类，斩成细酱，加纤粉和捏成团，放入盘中，加甜酒、秋油蒸之。入口松脆。家致华[2]云："肉圆宜切，不宜斩。"必别有所见。

注释

[1] 八宝：见前《八宝肉》注。

[2] 家致华：袁致华，为袁枚族侄，故称。

空心肉圆

将肉捶碎郁过，用冻猪油一小团作馅子，放在团内蒸之[1]。则油流去，而团子空心矣。此法镇江人最善[2]。

注释

[1] 放在团内蒸之：将猪油塞进肉圆里蒸煮。

[2] 善：擅长。

锅 烧 肉

煮熟不去皮，放麻油灼过❶，切块加盐，或蘸清酱，亦可。

注释

❶灼过：淋过。

酱 肉

先微腌，用面酱酱之❶。或单用秋油拌郁，风干。

注释

❶用面酱酱之：用面酱拌匀腌渍。

糟 肉

先微腌，再加米糟❶。

注释

❶米糟：由米发酵而成的酒糟。

暴❶腌肉

微盐擦揉，三日内即用。（作者注）以上三味❷，皆冬月菜也，春夏不宜。

注释

❶暴：迅速，短时间。

❷以上三味：酱肉、糟肉、暴腌肉。

尹文端公❶家风肉❷

杀猪一口，斩成八块。每块炒盐四钱，细细揉擦，使之无微不到，然后高挂有风无日处。偶有虫蚀，以香油涂之。夏日取用，先放水中泡一宵，再煮，水亦不可太多太少❸，以盖肉面为度。削片时，用快刀横切，不可顺肉丝而斩也。此物惟尹府至精，常以进贡。今徐州风肉不及，亦不知何故。

注释

❶尹文端公：尹继善，详见《江鲜单·鲟鱼》注。

❷风肉：未经熏制，自然风干的肉。

❸太多太少：嘉庆刻本作"太少"。

家乡肉❶

杭州家乡肉，好丑不同，有上、中、下三等。大概淡而能鲜，精肉可横咬者为上品❷。放久即是好火腿。

注释

❶家乡肉：袁枚为杭州人，故名。

❷精肉可横咬为上品：垂直于肉的纹路，仍可以咬动的瘦肉，即为上品。

笋煨火肉❶

冬笋切方块，火肉切方块，同煨。火腿撇去盐水两遍，再入冰糖煨烂。席武山别驾❷云："凡火肉煮好后，若留作次日吃者，须留原汤，待次日将火肉投入汤中滚热才好。若干放离汤，则风燥而肉枯；用白水，则又味淡。"

注释

❶火肉：火腿肉。

❷席武山别驾：明清称通判为"别驾"，可知席武山曾任江宁通判，其余不详。

烧 小 猪[1]

小猪一个，六七斤重者，钳毛去秽[2]，又上炭火炙之。要四面齐到，以深黄色为度。皮上慢慢以奶酥油[3]涂之，屡涂屡炙。食时酥为上，脆次之，硬斯下矣[4]。旗人[5]有单用酒、秋油蒸者，亦佳。吾家龙文弟[6]，颇得其法。

注释

❶烧小猪：烤乳猪。

❷钳毛去秽：褪净猪毛，摘除内脏。

❸奶酥油：奶油。按照《齐民要术》所记，中国提取奶油的技艺至晚出现于南北朝。

❹硬斯下矣：肉质发硬的话就是下品。

❺旗人：满族人。

❻吾家龙文弟：即袁枚同族兄弟袁龙文，其余不详。

烧 猪 肉

凡烧猪肉，须耐性。先炙里面肉[1]，使油膏走入皮内，则皮松脆而味不走。若先炙皮，则肉上[2]之油尽落火上，皮既焦硬，味亦不佳。烧小猪亦然。

❶先炙里面肉：首先烤没有皮的那一面。

❷肉上：嘉庆刻本作"肉中"。

排 骨

取勒条❶排骨精肥各半者，抽去当中直骨，以葱代之❷，炙用醋、酱频频刷上，不可太枯。

注释

❶勒条：肋骨。

❷以葱代之：即将直骨抽出，塞入大葱。

罗簑肉

以作鸡松法❶作之。存盖面之皮，将皮下精肉斩成碎团，加作料烹熟。聂厨❷能之。

注释

❶作鸡松法：将鸡肉水分去除，研成粉末。

❷聂厨：一位姓聂的厨师。据下文可知，应为广东肇庆人。

端州❶三种肉

一罗簑肉。一锅烧白肉，不加作料，以芝麻、盐拌之。切片煨好，以清酱拌之。三种俱宜于家常。端州聂、李二厨所作。特令杨二❷学之。

❶端州：今广东省肇庆地区。

❷杨二：据文意，应为袁家家厨，姓杨，行二。

杨 公 圆

杨明府❶作肉圆，大如茶杯，细腻绝伦。汤尤鲜洁，入口如酥。大概去筋去节❷，斩之极细，肥瘦各半，用纤合匀。

❶杨明府：杨兰坡明府，见《戒单·戒停顿》注。

❷去筋去节：摘除肉筋和关节。

黄芽菜❶煨火腿

用好火腿，削下外皮，去油存肉。先用鸡汤将皮煨酥，再将肉煨酥。放黄芽菜心，连根切段，约二寸许长，加蜜、酒酿及水，连煨半日。上口甘鲜，肉菜俱化，而菜根及菜心丝毫不散。汤亦美极。朝天宫❷道士法也。

❶黄芽菜：白菜的一种。形态顶叶对抱，包心结实。

❷朝天宫：在今江苏南京市区水西门内。五代吴国建紫极宫。北宋改天庆观。元改为永寿宫。明洪武十七年（1384）重建，改为朝天宫，为朝廷举行大典前练习礼仪和官僚子弟袭封前学习朝见天子礼仪的场所。清初复为道观。今朝天宫系同治年间重建，为文庙及江宁府学，现为南京市博物馆。

蜜火腿

　　取好火腿，连皮切大方块，用蜜酒煨极烂，最佳。但火腿好丑、高低，判若天渊。虽出金华、兰溪、义乌三处，而有名无实者多。其不佳者，反不如腌肉矣。惟杭州忠清里王三房家❶，四钱❷一斤者佳。余在尹文端公苏州公馆吃过一次，其香隔户便至❸，甘鲜异常。此后不能再遇此尤物❹矣。

注释

❶杭州忠清里王三房家：杭州忠清里，原名升平巷，为褚遂良故里，明正德年间于此处建忠清里坊。王三房家，嘉庆刻本作"王三房"。

❷四钱：这里指四钱银子。

❸隔户便至：隔着窗户便能闻到。尹文端公即尹继善，详见《江鲜单·鲟鱼》注。

❹尤物：特别之物，本指美女，这里指佳肴。

杂牲①单

牛、羊、鹿三牲，非南人家常时有之之物②，然制法不可不知。作《杂牲单》。

注释

❶杂牲：除了猪之外的所有牲口。

❷有之之物：嘉庆刻本作"有之物"。

牛 肉

买牛肉法，先下各铺定钱①，凑取腿筋夹肉处②，不精不肥。然后带回家中，剔去皮膜，用三分酒、二分水清煨，极烂，再加秋油收汤。此太牢③独味孤行者也，不可加别物配搭。

注释

❶定钱：定金。

❷凑取腿筋夹肉处：选取小腿上最发达的肌肉，即腱子肉。

❸太牢：古人将祭祀用的牛、羊、猪等三牲称作"太牢"。一说为牛肉专称"太牢"。

牛 舌

牛舌最佳。去皮①、撕膜②、切片，入肉中同煨。亦有冬腌风干者，隔年食之，极似好火腿。

注释

❶去皮：去掉牛舌外皮。滚水烫过，再用冷水浸泡，即可去除。
❷撕膜：清除牛舌去皮后残留的角质膜。

羊 头

羊头毛要去净；如去不净，用火烧之。洗净切开，煮烂去骨。其口内老皮❶，俱要去净。将眼睛切成二块，去黑皮，眼珠不用，切成碎丁。取老肥母鸡汤煮之，加香蕈、笋丁，甜酒四两，秋油一杯。如吃辣，用小胡椒十二颗、葱花十二段；如吃酸，用好米醋一杯。

注释

❶口内老皮：羊舌外包裹的一层老皮。

羊 蹄

煨羊蹄，照煨猪蹄法❶，分红、白二色。大抵用清酱者红，用盐者白。山药配之宜❷。

注释

❶煨猪蹄法：详见《特牲单·猪蹄四法》。
❷山药配之宜：嘉庆刻本作"山药丁同煨"。

羊 羹❶

取熟羊肉斩小块，如骰子大。鸡汤煨，加笋丁、香蕈丁、山药丁同煨。

❶羊羹：羊肉汤。

羊 肚 羹

将羊肚洗净，煮烂切丝，用本汤❶煨之。加胡椒、醋俱可。北人炒法，南人不能如其脆。钱玙沙方伯家❷，锅烧羊肉极佳，将求其法。

注释

❶本汤：煮羊肚的原汤。
❷钱玙沙方伯家：前述钱观察，详见《海鲜单·海参三法》注。

红煨羊肉

与红煨猪肉❶同。加刺眼核桃❷，放入去膻。亦古法也。

注释

❶红煨猪肉：参见《特牲单·红煨肉三法》。
❷刺眼核桃：钻有小孔的核桃。

炒羊肉丝

与炒猪肉丝❶同。可以用纤，愈细愈佳❷。葱丝拌之。

注释

❶炒猪肉丝：参见《特牲单·炒肉丝》。
❷愈细愈佳：指芡粉越细越好。

烧 羊 肉❶

羊肉切大块，重五七斤者，铁叉火上烧之。味果甘脆，宜惹宋仁宗夜半之思也❷。

注释

❶烧羊肉：烤羊肉。

❷宜惹宋仁宗夜半之思也：难怪宋仁宗半夜都想吃烤羊肉。《宋史·仁宗本纪》云："（仁宗）宫中夜饥，思膳烧羊。"

全 羊

全羊法❶有七十二种，可吃者不过十八九种而已。此屠龙之技❷，家厨难学。一盘一碗，虽全是羊肉，而味各不同才好。

注释

❶全羊法：非烤全羊的方法，而是制作羊肉的所有方法。

❷屠龙之技：语自《庄子·列御寇》，字面意思即斩龙的技能，多指一个行业中最高超的技艺。

鹿 肉

鹿肉不可轻得❶。得而制之，其嫩鲜在獐肉之上。烧食可，煨食亦可。

注释

❶轻得：轻易得到。

鹿筋①二法

鹿筋难烂。须三日前，先捶煮之，绞出臊水②数遍，加肉汁汤煨之，再用鸡汁汤煨；加秋油、酒、微纤③收汤；不搀他物，便成白色，用盘盛之。如兼用火腿、冬笋、香蕈同煨，便成红色，不收汤，以碗盛之。白色者，加花椒细末。

注释

① 鹿筋：梅花鹿或马鹿小腿部的筋。
② 臊水：煮鹿筋的水，气味腥膻。
③ 微纤：少量芡粉。

獐 肉

制獐肉，与制牛、鹿同。可以作脯。不如鹿肉之活①，而细腻过之。

注释

① 活：鲜嫩松软。

果 子 狸

果子狸，鲜者难得。其腌干者，用蜜酒酿①蒸熟，快刀切片上桌。先用米泔水②泡一日，去尽盐矢③。较火腿觉④嫩而肥。

注释

① 蜜酒酿：参见《江鲜单·刀鱼二法》注。
② 米泔水：淘过米的水。因含碱，故能去油污。
③ 盐矢：盐分和脏物。

假牛乳

用鸡蛋清拌蜜酒酿，打掇入化❶，上锅蒸之。以嫩腻为主。火候迟便老，蛋清太多亦老。

注释

❶打掇入化：将鸡蛋清打散，与蜜酒酿融为一体。

鹿　尾

尹文端公❶品味，以鹿尾为第一。然南方人不能常得❷。从北京来者，又苦不鲜新。余尝得极大者，用菜叶包而蒸之，味卽不同。其最佳处，在尾上一道浆❸耳。

注释

❶ 尹文端公：尹继善，详见《江鲜单·鲟鱼》注。

❷ 南方人不能常得：鹿生长于塞北关外，南方不见，故难得。

❸ 尾上一道浆：鹿尾皮下脂肪浓厚，光滑如同器物之包浆，故云。

羽族①单

鸡功②最巨，诸菜赖之③。如善人积阴德而人不知。故令领羽族之首，而以他禽附之。作《羽族单》。

注释

①羽族：禽类。

②功：功劳。

③诸菜赖之：很多菜都仰赖鸡来调味。

白 片 鸡

肥鸡白片，自是太羹①、玄酒②之味。尤宜于下乡村、入旅店，烹饪不及之时，最为省便。煮时水③不可多。

❶太羹：古代祭祀时所使用的肉汁，不加调料，只留本味。
❷玄酒：古代祭祀时所用的水，无酒精，后引申为薄酒。
❸水：嘉庆刻本无"水"字。

鸡 松

肥鸡一只，用两腿，去筋骨剁碎，不可伤皮。用鸡蛋清、粉纤❶、松子肉❷，同剁成块。如腿不敷用，添脯子肉❸，切成方块，用香油灼黄，起放钵头内，加百花酒❹半斤、秋油一大杯、鸡油一铁勺，加冬笋、香蕈、姜、葱等。将所余鸡骨皮盖面，加水一大碗，下蒸笼蒸透，临吃去之。

注释

❶粉纤：红薯粉。
❷松子肉：松子仁。
❸脯子肉：鸡胸脯肉。
❹百花酒：江苏镇江出产的一种黄酒，据说以糯米、麦曲和各类野花合酿而成。

生 炮❶ 鸡

小雏鸡斩小方块，秋油、酒拌，临吃时拿起，放滚油内灼之，起锅又灼，连灼三回，盛起，用醋、酒、粉纤、葱花喷之。

注释

❶生炮：不汆不煮不飞水，直接以油炸熟。

鸡 粥

肥母鸡一只，用刀将两脯肉❶去皮细刮，或用刨刀❷亦可。只可刮刨，不可斩，斩之便不腻矣❸。再用余鸡❹熬汤下之。吃时加细米粉、火腿屑、松子肉，共敲碎放汤内。起锅时放葱、姜，浇鸡油，或去渣，或存渣❺，俱可。宜于老人。大概斩碎者去渣，刮刨者不去渣。

注释

❶两脯肉：两块鸡胸肉。

❷刨刀：形似锉刀，有孔，用来制作碎丁。

❸斩之便不腻矣：用刀切的话，容易走油。

❹余鸡：除去鸡胸之外的剩余鸡肉。

❺渣：鸡汤里的残渣，主要是碎骨。嘉庆刻本作"渣滓"。

焦 鸡

肥母鸡洗净，整下锅煮。用猪油四两、茴香四个，煮成八分熟，再拿香油灼黄，还下原汤❶熬浓，用秋油、酒、整葱收起❷。临上片碎❸，并将原卤浇之，或拌蘸亦可。此杨中丞❹家法也。方辅❺兄家亦好。

注释

❶还下原汤：用原来煮鸡肉的汤继续熬煮。

❷收起：收汁。

❸临上片碎：上菜前将其切片。

❹杨中丞：杨锡绂，详见《海鲜单·鳇鱼》注。

❺方辅：字密庵，徽州（今安徽）人，擅长书法，著《隶八分辨》一卷。

捶[1] 鸡

将整鸡捶碎，秋油、酒煮之。南京高南昌太守[2]家，制之最精。

注释

[1] 捶：反复捶打。
[2] 高南昌太守：不详，或为江宁知府高泮。

炒 鸡 片

用鸡脯肉去皮，斩成薄片。用豆粉[1]、麻油、秋油拌之，纤粉调之，鸡蛋清拌。临下锅加酱瓜姜、葱花末。须用极旺之火炒。一盘不过四两，火气才透[2]。

注释

[1] 豆粉：黄豆粉。
[2] 火气才透：火候才足够将肉炒透。

蒸 小 鸡

用小嫩鸡雏，整放盘中[1]，上加秋油、甜酒、香蕈、笋尖，饭锅[2]上蒸之。

注释

[1] 整放盘中：不做加工，直接将整只鸡放在盘子中。
[2] 饭锅：指用来蒸馒头的蒸锅。

酱 鸡

生鸡一只，用清酱浸一昼夜，而风干之。此三冬菜❶也。

注释

❶三冬菜：即孟冬（十月）、仲冬（十一月）、季冬（腊月）时所用之菜。

鸡 丁

取鸡脯子❶，切骰子小块，入滚油炮炒之，用秋油、酒收起，加荸荠丁、笋丁、香蕈丁拌之。汤❷以黑色为佳。

注释

❶鸡脯子：鸡胸肉。
❷汤：成菜后的汁水。

鸡 圆

斩鸡脯子肉为圆，如酒杯大，鲜嫩如虾团。扬州臧八太爷家❶，制之最精。法用猪油、萝卜、纤粉揉成，不可放馅。

注释

❶臧八太爷家：其人不详。嘉庆刻本缺"家"字。

蘑菇煨鸡

口蘑菇❶四两，开水泡去砂❷，用冷水漂❸，牙刷擦，再用清水漂四次；用菜油二两炮透，加酒喷。将鸡斩块放锅内，滚去沫，下甜酒、清酱，煨八分功程❹，下蘑菇，再煨二分功程，加笋、葱、椒起锅，不用水，加冰糖三钱。

注释

❶口蘑菇：产于内蒙古和河北地区，由张家口经销全国的干蘑菇，故以口为名。与今日之双孢口蘑不同。

❷砂：口蘑表面沙砾等杂质。

❸漂：冲洗。

❹功程：程度，八分功程即八分熟。

梨 炒 鸡

取雏鸡胸肉切片，先用猪油三两熬熟，炒三四次，加麻油一瓢、纤粉、盐花、姜汁、花椒末各一茶匙，再加雪梨薄片、香蕈小块，炒

三四次起锅，盛五寸盘[1]。

注释

[1]五寸盘：五寸口径的盘子。

假[1]野鸡卷

将脯子斩碎，用鸡子一个，调清酱郁之，将网油[2]画碎[3]，分包小包[4]，油里炮透，再加清酱、酒作料，香蕈、木耳起锅，加糖一撮。

注释

[1]假：非正式的意思。
[2]网油：猪的大肠膜，见《特牲单·脱沙肉》注。
[3]画碎：改刀，切割成小方块。嘉庆刻本作"划碎"。
[4]分包小包：分别包成小卷。

黄芽菜[1]炒鸡

将鸡切块，起油锅生炒透，酒滚二三十次，加秋油后滚二三十次，下水滚。将菜切块，俟[2]鸡有七分熟，将菜下锅。再滚三分，加糖、葱、大料[3]。其菜要另滚熟搀用[4]。每一只用油四两。

注释

[1]黄芽菜：包心白菜。
[2]俟：等到。
[3]大料：八角茴香。
[4]其菜要另滚熟搀用：白菜要单独煮熟，再与鸡肉合炒。

栗子炒鸡

鸡斩块，用菜油二两炮，加酒一饭碗，秋油一小杯，水一饭碗，煨七分熟。先将栗子煮熟，同笋下之，再煨三分❶起锅，下糖一撮。

注释

❶三分：与前文"七分"相对而言。

灼 八 块❶

嫩鸡一只，斩八块，滚油炮透，去油，加清酱一杯、酒半斤，煨熟便起，不用水，用武火。

注释

❶灼八块：今日之"炸八块"。

珍 珠 团

熟鸡脯子，切黄豆大块，清酱、酒拌匀，用干面滚满❶，入锅炒。炒用素油。

注释

❶干面滚满：用干面粉裹匀鸡胸肉。

黄芪❶蒸鸡治瘵❷

取童鸡❸未曾生蛋者杀之，不见水，取出肚脏，塞黄芪一两，架箸放锅内❹蒸之，四面封口，熟时取出。卤浓而鲜，可疗弱症❺。

注释

❶黄芪：中药名，可补元气。《本草纲目·草一·黄芪》云："耆，长也。黄者，色黄，为补药之长，故名。今俗通作黄芪。"
❷瘵：痨病，即今肺结核。
❸童鸡：童子鸡，未曾下蛋的雏鸡。
❹架箸放锅内：于锅中横放筷子，将鸡置于筷子上。
❺弱症：阴虚，气血不足之症。

卤 鸡

刡刢❶鸡一只，肚内塞葱三十条、茴香二钱，用酒一斤、秋油一小杯半，先滚一枝香，加水一斤、脂油❷二两，一齐同煨。待鸡熟，取出脂油。水要用熟水❸，收浓卤一饭碗❹，才取起。或拆碎，或薄刀片之，仍以原卤拌食。

❶囫囵：完整。

❷脂油：动物油，这里指优质猪油。

❸熟水：白开水。

❹收浓卤一饭碗：将浓卤收汁，只剩一碗量时停止。

蒋 鸡

童子鸡一只，用盐四钱、酱油一匙、老酒❶半茶杯、姜三大片，放砂锅内，隔水蒸烂，去骨，不用水。蒋御史❷家法也。

注释

❶老酒：陈年的酒。

❷蒋御史：应为蒋和宁，江苏常州人，乾隆十七年（1752）进士，曾任湖广道监察御史。

唐 鸡

鸡一只，或二斤，或三斤。如用二斤者，用酒一饭碗、水三饭碗；用三斤者，酌添❶。先将鸡切块，用菜油二两，候滚熟，爆鸡要透；先用酒滚一二十滚，再下水约二三百滚；用秋油一酒杯；起锅时加白糖一钱唐静涵❷家法也。

注释

❶酌添：酌量添加。

❷唐静涵：苏州盐商。袁枚《随园诗话》卷七《苏州偶遇》云："予过苏州，常寓曹家巷唐静涵家。其人有豪气，能罗致都知录事，故尤狎就之。"

鸡 肝

用酒、醋喷炒[1]，以嫩为贵。

注释

[1]喷炒：爆炒时将酒、醋喷入锅内，使其与鸡肝迅速融合，香气四溢。

鸡 血

取鸡血为条[1]，加鸡汤、酱、醋、索粉[2]作羹，宜于老人。

注释

[1]取鸡血为条：将鸡血凝固，再切成条状。
[2]索粉：粉丝。

鸡 丝

拆鸡为丝[1]，秋油、芥末、醋拌之。此杭州菜[2]也。加笋加芹[3]俱可。用笋丝、秋油、酒炒之亦可。拌者用熟鸡，炒者用生鸡。

注释

[1]拆鸡为丝：将鸡肉撕成丝状。
[2]杭州菜：嘉庆刻本作"杭菜"。
[3]加笋加芹：嘉庆刻本作"加笋芹"。

糟 鸡

糟鸡法，与糟肉同❶。

注释

❶与糟肉同：见《特牲单·糟肉》。本条嘉庆刻本作"糟鸡与糟肉同"。

鸡 肾

取鸡肾❶三十个，煮微熟，去皮❷，用鸡汤加作炒煨之。鲜嫩绝伦。

注释

❶鸡肾：鸡腰子。
❷去皮：剥除鸡腰子外面包裹的筋膜。

鸡 蛋

鸡蛋去壳放碗中，将竹箸打一千回❶蒸之，绝嫩。凡蛋一煮而老，一千煮而反嫩❷。加茶叶煮者，以两炷香为度。蛋一百，用盐一两；五十，用盐五钱。加酱煨亦可。其他则或煎或炒俱可。斩碎黄雀蒸之，亦佳。

注释

❶打一千回：指多次搅拌，直至将鸡蛋打散。
❷凡蛋一煮而老，一千煮而反嫩：意谓刚开始煮时，蛋容易显得很老，煮时间长了反而会变得很嫩。

野鸡五法

野鸡披❶胸肉，清酱郁过，以网油包放铁奁❷上烧之。作方片❸可，作卷子❹亦可。此一法也。切片加作料炒，一法也。取胸肉作丁，一法也。当家鸡整煨❺，一法也。先用油灼拆丝，加酒、秋油、醋，同芹菜冷拌，一法也。生片其肉，入火锅中，登时便吃，亦一法也。其弊在肉嫩则味不入，味入则肉又老❻。

注释

❶披：劈开，切片。

❷铁奁：铁盒。

❸方片：这里指方块形肉饼。

❹卷子：前述网油卷。

❺当家鸡整煨：将野鸡视作家鸡，整只焖煮。

❻其弊在肉嫩则味不入，味入则肉又老：这种作法有一弊端，即时间短，肉嫩却无味；时间长，入味但肉的口感又偏老。

赤炖❶肉鸡

赤炖肉鸡，洗切净，每一斤用好酒十二两、盐二钱五分、冰糖四钱，研❷酌加桂皮，同入砂锅中，文炭火❸煨之。倘酒将干，鸡肉尚未烂，每斤酌加清开水一茶杯。

注释

❶赤炖：把鸡肉炖成红色，即红烧鸡块。

❷研：研磨成粉末。

❸文炭火：微弱的炭火。

蘑菇煨鸡

鸡肉一斤，甜酒❶一斤，盐三钱，冰糖四钱，蘑菇用新鲜不霉者，文火煨两枝线香❷为度。不可用水，先煨鸡八分熟，再下蘑菇。

注释

❶甜酒：糯米酒，口感酸甜。
❷线香：如线般粗细的香。

鸽　子

鸽子加好火腿同煨，甚佳。不用火肉❶，亦可。

注释

❶火肉：火腿，嘉庆刻本作"火腿"。

鸽　蛋

煨鸽蛋法，与煨鸡肾同❶。或煎食亦可，加微醋❷亦可。

注释

❶与煨鸡肾同：参见本章《鸡肾》。
❷微醋：少量醋。

野　鸭

野鸭切厚片，秋油郁过，用两片雪梨，夹住炮炒❶之。苏州包道台❷家，制法最精，今失传矣。用蒸家鸭法❸蒸之，亦可。

注释

❶炮炒：爆炒。

❷苏州包道台：其人不详。道台，清代省级以下、府级以上的地方官员。

❸蒸家鸭法：见下条。

蒸　鸭

生肥鸭去骨，内用糯米一酒杯，火腿丁、大头菜丁、香蕈、笋丁、秋油、酒、小磨麻油❶、葱花，俱灌鸭肚内，外用鸡汤放盘中，隔水蒸透，此真定魏太守❷家法也。

注释

❶小磨麻油：指小磨香油。

❷真定魏太守：真定即今河北正定，魏太守，其人不详。

鸭　糊　涂❶

用肥鸭，白煮八分熟，冷定❷去骨，拆成天然不方不圆❸之块，下原汤内煨，加盐三钱、酒半斤，捶碎山药，同下锅作纤，临煨烂时，再加姜末、香蕈、葱花。如要浓汤，加放粉纤❹。以芋代山药亦妙。

注释

❶糊涂：方言，指浓稠的粥。

❷冷定：凉透。

❸不方不圆：形状不规则。

❹粉纤：红薯粉。

卤　鸭

不用水，用酒，煮鸭去骨，加作料食之。高要令杨公❶家法也。

注释

❶高要令杨公：杨兰坡，详见《戒单·戒停顿》注。

鸭　脯

用肥鸭，斩大方块，用酒半斤、秋油一杯、笋、香蕈、葱花闷之，收卤❶起锅。

注释

❶收卤：收汁。

烧　鸭

用雏鸭，上叉烧之。冯观察❶家厨最精。

注释

❶冯观察：其人未详，或为冯琦。

挂 卤 鸭

塞葱鸭腹，盖闷而烧。水西门许店❶最精。家中不能作。有黄、黑二色，黄者更妙。

❶水西门许店：水西门为南京城内秦淮河的出水口，明代易名三山门。许店，即许家铺子。

干 蒸 鸭

杭州商人何星举家干蒸鸭。将肥鸭一只，洗净斩八块，加甜酒、秋油，淹满鸭面，放磁罐❶中封好，置干锅中蒸之。用文炭火，不用水。临上时，其精肉皆烂如泥。以线香二枝为度。

注释

❶磁罐：瓷罐。

野 鸭 团

细斩野鸭胸前肉，加猪油、微纤，调揉成团❶，入鸡汤滚之。或用本鸭汤❷亦佳。太兴孔亲家❸制之，甚精。

注释

❶加猪油、微纤，调揉成团：加入猪油和少量淀粉，揉捏成团。
❷本鸭汤：原汤。
❸太兴孔亲家：指孔继檊，一作继瀚，字阴泗，号雩谷。山东滕县（今山东滕州）人。乾隆四十四年（1779）任江苏泰兴县知县。历官至松江知府。嗜文翰，精篆刻，工画墨梅。袁枚曾作有《与孔雩谷亲家》，收入《小仓山房尺牍》。太兴，即今江苏泰兴。

徐 鸭

顶大[1]鲜鸭一只，用百花酒[2]十二两、青盐[3]一两二钱、滚水一汤碗，冲化去渣沫，再兑冷水七饭碗，鲜姜四厚片，约重一两，同入大瓦盖钵[4]内，将皮纸[5]封固口，用大火笼[6]烧透大炭吉[7]；约二文一个。外用套包[8]一个，将火笼罩定，不可令其走气[9]。约早点时炖起，至晚方好。速则恐其不透，味便不佳矣。其炭吉烧透后，不宜更换瓦钵，亦不宜预先开看。鸭破开[10]时，将清水洗后，用洁净无浆布拭干入钵。

注释

[1] 顶大：极大。

[2] 百花酒：见本章《鸡松》注。

[3] 青盐：矿盐。

[4] 盖钵：有盖的大砂锅。

[5] 皮纸：用桑树皮、楮树皮等制成的一种坚韧的纸。一般供制作雨伞之用。

[6] 火笼：蒸笼。

[7] 炭吉：一种燃料，上有吉祥纹案。

[8] 套包：用稻草、麻绳等制作而成的粗绳条。

[9] 走气：蒸汽流出。

[10] 破开：解剖。

煨 麻 雀

取麻雀五十只，以清酱、甜酒煨之，熟后去爪脚，单取雀胸、头肉，连汤放盘中，甘鲜异常。其他鸟鹊俱可类推。但鲜者一时难得。薛生白[1]常劝人："勿食人间豢养之物。"以野禽味鲜，且易消化。

❶薛生白：薛雪，字生白，号一瓢，吴县（今江苏省苏州市吴中区）人。能文善画，通医学，著有《一瓢诗存》《扫叶庄诗稿》《湿热条辨》《薛生白医案》等。

煨鹌鹑❶、黄雀

鹌鹑用六合❷来者，最佳。有现成制好者。黄雀用苏州糟❸，加蜜酒煨烂，下作料，与煨麻雀同。苏州沈观察❹煨黄雀，并骨如泥，不知作何制法。炒鱼片亦精。其厨馔之精，合吴门❺推为第一。

注释

❶鹌鹑：嘉庆刻本作"鹌鹑"。
❷六合：地名，在南京北部接邻安徽处。
❸苏州糟：苏州产出的醪糟。
❹苏州沈观察：其人不详，待考。
❺吴门：指苏州一代。

云 林 鹅

《倪云林集》❶中，载制鹅法。整鹅一只，洗净后，用盐三钱擦其腹内，塞葱一帚❷填实其中，外将蜜拌酒通身满涂之。锅中一大碗酒、一大碗水蒸之，用竹箸架之，不使鹅身近水。灶内用山茅❸二束，缓缓烧尽为度。俟锅盖冷后，揭开锅盖，将鹅翻身，仍将锅盖封好蒸之，再用茅柴一束，烧尽为度。柴俟其自尽，不可挑拨。锅盖用绵纸糊封，逼燥裂缝❹，以水润之。起锅时，不但鹅烂如泥，汤亦鲜美。以此法制鸭，味美亦同。每茅柴一束，重一斤八两。擦盐时，串入葱、椒末子，以酒和匀。《云林集》中，载食品甚多。只此一法，试之颇效，余俱附会。

注释

❶《倪云林集》：元代画家倪瓒的随笔集，但考《云林堂饮食制度集》，并无此段文字。倪瓒，字泰宇，别字元镇，号云林子，无锡（今江苏）人。其著《云林堂饮食制度集》在中国饮食文化史上具有重要地位。

❷一帚：一把。

❸山茅：后文所说之"茅柴"。

❹逼燥裂缝：因过于干燥而产生裂缝。

烧　鹅

杭州烧鹅，为人所笑，以其生也❶。不如自家厨自烧为妙。

注释

❶以其生也：因为其做得不熟的缘故。

卷

三

水族有鳞单

鱼皆去鳞，惟鲥鱼不去。我道有鳞而鱼形始全❶。作《水族有鳞单》。

注释

❶有鳞而鱼形始全：有鳞才算是真正完整的鱼。

边　鱼❶

边鱼活者，加酒、秋油蒸之。玉色为度，一作呆白色❷，则肉老而味变矣。并须盖好，不可受锅盖上之水气❸。临起加香蕈、笋尖。或用酒煎亦佳。用酒不用水，号"假鲥鱼"。

注释

❶边鱼：鳊鱼，淡水鱼。著名的武昌鱼即属鳊鱼类。
❷呆白色：暗淡没有光泽的白色。
❸不可受锅盖上之水气：不能让锅盖上的水汽流到锅内。

鲫　鱼

鲫鱼先要善买。择其扁身而带白色者，其肉嫩而松；熟后一提，肉即卸骨而下。黑脊浑身❶者，崛强槎丫❷，鱼中之喇子❸也，断不可食。照边鱼蒸法，最佳。其次煎吃亦妙。拆肉下可以作羹。通州❹人能煨之，骨尾俱酥，号"酥鱼❺"，利小儿食❻。然总不如蒸食之得真

味也。六合龙池❼出者，愈大愈嫩，亦奇。蒸时用酒不用水，稍稍用糖以起其鲜。以鱼之小大，酌量秋油、酒之多寡。

注释

❶黑脊浑身：脊背青黑，通体没有白色。

❷倔强槎丫：坚硬而刺多。槎丫，嘉庆刻本作"槎枒"。

❸喇子：流氓地痞。

❹通州：指南通州，即今江苏南通。

❺酥鱼：嘉庆刻本作"麻鱼"。

❻利小儿食：促进小孩消化。

❼六合龙池：今南京市六合新城区。

白　鱼❶

白鱼肉最细。用糟❷鲥鱼同蒸之，最佳。或冬日微腌，加酒酿糟二日，亦佳。余在江中得网起活者，用酒蒸食，美不可言。糟之最佳。不可太久，久则肉木❸矣。

注释

❶白鱼：鲤科鱼类，淡水鱼，俗称"翘嘴白鱼"，多产于云南、

四川等地区水域中。

❷糟：一种腌鱼的方法，即用盐杀水，然后风干，最后混拌酒糟封存。

❸肉木：肉质又老又柴。

季　鱼❶

季鱼少骨，炒片最佳。炒者以片薄为贵。用秋油细郁后，用纤粉、蛋清搂❷之，入油锅炒，加作料炒之。油用素油。

注释

❶季鱼：参见《须知单·选用须知》注。

❷搂："熘"，加入淀粉糊快炒。

土　步　鱼❶

杭州以土步鱼为上品。而金陵人贱之，目为❷虎头蛇，可发一笑。肉最松嫩。煎之、煮之、蒸之俱可。加腌芥❸作汤，作羹，尤鲜。

注释

❶土步鱼：俗名"虎头鲨"，又名"塘鳢鱼"，学名"沙鳢"，产于江南地区淡水水域。

❷目为：视作。

❸腌芥：腌芥菜。

鱼　松

用青鱼、鲤鱼蒸熟，将肉拆下，放油锅中灼之黄色❶，加盐花、葱、椒、瓜姜。冬日封瓶中，可以一月❷。

❶灼之黄色：炸成黄色。
❷可以一月：能够保存一个月。

鱼 圆

　　用白鱼、青鱼活者，剖半❶钉板上，用刀刮下肉，留刺在板上。将肉斩化❷，用豆粉、猪油拌，将手搅之。放微微❸盐水，不用清酱，加葱、姜汁作团，成后，放滚水中煮熟撩起，冷水养之❹。临吃入鸡汤、紫菜滚。

❶剖半：沿脊背剖成两半，嘉庆刻本作"破半"。
❷斩化：剁成碎泥。
❸微微：极少量。
❹冷水养之：捞出后放在凉水里泡着。

鱼 片

　　取青鱼、季鱼片，秋油郁之，加纤纷、蛋清，起油锅炮炒，用小盘盛起，加葱、椒、瓜姜，极多❶不过六两，太多则火气不透。

❶极多：最多。

连鱼❶豆腐

　　用大连鱼煎熟，加豆腐，喷酱水❷、葱、酒滚之，俟汤色半红起锅，其头味尤美❸。此杭州菜也。用酱多少，须相鱼而行。

注释

❶连鱼：鲢鱼，与青鱼、草鱼、鳙鱼并称我国"四大家鱼"。
❷酱水：酱油。
❸头味尤美：头部肉质味道尤其美味。

醋搂鱼❶

用活青鱼切大块，油灼之，加酱、醋、酒喷之，汤多为妙。俟熟即速起锅。此物杭州西湖上五柳居最有名❷。而今则酱臭而鱼败矣。甚矣！宋嫂鱼羹❸，徒存虚名。《梦粱录》❹不足信也。鱼不可大，大则味不入；不可小，小则刺多。

注释

❶醋搂鱼：醋熘鱼。
❷五柳居最有名：五柳居，清前期杭州西湖边最具盛名的饭店，成名菜即"五柳醋鱼"。最有名，嘉庆刻本作"有名"，无"最"字。
❸宋嫂鱼羹：起源于南宋的名菜，做法通常将鳜鱼或鲈鱼蒸熟后剔去皮骨，加上火腿丝、香菇、竹笋末、鸡汤等佐料烹制而成。据宋人周密《武林旧事》所载，南宋临安宋五嫂所卖鱼羹，受到宋高宗赏识。
❹《梦粱录》：南宋吴自牧著，二十卷。仿孟元老《东京梦华录》体例，记南宋都城临安山川地理、市镇建置、风俗曲艺、商贸物产等，多为实事。

银 鱼❶

银鱼起水❷时，名冰鲜。加鸡汤、火腿汤煨之。或炒食甚嫩。干者泡软，用酱水炒亦妙。

注释

❶银鱼：体细长，分为大银鱼、小银鱼，属于淡水鱼，主要产于山东至浙江沿海地区。

❷起水：从水中捞出。

台　鲞

台鲞好丑不一。出台州松门❶者为佳，肉软而鲜肥。生时拆之，便可当作小菜，不必煮食也。用鲜肉同煨，须肉烂时放鲞。否则，鲞消化不见矣。冻之即为鲞冻❷。绍兴人法也。

注释

❶台州松门：在今浙江省台州温岭市，海产业发达。

❷鲞冻：熬煮咸鱼干，使其中胶原蛋白析出，冷冻成块。

糟　鲞

冬日用大鲤鱼，腌而干之，入酒糟，置坛中，封口。夏日食之。不可烧酒作泡❶。用烧酒者，不无辣味。

注释

❶不可烧酒作泡：不能用蒸馏酒浸泡。

虾子勒鲞❶

夏日选白净带子❷勒鲞，放水中一日，泡去盐味，太阳晒干。入锅油煎，一面黄取起❸，以一面未黄者铺上虾子，放盘中，加白糖蒸

之，以一炷香为度。三伏日食之绝妙。

注释

❶勒鲞：用鳓鱼制作的咸鱼干。勒，通"鳓"。

❷带子：带着鱼子。

❸一面黄取起：底面煎至焦黄时，将鱼从锅内取出。

鱼　脯

活青鱼去头尾，斩小方块，盐腌透，风干，入锅油煎。加作料收卤，再炒芝麻滚拌❶起锅。苏州法也。

注释

❶滚拌：搅拌均匀。

家常煎鱼

家常煎鱼，须要耐性。将鲢鱼洗净，切块盐腌，压扁，入油中两面熯黄❶，多加酒、秋油，文火慢慢滚之，然后收汤作卤，使作料之味全入鱼中。第❷此法指鱼之不活者而言。如活者，又以速起锅为妙。

注释

❶煠黄：用很少的油煎至焦黄。煠，用极少的油煎，嘉庆刻本作"煎"。

❷第：但是，而且。一说为"评价"。

黄 姑 鱼

岳州❶出小鱼，长二三寸，晒干寄来。加酒剥皮❷，放饭锅上，蒸而食之，味最鲜，号"黄姑鱼"。

注释

❶岳州：今湖南省岳阳市。

❷加酒剥皮：用酒浸泡，再脱皮。

水族无鳞单

鱼无鳞者[1]，其腥加倍，须加意烹饪；以姜、桂胜之[2]。作《水族无鳞单》。

注释

[1]鱼无鳞者：表意即没有鳞片的鱼，这里其实是指除有鳞鱼以外的鱼类及其他水产。

[2]姜、桂胜之：生姜、桂皮为去腥之首选。

汤　鳗

鳗鱼最忌出骨。因此物性本腥重，不可过于摆布，失其天真，犹鲫鱼之不可去鳞也。清煨者，以河鳗一条，洗去滑涎[1]，斩寸为段，入磁罐中，用酒水煨烂，下秋油起锅，加冬腌新芥菜作汤，重用葱、姜之类，以杀[2]其腥。常熟顾比部[3]家，用纤粉、山药干煨，亦妙。或加作料，直置盘中蒸之，不用水。家致华分司[4]蒸鳗最佳。秋油、酒四六兑[5]，务使汤浮于本身[6]。起笼时，尤要恰好，迟则皮皱味失。

注释

[1]滑涎：鳗鱼身体表面的黏液。

[2]杀：去除。

[3]顾比部：顾震，江苏常熟人，乾隆二十六年（1761）进士，曾任刑部主事。"比部"为刑部之分支，明清后撤销，即用以代称刑部。

[4]家致华分司：袁枚族侄袁致华，曾任职于两淮盐运使淮南分

司，故称。

⑤四六兑：四比六分兑。

⑥汤浮于本身：汤盖过鳗鱼身。

红煨鳗❶

鳗鱼用酒、水煨烂，加甜酱代秋油，入锅收汤煨干，加茴香、大料起锅。有三病❷宜戒者：一皮有皱纹，皮便不酥；一肉散碗中，箸夹不起；一早下盐豉，入口不化。扬州朱分司❸家，制之最精。大抵红煨者以干为贵，使卤味收入鳗肉中。

注释

❶红煨鳗：红烧鳗鱼。

❷三病：三个弊端、错误。

❸朱分司：根据嘉庆年间《扬州府志·职官表》记载，朱分司应是两淮盐运使朱孝纯。

炸　鳗

择鳗鱼大者，去首尾，寸断之。先用麻油炸熟，取起；另将鲜蒿菜❶嫩尖入锅中，仍用原油❷炒透，即以鳗鱼平铺菜上，加作料，煨一炷香。蒿菜分量，较鱼减半。

注释

❶鲜蒿菜：鲜茼蒿。

❷原油：原先炸鳗鱼的油。

生炒甲鱼[1]

将甲鱼去骨,用麻油炮炒[2]之,加秋油一杯、鸡汁一杯。此真定魏太守[3]家法也。

注释

[1]甲鱼:鳖,又名"团鱼",形似乌龟。

[2]炮炒:爆炒。

[3]真定魏太守:参见《羽族单·蒸鸭》注。

酱炒甲鱼

将甲鱼煮半熟,去骨,起油锅炮炒,加酱水、葱、椒[1],收汤成卤,然后起锅。此杭州法也。

注释

[1]椒:花椒。

带骨甲鱼

要一个半斤重者,斩四块,加脂油三两,起油锅煎两面黄,加水、秋油、酒煨;先武火,后文火,至八分熟加蒜,起锅用葱、姜、糖。甲鱼宜小不宜大,俗号"童子脚鱼"[1]才嫩。

注释

[1]童子脚鱼:没有长成的甲鱼。"脚鱼"为南京、杭州、长沙等地方对甲鱼的简称。

青盐甲鱼

斩四块，起油锅炮透。每甲鱼一斤，用酒四两、大茴香三钱、盐一钱半，煨至半好，下脂油二两，切小豆块再煨，加蒜头、笋尖，起时用葱、椒，或用秋油，则不用盐[1]。此苏州唐静涵[2]家法。甲鱼大则老，小则腥，须买其中样[3]者。

注释

[1] 或用秋油，则不用盐：如果加入秋油的话就不用放盐。
[2] 苏州唐静涵：见《羽族单·唐鸡》注。
[3] 中样：中等。

汤煨甲鱼

将甲鱼白煮，去骨拆碎，用鸡汤、秋油、酒煨汤二碗，收至一碗，起锅，用葱、椒、姜末糁[1]之。吴竹屿[2]家制之最佳。微用纤，才得汤腻。

注释

[1] 糁：散落，洒上。
[2] 吴竹屿：吴泰来，字企晋，号竹屿，清长洲（在今江苏苏州）人，官至内阁中书。著有《昙花阁琴趣》《砚山堂集》《净名轩集》等。

全壳甲鱼

山东杨参将[1]家，制甲鱼去首尾，取肉及裙[2]，加作料煨好，仍以原壳覆之。每宴客，一客之前以小盘献一甲鱼。见者悚然[3]，犹虑其动[4]。惜未传其法。

注释

❶杨参将：其人不详。参将，武官名。

❷裙：甲鱼壳周围的软边。

❸悚然：恐惧的样子。

❹犹虑其动：仍然担心它还会动。

鳝 丝 羹

鳝鱼煮半熟，划丝❶去骨，加酒、秋油煨之，微用纤粉，用真金菜❷、冬瓜、长葱❸为羹。南京厨者辄制鳝为炭❹，殊不可解。

注释

❶划丝：按照纹路把鳝鱼划开。

❷真金菜：金针菜，又称"黄花菜"。

❸长葱：大葱。

❹制鳝为炭：将鳝鱼做得像炭一样难吃。

炒 鳝

拆鳝丝炒之，略焦❶，如炒肉鸡之法，不可用水。

注释

❶略焦：略微干一些。

段 鳝

切鳝以寸为段，照煨鳗法煨之。或先用油炙❶，使坚❷，再以冬瓜、鲜笋、香蕈作配，微用酱水，重用❸姜汁。

注释

❶油炙：油炸。

❷使坚：让鳝鱼肉变得焦脆。

❸重用：大量使用。

虾 圆

虾圆照鱼圆法❶。鸡汤煨之，干炒亦可。大概捶虾时，不宜过细，恐失真味。鱼圆亦然。或竟剥❷虾肉，以紫菜拌之，亦佳。

注释

❶鱼圆法：参见《水族有鳞单·鱼圆》。

❷剥：剥离。

虾 饼

以虾捶烂，团❶而煎之，即为虾饼。

注释

❶团：搓成团子。

醉 虾

带壳用酒炙黄❶捞起，加清酱、米醋煨之，用碗闷之❷。临食放盘中，其壳俱酥。

注释

❶用酒炙黄：加酒煎炒至焦黄。

❷用碗闷之：无须开火，放进碗里，封口焖一会儿。

炒 虾

炒虾照炒鱼法❶，可用韭配。或❷加冬腌芥菜，则不可用韭矣。有捶扁其尾单炒❸者，亦觉新异。

注释

❶炒鱼法：参见《水族有鳞单·鱼片》。

❷或：如果。

❸单炒：不用其他食材，单独炒虾。

蟹

蟹宜独食，不宜搭配他物。最好以淡盐汤^❶煮熟，自剥自食为妙。蒸者味虽全，而失之太淡。

注释

❶淡盐汤：有少量食盐的热水。

蟹　羹

剥蟹为羹^❶，即用原汤^❷煨之，不加鸡汁，独用为妙。见俗厨从中加鸭舌，或鱼翅，或海参者，徒夺其味，而惹其腥恶，劣极矣！

注释

❶剥蟹为羹：剥出蟹肉做粥。
❷原汤：先前用来煮蟹的水。

炒蟹粉^❶

以现剥现炒之蟹为佳。过两个时辰，则肉干而味失。

注释

①蟹粉：剥出来的蟹肉和蟹黄。

剥壳蒸蟹

　　将蟹剥壳，取肉、取黄，仍置壳中，放五六只在生鸡蛋上蒸之。上桌时完然①一蟹，惟去爪脚。比炒蟹粉觉有新色②。杨兰坡明府，以南瓜肉拌蟹，颇奇。

注释

①完然：完整的样子。
②新色：新奇的样子。

蛤　蜊①

　　剥蛤蜊肉，加韭菜炒之佳。或为汤亦可。起迟便枯②。

注释

❶蛤蜊：浅海软体动物，肉质鲜美，被称作"西施舌"。
❷起迟便枯：出锅稍晚，肉质就会变得干枯。

蚶

　　蚶有三吃法。用热水喷之，半熟去盖，加酒、秋油醉❶之；或用鸡汤滚熟，去盖入汤；或全去其盖，作羹亦可。但宜速起，迟则肉枯。蚶出奉化县❷，品在车螯、蛤蜊之上。

注释

❶醉：浸泡。
❷奉化县：今浙江宁波奉化区。

108

车　螯

先将五花肉切片，用作料闷烂。将车螯洗净，麻油炒，仍将肉片连卤烹之。秋油要重些，方得有味。加豆腐亦可。车螯从扬州来，虑坏❶则取壳中肉，置猪油中，可以远行。有晒为干者，亦佳。入鸡汤烹之，味在蛏干❷之上。捶烂车螯作饼，如虾饼样，煎吃加作料亦佳。

注释

❶虑坏：担心腐坏。

❷蛏干：由蛏子制成的海鲜肉干。

程泽弓蛏干

程泽弓❶商人家制蛏干，用冷水泡一日，滚水煮两日，撤汤❷五次。一寸之干，发开有二寸，如鲜蛏一般，才入鸡汤煨之。扬州人学之，俱不能及。

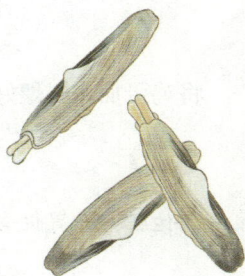

注释

❶程泽弓：扬州盐商。

❷撤汤：换水。

鲜　蛏

烹蛏法与车螯同。单炒亦可。何春巢❶家蛏汤豆腐之妙❷，竟成绝品。

注释

❶何春巢：何承燕，字以嘉，号春巢，浙江仁和（今浙江杭州）人，乾隆三十九年（1774）顺天副贡，曾任东阳教谕，诗佳，词曲亦佳。著《春巢诗余》。

❷妙：嘉庆刻本作"炒"。

水　鸡❶

水鸡去身用腿，先用油灼之，加秋油、甜酒、瓜姜起锅。或拆肉炒之，味与鸡相似。

注释

❶水鸡：青蛙，入菜时取其四肢，不用其身。

熏　蛋

将鸡蛋加作料煨好，微微熏干，切片放盘中，可以佐膳❶。

注释

❶佐膳：开胃促食。嘉庆刻本无此条。

茶叶蛋❶

鸡蛋百个，用盐一两，粗茶叶煮两枝线香为度。如蛋五十个，只用五钱盐，照数加减。可作点心。

注释

❶茶叶蛋：嘉庆刻本无此条。

杂素菜单

菜有荤素，犹衣有表里也。富贵之人，嗜素甚于嗜荤。作《素菜单》。

蒋侍郎[1]豆腐

豆腐两面去皮[2]，每块切成十六片，晾干。用猪油熬，清烟[3]起才下豆腐，略洒盐花一撮，翻身后，用好甜酒一茶杯，大虾米一百二十个。如无大虾米，用小虾米三百个。先将虾米[4]滚泡一个时辰，秋油一小杯，再滚一回，加糖一撮，再滚一回，用细葱半寸许长，一百二十段，缓缓起锅。

注释

[1] 蒋侍郎：参见《海鲜单·海参三法》注。
[2] 豆腐两面去皮：豆腐放置一段时间，表层会有黄皮，应去除。
[3] 清烟：油烟。
[4] 虾米：干虾仁。

杨中丞[1]豆腐

用嫩豆腐，煮去豆气[2]，入鸡汤，同鳆鱼片[3]滚数刻，加糟油、香蕈起锅。鸡汁须浓，鱼片要薄。

注释

[1] 杨中丞：参见《海鲜单·鳆鱼》注。

②豆气：豆腥味。

③鳆鱼片：鲍鱼片。

张恺①豆腐

将虾米捣碎，入豆腐中，起油锅，加作料干炒。

注释

❶张恺：字东皋，袁枚好友。袁枚《小仓山房尺牍》收录《为张东皋太夫人祝寿》一文。

庆元①豆腐

将豆豉一茶杯，水泡烂，入豆腐同炒起锅。

注释

❶庆元：地名，即今浙江省庆元县。

芙蓉①豆腐

用腐脑②，放井水泡三次，去豆气，入鸡汤中滚，起锅时加紫菜、虾肉。

注释

❶芙蓉：形容此菜颇具美感，如出水芙蓉。

❷腐脑：豆腐脑，是著名的汉族传统小食。豆腐脑和豆花一样，都是豆腐制品的中间产物。在豆腐制作过程中，豆腐脑最先出来，比较软嫩。豆腐脑再稍凝固，便成为豆花。把豆花放入模具中再压实凝固便成为豆腐。豆腐脑也是高养分豆制食品，一般可分为咸、甜两种

食用方法。

王太守❶八宝豆腐

用嫩片❷切粉碎，加香蕈屑、蘑菇屑、松子仁屑、瓜子仁屑、鸡屑、火腿屑，同入浓鸡汁中，炒滚起锅。用腐脑亦可。用瓢不用箸。孟亭太守云："此圣祖❸赐徐健庵尚书❹方❺也。尚书取方时，御膳房费一千两。"太守之祖楼村先生❻，为尚书门生，故得之。

注释

❶王太守：同后文之"孟亭太守"，即王箴舆，字敬倚，号孟亭。江南宝应（今属江苏）人，康熙五十一年（1712）进士，知卫辉府事，多惠政。与袁枚交好。著有《孟亭诗文集》。

❷嫩片：豆腐片。

❸圣祖：康熙皇帝，清朝第四位皇帝。1661年继位，在位六十多年，是中国历史上在位时间最长的皇帝，被尊为"千古一帝"。庙号圣祖。

❹徐健庵尚书：字原一，号健庵，江南昆山（今属江苏）人。历官内阁学士、左都御史、刑部尚书。学问渊博，曾充日讲起居注官、经筵讲官。著有《读礼通考》。尚书，古代中央官职名称，始于秦，原为掌文书及群臣章奏。清朝时期，六部和理藩院等部门的主官称为尚书。

❺方：菜单，方法。

❻楼村先生：王式丹，字方若，一字楼村。江南宝应人。康熙四十二年状元及第，授编修，修书武英殿。曾先后参与大型类书《佩文韵府》和《渊鉴类函》的修纂工作。工诗。著有《楼村诗集》。

程立万❶豆腐

乾隆廿三年❷，同金寿门❸在扬州程立万家食煎豆腐，精绝无双。

其腐两面黄干，无丝毫卤汁，微有车螯鲜味。然盘中并无车螯及他杂物也。次日告查宣门❹，查曰："我能之！我当特请❺。"已而，同杭堇浦❻同食于查家，则上箸大笑，乃纯是鸡、雀脑❼为之，并非真豆腐，肥腻难耐矣。其费十倍于程，而味远不及也。惜其时余以妹丧急归，不及向程求方。程逾年亡。至今悔之。仍存其名，以俟再访。

注释

❶程立万：扬州盐商，生平不详。

❷乾隆廿三年：乾隆二十三年（1785），本年与次年十月，袁枚曾两次应两淮盐运使之邀约赴游杭州。文中有"妹丧急归"语，其妹袁机死于乾隆二十四年十一月，因此此处时间有误，品食"程立万豆腐"应为乾隆廿四年事。

❸金寿门：清代书画大家金农，字寿门，又字司农，号冬心先生，浙江钱塘（今浙江省杭州市）人，"扬州八怪"之首，著有《金寿门遗集十种》《冬心先生集》等。

❹查宣门：查开，字宣门，号香雨。系金庸先生先祖，曾任中牟县丞。

❺特请：专门宴请。

❻杭堇浦：杭世骏，字大宗，号堇浦。浙江仁和（今浙江省杭州市）人。乾隆时召试博学鸿词，授翰林院编修。工史学，能诗文。著有《续礼记集说》《石经考异》《史记考证》《三国志补注》等。

❼鸡、雀脑：鸡和麻雀的脑子。

冻 豆 腐

将豆腐冻一夜，切方块，滚去豆味，加鸡汤汁、火腿汁、肉汁煨之。上桌时，撤去鸡、火腿之类，单留香蕈、冬笋。豆腐煨久则松，面起蜂窝❶，如冻腐矣。故炒腐宜嫩，煨者宜老。家致华分司❷，用蘑菇煮豆腐，虽夏月亦照冻腐之法，甚佳。切不可加荤汤，致失清味。

❶面起蜂窝：豆腐表面出现蜂窝状的小孔。

❷家致华分司：参见《水族无鳞单·汤鳗》注。

虾油豆腐

取陈虾油❶，代清酱炒豆腐。须两面熯❷黄。油锅要热，用猪油、葱、椒。

注释

❶陈虾油：鲜虾经过腌制、发酵、熬煮，可以提取出一种极为鲜美的调味汁，因黄亮如油，故名。

❷熯：嘉庆刻本作"炒"。

蓬蒿菜❶

取蒿尖，用油灼瘪❷，放鸡汤中滚之，起时加松菌❸百枚。

注释

❶蓬蒿菜：茼蒿。

❷灼瘪：炒软。

❸松菌：松茸。嘉庆刻本作"松蕈"。

蕨 菜❶

用蕨菜，不可爱惜，须尽去其枝叶，单取直根，洗净煨烂，再用鸡肉汤煨。必

买矮弱者^❷才肥。

❶注释

❶蕨菜：凤尾科蕨菜植物的嫩叶，口感润滑，味道清香，营养价值很高。

❷弱者：矮小嫩弱的蕨菜。

葛 仙 米^❶

将米细检淘净，煮半烂，用鸡汤、火腿汤煨。临上时，要只见米，不见鸡肉、火腿搀和才佳。此物陶方伯^❷家，制之最精。

注释

❶葛仙米：地耳，水生藻类植物。相传东晋葛洪以此物献给皇帝，太子食后病除体壮，皇帝赐名"葛仙米"。又称"天仙米""水木耳""珍珠菜"等。

❷陶方伯：陶易，字经初，号悔轩。山东威海人。历任湖南浏阳、衡阳等县知县。乾隆二十九年（1764）擢山西直隶平定州知州，四十一年擢江苏布政使。为政清廉，多有政绩。袁枚曾作诗悼念陶母。方伯，明清时布政使均称"方伯"。

羊 肚 菜^❶

羊肚菜出湖北。食法与葛仙米同^❷。

注释

❶羊肚菜：羊肚菌，表面凹凸不平，呈蜂窝状，近似羊肚，故称。

❷与葛仙米同：见上条。

石　发[1]

制法与葛仙米同[2]。夏日用麻油、醋、秋油拌之，亦佳。

注释

[1]石发：石花菜，又名鹿角菜、龙须菜、海冻菜，生于浅海礁石上，半透明，口感嫩脆，可拌凉菜，亦可提炼琼脂。

[2]与葛仙米同：见《葛仙米》条。

珍　珠　菜[1]

制法与蕨菜同[2]。上江新安[3]所出。

注释

[1]珍珠菜：菊科食物，可作蔬菜食用，别名红丝毛、白花蒿、鸭脚菜、狼尾巴花。

[2]与蕨菜同：见本章《蕨菜》。

[3]上江新安：新安江，源于今安徽黄山市境内，为钱塘江水系上游水段。这里指徽州。

素　烧　鹅[1]

煮烂山药，切寸为段[2]，腐皮[3]包，入油煎之，加秋油、酒、糖、瓜姜，以色红为度。

注释

[1]素烧鹅：形如烧鹅的素菜，故名。

[2]切寸为段：切成一寸左右长短的小段。

❸腐皮：方形的薄干豆腐。

韭

韭，荤物❶也。专取韭白❷，加虾米炒之便佳。或用鲜虾亦可，蚬亦可，肉❸亦可。

注释

❶荤物：荤食。佛经认为，荤食指气味浓烈，吃后口气强烈的菜，如大蒜、大葱等。

❷韭白：韭菜秆。

❸肉：特指猪肉。

芹

芹，素物❶也，愈肥愈妙。取白根炒之，加笋，以熟为度。今人有以炒肉者，清浊不伦❷。不熟者，虽脆无味。或生拌野鸡，又当别论。

注释

❶素物：指与上条"荤食"相反的食物，即没有明显气味，吃完没有明显口气的食物。

❷不伦：不像样。

豆 芽

豆芽柔脆，余颇爱之。炒须熟烂，作料之味，才能融洽。可配燕窝，以柔配柔，以白配白故也。然以极贱而陪极贵，人多嗤❶之。不知惟巢、由❷正可陪尧、舜耳。

茭 白❶

茭白炒肉、炒鸡俱可。切整段，酱、醋炙之，尤佳。煨肉亦佳。须切片，以寸为度。初出太细者无味。

青 菜❶

青菜择嫩者，笋炒之。夏日芥末拌，加微醋，可以醒胃❷。加火腿片，可以作汤。亦须现拔者才软。

台 菜❶

炒台菜心最懦❷，剥去外皮，入蘑菇、新笋作汤。炒食加虾肉，亦佳。

❶台菜：台心菜。

❷懦：通"糯"，软嫩可口。

白 菜

白菜炒食，或笋煨**❶**亦可。火腿片煨、鸡汤煨俱可。

注释

❶笋煨：与笋同煮。

黄 芽 菜**❶**

此菜以北方来者为佳。或用醋搂**❷**，或加虾米煨之，一熟便吃，迟则色、味俱变。

注释

❶黄芽菜：结球白菜，别称包心菜，粤语称绍菜。

❷醋搂：醋熘。

瓢 儿 菜**❶**

炒瓢菜心，以干鲜无汤为贵。雪压**❷**后更软。王孟亭太守**❸**家，制之最精。不加别物，宜用荤油**❹**。

注释

❶瓢儿菜：上海青。

❷雪压：历经霜雪。

❸王孟亭太守：见本章《王太守八宝豆腐》注。
❹荤油：动物油。

波　菜❶

波菜肥嫩，加酱水、豆腐煮之。杭人名"金镶白玉板"❷是也。如此种菜❸虽瘦而肥，可不必再加笋尖、香蕈。

注释

❶波菜：菠菜。
❷金镶白玉板：全称"金镶白玉板，红嘴绿鹦哥"，是古人对菠菜豆腐的美称。

蘑　菇

蘑菇不止作汤，炒食亦佳。但口蘑❶最易藏沙，更易受霉，须藏之得法，制之得宜。鸡腿蘑❷便易收拾，亦复讨好❸。

注释

❶口蘑：见《羽族单·蘑菇煨鸡》注。
❷鸡腿蘑：一种食用蘑菇，菌盖厚而小，菌柄似鸡腿，故名。
❸讨好：讨人喜欢。

松 菌[1]

松菌加口蘑炒最佳。或单用秋油泡食，亦妙。惟不便久留[2]耳，置各菜中，俱能助鲜。可入燕窝作底垫，以其嫩也。

注释

[1]松菌：嘉庆刻本作"松蕈"。

[2]久留：长久保存。

面筋[1]二法

一法面筋入油锅炙枯[2]，再用鸡汤、蘑菇清煨。一法不炙，用水泡，切条入浓鸡汁炒之，加冬笋、天花[3]。章淮树观察[4]家，制之最精。上盘时宜毛撕[5]，不宜光切。加虾米泡汁，甜酱炒之，甚佳。

注释

[1]面筋：把面粉加水后沥去淀粉而得到的一种素食。

[2]炙枯：炸干。

[3]天花：天花菜，又名天花蘑菇，高山菌类，味道鲜美。

[4]章淮树观察：章攀桂，字淮树，安徽桐城人，曾任甘肃知县，后升任苏松太兵备道一职。善堪舆。曾注张宗道《地理全书》。

[5]毛撕：大致撕开。

茄 二 法

吴小谷广文[1]家，将整茄子削皮，滚水泡去苦汁，猪油炙之。炙时须待泡水干后，用甜酱水干煨，甚佳。卢八太爷家，切茄作小块，不去皮，入油灼微黄，加秋油炮炒，亦佳。是二法者，俱学之而未尽

其妙。惟蒸烂划开，用麻油、米醋拌，则夏间亦颇可食。或煨干作脯，置盘中。

注释

❶吴小谷广文：参见《特牲单·熏煨肉》注。

苋❶　羹

苋须细摘嫩尖，干炒，加虾米或虾仁，更佳。不可见汤❷。

注释

❶苋：苋菜。

❷不可见汤：炒苋菜的时候不能加入清水和高汤。

芋　羹

　　芋性柔腻，入荤入素俱可。或切碎作鸭羹，或煨肉，或同豆腐加酱水煨。徐兆璜明府[1]家，选小芋子[2]，入嫩鸡煨汤，炒极！惜其制法未传。大抵只用作料，不用水。

注释

[1]徐兆璜明府：其人不详，待考。

[2]小芋子：小芋头。

豆　腐　皮

　　将腐皮泡软，加秋油、醋、虾米拌之，宜于夏日。蒋侍郎[1]家人海参用，颇妙。加紫菜、虾肉作汤，亦相宜。或用蘑菇、笋煨清汤，亦佳。以烂为度。芜湖敬修和尚[2]，将腐皮卷筒切段，油中微炙，入蘑菇煨烂，极佳。不可加鸡汤。

注释

❶蒋侍郎：参见《海鲜单·海参三法》注。

❷芜湖敬修和尚：芜湖即今安徽芜湖，敬修和尚即在芜湖寺院中出家的僧人。嘉庆刻本作"芜湖敬和尚"。

扁　豆

取现采扁豆❶，用肉、汤炒之，去肉存豆。单炒者油重为佳。以肥软为贵。毛糙❷而瘦薄者，瘠土所生，不可食。

注释

❶取现采扁豆：嘉庆刻本作"现菜扁豆"。

❷毛糙：表面粗糙。

瓠子、王瓜❶

将鲲鱼切片先炒，加瓠子，同酱汁煨。王瓜亦然。

注释

❶瓠子、王瓜：两者皆为葫芦科植物。前者为葫芦的变种，果实粗细匀称，圆柱形，嫩时柔软多汁，可作蔬菜；后者为葫芦的近亲，长圆形，既可入菜，也能入药。

煨木耳、香蕈

扬州定慧庵❶僧，能将木耳煨二分厚，香蕈煨三分厚。先取蘑菇熬汁为卤。

注释

❶扬州定慧庵：扬州某小庙，今已不存。清代江南地区惯称寺为大庙，庵为小庙，与庙中是僧是尼没有关系。

冬　瓜

冬瓜之用最多。拌燕窝、鱼肉、鳗、鳝、火腿皆可。扬州定慧庵❶所制尤佳。红如血珀❷，不用荤汤。

注释

❶扬州定慧庵：见上条。
❷血珀：血红色琥珀。

煨 鲜 菱❶

煨鲜菱，以鸡汤滚之。上时将汤撤去一半。池中现起者才鲜，浮

水面者才嫩。加新栗、白果❷煨烂，尤佳。或用糖亦可。作点心亦可。

注释

❶菱：菱角，水生草本植物。鲜菱即新长成的菱角。
❷白果：银杏仁。

豇 豆❶

豇豆炒肉，临上时，去肉存豆。以极嫩者，抽去其筋。

注释

❶豇豆：豆角。

煨 三 笋

将天目笋❶、冬笋、问政笋❷，煨入鸡汤，号"三笋羹"。

注释

❶天目笋：杭州天目山出产的笋。
❷问政笋：安徽歙县问政山出产的笋。

芋煨白菜

芋煨极烂，入白菜心，烹之，加酱水调和，家常菜之最佳者。惟白菜须新摘肥嫩者，色青则老，摘久则枯❶。

注释

❶摘久则枯：采摘之后存放时间长了会变干枯。

香 珠 豆[1]

毛豆至八九月间晚收者，最阔大而嫩，号"香珠豆"。煮熟以秋油、酒泡之。出壳[2]可，带壳亦可，香软可爱。寻常之豆，不可食也。

注释

[1]香珠豆：毛豆，一般是指新鲜连荚的黄豆，晒干后成为大豆。
[2]出壳：剥掉豆荚。

马 兰[1]

马兰头菜，摘取嫩者，醋合笋拌食。油腻后食之，可以醒脾。

❶马兰：马兰头，江南地区常见野菜，叶与嫩茎可入菜。

杨 花 菜❶

南京三月有杨花菜，柔脆与菠菜相似，名甚雅。

❶杨花菜：嫩柳穗。

问政笋❶丝

问政笋，即杭州笋❷也。徽州人送者，多是淡笋干，只好泡烂切丝，用鸡肉汤煨用。龚司马❸取秋油煮笋，烘干上桌，徽人食之，惊为异味。余笑其如梦之方醒也。

❶问政笋：参见本章《煨三笋》注。
❷杭州笋：南宋时，徽州问政山笋曾贡至杭州，故称。
❸龚司马：袁枚门生龚如璋，号云若，曾做过一任同知（知府的副职），故称司马。司马是明清时期对同知的雅称。

炒鸡腿蘑菇❶

芜湖大庵和尚❷，洗净鸡腿蘑菇，去沙，加秋油、酒炒熟，盛盘宴客，甚佳。

❶鸡腿蘑菇：鸡腿菇，见本章《蘑菇》注。

❷芜湖大庵和尚：安徽某和尚，具体不详。

猪油煮萝卜

用熟猪油炒萝卜，加虾米煨之，以极熟为度。临起❶加葱花，色如琥珀。

注释

❶临起：临上菜。

小菜[1]单

小菜佐食，如府史胥徒[2]佐六官[3]也。醒脾解浊，全在于斯。作《小菜单》。

注释

❶小菜：本章小菜，专指居家食用的下饭菜，以腌菜、酱菜、干菜为主。

❷府史胥徒：没有官衔的小吏和衙役。

❸六官：原指《周礼》中的六种高官，即天官冢宰、地官司徒、春官宗伯、夏官司马、秋官司寇、冬官司空，这里指所有官员。

笋　脯[1]

笋脯出处最多，以家园[2]所烘为第一。取鲜笋加盐煮熟，上篮烘之。须昼夜环看[3]，稍火不旺则溲[4]矣。用清酱者，色微黑。春笋、冬笋皆可为之。

注释

❶笋脯：笋干。

❷家园：家乡。

❸环看：一直不间断地观察。

❹溲：变质。

天 目 笋[1]

天目笋多在苏州发卖[2]。其篓中盖面[3]者最佳，下二寸便搀入老根硬节矣。须出重价，专买其盖面者数十条，如集狐成腋[4]之义。

注释

[1]天目笋：参见《杂素菜单·煨三笋》注。

[2]发卖：出售。

[3]盖面：堆放在竹篓上层。

[4]集狐成腋：集腋成裘，比喻将精华部分汇聚到一起，积少成多。

玉 兰 片[1]

以冬笋烘片，微加蜜焉。苏州孙春杨[2]家有盐、甜二种，以盐者为佳。

注释

[1]玉兰片：用冬笋制作而成的笋干，因其外形色泽如玉兰花，故名。极香。

[2]孙春杨：应为孙春阳，宁波商人，在苏州开有规模宏大、商品齐全的南货铺，兼卖火腿、蜜饯、酱菜、水产。据《履园丛话》卷二四《杂记下》载，孙春阳为明朝人，万历年间即在苏州开店，该店在此后两百多年间一直兴盛不衰。

素 火 腿

处州[1]笋脯，号"素火腿"，即处片也。久之太硬，不如买毛笋自烘之为妙。

注释

❶处州：今浙江省丽水市。

宣城笋脯

宣城❶笋尖❷，色黑而肥，与天目笋大同小异，极佳。

注释

❶宣城：今安徽省宣城市。
❷笋尖：竹笋顶部间嫩的部分。

人　参　笋

制细笋❶如人参形，微加蜜水。扬州人重之，故价颇贵。

注释

❶细笋：又细又长的竹笋。

笋　油❶

笋十斤，蒸一日一夜，穿通其节，铺板上，如作豆腐法，上加一板压而榨之，使汁水流出，加炒盐❷一两，便是笋油。其笋晒干仍可作脯。天台僧❸制以送人。

注释

❶笋油：竹笋被榨出的汁液，颜色暗黑，有特殊香味，加盐可代替酱油。

②炒盐：炒熟的大粒海盐。

③天台僧：泛指，即天台僧人。

糟　油[1]

糟油出太仓州[2]，愈陈愈佳。

（注释）

❶糟油：见《海鲜单·鳆鱼》注。

❷太仓州：清朝太仓州辖昆山、常熟、嘉定三县，治所在今江苏省太仓市。

虾　油

买数斤虾子，同秋油入锅熬之，起锅用布沥[1]出秋油，乃将布包虾子，同放罐中盛油[2]。

（注释）

❶沥：使渗出，过滤。

❷同放罐中盛油：同放盛油罐中。

喇　虎[1]　酱

秦椒[2]捣烂，和甜酱蒸之，可用虾米搀入。

（注释）

❶喇虎：原指流氓地痞，这里指很辣的酱。

❷秦椒：一种辣椒，有"椒中之王"的美誉。主要产于关中八百里秦川，颜色鲜红，辣味浓烈。

熏鱼子[1]

熏鱼子色如琥珀，以油重[2]为贵。出苏州孙春杨[3]家，愈新愈妙，陈则味变而油枯。

注释

[1] 熏鱼子：用鲟鱼或其他鱼类的鱼子腌制成酱，继而熏制。
[2] 油重：指鱼子中所含油脂丰富。
[3] 孙春杨：见本章《玉兰片》注。

腌冬菜、黄芽菜

腌冬菜、黄芽菜，淡则味鲜，咸则味恶。然欲久放，则非盐不可。常腌一大坛，三伏时开之，上半截虽臭、烂，而下半截香美异常，色白如玉，甚矣[1]！相士[2]之不可但观皮毛也。

注释

[1] 甚矣：太重要了。
[2] 相士：会看相的方士。

莴苣[1]

食莴苣有二法：新酱[2]者，松脆可爱；或腌之为脯，切片食甚鲜。然必以淡为贵，咸则味恶矣。

注释

[1] 莴苣：莴笋，茎叶皆可入菜。
[2] 酱：腌制。

香 干 菜

春芥心❶风干，取梗淡腌，晒干，加酒，加糖，加秋油，拌后再加蒸之，风干入瓶。

注释

❶春芥心：芥菜心。

冬 芥

冬芥名雪里红❶。一法整腌，以淡为佳；一法取心风干，斩碎，腌入瓶中，熟后杂❷鱼羹中，极鲜。或用醋煨，入锅中作辣菜亦可，煮鳗、煮鲫鱼最佳。

❶雪里红：芥菜别称，亦称"雪里蕻"。

❷杂：掺入，加入。

春　芥

取芥心风干、斩碎，腌熟入瓶，号称"挪菜"❶。

注释

❶挪菜：不知何意，应为杭州俗语。

芥　头

芥根切片，入菜同腌，食之甚脆。或整腌❶，晒干作脯，食之尤妙。

注释

❶整腌：不改刀，整根直接腌制。

芝 麻 菜❶

腌芥晒干，斩之碎极，蒸而食之，号"芝麻菜"。老人所宜❷。

注释

❶芝麻菜：用非常细碎的芥末干制成，其形状与味道皆同芝麻，故名。

❷老人所宜：非常适合给老年人吃。

腐 干 丝[1]

将好腐干切丝极细，以虾子、秋油拌之。

注释

[1] 腐干丝：如今的干豆腐丝。

风 瘪 菜[1]

将冬菜[2]取心风干，腌后榨出卤[3]，小瓶装之，泥封其口，倒放灰上[4]。夏食之，其色黄，其臭[5]香。

注释

[1] 风瘪菜：风干菜。
[2] 冬菜：冬白菜。
[3] 榨出卤：挤榨出腌菜时渗进的咸水。
[4] 倒放灰上：瓶口朝下扣于草木灰上。
[5] 臭：气味。

糟 菜

取腌过风瘪菜，以菜叶包之，每一小包，铺一面香糟[1]，重叠放坛内。取食时，开包食之，糟不沾菜，而菜得糟味。

注释

[1] 一面香糟：一层封存半年以上的黄酒糟。

酸　菜

冬菜心风干微腌，加糖、醋、芥末，带卤❶入罐中，微加秋油亦可。席间醉饱之余，食之醒脾解酒。

注释

❶带卤：带着腌菜时所产生的咸水。

台　菜　心

取春日台菜心腌之，榨出其卤❶，装小瓶之中，夏日食之。风干其花，即名菜花头，可以烹肉。

注释

❶榨出其卤：榨出台菜中的苦汁。

大　头　菜❶

大头菜出南京承恩寺❷，愈陈愈佳。入荤菜中，最能发鲜。

注释

❶大头菜：芜菁，二年生草本植物。块状根，有球形、扁球形等形状。其根、叶均可食用，鲜甜爽脆。

❷南京承恩寺：据明南翰林院士王舆《承恩寺记略》载，"承恩禅寺在南京旧内之旁，前御用监王公瑾之故第。公既殁，

改宅为寺，敕赐今额"。承恩寺建成后，曾于明成化、万历年间两次进行修缮。明葛寅亮《金陵梵刹志》记载，万历年间的承恩寺仍有"基址一百二十七丈，东至旧内门，南至三山街，西至官街，北至旧内院墙"。光绪二十五年（1899），承恩寺遭遇了一场大火，寺宇廊阁损失殆尽。

萝 卜

萝卜取肥大者，酱一二日即吃，甜脆可爱。有侯尼❶能制为鲞❷，煎片如蝴蝶，长至丈许，连翩不断，亦一奇也。承恩寺有卖者，用醋为之，以陈为妙。

注释

❶侯尼：姓侯的尼姑，具体不详。
❷鲞：鱼干，这里指鱼干状。

乳 腐

乳腐，以苏州温将军庙❶前者为佳，黑色而味鲜。有干、湿二种，有虾子腐亦鲜，微嫌腥耳。广西白乳腐最佳。王库官❷家制亦妙。

注释

❶温将军庙：在今苏州市通和坊，又名"温天君庙""温元帅庙"，"温"即道教护法神温琼。
❷王库官：本名未详。库官，守护官府仓库的小吏。

酱炒三果❶

核桃、杏仁去皮，榛子不必去皮。先用油炮脆❷，再下酱，不可太焦。酱之多少，亦须相物而行。

注释

❶三果：核桃、杏仁和榛子三种干果。
❷炮脆：炸脆。

酱 石 花❶

将石花洗净入酱中，临吃时再洗。一名麒麟菜。

注释

❶石花：石花菜，又名"鹿角菜"，因形如麒麟角，故也称"麒麟菜"。

石 花 糕

将石花熬烂作膏❶，仍用刀划开，色如蜜蜡。

注释

❶熬烂作膏：熬煮成半透明的胶状物。

小 松 菌❶

将清酱同松菌入锅滚熟，收起，加麻油入罐中。可食二日，久则味变。

注释

❶松菌：嘉庆刻本作"松蕈"。

吐 蚨^❶

吐蚨出兴化、泰兴^❷。有生成极嫩者，用酒酿浸之，加糖则自吐其油。名为泥螺，以无泥为佳。

注释

❶吐蚨：泥螺，一般产于沿海滩涂，又称"吐铁"，概取"吐舌含沙黑如铁"之义。

❷兴化、泰兴：今江苏省泰兴市。

海 蜇^❶

用嫩海蜇，甜酒浸之，颇有风味。其光者名为白皮，作丝，酒、醋同拌。

注释

❶海蜇：去毒后的水母。

虾 子 鱼^❶

虾子鱼^❷出苏州。小鱼生而有子^❸。生时烹食之，较美于鲞。

注释

❶虾子鱼：像虾一样大小的子鱼。子鱼即鲻鱼，形似青鱼，鱼卵可作鱼子酱。

❷虾子鱼：嘉庆刻本作"子鱼"。

❸生而有子：刚出生的小鱼便带有鱼卵。

酱　姜

生姜取嫩者微腌，先用粗酱❶套之，再用细酱套之❷，凡三套而始成。古法用蝉退❸一个入酱，则姜久而不老。

注释

❶粗酱：普通酱。
❷细酱套之：用优质的酱料涂抹腌制。
❸蝉退：蝉蜕。

酱　瓜

将瓜腌后，风干入酱，如酱姜之法。不难其甜，而难其脆❶。杭州施鲁箴❷家，制之最佳。据云：酱后晒干又酱，故皮薄而皱，上

口脆。

❶不难其甜，而难其脆：不怕瓜甜，只怕瓜脆。
❷施鲁箴：杭州富商。

新 蚕 豆❶

新蚕豆之嫩者，以腌芥菜炒之，甚妙。随采随食方佳。

❶新蚕豆：刚结出的蚕豆。

腌 蛋

腌蛋以高邮❶为佳，颜色红而油多。高文端公❷最喜食之。席间先夹取以敬客。放盘中，总宜切开带壳，黄、白兼用；不可存黄去白，使味不全，油亦走散。

❶高邮：今江苏高邮，以产咸鸭蛋著名。
❷高文端公：高晋，清满洲镶黄旗人，高佳氏，字昭德。初授山东泗水县令，迁安徽布政使兼江宁织造。乾隆二十年（1755）擢安徽巡抚，受命协办徐州、黄河两岸堤工。工成，加太子少傅。二十六年擢江南河道总督。后多次出治河工，累官至两江总督，文华殿大学士兼礼部尚书。卒谥"文端"。生前与袁枚有诗酒往来。

混套^❶

将鸡蛋外壳微敲一小洞，将清、黄倒出，去黄用清，加浓鸡卤煨就者^❷拌入，用箸打良久，使之融化。仍装入蛋壳中，上用纸封好，饭锅蒸熟，剥去外壳，仍浑然一鸡卵。此味极鲜。

注释

❶混套：指将鸡汤混入鸡蛋中，以代蛋黄，重新制成鸡蛋。

❷浓鸡卤煨就者：顿好的浓鸡汤。

菱瓜^❶脯

菱瓜入酱，取起风干，切片成脯，与笋脯相似。

注释

❶菱瓜：茭白。

牛首^❶腐干

豆腐干以牛首僧制者为佳。但山下卖此物者有七家，惟晓堂和尚^❷家所制方妙。

注释

❶牛首：南京牛首山，在今南京市西南部。

❷晓堂和尚：其人不详，应为牛首山寺庙僧人。

酱王瓜[1]

王瓜初生时，择细者腌之入酱，脆而鲜。

注释

[1]王瓜：这里是指黄瓜。

卷
四

❧ 点 心 单 ❧

梁昭明以点心为小食❶，郑傪嫂劝叔"且点心"❷，由来旧矣。作《点心单》。

注释

❶梁昭明以点心为小食：《梁书·昭明太子传》记载，"普通中，大军北讨，京师谷贵，太子因命菲衣减膳，改常馔为小食"。梁昭明，即萧统，南北朝梁武帝之长子，谥号昭明太子，南朝文学家。曾主持编纂《文选》，该书是我国最早的一部诗文总集，保存有很多梁以前的文学作品。

❷郑傪嫂劝叔"且点心"：吴曾《能改斋漫录》卷二《事始·点心》记载，"唐郑傪为江淮留后，家人备夫人晨馔，夫人顾其弟曰：'治妆未毕，我未及餐，尔且可点心。'"郑傪，唐武宗时大臣，曾任江淮留后。可知唐宋世俗点心也指早餐小食。

鳗 面

大鳗一条蒸烂，拆肉去骨，和入面中，入鸡汤清揉之，擀❶成面皮，小刀划成细条，入鸡汁、火腿汁、蘑菇汁滚。

注释

❶擀：将面团均匀碾成圆形薄饼。

温　面

将细面下汤沥干，放碗中，用鸡肉、香蕈浓卤，临吃，各自取瓢加上❶。

注释

❶各自取瓢加上：每碗面各自加一瓢水，稀释浓卤，与面拌匀可食。

鳝　面

熬鳝成卤，加面再滚❶。此杭州法。

注释

❶加面再滚：在鳝汤里加入面条，继续煮。

裙　带　面❶

以小刀截面成条，微宽，则号"裙带面"。大概作面，总以汤多为佳，在碗中望不见面为妙。宁使食毕再加❷，以便引人入胜。此法扬州盛行，恰甚有道理。

注释

❶裙带面：面宽如裙带而得名，如今日西安之"裤带面"。
❷食毕再加：因汤多面少，故吃完面可续加。

素　面

先一日❶将蘑菇蓬❷熬汁，定清❸。次日将笋熬汁，加面滚上。此法扬州定慧庵❹僧人制之极精，不肯传人。然其大概亦可仿求。其纯黑色的，或云暗用虾汁、蘑菇原汁，只宜澄去泥沙，不重换水。一换水，则原味薄矣❺。

注释

❶先一日：提前一天。

❷蘑菇篷：蘑菇盖。

❸熬汁，定清：熬出高汤，使其中杂质自然沉淀，逐渐变得清澈。

❹定慧庵：参见《杂素菜单·煨木耳、香蕈》注。

❺一换水，则原味薄矣：嘉庆刻本作"否则原味薄矣"。

蓑衣饼❶

干面用冷水调，不可多。揉擀薄后，卷拢再擀薄了，用猪油、白糖铺匀，再卷拢擀成薄饼，用猪油爆❷黄。如要盐的，用葱、椒盐亦可。

注释

❶蓑衣饼：江南传统名吃，清代时苏杭地区多见，今已失传。

❷爆：烘烤，嘉庆刻本作"煎"。

虾 饼

生虾肉，葱、盐、花椒、甜酒脚❶少许，加水和面，香油灼透。

注释

❶甜酒脚：喝剩下的糯米甜酒。

薄 饼

山东孔藩台家❶制薄饼，薄若蝉翼，大若茶盘，柔腻绝伦。家人如其法为之，卒不能及，不知何故。秦人❷制小锡罐，装饼三十张。每客一罐。饼小如柑。罐有盖，可以贮。馅用炒肉丝，其细如发。葱亦如之。猪、羊并用，号曰"西饼"。

注释

❶孔藩台：乾隆朝大臣孔传炯，字振斗，号南溪，山东曲阜人，为袁枚同年进士，官至江宁布政使。藩台，明清时布政使的别称，也叫藩司，主管一省人事财务。

❷秦人：陕西地区的人。

松 饼

南京莲花桥❶，教门方店❷最精。

注释

❶南京莲花桥：在今南京市玄武区，因桥东南有莲花庵而得名。

❷教门方店：信教的方姓人家开的店。

面 老 鼠

以热水和面，俟鸡汁滚时，以箸夹入，不分大小，加活❶菜心，别有风味。

注释

❶活：新鲜。

颠不棱[1] 即肉饺也

糊面[2]摊开，裹肉为馅蒸之。其讨好处，全在作馅得法，不过肉嫩、去筋、作料而已。余到广东，吃官镇台[3]颠不棱，甚佳。中用肉皮煨膏[4]为馅，故觉软美。

注释

[1] 颠不棱：饺子，英语 dumpling 的音译。
[2] 糊面：用热水和的烫面，因其又糊又黏，故名。
[3] 官镇台：指满洲武将官福，此人曾任广东总兵。镇台，清朝时对总兵的敬称。
[4] 肉皮煨膏：用猪肉的厚皮熬出的猪油。

肉 馄 饨[1]

作馄饨，与饺同。

注释

[1] 肉馄饨：嘉庆刻本无此条。

韭 合[1]

韭菜切末拌肉，加作料，面皮包之，入油灼[2]之。面内加酥[3]更妙。

注释

[1] 韭合：韭菜盒子。
[2] 灼：炸。

糖饼 又名面衣

糖水溲面❶，起油锅令热，用箸夹入，其作成饼形者，号"软锅饼"。杭州法也。

注释

❶溲面：和面。

烧　饼

用松子、胡桃仁敲碎，加糖屑、脂油，和面炙之，以两面煠❶黄为度，而❷加芝麻。扣儿❸会做，面罗❹至四五次，则白如雪矣。须用两面锅❺，上下放火，得奶酥更佳。

156

❶煁：烘烤，嘉庆刻本作"烤"。

❷而：嘉庆刻本作"面"。

❸扣儿：也叫"叩儿"，袁枚家厨。王英志整理的《袁枚日记》中记载："许星河移樽，即用叩儿烹庖，所费不过三千六百文。菜颇佳，唯鸡粥一样不好。"嘉庆刻本作"叩儿"。

❹罗：筛面。

❺两面锅：有中轴、可翻转的双面铁锅。

千层馒头

杨参戎❶家制馒头，其白如雪，揭之如有千层。金陵人不能也。其法扬州得半，常州、无锡亦得其半。

注释

❶杨参戎：其人不详。参戎，即明清武官参将，参谋军务。品级在总兵、副总兵、副将之下。

面　茶❶

熬粗茶汁，炒面兑入，加芝麻酱亦可，加牛乳亦可，微加一撮盐。无乳则加奶酥、奶皮❷亦可。

注释

❶面茶：茶汤与芝麻、菜叶、核桃仁等食材同煮，可作主食，又称"油茶"。

❷奶酥、奶皮：牛奶加面粉和糖，发酵而成奶酥。牛奶煮熟后继续微火烘煮，烤为黄色奶饼，即奶皮。

杏 酪[1]

捶杏仁作浆，挍[2]去渣，拌米粉，加糖熬之。

注释

[1]杏酪：杏汁。

[2]挍：同"绞"，过滤的意思。嘉庆刻本作"校"。

粉 衣

如作面衣[1]之法。加糖、加盐俱可，取其便也。

注释

[1]面衣：江苏常熟一带的传统小吃，用菜末与面糊拌匀，再以油煎而成。外形类似大饼。

竹 叶 粽[1]

取竹叶裹白糯米煮之。尖小，如初生菱角。

注释

[1]竹叶粽：粽子，以竹叶包裹糯米而成。

萝卜汤圆

萝卜刨丝[1]滚熟，去臭气[2]，微干，加葱、酱拌之，放粉团[3]中作馅，再用麻油灼之。汤滚亦可。春圃方伯[4]家制萝卜饼，扣儿[5]学会，可照此法作韭菜饼、野鸡饼试之。

❶刨丝：用布满尖刺和小孔的铁刨将萝卜刮成细丝。

❷臭气：萝卜的异味，煮熟可消除。

❸粉团：用以包裹汤圆的米坯。

❹春圃方伯：据上海图书馆藏《慈溪竹江袁氏族谱》，此人应为江宁布政使袁鉴。为袁枚堂弟，号春圃。《随园诗话》称之"吾弟春圃""家春圃观察"。

❺扣儿：参见本章《烧饼》注。

水粉❶汤圆

用水粉和作汤圆，滑腻异常。中用松仁、核桃、猪油、糖作馅，或嫩肉去筋丝捶烂，加葱末、秋油作馅亦可。作水粉法，以糯米浸水中一日夜，带水磨之，用布盛接，布下加灰❷，以去其渣，取细粉晒干用。

注释

❶水粉：选用浸泡过的优质糯米，加水磨成米浆，经简单过滤，晾干即成。

❷布下加灰：盛接米浆的纱布下面需要垫上一层厚厚的草木灰，目的是吸走米浆里的水分，缩短其结块过程。

脂 油❶ 糕

用纯糯粉拌脂油，放盘中蒸熟，加冰糖捶碎。入粉中，蒸好用刀切开。

注释

❶脂油：动物脂肪，这里特指猪油。

159

雪 花 糕

蒸糯饭捣烂，用芝麻屑❶加糖为馅，打成一饼，再切方块。

注释

❶芝麻屑：将芝麻碾碎的粉末。

软 香 糕❶

软香糕，以苏州都林桥❷为第一。其次虎丘糕❸，西施家❹为第二。南京南门外报恩寺❺则第三矣。

注释

❶软香糕：江南传统小吃，以糯米粉加粳米粉制作而成。
❷都林桥：可能是都亭桥，在今苏州西北部。
❸虎丘糕：苏州虎丘一带的软香糕。
❹西施家：店名。
❺报恩寺：即今大报恩寺，在南京市南。

百 果 糕

杭州北关外卖者最佳。以粉糯，多松仁、胡桃❶，而不放橙丁者为妙。其甜处非蜜非糖，可暂可久。家中不能得其法。

注释

❶胡桃：核桃。

栗　糕

煮栗极烂，以纯糯粉加糖为糕蒸之，上加瓜仁、松子。此重阳小食❶也。

注释

❶重阳小食：重阳节时的小吃。

青糕、青团❶

捣青草为汁，和粉作粉团，色如碧玉。

注释

❶青糕、青团：青糕即青团，用艾草或者雀麦的绿色汁液调和米粉做成的团子，为江南地区清明时节的小吃。

合　欢　饼

蒸糕为饭❶，以木印❷印之，如小珙璧❸状，入铁架煆❹之，微用油❺，方不黏架。

注释

❶蒸糕为饭：应是"蒸饭为糕"。

❷木印：木制模具。

❸珙璧：古代祭祀用的大型玉器，圆形，中有圆孔，一作"拱璧"。

❹煆：嘉庆刻本作"煎"。

❺微用油：放入少量的油，避免粘黏铁架。

鸡豆[1] 糕

研碎鸡豆，用微粉为糕，放盘中蒸之。临食，用小刀片开。

注释

[1]鸡豆：芡实，俗称"鸡头米"。

鸡豆粥

磨碎鸡豆为粥，鲜者最佳，陈者亦可。加山药、茯苓[1]尤妙。

注释

[1]茯苓：寄生在松树根上的菌类植物，可食用，亦可入药。

金 团

杭州金团，凿木为桃、杏、元宝之状[1]，和粉搦[2]成，入木印中便成。其馅不拘荤素。

注释

[1]凿木为桃、杏、元宝之状：用木头雕刻成桃子、杏子、元宝等形状的模具。

[2]搦：反复按压揉捏。

藕粉、百合粉[1]

藕粉非自磨者，信之不真。百合粉亦然。

麻　团❶

蒸糯米捣烂为团，用芝麻屑拌糖作馅。

芋　粉　团

磨芋粉晒干，和米粉用之。朝天宫道士制芋粉团，野鸡馅❶，极佳。

熟　藕

藕须贯米❶加糖自煮，并汤❷极佳。外卖者多用灰水❸，味变，不可食也。余性爱食嫩藕，虽软熟而以齿决❹，故味在也。如老藕一煮成泥，便无味矣。

新栗、新菱❶

新出之栗，烂煮之，有松子仁香。厨人不肯煨烂，故金陵人有终身不知其味者。新菱亦然。金陵人待其老方食故也。

注释

❶新栗、新菱：新结的板栗和菱角。

莲　子

建莲❶虽贵，不如湖莲❷之易煮也。大概小熟，抽心去皮，后下汤，用文火煨之，闷住合盖❸，不可开视❹，不可停火。如此两炷香，则莲子熟时，不生骨❺矣。

注释

❶建莲：福建产的莲子。
❷湖莲：太湖流域产的莲子。
❸合盖：盖上锅盖。
❹不可开视：不能打开锅盖察看。嘉庆刻本作"不开视"。
❺生骨：僵硬，生硬。

芋

十月天晴时，取芋子❶、芋头❷，晒之极干，放草中，勿使冻伤。春间煮食，有自然之甘。俗人不知。

❶芋子：很小的芋头，如鸡蛋大小。
❷芋头：这里专指大芋头。

萧美人❶点心

仪真❷南门外，萧美人善制点心，凡馒头、糕、饺之类，小巧可爱，洁白如雪。

注释

❶萧美人：萧姓名妓，其人不详。
❷仪真：县名，即今江苏仪征。清雍正元年，为避讳，改作仪真。

刘方伯❶月饼

用山东飞面❷，作酥为皮，中用松仁、核桃仁、瓜子仁为细末，微加冰糖和猪油作馅，食之不觉甚甜，而香松柔腻，迥异寻常。

注释

❶刘方伯：方伯为布政使别称。据《清代职官年表》，乾隆朝布政使中刘姓官员与袁枚交好者，仅江宁布政使刘嶟一人，故这里应指刘嶟。
❷飞面：精细的优质面粉。

陶方伯❶十景点心❷

每至年节，陶方伯夫人手制点心十种，皆山东飞面所为。奇形诡状，五色纷披。食之皆甘，令人应接不暇。萨制军❸云："吃孔方伯薄饼，而天下之薄饼可废；吃陶方伯十景点心，而天下之点心可废。"自陶方伯亡，而此点心亦成《广陵散》❹矣。呜呼！

注释

❶陶方伯：详见《杂素菜单·葛仙米》注。

❷十景点心：可以做成十种景色的花式点心。

❸萨制军：疑指萨载，清朝疆吏。伊尔根觉罗氏，隶正黄旗满洲。翻译举人。乾隆时授理藩院笔帖式。累迁江苏苏松太道、松江知府、江苏布政使、江苏巡抚、江南河道总督等职。任职期间致力于治理黄河等工程。卒赠太子太保。制军，明清总督的别称，也叫制台。

❹《广陵散》：琴曲名。三国时魏嵇康善弹此曲，不肯传人。嵇康死后，此曲遂绝。散，曲类名称。

杨中丞❶西洋饼

用鸡蛋清和飞面作稠水❷，放碗中。打❸铜夹剪一把，头上作饼形，如蝶大，上下两面，铜合缝处不到一分。生烈火烘铜夹，撩稠水，一糊一夹一煤❹，顷刻成饼。白如雪，明如绵纸❺，微加冰糖、松仁屑子。

注释

❶杨中丞：参见《海鲜单·鲥鱼》注。

❷稠水：稀面糊。

❸打：制作。

❹煤：嘉庆刻本作"煎"。

❺绵纸：用树木的韧皮纤维制成的纸，色白柔韧，纤维细长，手感如丝绵。

白云片

白米❶锅巴，薄如绵纸，以油炙之，微加白糖，上口极脆。金陵人制之最精，号"白云片"。

注释

❶白米：嘉庆刻本作"南殊"。

风枵❶

以白粉❷浸透，制小片入猪油灼之，起锅时加糖糁❸之，色白如霜，上口而化。杭人号曰"风枵"。

注释

❶风枵：江南地区传统小吃，成品既薄又细，似风可吹动，故名。枵，空虚、单薄。
❷白粉：糯米粉。
❸糁：撒。

三层玉带糕

以纯糯粉❶作糕，分作三层，一层粉，一层猪油、白糖，夹好蒸之，蒸熟切开。苏州人法也。

注释

❶纯糯粉：只用糯米粉。

运 司 糕

卢雅雨作运司❶，年已老矣。扬州店中作糕献之，大加称赏。从此遂有"运司糕"之名。色白如雪，点胭脂，红如桃花。微糖作馅，淡而弥旨❷。以运司衙门前店作为佳。他店粉粗色劣。

注释

❶卢雅雨：卢见曾，字抱孙，号淡园，又号雅雨山人，能诗，著有《雅雨堂诗集》。曾任两淮盐运使，后文"运司"即盐运使司机构的代称。

❷弥旨：更加美味。

沙 糕❶

糯粉蒸糕，中夹芝麻、糖屑。

注释

❶沙糕：将米粉、芝麻、砂糖拌匀，入模压块，上蒸笼蒸熟，食用时簌簌掉沙。

小馒头❶、小馄饨

作馒头如胡桃大，就蒸笼食之。每箸可夹一双。扬州物也。扬州发酵最佳。手捺❷之不盈❸半寸，放松仍隆然而高。小馄饨小如龙眼❹，用鸡汤下之。

注释

❶馒头：这里指包子。

❷捺：按压。

❸盈：超过。

❹龙眼：桂圆。

雪蒸糕法

每磨细粉，用糯米二分，粳米八分为则。

一、拌粉。将粉置盘中❶，用凉水细细洒之，以捏则如团、撒则如砂为度。将粗麻筛❷筛出，其剩下块搓碎，仍于筛上尽出之。前后和匀，使干湿不偏枯，以巾覆之，勿令风干日燥，听用❸。水中酌加上洋糖❹则更有味，拌粉❺与市中枕儿糕法同。

一、锡圈❻及锡钱❼，俱宜洗剔极净，临时略将❽香油和水，布蘸拭之。每一蒸后，必一洗一拭。

一、锡圈内，将锡钱置妥，先松装粉一小半，将果馅轻置当中，后将粉松装满圈，轻轻攛平❾，套汤瓶上盖之，视盖口气直冲为度。取出覆之，先去圈，后去钱，饰以胭脂。两圈更递为用。

一、汤瓶❿宜洗净，置汤分寸以及肩⓫为度。然多滚则汤易涸，宜留心看视，备热水频添。

注释

❶将粉置盘中：嘉庆刻本脱"粉"字。

❷粗麻筛：用麻条编成的筛子，孔大。

❸听用：备用。

❹洋糖：外国加工的白糖。

❺拌粉：嘉庆刻本脱此二字。

❻锡圈：锡制模具。

❼锡钱：锡制模具的盖子，上有花纹，可为糕点印花。

❽略将：略微搅拌。

❾攛平："挡平"，推平、抹平。

⑩汤瓶：烧水壶。

⑪及肩：达到热水壶肩的高度。

作酥饼法

冷定脂油一碗，开水一碗，先将油同水搅匀，入生面，尽揉要软，如擀饼一样，外用蒸熟面入脂油，合作一处，不要硬了。然后将生面做团子，如核桃大。将熟面亦作团子，略小一晕❶。再将熟面团子包在生面团子中，擀成长饼，长可八寸，宽二三寸许，然后折叠如碗样，包上穰子❷。

注释

❶一晕：一圈，一环。嘉庆刻本作"一圈"。

❷穰子：馅子。

天 然 饼

泾阳张荷塘明府❶家，制天然饼，用上白飞面，加微糖及脂油为酥，随意搦成饼样，如碗大，不拘方圆，厚二分许。用洁净小鹅子石❷，衬而煨之❸，随其自为凹凸，色半黄便起，松美异常。或用盐亦可。

注释

❶张荷塘明府：张五典，字叙百，号荷塘。陕西泾阳（今属陕西咸阳）人，曾任江苏上元知县，能诗善画，著有《荷塘诗集》。与袁枚、赵翼等诗人有唱和。明府，对县令的称呼。

❷小鹅石子：小鹅卵石。

❸衬而煨之：将鹅卵石垫在饼下煎烤。嘉庆刻本作"衬而煎之"。

花边月饼

明府❶家制花边月饼，不在山东刘方伯❷之下。余尝以轿迎其女厨来园制造，看用飞面拌生猪油子团❸百搦❹，才用枣肉嵌入为馅，裁如碗大，以手搦其四边菱花样。用火盆两个，上下覆而炙之。枣不去皮，取其鲜也；油不先熬，取其生也。含之上口而化，甘而不腻，松而不滞❺，其工夫全在搦中，愈多愈妙。

注释

❶明府：上条所注"张荷塘明府"。

❷刘方伯：参见本章《刘方伯月饼》注。

❸生猪油子团：冻猪油切成的碎丁。

❹百搦：多次反复按压揉搓。

❺松而不滞：松软不噎人。

制馒头法

偶食新明府❶馒头，白细如雪，面有银光，以为是北面❷之故。龙文❸云："不然，面不分南北，只要罗得极细。罗筛至五次，则自然白细，不必北面也。"惟做酵最难，请其庖人❹来教，学之卒不能松散。

注释

❶新明府：新姓县令，其人不详。

❷北面：北方出产的面粉。

❸龙文：袁枚表弟袁龙文。

❹庖人：厨师。

扬州洪府粽子

洪府制粽，取顶高❶糯米，捡❷其完善长白者，去其半颗、散碎者。淘之极熟，用大箬叶❸裹之，中放好火腿一大块，封锅闷煨一日一夜，柴薪不断。食之滑腻温柔，肉与米化。或云：即用火腿肥者斩碎，散置米中。

注释

❶顶高：顶好，最好。

❷捡：挑选，同"拣"。

❸箬叶：箬竹叶，叶子宽大，可编制器物，有清香之味。

饭 粥 单

粥饭本也，余菜❶末也。本立而道生❷。作《饭粥单》。

注释

❶余菜：这里指所有菜肴。

❷本立而道生：《论语·学而》云，"君子务本，本立而道生"。意思是把本质的东西树立起来，"道"自然而然就出现了。

饭❶

王莽云："盐者，百肴之将。"❷余则曰："饭者，百味之本。"《诗》称："释之溲溲，蒸之浮浮。"❸是古人亦吃蒸饭。然终嫌米汁不在饭中❹。善煮饭者，虽煮如蒸，依旧颗粒分明，入口软糯。其诀有四：

一要米好，或"香稻❺"，或"冬霜"，或"晚米"，或"观音籼"，或"桃花籼"。春之极熟❻，霉天风摊播之❼，不使惹霉发疹。

一要善淘，淘米时不惜工夫，用手揉擦，使水从箩中淋出，竟成清水，无复米色。

一要用火先武后文，闷起得宜。

一要相米放水，不多不少，燥湿得宜❽。

往往见富贵人家，讲菜不讲饭，逐末忘本，真为可笑。余不喜汤浇饭，恶失饭之本味故也。汤果佳，宁一口吃汤，一口吃饭，分前后食之，方两全其美。不得已，则用茶、用开水淘之，犹不夺饭之正味。饭之甘，在百味之上；知味者，遇好饭不必用菜。

❶饭：特指米饭。

❷盐者，百肴之将：《汉书·食货志》云，"（王）莽知民苦之，复下诏曰：'夫盐，食肴之将；酒，百药之长'"。袁枚化用此句，意思是说如果所有菜肴都是士兵，那么盐就是统领他们的将军。

❸释之溲溲，蒸之浮浮：语出《诗经·大雅·生民》，意思是淘米时嗖嗖作响，蒸米时热气腾腾。

❹米汁不在饭中：传统蒸饭的流程是先将米煮到半熟，再捞出放到锅篦上蒸，米汤在下，米饭在上，故有此说。

❺香稻：大米种类，后"冬雪""晚米"皆是。

❻舂之极熟：舂得非常干净，没有谷壳残留。舂，即用石臼一类的工具把稻谷的谷壳捣掉。

❼霉天风摊播之：碰到阴雨天，把米摊开放在干燥通风的地方，播扬一遍。

❽燥湿得宜：蒸得程度正好，不干也不湿。

粥

见水不见米，非粥也；见米不见水，非粥也。必使水米融洽，柔腻如一，而后谓之粥。尹文端公❶曰："宁人等粥，毋粥等人。"❷此真名言，防停顿而味变汤干故也。近有为鸭粥者，入以荤腥；为八宝粥者，入以果品，俱失粥之正味。不得已，则夏用绿豆，冬用黍米❸，以五谷入五谷，尚属不妨。余尝❹食于某观察家，诸菜尚可，而饭粥粗粝，勉强咽下，归而大病。尝戏语人曰："此是五脏神暴落难❺，是故自禁受不得。"

❶尹文端公：详见《江鲜单·鲟鱼》注。

❷宁人等粥，毋粥等人：指粥做熟后最好在短时间内品用。

❸黍米：北方出产的杂粮，与高粱近似，煮熟后有黏性，微甜，又叫稷子、糜子、黄米。

❹尝：嘉庆刻本作"常"。

❺五脏神暴落难：五脏神糟大难。五脏神，即人们对心、肝、脾、肺、肾等器官的戏称。

茶 酒 单

七碗生风❶，一杯忘世❷，非饮用六清❸不可。作《茶酒单》。

注 释

❶七碗生风：唐卢仝《走笔谢孟谏议寄新茶》诗云，"一碗喉吻润，两碗破孤闷。三碗搜枯肠，唯有文字五千卷。四碗发轻汗，平生不平事，尽向毛孔散。五碗肌骨清，六碗通仙灵。七碗吃不得也，唯觉两腋习习清风生"。此处即化用此诗，形容饮茶之快感。

❷一杯忘世：白居易《诏下》诗云，"更倾一尊歌一曲，不独忘世兼忘身"。此处即化用本诗。

❸六清：六种饮料。郑玄注《周礼·天官·膳夫》云："六清，水、浆、醴、凉、医、酏。"

茶

欲治好茶，先藏好水。水求中泠❶、惠泉❷。人家中何能置驿而办❸？然天泉水❹、雪水，力能藏之。水新则味辣，陈则味甘。尝尽天下之茶，以武夷山顶所生，冲开白色者为第一。然入贡尚不能多，况民间乎？其次，莫如龙井。清明前者，号"莲心"，太觉味淡，以多用为妙；雨前❺最好，一旗一枪❻，绿如碧玉。收法须用小纸包，每包四两，放石灰坛中，过十日则换石灰，上用纸盖扎住，否则气出而色味全变❼矣。烹时用武火，用穿心罐❽，一滚便泡，滚久则水味变矣。停滚再泡，则叶浮矣。一泡便饮，用盖掩之，则味又变矣。此中消息❾，间不容发❿也。山西裴中丞⓫尝谓人曰："余昨日过随园，才吃一杯好茶。"呜呼！公山西人也，能为此言，而我见士大夫生长杭州，一入宦场便吃熬茶，其苦如药，其色如血。此不过肠肥脑满之人吃槟榔法也。俗矣！除吾乡龙井外，余以为可饮者，胪列⑫于后。

注释

❶中泠：中泠泉，位于江苏镇江金山寺外，是从扬子江心涌出的一股泉水。陆羽《茶经》将其称作"天下第一泉"。

❷惠泉：位于江苏无锡惠山，陆羽《茶经》将其称作"天下第二泉"。

❸人家中何能置驿而办：平常人家怎么可能如官府一样，通过驿站运送泉水。据丁用晦《芝田录》记载，唐李德裕喜惠山泉，不惜设置驿马传递，千里汲取烹茶，号称"水递"。

❹天泉水：雨水。

❺雨前：谷雨前。

❻一旗一枪：古代茶芽舒展者为旗，茶芽未展者为枪。这里指一枚尚未舒展的顶芽，旁侧带有已经展开的茶叶。

❼全变：嘉庆刻本作"又变"。

❽穿心罐：煮茶陶器，底部凹下，中间突起。

❾消息：关键之处。

❿间不容发：意思要迅速。

⓫裴中丞：裴中锡，山西曲沃人。

⓬胪列：罗列。

武夷茶❶

余向不喜武夷茶，嫌其浓苦如饮药。然丙午❷秋，余游武夷到曼亭峰、天游寺诸处。僧道争以茶献。杯小如胡桃，壶小如香橼❸，每斟无一两。上口不忍遽❹咽，先嗅其香，再试其味，徐徐咀嚼而体贴之。果然清芬扑鼻，舌有余甘。一杯之后，再试一二杯，令人释躁平

178

矜⁵，怡情悦性。始觉龙井虽清而味薄矣，阳羡虽佳而韵逊矣。颇有玉与水晶，品格不同之故。故武夷享天下盛名，真乃不忝⁶。且可以瀹⁷至三次，而其味犹未尽。

注释

❶武夷茶：武夷岩茶，是一种产自武夷山的乌龙茶。
❷丙午：指乾隆五十一年（1786）。
❸香橼：水果，属芸香科，成熟于初冬，黄色，圆形，供观赏。
❹遽：急促，立即。
❺矜：自大，自傲。
❻不忝：不愧。
❼瀹：冲泡，煮。

龙 井 茶

杭州山茶，处处皆清，不过以龙井为最耳。每还乡上冢❶，见管坟人家送一杯茶，水清茶绿，富贵人所不能吃者也。

注释

❶上冢：上坟。

常州阳羡茶❶

阳羡茶，深碧色，形如雀舌，又如巨米❷。味较龙井略浓。

注释

❶阳羡茶：产于江苏宜兴地区的绿茶，唐代时为贡茶。
❷巨米：长米，类似如今泰国香米。

洞庭君山[1]茶

洞庭君山出茶，色味与龙井相同。叶微宽而绿过之。采掇最少。方毓川抚军[2]曾惠两瓶，果然佳绝。后有送者，俱非真君山物矣。此外如六安、银针、毛尖、梅片、安化[3]，概行黜落[4]。

注释

[1]君山：洞庭山。君山茶清代时为贡茶，以君山银针最为出名。香味醇厚，汤黄甘爽。

[2]方毓川：方世俊，字毓川，安徽桐城人。历任户部主事、太仆寺少卿、陕西布政使、贵州巡抚、湖南巡抚等。后因受贿被处死。抚军，明清时期俗称巡抚为抚军。

[3]六安等：皆为茶名。六安即六安瓜茶，产自安徽六安。传统名茶，明代始称"六安瓜片"，清代纳为贡茶。其为绿茶特种茶类，在世界所有茶叶中，六安瓜片是唯一无芽无梗的茶叶，由单片生叶制成，茶味浓而不苦，香而不涩。银针或指白毫银针，原产于福建，属白茶类。茶叶原料均为茶芽，白毫满披，色白如银，形状似针。毛尖属于绿茶类的子产品。一芽一叶或一芽两叶茶青炒制后命名为毛尖。各地均有生产。茶叶形态遍布白毫，茶汤味道鲜爽，醇香回甘。梅片不详。安化指湖南安化所产名茶。

[4]黜落：衰退，罢免。

酒

余性不近酒，故律酒[1]过严，转能[2]深知酒味。今海内动行绍兴[3]，然沧酒[4]之清，浔酒[5]之洌，川酒[6]之鲜，岂在绍兴下哉！大概酒似耆老宿儒[7]，越陈越贵，以初开坛者为佳，谚所谓"酒头茶脚"[8]是也。炖法不及则凉，太过则老，近火则味变，须隔水炖，而谨塞其出气处才佳。取可饮者，开列于后。

注释

❶律酒：控制饮酒。

❷转能：反而能够。

❸动行绍兴：流行绍兴酒。

❹沧酒：产自河北沧州的沧州酒。

❺浔酒：产自浙江湖州的南浔酒。

❻川酒：产自四川地区的酒。

❼耆老宿儒：老年人和读书人。

❽酒头茶脚：指酒性轻，故酒坛上部的为佳，喝酒要从酒坛上部舀。因茶性重，则茶壶下部的茶，茶味更浓，而经过二遍沏出的茶，有效成分更多析出，沏成浓厚的茶酽。

金坛❶于酒

于文襄公❷家所造，有甜、涩二种，以涩者为佳。一清彻骨，色若松花。其味略似绍兴，而清洌过之。

注释

❶金坛：地名，即原唐代金坛县，今江苏常州金坛区。

❷于文襄公：清朝官员于敏中，字叔子，号耐圃。江苏金坛人。乾隆二年（1737）进士，授翰林院修撰。曾官至文华殿大学士兼军机大臣。卒谥"文襄"。

德州卢酒

卢雅雨转运❶家所造，色如于酒，而味略厚。

四川郫筒酒

郫筒❶酒，清洌彻底，饮之如梨汁蔗浆，不知其为酒也。但从四川万里而来，鲜有不味变者。余七饮郫筒，惟杨笠湖刺史❷木箄❸上所带为佳。

绍 兴 酒

绍兴酒，如清官廉吏，不参❶一毫假，而其味方真。又如名士耆英❷，长留人间，阅尽世故，而其质愈厚。故绍兴酒，不过五年者不可饮，参水者亦不能过五年。余常❸称绍兴为名士，烧酒为光棍❹。

湖州南浔酒

湖州南浔酒，味似绍兴，而清辣过之。亦以过❶三年考为佳。

❶过：存放。

常州兰陵酒

唐诗有"兰陵美酒郁金香，玉碗盛来琥珀光"❶之句。余过常州，相国刘文定公❷饮以八年陈酒，果有琥珀之光。然味太浓厚，不复有清远之意矣。宜兴有蜀山酒，亦复相似。至于无锡酒，用天下第二泉❸所作，本是佳品，而被市井人苟且为之，遂至浇淳散朴❹，殊可惜也。据云有佳者，恰未曾饮过。

❶兰陵美酒郁金香，玉碗盛来琥珀光：语出李白《客中行》诗。郁金香，多年生草本植物，著名花卉品种。原产于土耳其。其花有白色、黄色及红色等，盛放多姿艳丽。兰陵，即今山东临沂。

❷相国刘文定公：刘纶，字眘涵，号绳庵。江苏武进（今属常州）人。累官至文渊阁大学士。善诗文，著有《绳庵内外集》。相国，起源于春秋时期，称为相邦，曾为战国秦汉廷臣中最高职位。明清时期，对于内阁大学士也雅称为相国。

❸天下第二泉：惠泉，参见本章《茶》注。

❹浇淳散朴：使纯朴的社会风气变得浮薄。这里指稀释酒的浓度，使其品质下降。

溧阳乌饭酒❶

余素不饮。丙戌年❷，在溧水叶比部❸家，饮乌饭酒至十六杯，傍人大骇，来相劝止。而余犹颓然❹，未忍释手。其色黑，其味甘鲜，口不能言其妙。据云溧水风俗：生一女，必造酒一坛，以青精饭❺为之。俟嫁此女，才饮此酒。以故极早亦须十五六年。打瓮时只剩半坛，质能胶口❻，香闻室外。

注释

❶溧阳乌饭酒：溧阳（今江苏常州溧阳）所生产的以宜兴特产乌米为原料所酿制的酒。

❷丙戌年：乾隆三十一年（1766）。

❸溧水叶比部：其人不详，比部为刑部代称。溧水即今南京市溧水区，袁枚曾任溧水知县。

❹颓然：精力模糊的样子。

❺青精饭：乌米饭，因制作时用乌树汁液将糯米染黑，颜色乌青，故名。为寒食节节令食品。

❻胶口：黏稠，仿佛能粘住嘴巴。

苏州陈三白酒❶

乾隆三十年❷，余饮于苏州周慕庵❸家。酒味鲜美，上口黏唇，在杯满而不溢。饮至十四杯，而不知是何酒，问之，主人曰："陈十余年之三白酒也。"因余爱之，次日再送一坛来，则全然不是矣。甚矣！世间尤物之难多得也。按郑康成《周官》注"盎齐"❹云："盎者翁翁然，如今酂白。"❺疑即此酒。

❶陈三白酒：陈年三白酒。三白，即白米、白面、白水，三者酿酒，故名三白。嘉庆刻本作"苏州陈三白"，脱"酒"字。

❷乾隆三十年：1765年。

❸周慕庵：周鎏，字德昔，号慕庵。嘉定（今属上海）人，画家。

❹郑康成《周官》注"盎齐"：郑康成即郑玄，字康成。北海郡高密县（今山东高密）人。遍读群经，成为汉代经学之集大成者，著有《天文七政论》《中侯》等书，史称"郑学"。《周官》，《尚书·周书》的篇名。盎齐，一种白色的酒。《周礼·天官·酒正》："辨五齐之名，一曰泛齐，二曰醴齐，三曰盎齐，四曰缇齐，五曰沈齐。"

❺盎者翁翁然，如今酂白：郑玄注《周礼·天官·酒正》云"盎，犹翁也，成而翁翁然，葱白色，如今酂白矣"。酂白，白酒名。

金 华 酒

金华酒，有绍兴之清，无其涩；有女贞❶之甜，无其俗。亦以陈者为佳。盖金华一路水清之故也。

❶女贞：女贞酒，又名"女儿红"，黄酒类。浙江地区风俗，生了小孩，造绍酒数坛，泥封窖藏，待婚嫁之时取出宴客，生女称为"女贞酒"，生子称为"状元红"。这些酒贮存十数年以上，醇香无比。

山西汾酒❶

既吃烧酒，以狠为佳。汾酒乃烧酒❷之至狠者。余谓烧酒者，人中之光棍，县中之酷吏也。打擂台，非光棍不可；除盗贼，非酷吏不可；驱风寒、消积滞，非烧酒不可。汾酒之下，山东膏粱烧[3]次之，能藏至十年，则酒色变绿，上口转甜，亦犹光棍做久，便无火气，殊可交也。尝见童二树[4]家泡烧酒十斤，用枸杞四两，苍术二两，巴戟天一两[5]，布扎一月，开瓮甚香。如吃猪头、羊尾、"跳神肉"[6]之类，非烧酒不可。亦各有所宜也。

此外如苏州之女贞、福贞、元燥，宣州之豆酒，通州之枣儿红，俱不入流品[7]；至不堪者，扬州之木瓜[8]也，上口便俗。

注释

❶山西汾酒：产自山西汾阳杏花村的酒。

❷烧酒：蒸馏酒，即白酒。

❸膏粱烧：高粱酒。

❹童二树：童钰，字二如，改二树，号璞岩，又称二树山人。浙江会稽（今浙江绍兴）人。少弃举业，专攻诗古文。工诗，善画梅。袁枚在其卒后曾撰《童二树先生墓志铭》，并为其编诗。

❺枸杞等：枸杞、苍术、巴戟天，皆为滋补中药。

❻跳神肉：参见《特牲单·白肉片》注。

❼女贞等：女贞、福贞、元燥、豆酒、枣儿红等皆为酒名。流品，等级，品类。

❽扬州之木瓜：扬州出产的木瓜酒。